Daniel Silva
Der Maler

SERIE PIPER

Zu diesem Buch

Long Island, New York: Nach einer Explosion am Himmel schwimmen nur noch die Wrackteile einer Boeing 747 vor der Küste. Alles deutet auf einen brutalen Anschlag hin, und an der Unglücksstelle findet sich ein entscheidender Hinweis auf den möglichen Täter: ein Toter mit einer ungewöhnlichen Schußverletzung im Gesicht. Michael Osbourne, erfahrener CIA-Agent und Terrorismusexperte, erhält von höchster Stelle den Auftrag, die Hintergründe des Anschlags aufzuklären. Er setzt sein Leben aufs Spiel, doch niemand glaubt an seine bizarre Theorie, bis der Killer schließlich seine Deckung verläßt ... Daniel Silva entwirft ein atemloses Versteckspiel, in dem der Jäger unentrinnbar zum Gejagten wird, und erzählt vor dem Hintergrund von Korruption, Intrigen und internationaler Spionage die Geschichte einer persönlichen Rache.

Daniel Silva arbeitete bis 1997 für CNN, wo er große TV-Talk-Shows verantwortete. Heute lebt er als freier Journalist und Schriftsteller zusammen mit seiner Frau, der bekannten NBC-Journalistin Jamie Gangel, in Washington, DC. Auf deutsch liegen außerdem seine Bestseller »Double Cross – Falsches Spiel« und »Der Botschafter« vor.

Daniel Silva
Der Maler

Roman

Aus dem Amerikanischen von
Wulf Bergner

Piper München Zürich

Von Daniel Silva liegt in der Serie Piper außerdem vor:
Double Cross – Falsches Spiel (2816)

Ungekürzte Taschenbuchausgabe
1. Auflage August 2000
2. Auflage Dezember 2000

Titel der amerikanischen Originalausgabe:
»The Mark of the Assassin«, Villard Books, New York 1998

Umschlag: Büro Hamburg
Stefanie Oberbeck, Katrin Hoffmann
Foto Umschlagvorderseite: Howard Bjornson / photonica
Foto Umschlagrückseite: Marion Ettlinger
Satz: Dr. Ulrich Mihr GmbH, Tübingen
Druck und Bindung: Clausen & Bosse, Leck
Printed in Germany ISBN 3-492-23084-9

Für Esther Newberg,
meine literarische Agentin
und Freundin. Und wie immer
für meine Frau Jamie, die alles
möglich macht, und meine
Kinder Lily und Nicholas

»Und ihr werdet die Wahrheit erkennen, und die Wahrheit wird euch frei machen.«

MOTTO DER CENTRAL INTELLIGENCE AGENCY
AUS DEM EVANGELIUM DES JOHANNES

»Und ihr werdet die Wahrheit erkennen, und die Wahrheit wird euch stinksauer machen.«

VERSION DER CIA-MITARBEITER

Prolog

Tschechoslowakisch-österreichische Grenze, August 1968

Der Suchscheinwerfer glitt lautlos über das flache, weite Feld. Sie lagen in einem Entwässerungsgraben auf der tschechoslowakischen Seite der Grenze: der Mann, die Frau und der Junge. In den vergangenen Nächten hatten schon andere diesen Weg benutzt und so versucht, den Russen zu entkommen, die mit den Warschauer-Pakt-Staaten in der Tschechoslowakei einmarschiert waren, um Alexander Dubčeks Experiment, den »Prager Frühling«, zu zerstören. Ein paar Glückliche hatten es geschafft. Die meisten waren festgenommen worden. Eines der zahlreichen Gerüchte besagte, manche seien auf einen nahe gelegenen Kartoffelacker geführt und erschossen worden.

Die drei Leute in dem Graben machten sich keine Sorgen, ob sie es schaffen würden, die Grenze zu überschreiten. Sie hatten Befehl, um diese Zeit an dieser Stelle zu sein, und ihnen war versichert worden, ihr Übertritt in den Westen werde reibungslos klappen. Sie hatten keinen Grund, daran zu zweifeln, alle drei waren Agenten des sowjetischen Komitees für Staatssicherheit, besser als KGB bekannt.

Der Mann und die Frau gehörten der Ersten Hauptverwaltung an. Ihr Auftrag lautete, russische und tschechoslowakische Dissidentenkreise im Westen zu unterwandern.

Der Junge gehörte zu den Berufskillern der Abteilung V der Ersten Hauptverwaltung.

Der Mann schob sich auf dem Bauch liegend an den Grabenrand und spähte in die Nacht hinaus. Als der Scheinwerfer über ihn hinwegglitt, drückte er sein Gesicht in das kühle, taufeuchte Gras. Als es wieder dunkel war, hob er den Kopf und sah sich erneut um. Der tief über dem Horizont stehende Halbmond gab gerade genug Licht, daß alles deutlich zu sehen war: der Wachtturm, die Silhouette eines Grenzpolizisten, ein weiterer Uniformierter, der den kiesbestreuten Weg am Grenzzaun entlangkam.

Der Mann kontrollierte das Leuchtzifferblatt seiner Uhr. Er drehte sich um und flüsterte auf tschechisch: »Bleibt hier. Ich sehe nach, ob wir kommen können.«

Er kroch über den Grabenrand und war verschwunden.

Die Frau sah zu dem Jungen hinüber. Er war nicht älter als sechzehn, und ihre um ihn kreisenden sexuellen Phantasien hatten ihr schlaflose Nächte beschert, seit sie vor drei Wochen in die Tschechoslowakei gekommen waren. Für einen Jungen war er viel zu hübsch: schwarzes Haar, dunkelblaue Augen wie ein sibirischer See. Seine Haut war blaß, fast weiß. Obwohl dies sein erster Einsatz war, ließ er keine Angst erkennen. Als er merkte, daß sie ihn ansah, starrte er mit einer animalischen Direktheit zurück, die sie erzittern ließ.

Fünf Minuten später kam der Mann zurück. »Beeilung«, sagte er. »Geht schnell und ohne ein Wort zu reden.«

Er bückte sich und half der Frau aus dem Graben. Danach streckte er seine Hand auch dem Jungen hin, der sie nicht ergriff, sondern allein herauskletterte. Der

Grenzpolizist wartete am Zaun auf sie. Sie gingen fünfzig Meter weit bis zu der Stelle, wo ein Loch in den Zaun geschnitten worden war. Der Uniformierte zog den Maschendraht zur Seite, und die drei KGB-Agenten überschritten nacheinander die Grenze nach Österreich.

Von ihren Führungsoffizieren in der Moskauer Zentrale hatten sie genaue Anweisungen erhalten. Sie sollten zu Fuß ins nächste Dorf gehen und sich zu einem österreichischen Gendarmerieposten bringen lassen. Aus Erfahrung wußten sie, daß man sie in ein Auffanglager für Ostblockflüchtlinge bringen würde. Dort würden sie unweigerlich scharfen Verhören durch die österreichische Spionageabwehr unterzogen werden, die sicherstellen sollten, daß keine Spione ins Land kamen. Aber ihre tschechoslowakischen Identitäten waren in monatelanger Arbeit zusammengestellt worden; sie würden jeder Überprüfung standhalten. Wenn alles nach Plan ablief, würden sie binnen weniger Wochen in den Westen entlassen werden und ihre Arbeit für den KGB beginnen.

Der Junge hatte von der Abteilung V einen anderen Auftrag.

Die österreichische Seite der Grenze wurde nicht bewacht. Sie überquerten ein frisch gepflügtes Feld. Die warme Nacht war von schwerem Mistgestank und dem Zirpen Zehntausender Grillen erfüllt. Die Landschaft verdüsterte sich, als der wäßrige Halbmond hinter einer einzelnen Wolke verschwand. Die unbefestigte Straße befand sich genau dort, wo sie nach Angaben ihrer Führungsoffiziere liegen sollte. Sobald ihr die ehemalige Landstraße erreicht, hatten sie gesagt, geht ihr in Richtung Süden weiter. Nach gut drei Kilometern liegt das Dorf vor euch.

Die mit Schlaglöchern übersäte alte Straße war schmal,

kaum breit genug für ein Pferdefuhrwerk, und zog sich steigend und fallend durch die sanft gewellte Landschaft. Sie gingen schnell, der Mann und die Frau voraus, der Junge einige Schritte hinter ihnen. Binnen einer halben Stunde war am Horizont der Lichtschein eines Dorfs zu sehen. Kurze Zeit später wurde hinter einem niedrigen Höhenzug ein Kirchturm sichtbar.

In diesem Augenblick griff der Junge in seine Jacke, zog eine Pistole mit Schalldämpfer heraus und schoß den Mann in den Hinterkopf. Die Frau fuhr mit vor Entsetzen geweiteten Augen herum.

Der Junge riß seinen Arm hoch und schoß ihr dreimal rasch nacheinander ins Gesicht.

Oktober

I

Vor Long Island, New York

In der dritten Nacht klappte das Unternehmen endlich. Die erste Nacht war ungeeignet: starke Bewölkung, Regenschauer, böiger Wind. Die zweite Nacht war klar und mondhell, aber ein steifer Nordwest erzeugte starken Seegang, der selbst die Hochseejacht schlingern ließ. Eine Fahrt mit dem Boston Whaler, einem nachgebauten Walfangboot, wäre unverantwortlich gewesen. Um das Unternehmen vom Whaler aus durchführen zu können, brauchten sie ruhige See, deshalb liefen sie weiter aufs Meer hinaus und verbrachten die Nacht seekrank an Bord. Am Morgen darauf, dem dritten Morgen, war der Seewetterbericht vielversprechend: abflauende Winde, schwacher Seegang, eine langsam durchziehende Front mit einem nachfolgenden Schönwettergebiet.

Der Wetterbericht erwies sich als zutreffend.

Die dritte Nacht war ideal.

Sein richtiger Name war Hassan Mahmoud, aber er hatte ihn für einen islamischen Freiheitskämpfer schon immer ziemlich einfallslos gefunden und deshalb den kühneren Namen Abu Dschihad angenommen. Er war in Gaza geboren und von einem Onkel in einem der elenden Flüchtlingslager am Rande von Gaza aufgezogen worden. Seine politischen Überzeugungen wurden durch die Steinwürfe und Brandstiftungen der *Intifada* geprägt. Er schloß sich der Hamas an, kämpfte auf den Straßen gegen die Israelis und bestattete zwei Brüder und mehr Freunde, als er sich noch erinnern konnte. Einmal wurde er selbst verwundet, als die Kugel eines israelischen Soldaten ihm die rechte Schulter zerschmetterte. Die Ärzte sagten, er werde seinen Arm nie wieder richtig gebrauchen können. Hassan Mahmoud alias Abu Dschihad lernte, mit dem linken Arm Steine zu werfen.

Die Jacht war vierunddreißig Meter lang und hatte sechs Luxuskabinen, einen großen Salon und ein Achterdeck, das ausreichend Platz für eine Cocktailparty mit sechzig Gästen bot. Die Kommandobrücke war mit modernster Technik bis hin zu Satellitennavigation und Kommunikationssystemen ausgerüstet. Sie war für drei Mann Besatzung gebaut, aber zwei gute Leute konnten sie mühelos bedienen.

Sie waren vor einer Woche aus dem winzigen Hafen Gustavia auf Saint-Barthélemy ausgelaufen und hatten sich auf ihrer Fahrt die Ostküste der Vereinigten Staaten hinauf viel Zeit gelassen. Obwohl sie immer weit außerhalb amerikanischer Hoheitsgewässer geblieben waren, hatten sie unterwegs den sanften Touch amerikanischer Seeüberwachung gespürt. Das Aufklärungsflugzeug P-3 Orion, das sie jeden Tag überflog. Die Kutter der US-Küstenwache, die in der Ferne das offene Meer durchpflügten.

Für den Fall, daß sie angehalten und kontrolliert wurden, hatten sie sich eine glaubhafte Geschichte zurechtgelegt. Die Jacht war unter dem Namen eines reichen französischen Investors registriert, und sie hatten den Auftrag, sie aus der Karibik nach Neuschottland zu überführen. Dort würde der französische Eigner mit zwölf Gästen, die er zu einer einmonatigen Karibikkreuzfahrt eingeladen hatte, an Bord kommen.

Den Franzosen gab es nicht, er verdankte sein Dasein einem Offizier eines befreundeten Nachrichtendienstes, und die zwölf Gäste existierten erst recht nicht.

Und was Kanada betraf, hatten sie nicht die Absicht, auch nur in die Nähe seiner Küste zu kommen.

In dieser Nacht operierten sie unter völliger Verdunklung. Das Wetter war klar und ziemlich kalt. Der helle Halbmond lieferte genug Licht, so daß man sich mühelos an Deck bewegen konnte. Der Motor war für den Fall abgestellt, daß kein mit Infrarotsensoren ausgestatteter Satellit oder Seeaufklärer sie zufällig entdecken konnte. Die Jacht dümpelte leicht in der nur wenig bewegten See.

Hassan Mahmoud saß nervös rauchend in dem dunklen Salon. Er trug Jeans, Nike-Sportschuhe und einen Vliespullover von L. L. Bean. Er sah zu dem anderen Mann auf. Sie waren seit zehn Tagen zusammen, aber sein Gefährte hatte nie mehr als das Nötigste gesprochen. In einer warmen Nacht vor der Küste Georgias hatte Mahmoud versucht, ihn in ein Gespräch zu verwickeln. Aber der Mann hatte nur gegrunzt und war in seine Kabine gegangen. Redete er einmal mit Mahmoud, was selten genug vorkam, sprach er das präzise akzentfreie Arabisch eines Mannes, der eine Sprache sehr gut gelernt hat, ohne jedoch ihre Feinheiten zu meistern. Als Mahmoud ihn nach seinem Namen fragte, fuhr der Mann sich mit einer Hand über sein kurzes schwarzes Haar, zupfte sich an der Nase und antwortete schließlich, wenn Namen nötig seien, solle er ihn Jassim nennen.

Aber das war bestimmt nicht sein richtiger Name. Für einen Jungen aus den Lagern im Gazastreifen war Mahmoud weit herumgekommen; seine Tätigkeit als Terrorist machte Reisen notwendig. Er kannte Rom, und er war in London gewesen.

Er hatte viele Monate in Athen verbracht und sich einen ganzen Winter lang bei einer Palästinenserzelle in Madrid versteckt. Dieser Mann, der Jassim genannt werden wollte und mit fremdartigem Akzent sprach, war kein Araber. Mahmoud, der ihn jetzt beobachtete, versuchte die Mischung aus seltsamen Zügen, die sein schweigsamer Komplize aufwies, geographisch und ethnisch einzuordnen. Er betrachtete sein Haar – fast schwarz und an den Schläfen grau meliert. Die Augen waren durchdringend blau, die Haut so blaß, daß sie beinahe weiß wirkte. Die Nase war lang und schmal, eine Frauennase, fand er, die Lippen voll und sinnlich, die Backenknochen weit auseinanderstehend. Vielleicht ist er ein Grieche, dachte er, vielleicht ein Italiener oder Spanier. Vielleicht ein Türke oder Kurde. Einen verrückten Augenblick lang dachte er sogar, er könnte ein Israeli sein.

Mahmoud beobachtete, wie der Mann, der Jassim genannt werden wollte, den Niedergang benutzte und unter Deck verschwand. Als er zwei Minuten später zurückkam, trug er einen langen, schlanken Gegenstand.

Mahmoud kannte nur ein Wort dafür: Stinger.

Als Jassim ihn jetzt ansprach, behandelte er Mahmoud, als verstehe er nichts von Fla-Raketen des Typs Stinger. Dabei kannte Mahmoud sie recht gut. Er wußte, daß die von der Schulter abzuschießende Version eineinhalb Meter lang war und genau fünfzehneinhalb Kilogramm wog. Er wußte, daß sie zur Zielansteuerung einen Wärmesuchkopf, einen passiven Infrarotsensor und einen Ultraviolettsensor besaß. Er wußte, daß ihre wirksame Reichweite bei etwa fünf Kilometern lag. Er hatte nie wirklich eine abgeschossen – die Raketen waren zu kostbar und zu teuer, um zu Übungszwecken verschossen zu werden –, aber er hatte Dutzende von Stunden damit geübt und wußte genau, was er zu tun hatte.

»Sie ist schon dafür eingestellt, ein großes, vierstrahliges Flugzeug anzusteuern«, sagte Jassim gerade. »Der Sprengkopf ist so programmiert, daß er in die Maschine eindringt, bevor er detoniert.«

Mahmoud nickte schweigend.

»Du richtest die Rakete aufs Ziel«, erklärte Jassim geduldig in seinem akzentfreien Arabisch. »Sobald das Zielsuchsystem das Ziel geortet und erfaßt hat, hörst du den Ton in deinem Kopfhörer. Wenn du den Ton hörst, schießt du die Rakete ab.«

Mahmoud schnippte eine weitere Marlboro aus der Packung und bot auch Jassim eine an. Der andere winkte ab und setzte seinen Vortrag fort.

»Sobald die Rakete abgeschossen ist, legst du die leere Abschußvorrichtung einfach ins Boot und kommst zur Jacht zurück.«

»Mir ist befohlen worden, die Abschußvorrichtung ins Wasser zu werfen«, sagte Mahmoud.

»Und ich befehle dir, sie hierher zurückzubringen. Nach dem Absturz der Maschine werden die Amerikaner den Meeresboden mit Sonar absuchen. Dabei haben sie verdammt gute Chancen, deine Abschußvorrichtung zu finden. Deshalb bringst du sie wieder zurück. Wir werfen sie weiter draußen über Bord.«

Mahmoud nickte. Er hatte andere Anweisungen, aber Jassims Erklärung für die Änderung klang vernünftig. Sie schwiegen beide etwa zwanzig Minuten lang. Mahmoud spielte mit dem Griffstück der Stinger. Jassim goß sich einen Kaffee ein und trank ihn in der kalten Nachtluft auf dem Achterdeck.

Dann ging Jassim auf die Brücke, um den Flugfunk abzuhören. Mahmoud, der im Salon blieb, konnte die knappen Anweisungen der Fluglotsen auf dem JFK International Airport mithören.

Am Heck der Jacht waren zwei kleinere Boote festgemacht: ein Zodiac-Schlauchboot und der sechs Meter lange Boston Whaler *Dauntless*. Bis zu diesem Augenblick hatte Mahmoud sich noch nie Gedanken über das große Schlauchboot gemacht. Er stieg die Bootsleiter hinunter, zog den Whaler näher an die Jacht heran und trat über die Reling in den vorderen Sitzraum. Jassim folgte ihm und übergab ihm die Stinger.

Der Whaler hatte ein doppeltes Steuerpult, das durch den Verbindungsgang zwischen Bug- und Hecksitzraum zweigeteilt wurde. Mahmoud legte die Stinger aufs Achterdeck, setzte sich ans Steuerpult und ließ den Motor an. Jassim machte die Bugleine los, warf sie an Deck und stieß das kleinere Boot mit einem kräftigen Fußtritt von der Jacht weg.

Mahmoud schob den Gashebel nach vorn. Der Whaler nahm Fahrt auf und lief auf die Küste von Long Island zu.

Flug 002 der TransAtlantic startet jeden Abend um 19 Uhr auf dem JFK International Airport und landet am nächsten Morgen um 6.55 Uhr in London. Captain Frank Hollings war diese Strecke schon öfter geflogen, als er sich erinnern mochte, auch häufig in der Boeing 747, die er heute nacht fliegen würde, N75639. Mit dieser Maschine, der hundertfünfzigsten 747, die Boeing in seinem Werk in Renton, Washington, gebaut hatte, hatte es in ihren drei Jahrzehnten in der Luft nur wenige Probleme gegeben.

Der Wetterbericht hatte für den größten Teil der Strecke klares Wetter vorhergesagt, aber für den Anflug auf Heathrow war Regen angekündigt. Hollings erwartete einen glatten Flug. Um 18.55 Uhr meldete der Purser dem Captain, alle Passagiere seien an Bord. Punkt 19 Uhr ließ er die Kabinentür schließen, und TransAtlantic Flug 002 wurde von einem Schlepper vom Flugsteig weggezogen.

Mary North unterrichtete Englisch an der Bay Shore High School auf Long Island und war Beratungslehrerin für die Theatergruppe. Anfangs hatte ihr die Idee gefallen, mit der Gruppe für fünf Tage zu Besichtigungen und Theaterbesuchen nach London zu fliegen. Das nötige Geld zusammenzubringen hatte länger gedauert, als sie sich je hatte vorstellen können – endlos viele Kuchenverkäufe, Autowäschen und Verlosungen. Mary bezahlte ihren Anteil selbst, aber die Reise bedeutete, daß sie ihren Mann und ihre zwei Kinder zurücklassen mußte. John war Chemielehrer an der Bay Shore High School, und eine Kurzreise nach London, nur um ein-, zweimal ins Theater zu gehen, überstieg ihre finanziellen Mittel.

Die Schüler benahmen sich wie die Wilden. Das hatte schon auf der Fahrt im Van zum Flughafen angefangen: das Brüllen, das Kreischen, die Rapmusik und *Nirvana* auf höchster Lautstärke aus Walkman-Kopfhörern. Ihre eigenen Kinder waren vier und sechs Jahre alt, und Mary betete jeden Abend, sie möchten nie in die Pubertät kommen. Jetzt bewarfen sie sich gegenseitig mit Popcorn und machten anzügliche Bemerkungen über die Stewardessen. Mary North schloß genervt die Augen. Vielleicht sind sie bald müde, dachte sie. Vielleicht schlafen sie bald ein.

Ein Popcorn prallte von ihrer Nase ab.

Vielleicht bist du wirklich nicht ganz bei Trost, Mary, dachte sie.

Während Flug 002 zur Startposition rollte, war Hassan Mahmoud an Bord der *Dauntless,* die mit Höchstfahrt auf die Westspitze von Fire Island zuhielt, der langgezogenen schmalen Insel vor der Südküste von Long Island.

Die Fahrt von der Jacht weg war bisher ohne Zwischenfälle verlaufen. Der tief über der Kimm hängende Halbmond gestattete ihm, ohne Positionslichter zu laufen. Vor ihm leuchtete der New Yorker Stadtteil Queens blaßgelb am Horizont.

Die äußeren Bedingungen waren ideal: wolkenloser Himmel, schwacher Seegang, kaum Wind. Mahmoud sah auf die Anzeige des Echolots und stellte den Motor ab. Die *Dauntless* verlor rasch an Fahrt und blieb dümpelnd liegen. In der Ferne war das Maschinengeräusch eines Frachters zu hören, der aus dem New Yorker Hafen auslief. Er schaltete das Funkgerät ein und wählte die richtige Frequenz.

Fünf Minuten später hörte Mahmoud, wie TransAtlantic Flug 002 von einem Fluglotsen seine endgültige Startfreigabe erhielt. Er hob die Stinger auf und schaltete die Zielsuch- und Lenksysteme ein. Dann nahm er sie auf seine Schulter und suchte durchs Visier den Nachthimmel ab.

Mahmoud hörte die Verkehrsmaschine bereits, noch bevor er sie tatsächlich sehen konnte. Zehn Sekunden später erfaßte er die Positionslichter der 747 und verfolgte sie über den schwarzen Nachthimmel. Dann erklang in seinem Kopfhörer der Ton, der ihm signalisierte, daß die Stinger ein Ziel erfaßt hatte.

Der Whaler schwankte heftig, als das Feststofftriebwerk der Stinger zündete und die Rakete aus der Abschußvorrichtung röhrte. »Die Amerikaner bezeichnen ihre kostbare Stinger gern als Waffe, die man abfeuern und vergessen kann«, hatte sein Ausbilder ihm bei einer ihrer praktischen Übungen erklärt. Sein Ausbilder war ein Afghane, der im Kampf gegen die Russen ein Auge und eine Hand verloren hatte. Abfeuern und vergessen, dachte Mahmoud. Abfeuern und vergessen. So einfach war das.

Er legte die leere Abschußvorrichtung ins Boot zurück, genau wie Jassim ihm befohlen hatte. Dann ließ er den Motor des Whalers wieder an, entfernte sich mit Höchstgeschwindigkeit von der Küste und warf dabei nur einen kurzen Blick über die Schulter; er sah, wie die Stinger mit Überschallgeschwindigkeit durch den schwarzen Nachthimmel raste.

Captain Frank Hollings hatte B-52-Bomber über Nordvietnam geflogen und wußte deshalb, wie anfliegende Fla-Raketen aussahen. Für einen kurzen Augenblick gestattete er sich zu glauben, das könnte etwas anderes sein – ein brennendes Kleinflugzeug, ein Meteorit, ein Feuerwerkskörper. Aber als die Lenkwaffe mit hoher Geschwindigkeit unaufhaltsam weiter auf sie zuraste, wußte er, daß sie nichts anderes sein konnte. Eine alptraumhafte Vorstellung war Wirklichkeit geworden.

»Heilige Muttergottes«, murmelte Hollings. Er wandte sich an seinen Kopiloten und öffnete den Mund, um etwas zu sagen. Dann erzitterte das Flugzeug heftig. Im nächsten Augenblick wurde es durch eine gewaltige Detonation in Stücke gerissen, und Feuer regnete aufs Meer hinab.

Als der Mann, der sich Jassim nannte, die *Dauntless* kommen hörte, blinkte er mit einem starken Signalscheinwerfer dreimal rasch in ihre Richtung. Das Boot kam in Sicht. Mahmoud zog den Gashebel zurück, und die *Dauntless* glitt aufs Heck der Jacht zu.

Selbst im schwachen Licht des untergehenden Mondes erkannte er es auf dem Gesicht des Jungen. Die wilde Erregung, die Angst, die rauschhafte Hochstimmung. Er sah es in seinen glänzenden dunkelbraunen Augen, an seinen zitternden Händen, die unbeholfen das Steuer der *Dauntless* bedienten. Hätte man ihn gewähren lassen, wäre Mahmoud die ganze Nacht und den folgenden Tag über aufgeblieben, hätte alles noch einmal durchlebt, jede Einzelheit ausführlich erläutert und wieder und wieder geschildert, was er in dem Augenblick empfunden hatte, in dem das Flugzeug in einem Feuerball explodiert war.

Jassim verachtete die Ideologen, verabscheute die Art und Weise, wie sie alle ihre Leiden als Schutzpanzer trugen und ihre Angst als Tapferkeit tarnten. Er mißtraute jedem, der freiwillig bereit war, ein Leben dieser Art zu führen. Er vertraute nur Profis.

Die *Dauntless* stieß leicht ans Heck der Jacht. Der Wind hatte in den letzten Minuten etwas aufgefrischt. Kleine Wellen klatschten gegen die Bootsrümpfe. Jassim stieg die Leiter hinunter, als Hassan Mahmoud den Motor abstellte und in den vorderen Sitzbereich kam. Der Junge streckte eine Hand aus, damit Jassim ihm aus dem Boot helfen konnte, aber Jassim zog eine 9-mm-Glock mit Schalldämpfer aus dem Hosenbund und schoß dem jungen Palästinenser dreimal rasch nacheinander ins Gesicht.

Später ging er mit der Jacht auf Ostkurs und schaltete das automatische Navigationssystem ein. Er lag wach in seiner Kabine. Noch heute, nach unzähligen Morden, konnte er in der ersten Nacht nach einem Auftragsmord nicht schlafen. War er auf der Flucht oder noch in der Öffentlichkeit, gelang es ihm immer, konzentriert und professionell cool zu bleiben. Aber nachts kamen die

Dämonen. Nachts sah er die Gesichter, eines nach dem anderen wie Fotografien in einem Album. Zuerst kraftvoll und lebendig; dann zu einer Totenmaske verzerrt oder durch seine bevorzugte Tötungsmethode zerfetzt: drei Kugeln ins Gesicht. Danach kamen die Schuldgefühle, und er versicherte sich wieder, er habe sich dieses Leben nicht ausgesucht. Er war dafür bestimmt worden. Im Morgengrauen, als das erste Licht des neuen Tages in seine Kabine fiel, schlief er endlich ein.

Er stand mittags auf und machte sich an die Routinearbeit, um sein Verschwinden vorzubereiten. Nachdem er geduscht und sich rasiert hatte, zog er sich an und packte seine übrige Kleidung in eine kleine lederne Reisetasche. Er kochte sich einen Kaffee und trank ihn, während er im Fernseher der Jacht, die mit einer hochwertigen Satellitenempfangsanlage ausgestattet war, die CNN-Reportagen verfolgte. Jammervolle Bilder: trauernde Angehörige auf den Flughäfen JFK und Heathrow, die Mahnwache in einer High School irgendwo auf Long Island, die Reporter mit ihren wilden Spekulationen über die Absturzursache.

Er machte einen letzten Rundgang durch sämtliche Räume der Jacht, um sich zu vergewissern, daß er keine Spur seiner Anwesenheit hinterlassen hatte. Dann überprüfte er die Sprengladungen.

Um 18.00 Uhr, pünktlich zur befohlenen Zeit, holte er einen kleinen schwarzen Gegenstand aus der Kombüse. Das Ding war nicht größer als eine Zigarrenkiste und erinnerte vage an ein Funkgerät. Er nahm es mit aufs Achterdeck und drückte auf den einzigen Knopf. Er hörte keinen Ton, aber er wußte, daß die komprimierte Nachricht verschlüsselt gesendet worden war. Selbst wenn die amerikanische NSA sie auffing, konnte sie mit diesem sinnlosen Buchstabensalat nichts anfangen.

Die Jacht lief weitere zwei Stunden nach Osten. Inzwischen war es 20 Uhr. Er machte die Sprengladungen scharf und zog dann eine Segeltuchweste mit einem schweren Metallring auf der Brust an.

Heute abend war der Wind stärker. Es war merklich kälter, und die Sterne verschwanden hinter einer hohen Wolkendecke. Das am Heck der Jacht festgemachte Zodiac-Schlauchboot hob und senkte sich rhythmisch in den einen Meter hohen Wellen. Er kletterte in das Boot und zog an der Anreißleine. Der Außenbordmotor sprang beim dritten Zug an. Er drehte von der Jacht ab und gab Gas.

Zwanzig Minuten später hörte er den Hubschrauber. Er stellte den Motor des Schlauchboots ab und blinkte mit seiner Signallampe. Dann schwebte der Hubschrauber über ihm und erfüllte die Nacht mit dem Knattern seiner Rotorblätter.

Aus dem Rumpf fiel ein Stahlseil herab. Er befestigte es an seiner Weste und ruckte zweimal daran, um mitzuteilen, daß er bereit war. Im nächsten Augenblick schwebte er aus dem Schlauchboot sanft zum Hubschrauber hinauf.

In der Ferne waren Explosionen zu hören. Er drehte den Kopf noch rechtzeitig zur Seite, um zu sehen, wie die Jacht durch die Wucht der Detonationen aus dem Wasser gehoben wurde. Dann trat sie langsam ihren langen Weg auf den Boden des Atlantiks an.

2

San Francisco

Präsident James Beckwith erhielt die Nachricht von der Tragödie, während er in seinem Haus in San Francisco Urlaub machte. Er hatte auf einige Tage Erholung gehofft: auf einen ruhigen Nachmittag in seinem Arbeitszimmer mit Blick auf die Golden Gate Bridge, ein erholsames Abendessen mit alten Freunden und politischen Förderern in Marin. Und vor allem auf einen Segeltag an Bord seiner geliebten 11,5-m-Ketsch *Democracy,* selbst wenn das bedeutete, daß er von einer Horde Kameraleute und Reporter aus dem Pressepool des Weißen Hauses durch die Gewässer der San Francisco Bay verfolgt wurde. Die Segeltörns mit der *Democracy* lieferten immer Bildmaterial, das seine Mitarbeiter und politischen Berater am liebsten sahen: der Präsident trotz seiner neunundsechzig Jahre noch immer fit und jugendlich, noch immer imstande, sein Boot zu handhaben. Nur Anne war mit an Bord. Das sonnengebräunte Gesicht, die sportlich schlanke Gestalt, die sich lässig auf dem Boot bewegte, die modische Sonnenbrille in europäischem Design unter dem Schirm seiner Air-Force-One-Mütze.

Das Arbeitszimmer in Beckwiths geräumigem Haus im Marina District spiegelte seinen Geschmack und sein Image nahezu perfekt wider: elegant, behaglich, traditionell, aber trotzdem mit genügend modernen Elementen, um erkennen zu lassen, daß der Präsident mit beiden Beinen in der heutigen Welt stand. Die Schreibtischplatte war aus Rauchglas, der PC schwarz. Beckwith war stolz darauf, so viel von Computern zu verstehen wie die meisten seiner jugendlichen Mitarbeiter, vielleicht sogar mehr.

Er nahm den Hörer seines schwarzen Telefons ab und drückte auf einen weißen Knopf. Eine Telefonistin des Weißen Hauses sagte: »Ja, Mr. President?«

»Stellen Sie bitte vorläufig keine Gespräche mehr durch, außer der Stabschef ruft an, Grace. Ich möchte etwas Ruhe haben.«

»Selbstverständlich, Mr. President.«

Er hörte, wie am anderen Ende aufgelegt wurde. Er legte ebenfalls auf und trat ans Fenster. Die Aussicht war wundervoll, trotz der dicken Panzerglasscheibe, auf der der Secret Service bestanden hatte. Die tief am Abendhimmel stehende Sonne hatte die Stadt in sanfte Aquarelltöne aus Purpur und Orange getaucht. Der abendliche Nebel sickerte durchs Golden Gate herein. Unter ihm standen bunte Drachen über der Küstenlinie. Die Aussicht hatte einen ganz eigenen Zauber. Beckwith vergaß, wie lange er dastand und die schweigende Stadt, die mit Schaumkronen bedeckte Bucht und die braunen Hügel von Marin in der Ferne betrachtete. Das letzte Licht dieses Tages schwand, und nach einigen Minuten starrte ihn sein eigenes Spiegelbild aus der Scheibe an.

Beckwith mochte das Wort »patrizisch« nicht, aber selbst er mußte zugeben, daß es seine Erscheinung und sein Auftreten genau beschrieb. Seine Berater behaupteten scherzhaft, wenn Gott den idealen politischen Kandidaten hätte erschaffen wollen, wäre James Beckwith dabei herausgekommen. Er ragte in jeder Umgebung hervor. Er war einen Meter fünfundachtzig groß und hatte volles glänzendes Haar, das schon vor seinem vierzigsten Lebensjahr silbergrau geworden war. Er war noch immer athletisch und hatte sich etwas von der körperlichen Gewandtheit aus seiner großen Zeit als Footballstar und Baseballspieler in Stanford bewahrt. Die äußeren Winkel seiner blaßblauen Augen senkten sich leicht nach unten, sein schmales Gesicht wirkte beherrscht, sein Lächeln wirkte zurückhaltend, aber selbstbewußt. Seine Haut war von zahllosen Stunden auf der *Democracy* permanent gebräunt.

Als Beckwith vor vier Jahren das Präsidentenamt übernommen hatte, hatte er sich selbst etwas versprochen: Er würde nicht zulassen, daß dieses Amt ihn auffraß, wie es schon viele seiner Vorgänger aufgefressen hatte. Er joggte jeden Tag dreißig Minuten auf dem Laufband im Fitneßraum des Weißen Hauses und arbeitete eine halbe Stunde lang mit Hanteln. Andere Männer hatte dieses Amt ausgezehrt, Beckwith hatte sein Gewicht verringert und seinen Brustumfang um drei Zentimeter vergrößert.

James Beckwith hatte sich nicht in die Politik gedrängt, sondern die Politik war zu ihm gekommen. Er war der beste Strafverfolger der Bezirksstaatsanwaltschaft in San Francisco gewesen, als die Republikaner in Kalifornien auf ihn aufmerksam geworden waren. Mit Anne und den drei Kindern an seiner Seite gewann Beckwith jede Wahl. Sein Aufstieg wirkte mühelos, als sei er vom Schicksal zu Großem bestimmt. Kalifornien wählte ihn zum Justizminister, dann zum Vizegouverneur. Es schickte ihn für zwei Amtsperioden in den Senat und brachte ihn dann für eine Amtsperiode als Gouverneur nach Sacramento zurück – die ideale Ausgangsposition für seinen Weg ins Weiße Haus. In seiner gesamten politischen Laufbahn arbeiteten die Politprofis, von denen er umgeben war, auf ein bestimmtes Image für ihn hin. James Beckwith war ein Konservativer mit gesundem Menschenverstand. Beckwith war ein Mann, dem man vertrauen konnte. Beckwith war ein tatkräftiger Macher. Er war genau der Mann, den die Republikanische Partei suchte: ein moderater Politiker von angenehmer Erscheinung, eine vorzeigbare Alternative zu den konservativen Hardlinern im Kongreß. Nach acht Jahren demokratischer Herrschaft im Weißen Haus hatte Amerika das Bedürfnis nach einem Wechsel. Das Land entschied sich für Beckwith.

Jetzt, vier Jahre später, war das Land sich nicht sicher, ob es ihn behalten wollte. Er wandte sich vom Fenster ab und ging zu seinem Schreibtisch zurück. Er goß sich eine Tasse Kaffee aus einer chromfarbenen Isolierkanne ein. Beckwith war ein Anhänger der Theorie, jedes Unglück habe auch etwas Gutes. Der Abschuß einer amerikanischen Verkehrsmaschine vor Long Island war ein verbrecherischer Akt des internationalen Terrorismus, eine brutale und feige Tat, die nicht ungesühnt bleiben durfte. Die Wählerschaft würde bald erfahren, was Beckwith bereits wußte – daß TransAtlantic Flug 002 von einer Boden-Luft-Rakete Stinger getroffen worden war, die offenbar von einem kleinen Boot vor der Küste abgeschossen worden war. Das amerikanische Volk würde Angst haben, und wenn historische Präzedenzfälle noch Gültigkeit hatten, würde es von seinem Präsidenten Worte des Trostes und der Beruhigung erwarten.

James Beckwith verabscheute das politische Tagesgeschäft, aber er war andererseits clever genug, um zu erkennen, daß die Terroristen ihm eine einmalige Chance verschafft hatten. Im vergangenen Jahr hatte sich mehr als die Hälfte der Bevölkerung gegen seine Amtsführung ausgesprochen – absolut tödlich für einen amtierenden Präsidenten. Die Rede, mit der er seine erneute Nominierung auf dem Parteitag der Republikaner akzeptiert hatte, war matt und schwunglos gewesen. Das

Washingtoner Pressekorps hatte seine Vision für eine zweite Amtsperiode als »aufgewärmte erste Amtszeit« gebrandmarkt. Einige der bekanntesten Journalisten hatten bereits angefangen, seinen politischen Nachruf zu schreiben. Nur einen Monat vor der Wahl lag er in den meisten landesweiten Umfragen drei bis fünf Prozent hinter seinem Herausforderer, Senator Andrew Sterling aus Nebraska, den die Demokratische Partei ins Rennen geschickt hatte.

Geographisch sah die Verteilung des Wählerpotentials jedoch anders aus. Beckwith hatte New York, New England und den industriellen Mittleren Westen an Sterling abgegeben. Stark war seine Anhängerschaft weiterhin im Süden, wo Florida und Texas entscheidend sein würden, in Kalifornien und den Bergstaaten des Westens. Sicherte Beckwith sie sich alle, hatte er gewonnen. Mußte er auch nur einen an Sterling abgeben, war die Wahl verloren.

Beckwith wußte, daß der Abschuß der Boeing 747 alles ändern würde. Der Wahlkampf würde unterbrochen werden; er würde seine Wahlkampfreise durch Tennessee und Kentucky absagen und nach Washington zurückkehren, um die Krise zu bewältigen. Wenn er es geschickt macht, würden die Umfrageergebnisse anders aussehen und ihn wieder näher an Sterling heranbringen. Und das alles konnte er sicher und bequem vom Weißen Haus aus tun, statt mit der Air Force One oder irgendeinem Wahlkampfbus kreuz und quer durchs Land reisen, alten Leuten die Hand schütteln und immer wieder die gleiche gottverdammte Rede halten zu müssen.

Große Männer werden nicht groß geboren, sagte er sich. Große Männer werden groß, weil sie eine sich bietende Gelegenheit ergreifen.

Er trat mit der Kaffeetasse in der Hand wieder ans Fenster. Aber will ich wirklich eine zweite Amtszeit? dachte er. Im Gegensatz zu seinen meisten Vorgängern hatte er ernsthaft über diese Frage nachgedacht. Er fragte sich, ob er das Stehvermögen für einen letzten Wahlkampf hatte: die endlose Geldbeschafferei, die minutiöse Durchleuchtung seiner bisherigen Arbeit, die vielen Reisen durchs ganze Land. Anne und er hatten das Leben in Washington hassen gelernt. Die herrschende Elite der Hauptstadt – die reichen Journalisten, Anwälte und Lobbyisten – hatte ihn nie akzeptiert, und der Wohnsitz des Präsidenten war ihnen mehr ein Gefängnis als ihr Heim geworden. Aber nach nur einer Amtsperiode aus dem Amt zu scheiden war inakzeptabel. Die Wiederwahl gegen einen erst zweimal gewählten Senator aus Nebraska zu verlieren und Washington als Verlierer verlassen zu müssen …

Beckwith schauderte es bei diesem Gedanken.

Er würde bald abgeholt werden. Neben seinem Arbeitszimmer befand sich eine private Toilette. Ein Assistent hatte seine Kleidung an den Garderobenhaken hinter der Tür gehängt. Der Präsident ging hinein und begutachtete, was er anziehen sollte. Er wußte, daß Paul Vandenberg, sein Stabschef und langjähriger Freund, die Kleidung persönlich ausgesucht hatte. Paul kümmerte sich um solche Details; Paul kümmerte sich um alles. Ohne ihn wäre Beckwith verloren gewesen.

Manchmal war es sogar Beckwith peinlich, in welchem Ausmaß Paul Vandenberg über seine Angelegenheiten bestimmte. Die Medien bezeichneten ihn routinemäßig als »Premierminister« oder »graue Eminenz«. Beckwith, der sich seines historischen Images stets bewußt war, machte sich Sorgen, er könnte als Paul Vandenbergs Marionette abgeschrieben werden. Vandenberg hatte Beckwith sein Wort gegeben, ihn nie in dieser Rolle darzustellen. Der Präsident vertraute ihm. Paul

Vandenberg verstand sich darauf, Geheimnisse zu wahren. Er hielt mehr von unauffälliger Machtausübung. Er war vorbildlich diskret, achtete darauf, nicht aufzufallen, und lieferte Reportern nur Insiderinformationen, wenn es sich gar nicht vermeiden ließ. Er trat widerstrebend in Talkshows am Sonntagmorgen auf, und das nur dann, wenn die Pressereferentin des Weißen Hauses ihn darum bat. Beckwith hielt ihn für einen schrecklichen Talkshowgast; das Selbstbewußtsein und die Brillanz, die er bei privaten Planungs- und Strategiegesprächen zeigte, lösten sich in Luft auf, sobald das rote Licht einer Fernsehkamera aufflammte.

Er zog seine ausgebleichten Jeans und den Baumwollpullover aus und die Sachen an, die Paul für ihn ausgesucht hatte: eine graue Flanellhose, ein blaues Hemd mit Button-down-Kragen, einen dünnen Pullover mit rundem Halsausschnitt, einen blauen Blazer. Dem Anlaß entsprechend, aber bequem. Sein nationaler Sicherheitsstab würde sich in zehn Minuten unten im Speisezimmer versammeln. Dabei würde es keine Fernsehkameras, sondern nur einen Fotografen des Weißen Hauses geben, der diesen Augenblick für die Medien und für die Geschichte festhalten würde. James Beckwith, der sich der größten Krise seiner Präsidentschaft stellte. James Beckwith, der seine Wiederwahlkampagne beiseite schob, um den Verpflichtungen seines hohen Amts nachzukommen. James Beckwith, Führer der Nation.

Er betrachtete zum letztenmal sein Spiegelbild.

Große Männer werden nicht groß geboren. Große Männer werden groß, weil sie eine sich bietende Gelegenheit ergreifen.

3

Washington, D.C.

Vor diesem Augenblick hatte Elizabeth Osbourne sich die ganze Woche gefürchtet. Sie fuhr mit ihrem silbernen Mercedes auf den Parkplatz des Georgetown University Medical Center und fand einen Platz in der Nähe des Eingangs. Sie sah auf die Uhr im Instrumentenbrett. Es war halb fünf; sie war eine Viertelstunde zu früh dran. Sie stellte den Motor ab. Ein tropischer Wirbelsturm war vom Golf von Mexiko heraufgezogen und hatte sich über der Stadt festgesetzt. Seit Mittag goß es in Strömen. Stürmische Winde entwurzelten überall im Nordwesten Washingtons Bäume, hatten die Einstellung des Betriebs auf dem National Airport erzwungen und vertrieben die Touristen von den Denkmälern und Gedenkstätten entlang der Mall.

Regen trommelte aufs Autodach und lief in Strömen über die Windschutzscheibe. Sobald die Scheibenwischer standen, verschwand der Rest der Welt hinter breiten Wasserschlieren. Elizabeth genoß es, nichts um sich herum sehen zu können. Sie schloß die Augen. Sie träumte gern davon, ihr Leben zu ändern, weniger hektisch zu leben, aus Washington wegzuziehen und sich irgendwo ruhig und behaglich mit ihrem Mann Michael niederzulassen. Aber sie wußte, daß das ein törichter, unrealistischer Traum war. Elizabeth Osbourne war eine der angesehensten Anwältinnen Washingtons. Und Michael, der sich als international tätiger Unternehmensberater ausgab, war in Wirklichkeit ein ranghoher Mitarbeiter der Central Intelligence Agency.

Ihr Autotelefon klingelte leise. Sie griff nach dem Hörer, ohne die Augen zu öffnen, und sagte: »Hallo, Max.«

Max Lewis war ihr sechsundzwanzigjähriger Sekretär. Erst gestern abend, als Elizabeth mit einem Glas Wein und einem Stapel Akten allein in ihrem Zimmer gesessen hatte, war ihr klar geworden, daß sie mehr mit Max als sonst jemandem auf der Welt sprach. Das deprimierte sie zutiefst.

»Woher hast du gewußt, daß ich anrufe?« fragte er.

»Weil nur zwei Leute diese Nummer haben, du und Michael. Und ich habe gewußt, daß er's nicht sein kann.«

»Das klingt enttäuscht.«

»Nein, ich bin nur ein bißchen müde. Was gibt's?«

»Ich habe David Carpenter aus Miami am Telefon.«

»Sag Mr. Carpenter, daß ich ihn anrufe, sobald ich wieder zu Hause bin. Ich weiß aus Erfahrung, daß man Gespräche mit David Carpenter nicht über Autotelefone führen sollte.«

»Die Angelegenheit ist dringend, sagt er.«

»Das sagt er meistens.«

»Wann kann er mit deinem Anruf rechnen?«

»Gegen neunzehn Uhr, eher etwas später. Das hängt davon ab, wie's hier klappt.«

»Braxtons Sekretärin hat angerufen.«

Samuel Braxton war der geschäftsführende Partner der Kanzlei Braxton, Allworth & Kettlemen und der beste Akquisiteur der Anwaltsfirma. Er hatte zwei republikanischen Präsidenten gedient – einmal als stellvertretender Stabschef des Weißen Hauses, einmal als Stellvertreter des Finanzministers – und gehörte zum engeren Kreis der Kandidaten für den Posten des Außenministers, falls

Beckwith wiedergewählt wurde. Er beäugte Elizabeth mißtrauisch, weil er ihre politische Einstellung mißbilligte; ihr Vater war Douglas Cannon, ein Liberaler aus New York, der viermal im Senat gesessen hatte, und sie hatte schon zweimal unbezahlten Urlaub genommen, um für demokratische Senatoren zu arbeiten. Braxton bezeichnete sie routinemäßig als »unsere hauseigene Linke«. Holte er bei Besprechungen die Meinung aller am Tisch Sitzenden ein, erzielte er häufig einen Lacherfolg, indem er sich an Elizabeth wandte und sagte: »Und jetzt mit der Ansicht der American Civil Liberties Union: Elizabeth Cannon-Osbourne!«

Ihr Konflikt mit Samuel Braxton hatte auch eine ernstere Seite; Braxton hatte sich dagegen gewehrt, sie als Partnerin aufzunehmen, und erst eingelenkt, als die anderen Partner ihn davon überzeugt hatten, daß die Firma mit ihrer Ablehnung eine Klage wegen geschlechtlicher Diskriminierung riskiere. Jetzt, drei Jahre später, war ihre Beziehung zu einem unbehaglichen Waffenstillstand geworden. Braxton behandelte sie im allgemeinen respektvoll und war aufrichtig bemüht, sie vor allen wichtigen Entscheidungen über Kurs und Zukunft der Kanzlei zu konsultieren. Er lud Elizabeth regelmäßig zu gesellschaftlichen Veranstaltungen ein und hatte sie letztes Jahr auf der Weihnachtsparty des Weißen Hauses als »einen unserer wirklichen Stars« bezeichnet, als er sie Stabschef Paul Vandenberg vorgestellt hatte.

»Was wünscht Lord Braxton, Max?«

Max lachte. Sie hätte ihm ihr Leben anvertraut. Das beruhte auf Gegenseitigkeit. Vor einem halben Jahr hatte Max ihr etwas erzählt, das sonst niemand wußte – er war HIV-positiv.

»Seine Lordschaft wünscht deine Anwesenheit am Donnerstag bei einem Abendessen.«

»Findet es im Herrenhaus statt?«

»Nein, einer seiner hochmögenden Mandanten lädt ein. Seiner Lordschaft Sekretärin hat anklingen lassen, deine Teilnahme sei freiwillig.«

»Wer ist der Mandant?«

»Mitchell Elliott.«

»Mitchell Elliott von Alatron Defense Systems?«

»Genau der.«

»Wo findet das Essen statt?«

»In Elliotts Haus in Kalorama. In der California Street, um es genau zu sagen. Hast du was zu schreiben da?«

Elizabeth nahm Filzstift und Terminkalender aus ihrem Aktenkoffer und schrieb die Adresse auf, die Max ihr diktierte.

»Uhrzeit?«

»Neunzehn Uhr dreißig.«

»Darf ich jemanden mitbringen?«

»Ehepartner sind gestattet. Elizabeth, du kommst zu spät zu deinem Termin.«

Sie sah auf die Uhr im Instrumentenbrett. »Oh, Scheiße! Sonst noch was?«

»Nicht, was nicht bis morgen früh Zeit hätte.«

»Wohin muß ich morgen?«

»Chicago. Ich habe die Tickets in die Außentasche deines Aktenkoffers gesteckt.«

Sie öffnete das Fach und sah die Umschläge zweier Tickets erster Klasse von American Airlines.

»Ohne dich wäre ich verloren, Max.«

»Ich weiß, Schätzchen.«

»Du hast nichts von Michael gehört, stimmt's?«

»Keinen Ton.«

»Ich rufe dich morgen aus dem Flugzeug an.«

»Wunderbar«, sagte Max, dann fügte er hinzu: »Alles Gute, Elizabeth. Ich bin in Gedanken bei dir.«

Sie trennte die Verbindung und tippte die Kurzwahlnummer von Michaels Autotelefon ein. Das Telefon klingelte fünfmal, bevor eine Tonbandstimme ihr mitteilte, der Teilnehmer sei gegenwärtig nicht erreichbar. Elizabeth knallte den Hörer in seine Halterung. Sie blieb einen Augenblick still sitzen und horchte auf das Prasseln des Regens.

»Michael Osbourne«, flüsterte sie, »wenn du nicht in den nächsten fünf Minuten auf diesem Parkplatz aufkreuzt, schwöre ich bei Gott, daß ich …«

Sie wartete weitere fünf Minuten; dann zog sie mit mühsamen Verrenkungen ihren Regenmantel an und stieg aus. Sie spannte ihren Regenschirm auf und wollte über den Parkplatz gehen, aber ein Windstoß riß ihr den Schirm aus der Hand. Sie beobachtete einige Augenblicke lang, wie er sich überschlagend in Richtung Reservoir Road davonrollte. Irgend etwas daran veranlaßte sie, hilflos zu lachen. Sie hielt den Mantel am Hals dicht zu und hastete im Regen über den Parkplatz.

»Der Doktor ist leider ein paar Minuten zu spät dran.«

Die Rezeptionistin lächelte, als habe sie den ganzen Tag noch nichts Interessanteres gesagt. Elizabeth ging ins Wartezimmer, zog ihren nassen Regenmantel aus und setzte sich. Sie war die letzte Patientin dieses Nachmittags und zum Glück hier allein. Sie hätte nicht die geringste Lust gehabt, jetzt mit einer anderen Frau zu reden, die das gleiche Problem hatte. Regen trommelte gegen das Fenster, das auf den Parkplatz hinausführte. Sie drehte sich um und sah hinaus. Der stürmische Wind fegte die Blätter von den Alleebäumen. Sie hielt nach Michaels Jaguar Ausschau, konnte ihn aber nirgends sehen.

Sie griff in ihren Aktenkoffer, nahm eines der Handys heraus – sie hatte immer zwei bei sich, um zwei Gespräche gleichzeitig führen zu können – und tippte Michaels Nummer ein. Er meldete sich wieder nicht. Am liebsten hätte sie ihn im Dienst angerufen, aber wenn er noch in Langley war, würde er's ohnehin nicht mehr schaffen.

Sie stand auf und ging langsam zwischen Tür und Fenster auf und ab. Bei solchen Gelegenheiten haßte Elizabeth Osbourne es, mit einem Spion verheiratet zu sein. Michael haßte es, wenn sie ihn als Spion bezeichnete, und setzte ihr immer wieder geduldig auseinander, er sei Führungsoffizier, kein Spion. Sie hielt das für eine alberne Beschreibung von Michaels Tätigkeit. »Das klingt, als seist du ein Berater oder Sozialarbeiter«, hatte Elizabeth in der Nacht gesagt, in der Michael erstmals versucht hatte, ihr seine Arbeit zu erklären. Er hatte mit seinem zurückhaltenden Lächeln geantwortet: »Nun, das ist gar nicht so weit von der Wahrheit entfernt.«

Sie hatte sich in Michael verliebt, bevor sie erfahren hatte, daß er bei der CIA arbeitete. Freunde hatten sie zum Segeln auf der Chesapeake Bay eingeladen, und Michael war ebenfalls eingeladen gewesen. An diesem feuchtheißen Tag Ende Juli wehte nur ein leichter Wind. Während das Boot übers stille Wasser trieb, lagen Elizabeth und Michael im Schatten der schlaffen Segel, tranken eisgekühltes Bier und redeten miteinander. Im Gegensatz zu den meisten hiesigen Männern sprach er kaum über seine Arbeit. Er war international als Unternehmensberater tätig, hatte einige Jahre in London gelebt und war gerade in die Washingtoner Filiale seiner Firma versetzt worden.

Abends saßen sie in Annapolis in einem kleinen Restaurant am Wasser, aßen Krabbenpasteten und tranken Weißwein. Sie merkte, daß sie ihn beim Essen immer wieder anstarrte. Er war einfach der schönste Mann, den sie je gesehen hatte. Der Tag auf dem Wasser hatte ihn verändert. Die Sonne hatte seine Haut gebräunt und in seinem dunklen Haar goldgelbe Strähnen hinterlassen. Seine Augen waren grün mit hellen Flecken wie wildwachsendes Sommergras. Er hatte eine lange, gerade Nase, und sie mußte sich beherrschen, um nicht eine Hand auszustrecken und seine vollkommenen Lippen zu berühren. Sie fand, er sehe recht exotisch aus, wie ein Italiener, Spanier oder Türke.

An diesem Abend fuhr er auf der Route 50 hinter ihr her in die Stadt zurück, und sie nahm ihn mit nach Hause in ihr Bett. Sie war vierunddreißig und hatte sich beinahe damit abgefunden, nie zu heiraten. Aber als sie ihn in dieser Nacht zum erstenmal in sich aufnahm, verliebte sie sich rasend und hoffnungslos in einen Mann, den sie erst vor acht Stunden kennengelernt hatte und von dem sie so gut wie gar nichts wußte.

Von seiner Arbeit erzählte er ihr zwei Monate später, als sie allein ein verlängertes Wochenende im Sommerhaus ihres Vaters auf Shelter Island im Staat New York verbrachten. Die Tage waren warm, aber wenn abends Wind aufkam, lag schon etwas Herbstfrische in der Luft. Nach dem Abendessen zogen sie Pullover und lange Hosen an und tranken ihren Kaffee in den Liegestühlen am Strand.

»Ich muß mit dir über meine Arbeit reden«, sagte er ohne Vorwarnung, und sie sah in der verblassenden Abenddämmerung, daß sein Gesichtsausdruck plötzlich ernst geworden war. Seine Arbeit machte ihr schon seit Wochen Sorgen. Sie fand es merkwürdig, daß er nie darüber sprach, wenn sie ihn nicht danach fragte. Außerdem fand sie die Tatsache befremdlich, daß Michael sie nie tagsüber anrief und nie mit ihr zum Mittagessen ging. Rief sie ihn im Büro an, meldete sich eine Frau, die bereitwillig eine Nachricht für ihn entgegennahm, aber es war jedesmal eine andere Frau. Manchmal dauerte es Stunden, bis er zurückrief. Und dann konnte er nie länger als ein paar Minuten mit ihr reden.

»Ich bin kein Unternehmensberater und bin nie einer gewesen«, begann er. »Ich arbeite bei der CIA. Aber ich konnte es dir nicht erzählen, bis ich mir sicher war, dich einweihen zu können. Du mußt verstehen, Elizabeth, daß ich dich nicht belügen oder gar verletzen wollte ...«

Sie holte aus und schlug ihm ins Gesicht. »Du Dreckskerl!« schrie sie so laut, daß ein Möwenschwarm vom Strand aufflatterte und übers Wasser davonflog. »Du verdammter Lügner! Morgen früh bringe ich dich zur Fähre. Du kannst mit dem Bus zurückfahren. Ich will dich nie wiedersehen. Scher dich zum Teufel, Michael Osbourne!«

Sie blieb am Strand, bis die Kälte sie ins Haus zurücktrieb.

Im Schlafzimmer brannte kein Licht. Sie ging hinein, ohne anzuklopfen, und fand ihn in der Dunkelheit auf dem Bett liegend. Sie zog sich schweigend aus und drängte sich gegen ihn. Er wollte etwas sagen, aber sie bedeckte seinen Mund mit ihren Lippen und murmelte: »Nein, nicht jetzt, reden verboten.«

Danach sagte sie: »Mir ist egal, wer du bist oder welchen Beruf du hast, Michael Osbourne.« Ihre Lippen glitten über seine Brust. »Ich liebe den Menschen, der da drinnen ist, und will dich nie verlieren.«

»Entschuldige, daß ich's dir nicht früher erzählt habe. Ich konnte nicht.«

»Ist Michael Osbourne dein richtiger Name?«

»Ja, das ist er.«

»Du hast niemals jemanden umgebracht, nicht wahr?«

»Nein, Leute bringen wir nur in Filmen um.«

»Hast du jemals erlebt, wie jemand umgebracht worden ist?«

»Ja.«

»Kannst du darüber reden?«

»Nein, noch nicht.«

»Du wirst mich nie belügen, nicht wahr, Michael?«

»Ich werde dich nie belügen, aber es wird Dinge geben, die ich dir nicht erzählen darf. Kannst du damit leben?«

»Das weiß ich noch nicht, aber versprichst du mir, mich nie zu belügen?«

»Ich werde dich nie belügen.«

Elizabeth küßte ihn. »Warum bist du Spion geworden?«

»Wir nennen uns nicht Spione. Wir sind Führungsoffiziere.«

»Na schön, warum bist du Führungsoffizier geworden?«

Michael lachte sein ruhiges, beherrschtes Lachen. »Keine Ahnung.«

Ihr Vater hielt sie für eine Närrin, weil sie einen CIA-Offizier heiraten wollte. Er hatte dem Geheimdienstausschuß des Senats angehört, und obwohl er Verallgemeinerungen aus Prinzip verabscheute, war er der Überzeugung, die Spione in Langley seien die größte Ansammlung von komischen Käuzen und Spinnern, die er je gesehen hatte. Bei Michael machte er eine Ausnahme. Nachdem die beiden Männer einen Tag auf der Gardiners Bay gesegelt hatten, war der Senator plötzlich sehr mit ihren Heiratsplänen einverstanden.

Vieles an Michaels Arbeit war Elizabeth verhaßt: Die lange Arbeitszeit, die Dienstreisen an gefährliche Orte und die Tatsache, daß sie nicht *wirklich* wußte, was er den ganzen Tag lang machte. Sie wußte, daß die meisten Frauen eine Ehe wie ihre unerträglich gefunden hätten.

Sie glaubte gern, stärker als die meisten Frauen, selbstsicherer und unabhängiger zu sein. Aber in Zeiten wie jetzt wünschte sie sich, ihr Mann hätte einen normalen Beruf.

Im Wartezimmer war nichts zu hören außer der Stimme einer Fernsehmoderatorin, die Elizabeth nicht ausstehen konnte. Sie wollte etwas lesen, aber in allen Zeitschriften ging es um Kindererziehung – kein angenehmes Thema für eine kinderlose Vierzigjährige.

Sie versuchte, auf ein anderes Programm umzuschalten, vielleicht gab es irgendwo Nachrichten, aber der Fernseher ließ sich nicht umstellen. Sie wollte den Ton leiser drehen, aber die Lautstärke war fest eingestellt. Gestern ist ein Flugzeug abgeschossen worden, dachte sie, und ich bin dieser faden Blondine ausgeliefert, die mir Babylotion verkaufen will. Sie trat wieder ans Fenster und hielt ein letztes Mal Ausschau nach Michaels Wagen. Es war töricht von ihr, ihn zu erwarten. Zu den wenigen Dingen, die sie über den Job ihres Ehemanns wußte, gehörte die Tatsache, daß Michael mit Terrorismusbekämpfung zu tun hatte. Sie konnte von Glück sagen, wenn er's schaffte, heute abend nach Hause zu kommen.

Eine Sprechstundenhilfe erschien an der Tür. »Der Doktor erwartet Sie, Mrs. Osbourne. Kommen Sie bitte mit?«

Elizabeth griff nach Aktenkoffer und Regenmantel und folgte der Sprechstundenhilfe einen schmalen Flur entlang.

Vierzig Minuten später fuhr Elizabeth Osbourne mit dem Lift in die Eingangshalle hinunter. Sie schlug ihren Mantelkragen hoch und trat in den prasselnden Regen hinaus.

Der Wind blies ihr die Haare ins Gesicht und zerrte an ihrem Regenmantel. Aber Elizabeth nahm nichts davon wahr. Sie war wie betäubt.

Sie hatte die Worte des Arztes im Ohr wie eine irritierende Melodie, die sich in ihrem Kopf festgesetzt hatte. *Sie sind nicht imstande, auf natürliche Weise zu empfangen... Das Problem hängt mit Ihren Eileitern zusammen... Eine Invitro-Fertilisation könnte helfen... Das wissen wir erst, wenn wir's versuchen... Tut mir sehr leid, Ihnen nichts anderes sagen zu können, Elizabeth...*

Bei schwindendem Tageslicht wäre sie beinahe von einem Auto angefahren worden. Elizabeth schien nicht zu bemerken, daß der Fahrer hupte, bevor er wieder Gas gab. Sie hätte am liebsten laut geschrien. Oder geweint. Sie dachte daran, wie es war, mit Michael zu schlafen. Ihre Ehe wies leichte Mängel auf, sie sahen sich zu selten, waren zu sehr durch ihre Arbeit abgelenkt, aber im Bett harmonierten sie perfekt. Ihr Liebesakt war vertraut, aber trotzdem aufregend. Sie kannte Michaels Körper, und er kannte ihren; sie wußten, wie sie einander erregen konnten. Elizabeth hatte immer angenommen, wenn sie ein Baby bekommen wollte, würde das so natürlich und vergnüglich geschehen, wie sie sich liebten. Sie fühlte sich von ihrem Körper im Stich gelassen.

Der Mercedes stand in einer Ecke des Parkplatzes allein. Sie angelte ihre Schlüssel aus der Manteltasche, zeigte mit der Fernbedienung auf den Wagen und drückte auf den Knopf. Die Türen wurden entriegelt, und die Innenbeleuchtung ging an. Sie stieg rasch ein, zog die Tür zu und verriegelte sie wieder. Sie wollte den Zündschlüssel ins Schloß stecken, aber ihre Hand zitterte so stark, daß die Schlüssel auf den Wagenboden fielen. Als sie sich danach bückte, schlug sie sich den Kopf am Instrumentenbrett an.

Elizabeth Osbourne legte Wert auf Selbstbeherrschung – vor Gericht, in der Kanzlei, im Umgang mit Michael. Sie ließ nie zu, daß ihre Gefühle mit ihr durchgingen. Nicht mal, wenn Sam Braxton seine witzigen Bemerkungen machte. Aber jetzt, wo sie mit im Gesicht klebenden nassen Haaren in ihrem Auto saß, verlor sie die Fassung. Ihr Körper sank langsam nach vorn, bis ihre Stirn auf dem Lenkrad lag. Dann kamen die Tränen, und sie saß im Wagen und schluchzte.

4

Washington, D.C.

Zwanzig Minuten später hielt eine schwarze Limousine aus dem Fuhrpark des Weißen Hauses vor einer Villa im Stadtteil Kalorama. Schwarze Dienstwagen und Limousinen waren hier kein ungewöhnlicher Anblick. In Kalorama, dessen bewaldete Hügel sich an den Rock Creek Park unmittelbar nördlich der Massachusetts Avenue anschlossen, lebten einige der mächtigsten und einflußreichsten Einwohner Washingtons.

Im allgemeinen verabscheute Mitchell Elliott die Städte an der Ostküste – er verbrachte die meiste Zeit in Colorado Springs oder in seiner an einem Canyon erbauten Villa in Los Angeles in unmittelbarer Nähe der Hauptverwaltung seiner Firma Alatron Defense Systems –, aber seine Drei-Millionen-Dollar-Villa in Kalorama trug dazu bei, seine häufigen Reisen nach Washington erträglich zu machen. Er hatte erwogen, einen großen Landsitz im Pferdeland Virginia zu kaufen, aber Fahrten in die Stadt auf der Route 66 waren ein Alptraum, und Mitchell Elliott vergeudete nicht gern seine kostbare Zeit. Die Villa in Kalorama lag zehn Minuten vom National Airport und dem Kapitol und nur fünf Minuten vom Weißen Haus entfernt.

Es war fünf vor sieben. Elliott entspannte sich in der Bibliothek im ersten Stock mit Blick auf den Garten. Der Sturm peitschte den Regen gegen die Scheiben. Es war kalt für Oktober, und einer seiner Assistenten hatte in dem großen Kamin Feuer gemacht. Elliott ging langsam davor auf und ab und trank mit kleinen Schlucken einen dreißig Jahre alten Single-Malt-Scotch aus einem geschliffenen Glas. Er war ein kleiner Mann, nicht einmal einssiebzig, der frühzeitig gelernt hatte, wie ein großer Mann aufzutreten. Er wußte genau, wie zu verhindern war, daß ein Gegenspieler vor ihm stand und ihn überragte. Betrat jemand sein Büro, blieb Elliott mit übereinandergeschlagenen Beinen sitzen, die Hände auf den Armlehnen seines Chefsessels, als sei das Sitzmöbel für seinen Körper zu klein.

Elliott verstand sich auf die Kunst der Kriegführung und vor allem auf die Kunst der Täuschung. Er vertraute ganz auf Illusion, auf Desinformation. Er führte seine Firma wie einen Geheimdienst; keiner wußte mehr als nötig. Es gab keine frei zugänglichen Informationen. Selbst Abteilungsleiter wußten nur das, was sie wissen mußten. Äußerst selten gab es Konferenzen, an der alle Führungskräfte teilnahmen. Anweisungen erteilte Elliott in Gesprächen unter vier Augen, nie schriftlich. Besprechungen mit Elliott galten als streng geheim; Führungskräfte durften darüber nicht mit Kollegen sprechen. Büroklatsch war ein Kündigungsgrund, und falls einer seiner Mitarbeiter nicht dichthielt, erfuhr Elliott sofort davon. Ihre Telefone wurden abgehört, ihre E-Mails mitgelesen, Mikrofone und Überwachungskameras kontrollierten jeden Quadratzentimeter Büroraum.

Mitchell Elliott sah darin nichts Unrechtes. Er glaubte, Gott habe ihm das Recht und sogar den Auftrag gegeben, alle Maßnahmen zu ergreifen, die zum Schutz seines Unternehmens und seines Landes notwendig waren. Elliotts Glaube an Gott bestimmte alles, was er tat. Er glaubte, die Vereinigten Staaten seien Gottes auserwähltes Land, die Amerikaner sein auserwähltes Volk. Er glaubte,

Christus habe ihn geheißen, Flugzeugbau und Elektrotechnik zu studieren, und auf Geheiß Christi war er zur Luftwaffe gegangen, um in Korea gegen die gottlosen Chinesen zu kämpfen.

Nach dem Krieg zog er nach Südkalifornien, heiratete Sally, seine Jugendliebe aus der High School, und arbeitete bei McDonnell-Douglas. Aber Elliott war von Anfang an ruhelos. Er betete zum Allmächtigen, er möge ihn leiten. Nach drei Jahren gründete er seine eigene Firma: Alatron Defense Systems. Elliott hatte nie den Wunsch, Flugzeuge zu bauen. Er wußte, daß sie für die Verteidigung Amerikas wichtig waren, aber er glaubte, Gott habe ihm einen Blick in die Zukunft gestattet, und die Zukunft gehörte den Lenkwaffen – den Pfeilen Gottes, wie er sie nannte. Elliott baute selbst keine Lenkwaffen, sondern entwickelte und produzierte die Hightech-Steuersysteme, die sie ins Ziel führten.

Zehn Jahre nach Gründung seines Unternehmens wußte Mitchell Elliott schon nicht mehr, wie viele Millionen er besaß. Er war einer der reichsten und einflußreichsten Männer Amerikas. Er war ein Vertrauter Richard Nixons und Ronald Reagans. Er konnte die Hälfte aller Senatoren binnen Minuten ans Telefon bekommen. Er sprach alle Verteidigungsminister seit Robert McNamara mit dem Vornamen an. Obwohl Mitchell Elliott einer der mächtigsten Männer Washingtons war, hielt er sich stets im Hintergrund. Nur wenige Amerikaner wußten, was er machte, oder kannten seinen Namen.

Gott hatte Sally ins himmlische Reich heimgeholt – sie war vor zehn Jahren an Brustkrebs gestorben –, und die große Zeit hoher Verteidigungsausgaben war längst vorüber. Die Industrie hatte einen schmerzhaften Schrumpfungsprozeß hinter sich, Tausende von Arbeitern waren entlassen worden, die gesamte Wirtschaft Kaliforniens war in Turbulenzen geraten. Noch wichtiger war jedoch, daß Elliott glaubte, Amerika sei gegenwärtig schwächer als seit vielen Jahren. Die Welt war ein gefährlicher Ort. Das hatte Saddam Hussein bewiesen. Und ein mit einer einzigen Stinger bewaffneter Terrorist. Elliott wollte sein Land schützen. Konnte ein Terrorist ein Verkehrsflugzeug abschießen und damit zweihundert Menschen umbringen, warum sollte dann ein gemeingefährlicher Staat wie Nordkorea, Libyen oder der Iran nicht zwei Millionen Menschen umbringen können, indem er eine Rakete mit Nuklearsprengkopf auf New York oder Los Angeles abschoß?

Die zivilisierte Welt vertraute auf Verträge und Abkommen zur Rüstungsbegrenzung. Mitchell Elliott vertraute nur dem Allmächtigen und glaubte nicht an Versprechen, die auf dem Papier standen. Er glaubte an Maschinen. Er glaubte, das einzige Mittel, Amerika vor exotischen Waffen zu schützen, seien noch exotischere Waffen. Heute abend mußte er seine Überlegungen dem Präsidenten vortragen.

Elliotts Beziehung zu James Beckwith war über Jahre hinweg durch regelmäßige finanzielle Unterstützung und kluge Ratschläge gefestigt worden. Elliott hatte ihn niemals um einen Gefallen gebeten, selbst dann nicht, als Beckwith in seiner zweiten Amtsperiode als Senator eine wichtige Rolle im Streitkräfteausschuß gespielt hatte. Das sollte sich nun ändern.

Einer seiner Assistenten klopfte diskret an. Seine Phalanx von Assistenten stammte aus den Reihen der Special Forces. Mark Calahan war wie alle anderen. Er war einsdreiundachtzig – groß genug, um imposant zu sein, aber nicht so groß, um Elliott zwergenhaft erscheinen zu lassen –, hatte kurzes schwarzes Haar, dunkle Augen, war sauber rasiert und trug einen dunkelgrauen Anzug und eine gedeckte Krawatte. Alle seine Männer waren mit Pistolen Kaliber 45 bewaffnet. Elliott, der nicht nur Millionen, sondern sich auch viele Feinde gemacht hatte, erschien nie ohne Leibwächter in der Öffentlichkeit.

»Der Wagen ist da, Mr. Elliott.«

»Gut, ich komme gleich runter.«

Sein Assistent nickte wortlos und zog sich zurück. Elliott trat etwas näher ans Feuer und trank seinen Whisky aus. Er mochte es nicht, wenn jemand nach ihm schickte. Er würde abfahren, wenn er zur Abfahrt bereit war, nicht wenn Paul Vandenberg ihn dazu aufforderte. Wäre Elliott nicht gewesen, würde Vandenberg noch immer Lebensversicherungen verkaufen. Und Beckwith wäre ein unbekannter kleiner Anwalt in San Francisco, würde in Redwood City statt im Weißen Haus leben. Sie konnten beide warten.

Elliott ging langsam an die Bar und goß sich noch einen guten Zentimeter Whisky ein. Dann kehrte er ans Feuer zurück und kniete mit gesenktem Kopf und geschlossenen Augen davor nieder. Er betete um Verzeihung – Verzeihung für das, was er getan hatte und noch tun würde.

»Wir sind dein auserwähltes Volk«, murmelte er. »Ich bin dein Werkzeug. Gib mir die Kraft, deinen Willen zu tun, dann soll alle Welt dich lobpreisen.«

Susanna Dayton kam sich wie eine Idiotin vor. Nur in Filmen saßen Reporter in geparkten Wagen, tranken Kaffee aus einem Styroporbecher und überwachten jemanden. Als sie vor einer Stunde die Redaktion verlassen hatte, hatte sie nicht gesagt, wohin sie unterwegs war. Sie vermutete nur etwas, das möglicherweise zu nichts führen würde. Ihre Kollegen sollten auf keinen Fall wissen, daß sie Mitchell Elliott wie ein Privatdetektiv in einem zweitklassigen Film beschattete.

Sie hatte lange für die *Washington Post* als Korrespondentin aus dem Weißen Haus berichtet – in der Welt des amerikanischen Journalismus der Gipfel an Macht und Prestige, aber Susanna hatte diesen Job verabscheut. Sie haßte es, im Grunde genommen die gleiche Story abzuliefern, die zweihundert andere Reporter an diesem Tag ablieferten. Sie haßte es, von den Presseleuten des Weißen Hauses wie ein Stück Vieh herumgetrieben zu werden und bei sorgfältig inszenierten und choreographierten Ereignissen Präsident Beckwith hinter den Absperrseilen stehend Fragen zuzurufen. Ihre Berichte wurden immer kritischer. Vandenberg beschwerte sich regelmäßig bei der Chefredaktion der *Post*. Schließlich bot die Zeitung ihr ein neues Aufgabengebiet an: Geld und Politik. Susanna akzeptierte sofort.

Die neue Aufgabe war ihre Rettung. Sie sollte feststellen, welche Kandidaten und welche Parteien Geld von welchen Personen, Organisationen und Industrieverbänden erhielten. Hatten die Geldspenden unzulässigen Einfluß auf politische Entscheidungen oder Gesetzgebung? Hielten die Politiker und ihre Geldgeber sich an die Spielregeln? Wurde das Geld bestimmungsgemäß verwendet? Gab es Gesetzesverstöße?

Susanna blühte bei dieser Arbeit auf, weil sie es liebte, Zusammenhänge herzustellen. Als in Harvard ausgebildete Juristin war sie eine gründliche und sorgfältig arbeitende Reporterin. Sie beurteilte praktisch alle Informationen, die sie zusammentrug, nach den Regeln für gerichtsverwertbares Beweismaterial. Hätte ein Gericht sie als Beweis zugelassen? Handelte es sich um eine direkte Aussage oder ein Zeugnis vom Hörensagen? Gab es in einer Story nachprüfbare Namen, Daten und Orte?

Gab es ergänzende, bestätigende Aussagen? Schriftstücke waren ihr lieber als Hinweise aus anonymen Quellen, denn Schriftstücke änderten ihre Aussage nie.

Susanna Dayton war zu dem Schluß gelangt, die Finanzierung der amerikanischen Politik basiere bei Licht besehen auf Bestechung und Erpressung. Der Grenzbereich zwischen legalen und illegalen Aktivitäten war schmal. Sie betrachtete es als ihre Aufgabe, Gesetzesbrecher aufzuspüren und anzuprangern. Dank ihrer Persönlichkeit war sie die Idealbesetzung für diese Arbeit. Sie verabscheute Menschen, die betrogen und damit Erfolg hatten. Sie konnte es nicht leiden, wenn jemand sich im Supermarkt vordrängte. Sie ging hoch, wenn ein aggressiver Fahrer sie auf der Autobahn schnitt. Sie haßte Leute, die sich auf Kosten anderer Vorteile verschafften. Ihr Job war es, Erfolge dieser Art zu verhindern.

Vor zwei Monaten hatte Susanna von ihrem Redakteur einen schwierigen Auftrag erhalten: Sie sollte die langjährigen persönlichen und finanziellen Beziehungen zwischen Präsident James Beckwith und Mitchell Elliott, dem Alleininhaber der Firma Alatron Defense Systems, durchleuchten. Journalisten benutzen eine abgedroschene Phrase, um eine schwierig zu fassende Person oder Gruppe zu bezeichnen, die sich allen Nachforschungen entzieht: zwielichtig. Und wenn irgend jemand die Beschreibung »zwielichtig« verdient hatte, dann Mitchell Elliott.

Elliott hatte der Republikanischen Partei über Jahre hinweg Millionen von Dollar gespendet, und Susanna wußte von einer Bürgerrechtsgruppe, daß er der Partei auf zweifelhaften oder eindeutig illegalen Wegen weitere Millionen hatte zukommen lassen. Von Elliotts Großzügigkeit hatte in erster Linie James Beckwith profitiert. Elliott hatte Hunderttausende für Beckwiths Wahlkampffonds und politische Aktionskomitees gespendet und als sein enger Berater fungiert. Einer von Elliotts früheren Spitzenmanagern, Paul Vandenberg, war jetzt der Stabschef des Weißen Hauses. Beckwith war häufig in Elliotts Ferienhäusern in Maui und Vale zu Gast.

Susanna ging es um zwei Hauptfragen: Hatte Mitchell Elliott James Beckwith und der Republikanischen Partei illegale Zuwendungen gemacht, und übte er unzulässigen Einfluß auf den Präsidenten aus?

Vorläufig konnte sie noch keine dieser Fragen beantworten. Ihr Redakteur wollte einen Artikel in zwei Wochen im Rahmen einer Sonderbeilage über Beckwith und seine erste Amtszeit als Präsident haben. Sie mußte noch einiges recherchieren, bevor er druckreif war. Und selbst dann würde sie nur Fragen in bezug auf Elliott und seine Beziehungen zum Weißen Haus aufwerfen können. Mitchell Elliott hatte seine Spuren gut verwischt. Es war unmöglich, an ihn ranzukommen. Das Bildarchiv der *Post* hatte nur ein zehn Jahre altes Foto von ihm, und die Firma Alatron Defense Systems hatte nicht einmal einen Pressesprecher. Als sie dort mit der Bitte um ein Interview angerufen hatte, hatte der Mann am anderen Ende lachend gesagt: »Mr. Elliott hat nicht die Angewohnheit, mit Reportern zu sprechen.«

Ein Informant vom National Airport hatte ihr gemeldet, Elliott sei nachmittags mit seinem Privatjet in Washington eingetroffen. Der Kongreß hatte sich vertagt, die meisten Abgeordneten und Senatoren waren zu Hause als Wahlkämpfer unterwegs. Der Präsident hatte eine Wahlkampfreise abgesagt, um sich mit dem Abschuß von Flug 002 zu befassen. Susanna fragte sich, was Elliott diesmal nach Washington geführt haben mochte.

Das war die Erklärung dafür, weshalb sie jetzt im Regen in der Nähe seiner Villa in Kalorama auf ihn wartete. Als sich schließlich die Haustür öffnete, erschienen zwei Gestalten: ein großer Mann, der einen Regenschirm trug, und ein kleinerer Mann mit silbergrauem Haar, Mitchell Elliott.

Der große Mann hielt Elliott den Schlag der Limousine auf, ging dann um den Wagen herum und stieg ebenfalls hinten ein. Die Scheinwerfer flammten auf und beleuchteten die Straße. Die Limousine fuhr rasch in Richtung Massachusetts Avenue davon.

Susanna Dayton ließ den Motor ihres kleinen Toyota an und folgte in sicherem Abstand. Der schwarze Wagen fuhr in hohem Tempo auf der Massachusetts Avenue nach Osten die Embassy Row entlang. Am Dupont Circle fädelte er sich in die Außenspur ein und bog nach Süden auf die Connecticut Avenue ab.

Es war noch früh, aber auf der Connecticut Avenue herrschte kaum Verkehr. Susanna fiel auf, daß in den achtundvierzig Stunden seit dem Abschuß der Verkehrsmaschine eine seltsame Stille über der Stadt zu liegen schien. Die Gehsteige waren weitgehend leer bis auf ein paar Betrunkene, die aus einer Taverne südlich des Dupont Circle stolperten, und ein paar Büroangestellte, die durch den Regen zur Metrostation Farragut North hasteten. Sie folgte dem Wagen über die K Street, wo die Connecticut Avenue zur 17th Street wurde, überquerte die Pennsylvania Avenue und fuhr an der reichverzierten, hellbeleuchteten Fassade des Old Executive Office Building vorbei. Susanna glaubte zu wissen, wo Elliott heute dinieren würde.

Die Limousine bog mehrmals links ab und hielt zwei Minuten später am Südtor vor dem Weißen Haus. Ein uniformierter Secret-Service-Agent trat vor, warf einen Blick auf den Rücksitz des Wagens und gab dem Fahrer ein Zeichen weiterzufahren.

Susanna Dayton fuhr am Tor vorbei. Sie brauchte einen Platz, an dem sie warten konnte. In der Umgebung des Weißen Hauses länger in einem geparkten Wagen zu sitzen war heutzutage keine gute Idee. Nach mehreren Anschlägen auf den Wohnsitz des Präsidenten hatte der Secret Service die Überwachung verschärft. Susanna hätte angesprochen und kontrolliert werden können. Vielleicht wäre eine Meldung geschrieben worden.

Sie parkte in der 17th Street. Gegenüber dem Old EOB gab es ein kleines Café, das lange geöffnet hatte. Sie griff nach ihrer Umhängetasche, die mit Zeitungen, Zeitschriften und ihrem Laptop vollgestopft war, und stieg aus. Sie lief über die Straße und betrat das um diese Zeit leere Lokal. Sie bestellte ein Thunfischsandwich und einen Kaffee und richtete sich auf einem Fensterplatz häuslich ein.

Sie holte den Laptop heraus, klappte den Bildschirm auf und schaltete das Gerät ein. Dann steckte sie eine Diskette ins Laufwerk und öffnete eine Datei, die auf dem Bildschirm nur als sinnloses Gewirr aus Zahlen und Buchstaben erschien. Susanna, die von Natur aus vorsichtig war – manche ihrer Kollegen zogen das Wort »paranoid« vor –, schützte ihre wertvollsten Dateien durch Verschlüsselungssoftware. Erst als sie ein aus sieben Buchstaben bestehendes Kennwort eintippte, wurde die Datei lesbar.

Ihr Sandwich und der Kaffee kamen. Sie ging die Datei durch. Namen, Daten, Orte, Geldbeträge. Alles, was sie über den schwer zu fassenden Mitchell Elliott und seine Beziehungen zu Präsident Beckwith wußte. Sie ergänzte die Datei durch die Ereignisse dieses Abends.

Dann fuhr sie den Computer herunter, schaltete ihn aus und machte sich auf eine lange Wartezeit gefaßt.

5

London

Das Fax ging kurz nach Mitternacht im Nachrichtenraum der *Times* ein. Es blieb fast zwanzig Minuten lang unbeachtet in der Ablage liegen, bis ein junger Mitarbeiter sich die Mühe machte, es herauszunehmen. Der junge Mann las es einmal rasch durch und brachte es Niles Ferguson, dem Redakteur vom Nachtdienst. In seinen dreißig Dienstjahren hatte Ferguson schon viele Faxe dieser Art gesehen – von der IRA, der PLO, dem Islamischen Dschihad und den Verrückten, die sich als verantwortlich bezeichneten, wenn es bei Anschlägen Tote gegeben hatte. Das Fax hier sah nicht wie das Werk eines Verrückten aus.

Für Situationen dieser Art hatte Ferguson eine spezielle Telefonnummer. Er wählte sie und wartete. Eine Frauenstimme meldete sich: angenehm, leicht erotisch. »Hier ist Niles Ferguson von der *Times*. Ich habe gerade ein ziemlich interessantes Fax bekommen. Ich bin kein Fachmann, aber es sieht authentisch aus. Vielleicht sollten Ihre Leute es sich mal ansehen.«

Ferguson fotokopierte das Fax und behielt das Original für sich. Dann trug er die Fotokopie persönlich in die Eingangshalle hinunter und wartete. Fünf Minuten später fuhr ein Wagen vor. Ein junger Mann mit Pockennarben im Gesicht und einer Zigarette im Mundwinkel kam herein und ließ sich das Fax geben. Niles Ferguson ging wieder nach oben.

Der junge Pockennarbige arbeitete beim britischen Security Service, besser als MI5 bekannt, der in Großbritannien für Spionageabwehr, interne Subversion und Terrorismusbekämpfung zuständig ist. Er brachte die Kopie eigenhändig in die MI5-Zentrale aus Glas und Stahl mit Blick auf die Themse und legte sie dem Offizier vom Dienst vor.

Der Offizier vom Dienst führte sofort zwei Telefongespräche. Zuerst informierte er widerstrebend seinen Kollegen vom Secret Intelligence Service, besser als MI6 bekannt, der für die Nachrichtenbeschaffung im Ausland zuständig ist und sich deshalb für den glanzvolleren der beiden Dienste hält. Sein zweiter Anruf galt dem MI5-Verbindungsoffizier in der personell großzügig ausgestatteten London Station der CIA, die in einem anderen Stadtteil im Komplex der US-Botschaft am Grosvenor Square untergebracht war.

Keine zwei Minuten später wurde das Bekennerschreiben über eine sichere Leitung zum Grosvenor Square gefaxt. Zehn Minuten später hatte eine Datentypistin es in den Computer eingegeben und an die CIA-Zentrale in Langley, Virginia, weitergeleitet. Das Computersystem der CIA verteilte alle eingehenden Kabel automatisch nach Schlüsselworten und Geheimhaltungsstufen. Das Kabel aus London erhielten der Direktor, die stellvertretenden Direktoren für Beschaffung und Einsatz, die Exekutivdirektorin und der Offizier vom Dienst der Abteilung Naher Osten. Außerdem wurde es an die Abteilung Terrorismusbekämpfung weitergeleitet.

Sekunden später erschien es auf dem Monitor des Offiziers, der eine islamische Extremistengruppe überwachte, die sich *Schwert von Gaza* nannte. Dieser Offizier hieß Michael Osbourne.

6

CIA-Zentrale, Langley, Virginia

Die Zentrale, hatte Michael Osbournes Vater immer gesagt, sei der Ort, an den gute Außendienstler zurückkehrten, um langsam dahinzuwelken und zu sterben. Michaels Vater war Führungsoffizier in der Hauptabteilung Sowjetunion gewesen. Er hatte von Moskau bis Rom und zu den Philippinen Agenten angeworben und geführt. Der berüchtigte CIA-Agentenjäger James Angleton, der zwanzig Jahre lang eine zerstörerische Maulwurfsjagd betrieben hatte, hatte seine Karriere ruiniert, wie er die Karrieren Hunderter loyaler Offiziere ruiniert hatte. Er verbrachte seine letzten Dienstjahre damit, Akten zu wälzen und sinnlose Analysen zu schreiben, und verließ die Agency desillusioniert und verbittert. Drei Jahre nach seiner Pensionierung war er an Krebs gestorben.

Michaels Rückkehr in die Zentrale geschah so widerstrebend wie die seines Vaters, aber aus anderen Gründen. Die andere Seite kannte seinen richtigen Namen und seinen Beruf, so daß er nicht mehr im Untergrund arbeiten konnte. Er akzeptierte sein Schicksal nicht viel anders als ein Musterhäftling seine Verurteilung zu lebenslänglich. Trotzdem vergaß er die Warnung seines Vaters vor den Gefahren des Lebens in der Zentrale nie.

Sie arbeiteten gemeinsam in einem als »Baracke« bezeichneten einzigen Raum in Korridor F im fünften Stock. Er sah mehr wie der Nachrichtenraum einer abgewirtschafteten Großstadtzeitung aus als das Nervenzentrum der Terrorismusbekämpfung der CIA. Hier arbeitete Alan, ein gelehrt aussehender FBI-Buchhalter, der die geheimen Ströme schmutzigen Geldes durch die diskretesten und obskursten Banken der Welt verfolgte. Hier arbeitete Cynthia, ein flachsblonder Engel britischer Abstammung, der mehr über die IRA wußte als sonst jemand auf der Welt. In ihrem engen Glaskasten hingen Fotos grimmig dreinblickender irischer Guerillas, darunter auch des Jungen, dessen Rohrbombe ihrem Bruder eine Hand abgerissen hatte. Sie betrachtete sie tagsüber, wie ein junges Mädchen vielleicht das Poster des letzten Teenagerschwarms angestarrt hätte.

Hier arbeitete auch Stephen alias Eurotrash, der den Auftrag hatte, die einzelnen nationalistischen und terroristischen Bewegungen in Westeuropa zu überwachen. Und hier arbeitete Blaze, ein baumlanger Gringo aus New Mexico, der Spanisch, Portugiesisch und mindestens zehn Indianerdialekte beherrschte. Blaze konzentrierte sich auf Guerillas und Terroristen in Mittel- und Südamerika. Trotz mehrfacher Abmahnungen durch die Personalabteilung trug er wie seine Zielgruppen Sandalen und weite Indianergewänder. Er hielt sich für einen zeitgenössischen Samurai, einen wahren Kriegerpoeten, und trainierte mit Cynthia Kampfsportarten, wenn sie gerade einmal wenig Arbeit hatten.

Michael saß in einer Ecke neben Gigabyte, einem von Schuppen geplagten, pickeligen zweiundzwanzigjährigen Jüngling, der den ganzen Tag im Internet surfte und die virtuelle Welt nach Terroristen absuchte. Aus seinem Kopfhörer drang alternative Rockmusik, und Michael hatte auf seinem Bildschirm Dinge gesehen, die ihn mitten in der Nacht hochschrecken ließen. Als Sichtschutz errichtete er eine Barriere aus alten Akten, aber wenn Gigabyte kicherte oder seine Rockmusik plötzlich lauter wurde, wußte Michael, daß es am besten war, die Augen zu schließen und den Kopf auf die Schreibtischplatte zu legen.

Die Wanduhr hing neben der einen Meter hohen Mannscheibe, die mit dem roten internationalen Symbol für Nein gestempelt war. Es war gleich acht Uhr abends, und Michael arbeitete seit fünf Uhr morgens. Die Baracke war keineswegs leer. In Peru hatte der Leuchtende Pfad einen Minister entführt, und Blaze ging telefonierend hinter seinem Schreibtisch auf und ab. Die französische Action Directe hatte einen Bombenanschlag auf eine Pariser Metrostation verübt. Stephen hockte vor seinem Monitor und las die neuesten Meldungen mit. Die IRA hatte einen protestantischen Bauunternehmer vor den Augen seiner Frau und seiner Kindern ermordet. Cynthia telefonierte deswegen über eine abhörsichere Verbindung mit dem britischen MI5. Zum Glück war Gigabyte an diesem Abend mit seinen Freunden ausgegangen, die alle glaubten, er verdiene sich sein Geld als Designer von Homepages.

Michael hatte noch eine Viertelstunde Zeit, bevor er der Exekutivdirektorin Bericht über den neuesten Stand der Dinge zu erstatten hatte. Das Bekennerschreiben zum Abschuß des Verkehrsflugzeugs war Langley vor einer Stunde übermittelt worden. Michael las es zum fünftenmal durch. Er studierte den vorläufigen Bericht des FBI-Labors über die forensische Untersuchung des Boston Whaler, der an diesem Morgen vor Long Island gefunden worden war. Er betrachtete die Fotos der in dem Boot gefundenen Leiche.

Noch zehn Minuten. Er konnte hinunterfahren und

sich am »Schweinetrog« eine Kleinigkeit zu essen holen, oder er konnte Elizabeth anrufen. Aber er hatte ihren Arzttermin in Georgetown verpaßt, und sie würden sich voraussichtlich streiten. Das war kein Gespräch, das er über ein CIA-Telefon führen wollte. Er schaltete seinen Computer aus und verließ die »Baracke«.

Der Flur war hell beleuchtet und still. Die Kunstkommission der Agency hatte versucht, den Gang durch eine Ausstellung indonesischer Volkskunst freundlicher zu gestalten, aber er war trotzdem kalt und steril wie eine Intensivstation. Michael ging zu den großen Aufzügen, fuhr in den Keller hinunter und lief durch einen weiteren anonymen Korridor zum »Schweinetrog«. Es war spät, und die Auswahl war noch schlechter als gewöhnlich. Michael ließ sich von der Frau, die mit müden, roten Augen hinter der Theke stand, ein Fischsandwich und eine Portion Pommes frites geben, zahlte und ging.

Das Zeug schmeckte gräßlich – kalt, schon vor Stunden zubereitet –, aber es war besser als noch ein Beutel Chips. Er schaffte das halbe Sandwich und ein paar Fritten und warf den Rest in einen Abfalleimer. Dann sah er auf seine Uhr: fünf Minuten. Noch Zeit für eine Zigarette. Er fuhr ins Erdgeschoß hinauf und trat durch eine Glastür auf den großen Innenhof. William Webster hatte Rauchverbot für das gesamte Gebäude verfügt. Die noch immer Süchtigen mußten sich wie Aussätzige im Innenhof oder um die Ausgänge herum zusammendrängen. Nach jahrelanger Agententätigkeit in Europa und dem Nahen Osten waren Zigaretten zu einem festen Bestandteil seiner Berufsausübung geworden. Michael konnte und wollte sich das Rauchen nicht abgewöhnen, nur weil er jetzt in der Zentrale arbeitete.

Trockenes Laub wirbelte über die weite Fläche des Innenhofs. Michael kehrte dem Wind den Rücken zu und zündete sich eine Zigarette an. Hier war es kalt und dunkel; das einzige Licht kam aus den Bürofenstern über ihm und war durch das schalldichte Glas grünlich gefärbt. In der guten alten Zeit hatte sein Büro in irgendeiner kleinen Straße in Berlin, Athen oder Rom gelegen. In einem Kaffeehaus in Kairo fühlte er sich noch immer wohler als im Starbucks in Georgetown. Er sah rasch auf seine Uhr. Wieder ein gemütliches Abendessen. Er steckte seine Zigarette in den mit Sand gefüllten großen Aschenbecher und ging hinein.

Der Besprechungsraum lag direkt gegenüber der »Baracke« – klein, eng, größtenteils mit einem billigen rechteckigen Holztisch »für den Dienstgebrauch« ausgefüllt. An einer Wand hingen die Embleme aller Regierungsbehörden, die in der Zentrale vertreten waren. In die Wand gegenüber der Tür war ein großer Bildschirm eingelassen. Michael betrat den Raum um Punkt 20.15 Uhr. Er rückte gerade seine Krawatte zurecht, als zwei weitere Männer hereinkamen.

Der erste Mann war Adrian Carter, der Direktor des Zentrums zur Terrorismusbekämpfung und mit zwanzig Dienstjahren ein alter Hase. Er war klein und blaß, hatte schütteres graues Haar und Tränensäcke unter den Augen, die ihm einen gelangweilten Gesichtsausdruck verliehen. Carter war bei Michaels Auslandseinsätzen sein Führungsoffizier gewesen, und die beiden verband seit fünfzehn Jahren eine berufliche und persönliche Freundschaft. Der zweite Mann war Eric McManus, der stellvertretende Direktor des Zentrums. McManus war groß und massig, lächelte gern, hatte eine grau durchzogene sandfarbene Mähne und sprach mit einer Spur Südboston in der Stimme. Er kam vom FBI und sah entsprechend aus: marineblauer Anzug, gestärktes weißes

Hemd, rote Krawatte. Als Michaels Vater noch bei der Agency gearbeitet hatte, wäre ein FBI-Mann in so hoher Stellung undenkbar gewesen. CIA-Offiziere der alten Schule glaubten, FBI-Agenten könnten alles, was sie über Geheimdienstarbeit wußten, auf die Rückseite ihrer goldenen Polizeiplakette schreiben. Auf den Harvard-Juristen McManus traf das nicht zu: Er hatte vor seiner Versetzung in die Zentrale zwanzig Jahre lang bei der FBI-Spionageabwehr gearbeitet.

Monica Tyler kam gewohnheitsmäßig als letzte und mit exakt fünf Minuten Verspätung. Sie hielt ihre Zeit für zu kostbar, um sie von anderen vergeuden zu lassen. Zwei nahezu identische Faktoten, die jeweils ein in Leder gebundenes Notizbuch an sich preßten, folgten ihr lautlos in den Raum. Außer der Personalabteilung wußte niemand in der Agency, wer sie waren oder woher sie kamen. Die Witzbolde sagten, Monica habe sie aus ihrer Investmentfirma in der Wall Street mitgebracht – wie ihre Büromöbel aus Mahagoni und ihre private Toilette. Sie waren schlank und sehnig, dunkeläugig und wachsam, dabei schweigsam wie Sargträger. Da niemand ihre richtigen Namen kannte, hatten sie die Spitznamen Tweedle Dee und Tweedle Dum erhalten. Leute, die über Monica lästerten, nannten sie »Tylers Eunuchen«.

McManus und Carter standen ohne große Begeisterung auf, als Monica den Raum betrat. Sie quetschte sich an McManus vorbei und nahm ihren Platz an der Stirnseite des Tischs ein, von dem aus sie den Bildschirm und den Vortragenden mit kurzen Bewegungen ihres königlichen Hauptes sehen konnte. Tweedle Dee legte ihr sein in Leder gebundenes Notizbuch hin, als sei es eine kostbare alte Schrifttafel, und setzte sich dann zu Tweedle Dum an die Wand.

»Monica, dies ist Michael Osbourne«, sagte Carter.

»Michael hat langjährige Erfahrung mit Terrorismusbekämpfung und ist für das *Schwert von Gaza* zuständig, seit die Gruppe erstmals aufgetaucht ist.«

Tyler sah zu Michael hinüber und nickte, als habe sie etwas Neues erfahren. Michael wußte, daß das nicht der Fall war. Monica war dafür bekannt, daß sie die Personalakte jedes Mitarbeiters las, mit dem sie in Kontakt kam. Gerüchteweise hieß es, sie würde nicht einmal versehentlich mit einem Offizier am Trinkwasserspender zusammentreffen, ohne vorher seine Beurteilung gelesen zu haben.

Sie wandte ihren Blick von Michael ab und konzentrierte sich auf den Bildschirm. Ihr kurzes blondes Haar war perfekt frisiert, ihr Make-up frisch. Sie trug ein schwarzes Kostüm mit hochgeschlossener weißer Bluse. Die eine Hand lag auf dem Tisch; die andere hielt einen schlanken Füller mit Goldfeder, an dessen Ende sie knabberte. Arbeit war Monica Tylers ganzer Lebensinhalt; das war der einzige Charakterzug, den sie nicht vor ihren Kollegen zu verheimlichen suchte. Der Direktor hatte Monica in die Agency mitgebracht. Sie verstand natürlich nichts von Geheimdienstarbeit, aber sie war brillant und lernte äußerst schnell. Meistens war sie bis spät in die Nacht hinein in ihrem Büro im sechsten Stock anzutreffen, wo sie Analysen und alte Akten studierte. Sie hatte die besondere Fähigkeit einer Wirtschaftsjuristin, die richtigen Fragen zu stellen. Michael hatte schon erlebt, wie sie schlecht vorbereitete Vortragende zur Schnecke gemacht hatte.

Carter nickte Osbourne zu. Michael drehte die Beleuchtung herunter und begann seinen Vortrag. Als er auf einen Knopf der Fernbedienung drückte, erschien das erste Foto auf dem Bildschirm.

»Das ist Hassan Mahmoud. Er stammt aus dem Gazastreifen, ist in einem Flüchtlingslager aufgewachsen und hat sich während der *Intifada* der Hamas angeschlossen. Er ist ein überzeugter islamischer Revolutionär und gegen einen Frieden mit Israel. Seine Ausbildung hat er in libanesischen und iranischen Lagern erhalten. Er ist ein erfahrener Bombenbauer und ein ausgezeichneter Scharfschütze. Nach der Unterzeichnung der Friedensvereinbarungen hat er sich von der Hamas getrennt und dem *Schwert von Gaza* angeschlossen. Er wird verdächtigt, an der Ermordung eines israelischen Geschäftsmanns in Madrid und letztes Jahr in Paris an dem fehlgeschlagenen Attentat auf den jordanischen Ministerpräsidenten beteiligt gewesen zu sein.«

Michael machte eine Pause. »Das nächste Foto ist ziemlich drastisch.« Er holte es auf den Bildschirm. Carter und McManus zuckten leicht zusammen. Monica Tyler ließ keine Gefühlsregung erkennen.

»Wir glauben, daß Hassan Mahmoud jetzt so aussieht. Seine Leiche ist zwanzig Seemeilen vor Long Island in einem Boston Whaler gefunden worden – durch drei Schüsse ins Gesicht ermordet. Neben dem Toten ist die leere Abschußvorrichtung einer Stinger gefunden worden. Erste Untersuchungen haben bestätigt, daß die Rakete aus dem Whaler abgeschossen worden ist. Das Bootsheck ist rauchgeschwärzt, und das Labor hat Schmauchspuren festgestellt, die vom Feststofftriebwerk einer Stinger stammen.«

»Wer hat ihn erschossen und warum?« fragte Monica. »Und wie ist er geflüchtet?«

»Diese Fragen können wir vorläufig noch nicht beantworten. Aber wir haben eine Theorie.«

Monica zog die Augenbrauen hoch und konzentrierte sich dann wieder auf Osbourne. Sie hatte den nüchternausdruckslosen Blick einer Therapeutin. Bei ihr hatte

Michael immer das Gefühl, sie suche irgendeine Schwachstelle. »Heraus damit«, forderte sie ihn auf.

Als nächstes Bild zeigte Michael eine Luftaufnahme, auf der eine Hochseejacht einen Boston Whaler schleppte. »Diese Aufnahme ist vier Tage vor dem Abschuß der Verkehrsmaschine vor der Küste Floridas gemacht worden. Die Jacht ist unter dem Namen eines französischen Eigners registriert. Wir haben die Sache überprüft und sind uns ziemlich sicher, daß dieser Franzose nicht existiert. Wir wissen, daß die Jacht die Karibikinsel Saint-Barthélemy acht Tage vor dem Abschuß des Verkehrsflugzeugs verlassen hat. Das geschleppte Boot ist ein Boston Whaler *Dauntless* – das Boot, in dem die Leiche gefunden worden ist.«

»Wo ist das Boot jetzt?«

»Im FBI-Labor«, antwortete McManus.

»Und die Jacht?«

»Spurlos verschwunden«, sagte Michael. »Navy und Küstenwache suchen sie. Satellitenaufnahmen des betreffenden Seegebiets werden ausgewertet.«

»In der Nacht des Angriffs«, sagte Tyler, »fährt das kleine Boot dicht an Long Island heran, während die Jacht weit vor der Küste außerhalb der amerikanischen Hoheitsgewässer in Sicherheit bleibt.«

»So scheint's gewesen zu sein, ja.«

»Und sobald der Schütze zur Jacht zurückkehrt, wird er von seinen Komplicen ermordet?«

»Anscheinend.«

»Aber weshalb? Wozu den Ermordeten zurücklassen? Wozu die Abschußvorrichtung zurücklassen?«

»Lauter ausgezeichnete Fragen, die wir vorläufig noch nicht beantworten können.«

»Bitte weiter, Michael.«

»Heute abend ist bei der Londoner *Times* ein Fax mit

einem angeblichen Bekennerschreiben des *Schwerts von Gaza* eingegangen.«

»Ein derartiges Attentat paßt aber nicht zum Profil dieser Gruppe.«

»Allerdings nicht.« Als nächstes zeigte Michael eine kurze Zusammenfassung über das *Schwert von Gaza.* »Die Gruppe ist 1996 nach dem Wahlsieg Benjamin Netanjahus in Israel gegründet worden. Ihr einziger Zweck ist die Ermordung aller Juden und Araber, die die Friedensvereinbarungen fördern. Sie hat noch nie in Israel oder den besetzten Gebieten operiert, sondern agiert hauptsächlich in Europa und der arabischen Welt. Die Gruppe ist klein, extrem abgeschottet und höchst professionell. Wir glauben, daß sie aus weniger als dreißig Aktivisten und etwa hundert Mann Unterstützungspersonal besteht. Sie unterhält kein ständiges Hauptquartier, so daß wir selten wissen, wo ihre Mitglieder sich aufhalten. Sie wird praktisch vollständig aus Teheran finanziert, unterhält aber auch Ausbildungslager in Libyen und Syrien.«

Michael wechselte das Bild »Dies sind einige der Attentate, die der Gruppe zugeschrieben werden. Diesen israelischen Geschäftsmann in Madrid hat Hassan Mahmoud erschossen.« Das nächste Bild zeigte ein Massaker auf einer Pariser Straße. »Hier das fehlgeschlagene Attentat auf den jordanischen Ministerpräsidenten. Er hat den Anschlag überlebt. Sechs Personen aus seiner Begleitung haben weniger Glück gehabt.« Ein weiteres Bild, Verletzte und Tote in einer arabischen Hauptstadt. »Ein Bombenanschlag in Tunis, bei dem der stellvertretende ägyptische Außenminister und fünfundzwanzig Unbeteiligte ums Leben gekommen sind. Die Liste ist noch viel länger. Ein israelischer Diplomat in Rom. Ein weiterer in Wien. Ein enger Vertrauter Jassir Arafats in Kairo. Ein palästinensischer Geschäftsmann in Nikosia.«

»Aber niemals ein Anschlag auf eine Linienmaschine«, sagte Tyler, als der Bildschirm wieder leer war.

»Wir wissen jedenfalls von keinem. Außerdem glauben wir, daß die Gruppe bisher noch kein amerikanisches Ziel angegriffen hat.«

Michael drehte das Licht wieder heller. »Der Direktor soll dem Präsidenten morgen um acht Bericht erstatten«, sagte Monica Tyler. »Bei dieser Besprechung will der Präsident entscheiden, ob er Luftangriffe auf diese Ausbildungslager anordnet. Der Präsident verlangt Antworten. Gentlemen, hat das *Schwert von Gaza* Ihrer Ansicht nach das Flugzeug vor Long Island abgeschossen?«

Michael sah erst zu Carter, dann zu McManus hinüber. Carter übernahm es, ihre Frage zu beantworten, da er der Ranghöchste war. Bevor er sprach, räusperte er sich leicht.

»Monica, soviel wir im Augenblick wissen, kann der Anschlag vom *Schwert von Gaza,* aber ebensogut von den Washington Redskins verübt worden sein.«

»Deine abschließende Bemerkung ist große Klasse gewesen«, sagte Michael, als sie durch den Hauptausgang in die Nacht hinaustraten. Er schlug seinen Mantelkragen hoch und zündete sich eine Zigarette an.

Carter ging neben ihm her, trug in der einen Hand seinen Aktenkoffer und hatte die andere tief in der Manteltasche vergraben. Carter gelang es immer, leicht verwirrt und vage irritiert auszusehen. Wer ihn nicht kannte, neigte dazu, ihn zu unterschätzen, was ihm bei Auslandseinsätzen und in den bürokratischen Schützengräben von Langley schon oft genützt hatte. Er beherrschte sechs Sprachen und konnte sich ohne aufzufallen in den abgelegensten Winkeln von Warschau, Athen oder Beirut herumtreiben.

Irgend jemand mußte ihm geraten haben, in der Zentrale auf gute Garderobe zu achten, denn er war immer makellos in teure englische oder italienische Anzüge gekleidet. Elegante Sachen hingen nicht natürlich an Carters kleinem, leicht gebeugtem Körper: Ein Tausenddollaranzug von Armani sah bei ihm wie ein Sonderangebot aus einer zweifelhaften Boutique in Georgetown aus. Michael fand immer, er wirke leicht lächerlich, wie ein Verkäufer bei einem teuren Herrenausstatter, der Anzüge trägt, die er sich nicht leisten kann.

Aber Carter war ein Besessener, der sich allem, womit er sich befaßte, konzentriert widmete – seiner Arbeit, seiner Familie, seinem Jazz. Seine neueste Leidenschaft war Golf, und er übte in dem kleinen Glaskasten, der sein Büro war, unermüdlich mit Plastikgolfbällen. Einmal hatte Michael einen echten Golfball zwischen diese federleichten Bälle geschmuggelt. Carter hatte ihn bei einem Gespräch mit Monica Tyler und dem Direktor prompt durchs Fenster seines Büros geschlagen. Am nächsten Tag hatte er von der Personalabteilung die Reparaturrechnung und eine Ermahnung bekommen.

»Manchmal macht sie mich schier wahnsinnig«, murmelte Carter halblaut. Er war Michaels Führungsoffizier gewesen, als Michael ohne offizielle Legende gearbeitet hatte und nicht in die Botschaften kommen konnte. Selbst jetzt, wo sie dem Westparkplatz der Zentrale zustrebten, verhielten sie sich wie bei einem Agententreff unter feindlicher Überwachung. »Sie hält Nachrichtenbeschaffung für ebenso leicht wie die Ermittlung eines Quartalsgewinns.«

»Sie genießt das absolute Vertrauen des Direktors und sollte deshalb vorsichtig behandelt werden.«

»Hör dir das an – du redest plötzlich wie ein Mann aus der Zentrale.«

Michael warf seine Zigarette ins Dunkel.

»Irgendwas ist an diesem Anschlag nicht koscher.«

»Über die Tatsache hinaus, daß zweihundertfünfzig Menschen tot auf dem Meeresboden liegen?«

»Die Leiche in dem Boot ist unerklärlich.«

»Nichts an dieser Sache ist erklärlich.«

»Und mir ist noch was aufgefallen.«

»O Gott! Darauf habe ich schon gewartet.«

»Wie Mahmoud getötet wurde. Mit drei Schüssen ins Gesicht.«

Sie blieben stehen. Carter wandte sich Osbourne zu. »Michael, laß dir einen guten Rat geben. Dies ist nicht der richtige Zeitpunkt, wieder Jagd auf deinen Schakal zu machen.«

Sie gingen schweigend bis zu Michaels Wagen.

»Wieso fährst du einen silbergrauen Jaguar und lebst in Georgetown, während ich einen Honda Accord fahre und in Reston lebe?«

»Weil ich eine bessere Legende habe als du und mit einer reichen, prominenten Anwältin verheiratet bin.«

»Du bist der größte Glückspilz, den ich kenne, Osbourne. An deiner Stelle würde ich das nicht aufs Spiel setzen.«

»Was soll das heißen?«

»Das heißt, daß geschehene Dinge nicht zu ändern sind. Fahr nach Hause und sieh zu, daß du etwas Schlaf bekommst.«

Michaels Vater hatte die Agency am Schluß gehaßt, aber davor hatte er seinem Sohn absichtlich oder unabsichtlich alles mitgegeben, was ein perfekter Geheimdienstmann brauchte. Die Agency wurde auf Michael aufmerksam, als er im dritten Jahr am Dartmouth College studierte. Der Talentsucher war ein Professor für amerikanische

Literatur, der nach dem zweiten Weltkrieg in Berlin für die Agency gearbeitet hatte. Er erkannte, daß dieser nachlässig gekleidete, bärtige Student alle Voraussetzungen für einen perfekten CIA-Offizier erfüllte: Intelligenz, Führungseigenschaften, Charisma, Haltung und Sprachtalent.

Der Professor wußte allerdings nicht, daß Michaels Vater beim Geheimdienst gearbeitet hatte und daß Michael und seine Mutter ihn auf alle Auslandsposten begleitet hatten. Bis zu seinem sechzehnten Lebensjahr sprach er fünf Sprachen und kannte alle Winkel von Beirut, Rom oder Budapest wie seine Hosentasche. Als die Agency ihn erstmals ansprach, lehnte er dankend ab. Er wußte, was der Job seinen Vater gekostet und welchen Tribut er von seiner Mutter verlangt hatte.

Aber die Agency wollte ihn und ließ nicht locker. Michael ließ sich nach Abschluß seines Studiums doch anwerben, weil er keine Stellung in Aussicht und keine bessere Idee hatte. Seine Ausbildung erhielt er in Camp Perry, der als »Farm« bekannten CIA-Ausbildungsstätte bei Williamsburg in Virginia. Dort lernte er Agenten anwerben und führen. Er lernte die Kunst der verdeckten Kommunikation. Er lernte, wie man merkt, daß man von der anderen Seite beschattet wird. Er lernte Selbstverteidigung und defensives Autofahren.

Nach einjähriger Ausbildung erhielt er von der Agency eine falsche Identität, einen Decknamen für den Dienstgebrauch und einen einfachen Auftrag: Er sollte die gewalttätigsten Terrororganisationen der Welt infiltrieren.

Die Autobahn war fast leer. Die hohen Bäume auf beiden Seiten der Straße bogen sich im stürmischen Wind, und ein heller Mond schien durch die Wolkenlücken. Michael sah automatisch mehrmals in den Rückspiegel, um sich zu vergewissern, daß ihm niemand folgte. Er gab Gas; der Tacho kletterte auf siebzig Meilen. Der Jaguar bewältigte die sanft steigende und fallende Strecke fast geräuschlos. Links öffnete sich eine Lücke zwischen den Bäumen, und der Potomac glänzte im Mondschein. Einige Minuten später wurden die Türme von Georgetown sichtbar. Er nahm die Ausfahrt Key Bridge und überquerte den Fluß nach Washington hinein.

Die M Street war menschenleer bis auf ein paar Obdachlose, die im Key Park tranken, und ein paar Studenten, die auf dem Gehsteig vor dem Kinkos diskutierten. Er bog nach links in die 33rd Street ab. Die hellen Lichter und Geschäfte der M Street blieben hinter ihm zurück. Zu ihrem Haus gehörte ein rückwärtiger Privatparkplatz, der über eine schmale Zufahrt zu erreichen war, aber Michael parkte seinen Wagen lieber gut sichtbar auf der Straße. Er bog nach links in die N Street ab, fand eine Parklücke und beobachtete dann aus alter Gewohnheit einige Augenblicke lang das Haus, bevor er den Motor abstellte. Er arbeitete gern als Führungsoffizier – eine gelungene Anwerbung konnte befriedigend, rechtzeitig beschaffte Informationen konnten entscheidend sein –, aber dies war der Aspekt seines Jobs, der ihm nicht gefiel: die bohrende Sorge, die er jedesmal empfand, wenn er sein eigenes Haus betrat, weil er fürchten mußte, seine Feinde hätten sich schließlich doch gerächt.

Michael hatte stets mit gewissem persönlichen Risiko gelebt, weil er im allgemeinen ohne amtliche Legende arbeitete. Das bedeutete, daß er im Gegensatz zu den meisten operativen CIA-Offizieren, die als Botschaftsangehörige diplomatische Immunität genossen, auf sich allein gestellt war. Da er in Dartmouth Betriebswirtschaft studiert hatte, gab er sich üblicherweise als international tätiger Unternehmensberater oder Firmenvertreter aus.

Michael gefiel diese Arbeitsweise besser. Die meisten der von Botschaften aus operierenden Offiziere waren der anderen Seite bekannt. Das erschwerte ihre Spionagetätigkeit, vor allem wenn das Zielobjekt eine Terrororganisation war. Michael hatte die Botschaft nicht wie einen Mühlstein um den Hals hängen, aber er konnte auch nicht auf ihren Schutz hoffen. Geriet ein Offizier mit amtlicher Legende in Schwierigkeiten, konnte er sich immer in die Botschaft flüchten und diplomatische Immunität beanspruchen. Geriet Michael in Schwierigkeiten, weil eine Anwerbung mißlang oder die Spionageabwehr der anderen Seite ihn enttarnte, drohte ihm eine Haftstrafe oder Schlimmeres. Nach all den Jahren in der Zentrale hatte die Angst sich allmählich gelegt, ohne jedoch wirklich verschwunden zu sein. Seine größte Sorge war, seine Feinde könnten sich an dem Menschen vergreifen, den er am meisten liebte. Das hatten sie schon einmal getan.

Er stieg aus, sperrte den Jaguar ab und schaltete die Alarmanlage ein. Dann ging er zur 34th Street, sah sich jeden geparkten Wagen an und kontrollierte die innen an der Windschutzscheibe angebrachten Aufkleber. An der 34th Street überquerte er die Fahrbahn und setzte die Kontrolle auf der anderen Straßenseite fort.

Eine geschwungene Backsteintreppe führte vom Gehsteig zum Eingang ihres großen Hauses im Kolonialstil hinauf. Früher hatte Michael fast ein schlechtes Gewissen gehabt, weil er hier in Georgetown in einer Villa für zwei Millionen Dollar lebte; die meisten seiner Kollegen wohnten in der Nähe der Zentrale in weniger teuren Vororten in Virginia. Sie neckten ihn immer wieder mit seiner Luxusvilla und seinem Jaguar und fragten sich laut, ob Michael es wie Rick Ames mache und Geheimnisse für Geld verrate. Die Wahrheit war viel prosaischer: Elizabeth verdiente bei Braxton, Allworth & Kettlemen eine halbe Million im Jahr, und Michael hatte von seiner Mutter eine Million Dollar geerbt.

Er sperrte die Eingangstür auf: erst das Schloß, dann den Sicherungsriegel. Die Alarmanlage zirpte leise, als er ins Haus trat. Er schloß leise die Tür, sperrte wieder ab und schaltete die Alarmanlage aus. Dann ging er in die Küche, ließ seinen Aktenkoffer auf der Eßtheke liegen, nahm ein Bier aus dem Kühlschrank und trank es mit dem ersten Schluck halb aus. In der Luft hing schwacher Rauchgeruch. Elizabeth hatte geraucht, was ein schlechtes Zeichen war. Sie hatte vor zehn Jahren das Rauchen aufgegeben, rauchte aber, wenn sie wütend oder nervös war. Ihr Arzttermin mußte unerfreulich gewesen sein. Michael kam sich wie ein Schuft vor, weil er nicht dabeigewesen war. Er hatte gute Entschuldigungsgründe – seine Arbeit, der Abschuß des Verkehrsflugzeugs –, aber auch Elizabeth steckte bis über beide Ohren in Arbeit und hatte für den Arztbesuch eigens Termine verschoben.

Er sah sich in der Küche um; sie war größer, als seine erste Wohnung gewesen war. Er erinnerte sich an den Nachmittag vor fünf Jahren, an dem sie den Kaufvertrag für dieses Haus unterzeichnet hatten. Er erinnerte sich, wie sie durch die großen leeren Räume gegangen waren und Elizabeth laut überlegt hatte, was wohin kommen, wie die Zimmer eingerichtet und in welchen Farben sie gestrichen werden würden. Sie wollte Kinder, viele Kinder, die kreischend durchs Haus tobten und Sachen kaputtmachten. Auch Michael wünschte sich welche. Er hatte eine herrliche Kindheit an exotischen Orten in aller Welt verbracht, aber leider ohne Geschwister, so daß er das Gefühl hatte, etwas verpaßt zu haben. Es war schade, daß sie keine Kinder bekommen konnten. Manchmal wirkte das Haus freudlos, viel zu groß für nur zwei Menschen, mehr ein Museum als ein Heim. Manchmal hatte

Michael das Gefühl, hier hätten einst Kinder gelebt, seien aber fortgebracht worden. Und er hatte das Gefühl, sie seien dazu verurteilt, hier gemeinsam zu leben: allein zu zweit, verletzt, auf ewig.

Er knipste das Licht aus und nahm den Rest seines Biers mit nach oben ins Schlafzimmer. Elizabeth saß im Bett, hatte die Knie bis unters Kinn hochgezogen und ihre Beine mit den Armen umschlungen. An der kathedralenartig hohen Zimmerdecke brannte nur eine schwache Leuchte. Im Kamin glimmten die Holzkohlen eines erlöschenden Feuers. Ihr kurzes blondes Haar war zerzaust; ihre Augen verrieten, daß sie noch nicht geschlafen hatte. Ihr Blick schien ins Leere zu gehen. Im Aschenbecher auf ihrem Nachttisch lagen drei halbgerauchte Zigaretten. Auf seiner Seite des Betts waren Schriftsätze verstreut. Er spürte, daß Elizabeth zornig war, und sie hatte ihren Zorn so abreagiert, wie sie's immer tat – indem sie sich in ihre Arbeit gestürzt hatte. Michael zog sich schweigend aus.

»Wie spät ist es denn?« fragte sie, ohne ihn anzusehen.

»Spät.«

»Warum hast du mich nicht angerufen? Warum hast du mir nicht gesagt, daß du heute so spät heimkommen würdest?«

»Es hat ein paar unerwartete Entwicklungen gegeben. Ich dachte, du schläfst schon.«

»Mir ist's egal, wenn du mich weckst, Michael. Ich hätte heute abend deine Stimme hören müssen.«

»Tut mir leid, Elizabeth. Bei uns war's total hektisch heute. Ich konnte nicht gehen.«

»Warum bist du nicht zum Arzt gekommen?«

Michael knöpfte sein Hemd auf. Er ließ die Hände sinken und drehte sich zu ihr um. Ihr Gesicht war gerötet, und sie hatte feuchte Augen.

»Elizabeth, ich bin für die Terroristengruppe zuständig, die vielleicht das Verkehrsflugzeug abgeschossen hat. Ich kann nicht einfach tagsüber wegen eines Arztbesuchs nach Washington fahren.«

»Warum nicht?«

»Weil ich nicht kann, darum. Der Präsident der Vereinigten Staaten trifft seine Entscheidungen auf der Grundlage von uns gelieferter Informationen, und in einer Situation dieser Art kann ich unmöglich das Büro verlassen, nicht einmal für ein paar Stunden.«

»Michael, ich habe auch einen Job. Er ist vielleicht nicht so wichtig wie ein Job bei der CIA, aber für mich trotzdem verdammt wichtig. Ich jongliere im Augenblick drei Fälle gleichzeitig, habe Braxton im Nacken sitzen und bemühe mich verzweifelt, ein …«

Sie verlor für einen Augenblick die Fassung.

»Tut mir wirklich leid, Elizabeth, ich wollte kommen, aber es ging nicht. Nicht an einem Tag wie heute. Ich habe ein schrecklich schlechtes Gewissen, weil ich den Termin verpaßt habe. Was hat der Arzt gesagt?«

Sie öffnete den Mund, um zu sprechen, brachte aber keinen Ton heraus. Michael durchquerte den Raum, setzte sich neben sie auf die Bettkante und zog sie an sich. Sie legte ihren Kopf an seine Schulter und weinte leise.

»Er weiß nicht genau, wo das Problem liegt, Michael. Ich werde schwanger, aber dann habe ich sofort eine Fehlgeburt. Möglicherweise ist irgend etwas mit meinen Eileitern nicht in Ordnung. Oder mit meiner Gebärmutter. Er ist sich seiner Sache einfach nicht sicher. Er will noch eine Möglichkeit ausprobieren – In-vitro-Fertilisation. Er sagt, daß das Cornell Hospital in New York das beste ist. Wir könnten nächsten Monat einen Termin bekommen.«

Elizabeth sah mit tränenfeuchtem Gesicht zu ihm auf.

»Ich will mir keine verfrühten Hoffnungen machen, Michael, aber ich würde mir nie verzeihen, wenn wir nicht alles versuchen würden.«

»Du hast recht.«

»Das bedeutet, daß wir eine Weile in New York leben müßten. Ich werde alles arrangieren, daß ich in unserem Büro in Manhattan arbeiten kann. Dad bleibt solange auf der Insel, damit wir die Wohnung für uns haben.«

»Ich rede mit Carter; ich kann meine Arbeit auch in New York erledigen. Vielleicht muß ich ab und zu mal nach Washington, aber das ist sicher kein Problem.«

»Danke, Michael. Entschuldige, daß ich dich so angefahren habe. Ich bin nur so wahnsinnig wütend auf dich gewesen.«

»Du brauchst dich nicht zu entschuldigen. Es ist meine Schuld gewesen.«

»Ich weiß, worauf ich mich eingelassen habe, als ich dich geheiratet habe. Ich weiß, daß ich nichts an deiner Arbeit ändern kann. Aber manchmal wünsche ich mir, du wärst öfter hier. Ich möchte mehr Zeit mit dir verbringen. Ich habe das Gefühl, wir laufen uns morgens eher zufällig über den Weg, und abends ist es nicht viel anders.«

»Wir könnten unsere Jobs aufgeben.«

»Das können wir nicht.« Sie küßte ihn. »Komm ins Bett. Es ist schon spät.«

Michael stand auf und ging in das große Bad. Er zog sich ganz aus, wusch sich das Gesicht und putzte sich die Zähne, ohne sich im Spiegel zu betrachten. Im Schlafzimmer brannte kein Licht mehr, als er zurückkam, aber Elizabeth saß noch immer im Bett und hatte ihre Arme wieder um die Knie geschlungen.

»Ich seh's auf deinem Gesicht, weißt du.«

»Was?«

»Diesen Ausdruck.«

»Welchen Ausdruck?«

»Diesen Ausdruck, wenn irgendwo jemand ermordet worden ist.«

Michael schlüpfte unter die Decke und stützte sich auf einen Ellbogen, um sie anschauen zu können.

»Ich sehe diesen Ausdruck in deinen Augen«, sagte Elizabeth, »und frage mich, ob du wieder an sie denkst.«

»Ich denke nicht an sie, Elizabeth.«

»Wie hat sie geheißen, Michael? Du hast mir nie ihren Namen gesagt.«

»Sie hat Sarah geheißen.«

»Sarah«, wiederholte Elizabeth. »Sehr hübscher Name, Sarah. Hast du sie geliebt?«

»Ja, ich habe sie geliebt.«

»Liebst du sie noch?«

»Ich liebe dich.«

»Du hast meine Frage nicht beantwortet.«

»Nein, ich liebe sie nicht mehr.«

»O Gott, du bist ein miserabler Lügner. Ich dachte, Spione müßten hervorragende Lügner sein.«

»Ich belüge dich nicht. Ich habe dich nie belogen. Ich habe dir immer nur Dinge verschwiegen, die ich dir nicht erzählen darf.«

»Denkst du manchmal an sie?«

»Ich denke manchmal an ihr Schicksal, aber ich denke nicht an sie.«

Elizabeth glitt tiefer, drehte sich auf die Seite und kehrte ihm den Rücken zu. Trotz der Dunkelheit sah Michael ihre Schultern zucken. Als er seine Hand ausstreckte, um sie zu berühren, murmelte sie: »Entschuldige, Michael. Entschuldige bitte.«

»Warum weinst du, Elizabeth?«

»Weil ich wütend auf dich bin, und weil ich dich liebe.

Weil ich ein Kind von dir möchte und mich schrecklich davor fürchte, was geschehen wird, wenn ich keines bekommen kann.«

»Was soll geschehen? Ich liebe dich mehr als alles andere auf der Welt.«

»Du liebst sie nicht mehr, stimmt's, Michael?«

»Ich liebe dich, Elizabeth, dich allein.«

Sie drehte sich im Dunkel um und zog sein Gesicht zu ihrem heran. Er küßte ihre Stirn und wischte die Tränen aus ihren Augen. Er hielt sie lange in seinen Armen und horchte auf den Wind in den Bäumen vor dem Schlafzimmerfenster, bis ihr ruhiger Atem verriet, daß sie eingeschlafen war.

7

Im Weissen Haus

Anne Beckwith legte Wert darauf, daß beim Abendessen nicht über Politik gesprochen wurde. Die Politik bestimmte ihr Leben, seit der Apparat der Republikanischen Partei ihren Mann vor fünfundzwanzig Jahren in Kalifornien für sich vereinnahmt hatte, und deswegen bestand sie darauf, daß jeden Abend wenigstens diese eine Stunde politikfrei blieb. Sie dinierten in den Privaträumen des Weißen Hauses: der Präsident, die First Lady und Mitchell Elliott. Anne hatte eine Vorliebe für italienische Küche und glaubte insgeheim, die USA wären ein besseres Land, wenn »wir etwas mehr wie die Italiener und weniger wie Amerikaner wären«. Um seiner politischen Karriere willen hatte Beckwith Anne gebeten, solche Ansichten für sich zu behalten. Er widerstand auch Annes Wunsch, jeden Sommer in Europa Urlaub zu machen, und wählte statt dessen »amerikanischere« Urlaubsorte. Diesen Sommer hatten sie Urlaub in Jackson Hole gemacht, das Anne am vierten Tag in »Shit Hole« umgetauft hatte.

In bezug aufs Essen ließ er ihr jedoch freie Hand. An diesem Abend servierte sie bei sanftem Kerzenschein als Vorspeise Fettucini mit Pesto, Sahne und Erbsen und danach Rindfleischmedaillons, einen Salat und Käse. Dazu gab es einen fünfzehnjährigen Rotwein aus der Toskana.

Während des Abendessens, bei dem Stewards des Weißen Hauses lautlos die einzelnen Gänge auf- und abtrugen, dirigierte Anne Beckwith die Unterhaltung sorgfältig von einem sicheren Thema zum nächsten. Neue Filme, die sie sehen wollte, neue Bücher, die sie gelesen hatte, alte Freunde, die Kinder, die kleine Villa im oberitalienischen Piemont, in der sie den ersten Sommer verbringen wollte, »sobald wir unsere Strafe abgesessen haben und wieder frei sind«.

Der Präsident wirkte erschöpft. Seine normalerweise lebhaft blitzenden blauen Augen waren gerötet und müde. Er hatte einen langen, anstrengenden Tag hinter sich. Den Vormittag hatte er mit den Spitzen des FBI und des NTSB, des Nationalen Flugsicherheitsdienstes, verbracht, nachmittags war er nach New York geflogen und hatte mit trauernden Angehörigen der Opfer gesprochen. Er hatte die Absturzstelle vor Fire Island an Bord eines Kutters der Küstenwache besucht und war dann mit einem Hubschrauber nach Bay Shore geflogen, um an einem Trauergottesdienst für die Schüler teilzunehmen, die bei dem Anschlag ums Leben gekommen waren. Dabei war es zu einer tränenreichen Begegnung mit dem Chemielehrer John North gekommen, dessen Frau Mary die Schülerreise nach London organisiert hatte.

Vandenberg hatte perfekt Regie geführt. Im Fernsehen wirkte der Präsident wie ein Führer, der die Lage gelassen im Griff hat. Er kehrte nach Washington zurück und konferierte mit seinem nationalen Sicherheitsstab: Verteidigungsminister, Außenminister, Nationaler Sicherheitsberater, CIA-Direktor. Punkt 18.20 Uhr lieferte Vandenberg den aus dem Weißen Haus berichtenden Journalisten Hintergrundinformationen. Der Präsident erwäge militärische Vergeltungsmaßnahmen gegen die für den Anschlag verantwortlichen Terroristen. Amerikanische Kriegsschiffe seien bereits ins östliche Mittelmeer und in den Persischen Golf entsandt worden. Um 18.30 Uhr standen die aus dem Weißen Haus berichtenden Fernsehkorrespondenten von ABC, CBS und NBC nebeneinander auf dem Nordrasen und teilten dem amerikanischen Volk mit, der Präsident erwäge als Vergeltung für den Flugzeugabschuß einen Militärschlag.

Mitchell Elliott wußte, daß die morgigen Umfrageergebnisse gut sein würden. Aber während er James Beckwith jetzt am Eßtisch gegenübersaß, fiel Elliott die Erschöpfung auf, die ihm ins Gesicht geschrieben stand. Er fragte sich, ob sein alter Freund noch den Willen hatte, weiterzukämpfen. »Wenn ich's nicht besser wüßte, Anne«, sagte Elliott, »würde ich behaupten, Sie seien bereit, das Weiße Haus gleich jetzt zu verlassen, statt erst in vier Jahren.«

Elliotts Bemerkung grenzte an eine Diskussion über Politik. Anstatt das Thema zu wechseln, erwiderte Anne Beckwith seinen Blick mit vor Zorn leicht verengten blauen Augen, was selten genug vorkam.

»Ehrlich gesagt, Mitchell, mir ist's egal, ob wir das Weiße Haus in vier Jahren oder in vier Monaten verlassen«, sagte sie. »Der Präsident hat sich in den letzten vier Jahren für dieses Land verausgabt. Unsere Familie hat dafür große Opfer gebracht. Und wenn das Volk einen unerfahrenen Senator aus Nebraska zu seinem Führer wählen will, dann soll es seinen Willen haben.«

Diese Antwort war typisch Anne Beckwith. Anne tat gern so, als stehe sie über der Politik, als sei das Leben im Besitz der Macht nicht lohnend, sondern lästig gewesen. Elliott kannte jedoch die Wahrheit: Hinter der sanften Fassade war Anne Beckwith eine durchaus skrupellose Politikerin, die im Hintergrund enorme Macht ausübte.

Ein Steward kam herein, trug das Geschirr ab und servierte Kaffee. Der Präsident zündete sich eine Zigarette an. Anne hatte ihn schon vor zwanzig Jahren dazu gebracht, sich das Rauchen abzugewöhnen, gestattete ihm jedoch jeden Abend eine zum Kaffee. Mit erstaunlicher Selbstbeherrschung rauchte Beckwith jeden Abend eine Zigarette, aber nur diese eine. Sobald der Steward den Raum verlassen hatte, sagte Elliott: »Bis zur Wahl haben wir noch vier Wochen, Anne. Wir können den Trend noch umkehren.«

»Mitchell Elliott, Sie reden wie diese Schaumschläger, die als selbsternannte Experten in diesen geistlosen Talkshows auftreten und großspurig behaupten, das amerikanische Volk sei noch nicht auf die Wahl eingestellt. Sie wissen so gut wie ich, daß die Umfrageergebnisse sich zwischen heute und dem Wahltag nicht mehr ändern werden.«

»Normalerweise wäre das so. Das gestehe ich Ihnen zu, Anne. Aber vorgestern abend hat ein arabischer Terrorist vor New York ein amerikanisches Verkehrsflugzeug abgeschossen. Der Präsident hat die Bühne jetzt für sich allein. Sterling ist in die Kulisse verbannt. Der Präsident hat eine wunderbare Gelegenheit erhalten, seine glänzenden Fähigkeiten als Krisenmanager zu demonstrieren.«

»Mein Gott, Mitchell, zweihundertfünfzig Menschen sind tot, und Sie sind aufgeregt, weil Sie glauben, daß uns das helfen wird, endlich den Trend umzukehren!«

»Das hat Mitchell nicht behauptet, Anne«, sagte Beckwith. »Du brauchst nur die Berichterstattung in den Medien zu verfolgen. Was sich in einem Wahljahr ereignet, wird alles durch die politische Brille gesehen. Jede andere Auffassung wäre naiv.«

Anne Beckwith stand abrupt auf und sagte: »Nun,

diese naive alte Dame hat für heute abend genug.« Der Präsident und Elliott standen auf. Anne küßte ihren Mann auf die Wange und reichte Mitchell Elliott die Hand. »Er ist müde, Mitchell. Er hat nicht mehr viel geschlafen, seit er Ihre wundervolle politische Gelegenheit erhalten hat. Halten Sie ihn nicht zu lange auf.«

Als Anne den Raum verlassen hatte, gingen die beiden Männer ins Erdgeschoß hinunter und ins Oval Office hinüber. Die Beleuchtung war dezent heruntergedreht, und im Kamin brannte ein Feuer. Paul Vandenberg erwartete sie. Beckwith nahm in einem Ohrensessel am Kamin Platz, und Vandenberg setzte sich in den zweiten. Damit blieb für Elliott eine der tiefen weißen Couches. Als er sich setzte, gab das weiche Polster unter ihm nach. So kam er sich kleiner als die beiden anderen Männer vor, was ihm nicht gefiel. Vandenberg, der Elliotts Unbehagen spürte, gestattete sich ein schwaches Lächeln.

Der Präsident starrte erst seinen Stabschef, dann Elliott prüfend an.

»Also gut, Gentlemen«, sagte Beckwith. »Ich schlage vor, Sie sagen mir, worum es bei dieser Besprechung geht.«

»Mr. President«, sagte Elliott, »ich möchte Ihnen helfen, wiedergewählt zu werden – zum Besten unseres wundervollen Landes und zum Besten des amerikanischen Volkes. Und ich glaube, daß ich weiß, wie das zu schaffen ist.«

Der Präsident zog sichtlich interessiert die Augenbrauen hoch. »Bitte weiter, Mitchell.«

»Sofort, Mr. President«, antwortete Elliott. »Aber zunächst ist ein kurzes Gebet zum Allmächtigen angebracht, glaube ich.«

Mitchell Elliott erhob sich, sank im Oval Office auf die Knie und begann zu beten.

»Glauben Sie, daß er sich dazu entschließt, Paul?«

»Schwer zu sagen. Er will erst mal darüber schlafen. Das ist ein gutes Zeichen.«

Auf der kurzen Rückfahrt vom Weißen Haus hatten sie über belanglose Dinge gesprochen oder geschwiegen. Keiner der beiden Männer redete gern in geschlossenen Räumen, auch in fahrenden Dienstwagen nicht. Jetzt gingen sie in Kalorama an strahlend hell beleuchteten Luxusvillen vorbei die sanft ansteigende California Street hinauf. Ein regnerischer Wind bewegte die Bäume. Rubinrote und goldene Blätter taumelten durchs blaßgelbe Licht der Straßenlaternen. Die Nacht war still bis auf das Rauschen des Windes und das gedämpfte Brausen des Spätabendverkehrs auf der Massachusetts Avenue. Die Limousine fuhr voraus und parkte ohne Licht und mit abgestelltem Motor vor Elliotts Haus. Elliotts Leibwächter folgte ihnen in einigem Abstand außer Hörweite.

»Ich habe ihn noch nie in derart schlechter Stimmung gesehen«, sagte Elliott.

»Er ist müde.«

»Falls er sich dazu entschließt, bringt er hoffentlich die Kraft und die Leidenschaft auf, den Wählern und dem Kongreß gegenüber überzeugend zu argumentieren.«

»Er ist der beste Präsidentendarsteller seit Ronald Reagan. Bekommt er von uns ein gutes Drehbuch, steht er genau dort, wo er stehen soll, und sagt seinen Text auf.«

»Sorgen Sie dafür, daß er ein verdammt gutes Drehbuch bekommt.«

»Ich habe die Rede bereits in Auftrag gegeben.«

»Jesus! Dann berichtet die *Post* bestimmt schon morgen früh darüber.«

»Ich lasse die Entwürfe von meiner besten Redenschreiberin verfassen. Sie arbeitet daheim. So taucht nichts im Computersystem des Weißen Hauses auf, und die Schnüffler und Informanten werden nichts finden.«

»Sehr gut, Paul. Ich bin froh, daß Sie alle Tricks noch immer so gut beherrschen wie früher.«

Vandenberg gab keine Antwort. Ein Auto fuhr an ihnen vorbei, ein kleiner Toyota. Der Wagen bog an der 23rd Street links ab. Die Heckleuchten verschwanden in der Dunkelheit. Der böige Wind frischte auf. Vandenberg schlug den Kragen seines Regenmantels hoch.

»Sie haben wirklich überzeugend argumentiert, Mitchell. Der Präsident ist sichtlich beeindruckt gewesen. Er wird morgen früh aufwachen und wissen, wie klug Ihr Vorschlag ist. Ich rufe die Fernsehgesellschaften an und vereinbare eine Liveübertragung der Ansprache aus dem Oval Office.«

»Werden sie sich darauf einlassen?«

»Natürlich. Sie haben in der Vergangenheit gemurrt, wenn sie den Eindruck hatten, wir benutzten das Privileg einer Rede im Oval Office für offenkundig politische Zwecke. Aber das kann in diesem Fall wohl niemand ernstlich behaupten. Außerdem wird Ihre kleine Initiative erst als zweiter Punkt erwähnt. Der erste und wichtigste Punkt ist die Mitteilung, daß unsere Streitkräfte soeben einen vernichtenden Schlag gegen das *Schwert von Gaza* und seine Unterstützer geführt haben. Ich kann mir nicht vorstellen, daß die Fernsehgesellschaften Beckwith zum jetzigen Zeitpunkt eine Liveübertragung abschlagen.«

»Ich dachte, daß jemand mit Ihrer Erfahrung niemals die Arroganz der Medien unterschätzen würde, Paul.«

»Sie bezeichnen mich gern als die graue Eminenz. Ich werde getadelt, wenn etwas schiefgeht, aber niemals gelobt, wenn etwas klappt.«

»Ich gehe davon aus, daß Sie alles tun, damit diese Sache klappt.«

»Seien Sie unbesorgt, sie klappt.«

»Was kann ich dazu beitragen?«

»Verschwinden Sie möglichst schnell und unauffällig aus Washington.«

»Tut mir leid, das geht nicht.«

»Jesus, ich habe Sie doch um Zurückhaltung gebeten!«

»Ich gebe morgen nur ein kleines Abendessen. Für Braxton, einige seiner Seniorpartner und einen Senator, dem ich in den Arsch kriechen muß.«

»Setzen Sie mich auf die Gästeliste.«

»Sind Sie morgen abend nicht ziemlich beschäftigt?«

»Die Ansprache läuft von neun Uhr bis neun Uhr fünfzehn. Ich komme gleich danach. Halten Sie mir einen Platz am Tisch frei.«

Vandenberg stieg hinten in die Limousine aus dem Weißen Haus ein. Das Anspringen des Motors zerstörte die Stille auf der California Street. Der Wagen fuhr an, bog nach links auf die Massachusetts Avenue ab und verschwand. Wenig später fuhr der Toyota, den sie vor einigen Minuten schon einmal gesehen hatten, wieder am Haus vorbei.

Mitchell Elliott wartete, bis Mark Calahan heran war, um ihn zur Haustür zu begleiten.

»Haben Sie sich das Kennzeichen dieses Autos gemerkt?«

»Natürlich, Mr. Elliott.«

»Lassen Sie's überprüfen. Ich möchte wissen, wem der Wagen gehört.«

»Ja, Sir.«

Elliott saß in der Bibliothek und las, als sein Assistent zwanzig Minuten später hereinkam.

»Der Wagen ist auf eine Susanna Dayton zugelassen. Sie wohnt in Georgetown.«

»Susanna Dayton ist die Reporterin der *Washington Post,* die wegen meiner Verbindungen zu Beckwith recherchiert.«

»Könnte Zufall sein, Mr. Elliott, aber ich vermute, daß sie das Haus beobachtet.«

»Lassen Sie sie beobachten. Ich will wissen, was sie tut und mit wem sie redet. Sehen Sie zu, daß Sie möglichst schnell in ihr Haus kommen. Bringen Sie in allen Räumen und an den Telefonen Wanzen an. Die Sache ist brandeilig.«

Der Assistent schloß die Tür hinter sich, als er hinausging. Mitchell Elliott nahm den Telefonhörer ab und rief das Weiße Haus an. Dreißig Sekunden später wurde das Gespräch in Paul Vandenbergs Wagen weitervermittelt.

»Hallo, Paul. Wir haben ein kleines Problem, fürchte ich.«

8

Washington, D.C.

Der Pomander Walk ist ein mitten in Georgetown verstecktes kleines Stück Frankreich: zehn kleine Häuser am Volta Place, die durch ein für Autos zu schmales Gäßchen erschlossen werden. Susanna Dayton hatte sich auf den ersten Blick in diese Häuser verliebt – in die weißgekalkten Ziegelmauern, die bunten Fensterrahmen und die Blütenpracht, die in Blumentöpfen auf den Eingangstreppen sprießte. Gleich gegenüber lag der Volta Park, ein idealer Auslauf für ihren Golden Retriever. Als vor zwei Jahren endlich eines der Häuser angeboten wurde, hatte sie ihr Apartment in der Connecticut Avenue verkauft und war dort eingezogen.

Sie parkte am Volta Place, griff nach ihrer Umhängetasche und stieg aus. Der Regen hatte aufgehört, und die Fahrbahn lag unter einem Teppich aus rutschigem Laub. Susanna schloß ihren Wagen ab und überquerte die Straße. Der Pomander Walk war wie gewöhnlich still und menschenleer. Im Haus direkt gegenüber flackerte der Widerschein von Fernsehbildern über die Wohnzimmerdecke.

Carson kläffte laut, als Susanna die Stufen zur Haustür hinaufging und den Schlüssel ins Schloß steckte. Er war seit neun Uhr morgens im Haus eingesperrt gewesen. Mit seiner Leine zwischen den Zähnen wartete er auf sie. »Gleich, mein Lieber, gleich. Ich muß noch ein bißchen arbeiten und mich dann umziehen.«

Das Haus war klein, aber für eine Person recht behaglich: zwei Schlafzimmer im ersten Stock, Küche und Wohnzimmer im Erdgeschoß. Als sie noch verheiratet gewesen war, hatte sie mit ihrem Mann zwei Straßenblocks weit entfernt in einem größeren Stadthaus in der 34th Street gewohnt. Dieses Haus war nach ihrer Scheidung verkauft und der Erlös zwischen ihnen geteilt worden. Jack und seine neue Frau, eine Aerobictrainerin, hatten sich ein Haus mit Blick über den Rock Creek in Bethesda gekauft. Susanna war froh, daß er umgezogen war. Sie wollte in Georgetown wohnen bleiben, ohne befürchten zu müssen, jeden zweiten Tag Jack und seiner Eroberung über den Weg zu laufen.

Sie nutzte das zweite Schlafzimmer als Büro. Unterlagen und Akten waren über den Fußboden verstreut. Bücher quollen aus den eingebauten Regalen. Sie stellte ihren Laptop auf den Schreibtisch und schaltete ihn ein. Dann tippte sie fünf Minuten lang rasend schnell. Carson saß an der Tür, ließ sie nicht aus den Augen, seine Leine noch immer in der Schnauze.

Dieser Abend war voller Überraschungen gewesen. Mitchell Elliott hatte sich drei Stunden im Weißen Haus aufgehalten – vermutlich bei Präsident Beckwith. Und sie hatte ihn vor seiner Villa in der California Street mit Paul Vandenberg, dem Stabschef des Präsidenten, gesehen. Beide Tatsachen waren nicht an sich belastend. Aber wenn es ihr gelang, sie in das Puzzle einzufügen, hatte sie vielleicht eine wirkliche Story. Heute abend konnte sie nichts weiter unternehmen. Morgen vormittag würde sie mit ihrem Redakteur sprechen, ihm erzählen, was sie bisher in Erfahrung gebracht hatte, und gemeinsam mit ihm überlegen, wo sie weitersuchen sollte.

Sie verschlüsselte die Datei und speicherte sie dann auf der Festplatte und auf zwei Disketten. Die zweite Diskette nahm sie mit ins Schlafzimmer. Es war schon spät, nach elf Uhr, aber sie war von der langen Sitzerei im Auto und im Café nervös überreizt. Sie zog ihren Pullover aus, streifte Rock und Strumpfhose ab. Aus einer Kommodenschublade nahm sie eine blaue Jogginghose und einen Baumwollpulli. Ihre Reebok-Nylonjacke hing am Bad an einem Haken. Sie schlüpfte hinein und zog den Reißverschluß hoch, bevor sie sich übers Waschbecken beugte, um das Make-up abzuschrubben, das sie vor fünfzehn Stunden aufgelegt hatte.

Sie trocknete ihr Gesicht ab und betrachtete dabei ihr Spiegelbild. Mit vierzig hielt Susanna Dayton sich noch für eine durchaus attraktive Frau: schwarze Locken bis über die Schultern, dunkelbraune Augen, südländischer Teint. Aber die Zeit begann ihre Spuren zu hinterlassen. Seit sie von Jack geschieden war, hatte sie sich regelrecht in ihre Arbeit gestürzt. Sechzehnstundentage waren keine Ausnahme, sondern die Regel. Sie war mit ein paar Männern ausgegangen und hatte sogar mit einigen geschlafen, aber ihre Arbeit stand jetzt an erster Stelle.

Carson trabte ruhelos im Flur auf und ab. »Komm, Boy! Jetzt geht's los!«

Susanna nahm die Diskette und folgte dem Hund die Treppe hinunter. Während sie Dehnungsübungen machte, griff sie nach dem schnurlosen Telefon und tippte die Kurzwahlnummer ihres Nachbarn Harry Scanlon ein.

»Ich gehe mit Carson joggen«, sagte sie. »Bin ich in einer halben Stunde nicht zurück, schickst du Hilfe, okay?«

»Wo willst du laufen?«

»Weiß ich noch nicht. Vielleicht bis zum Dupont Circle und zurück.«

»Wo zum Teufel bist du gewesen?«

»Ich hab' gearbeitet. Ich werfe im Vorbeigehen wieder eine bei dir ein.«

»Okay.«

»Gute Nacht, Darling.«

»Gute Nacht, Liebste.«

Sie steckte Piepser und Handy in eine Gürteltasche und verließ das Haus. Sie wußte, daß es idiotisch war, so spät nachts allein zu joggen – ihre Freunde machten ihr deswegen ständig Vorhaltungen –, aber sie nahm immer ein Mobiltelefon mit und hatte Carson als Beschützer dabei.

Sie ging die Stufen zu Harrys Haustür hinauf und warf die Diskette in seinen Briefschlitz. Sie machte Sicherungskopien von Sicherungskopien, und falls ihr Haus jemals abbrannte oder ausgeraubt wurde, hatte wenigstens Harry eine Kopie ihrer Arbeitsunterlagen. Obwohl Harry ihre Besorgnis übertrieben fand, tat er ihr diesen Gefallen. Ihr System war einfach: Warf Susanna eine Diskette in seinen Briefkasten, steckte Harry die vorherige in ihren Kasten, meistens am nächsten Morgen.

Sie trat auf den Pomander Walk hinaus. Carson hob am ersten Baum das Bein. Dann zog sie den Reißverschluß ihrer Jacke ganz hoch, weil die Nacht kühl war, und trabte mit Carson nach Osten durchs dunkle Georgetown.

Der Mann in dem geparkten Wagen am Volta Place beobachtete, wie sie davonlief. Er wußte, daß er nicht viel Zeit hatte. Es war schon spät; die Frau würde vermutlich nicht sehr lange joggen. Er würde rasch arbeiten müssen.

Er stieg aus, drückte seine Autotür leise zu und überquerte die Straße. Er trug eine schwarze Hose, ein dunkles Hemd und eine schwarze Lederjacke; in der rechten

Hand hielt er einen kleinen ledernen Aktenkoffer. Mark Callahan verlor keine Zeit. Wie alle Männer von Mitchell Elliotts Leibwache hatte er in den Special Forces gedient, genauer gesagt bei den Seals, den Kampfschwimmern der U.S. Navy. Er wußte, wie man leise in ein Gebäude eindringt. Er wußte, wie man spurlos wieder verschwindet.

Der Pomander Walk war still und menschenleer. Nur in einem der kleinen Häuser brannte noch Licht. Dreißig Sekunden nach Betreten der Gasse hatte er das Schloß von Susanna Daytons Haustür geknackt und war in ihrem Haus.

Er blieb eine Viertelstunde lang darin und verschwand dann so lautlos, wie er gekommen war.

Gegen vier Uhr wachte Michael vom Regen auf. Er versuchte wieder einzuschlafen, aber es gelang ihm nicht. Sobald er die Augen schloß, hatte er das ins Meer stürzende Flugzeug und Hassan Mahmouds von drei Kugeln zerfetztes Gesicht vor sich. Er stand leise auf und ging in sein Arbeitszimmer. Er schaltete seinen Computer ein und setzte sich davor.

Er rief verschiedene Dateien auf: Fotos, Polizeiberichte, CIA-Memos, Mitteilungen befreundeter Dienste. Michael sah sie nochmals durch. Die Ermordung eines Staatssekretärs in Sevilla, angeblich durch die baskische Separatistenbewegung ETA, später geleugnet. Die Ermordung eines Polizeipräfekten in Paris, angeblich durch die Action Directe, später geleugnet. Die Ermordung eines BMW-Direktors in Frankfurt, angeblich durch die RAF, später geleugnet. Die Ermordung eines hohen PLO-Kommandeurs in Tunis, angeblich durch eine rivalisierende Palästinenserfraktion, später geleugnet. Die Ermordung eines israelischen Geschäftsmanns in London, angeblich durch die PLO, später geleugnet. Diese Anschläge hatten sich alle in Krisenzeiten ereignet und die Spannungen verstärkt. Alle hatten noch etwas gemeinsam: Die Opfer waren durch drei Schüsse ins Gesicht getötet worden.

Michael öffnete eine weitere Datei. Die Ermordete war Sarah Randolph. Sie war eine reiche, schöne Kunststudentin mit sozialistischen Ideen, und Osbourne hatte sich in seiner Londoner Zeit wider besseres Wissen hoffnungslos in sie verliebt. Da er wußte, daß die Abteilung Personalsicherheit wegen ihrer politischen Einstellung Schwierigkeiten machen würde, hatte er gegen die Vorschriften der Agency verstoßen und beschlossen, die Beziehung nicht zu melden. Aus der Ermordung Sarahs am Chelsea Embankment hatte die Agency dann geschlossen, Michael sei enttarnt, er sei der anderen Seite bekannt und könne nicht mehr im Außendienst eingesetzt werden.

Er rief ihr Foto auf. Sie war die schönste Frau, die er je gekannt hatte, aber der Attentäter hatte ihr die Schönheit und das Leben geraubt. Drei Schüsse ins Gesicht, Kaliber neun Millimeter wie in allen anderen Fällen. Michael hatte ihren Mörder gesehen, aber nur für einen Augenblick. Seiner Überzeugung nach war er der Mann, der die anderen ermordet hatte, der Mann, der Hassan Mahmoud erschossen hatte.

Wer war er? Arbeitete er in staatlichem Auftrag oder auf freiberuflicher Basis? Weshalb mordete er immer auf gleiche Weise? Michael zündete sich eine Zigarette an und stellte sich eine andere Frage: Existiert er wirklich? Oder ist er ein Produkt meiner Phantasie? Ein Gespenst in den Dateien? Carter glaubte, Michael jage einem Hirngespinst nach. Carter hätte ihn zur Schnecke gemacht, wenn er seine Theorie jetzt verbreitet hätte. Tyler ebenfalls. Er schaltete den Computer aus und ging wieder ins Bett.

9

Washington, D.C.

Am nächsten Morgen blätterte Paul Vandenberg einen Stapel Zeitungen durch, während der Chauffeur seiner schwarzen Limousine das Weiße Haus ansteuerte. Die meisten Führungskräfte im Weißen Haus zogen es vor, den Pressespiegel zu überfliegen, den die Pressestelle jeden Morgen zusammenstellte, aber Vandenberg, ein schneller und unersättlicher Leser, wollte die Originalmeldungen sehen. Er wollte sehen, wie die Story aufgemacht war. Stand sie auf der oberen oder der unteren Hälfte der Seite? War sie auf der Titelseite plaziert oder im Inneren des Blatts vergraben? Außerdem mißtraute er im allgemeinen Zusammenfassungen. Er mochte Rohinformationen, Rohdaten. Er besaß ein Gehirn, das imstande war, Unmengen von Informationen zu speichern und zu verarbeiten, anders als sein Boß, der mundgerecht vorbereitete Happen brauchte.

Vandenberg gefiel, was er sah. Der Abschuß von Flug 002 beherrschte die Titelseiten aller großen US-Zeitungen. Der Präsidenschaftswahlkampf schien nicht länger zu existieren. Die *Los Angeles Times* meldete die Sensation dieses Morgens: amerikanische Justiz- und Geheimdienstkreise bezeichneten das *Schwert von Gaza* als für den Anschlag verantwortlich. Die Zeitung brachte zahlreiche Details bis hin zu Zeichnungen mit dem Ablauf des Terroranschlags und einer Biographie des Terroristen Hassan Mahmoud. Vandenberg lächelte; die Idee, der *Los Angeles Times* vertrauliche Informationen zuzuspielen, war seine gewesen. Sie war die wichtigste Zeitung Kaliforniens, und bis zur Wahl würde Beckwith sicher noch ein paar Gefälligkeiten brauchen.

Der Rest war ebenfalls gut. Über die Reise des Präsidenten nach Long Island wurde ausführlich berichtet. Die *New York Times* und die *Washington Post* gaben seine kurze Ansprache bei dem Trauergottesdienst wörtlich wieder. Alle Zeitungen brachten ein von Associated Press verbreitetes Foto, auf dem Beckwith die Mutter eines der jungen Absturzopfer tröstete. Beckwith als Vaterfigur. Beckwith in der ersten Reihe der Trauernden. Beckwith als Racheengel. Für Sterling war da kein Platz mehr. Seine Wahlkampfreise durch Kalifornien war lediglich der *LA Times* einen kleinen Artikel wert. Perfekt!

Die Limousine fuhr vor dem Weißen Haus vor. Vandenberg stieg aus und betrat den Westflügel. Sein geräumiges Büro war geschmackvoll eingerichtet und hatte Fenstertüren, die auf eine kleine Terrasse mit Natursteinbelag vor dem Südrasen hinausführten. Er setzte sich an seinen Schreibtisch und blätterte einen Stapel Gesprächsnotizen durch. Dann warf er einen Blick auf die Termine des Präsidenten. Vandenberg hatte dafür gesorgt, daß alle gestrichen wurden, die nichts mit Flug 002 zu tun hatten. Beckwith sollte ausgeruht und entspannt wirken, wenn er heute abend vor die Kameras trat. Es war möglicherweise der wichtigste Augenblick seiner Präsidentschaft, vielleicht seiner gesamten Karriere.

Eine seiner drei Sekretärinnen steckte ihren Kopf durch die Tür herein. »Kaffee, Mr. Vandenberg?«

»Bitte, Margaret.«

Um halb acht versammelten die leitenden Mitarbeiter sich in seinem Büro: die Pressereferentin, der Haushaltsdirektor, der Kommunikationsdirektor, die Beraterin für

Innenpolitik, der Verbindungsmann zum Kongreß und der Stellvertreter des Nationalen Sicherheitsberaters. Vandenberg legte Wert auf kurze, informelle Besprechungen. Jeder Mitarbeiter brachte sein Notizbuch, einen Becher Kaffee und ein Donut oder ein Bagel mit. Vandenberg befragte einen nach dem anderen, ließ sich informieren, gab Anweisungen und schaffte Probleme aus der Welt. Die Besprechung endete planmäßig um Viertel vor acht. So blieb ihm vor seiner Besprechung mit Beckwith noch eine Viertelstunde Zeit.

»Margaret, bitte keine Besucher oder Telefongespräche.«

»Ja, Mr. Vandenberg.«

Paul Vandenberg stand seit zwanzig Jahren an James Beckwiths Seite – auf dem Capitol Hill und in Sacramento –, aber dies war die kritischste aller Besprechungen. Er öffnete die Fenstertür, trat auf die sonnenbeschienene Terrasse hinaus und atmete die kalte Oktoberluft tief ein. Die Medien spekulierten viel über seine Macht, aber selbst das abgebrühte Washingtoner Pressekorps wäre über Paul Vandenbergs wahren Einfluß schockiert gewesen. Die meisten seiner Vorgänger hatten ihre Aufgabe darin gesehen, dem Präsidenten bei seinen Entscheidungen zu helfen, indem sie dafür sorgten, daß er mit den richtigen Leuten sprach und die richtigen Informationen erhielt. Vandenberg faßte seinen Job anders auf: Er traf die Entscheidungen und überzeugte den Präsidenten davon. Ihre Besprechungen wichen nie von dieser Vorgabe ab. Beckwith hörte aufmerksam zu, blinzelte, nickte und machte sich ein paar Notizen. Zuletzt fragte er: »Was sollen wir Ihrer Meinung nach tun, Paul?« Und Vandenberg sagte es ihm.

Er hoffte, daß auch heute morgen alles nach Plan verlaufen würde. Vandenberg würde das Drehbuch schreiben und Regie führen. Der Präsident würde den Text sprechen. Mit verdammt viel Glück und wenn Beckwith keinen Scheiß machte, würden sie sich damit noch eine zweite Amtszeit sichern.

Elizabeth Osbourne stand in einem bunten Jogginganzug und Turnschuhen an der Ecke 34th und M Street. Es war noch früh, aber über die Key Bridge floß bereits ein endloser Verkehrsstrom nach Georgetown. Sie beugte sich nach vorn, um die Rückseiten ihrer Beine zu strecken. Ein Mann in einem vorbeifahrenden Wagen hupte und stülpte dabei demonstrativ die Lippen vor. Elizabeth ignorierte ihn und widerstand der Versuchung, ihrerseits eine obszöne Geste zu machen. Carson, der den kleinen Hügel von der Prospect Street heruntertobte, traf als erster ein. Susanna kam wenig später.

Sie warteten leicht auf der Stelle trabend, bis die Ampel auf Grün umsprang, und liefen dann zum C&O Canal hinunter. Sie überquerten den Kanal auf einer schmalen hölzernen Fußgängerbrücke und joggten auf dem von Bäumen gesäumten Treidelpfad weiter. Carson rannte vor ihnen her, kläffte Vögel an und jagte zwei erschrockene Eichhörnchen.

»Wo ist Michael heute morgen?«

»Er mußte früh ins Büro«, sagte Elizabeth. Sie haßte es, Susanna in bezug auf Michaels Arbeit anlügen zu müssen. Sie hatten sich in der Harvard Law School kennengelernt und waren seit damals gute Freundinnen. Sie wohnten nur ein paar Straßenblocks voneinander entfernt, joggten gemeinsam und luden sich regelmäßig zum Abendessen ein. Seit Susannas Scheidung war ihr Verhältnis noch enger geworden. Jack war ein Partner bei Braxton, Allworth & Kettlemen, und Elizabeth hatte sich in der wenig beneidenswerten Lage einer inoffiziellen Vermittlerin befunden, während die beiden ihr Leben auseinanderdividiert hatten.

»Und wie geht's Jack?« fragte Susanna. Ihre Unterhaltungen drehten sich irgendwann immer um Jack. Susanna war verrückt nach ihm gewesen. Elizabeth hatte den Verdacht, daß sie ihn noch immer liebte.

»Jack geht's gut.«

»Erzähl mir nicht, daß es ihm gutgeht. Erzähl mir, daß es ihm miserabel geht.«

»Okay, er ist ein lausiger Rechtsanwalt und ein komplettes Arschloch. Wie gefällt dir das?«

»Viel besser. Wie geht's seiner Kleinen?«

»Sie war letzte Woche auf einem Cocktailempfang im Büro. Ihr Kleid hättest du sehen sollen! Aber um ihre Figur beneide ich sie weiß Gott. Braxton hatte Mühe, nicht zu sabbern.«

»Hat sie billig ausgesehen? Erzähl mir, daß sie billig ausgesehen hat.«

»Sehr billig.«

»Ist Jack ihr treu?«

»Tatsächlich soll er Gerüchten zufolge bereits eine Affäre mit einer unserer neuen Sozias gehabt haben.«

»Würd' mich nicht wundern. Jack ist physiologisch unfähig, einer Frau die Treue zu halten. Ich gebe seiner Ehe mit der Kleinen höchstens drei Jahre.«

Sie ließen die Bäume hinter sich und liefen im hellen Sonnenschein weiter. Elizabeth streifte Stirnband und Handschuhe ab und stopfte sie in ihre Jackentaschen. Ein Mountainbiker schoß an ihnen vorbei. Links von ihnen auf dem Fluß ruderte der Achter der Georgetown University mit kraftvollem Schlag gegen die schwache Strömung an.

»Wie war's gestern beim Arzt?« fragte Susanna, um sich dem Thema vorsichtig anzunähern.

Elizabeth erzählte ihr alles; zwischen ihnen gab es keine Geheimnisse, außer was Michael und seine Arbeit betraf.

»Glaubt er, daß es mit der IVF klappt?«

»Das läßt sich vorher nicht sagen. Anscheinend gibt's nur Zufallstreffer. Je mehr man über Behandlungsmethoden bei Unfruchtbarkeit erfährt, desto klarer wird einem, daß die Ärzte nicht allzuviel davon verstehen.«

»Wie fühlst du dich?«

»Nicht einmal schlecht. Ich will die Sache einfach hinter mich bringen. Können wir keine Kinder bekommen, ist das Thema erledigt.«

Sie liefen ein paar Minuten lang schweigend nebeneinander. Carson kam mit einem langen Ast auf sie zu.

Susanna sagte: »Ich möchte gegen eine ungeschriebene Freundschaftsregel verstoßen.«

»Du willst mich nach einem Fall fragen, den unsere Kanzlei bearbeitet?«

»Nach keiner Sache, nein. Nach einem Mandanten. Mitchell Elliott.«

»Er ist Braxtons Mandant. Übrigens bin ich heute abend zum Essen bei ihm eingeladen.«

»Tatsächlich?«

»Ja, er ist in Washington. Braxton hat mich hinbeordert.«

»Ich weiß, daß er in Washington ist, weil er gestern abend im Weißen Haus gegessen hat. Nach dem Abendessen hat Paul Vandenberg ihn heimbegleitet, und die beiden haben einen langen Spaziergang die California Street entlang gemacht.«

»Woher weißt du das?«

»Weil ich ihn beschattet habe.«

»Susanna!«

Sie erzählte Elizabeth von ihren bisherigen Erkenntnissen über Mitchell Elliott und seine zweifelhaften Spenden für Beckwith und die Republikanische Partei.

»Ich brauche deine Hilfe, Elizabeth. Ich muß mehr über die Beziehung zwischen Braxton und Elliott herausfinden. Ich muß wissen, ob Braxton ihm hilft und ob er eine Rolle bei diesen Geldtransfers spielt.«

»Du weißt, daß ich das nicht kann, Susanna. Ich darf dir nichts über einen Mandanten erzählen. Ich würde sofort rausfliegen. Gott, ich würde meine Anwaltszulassung verlieren!«

»Elliott ist unsauber. Und wenn Braxton ihm hilft, ist er's auch.«

»Ich kann dir trotzdem nicht helfen. Das wäre ein Verstoß gegen die Standesregeln.«

»Tut mir leid, daß ich unsere Freundschaft mißbrauche, aber mein Redakteur sitzt mir wegen des Artikels im Nacken, und außerdem widern mich Leute wie Mitchell Elliott an.«

»Du tust nur deine Arbeit, steckst deine Nase in Dinge, die dich nichts angehen. Das nehme ich dir nicht übel.«

»Darf ich dich heute abend nach dem Dinner anrufen und ein bißchen ausfragen?«

»Das kann ich verantworten.«

Sie erreichten Fletcher's Boat House. Sie blieben stehen, machten einige Dehnungsübungen und liefen dann in Richtung Georgetown zurück. Ein großer Mann in einem dunkelblauen Trainingsanzug trabte in Gegenrichtung an ihnen vorbei. Er trug eine Sonnenbrille und eine Baseballmütze.

Der Mann auf dem Treidelpfad war kein gewöhnlicher Jogger. In der rechten Hand trug er ein empfindliches Richtmikrofon, und vor seinem Bauch war ein Kassettenrekorder festgeschnallt. Er war Susanna Dayton gefolgt, seit sie aus ihrer Haustür getreten war. Ein angenehmer Auftrag: ein frischer Herbstmorgen, eine schöne Laufstrecke und vor ihm zwei Frauen, deren Tempo ausreichte, um ihm anständig Bewegung zu verschaffen. Nach der hölzernen Fußgängerbrücke bei Fletcher's Boat House lief er noch etwa hundert Meter weiter. Dann machte er kehrt und steigerte sein Tempo, um mit langen Schritten schnell den Abstand zu den beiden Frauen zu verringern. Er wurde wieder langsamer und folgte ihnen in ungefähr dreißig Meter Entfernung; mit seiner rechten Hand richtete er das Mikrofon genau auf die beiden Gestalten vor sich.

Paul Vandenberg lief jedesmal ein kleiner Schauder über den Rücken, wenn er einen Fuß ins Oval Office setzte. Der Präsident kam Punkt acht Uhr herein. Fünf Männer folgten ihm rasch nacheinander. James Beckwiths Vorgänger hatte in seinem Kabinett Vielfältigkeit angestrebt, aber Beckwith wollte, daß seine engsten Berater Männer wie er selbst waren, und hatte nicht das Gefühl, sich dafür entschuldigen zu müssen. Sie nahmen im Sitzbereich Platz: Vizepräsident Ellis Creighton, Sicherheitsberater William Bristol, Außenminister Martin Claridge, Verteidigungsminister Allen Payne und CIA-Direktor Ronald Clark.

Bei hochkarätigen Besprechungen wie dieser führte eigentlich der Präsident den Vorsitz, aber Vandenberg fungierte als Zeremonienmeister. Er achtete auf die Tagesordnung, übernahm die Gesprächsleitung und sorgte dafür, daß die Diskussion nicht ausuferte. »Erster Tagesordnungspunkt ist der geplante Militärschlag gegen das *Schwert von Gaza«,* sagte er. »Ron, wollen Sie nicht anfangen?«

Der CIA-Direktor hatte eine große Landkarte und vergrößerte Satellitenaufnahmen mitgebracht. »Das *Schwert von Gaza* hat drei hauptsächlich genutzte Ausbildungslager«, begann er. »In der libyschen Wüste, etwa hundert Meilen südlich von Tripolis. Außerhalb der Stadt Schahr Kord im westlichen Iran und ...«, Clark tippte zum drittenmal auf die Landkarte, »... hier bei Al-Burei in Syrien. Greifen wir alle drei Orte an, können wir den Terroristen einen schweren psychologischen Schlag versetzen.«

Beckwith runzelte die Stirn. »Wieso nur psychologisch, Ron? Unser Schlag soll vernichtend sein!«

»Mr. President, wenn ich ganz offen sein darf, glaube ich nicht, daß das ein realistisches Ziel ist. Das *Schwert von Gaza* ist klein, sehr beweglich und schwer zu fassen. Die Bombardierung der Ausbildungslager ist befriedigend und verschafft uns ein gewisses Maß an Rache, aber ich kann mit ziemlicher Sicherheit sagen, daß sie das *Schwert von Gaza* nicht handlungsunfähig machen wird.«

»Ihre Empfehlung, Ron?« fragte Vandenberg.

»Ich plädiere dafür, die Hundesöhne mit allem anzugreifen, was wir haben. Aber dieser Schlag müßte mit chirurgischer Präzision geführt werden. Wir dürfen auf keinen Fall einen Wohnblock treffen und dem Fundamentalismus fünfhundert neue Märtyrer liefern.«

Vandenberg sah zu Verteidigungsminister Payne hinüber. »Das wäre Ihr Job, Allen. Ist das zu schaffen?«

Payne stand auf. »Jederzeit, Mr. President. Im Augenblick steht unser Aegis-Kreuzer *Ticonderoga* im Nordteil des Persischen Golfs. Die Marschflugkörper der *Ticonderoga* können diese Ausbildungslager mit tödlicher Sicherheit treffen. Wir haben Satellitenaufnahmen der Lager, und die Marschflugkörper sind entsprechend programmiert. Sie machen keinen Fehler.«

»Was ist mit den Ausbildungslagern in Syrien und Libyen?« fragte der Präsident.

»Die *John F. Kennedy* und ihre Trägerkampfgruppe sind jetzt im Mittelmeer stationiert. Wir setzen ihre Marschflugkörper gegen das Lager in Syrien ein. Der Hauptstützpunkt der Gruppe befindet sich in Libyen. Dieses Lager ist größer und weitläufiger als die anderen und kann nur durch einen massiveren Angriff ausgeschaltet werden. Dafür müßten wir in Italien stationierte Stealth-Jagdbomber einsetzen.«

Der Präsident wandte sich an Außenminister Martin Claridge. »Martin, welche Auswirkungen hätte ein Militärschlag auf die politische Lage im Nahen Osten?«

»Schwer zu sagen, Mr. President. Er provoziert natürlich die Fundamentalisten und dürfte zu Unruhen im Gazastreifen und auf der West Bank führen. Was Syrien angeht, macht er Assad bestimmt nicht friedenswilliger, aber er hat es schon bisher nicht eilig gehabt, an den Verhandlungstisch zu kommen. Andererseits wäre ein Militärschlag eine deutliche Warnung an jene Staaten, die den internationalen Terrorismus decken. Deshalb unterstütze ich Ihr Vorhaben, Mr. President.«

»Die Risiken, Gentlemen?« fragte Vandenberg.

Sicherheitsberater William Bristol räusperte sich. »Wir müssen ein gewisses Risiko, daß der Iran, Syrien oder Libyen zurückschlagen, akzeptieren.«

»Sollten sie das tun«, sagte Verteidigungsminister Payne, »zahlen sie dafür einen sehr hohen Preis. Im Mittelmeer und im Persischen Golf haben wir mehr als genug Kräfte, um jeden dieser Staaten schwer treffen zu können.«

»Ich sehe eine weitere Gefahr«, warf CIA-Direktor Clark ein. »Vergeltungsmaßnahmen in Form von vermehrten Terroranschlägen. Wir sollten unsere Botschaften und sonstigen Dienststellen auf der ganzen Welt in erhöhte Alarmbereitschaft versetzen.«

»Schon geschehen«, sagte Außenminister Claridge.

»Wir haben letzte Nacht eine geheime Warnung herausgegeben.«

Schließlich wandte Beckwith sich an Vandenberg. »Was sollen wir Ihrer Meinung nach tun, Paul?«

»Ich denke, wir sollten zurückschlagen, Mr. President, mit aller Kraft zurückschlagen. Das ist eine energische, aber trotzdem maßvolle Reaktion, die Entschlossenheit beweist. Sie demonstriert, daß die Regierung der Vereinigten Staaten alles Nötige unternimmt, um ihre Bürger zu schützen. Und politisch gesehen entspricht das einem Grand Slam im neunten Inning. Senator Sterling bleibt gar nichts anderes übrig, als Sie zu unterstützen. Alles andere würde unpatriotisch wirken. Damit ist er gelähmt, Sir.«

Im Oval Office herrschte Schweigen, während alle auf die Entscheidung des Präsidenten warteten. »Meiner Ansicht nach stellt das *Schwert von Gaza* eindeutig eine Gefahr für die Bürger und die Interessen der Vereinigten Staaten dar«, sagte er schließlich. »Diese Leute haben einen feigen Akt der Barbarei gegen unser Land verübt und müssen bestraft werden. Wann können wir zurückschlagen?«

»Sobald Sie den Befehl dazu erteilen, Mr. President.«

»Heute nacht«, sagte er. »»Ich befehle den Angriff für heute nacht, Gentlemen.«

Vandenberg warf einen Blick auf seine Notizen. Er wußte, daß er geschickt Regie geführt hatte; der Präsident hatte die gewünschte Entscheidung getroffen und fühlte sich in dieser Position wohl. Vandenberg hatte wieder einmal gute Arbeit geleistet.

»Bevor wir uns vertagen, Gentlemen, haben wir einen zweiten Punkt zu besprechen«, sagte Vandenberg. »Wollen Sie ihn vortragen, Mr. President, oder soll ich das übernehmen?«

Calahan spielte Mitchell Elliott die Tonbandaufnahme in der Bibliothek seiner Villa in Kalorama vor. Elliott hörte mit an die Nase gelegtem Zeigefinger aufmerksam zu und starrte dabei auf die Bäume im Garten. Die Aufnahmequalität war gut, obwohl vereinzelte Lücken das Gespräch teilweise unverständlich machten. Als die letzten Worte verklungen waren, blieb Elliott bewegungslos sitzen. Er hatte alles sorgfältig geplant, aber eine Reporterin, die zu viele Fragen stellte, konnte alles verderben.

»Die Frau ist gefährlich, Mr. Elliott«, sagte Calahan, als er die Kassette aus der teuren Stereoanlage nahm.

»Leider können wir im Augenblick nicht mehr tun, als sie zu beobachten und abzuwarten.« Elliott machte eine Pause. »Wie wird sie überwacht?«

»Mit Wanzen in jedem Zimmer und an ihrem Telefon.«

»Das genügt nicht. Ich möchte, daß wir sie auch im Auto abhören können.«

»Kein Problem. Sie parkt es nachts auf der Straße.«

»Und ihr Computer ist natürlich auch wichtig. Sie müssen jede Gelegenheit nutzen, um den Inhalt ihrer Festplatte zu kopieren.«

Calahan nickte.

»Wir müssen sie in der Redaktion genauer im Auge behalten. Sorgen Sie dafür, daß Rodriguez mit dem nächsten Flugzeug kommt. Er soll bei der *Post* arbeiten.«

»Was versteht Rodriguez von Journalismus?«

»Nichts. Aber das ist nicht der Job, den ich für ihn im Auge habe.«

Calahan machte ein verständnisloses Gesicht.

Elliott sagte: »Rodriguez ist im schlimmsten Viertel von Bakersfield aufgewachsen. Er spricht spanisch wie ein Junge aus dem Barrio. Nimmt man ihm die Anzüge für sechshundert Dollar und seinen teuren Haarschnitt weg, sieht er wie ein Landarbeiter aus El Salvador aus. Sie besorgen ihm eine gefälschte Green Card und einen Job bei der Firma, die in den Redaktionsräumen der *Post* saubermacht. Ich möchte, daß er ab morgen abend dort arbeitet.«

»Gute Idee.«

»Ich will alles über sie erfahren. Finanzielle Verhältnisse, ihre Scheidung, alles. Will sie Hardball spielen, spielt sie in der falschen Liga.«

Calahan hielt die Tonbandkassette hoch. »Was soll ich damit machen?«

»Löschen.«

10

Washington, D.C.

Wenn es etwas noch Schlimmeres als eine Washingtoner Dinner Party gibt, sagte Elizabeth Osbourne sich, dann ist es, allein zu einer Washingtoner Dinner Party gehen zu müssen. Sie traf mit einer Viertelstunde Verspätung in Mitchell Elliotts Villa in Kalorama ein. Sie gab die Autoschlüssel einem jungen Mann und ging durch den Vorgarten zur Haustür. Michael hatte am Spätnachmittag angerufen, um zu sagen, er könne nicht fort, weil wichtige Ereignisse bevorstünden. Sie hatte versucht, einen Begleiter zu finden, aber das war ihr so kurzfristig nicht gelungen. Selbst Jack Dawson, Susannas Exmann, hatte ihr einen Korb gegeben.

Elizabeth drückte auf den Klingelknopf und hörte irgendwo in der imposanten Villa einen feierlichen Gong. Ein schlanker Mann im Smoking öffnete ihr die Tür. Er half ihr aus dem Mantel und warf dann auf der Suche nach ihrem Partner einen erwartungsvollen Blick nach draußen. »Ich bin heute abend allein«, sagte sie verlegen und bereute ihre Entschuldigung sofort wieder. Einem beschissenen Butler bist du keine Erklärung schuldig, sagte sie sich.

Der Butler teilte ihr mit, Drinks würden im Garten serviert. Elizabeth durchquerte die große Eingangshalle. Fenstertüren führten in den herrlichen terrassenförmig angelegten Garten hinaus. Gasstrahler machten den Aufenthalt im Freien an diesem kühlen Herbstabend angenehm. Als sie auf die Terrasse trat, bot ein Ober ihr ein Glas eiskalten Chardonnay an. Sie trank es sehr rasch halb aus.

Sie betrachtete die anderen Gäste und fühlte sich plötzlich noch deplacierter, denn um sie herum war die Spitze der Washingtoner Republikaner versammelt: der Mehrheitsführer im Senat, der Oppositionsführer im Repräsentantenhaus, ein paar weniger wichtige Abgeordnete und Senatoren und die Oberschicht der Anwälte, Lobbyisten und Journalisten der Stadt. Ein berühmter konservativer Fernsehkommentator dozierte am Rand des großen Swimming-pools. Elizabeth, die ihr Weinglas wie einen Schild vor sich hertrug, wagte sich schüchtern in seinen Bannkreis. Beckwith sei in Schwierigkeiten geraten, verkündete der Kommentator, weil er die konservativen Prinzipien der Partei verraten habe. Seine Zuhörer nickten langsam; das Orakel hatte gesprochen.

Elizabeth sah auf ihre Armbanduhr: acht Uhr. Sie fragte sich, wie sie diesen Abend durchstehen würde, und überlegte, wer sich als erster zu der Tatsache äußern würde, daß sie allein da war. Irgend jemand blaffte ihren Namen. Sie drehte sich nach der Stimme um und sah Samuel Braxton auf sich zukommen. Er war ein brillanter und skrupelloser Anwalt mit dem durch Alter und Wohlleben verweichlichten Körper eines ehemaligen Footballverteidigers. Seine neueste Eroberung, eine vollbusige Blondine namens Ashley, hing an seinem muskulösen Arm. Sie war seine Frau Nummer drei oder vier; Elizabeth wußte es nicht mehr genau. Sie hatten einmal bei einem Abendessen nebeneinander gesessen, als sie noch Ashley DuPree hieß und auf ihre Scheidung wartete, damit sie »einen ehrlichen Mann aus Samuel machen« konnte. Sie stammte aus einer reichen Familie in Huntsville – sie hatte mehr Geld als Braxton –, die mit Pferden und Baumwolle ein Vermögen gemacht hatte. Etwas von dieser Baumwolle steckte in ihrem Kopf und gab sich als Gehirn aus. Ashley entsprach genau Braxtons Bedürfnissen: Herkunft aus der Oberschicht, eigenes Geld und mit immerhin achtunddreißig Jahren noch die Figur eines Playmate aus dem *Playboy*.

»Wo ist Ihr Mann?« fragte Braxton laut. »Ich wollte mit Ashley angeben.«

Das Orakel hörte zu sprechen auf, und seine Zuhörer drehten sich um, weil sie ihre Antwort hören wollten.

»Er hat überraschend geschäftlich verreisen müssen«, antwortete Elizabeth. Sie fühlte, daß sie errötete, obwohl sie sich bemühte, wie vor Gericht anwaltliche Gelassenheit zu bewahren. Daß sie immer lügen mußte, war das Schlimmste. Es wäre viel leichter gewesen, einfach die Wahrheit zu sagen.

Der Präsident hat Luftangriffe gegen das Schwert von Gaza *befohlen, und mein Mann, der bei der CIA arbeitet, kann nicht weg, nur um zu einer lächerlichen Dinner Party zu gehen* ... Sie wünschte sich, nur einmal die Wahrheit sagen zu dürfen.

Braxton machte eine Show daraus, die übrigen Anwesenden zu begutachten. »Nun, Elizabeth, Sie scheinen heute abend in der Minderheit zu sein. Wenn ich mich nicht irre, sind Sie das einzige eingetragene Mitglied der Demokratischen Partei in diesem Kreis.«

Elizabeth schaffte es, sich ein Lächeln abzuringen. »Sie können's glauben oder nicht, Samuel, aber ich gehöre zu den wenigen Menschen, die Republikaner tatsächlich mögen.«

Aber Braxton bekam ihre Spitze nicht mehr mit, denn er sah bereits an ihr vorbei zu Mitchell Elliott hinüber, der eben in den Garten gekommen war. Braxton überließ Ashley sich selbst und bahnte sich einen Weg durch die Gästeschar zu seinem lukrativsten Mandanten. Ashley und Elizabeth redeten eine halbe Stunde über Pferde und die Vorteile persönlicher Fitneßtrainer. Elizabeth hörte höflich zu, während sie ihr erstes Glas Wein trank und dann rasch ein zweites leerte.

Kurz vor neun bat Elliott um Aufmerksamkeit. »Meine Damen und Herrn, der Präsident hält gleich seine Rede an die Nation. Ich schlage vor, daß wir uns vor dem Essen anhören, was er zu sagen hat.«

Elizabeth folgte der Gästeschar in das riesige Wohnzimmer, in das zwei Großfernseher hereingerollt worden waren. Die Gäste versammelten sich vor den Geräten. In einem schwatzte Tom Brokaw, im anderen Peter Jennings. Dann wurden beide Moderatoren ausgeblendet, und ein grimmig dreinblickender James Beckwith starrte in die Kameras.

Paul Vandenberg versuchte, in der Öffentlichkeit nie gestreßt zu wirken, aber heute abend war er nervös, und das merkte man ihm an. Dieser Auftritt mußte unbedingt klappen. Er saß mit Beckwith in der Maske und ging die Rede ein letztes Mal mit ihm durch. Er starrte in die Monitore, um sich zu vergewissern, daß die Aufnahmeperspektive stimmte. Er ließ den Teleprompter einmal zur Probe laufen. Was er auf keinen Fall brauchen konnte, waren ein ausgefallener Prompter und ein Präsident, der in die Kamera starrte wie ein Stück Rotwild ins Scheinwerferlicht eines Autos.

Die Ansprache sollte um Punkt 21.01.30 Uhr beginnen. So hatten die Fernsehgesellschaften neunzig Sekunden Zeit für eine Einführung durch ihre Korrespondenten im Weißen Haus. Vandenberg hatte gute Vorarbeit geleistet. Er hatte ausgewählten Journalisten mitgeteilt – selbstverständlich vertraulich –, der Präsident werde über eine militärische Reaktion auf den Flugzeugabschuß und eine wichtige neue Verteidigungsinitiative sprechen. Einzelheiten erwähnte er nicht. Deshalb hing über Washington erwartungsvolle Spannung, als der Präsident das Oval Office betrat.

In zwei Minuten sollte die Sendung beginnen, aber Beckwith schüttelte seelenruhig allen Mitgliedern des Kamerateams, von der Produzentin bis zum Aufnahmeleiter, die Hand. Schließlich setzte er sich an den Schreibtisch. Ein Produktionsassistent steckte das Mikrofon an seine karmesinrote Krawatte. Der Aufnahmeleiter rief: »Dreißig Sekunden!«

Beckwith rückte seine Jacke zurecht und faltete seine Hände auf der Schreibtischplatte. Auf seinem gutgeschnittenen, beherrschten Gesicht erschien ein Ausdruck entschlossener Gesammeltheit. Vandenberg gestattete sich ein flüchtiges Lächeln. Er wußte, daß der Alte seine Rolle glänzend spielen würde.

»Fünf Sekunden!« rief der Aufnahmeleiter. Er deutete stumm auf James Beckwith, und der Präsident begann zu sprechen.

Michael Osbourne hatte sich die Rede des Präsidenten an seinem Schreibtisch anhören wollen, aber kurz vor neun kam Adrian Carter in die »Baracke« und machte ihm ein Zeichen, er solle mitkommen. Fünf Minuten später betraten die beiden das Operationszentrum.

CIA-Direktor Ronald Clark saß lässig in seinem Chefsessel aus schwarzem Leder und rauchte eine Zigarette. Monica Tyler saß neben ihm. Tweedle Dee und Tweedle Dum hielten sich unbehaglich im Hintergrund.

Auf einer Wand aus Bildschirmen erschien plötzlich Beckwith, wie CNN, die Fernsehgesellschaften und die BBC ihn zeigten. Auf drei größeren Bildschirmen flackerten geisterhafte Infrarotbilder, live übertragene Satellitenbilder der drei Ausbildungslager des *Schwerts von Gaza* in Libyen, Syrien und dem Iran.

»Willkommen auf dem besten Platz der Stadt, Michael«, sagte Carter.

»Guten Abend, meine amerikanischen Mitbürger«, sagte James Beckwith. Er machte eine kurze Pause, um die Spannung zu erhöhen. »Vorgestern abend hat ein Terrorist mit einer gestohlenen Stinger vor Long Island eine Maschine der TransAtlantic Airlines abgeschossen – es hat keine Überlebenden gegeben. Das war ein Akt feiger Barbarei, für den es keinerlei Rechtfertigung gibt. Die Verbrecher, die ihn verübt haben, haben offenbar geglaubt, ihre Tat werde ungestraft bleiben. Sie haben sich getäuscht.«

Der Präsident machte wieder eine Pause, um seiner Aussage Gewicht zu verleihen. Vandenberg war in sein Büro zurückgegangen, um die Ansprache im Fernsehen zu verfolgen. Als Beckwith diese Zeile perfekt vortrug, lief ihm ein kalter Schauder über den Rücken.

»Die Strafverfolgungsbehörden und Nachrichtendienste unseres Landes sind zu dem Schluß gekommen, daß die als *Schwert von Gaza* bezeichnete palästinensische Terrorgruppe für diesen Anschlag verantwortlich ist. Sie wird jetzt dafür büßen. In diesen Minuten führen Männer und Frauen der amerikanischen Streitkräfte einen präzisen und genau abgewogenen Schlag gegen Ausbildungslager des *Schwerts von Gaza* in mehreren Staaten des Nahen Ostens. Dabei geht es nicht um Rache. Es geht um Gerechtigkeit.«

Beckwith machte eine unvorhergesehene Pause. Die Assistentin am Teleprompter hielt das Gerät kurz an. »Lassen Sie mich wiederholen: Uns geht es nicht um Rache. Uns geht es um Gerechtigkeit. Uns geht es darum, den Terroristen in aller Welt eine klare Botschaft zu übermitteln. Die Vereinigten Staaten können und werden nicht untätig zusehen, wie ihre Bürger abgeschlachtet werden. Untätigkeit wäre unmoralisch. Tatenlosigkeit wäre Feigheit.

Ich habe dem *Schwert von Gaza* und den Regierungen, die solche Terroranschläge unterstützen, etwas zu sagen.« Beckwith kniff leicht die Augen zusammen. »Hört auf damit, und es wird von unserer Seite keine weiteren Vergeltungsmaßnahmen geben. Ermordet noch einen Amerikaner, nur einen einzigen, und ihr werdet einen sehr hohen Preis dafür zahlen. Das verspreche ich feierlich.

Meine amerikanischen Mitbürger, ich möchte Sie bitten, für die sichere Rückkehr aller an diesen Unternehmen Beteiligten zu beten. Ich bitte Sie auch, mit mir für die Opfer dieses barbarischen Verbrechens und ihre Angehörigen zu beten. Sie sind die wahren Helden.«

Beckwith machte eine Pause und raschelte mit den Blättern seines Manuskripts, ein sicheres Zeichen dafür, daß er das Thema wechseln würde.

»Ich möchte einen Augenblick brutal ehrlich zu Ihnen sein. Wir können Maßnahmen ergreifen, damit so etwas nicht wieder passiert. Wir können unsere Küsten strenger bewachen. Unsere Geheimdienste können ihre Wachsamkeit steigern. Aber wir können trotzdem nicht dafür garantieren, daß sich so etwas nicht wiederholt. Säße ich heute abend hier und würde das behaupten, würde ich Sie belügen, was ich noch nie getan habe. Aber es gibt etwas, das diese Regierung tun kann, um ihre Bürger vor Terroristen und terroristischen Staaten zu schützen, und darüber möchte ich heute abend mit Ihnen reden.

Die Vereinigten Staaten haben die Technologie und die Fähigkeit, über diesem Land einen Verteidigungsschirm zu errichten, der es vor einem absichtlichen oder versehentlichen Raketenangriff schützt. Einige Staaten, die Verbrecherbanden wie das *Schwert von Gaza* unterstützen, bemühen sich, an Raketentechnik heranzukommen. Kurz gesagt wollen sie Raketen, die amerikanischen Boden erreichen können, und sie versuchen, sich welche zu beschaffen. Träfe eine dieser Raketen mit Nuklearsprengkopf eine Stadt wie New York oder Washington, Chicago oder Los Angeles, würde es statt zweihundert Todesopfern zwei Millionen Tote geben.

Gemeinsam mit unseren Verbündeten bemühen wir uns darum, Staaten wie Syrien, dem Iran, dem Irak, Libyen und Nordkorea den Zugang zu dieser Technologie zu verbauen. Leider sind allzu viele Staaten und Unternehmen aus reiner Geldgier bereit, diesen Verbrecherregimes zu helfen. Hätten sie Erfolg, ohne daß wir Gegenmaßnahmen getroffen hätten, wäre unsere Nation, wäre unsere Außenpolitik erpreßbar. Das dürfen wir nicht zulassen.

Deshalb ersuche ich den Kongreß, schnellstens die Mittel zu bewilligen, die für den Bau einer nationalen Raketenabwehr erforderlich sind. Ich fordere den Kongreß und das Verteidigungsministerium auf, dieses System bis zum Ende meiner zweiten Amtszeit installiert zu haben, falls Sie mir eine zweite Chance geben, Ihnen zu dienen. Das wird nicht leicht. Das wird nicht billig. Es wird Disziplin erfordern. Es wird von uns allen Opfer fordern. Aber nichts zu tun, den Terroristen den Sieg zu überlassen, wäre unverzeihlich. Gott segne Sie alle, und Gott segne die Vereinigten Staaten von Amerika.«

Ein Schnitt im Regieraum, und James Beckwith verschwand von den Bildschirmen.

Senator Andrew Sterling verfolgte Beckwiths Rede im Ramada Inn im kalifornischen Fresno. Bei ihm war nur

Bill Rogers, sein alter Freund und Wahlkampfmanager. Die Balkonschiebetür stand offen und ließ laue Abendluft und den Verkehrslärm vom Highway 99 ins Hotelzimmer. Als Beckwith auf dem Bildschirm erschien, sagte Sterling: »Bill, machen Sie die Tür zu, ja? Ich kann den Hundesohn nicht verstehen.«

Sterling war ein überzeugter Liberaler in der Tradition von Humphrey, McGovern, Mondale und Dukakis: ein Liberaler, der für Hilfen aus Steuergeldern plädierte und dessen Herz für die Benachteiligten schlug. Seiner Überzeugung nach gab die Bundesregierung zuviel Geld für Waffen aus, die sie nicht brauchte, und sparte bei den Kindern und Armen. Er wollte die Kürzungen bei Sozialausgaben und Medicare rückgängig machen. Er wollte die Steuern für Unternehmen und Reiche erhöhen. Er war gegen freien Handel. Seine Partei stimmte ihm zu und nominierte Sterling nach langen, erbitterten Vorwahlkämpfen als ihren Kandidaten. Zur Überraschung der politischen Schwatzklasse ging Sterling aus dem Parteitag der Demokraten mit einem ansehnlichen Fünfpunktevorsprung hervor und hatte ihn seitdem behauptet.

Aber er wußte, wie knapp sein Vorsprung war. Er wußte, daß die Entscheidung in Kalifornien fallen würde, wo Beckwith den Heimvorteil hatte. Das war auch der Grund dafür, daß er diese Nacht im Ramada Inn in Fresno verbrachte.

Sterlings Gesicht lief erst rot und dann purpurrot an, als er den Präsidenten reden hörte. Er hatte immer wieder gegen den Aufbau einer nationalen Raketenabwehr gestimmt. Jetzt hatte Beckwith ihn in eine Zwickmühle gebracht. Unterstützte Sterling seinen Vorschlag, würde es aussehen, als sei er umgefallen. Lehnte er ihn ab, würden die Wahlkampfstrategen der Republikaner ihn in einer Anzeigenkampagne beschuldigen, die Verteidigung der USA zu vernachlässigen. Noch wichtiger war ein anderer Punkt: Die kalifornische Rüstungsindustrie würde wiederauferstehen, wenn das Raketenabwehrsystem tatsächlich gebaut wurde. Sprach Sterling sich dagegen aus, würde Beckwith ihn überholen. Kalifornien würde wieder den Republikanern zufallen. Dann war die Wahl verloren.

»Scheiße, das nenne ich eine Oktoberüberraschung«, sagte Sterling, als Beckwith zu Ende gesprochen hatte.

Rogers stand auf und stellte den Fernseher ab. »Wir müssen eine Presseerklärung verfassen, Senator.«

»Dieser Scheißkerl Vandenberg! Ein gerissener Bursche.«

»Wir können Beckwith unterstützen, was die Luftangriffe auf Camps des *Schwerts von Gaza* betrifft. In Krisenzeiten müssen politische Differenzen zurücktreten und so weiter. Aber wir müssen uns gegen seine Raketenabwehr aussprechen. Wir haben keine andere Wahl.«

»Doch, Bill, die haben wir«, sagte Sterling, der weiter den leeren Fernsehschirm anstarrte. »Warum gehen Sie nicht runter und holen uns einen Zwölferpack? Schließlich haben wir gerade diese Scheißwahl verloren.«

Michael Osbourne verfolgte, wie die ersten Marschflugkörper ihre Ziele trafen, während der Präsident noch sprach. Die Terroristen im iranischen Schahr Kord mußten die Ansprache über Kurzwelle mitgehört haben, denn als Beckwith sofortige Vergeltungsschläge ankündigte, stürmte ein Dutzend Männer aus dem größten Lagergebäude. »Zu spät, Jungs«, murmelte Clark. Sekunden später trafen zehn Marschflugkörper, die der Ägäiskreuzer *Ticonderoga* im Persischen Golf abgeschossen hatte, gleichzeitig das Lager und verwandelten es in einen spektakulären Feuerball.

Eine ähnliche Szene spielte sich im syrischen Al-Burei ab.

Das Ausbildungslager in Libyen war die größte und wichtigste Einrichtung. Gegen dieses Ziel setzte das Pentagon Stealth-Jagdbomber mit lasergelenkten Bomben ein, sogenannte »intelligente Waffen«. Tatsächlich waren diese Flugzeuge schon in den libyschen Luftraum eingedrungen, bevor der Präsident seine Rede begann. Sie waren über dem Ziel, als Beckwith den entscheidenden Satz aussprach. Sekunden später schien die Libysche Wüste zu brennen.

Ronald Clark stand auf und verließ wortlos den Raum; Tyler und ihre Gefolgsleute ebenfalls. Carter sah zu Osbourne hinüber, der weiter die Monitore beobachtete. »Nun«, sagte Carter, »soviel zum Frieden im Nahen Osten.«

Genau das dachte der schlanke Grauhaarige, der im obersten Stock eines modernen Bürogebäudes in Tel Aviv saß. In diesem Gebäude war das Zentralinstitut für Nachrichtenbeschaffung und Sonderaufgaben untergebracht, besser als Mossad oder einfach »das Institut« bekannt. Der Grauhaarige war Ari Schamron, stellvertretender Mossad-Direktor und Leiter der Abteilung Beschaffung. Sobald Beckwith zu Ende gesprochen hatte, stellte Schamron den Fernseher ab.

Ein Assistent klopfte an und trat ein. »Wir haben syrische Rundfunkmeldungen abgehört. Al-Burei ist angegriffen worden. Das Lager steht in Flammen.«

Schamron nickte schweigend, und sein Assistent ging wieder hinaus. Schamron preßte Daumen und Zeigefinger auf seinen Nasenrücken und versuchte die Müdigkeit wegzureiben. Es war 4.15 Uhr morgens. Er saß seit fast vierundzwanzig Stunden an seinem Schreibtisch.

Wie es aussah, würde er wahrscheinlich weitere vierundzwanzig Stunden dort verbringen müssen.

Er zündete sich eine Zigarette an, goß sich schwarzen Tee aus einer Thermoskanne ein und trat ans Fenster. Dicke Regentropfen klatschten gegen die Panzerglasscheibe. Unter ihm schlief Tel Aviv friedlich. Das konnte Schamron sich auch als sein persönliches Verdienst anrechnen. Er hatte seine gesamte Laufbahn in den Geheimdiensten verbracht und die vernichtet, die Israel hatten vernichten wollen.

Ari Schamron, der aus Galiläa stammte, war mit achtzehn in die israelischen Verteidigungskräfte eingetreten und sofort zu der Elitetruppe Sajeret versetzt worden. Nach drei Jahren Wehrdienst war er zum Mossad übergewechselt. 1972 hatten sein fließendes Französisch und seine Fähigkeiten als Killer ihm einen Sonderauftrag eingebracht. Er wurde nach Europa entsandt, um die Mitglieder der palästinensischen Terrororganisation Schwarzer September zu liquidieren, die an der Entführung und Ermordung israelischer Sportler bei den Olympischen Spielen in München beteiligt gewesen waren. Sein Auftrag war einfach: keine Festnahmen, nur Blut. Nichts als Rache. Terror gegen Terroristen. Das von Mike Harari geführte Mossad-Team liquidierte zwölf palästinensische Terroristen, einige mit schallgedämpften Waffen, andere mit ferngezündeten Bomben. Der Scharfschütze Schamron erschoß vier von ihnen selbst. Im April 1973 führte er dann ein Team israelischer Elitesoldaten nach Beirut und liquidierte zwei weitere Mitglieder des Schwarzen Septembers und einen PLO-Sprecher.

In bezug auf seine Arbeit hegte Schamron keinerlei Skrupel. Palästinensische Guerillas waren 1964 ins Haus der Familie Schamron eingedrungen und hatten seine Eltern im Schlaf ermordet. Sein Haß auf die Palästinenser und ihre Führer war grenzenlos. Aber jetzt wendete sein Haß sich gegen jene Israelis, die mit Massenmördern wie Arafat und Assad Frieden schließen wollten.

Er hatte sein Leben damit verbracht, Israel zu schützen; er hatte von einem Groß-Israel vom Sinai bis zum Westufer des Jordans geträumt. Das alles wollten die Friedenswilligen jetzt weggeben. Der Ministerpräsident sprach offen von einer Rückgabe der Golanhöhen, um Assad an den Konferenztisch zu locken. Schamron erinnerte sich gut an die schlimme Zeit vor 1967, als die syrische Artillerie das nördliche Galiläa von den Golanhöhen aus beschossen hatte. Arafat herrschte in Gaza und auf der West Bank. Er forderte einen unabhängigen Palästinenserstaat mit Jerusalem als Hauptstadt. Jerusalem! Das würde Schamron niemals zulassen.

Er hatte sich geschworen, den sogenannten Friedensprozeß zum Scheitern zu bringen, mit allen Mitteln. Lief alles weiter nach Plan, hatte er gute Aussichten, seinen Wunsch erfüllt zu bekommen. Assad würde jetzt auf keinen Fall an den Verhandlungstisch kommen. Die Araber in Gaza und auf der West Bank würden vor Wut schäumen, wenn sie in den Morgennachrichten von den amerikanischen Angriffen hörten. Die Armee würde eingreifen müssen. Es würde eine neue Runde mit Terroranschlägen und Vergeltungsmaßnahmen geben. Damit war der Friedensprozeß unterbrochen. Ari Schamron leerte seine Teetasse und drückte seine Zigarette aus.

Nie hatte er eine Million Dollar besser investiert.

Dreitausend Kilometer weiter nördlich fand in Moskau in der Zentrale des Föderalen Sicherheitsdiensts FSB, der die KGB-Nachfolge angetreten hatte, eine ähnliche Nachtwache statt. Der Mann am Fenster war General Konstantin Kalnikow. Es war kurz nach Tagesanbruch, und dieser Oktobertag war selbst für Moskauer Begriffe kalt. Ein eisiger sibirischer Wind wirbelte Schneeflocken über den Platz vor dem Fenster. Zum Glück mußte Kalnikow in ein paar Wochen dienstlich auf die Karibikinsel Sankt Maarten. Er würde es genießen, dieser ewigen Kälte für ein paar Tage zu entkommen.

Kalnikow fröstelte und zog die schweren Vorhänge zu. Er setzte sich an seinen Schreibtisch und machte sich daran, einen Aktenstapel durchzuarbeiten. Der überzeugte Kommunist Konstantin Kalnikow war 1968 vom KGB angeworben worden. Er hatte es zum Chef der Zweiten Hauptabteilung für Spionageabwehr und die Bekämpfung innerer Subversion gebracht. Als mit der Sowjetunion dann auch der KGB zusammengebrochen war, hatte Kalnikow eine Führungsposition in dem neuen Nachrichtendienst FSB behalten. Kalnikow war jetzt für Rußlands Geheimdienstoperationen in Mittel- und Südamerika zuständig. Dieser Job war ein Witz. Sein Budget war so niedrig, daß er kein Geld für Agenten oder Spitzel hatte. Er war machtlos wie ganz Rußland.

Kalnikow hatte miterlebt, wie Präsident Boris Jelzin die russische Wirtschaft zugrunde gerichtet hatte. Er hatte miterlebt, wie die einst gefürchtete Rote Armee in Tschetschenien gedemütigt wurde. Hatte miterlebt, wie ihre Panzer aus Mangel an Sprit und Ersatzteilen verrosteten. Hatte miterlebt, wie ihre Soldaten Hunger litten. Und er hatte miterleben müssen, wie der ruhmreiche KGB zur Zielscheibe des Spotts anderer Nachrichtendienste geworden war.

Er wußte, daß er nichts tun konnte, um eine Kursänderung zu erreichen. Rußland glich einem in rauher See schlingernden großen Schiff. Es brauchte lange, um seinen Kurs zu ändern oder zu stoppen. Kalnikow hatte zwar sein Rußland, aber nicht sich selbst aufgegeben.

Schließlich hatte er eine Familie zu versorgen: seine Frau Katja und drei hoffnungsvolle Söhne. Ihre Fotos waren das einzig Persönliche in seinem ansonsten kühlen, sterilen Dienstzimmer.

Kalnikow hatte beschlossen, seine Position auszunutzen, um sich zu bereichern. Er war der Anführer einer Gruppe von Heeresoffizieren, Geheimdienstleuten und Mafiamitgliedern, die Rußlands militärische Hardware auf dem Weltmarkt an den Meistbietenden verkaufte. Kalnikow und seine Männer hatten Atomtechnologie, waffenfähiges Uran und Raketentechnologie an Syrien, den Iran, Libyen, Nordkorea und Pakistan verkauft. Damit hatten sie Millionen von Dollar verdient.

Er schaltete CNN ein; eine Expertenrunde diskutierte über Präsident Beckwiths Ansprache. Beckwith wollte einen Schutzschild gegen Raketenangriffe errichten, um die Vereinigten Staaten vor Verrückten in aller Welt zu schützen. Diese Verrückten würden sich bald die Klinke von Kalnikows Tür in die Hand geben. Sie würden möglichst viel Hardware kaufen wollen, und das so schnell wie möglich. Präsident James Beckwith hatte soeben ein internationales Wettrüsten eingeläutet, das Kalnikow und seine Komplizen noch reicher machen würde. Konstantin Kalnikow lächelte in sich hinein.

Nie hatte er eine Million Dollar besser investiert.

Es regnete, als Elizabeth Osbourne auf der Massachusetts Avenue nach Westen in Richtung Georgetown fuhr. Sie hatte einen langen Abend hinter sich und war völlig erschossen. Unter ihr zog der Rock Creek vorüber. Sie wühlte in ihrem Handschuhfach, fand ein paar alte Zigaretten und zündete sich eine an. Der Tabak war strohtrocken und schmeckte nach nichts, war aber trotzdem belebend. Elizabeth rauchte jeden Tag nur wenige Zigaretten und redete sich ein, das Rauchen jederzeit aufgeben zu können. Falls sie schwanger wurde, würde sie sofort damit aufhören. Gott, dachte sie, ich würde alles dafür geben, schwanger werden zu können.

Sie schob diesen Gedanken zur Seite und dachte an die Dinner Party. Fetzen dümmlicher Gespräche kamen wieder an die Oberfläche. Bilder von Mitchell Elliotts Luxusvilla zogen wie alte Filmszenen an ihrem inneren Auge vorbei. Ein Bild sah sie noch deutlich, als sie längst zu Hause in ihrem Bett lag und auf Michael wartete: Mitchell Elliott und Samuel Braxton, die im längst dunklen Garten wie kichernde Schuljungen die Köpfe zusammensteckten und sich mit Champagner zuprosteten.

November

II

Shelter Island, New York

Der *New Yorker* hatte Senator Douglas Cannon erstmals als »neuzeitlichen Perikles« bezeichnet, und Cannon hatte im Lauf der Jahre nichts getan, um diesen Vergleich zu widerlegen. Cannon war Historiker und Gelehrter, bekennender Liberaler und demokratischer Reformer. Er verwendete sein ererbtes Millionenvermögen zur Förderung der schönen Künste. Sein weitläufiges Apartment in der Fifth Avenue diente als Begegnungsstätte für die berühmtesten Autoren, Maler und Musiker New Yorks. Er kämpfte darum, das architektonische Erbe der Stadt zu erhalten.

Im Gegensatz zu Perikles hatte Douglas Cannon niemals Männer in die Schlacht geführt. Tatsächlich verabscheute er alle Arten von Waffen außer Pfeil und Bogen. Als junger Mann war er einer der besten Bogenschützen der Welt gewesen, und seine einzige Tochter Elizabeth hatte dieses Talent geerbt. Trotz seines tiefsitzenden Mißtrauens Geschossen und Generälen gegenüber hielt Cannon sich für geeignet, die Militär- und Außenpolitik seines Landes zu kontrollieren; er hatte mehr über Geschichte vergessen, als die meisten Washingtoner Politiker jemals wissen würden. In seinen vier Amtsperioden im Senat fungierte Senator Cannon als Vorsitzender des Streitkräfteausschusses, des Ausschusses für auswärtige Angelegenheiten und des Geheimdienstausschusses.

Als seine Frau Eileen noch lebte, hatten sie die

Wochentage in der Großstadt und die Wochenenden auf Shelter Island auf ihrem weitläufigen Landsitz mit Blick über Derring Harbor verbracht. Nach ihrem Tod gefiel es ihm in New York immer weniger, so daß er allmählich mehr und mehr auf der Insel lebte, allein mit seinem Segelboot, seinen Jagdhunden und Charlie, dem Gärtner und Hausmeister.

Der Gedanke, daß ihr Vater in dem großen Haus allein war, beunruhigte Elizabeth. Michael und sie fuhren nach Shelter Island, wann immer sie sich ein paar Tage Urlaub nehmen konnten. Als Kind hatte Elizabeth ihren Vater nur selten gesehen. Er lebte in Washington, Elizabeth mit ihrer Mutter in Manhattan. Er kam an den meisten Wochenenden nach Hause, aber die miteinander verbrachte Zeit war immer zu kurz. Er mußte sich um seine Wähler kümmern, zu Wohltätigkeitsveranstaltungen gehen und mit Mitarbeitern sprechen, die mit vor Überanstrengung geröteten Augen um seine Aufmerksamkeit wetteiferten. Jetzt hatten sie die Rollen getauscht. Elizabeth wollte die verlorene Zeit wettmachen. Mutter lebte nicht mehr, und er brauchte sie zum erstenmal in seinem Leben wirklich. Er war ein bemerkenswerter Mann, der ein bemerkenswertes Leben geführt hatte, und sie wollte nicht, daß er seine letzten Jahre als Einsiedler verbrachte.

Michaels Besprechung mit Carter und McManus dauerte länger als geplant, und Elizabeth wurde durch ein Telefongespräch mit einem Mandanten aufgehalten. Sie rasten in getrennten Wagen zum National Airport, Elizabeth mit ihrem Mercedes aus der Innenstadt, Michael mit seinem Jaguar aus der CIA-Zentrale in Langley. Sie verpaßten den Shuttle um sieben um wenige Minuten und saßen bis acht Uhr bei einem Bier in einer deprimierenden Flughafenbar. Als sie wenige Minuten nach neun gelandet waren, nahmen sie den Hertz-Bus, um ihren Mietwagen abzuholen. Die Fähren verkehrten nach dem Winterfahrplan, was bedeutete, daß das letzte Schiff Greenport um elf verließ. Folglich hatten sie neunzig Minuten Zeit, um in dichtem Verkehr neunzig Meilen hinter sich zu bringen. Michael raste auf dem eintönigen Long Island Expressway nach Osten und schlängelte sich sicher durch den langsameren Verkehr.

»Die defensive Fahrausbildung, die du damals in Camp Perry gemacht hast, ist anscheinend auch in der realen Welt nützlich«, sagte Elizabeth, während sie ihre Fingernägel in die Armlehne grub.

»Wenn du willst, zeige ich dir, wie man aus einem fahrenden Wagen springt, ohne daß jemand etwas merkt.«

»Brauchen wir dafür nicht diesen Aktenkoffer, diesen Jig oder Jib, den du in deinem Arbeitszimmer stehen hast? Wie funktioniert das Ding eigentlich?«

»Das Ding heißt Jib und funktioniert wie ein Schachtelmännchen. Betätigt man den Schalter, springt eine Halbpuppe heraus. Wird man im Auto verfolgt, sieht das so aus, als säßen zwei Personen im Wagen.«

»Echt geil!« meinte sie sarkastisch.

»Außerdem ist das Ding praktisch für die Fahrspuren, die im Berufsverkehr für Alleinfahrer gesperrt sind.«

»Soll das ein Witz sein?«

»Nein. Carter hat immer einen im Auto. Ist er mal spät dran, betätigt er einfach den Schalter, und Simsalabim! ist die Fahrgemeinschaft fertig.«

»Gott, ich finde es toll, mit einem Spion verheiratet zu sein.«

»Ich bin kein Spion, Elizabeth. Ich bin ein ...«

»Ich weiß, ich weiß, du bist ein Führungsoffizier. Jesus, das klingt geradeso, als wärst du beim Kinderschutzbund angestellt.«

»Wenn du wüßtest…«

»Nicht schneller als neunzig, Michael, okay? Was passiert, wenn ein Verkehrspolizist uns stoppt?«

»Dagegen haben sie uns auch ein paar Tricks gezeigt.«

»Zum Beispiel?«

»Ich könnte einen Tranquilizer-Pfeil aus meinem Füller auf ihn abschießen«, antwortete Michael grinsend. Auf Elizabeths Gesicht erschien ein ungläubiger Ausdruck. »Du hältst das wohl für einen Witz?«

»Manchmal bist du ein richtiges Arschloch, Michael.«

»Das habe ich schon ein-, zweimal gehört.«

Um zehn schalteten sie das Radio ein, um die Nachrichten auf WCBS zu hören.

»… Präsident James Beckwith hat entschieden, wer in seiner zweiten Amtszeit an der Spitze des Außenministeriums stehen wird. Der Auserwählte ist sein alter Freund und politischer Förderer Samuel Braxton, ein prominenter und einflußreicher Washingtoner Rechtsanwalt. Braxton sagt, er sei von seiner Nominierung überrascht und fühle sich geehrt …«

Elizabeth ächzte, als Sam Braxtons Tonbandstimme aus dem Lautsprecher kam. Obwohl Michael im Wahlkampfendspurt dienstlich überlastet gewesen war, hatte er wie fast ganz Washington James Beckwiths bemerkenswerten Wahlsieg aufmerksam verfolgt. Das Blatt hatte sich in dem Augenblick gewendet, in dem Flug 002 abgeschossen worden war. Andrew Sterling war damit aus dem Rennen gewesen. Was er sagte oder tat, interessierte die Journalisten nicht mehr; der sich endlos hinschleppende Wahlkampf langweilte sie, so daß sie begeistert abgesprungen waren, um eine spannendere Story zu verfolgen.

Die Ansprache aus dem Oval Office hatte Sterlings Schicksal besiegelt. Beckwith hatte das *Schwert von Gaza* rasch für den feigen Anschlag bestraft, und er hatte dabei geschickt und entschlossen gehandelt. Die Initiative für eine nationale Raketenabwehr hatte Sterling in Kalifornien keine Chance gelassen. Am Morgen nach der Rede des Präsidenten hatten alle großen kalifornischen Tageszeitungen Artikel gebracht, in denen die positiven Auswirkungen dieses Programms auf die örtliche Wirtschaft geschildert wurden. Sterlings Vorsprung in Kalifornien hatte sich über Nacht verflüchtigt. Am Wahlabend hatte James Beckwith in seinem Heimatstaat mit sieben Prozent Vorsprung gesiegt.

Michael stellte das Radio ab.

»Er schwebt auf Wolken«, sagte Elizabeth.

»Wer?«

»Braxton, wer sonst?«

»Kein Wunder. Sein Mann hat gewonnen, und jetzt wird er Außenminister.«

»Als er heute nachmittag von der Pressekonferenz im Weißen Haus zurückgekommen ist, hat die Firma eine Party für ihn gegeben. Er hat endlos darüber gelabert, daß das die schwierigste Entscheidung seines Lebens gewesen sei. Er hat behauptet, er habe dem Präsidenten beim erstenmal einen Korb gegeben, um die Firma nicht im Stich lassen zu müssen. Aber der Präsident habe ihn nochmals gefragt, und er habe nicht zweimal nein sagen können. Gott, so viel Bockmist auf einmal! Dabei weiß die ganze Stadt, daß er sich wochenlang um diesen Posten bemüht hat. Vielleicht läge seine wahre Stärke nicht im Verhandeln, sondern im Prozessieren.«

»Er wird bestimmt ein guter Außenminister.«

»Ich erinnere mich an einen Präsidenten, der einmal gesagt hat: ›Mein Hund Millie versteht mehr von Außenpolitik als mein Gegner.‹ Ich glaube, das trifft auch auf Sam Braxton zu.«

»Er ist clever, lernt schnell und ist im Fernsehen verdammt gut. Die Profis im Foggy Bottom können sich weiter mit dem politischen Alltagsgeschäft befassen. Braxton braucht nur die schwierigen Entscheidungen zu treffen und sie dem Rest der Welt und dem amerikanischen Volk zu verkaufen. Tut er das, hat er auch Erfolg.«

Elizabeth erzählte Michael von ihrem Gespräch mit Susanna Dayton.

»Sie hat mich um Hilfe gebeten. Ich habe ihr erklärt, daß ich nichts für sie tun kann. Das wäre ein Verstoß gegen die Standesregeln und könnte mich meine Anwaltszulassung kosten. Sie hat nicht weiter davon gesprochen.«

»Du bist eine kluge Frau. Warum hat sie diese Story nicht weiterverfolgt?«

»Sie hat keine Beweise gehabt.«

»Das hat Susanna noch nie gestört.«

»Michael!«

»Elizabeth, aus meiner Perspektive sieht die Presse etwas anders aus.«

»Sie hat geglaubt, genügend Beweismaterial zu haben, aber die Redaktion ist anderer Meinung gewesen. Sie solle erst mal weitere Recherchen anstellen. Susanna ist natürlich wütend gewesen. Wäre die Story vor der Wahl erschienen, wäre sie eine Sensation gewesen.«

»Arbeitet sie noch daran?«

»Ich denke schon. Tatsächlich spricht sie sogar von großen Fortschritten.« Elizabeth lachte. »Weißt du, die beiden größten Gewinner bei diesem Spiel sind Sam Braxton und sein Mandant Mitchell Elliott. Braxton wird Außenminister, und Elliott verdient mit dem Bau von Jagdraketen für das Programm zur Raketenabwehr zehn Milliarden Dollar.«

»Siehst du irgendeinen Zusammenhang?«

»Ich weiß nicht, was ich davon halten soll. Du hättest die beiden auf Elliotts Party sehen sollen, nachdem Beckwith sein neues Programm angekündigt hatte. Mein Gott, ich habe gedacht, sie würden sich abküssen!«

Dann war der Expressway zu Ende, und sie kamen durch die Kleinstadt Riverhead. Michael fuhr auf einer Landstraße zwischen endlosen Weideflächen und Kartoffeläckern nach Norden weiter. Ein in der feuchten Nachtluft verschwommener Vollmond hing tief über dem östlichen Horizont. Michael bog auf die Route 25 ab und raste quer über die North Fork nach Osten. Zwischen den Bäumen war hin und wieder der Long-Island-Sund zu sehen, dessen Wasserfläche im Mondlicht schwarz schimmerte.

Elizabeth öffnete ihr Fenster einen Spalt weit und zündete sich eine Zigarette an. Das war ein Zeichen dafür, daß sie nervös, verärgert oder unglücklich war. Elizabeth brauchte ihre ganze Kraft dafür, sich tagsüber in ihrem Beruf zu verstellen. Zu Hause oder in Gesellschaft von Freunden war es ihr nahezu unmöglich, ihre Gefühle zu verbergen. War sie glücklich, blitzten ihre Augen, und auf ihren Lippen stand ein Dauerlächeln. War sie durcheinander, schmollte sie, runzelte die Stirn und schnauzte andere Leute an. Elizabeth rauchte niemals, wenn sie glücklich war.

»Erzähl mir, was dich bedrückt.«

»Du weißt, was mich bedrückt.«

»Natürlich, aber ich denke, es würde dir guttun, darüber zu sprechen.«

»Also gut, ich bin verdammt nervös, weil ich Angst habe, daß alles schiefgeht und ich nie ein Baby bekommen werde. So, jetzt hab' ich's gesagt. Und weißt du was? Ich fühle mich noch immer beschissen.«

»Ich wollte, ich könnte mehr für dich tun.«

Elizabeth streckte eine Hand aus und griff nach seiner. »Sei einfach für mich da, Michael. Wenn du irgendwas für mich tun willst, bleibst du bei dieser Sache an meiner Seite. Ich brauche dich, falls etwas schiefgeht. Du mußt mir sagen, daß alles in Ordnung ist und du mich trotzdem immer lieben wirst.«

Ihre Stimme versagte. Er drückte ihre Hand und sagte: »Ich werde dich immer lieben, Elizabeth.«

Er fühlte sich hilflos. Das war eine fremdartige Empfindung, die ihm nicht gefiel. Seinem Wesen und seiner Ausbildung nach war er dafür geeignet, Probleme zu identifizieren und zu lösen. Jetzt konnte er nur wenig tun. Seinen physischen Beitrag würde er in einem kleinen dunklen Raum in wenigen Minuten leisten. Danach würde er hilfsbereit und aufmerksam und liebevoll sein, aber den Rest würden Elizabeth und ihr Körper tun müssen. Aber er wollte mehr tun. Er hatte Carter gebeten, in der New Yorker CIA-Station arbeiten und seine wöchentliche Arbeitszeit verkürzen zu dürfen. Carter hatte es gestattet. Die Personalabteilung bekniete alle Referenten und Abteilungsleiter, etwas gegen die miserable Stimmung in der Agency zu unternehmen. Carter murrte, die Agency solle ihr Motto von »Und ihr werdet die Wahrheit erkennen, und die Wahrheit wird euch frei machen« in »Leute, die sich anderer Leute annehmen« abändern.

»Ich werde dir noch etwas anderes sagen, Michael. Ich habe keine Lust, mich wegen dieser Sache verrückt zu machen. Es gibt nur diesen einen Versuch. Klappt er nicht, lassen wir es bleiben und organisieren unser Leben anders. Unterstützt du mich dabei?«

»Hundertprozentig.«

»Susanna und Jack haben es viermal versucht. Das hat sie fünfzigtausend Dollar gekostet, und Susanna ist zum Schluß mit den Nerven am Ende gewesen.« Elizabeth zögerte. »Sie ist davon überzeugt, daß er sie verlassen hat, weil sie keine Kinder bekommen kann. Jack ist ganz verrückt nach einem Kind. Er will unbedingt einen Sohn, der den Familiennamen weiterträgt. Anscheinend hält er sich für einen König, der einen Thronfolger braucht.«

»Ich denke, daß sie von Glück sagen kann, daß sie kein Kind hat. Jack hätte sie auf jeden Fall verlassen, und sie wäre jetzt eine alleinerziehende, berufstätige Mutter.«

»Was weißt du, das ich nicht weiß?«

»Ich weiß, daß er nie glücklich gewesen ist und diese Ehe schon lange beenden wollte.«

»Ich wußte gar nicht, daß ihr so gute Freunde seid.«

»Ich kann den Hundesohn nicht ausstehen. Aber er trinkt und wird dann redselig. Und ich bin ein guter Zuhörer. Das hat mich schon häufig zum Opfer entsetzlicher Langweiler werden lassen.«

»Ich mag Susanna wirklich. Sie hat es verdient, glücklich zu sein. Ich hoffe, daß sie bald jemanden findet.«

»Sie findet bestimmt jemanden.«

»Das ist nicht so einfach, wie es klingt. Sieh dir bloß an, wie lange ich gebraucht habe, um dich zu finden. Kennst du irgendwelche guten Männer, die ledig sind?«

»Alle ledigen Männer, die ich kenne, sind Spione.«

»Führungsoffiziere, Michael. Es heißt Führungsoffiziere.«

»Sorry, Elizabeth.«

»Aber du hast recht. Der Gedanke, Susanna könnte einen Spion heiraten, ist scheußlich.«

Michael fuhr fünf Minuten vor Abfahrt auf die Autofähre. Es war bitterkalt. Die Fähre stampfte über die vom Wind aufgewühlte Gardiner's Bay. Gischt brach über den Bug herein und lief in Strömen über die Windschutzscheibe des Leihwagens. Michael stieg aus und lehnte sich an die Reling. Übers dunkle Wasser hinweg war an der Inselküste der angestrahlte weiße Landsitz der Familie Cannon zu sehen. Der Senator ließ jedesmal die Scheinwerfer an, wenn sie kamen. Michael stellte sich vor, wie es wäre, mit Kindern auf der Fähre zu fahren. Er stellte sich vor, die Sommer mit ihnen auf der Insel zu verbringen. Auch er wünschte sich Kinder, mindestens so sehr wie Elizabeth. Aber er behielt seine Gefühle für sich, um sie nicht noch mehr unter Druck zu setzen.

Sie erreichten die Insel und fuhren durch Shelter Island Heights, wo die Straßen dunkel und alle Geschäfte geschlossen waren. Jetzt im Winter war auf der Insel wieder Ruhe eingekehrt. Der Besitz der Familie Cannon lag eine Meile außerhalb des Dorfs auf einer Landzunge zwischen Hafen und Gardiner's Bay. Als sie in die Einfahrt bogen, kam Charlie mit den Jagdhunden und einer Taschenlampe in der Hand aus seinem kleinen Haus.

»Der Senator ist früh zu Bett gegangen«, sagte er. »Aber ich soll Ihnen helfen.«

»Wir kommen allein zurecht, Charlie«, antwortete Elizabeth. Im Haus war alles, damit man übers Wochenende bleiben konnte, ohne sich mit Gepäck belasten zu müssen. »Gehen Sie wieder rein, bevor Sie hier draußen erfrieren.«

»Also gut«, sagte er. »Dann wünsche ich Ihnen eine gute Nacht.«

Sie gingen leise ins Haus und nach oben in ihre Zimmerflucht mit Blick über den Hafen. Elizabeth stieß die Fensterläden auf; sie liebte es, beim Aufwachen das Wasser im purpur-orangeroten Licht der winterlichen Morgendämmerung zu sehen.

Ein Regenschauer weckte sie irgendwann nach Mitternacht. Elizabeth drehte sich im Dunkeln auf die Seite und küßte Michaels Nacken. Als er sich regte, ergriff sie seine Hand und zog ihn auf sich. Sie wand sich aus ihrem geblümten Flanellnachthemd.

Sein warmer Körper drückte ihre Brüste flach.

»Gott, Michael, ich hätte so gern ein Kind von dir!«

Er drang in sie ein, und sie drängte sich ihm entgegen. Elizabeth war überrascht, wie schnell sie ihren Höhepunkt erreichte. Der Orgasmus brandete in wundervollen Wogen über sie hinweg. Sie hielt Michael in ihren Armen und begann plötzlich zu lachen.

»Leise, sonst wacht dein Vater auf.«

»Ich wette, daß du das zu allen Mädchen gesagt hast.«

Sie lachte wieder.

»Was ist so verdammt lustig?«

»Nichts, Michael. Gar nichts. Ich liebe dich nur so sehr.«

Douglas Cannon segelte leidenschaftlich gern, aber er haßte es, im Sommer mit dem Boot unterwegs zu sein. Dann kreuzten auf der Gardiner's Bay große Slups, Katamarane, Motorboote, Sportangler und die Cannon verhaßten Jet-Skis, die für ihn ein Zeichen der bevorstehenden Apokalypse waren. Er hatte versucht, sie aus den Gewässern um die Insel verbannen zu lassen, war aber damit gescheitert, obwohl vor Upper Beach eine Zehnjährige überfahren und getötet worden war. Michael hatte gehofft, mit einem Stapel Zeitungen, einem Buch und einem guten Cabernet aus Cannons wohlsortiertem Weinkeller einen geruhsamen Nachmittag am Kaminfeuer verbringen zu können. Aber mittags hörte der Regen auf, und eine wäßrige Sonne schien durch Wolkenlücken. Cannon, der einen schweren Troyer und Ölzeug trug, kam ins Wohnzimmer gestapft.

»Komm, Michael, wir wollen los.«

»Soll das ein Witz sein? Draußen hat's null Grad!«

»Das ist doch ideal. Komm, du brauchst körperliche Betätigung.«

Michael sah hilfesuchend zu Elizabeth hinüber. Sie lag

auf der Couch und arbeitete einen Stapel Schriftsätze durch.

»Geh mit ihm, Michael. Ich mag es nicht, wenn er allein segelt.«

»Elizabeth!«

»Ach, stell dich nicht so an! Außerdem hat Dad recht. Du brauchst wirklich körperliche Betätigung. Komm, ich bringe euch zum Steg runter.«

Und so fand Michael sich zwanzig Minuten später in Pullover und Fleecejacke eingemummelt auf Cannons 32-Fuß-Slup *Athena* wieder und zerrte wie ein alter Fischer aus Gloucester an dem steifgefrorenen Fockfall. Cannon blaffte vom Ruder aus Befehle, während Michael über das eisglatte Vordeck hastete, bei zwanzig Knoten Wind Segel hißte und Leinen belegte. Dabei stieß er sich den Zeh an einer Klampe an und wäre beinahe gestürzt. Er fragte sich, wie lange er in dem eisigen Wasser überleben würde, falls er über Bord ging. Er fragte sich, ob der siebzigjährige Cannon schnell genug reagieren konnte, um ihn zu retten.

Als der Wind die Segel der *Athena* füllte, so daß ihr Rumpf höher im Wasser lag und leicht nach Steuerbord krängte, sah Michael ein letztesmal zum Haus hinüber. Elizabeth, die eine Zielscheibe aufgestellt hatte, stand mit ihrem Bogen auf dem Rasen und traf aus fünfzig Meter Entfernung mit jedem Pfeil ins Schwarze.

Cannon steuerte die *Athena* hart am Wind durch die Bucht. Die Slup krängte weit nach Steuerbord, als sie übers graugrüne Wasser fliegend auf Gardiner's Island zulief. Michael saß auf der Luvseite, weil er hoffte, die Sonne werde ihn wärmen. Er versuchte, sich eine Zigarette anzuzünden, was erst gelang, als er sich zwei Minuten lang verrenkt hatte, damit sein Körper Windschutz bot.

»Jesus, Douglas, geh doch wenigstens auf Raumschots-Kurs, damit wir den Wind nicht so spüren.«

»Mir gefällt's, wenn sie krängt!« Er mußte schreien, um das Heulen des Windes zu übertönen.

Michael sah nach vorn und stellte fest, daß Wasser über den Schandeckel an Steuerbord hereinbrach.

»Findest du nicht, daß wir etwas weniger krängen sollten?«

»Nein, so ist's ideal. Sie läuft jetzt ihre Höchstfahrt.«

»Richtig, aber wenn eine Bö kommt, kentern wir und liegen im Teich.«

»Dieses Boot kann nicht kentern.«

»Das haben sie von der *Titanic* auch behauptet.«

»Aber in diesem Fall ist's wahr.«

»Welche Erklärung hast du dann für deinen kleinen Unfall vom letzten Jahr?«

Letztes Jahr im Oktober war die *Athena* im Oktober in einer Böenfront vor dem Leuchtturm Montauk gekentert. Cannon war von der Küstenwache gerettet worden, und die Bootsbergung hatte ihn zehntausend Dollar gekostet. Nach diesem Vorfall hatte Elizabeth ihren Vater gebeten, nicht mehr allein zu segeln.

»Unzutreffender Seewetterbericht«, sagte Cannon. »Ich habe den Direktor des Nationalen Wetterdienstes angerufen und ihm die Meinung gesagt.«

Michael blies sich in seine kältestarren Hände. »Jesus, im Wind sind's bestimmt zehn Grad unter Null.«

»Sogar fünfzehn Grad. Ich hab' nachgefragt.«

»Du bist verrückt! Wüßten die Wähler von deinem Todeswunsch, hätten sie dich nie in den Senat gewählt.«

»Laß das Meckern, Michael. Unten in der Pantry steht eine Thermoskanne. Mach dich nützlich und hol uns beiden einen Becher Kaffee.«

Michael schwankte den Niedergang hinunter. Der

Senator war auf praktisch jedem Schiff der U.S. Navy gewesen, und in der Pantry stand eine ganze Sammlung massiver Kaffeebecher mit den Wappen verschiedener Schiffe. Michael wählte zwei Becher von Bord des Atom-U-Boots *West Virginia* aus und füllte sie mit dampfendem Kaffee.

Als Michael wieder nach oben kam, rauchte Cannon eine Zigarette. »Davon darf Elizabeth nichts erfahren«, sagte er, als er seinen Becher entgegennahm. »Wüßte sie, daß ich ab und zu heimlich eine rauche, würde sie alle Läden auf der Insel anweisen, mir keine zu verkaufen.«

Cannon nahm vorsichtig einen Schluck Kaffee und korrigierte seinen Kurs etwas. »Also, was hältst du von der Wahl?«

»Beckwith hat erstaunlich aufgeholt.«

»Alles Bockmist, wenn du mich fragst. Er hat die Sache mit dem Flugzeugabschuß von Anfang an politisch ausgeschlachtet, und der amerikanische Wähler ist zu gelangweilt und zu abgelenkt gewesen, um das zu merken. Ich stehe voll hinter ihm, was die Vergeltungsmaßnahmen betrifft, aber sein neues System zur Raketenabwehr ist meiner Ansicht nach ein Gefallen, den er alten Freunden tut, die ihn seit vielen Jahren unterstützt haben.«

»Du kannst nicht leugnen, daß die Bedrohung existiert.«

»Klar, die Bedrohung existiert. Aber wollten wir versuchen, unser Land vor jeder nur denkbaren Bedrohung zu schützen, wären wir bald pleite. Das Militär und – sorry, Michael – die Geheimdienste haben noch kein neues Spielzeug gesehen, das ihnen nicht gefallen hat oder das sie nicht haben wollten. Kongreß und Präsident haben zu entscheiden, welche sie brauchen und welche nicht. Und welche wir uns leisten können.«

»Wie kommst du auf die Idee mit dem Gefallen?«

»Weil Mitchell Elliott in Washington mehr Geld verteilt hat als jeder andere Amerikaner. Er schöpft seinen gesetzlichen Spendenrahmen aus, und wenn er noch mehr geben will, verteilt er das Geld unterm Tisch. Den größten Vorteil aus Elliotts Großzügigkeit hat natürlich James Beckwith gezogen. Er hat sich seine politische Karriere praktisch von Elliott finanzieren lassen.«

Michael dachte an Susanna Dayton und ihre Story, für die sie im Auftrag der *Post* recherchierte.

»Und noch etwas darfst du nicht vergessen«, fuhr Cannon fort. »Paul Vandenberg, der Stabschef des Weißen Hauses, hat früher bei Alatron gearbeitet. Elliott hat ihn zu Beckwith abgeordnet, als er kalifornischer Justizminister geworden war. Mit seinem scharfen Blick für Talente hat er erkannt, daß Beckwith das Potential hatte, ins Weiße Haus aufzusteigen. Er wollte seinen Mann dort einschleusen, und das ist ihm gelungen.« Cannon zog an der Zigarette. Der Wind riß den Rauch von seinen Lippen. »Außerdem hat Vandenberg früher bei deiner Firma gearbeitet.«

Michael war perplex. »Wann?«

»Im Vietnamkrieg.«

»Ich dachte, er sei in der Army gewesen.«

Cannon schüttelte den Kopf. »Nö, Agency, durch und durch. Er hat dort übrigens am Unternehmen Phönix mitgearbeitet. Du erinnerst dich an Phönix, nicht wahr, Michael? Nicht gerade ein Ruhmesblatt deiner Firma.«

Zweck des Unternehmens Phönix war die Identifizierung und Ausschaltung des kommunistischen Einflusses in Südvietnam gewesen. Im Rahmen dieses Großunternehmens sollen achtundzwanzigtausend mutmaßliche Kommunisten gefangengenommen und weitere zwanzigtausend ermordet worden sein.

»Du kennst doch die Redensart: ›Einmal ein Firmenmann, immer ein Firmenmann‹, stimmt's? Warum gibst du den Namen Vandenberg nicht mal in euren Supercomputer in Langley ein und schaust, ob was rauskommt?«

»Glaubst du, daß der Raketendeal nicht sauber ist?«

»Ich habe die Testberichte gelesen. Die von Alatron Defense Systems gebauten Jagdraketen sind weit besser gewesen als alle Konkurrenzprodukte. Elliott hat den Auftrag völlig zu Recht erhalten. Aber das Projekt ist von den Republikanern nur lauwarm und von den Demokraten gar nicht unterstützt worden. Das System wäre nie gebaut worden. Die Unterstützung des gesamten Kongresses war nur durch einen dramatischen Appell vor dem Hintergrund eines dramatischen Ereignisses zu bekommen.«

Michael überlegte kurz, bevor er sagte: »Nehmen wir mal an, ich würde behaupten, das *Schwert von Gaza* hat diese Verkehrsmaschine nicht abgeschossen. Was würdest du dann sagen?«

»Ich würde sagen, daß du vermutlich auf einer interessanten Spur bist. Aber du solltest nicht zu laut darüber reden, Michael. Hört dich der Falsche, kannst du in große Schwierigkeiten geraten.«

Die Sonne war hinter einer Wolke verschwunden, und es wurde plötzlich kälter. Cannon sah stirnrunzelnd zum Himmel auf. »Sieht nach Schneeregen aus«, meinte er. »Also gut, Michael, du hast gewonnen. Klar zum Wenden!«

12

Sankt Maarten, Karibik

Rötlicher Staub stieg von der mit Schlaglöchern übersäten schmalen Straße auf, als die Range-Rover-Kolonne in die Berge hinauffuhr. Die Geländewagen waren identisch, schwarz mit getönten Scheiben, damit die Insassen nicht zu sehen waren. Jeder dieser Männer kam aus einem anderen Teil der Erde: aus Südamerika, den Vereinigten Staaten, dem Nahen Osten oder Europa. Jeder würde die Insel am nächsten Morgen nach dem Ende der Konferenz verlassen. Auf Sankt Maarten hatte die Hochsaison begonnen, in der sich hier Amerikaner und reiche Europäer drängten. Den Männern in den Range Rovers war das recht. Sie schätzten Menschenmassen, Anonymität. Die Kolonne röhrte durch ein armes Dorf. Barfüßige Kinder standen am Straßenrand und winkten den vorbeifahrenden Wagen aufgeregt zu. Niemand winkte zurück.

Die Villa war selbst für Sankt Maarten ungewöhnlich luxuriös: zwölf Schlafzimmer, zwei riesige Wohnzimmer, ein Medienraum, ein Billardzimmer, ein Swimmingpool, zwei Tennisplätze und ein Hubschrauberlandeplatz. Erbaut worden war sie erst in den vergangenen sechs Monaten im Auftrag eines ungenannten Europäers, der einen exorbitanten Preis gezahlt hatte, damit sie termingerecht fertig wurde.

Der Bau war ein Alptraum gewesen, denn die Villa lag

in der Inselmitte auf einem Berg mit herrlichem Seeblick. Bis auf einen Elektrozaun war das sechzehn Hektar große Grundstück mit Baumgruppen und dichtem Buschwerk im Naturzustand belassen worden.

Eine Woche vor den Gästen traf ein Sicherheitsteam ein und installierte Videokameras, Lichtschranken und Störsender. Sein Kommandozentrum richtete es im Billardzimmer ein.

Die Gesellschaft für internationale Entwicklung und Zusammenarbeit war eine rein private Organisation, die keine fremden Geldspenden akzeptierte und nur ausgewählte neue Mitglieder aufnahm. Ihren offiziellen Sitz hatte die Gesellschaft in Genf, in einem kleinen Büro mit einem geschmackvollen Messingschild an der schlichten Tür; allerdings hätte ein zufälliger Besucher dort niemanden angetroffen, und ein Anruf bei der nicht im Telefonbuch stehenden Büronummer wäre erfolglos geblieben.

Wer von der Existenz dieser Gruppierung wußte, bezeichnete sie einfach als die Gesellschaft. Trotz ihres Namens hatte die Gesellschaft kein Interesse daran, die Welt zu verbessern. Zu ihren Mitgliedern gehörten verbrecherische Geheimdienstoffiziere, Politiker, Waffenhändler, Söldner, Drogenbarone, Gangsterbosse, einflußreiche Geschäftsleute und Industrielle.

Der Geschäftsführer war ein ehemaliger hoher Offizier des britischen Geheimdienstes MI6. Er war nur als »der Direktor« bekannt und wurde nie mit seinem Namen angesprochen. Er kümmerte sich um die Verwaltung und koordinierte die Aktionen der Gesellschaft, ohne jedoch die letzte Entscheidungsbefugnis zu besitzen. Die lag in den Händen des Exekutivrats, in dem jedes Mitglied eine Stimme hatte. Intern praktizierte die Gesellschaft Demokratie, auch wenn die meisten Mitglieder fanden, im richtigen Leben sei sie eine ziemlich lästige Einrichtung.

Die Grundüberzeugung der Gesellschaft lautete: Frieden ist gefährlich. Die Mitglieder glaubten, ständige, kontrollierte globale Spannungen lägen im Interesse aller. Sie schützten vor Selbstzufriedenheit. Sie sorgten für Wachsamkeit. Sie förderten nationale Identitäten. Und vor allem brachten sie ihnen Geld, sehr viel Geld.

Manche trafen allein, manche zu zweit ein. Manche kamen ohne Begleitschutz, manche brachten ihren Leibwächter mit. Ari Schamron traf gegen Mittag ein und spielte drei Sätze Tennis gegen den Boß eines kolumbianischen Drogenkartells. Die in schwarzen Anzügen stekkenden schwerbewaffneten Leibwächter des Drogenbarons hechelten in der glühendheißen Karibiksonne als Balljungen hinter verschlagenen Bällen her. Konstantin Kalnikow traf eine Stunde später ein. Er lag zwei Stunden am Swimmingpool, bis seine blasse slawische Haut knallrot war, und zog sich danach mit einem der Mädchen zu einem Schäferstündchen in sein Zimmer zurück. Der Direktor hatte sie eigens aus Brasilien einfliegen lassen. Jede war eine Künstlerin auf dem Gebiet körperlicher Vergnügen. Jede hatte eine gründliche Blutuntersuchung hinter sich, um sicherzustellen, daß sie mit keiner sexuell übertragbaren Krankheit infiziert war.

Nur Mitchell Elliott hatte weder Zeit noch Sinn für solche Aktivitäten. Er verabscheute die Mitglieder der Gesellschaft samt und sonders. Er verkehrte beruflich mit ihnen, um seine Ziele durchzusetzen, aber er dachte nicht daran, mit ihnen auf einer Karibikinsel Orgien zu feiern.

Die Konferenz war für neun Uhr angesetzt. Elliotts Gulfstream landete um halb zehn auf dem Flughafen der

Insel. Dort stand ein Hubschrauber für ihn bereit. Er bestieg ihn mit Mark Calahan und zwei weiteren Leibwächtern und flog zu der Villa in den Bergen hinauf.

In der ersten Stunde behandelte der Exekutivrat lediglich Routineangelegenheiten. Schließlich kam der Direktor zum ersten wirklich wichtigen Tagesordnungspunkt. Er blickte Mitchell Elliott über seine goldgeränderte Halbbrille hinweg an. »Sie haben das Wort, Sir.«

Elliott blieb sitzen. »Als erstes möchte ich Ihnen für Ihre Unterstützung danken, Gentlemen. Das Unternehmen wurde perfekt durchgeführt und hat das gewünschte Ergebnis gezeitigt. Präsident James Beckwith ist wiedergewählt worden, und die Vereinigten Staaten werden ihr System zur Raketenabwehr bauen, eine Entwicklung, die allen hier Versammelten nützen wird.«

Elliott machte eine Pause, bis der höfliche Beifall, der zu jeder Vorstandssitzung gepaßt hätte, verklungen war.

»Ich brauche nicht zu erwähnen, daß die Folgen katastrophal wären, wenn durch eine undichte Stelle die Rolle unserer Gesellschaft bei diesen Ereignissen bekannt würde. Deshalb bin ich heute abend hier, um Ihre Erlaubnis einzuholen, alle eingeweihten Beteiligten außerhalb dieses Raums beseitigen zu lassen.«

Der Direktor sah leicht irritiert hoch, als habe ihn ein großer Bordeaux-Wein enttäuscht. »Nach meiner Zählung sind das fünf Männer.«

»Genau.«

»Und wie sollen wir diese Aufgabe angehen?«

»Ich schlage vor, den Mann einzusetzen, der an dem Abschuß vor New York beteiligt gewesen ist.«

»Sie meinen den, der noch lebt?«

Elliott gestattete sich ein dünnes Lächeln. »Ja, Direktor.«

»Der Mann kennt natürlich einen Teil der Wahrheit – daß das *Schwert von Gaza* den Anschlag nicht verübt hat.«

»Ich weiß, aber er ist der beste Killer der Welt, und dieser Auftrag erfordert jemanden mit seinen Fähigkeiten.«

»Und wenn er ihn ausgeführt hat?«

»Dann wird er liquidiert – genau wie die anderen.«

Der Direktor nickte. Klarheit und Entschiedenheit schätzte er mehr als alles andere. »Wie wollen Sie die Liquidierung finanzieren? Ein Unternehmen dieser Art ist kostspielig. Sie haben vor kurzem unerwartete Gewinne gemacht. Vielleicht sollten Sie die Kosten übernehmen.«

»Das finde ich auch, Direktor. Ich bitte die Gesellschaft nicht um finanzielle Unterstützung, sondern nur um ihre Zustimmung.«

Der Direktor musterte die am Tisch versammelten Männer über seine Lesebrille hinweg.

»Irgendwelche Einwände?«

Die anderen schwiegen.

»Also gut, Sie haben die Unterstützung des Exekutivrats bei der Durchführung dieses Unternehmens.« Der Direktor blätterte in seinen Unterlagen. »Nun zum zweiten wichtigen Punkt, Gentlemen. Mr. Hussein im Irak möchte seinen Immobilienbesitz vergrößern und hätte dabei gern wieder unsere Unterstützung.«

Die Konferenz endete um vier Uhr morgens. Mitchell Elliott verließ sofort die Villa, flog mit dem Hubschrauber zum Flughafen und bestieg seine Gulfstream. Die übrigen Mitglieder des Exekutivrats blieben noch, um einige Stunden zu schlafen. Konstantin Kalnikow, der vor seiner Rückkehr ins winterlich düstere Moskau unbedingt noch ein paar Stunden Karibiksonne genießen wollte, machte in einem Liegestuhl am Swimmingpool ein Nickerchen. Schamron und der Drogenbaron begaben sich zu einem Revanchespiel auf den Tennisplatz, denn Schamron hatte das erste Match überlegen gewonnen, und der Drogenbaron dürstete nach Rache. Am späten Vormittag fuhren sie mit den Range Rovers den Berg hinunter. Der Direktor verließ die Villa mittags mit dem Sicherheitsteam. Als er eine halbe Stunde später an Bord seines Privatjets ging, erschütterte eine Serie von Detonationen das Gebäude, und die Luxusvilla in den Bergen der Insel Sankt Maarten brannte bis auf die Grundmauern nieder.

13

Brélès, Bretagne

Er hatte den Namen Jean-Paul Delaroche angenommen, aber die Dorfbewohner nannten ihn »le Solitaire«. Niemand konnte sich daran erinnern, wann er angekommen war und sich in dem bunkerartigen kleinen Steinhaus, das auf einem Felsvorsprung mit Blick über den Kanal gebaut war, niedergelassen hatte. Monsieur Didier, der rotgesichtige Besitzer des Lebensmittelgeschäfts, war der Überzeugung, er sei vom Wind verrückt geworden. Auf dem abgelegenen Felsen des Einsiedlers wehte der Wind so stark wie unaufhörlich. Er ließ die Fenster seines kleinen Hauses Tag und Nacht klappern und riß methodisch Platten aus dem Schieferdach. Nach heftigen Stürmen konnten Vorbeikommende manchmal einen Blick auf le Solitaire erhaschen, der ruhelos die Schäden begutachtete. »Wie Rommel bei der Inspektion seines kostbaren Atlantikwalls«, pflegte Didier dann hämisch grinsend bei einem Cognac im Café zu flüstern.

War er ein Schriftsteller? War er ein Revolutionär? War er ein Kunstdieb oder ein gefallener Priester? Mlle. Plauché von der Charcuterie hielt ihn für den letzten Überlebenden einer steinzeitlichen Menschenrasse, die Jahrtausende vor den Kelten in der Bretagne gelebt hatte. Weshalb hätte er sonst seine Tage damit verbracht, mit den uralten Steinen zu kommunizieren? Weshalb hätte er sonst stundenlang dagesessen und zugesehen, wie die See an die Felsen brandete? Weshalb hätte er sich sonst

Delaroche genannt? Er hat schon mal hier gelebt, verkündete sie mit dem Messer über einer Brietorte. Er denkt darüber nach, wie's früher gewesen ist.

Die Männer waren neidisch auf ihn. Die älteren beneideten ihn um die schönen Frauen, die in sein Haus kamen, einige Zeit blieben und dann unauffällig abreisten, um irgendwann durch eine andere ersetzt zu werden. Die Dorfjugend beneidete ihn um das nach seinen Angaben gebaute italienische Rennrad, auf dem er jeden Morgen einem Dämon gleich über die schmalen Nebenstraßen des Finistère raste. Die Frauen, die jungen wie die älteren, fanden ihn schön: das graumelierte kurze Haar, der helle Teint, die leuchtend grünen Augen, die wie von Michelangelo gemeißelte gerade Nase.

Er war kein großer Mann, deutlich unter einem Meter achtzig, aber er hielt sich wie einer, wenn er nachmittags durchs Dorf ging, um seine Einkäufe zu machen. In der Boulangerie versuchte Mlle. Trevaunce jedesmal vergeblich, ihn in ein Gespräch zu verwickeln, aber er lächelte nur und wählte mit höflichen Worten sein Brot und seine Croissants aus. Beim Weinhändler war er als kenntnisreicher, aber sparsamer Kunde bekannt. Schlug Monsieur Rodin eine teurere Flasche vor, zog er die Augenbrauen hoch, um anzudeuten, so viel könne er sich nicht leisten, und gab sie vorsichtig zurück.

Auf dem Markt wählte er Gemüse, Fleisch, Austern und Fisch mit der pedantischen Umständlichkeit der Küchenchefs großer Restaurants und guter Hotels aus. An manchen Tagen brachte er seine gegenwärtige Frau mit, immer eine von außerhalb, nie eine Bretonin aus der Umgebung. An manchen Tagen kam er allein. An manchen Tagen wurde er aufgefordert, sich zu den Männern zu setzen, die den Nachmittag bei Rotwein, Ziegenkäse und Kartenspiel verbrachten. Aber der Einsiedler deutete jedesmal hilflos auf seine Uhr, als habe er anderswo dringende Verpflichtungen, stapelte seine Einkäufe in seinem klapprigen beigen Mercedes-Kombi und fuhr zu seinem Bunker über dem Meer.

Als ob Zeit in Brélès wichtig wäre, pflegte Didier mit seinem üblichen hämischen Lächeln zu sagen. Das kommt vom Wind, fügte er hinzu. Der Wind hat ihn verrückt gemacht.

Der Novembermorgen war hell und klar mit böigem Seewind, als Delaroche die schmale Küstenstraße entlangradelte. Er war von Brest aus nach Westen in Richtung Pointe de Saint Mathieu unterwegs. Über seiner kurzen Radlerhose trug er eine knappsitzende Fleecehose und dazu einen Rollkragenpullover unter einem neongrünen Anorak, eng genug, um nicht im Wind zu flattern, aber weit genug, um die sperrige 9-mm-Glock-Automatic unter seiner linken Achsel zu verbergen. Trotz seiner mehrlagigen Kleidung schnitt die salzhaltige Luft ihm tief ins Fleisch. Delaroche hielt den Kopf tief gesenkt und strampelte schneller zur Landspitze hinunter.

Die Landstraße verlief ein Stück eben, als er an den von Wind und Wetter zernagten Ruinen eines Benediktinerklosters aus dem zehnten Jahrhundert vorbeikam. Er strampelte einige Kilometer weit zügig gegen den steifen Seewind von Norden an, während die Straße sich dem Gelände folgend rhythmisch hob und senkte. Sein leichtes Rennrad bewährte sich auch bei diesen widrigen Gelände- und Wetterbedingungen. Vor ihm ragte ein steiler Hügel auf. Er schaltete in den nächsten Gang und trat kräftiger in die Pedale. Dann hatte er den Hügel überwunden und fuhr in das Fischerdorf Lanildut ein.

Im Café kaufte er zwei Croissants und füllte seine Flaschen nach: die eine mit Orangensaft, die andere mit dampfendem Milchkaffee. Die Croissants verschlang Delaroche auf der Weiterfahrt. Er kam an der Presqu'île de Sainte Marguerite vorbei, einem in den Atlantik hinausragenden Felsenfinger mit einigen der herrlichsten Küstenabschnitte Europas. Dann folgte die Côte d'Aber, die Küste der Flußmündungen, ein langer, flacher Streckenabschnitt mit zahlreichen Flüssen, die sich aus dem Hochland des Finistère kommend ins Meer ergossen.

Er spürte die ersten Anzeichen von Müdigkeit in den Beinen, als er in Brignogan-Plages einfuhr. Jenseits des Dorfs, über einen schmalen Fußweg erreichbar, lag ein schneeweißer Sandstrand. Eine unbehauene vorgeschichtliche Steinsäule, im Bretonischen als Menhir bezeichnet, stand wie ein Wächter am Anfang des Weges. Delaroche stieg ab, schob sein Rad und trank den Rest seines Milchkaffees. Am Strand lehnte er das Rad an einen Felsblock und ging eine Zigarette rauchend die Brandungslinie entlang.

Der Signalplatz war ein großer Felsen etwa zweihundert Meter von der Stelle entfernt, wo er das Rad zurückgelassen hatte. Delaroche ging langsam, scheinbar ziellos, und beobachtete, wie die Wogen sich am Strand brachen. Eine besonders große kam weiter über den Strand herauf als die anderen, aber er wich dem eiskalten Wasser geschickt aus. Als seine Zigarette zu Ende geraucht war, warf er den Stummel weg und drückte ihn mit der Fußspitze in den weißen Sand, bis er verschwunden war.

Er erreichte den Felsen und ging davor in die Hocke. Das Zeichen war da: zwei knochenweiße Pflasterstreifen, die ein X bildeten. Jeder Profi hätte vermutet, der Unbekannte, der dieses Zeichen hinterlassen hatte, müsse vom KGB ausgebildet worden sein, was tatsächlich stimmte.

Delaroche riß die Pflasterstreifen ab, drückte sie zu einer kleinen Kugel zusammen und warf sie in die Ginsterbüsche, die den Strand zum Land hin begrenzten. Er ging zu seinem Rad zurück und radelte bei strahlendem Sonnenschein heim nach Brélès.

Mittags war das Wetter noch immer schön, deshalb beschloß Delaroche zu malen.

Er zog Jeans und einen dicken Wollpullover an und lud die Sachen in den Mercedes: seine Staffelei, zwei Sperrholzplatten mit aufgezogenem Papier, den Malkasten und seine Palette. Dann kochte er Kaffee und füllte ihn in eine Thermosflasche mit mattglänzender Stahlhülle. Aus dem Kühlschrank nahm er noch zwei Flaschen Beck's Bier mit. Er fuhr ins Dorf und parkte vor der Charcuterie. Drinnen kaufte er Schinken, Käse und eine Scheibe bretonischer Leberpastete, wobei Mlle. Plauché schamlos mit ihm flirtete. Er verließ den Laden, vom Bimmeln des Glöckchens an der Eingangstür begleitet, und ging in die Boulangerie nebenan, um ein Baguette zu kaufen.

Als er landeinwärts fuhr, ging die karge Felslandschaft der Küste in die sanften, bewaldeten Hügel des Hochlands des Finistère über. Er bog auf eine nicht bezeichnete kleine Nebenstraße ab und folgte ihr ungefähr drei Kilometer, bis sie in einen tief ausgefahrenen Feldweg überging. Der Mercedes schlingerte wild, aber nach einigen Minuten hatte er sein Ziel erreicht: eine malerische alte Ferme – siebzehntes Jahrhundert, schätzte er – vor prachtvoller Baumkulisse in rotgoldener Herbstfärbung.

Delaroche tat die meisten Dinge langsam und sorgfältig, und seine Malvorbereitungen liefen nicht anders ab. Während er methodisch seine Sachen aus dem Auto holte, begutachtete er das alte Gehöft. Das Herbstlicht ließ alle Kontraste im Mauerwerk des Hauses und in den

Bäumen dahinter scharf hervortreten. Dieses Licht auf Papier zu bringen würde eine Herausforderung sein.

Delaroche aß ein Sandwich und trank eine halbe Flasche Bier, während er die Szene aus wechselnden Perspektiven studierte. Er fand die richtige Stelle und machte ein halbes Dutzend Aufnahmen mit einer Polaroidkamera: drei in Farbe, drei in Schwarzweiß. Der Hausbesitzer trat aus der Tür, ein stämmiger kleiner Mann mit einem schwarz-weißen Hund, der ihn umkreiste. Als Delaroche ihm zurief, er sei Maler, winkte der Mann begeistert. Fünf Minuten später brachte er Delaroche ein Glas Wein und einen Teller mit Käse und dicken Scheiben scharf gewürzter Wurst. Er trug eine geflickte Jacke, die aussah, als habe er sie vor dem Krieg gekauft. Sein Hund, der nur drei Beine hatte, bettelte Delaroche um Wurst an.

Als die beiden wieder gegangen waren, setzte Delaroche sich an seine Staffelei. Er studierte die Polaroidbilder, erst die Schwarzweißaufnahmen, um die Umrisse und Linien des Bildes zu erfassen, danach die Farbaufnahmen. Er machte zwanzig Minuten lang Skizzen mit Kohlestift, bis der Bildaufbau zu stimmen schien. Delaroche arbeitete mit einer sparsamen Palette – Karminrot, Kobaltblau, Hookersgrün, Kadmiumgelb, Siena gebrannt – auf starkem Papier, das er auf eine Sperrholzplatte aufgezogen hatte.

Fast eine Stunde verging, bevor er wieder an die Nachricht am Strand in Brignogan-Plages dachte. Sie war ein Ruf, eine Aufforderung, sich morgen vormittag in Roscoff an der Pier mit Arbatow zu treffen. Arbatow war Delaroches KGB-Führungsoffizier gewesen. Er hatte zwanzig Jahre lang ausschließlich mit Arbatow zusammengearbeitet. Als Arbatow dann älter und langsamer geworden war, hatte die Moskauer Zentrale einmal versucht, ihn durch einen jüngeren Mann namens Karpow zu ersetzen. Aber Delaroche hatte jegliche Zusammenarbeit mit Karpow verweigert und gedroht, ihn in einer Holzkiste nach Moskau zurückzuschicken, wenn Arbatow nicht wieder als sein Führungsoffizier eingesetzt werde.

Eine Woche später hatten Arbatow und Delaroche in Salzburg Wiedersehen gefeiert. Zur Strafe für die Betonköpfe in der Moskauer Zentrale hatten die beiden sich ein Festmahl mit Kalbsschnitzel und drei Flaschen teurem Bordeaux gegönnt. Delaroche hatte sich nicht aus Liebe oder Loyalität für Arbatow eingesetzt; er liebte keinen Menschen und war nur gegenüber seiner Kunst und seinem Beruf loyal. Er wollte, daß Arbatow ihn weiterhin betreute, weil er sonst niemandem traute. Er hatte zwanzig Jahre lang auch deshalb überlebt, ohne verhaftet oder getötet zu werden, weil Arbatow gute Arbeit geleistet hatte.

Während er die idyllische Szene malte, dachte er ernstlich daran, Arbatows Aufforderung zu ignorieren. Arbatow und er arbeiteten nicht mehr für den KGB, weil es keinen KGB mehr gab und der FSB Männer wie sie nicht übernommen hatte. Als die Sowjetunion zusammenbrach und der KGB aufgelöst wurde, waren Arbatow und Delaroche plötzlich auf sich allein gestellt. Sie blieben im Westen – Arbatow in Paris, Delaroche in Brélès – und machten sich gemeinsam selbständig. Arbatow fungierte gewissermaßen als Delaroches Agent. Hatte jemand einen Auftrag, ging er damit zu Arbatow. Billigte Arbatow ihn, legte er ihn Delaroche vor. Für seine Dienste war Arbatow an dem beträchtlichen Honorar beteiligt, das Delaroche auf dem freien Markt fordern konnte.

Delaroche hatte schon so viel verdient, daß er überlegte, aus diesem Geschäft auszusteigen. Sein letzter Auftrag lag über einen Monat zurück, und das erstemal langweilte er sich nicht, war nicht vor Untätigkeit ruhelos. Bei diesem Job hatte er eine Million Dollar verdient, mit denen er in Brélès bis ans Ende seiner Tage behaglich leben konnte, aber auch einen Knacks davongetragen. In seiner langjährigen Tätigkeit als Berufskiller hatte für Delaroche stets nur ein einziges Gebot gegolten: Er mordete keine Unschuldigen. Der Anschlag auf das Verkehrsflugzeug vor Long Island war ein Verstoß gegen dieses Gebot gewesen.

Er hatte die Stinger nicht selbst abgefeuert, aber er hatte bei diesem Unternehmen eine Hauptrolle gespielt. Er hatte den Auftrag gehabt, den Palästinenser in Schußposition zu bringen, ihn nach dem Anschlag zu töten und dann die Jacht zu versenken, bevor er selbst von einem Hubschrauber auf See geborgen wurde. Für die tadellose Durchführung des Auftrags hatte er eine Million Dollar erhalten. Aber wenn er nachts in seinem Haus allein war und nur das Rauschen der Brandung hörte, sah er das brennende Verkehrsflugzeug in den Atlantik stürzen. Er bildete sich ein, die Schreie der Passagiere zu hören, während sie auf den sicheren Tod warteten. Bei allen früheren Aufträgen hatte er die Zielpersonen genau gekannt. Es waren böse Menschen, die Böses taten und mit den Risiken des Spiels, das sie spielten, vertraut waren. Und er hatte sie jeweils von Angesicht zu Angesicht getötet. Der Abschuß einer Verkehrsmaschine verstieß gegen sein selbstauferlegtes Gebot: Du sollst keine Unschuldigen töten.

Er beschloß, zu dem Treff mit Arbatow zu fahren und sich das Angebot anzuhören. War es gut und lukrativ, würde er es vielleicht annehmen. Falls nicht, würde er sich zurückziehen, die bretonische Landschaft malen, in seinem Steinhaus am Meer Wein trinken und mit keinem Menschen mehr reden.

Eine Stunde später war das Bild fertig. Es war gut, fand er, aber es ließ sich noch verbessern. Die untergehende Sonne tauchte die Ferme in scharlachrotes Zwielicht. Sobald die Sonne verschwunden war, wurde die Luft plötzlich kalt und duftete nach Holzrauch und schmorendem Knoblauch. Er machte sich ein Brot mit Leberpastete und trank ein Bier, während er seine Sachen zusammenräumte. Die Polaroidbilder und seine Skizzen steckte er ein; er würde sie brauchen, um in seinem Atelier eine zweite, bessere Fassung dieses Bildes zu malen. Er stellte das Weinglas, den halbleeren Teller und das noch feuchte Aquarell vor der Tür der Ferme ab und ging zu seinem Mercedes zurück. Der dreibeinige Hund kläffte ihm nach, als er davonfuhr, und machte sich dann über den Rest Wurst her.

Als Delaroche am nächsten Morgen von Brélès nach Roscoff fuhr, goß es in Strömen. Er erreichte die Pier pünktlich um zehn Uhr und sah Arbatow, ein Bild des Jammers, im Regen auf und ab gehen. Delaroche parkte seinen Wagen und beobachtete Arbatow einen Augenblick, bevor er sich ihm näherte.

Michail Arbatow hatte mehr Ähnlichkeit mit einem alternden Professor als mit einem KGB-Führungsoffizier, und Delaroche konnte sich wie jedesmal kaum vorstellen, daß dieser Mann unzählige Morde überwacht hatte. Das Pariser Leben bekam ihm offenbar; er war dicker, als Delaroche ihn in Erinnerung hatte, und seine anscheinend frische Gesichtsfarbe war auf übermäßigen Wein- und Cognacgenuß zurückzuführen. Arbatow trug wie gewöhnlich einen schwarzen Rollkragenpullover und einen Trenchcoat, der aussah, als gehöre er einem größeren, schlankeren Mann. Auf dem Kopf hatte er einen wasserdichten Hut ohne Krempe, wie ihn Pensionisten überall tragen. Seine Nickelbrille schien wie immer mehr zu schaden als zu nützen. Die Gläser waren angelaufen, und sie drohte von Arbatows Boxernase zu rutschen.

Delaroche stieg aus und näherte sich ihm von hinten. Der alte Fuchs Arbatow zuckte mit keiner Wimper, als Delaroche neben ihm auftauchte. Sie gingen eine Zeitlang nebeneinander her, wobei Delaroche Mühe hatte, mit Arbatows unbeholfenem Watscheln Schritt zu halten. Er schien Schwierigkeiten mit dem Halten des Gleichgewichts zu haben, und Delaroche mußte mehrmals dem Impuls widerstehen, ihn mit ausgestreckter Hand zu stützen.

Arbatow blieb stehen und wandte sich Delaroche zu. Er betrachtete ihn mit einem offenen, leicht nachdenklichen Blick seiner grauen Augen, die durch die dicken Brillengläser stark vergrößert wurden. »Jesus, ich bin wirklich zu alt für diesen Straßenscheiß«, sagte er in seinem tadellosen, akzentfreien Französisch. »Zu alt und zu abgekämpft. Fahr mich irgendwo hin, wo man sich aufwärmen und ordentlich essen kann.«

Delaroche fuhr zu einem guten Café am Hafen. Fünf Minuten später standen zwei Teller mit Gruyère-Champignon-Omeletts und Schalen mit dampfendem Milchkaffee vor ihnen. Arbatow verschlang sein Omelett und zündete sich eine gräßliche Gauloise an, bevor Delaroche auch nur halb aufgegessen hatte. Dann klagte er über Kälte und bestellte sich einen Cognac. Er leerte sein Glas mit zwei Schlucken, zündete sich die nächste Zigarette an und blies dünne Rauchfahnen gegen die dunkel gestrichenen Deckenbalken. Die beiden Männer saßen schweigend da. Ein Außenstehender hätte sie für Vater und Sohn halten können, die täglich miteinander frühstückten, was Delaroche gerade recht war.

»Sie wollen dich wieder«, sagte Arbatow, sobald Delaroche aufgegessen hatte. Delaroche fragte nicht, wer sie waren; er wußte, daß es sich um die Männer handelte, die ihn für den Flugzeugabschuß angeheuert hatten.

»Für welchen Auftrag?«

»Sie haben nur gesagt, daß die Sache extrem wichtig ist und sie deshalb den Besten wollen.«

Auf Schmeichelei konnte Delaroche verzichten. »Wieviel?«

»Das haben sie nicht gesagt; sie haben nur davon gesprochen, daß das Honorar diesmal höher als beim letzten Auftrag sein soll.« Arbatow drückte seine Gauloise mit dem deformierten Nagel seines dicken Daumens aus. »Erheblich höher, haben sie gesagt.«

Delaroche gab dem Kellner ein Zeichen. Er bestellte noch einen Kaffee und zündete sich eine Zigarette an.

»Du hast überhaupt keinen Hinweis auf die Art des Auftrags bekommen?«

»Nur einen. Es geht um mehrere Zielpersonen, die alle Profis sind.«

Delaroches Interesse war plötzlich geweckt. Im allgemeinen fand er seine Arbeit langweilig. Für die meisten Aufträge brauchte man weit weniger Fähigkeiten, als er besaß. Sie erforderten nicht allzuviel Vorbereitung und noch weniger Kreativität. Aber Profis zu liquidieren war etwas anderes.

»Sie wollen sich morgen mit dir treffen«, sagte Arbatow. »In Paris.«

»In wessen Revier?«

»In ihrem, versteht sich.« Er griff in seine Jackentasche und zog einen durchweichten Zettel heraus. Die Tinte war verlaufen, aber die Adresse war noch lesbar. »Sie wollen persönlich mit dir reden.«

»Ich rede mit niemandem persönlich, Michail. Das müßtest du am besten wissen.«

Delaroche schützte seine Identität mit an Verfolgungswahn grenzender Sorgfalt. Die meisten Männer in seiner Branche lösten dieses Problem dadurch, daß sie sich alle paar Jahre durch plastische Chirurgie ein neues Gesicht machen ließen. Delaroche löste es auf andere Weise: Er gestattete selten jemandem, der seinen wahren Beruf kannte, sein Gesicht zu sehen. Er hatte sich noch nie fotografieren lassen, und er arbeitete immer allein. Er hatte nur eine einzige Ausnahme gemacht – mit dem jungen Araber bei dem Flugzeugunternehmen –, aber dafür hatte er ein exorbitant hohes Honorar bekommen und den Jungen liquidiert, nachdem er seinen Auftrag ausgeführt hatte. Das Bergungsteam in dem Hubschrauber hatte sein Gesicht nicht gesehen, weil er eine schwarze Sturmhaube getragen hatte.

»Sei doch vernünftig, mein Lieber«, sagte Arbatow väterlich mahnend. »Wir leben in einer schönen neuen Welt.«

»Ich lebe noch, weil ich vorsichtig bin.«

»Das weiß ich. Und ich möchte, daß du am Leben bleibst, damit ich weiterverdienen kann. Glaub mir, Jean-Paul, ich würde dich nie in eine Situation bringen, in der du meiner Ansicht nach Schaden nehmen könntest. Du zahlst mich dafür, daß ich Angebote prüfe und dir vernünftige Ratschläge gebe. Ich empfehle dir anzuhören, was diese Leute zu sagen haben, zu ihren Bedingungen.«

Delaroche schaute ihn prüfend an. War er noch ganz auf der Höhe? Trübte die Aussicht auf das viele Geld sein Urteilsvermögen?

»Wie viele Leute kommen zu diesem Treff?«

»Nur einer, soviel ich weiß.«

»Waffen?«

Arbatow schüttelte den Kopf. »Du wirst durchsucht, bevor du das Apartment betrittst.«

»Waffen gibt's in verschiedenen Formen und Größen, Michail.«

»Du gehst also hin?«

»Ich werd's mir überlegen.«

Delaroche gab dem Kellner ein Zeichen.

»C'est tout.«

14

CIA-Zentrale, Langley, Virginia

Michael ging sehr früh aus dem Haus und fuhr im grauen Licht des heraufdämmernden Tages auf dem noch fast leeren Parkway in die Zentrale. Im »Schweinetrog« nahm er Kaffee und ein altbackenes Bagel mit und ging dann in die »Baracke« hinauf. Die letzten Kollegen der Nachtschicht waren noch da: mit rotgeränderten Augen vor Monitoren und über alten Akten brütend wie mittelalterliche Mönche, die in der falschen Zeit gefangen waren. Eurotrash las die Morgennachrichten aus Europa. Blaze zeigte Cynthia, wie man mit einem Stück Papier töten kann. Michael setzte sich an seinen Schreibtisch und schaltete den Computer ein.

Die belgische Polizei meldete, zwei mutmaßliche Aktivisten des *Schwerts von Gaza* seien in einem Zug in die Niederlande gesehen worden. Der britische Sicherheitsdienst MI5 hatte ein Telefongespräch eines in London lebenden islamischen Intellektuellen abgehört, das auf einen bald bevorstehenden Vergeltungsschlag irgendwo in Europa schließen ließ. Neue Satellitenaufnahmen des im Iran zerstörten Ausbildungslagers zeigten seinen hastigen Wiederaufbau. Aber die wichtigste der nachts eingegangenen Meldungen kam zuletzt: Syrische Geheimdienstoffiziere waren letzte Woche zu Besprechungen mit ihren iranischen Kollegen nach Teheran gereist.

Michael kannte solche Bewegungen aus der Vergangenheit. Das *Schwert von Gaza* würde ein amerikanisches

Ziel in Europa angreifen, vermutlich schon bald. Er griff nach dem Hörer des internen Telefons und wählte die Nummer von Carters Büro, aber dort meldete sich niemand.

Er legte auf und starrte seinen Monitor an.

Er glaubte Cannons Stimme zu hören: *Warum gibst du den Namen Vandenberg nicht mal in euren Supercomputer in Langley ein und schaust, was rauskommt?*

Michael tippte Vandenbergs Namen ein und wies den Computer an, die Festplatte zu durchsuchen.

Nach zehn Sekunden stand die Antwort auf seinem Bildschirm.

DATEI GESPERRT. KEINE ZUGANGSBERECHTIGUNG.

»Scheiße, was zum Teufel hast du dir dabei gedacht?«

Carter war stinksauer. Er saß am Schreibtisch und klopfte mit seinem dicken Füller auf die lederne Schreibunterlage. Sein normalerweise blasses Gesicht war zorngerötet. McManus saß schweigend hinter ihm, als warte er nur darauf, sich den Verdächtigen, der nicht auspacken wollte, vorzunehmen.

»Ich hab' bloß so 'ne Ahnung gehabt«, antwortete Michael verlegen und bedauerte seine Äußerung sofort, weil Carters Reaktion ihm zeigte, daß er dadurch alles nur noch schlimmer gemacht hatte.

»Eine Ahnung? Du hast eine Ahnung gehabt, deshalb hast du beschlossen, den Namen des Stabschefs des Weißen Hauses zur Überprüfung in unseren Computer einzugeben? Michael, du bist für Terrorismusbekämpfung zuständig. Was hast du geglaubt, daß Vandenberg tun würde? Das Weiße Haus in die Luft jagen? Seinen Boß erschießen? Oder die Air Force One entführen?«

»Nein.«

»Ich warte.«

Michael überlegte, was ihn hierhergebracht hatte. Die Widerlinge unten im Computerraum mußten ihn verpfiffen haben. Entweder überwachte jemand seine Arbeit am Computer, oder die Akte Vandenberg war mit einem Stolperdraht versehen. Als er sie zu lesen versucht hatte, war irgendwo im System Alarm ausgelöst worden. Das Ganze roch nach einer Monica-Tyler-Produktion. Michael sah nur noch eine Möglichkeit: Er mußte einen Teil der Wahrheit gestehen und darauf hoffen, daß seine Freundschaft mit Carter weiteres Blutvergießen verhindern würde.

»Ich habe aus vertrauenswürdiger Quelle gehört, daß er bei der Agency gewesen ist, und wollte das überprüfen. Das ist ein Fehler gewesen, Adrian. Tut mir leid.«

»Du hast gottverdammt recht, daß das ein Fehler gewesen ist, Michael. Laß dir etwas klipp und klar sagen. Die Unterlagen der Agency sind nicht zu deinem Lesevergnügen da. Sie sind nicht dazu da, daß du darin surfst. Sie sind nicht dazu da, daß du darin herumschnüffelst. Drücke ich mich klar genug aus, Michael?«

»Kristallklar.«

»Du bist nicht mehr im Außendienst, wo jeder nach eigenen Regeln operieren kann. Du arbeitest in der Zentrale und hältst dich an die Vorschriften.«

»Verstanden.«

Carter sah zu McManus hinüber. McManus stand auf und schloß die Tür.

»Jetzt mal zwischen uns Girls: Ich weiß, daß du ein verdammt guter Offizier bist und nicht versucht hättest, diese Akte zu lesen, ohne einen wichtigen Grund dafür zu haben. Gibt's irgend etwas, das du uns erzählen möchtest?«

»Noch nicht, Adrian.«

»Also gut. Mach, daß du rauskommst!«

15

Paris

Delaroche fuhr nach Brest und nahm den Nachmittagszug nach Paris. Er reiste mit zwei Gepäckstücken: einer Reisetasche mit Kleidung, Wäsche und Toilettensachen und einer großen Zeichenmappe, in der ein Dutzend Aquarelle lagen. Seine Arbeiten wurden in einer diskreten Pariser Galerie verkauft und brachten ihm eben genug ein, um seinen unprätentiösen Lebensstil in Brélès zu rechtfertigen.

Am Bahnhof nahm er ein Taxi zu einem bescheidenen Hotel in der Rue de Rivoli, wo er sich als Niederländer Karel van der Stadt eintrug – Holländisch war eine seiner Sprachen, und er besaß drei ausgezeichnete niederländische Reisepässe. Sein Zimmer hatte einen kleinen Balkon mit Blick auf die Tuilerien und den Louvre. Die Nacht war kalt und sehr klar. Rechts konnte er den strahlend hell beleuchteten Eiffelturm sehen, während links Notre-Dame über die schwarzglänzende Seine zu wachen schien. Es war schon spät, aber er hatte zu arbeiten, deshalb zog er einen Pullover und eine Lederjacke an und verließ das Hotel. Der Portier fragte ihn, ob er seinen Zimmerschlüssel dalassen wolle. Delaroche schüttelte den Kopf und antwortete in holländisch gefärbtem Französisch, er nehme ihn lieber mit.

Der Treff sollte in einer Wohnung in der Rue de Tournefort im 5. Arrondissement stattfinden. Professionelle Beschatter waren selbst unter günstigen Umständen schwer zu erkennen, aber nachts und in einer Großstadt wie Paris war das noch schwieriger. Delaroche war einige Zeit unterwegs, überquerte die Seine und schlenderte den Quai de Montebello entlang. Er blieb mehrmals unvermittelt stehen. Er kramte in den Auslagen der Buchhändler am Quai. Er kaufte an einem Zeitungskiosk die Abendausgaben. Er betrat eine öffentliche Telefonzelle und tat so, als wolle er telefonieren. Jedesmal suchte er seine Umgebung sorgfältig ab, ohne irgendein Anzeichen dafür entdecken zu können, daß er beschattet wurde.

Delaroche schlenderte eine Viertelstunde lang kreuz und quer durchs Quartier Latin mit seinen schmalen Gassen. Die kalte Nachtluft roch nach Gewürzen und Zigarettenrauch. In einer Bar trank er ein Bier, während er seine Abendzeitungen durchblätterte. Auch dabei fiel ihm nirgends ein Beschatter auf. Er trank sein Bier aus und verließ die Bar.

Das Apartment entsprach genau Arbatows Beschreibung. Es lag im zweiten Stock eines alten Hauses in der Rue de Tournefort mit Blick auf die Place de la Contrescarpe. Vom Gehsteig aus sah Delaroche, daß die auf die Straße hinausgehenden Fenster dunkel waren. Und er stellte fest, daß über der Haustür eine kleine Videokamera installiert war, damit die Mieter sehen konnten, wer sie besuchen wollte.

An der Ecke lag ein Bistro mit gutem Blick auf das Apartment und den Hauseingang. Delaroche fand einen Fenstertisch und bestellte die überbackene Poularde nach Art des Hauses und eine halbe Flasche Côtes-du-Rhône. Das kleine Lokal war ein typisches Pariser Bistro: warm und laut, hauptsächlich von Viertelbewohnern und Studenten der Sorbonne besucht.

Während er aufs Essen wartete, las Delaroche eine

Analyse des Washingtoner Korrespondenten von *Le Monde*. Der Journalist schrieb, die amerikanischen Luftangriffe auf Lager des *Schwerts von Gaza* in Syrien und Libyen hätten dem Friedensprozeß im Nahen Osten schwer geschadet. Syrien und Libyen rüsteten mit moderneren, gefährlicheren Waffen auf, viele davon aus französischer Produktion. Die Verhandlungen zwischen Palästinensern und Israelis waren nach wochenlangen Unruhen im Gazastreifen und in Westjordanland zum Stillstand gekommen. Geheimdienstkreise warnten vor weiteren internationalen Terroranschlägen. Westeuropäische Diplomaten klagten darüber, daß die Amerikaner sich gerächt hätten, ohne die möglichen Konsequenzen zu bedenken. Delaroche legte die Zeitung weg, als sein Essen kam. Er staunte jedesmal wieder darüber, wie ahnungslos Journalisten in bezug auf die Welt der Geheimdienste waren.

Ein Mann, der das Wohnhaus in der Rue de Tournefort betrat, erregte seine Aufmerksamkeit.

Delaroche musterte ihn aufmerksam: Klein, schütteres blondes Haar, eine stämmige Ringerfigur, die bereits etwas Fett angesetzt hatte. Der Schnitt seines Mantels wies ihn als Amerikaner aus. An seinem Arm hing eine hübsche Nutte, größer als er, mit schulterlangen schwarzen Haaren und knallroten Lippen. Der Amerikaner schloß die Tür auf, und die beiden verschwanden im dunklen Hausflur. Wenig später ging im zweiten Stock das Licht an.

Delaroches Laune besserte sich schlagartig. Er hatte befürchtet, dort drüben in eine Falle zu geraten. In einer fremden Wohnung, aus der es keinen Ausweg gab, wäre er eine leichte Beute gewesen, falls der Treff von einem seiner Feinde arrangiert worden war. Aber ein Agent, der eine Nutte in ein sicheres Haus mitnahm, konnte ihn nicht wirklich gefährden. Nur ein Amateur oder ein undisziplinierter Profi wäre dieses Risiko eingegangen.

Delaroche beschloß, morgen zu dem Treff zu gehen.

Am nächsten Morgen stand Delaroche früh auf und joggte durch die Tuilerien. Er trug einen dunkelblauen Anorak, um sich vor dem Nieselregen zu schützen, der einen zarten Schleier über den Park legte. Er lief eine Dreiviertelstunde lang in flottem Tempo, der Kies der Parkwege knirschte unter seinen Schuhen. Auf dem letzten Kilometer legte er noch einen Zahn zu. Schließlich stand er keuchend und nach Atem ringend auf der Rue de Rivoli, wo die Menschen an ihm vorbei zur Arbeit hasteten.

In seinem Hotelzimmer duschte er und zog sich um. Seine 9-mm-Glock hatte er dabei immer in bequemer Reichweite. Es war ein merkwürdiges Gefühl, sie im Hotel zu lassen, aber Delaroche würde sich an die Vorgaben halten. Er zog einen Pullover an, schloß die Pistole in dem kleinen Wandsafe ein und ging nach unten.

Er frühstückte im Hotelrestaurant, einem behaglichen Raum, dessen Fenster auf die Rue de Rivoli hinausgingen, und las in aller Ruhe die Morgenzeitungen. Er verließ den Speisesaal als letzter Gast.

An der Rezeption nahm er einen Pariser Stadtplan und einen Kurzführer mit. Die junge Hotelangestellte fragte, ob er den Zimmerschlüssel nicht dalassen wolle. Delaroche schüttelte den Kopf und trat aus der Hotelhalle auf die Straße hinaus.

Er fuhr mit einem Taxi in die Rue de Tournefort und stieg vor dem Bistro aus, in dem er am Vorabend gegessen hatte. Der Nieselregen hatte aufgehört, deshalb setzte er sich an einen der Tische auf dem Gehsteig. Trotz des bewölkten Himmels trug er eine Ray-Ban mit dicker schwarzer Fassung.

Es war Viertel vor neun. Er bestellte Milchkaffee und eine Brioche und beobachtete die Fenster des Apartments im zweiten Stock. Der Mann mit der Ringerfigur ließ sich zweimal hinter den Fenstern sehen. Beim erstenmal trug er einen Bademantel und hielt einen Kaffeebecher umklammert, als sei er verkatert. Fünf Minuten später trug er einen dunklen Anzug, und sein schütteres blondes Haar war ordentlich gekämmt.

Delaroche suchte die Straße ab. Auf den Gehsteigen drängten sich die Fußgänger. Auf der Rue de Tournefort hatten zwei städtische Arbeiter einen Kanaldeckel geöffnet und kletterten die Eisenleiter hinunter. Ein Straßenkehrer sammelte Hundekot ein. Das Bistro hatte sich nach und nach gefüllt. Ohne es zu wissen, konnte Delaroche auf allen Seiten von Beschattern umgeben sein.

Um zehn Uhr legte er etwas Geld auf den Tisch und ging über die Straße. Nachdem er geklingelt hatte, kehrte er der Überwachungskamera den Rücken zu. Als der Türöffner summte, stieß er die Tür auf und betrat den Hausflur.

Es gab keinen Aufzug, nur eine breite Treppe. Delaroche ging rasch nach oben. Im Haus war es still; aus den anderen Wohnungen drang kein Laut. Er erreichte den zweiten Stock, ohne gesehen zu werden. Arbatow hatte ihn angewiesen, nicht zu klingeln. Die Tür wurde sofort geöffnet, und der Ringer forderte Delaroche mit einer Bewegung seiner dicken Pranke zum Eintreten auf.

Delaroche musterte die Umgebung, während der andere Mann ihn langsam und methodisch nach Waffen absuchte, erst mit den Händen, dann mit einem Magnetometer. Die Einrichtung war maskulin nüchtern: eine bequeme schwarze Ledersitzgruppe um einen Couchtisch mit Glasplatte, Bücherregale aus Teakholz mit Sachbüchern, Biographien und Kriminalromanen von englischen und amerikanischen Autoren. Die freien Wände waren kahl, aber schwache Umrisse ließen erkennen, wo früher gerahmte Bilder gehangen hatten. Die Bücher in den Regalen waren der einzige persönliche Besitz; Delaroche sah keine Fotos von Angehörigen oder Freunden, keine Post, keinen Notizblock neben dem Telefon.

»Kaffee?« fragte der Ringer, als er fertig war.

Delaroche hatte richtig vermutet. Er war Amerikaner, seiner Aussprache nach aus dem Süden.

Delaroche nickte. Er nahm seine Sonnenbrille ab, während der Amerikaner in die schwarz eingerichtete Küche ging, um Kaffee zu machen. Delaroche setzte sich. Neben der Küche befand sich ein kleiner Eßplatz, hinter dem ein kurzer Gang ins Schlafzimmer führte. Auf dem Eßtisch stand ein schwarzer Laptop.

Der Amerikaner kam mit zwei Bechern Kaffee zurück, wovon er einen Delaroche gab.

»Der Job besteht aus fünf Morden«, begann er ohne weitere Vorrede, »die bis Ende Januar zu erledigen sind. Sie bekommen eine Million Dollar Vorschuß. Für jeden durchgeführten Mord erhalten Sie sofort eine weitere Million Dollar. Wenn ich richtig gerechnet habe, sind das insgesamt sechs Millionen Dollar.«

»Wer sind Ihre Auftraggeber?«

Der Amerikaner schüttelte den Kopf. »Ich darf nur sagen, daß es sich um dieselben Leute handelt, die Sie für die Sache mit dem Verkehrsflugzeug angeheuert hatten. Sie wissen bereits, daß diese Leute professionell arbeiten und auf ihr Wort Verlaß ist.«

Delaroche zündete sich eine Zigarette an. »Sie haben die Dossiers der Zielpersonen?«

Der Amerikaner zog eine CD-ROM aus der Innentasche seines Jacketts. »Hier ist alles drauf, aber ich darf sie Ihnen nur geben, wenn Sie den Auftrag annehmen. Sicherheitsgründe, Mr. Delaroche. Dafür hat ein Mann wie Sie bestimmt Verständnis.«

Delaroche streckte eine Hand aus, um sich die Silberscheibe geben zu lassen.

Der Amerikaner grinste. »Wir haben damit gerechnet, daß Sie den Auftrag annehmen würden. Die erste Million ist bereits telegrafisch auf ihr Züricher Bankkonto überwiesen worden. Überzeugen Sie sich selbst davon. Das Telefon steht dort drüben.«

Delaroche sprach schnell und fließend deutsch. Herr Becker, der fürsorgliche Direktor seiner Bank in Zürich, bestätigte den Eingang einer telegrafischen Überweisung in Höhe von einer Million Dollar auf seinem Konto. Delaroche sagte, er werde ihm mitteilen, was mit dem Geld geschehen solle, und legte auf.

»Der Inhalt ist mit einem Kennwort geschützt«, sagte der Amerikaner, als er Delaroche die CD-ROM gab. »Das Kennwort ist Ihr KGB-Deckname.«

Delaroche war verblüfft. Seit er freiberuflich arbeitete, hatte er nie seine KGB-Tätigkeit erwähnt oder seinen alten Decknamen benutzt. Er war nur Arbatow und einer Handvoll hoher Offiziere in der Moskauer Zentrale bekannt gewesen. Die Männer, die ihn gerade wieder engagiert hatten, mußten ausgezeichnete Verbindungen haben. Die Tatsache, daß sie seinen KGB-Decknamen kannten, war der Beweis dafür.

»Sie kennen sich wohl mit diesen Dingern aus?« fragte der Amerikaner und deutete auf den Laptop. »Mich müssen Sie entschuldigen, aber ich darf den Inhalt der Dossiers nicht sehen. Sie müssen allein zurechtkommen.«

Delaroche setzte sich an den Eßtisch, schob die CD-ROM ins Laufwerk und tippte sieben Buchstaben ein.

Der Bildschirm erwachte zum Leben.

Bessere Dossiers hatte Delaroche nie zu Gesicht bekommen: Persönlicher und beruflicher Werdegang, sexuelle Vorlieben, Tagesablauf, Anschriften, Telefonnummern, digitalisierte Stimmproben, Überwachungsfotos und sogar digitalisierte Videoaufnahmen.

In zwei Stunden arbeitete er das Material auf der CD-ROM langsam und systematisch durch. Er machte sich keine Notizen; sein Gehirn war imstande, riesige Datenmengen zu speichern, zu verarbeiten und wiederzugeben.

Der Amerikaner lag auf dem Ledersofa und genoß das Satellitenfernsehen mit fünfhundert Kanälen. Erst hatte er sich ein Footballspiel angesehen, danach eine dümmliche Quizshow. Schließlich hatte er sich für einen schwedischen Pornofilm entschieden. Während Delaroche arbeitete, bekam er die Geräusche lesbischer Liebesspiele mit.

Die Morde würden seine bisher schwierigsten Aufträge sein. Die Zielpersonen waren ausnahmslos Profis, von denen einer unter ständigem staatlichen Schutz stand.

Führte er seinen Auftrag erfolgreich aus, würden diese fünf Morde für absehbare Zeit seine letzten sein, denn dann würde er sehr lange untertauchen müssen. Seine Auftraggeber wußten das; deshalb zahlten sie ein Honorar, mit dem er ausgesorgt hatte.

Delaroche öffnete das letzte Computerdossier.

Es enthielt nur eine Information – ein Foto des Mannes, der nebenan fernsah. Delaroche schloß die Datei und beendete das Programm. Auf dem Bildschirm las er:

VERRATEN SIE UNS,

ÜBERGEBEN WIR SIE DEM FBI

ODER TÖTEN SIE.

Delaroche nahm die CD-ROM aus dem Laufwerk und stand auf.

Im Fernsehen lief noch immer der Pornofilm. Delaroche kam aus der Eßnische ins Wohnzimmer und griff nach seiner Jacke, die er über einen Sessel geworfen hatte.

Der Amerikaner stand auf. Das war Delaroche sehr recht. Es würde den weiteren Ablauf erleichtern.

»Nur noch eine Sache. Wie können wir mit Ihnen in Verbindung bleiben, wenn Sie den Auftrag ausführen?«

»Gar nicht. Keine persönlichen Begegnungen, kein Kontakt mit Arbatow mehr.«

»Haben Sie noch immer eine Internet-Adresse?«

Delaroche nickte und zog die Sonnenbrille aus einer Jackentasche.

»Etwaige weitere Anweisungen gehen dorthin – natürlich verschlüsselt –, und Sie benutzen dafür dasselbe Kennwort wie heute.«

»Ich brauche Ihnen nicht zu erzählen, daß das Internet zwar riesig, aber höchst unsicher ist. Es sollte nur in Notfällen benutzt werden.«

»Verstanden.«

Delaroche hielt ihm die CD-ROM hin. Als der Amerikaner danach greifen wollte, ließ Delaroche sie zu Boden gleiten. Obwohl der andere sich nur ganz kurz auf die CD-ROM statt auf Delaroche konzentrierte, merkte er sofort, daß er einen verhängnisvollen Fehler gemacht hatte.

Delaroches linke Hand bedeckte den Mund des Amerikaners mit eisernem Griff. Er drehte das Gesicht des Mannes leicht zur Seite, um ihn mit einem einzigen Stoß töten zu können.

Dann rammte er ihm einen Bügel seiner Sonnenbrille ins rechte Auge.

Trotz seiner gründlichen Leibesvisitation hatte der Ringer übersehen, daß der rechte Bügel von Delaroches Sonnenbrille nadelspitz zugefeilt war, so daß dieser Stoß die Augenhöhle durchdringen und eine Verzweigung der Hauptschlagader hinter dem Auge durchtrennen konnte. Der Blutverlust war rapide und katastrophal. Der Mann wurde rasch bewußtlos. In wenigen Augenblicken würde er tot sein.

Delaroche legte ihn wieder aufs Sofa vor den Fernseher und seinen Pornofilm. Er zog die Sonnenbrille aus dem zerstörten Auge und wusch sie in der Küche sorgfältig ab. Er hob die CD-ROM vom Teppichboden auf und steckte sie in die Innentasche seiner Jacke.

Dann setzte er seine Sonnenbrille auf und trat in den Pariser Mittag hinaus.

Delaroche beschloß, Michail Arbatow zu liquidieren, während er von Monets »Seerosen« umgeben im Musée de l'Orangerie des Tuileries saß. Im Grunde genommen war das keine schwierige Entscheidung. Wenn er diesen Auftrag ausgeführt hatte, würde er zu den meistgesuchten Männern der Welt gehören. Die mächtigsten Strafverfolgungsbehörden und Geheimdienste der Welt würden nach ihm fahnden. Der Mann, der ihm am meisten schaden konnte, war Arbatow. Wurde Arbatow aufgespürt und unter Druck gesetzt, konnte er ihn verraten, um seine eigene Haut zu retten. Das war ein Risiko, das Delaroche nicht eingehen wollte.

Er betrachtete die gedämpften Blau-, Grün- und

Gelbtöne von Monets Gemälden und dachte über die Tat nach, die er vorhin ausgeführt hatte. Morde machten ihm keinen Spaß, aber sie verursachten ihm auch keine Gewissensbisse. Er war dafür ausgebildet, brutal und schnell zu töten. Die Geschwindigkeit, mit der er mordete, bewahrte ihn vor Schuld- oder Reuegefühlen. Es war so, als verübe ein anderer die Tat. Er war nicht der Mörder; die Männer, die einen Mord in Auftrag gaben, waren die eigentlichen Täter. Delaroche war nur die Waffe: das Messer, die Pistole oder der stumpfe Gegenstand. Hätte er den Auftrag nicht angenommen, hätte es ein anderer getan.

Er verbrachte den Rest des Tages damit, sich zu entspannen. Er aß im Hotelrestaurant zu Mittag, verwandelte sich dabei wieder in Karel van der Stadt, Tourist aus Holland, und machte anschließend ein einstündiges Nickerchen in seinem Zimmer. Dann fuhr er zu seiner Galerie und lieferte die Aquarelle ab. Der Galerist war wie immer begeistert und stellte ihm für die bereits verkauften Bilder einen Scheck über zweihunderttausend Francs aus.

Am Spätnachmittag rief er in Zürich an. Herr Becker bestätigte ihm, daß auf seinem Konto eine zweite telegrafische Überweisung über eine Million Dollar eingegangen sei. Das bedeutete, daß die Leiche des amerikanischen Agenten aufgefunden worden war. Oder, was wahrscheinlicher war, Delaroches anonyme Auftraggeber hatten den Vorgang durch Abhörmikrofone und Überwachungskameras mitverfolgt.

Delaroche fragte nach dem gegenwärtigen Kontostand. Becker räusperte sich gewichtig, um ihm mitzuteilen, sein Guthaben betrage jetzt etwas über vier Millionen Dollar.

Delaroche bat ihn, die Abhebung einer halben Million

Dollar in unterschiedlichen Scheinen vorzubereiten, die er binnen achtundvierzig Stunden in Zürich abholen werde. Dann wies er Becker an, drei Millionen Dollar auf drei verschiedene Konten auf den Bahamas zu überweisen.

»Auf jedes Konto eine Million, Monsieur Delaroche?«

»Ja.«

Der Ruhestand hatte Michail Arbatow träge gemacht. Wie die meisten alleinstehenden alten Männer hatte er sich eine sorgfältig ausgearbeitete Routine gelegt, von der er nur selten abwich. Dazu gehörte, daß er jeden Abend vor dem Schlafengehen seinen Hund ausführte. Das einzige Lebewesen, das noch berechenbarer war als Arbatow, war sein Hund: Der Köter pinkelte jeden Abend in dem kleinen Park in der Nähe von Arbatows Wohnung an denselben Baum und verrichtete sein Geschäft auf demselben Rasenstück.

Delaroche lauerte ihm im Dunkel unter den Bäumen auf.

Arbatow näherte sich auf die Minute pünktlich. Nach seinen Abendspaziergängen hätte Delaroche die Uhr stellen können. Die Nacht war kalt, und bei dem einsetzenden leichten Regen war der Park menschenleer. Aber selbst wenn Leute unterwegs gewesen wären, wußte Delaroche, daß er die Tat so rasch und lautlos verüben konnte, daß niemand es bemerken würde.

Arbatow ging vorüber. Delaroche folgte ihm lautlos.

Der Hund blieb stehen, um zu pinkeln, planmäßig, wie immer am gewohnten Baum.

Delaroche blieb ebenfalls stehen und setzte sich erst wieder in Bewegung, als der Hund fertig war. Er sah sich um, ob sie allein waren. Dann schloß er mit ein paar raschen Schritten zu Arbatow auf. Durch das Geräusch der Schritte alarmiert, fuhr Arbatow rechtzeitig herum, um Delaroche mit erhobenem Arm noch hinter sich stehen zu sehen. Der mit brutaler Gewalt geführte Handkantenschlag traf Arbatow seitlich am Hals und zerschmetterte ihm das Rückgrat.

Der Alte brach zusammen. Der Hund kläffte wild und zerrte an der Leine, die Arbatows Finger noch immer umklammerten. Delaroche griff in Arbatows Mantel und zog seine Brieftasche heraus. Straßenräuber töten nicht mit einem einzigen Schlag gegen den Hals. Das machen nur Profis. Straßenräuber knüppeln ihre Opfer nieder und mißhandeln sie. Er trat Arbatow mehrmals ins Gesicht und ging davon.

Der Regen wurde stärker. Das Kläffen des Hundes verhallte im regennassen Dunkel. Delaroche ging in normalem Tempo weiter. Er nahm Geld und Kreditkarten aus Arbatows Brieftasche und warf sie in eine Blumenrabatte neben dem Weg.

Im bläßlichgelben Lichtschein der Straßenbeleuchtung sah er, daß er Blut am rechten Schuh hatte. Er wischte es mit einer alten Zeitung ab und hielt ein Taxi an, das ihn ins Hotel brachte. Er würde problemlos den Nachtzug erreichen. Er packte rasch und bezahlte das Zimmer.

Im Bahnhof warf er Arbatows Kreditkarten in einen Abfallbehälter. Der Zug war schon gut besetzt, als er einfuhr, aber Delaroche fand einen Sitzplatz und ließ sich von dem Mann, der mit Erfrischungen durch den Wagen kam, ein Bier und ein Sandwich geben. Dann schob er sich seine Lederjacke als Kissen unter den Kopf und schlief bis Brest durch.

16

Washington, D.C.

Susanna Dayton arbeitete von Mittag bis acht Uhr abends ohne Pause; nur irgendwann am späten Nachmittag ging sie mal zur Haustür und nahm die bestellte Pizza entgegen. Tom Logan, der Redakteur von der *Post,* hatte mehr gefordert, und sie hatte es ausgegraben. Der Artikel war hieb- und stichfest. Sie hatte Grundbuch- und Bankauszüge, um ihre schwersten Vorwürfe zu untermauern. Sie hatte doppelte und dreifache Zeugenaussagen, um die übrigen zu beweisen. Niemand, der in ihrem Artikel vorkam, würde die Ergebnisse ihrer Recherchen bestreiten können. Die Tatsachen sprachen für sich, und Susanna hatte die Tatsachen.

Heute schrieb sie nur. Um nicht gestört zu werden, arbeitete sie zu Hause. Ihr Artikel enthielt massenhaft Informationen: Namen, Zahlen, Daten, Orte, Leute. Die Herausforderung für Susanna war, daraus eine interessante *Story* zu machen. Sie begann mit einer kurzen Skizze ihrer Hauptfigur: James Beckwith, ein junger Staatsanwalt, ein vielversprechendes Talent ohne eigenes Vermögen, aber mit der Chance, als Rechtsanwalt ein Vielfaches dessen zu verdienen, was in der Politik möglich wäre. Auftritt Mitchell Elliott, ein unermeßlich reicher Rüstungsindustrieller und Wohltäter der Republikaner. Bleiben Sie in der Politik, hatte Elliott dem jungen Beckwith geraten, und überlassen Sie alles weitere mir. Im Lauf der Jahre hatte Elliott das Ehepaar Beckwith durch zahlreiche Immobiliengeschäfte und andere finanzielle Transaktionen reich gemacht. Und der Mann, der viele dieser Projekte ausgearbeitet hatte, war Sam Braxton, Elliotts wichtigster Rechtsberater und sein Lobbyist in Washington.

Alles weitere ergab sich aus dieser Prämisse. Gegen acht Uhr abends hatte sie einen Artikel mit fast fünfhundertfünfzig Zeilen fertig. Morgen vormittag würde sie ihn Tom Logan zeigen. Wegen der schweren Anschuldigungen würde Logan ihn dem Chefredakteur der *Post* vorlegen müssen. Dann würden die Anwälte ihn kritisch begutachten.

Sie wußte, daß ihr einige lange, schwierige Tage bevorstanden.

Ihrem Artikel fehlte nur noch ein abschließendes Element: Kommentare aus dem Weißen Haus, von Mitchell Elliott und Samuel Braxton. Sie blätterte in ihrer Rolodex-Kartei, fand die erste Telefonnummer und tippte sie ein.

»Alatron Defense Systems.« Die akzentfreie Männerstimme klang vage militärisch.

»Hier ist Susanna Dayton von der *Washington Post*. Kann ich bitte Mitchell Elliott sprechen?«

»Tut mir leid, Ms. Dayton, aber Mr. Elliott ist im Moment nicht zu sprechen.«

»Könnten Sie ihm etwas von mir ausrichten?«

»Gewiß.«

»Haben Sie etwas zum Schreiben?«

»Natürlich, Ms. Dayton.«

»Ich würde gerne wissen, ob Mr. Elliott sich zu folgenden Beschuldigungen äußern möchte, die ich in einem Zeitungsartikel veröffentlichen werde.« Sie sprach fünf Minuten lang. Der Mann am anderen Ende unterbrach sie kein einziges Mal. Daraus schloß sie, daß dieses

Gespräch wahrscheinlich ohne ihre Einwilligung aufgezeichnet wurde. »Haben Sie alles?«

»Ja, Ms. Dayton.«

»Und Sie geben es an Mr. Elliott weiter?«

»Gewiß.«

»Gut. Besten Dank.«

Susanna legte auf und blätterte erneut in der Kartei. Aus ihrer Zeit im Weißen Haus hatte sie noch Paul Vandenbergs Privatnummer. Sie tippte sie ein. Vandenberg war selbst am Apparat.

»Mr. Vandenberg, hier ist Susanna Dayton. Ich bin Reporterin der …«

»Ich weiß, wer Sie sind, Ms. Dayton. Ich habe es nicht gern, zu Hause durch Anrufe gestört zu werden. Also, was kann ich für Sie tun?«

»Ich habe einen Artikel für die *Post* geschrieben und möchte wissen, ob Sie sich dazu äußern wollen.« Auch diesmal sprach Susanna fünf Minuten lang, ohne ein einziges Mal unterbrochen zu werden. Als sie fertig war, schlug Vandenberg vor: »Wollen Sie mir Ihren Artikel nicht faxen, damit ich die Anschuldigungen sorgfältiger prüfen kann?«

»Das geht leider nicht, Mr. Vandenberg.«

»Dann habe ich Ihnen leider nichts zu sagen, Ms. Dayton. Außer daß Sie einen sehr schlampig recherchierten Artikel geschrieben haben, der es nicht verdient, kommentiert zu werden.«

Susanna notierte sich die Äußerung auf ihrem Notizblock.

»Gute Nacht, Ms. Dayton.«

Am anderen Ende wurde aufgelegt. Susanna blätterte erneut in der Kartei und fand Samuel Braxtons Privatnummer. Sie wollte eben nach dem Hörer greifen, als ihr Telefon klingelte.

»Hier ist Sam Braxton.«

»Mann, das hat sich aber schnell rumgesprochen.«

»Ich habe gehört, daß Sie beabsichtigen, einen Artikel zu veröffentlichen, der Mitchell Elliott und mich diffamiert und verleumdet. Ich möchte Sie schon jetzt auf die möglichen Folgen Ihres Vorhabens aufmerksam machen.«

»Warum hören Sie sich meine Vorwürfe nicht erst einmal an, bevor Sie mir mit einer Klage drohen?«

»Ich habe eine Zusammenfassung Ihrer Behauptungen erhalten, Ms. Dayton. Haben Sie vor, sie in der morgigen Ausgabe der *Post* zu veröffentlichen?«

»Darüber ist noch nicht entschieden.«

»Das fasse ich als Verneinung auf.«

Susanna hielt die Sprechmuschel zu und murmelte: »Zum Teufel mit dir, Sam Braxton, du aufgeblasener Hundesohn.«

»Wollen wir uns nicht morgen früh treffen, um über Ihre Anschuldigungen zu sprechen?«

Susanna zögerte. Diskutierte sie mit Braxton juristische Fragen, ohne einen Anwalt der *Post* an ihrer Seite zu haben, würde Tom Logan ihr den Kopf abreißen. Trotzdem wollte sie hören, was Braxton dazu zu sagen hatte.

»Tun Sie sich selbst einen Gefallen, Ms. Dayton. Was kann das schon schaden?«

»Wo?«

»Frühstück im Four Seasons in Georgetown. Acht Uhr.«

»Gut, dann bis morgen.«

»Gute Nacht, Ms. Dayton.«

Susanna mußte noch jemanden anrufen: Elizabeth Osbourne. Sie war dabei, einen vernichtenden Artikel über den ersten Mann ihrer Anwaltsfirma zu veröffentlichen.

Elizabeth hatte eine Aufmunterung verdient. Sie tippte ihre Nummer ein.

»Hallo?«

»Hallo, Elizabeth. Ich muß dir etwas erzählen.«

Mark Calahan saß in der Bibliothek der Villa in Kalorama und drehte an den Knöpfen seiner Abhöranlage herum, als der Anruf aus Colorado Springs kam. Calahan wußte mehr über die in dem Artikel erhobenen Vorwürfe als jeder andere, außer Susanna Dayton. Er hatte ihr Telefon in der Redaktion der *Post* verwanzt. In ihrem Haus hatte er Mikrofone im Telefon, im Wohnzimmer und im Schlafzimmer installiert. Er hörte sie essen. Er hörte sie schlafen. Er hörte sie mit ihrem Hund reden. Er hörte sie nach einem Abendessen im Restaurant 1789 in Georgetown mit einem Fernsehreporter bumsen. Er brach regelmäßig bei ihr ein und las ihre Dateien. Ein früherer NSA-Kodeknacker, der jetzt für Mitchell Elliott arbeitete, hatte ihr lächerliches Kennwort entschlüsselt, so daß Calahan ihre Computerdateien nach Belieben lesen konnte. Nur den fertigen Artikel kannte er noch nicht.

»Sie müssen möglichst schnell in ihr Haus kommen«, sagte Elliott. »Wir müssen wissen, womit genau wir's zu tun haben.«

»Ja, Sir.«

»Machen Sie das selbst, Mark. Es darf keine Pannen geben.«

Calahan legte auf. Er konzentrierte sich wieder auf seine Abhöranlage. Er stellte die Lautstärke der Sender in Susanna Daytons Haus neu ein. Dann erregte etwas seine Aufmerksamkeit. Er zog seine schwarze Lederjacke an und war schon unterwegs.

Er fuhr rasch durch den Nordwesten Washingtons, von Kalorama nach Georgetown, und parkte auf dem

Volta Place hinter ihrem Überwachungsfahrzeug. Auf ein vereinbartes Klopfzeichen hin öffnete der Techniker ihm die Hecktür. Zwei Minuten später trat Susanna Dayton aus ihrer Haustür; sie trug einen Anorak und Lycra-Leggings und hatte ihren Hund bei sich.

Calahan wartete, bis sie nicht mehr zu sehen war. Dann sprang er aus dem Wagen, ging über den Volta Place und betrat den Pomander Walk. Er hatte sich längst einen Nachschlüssel angefertigt. Sekunden später war er im Haus.

Susanna überquerte die Wisconsin Avenue und trabte auf der P Street nach Osten. Es war schon spät, und sie hatte mit Elizabeth vereinbart, daß sie morgen früh miteinander laufen würden. Aber da sie den ganzen Tag in ihrem kleinen Haus eingesperrt gewesen war, mußte sie etwas tun, um den Streß abzubauen. Ihr Genick schmerzte, weil sie stundenlang auf den Bildschirm gestarrt hatte. Ihre Augen brannten. Nach ungefähr einer Meile begann sie unter ihrer warmen Kleidung zu schwitzen. Die Magie des Laufens erfaßte sie, und die Spannungen dieses anstrengenden Tages wichen langsam aus ihrem Körper.

Sie steigerte ihr Tempo, flog förmlich über die roten Klinkersteine des Gehsteigs der P Street mit ihren großen, strahlend hell beleuchteten Stadthäusern. Carsons Pfoten klickten rhythmisch neben ihr her. Sie kam an einem Seven-Eleven vorbei und an einem kleinen Coffee Shop. Auf zwei Hockern am Fenster saßen Jack und seine neue Frau.

Verdammt noch mal! Was zum Teufel hatten die beiden in Georgetown zu suchen? Jack war doch nach Bethesda gezogen, damit sie sich nicht ständig über den Weg liefen. Gott, warum hatte sie die beiden sehen müssen? Warum hatte sie durch diese blöde Scheibe starren müssen? Und warum jagte ihr Herz wie wild? Die Antwort darauf war einfach. Sie liebte Jack noch immer und würde ihn immer lieben.

Tränen traten ihr in die Augen, nahmen ihr die Sicht. Sie rannte noch schneller. Carson hatte fast Mühe mitzuhalten. Gott, warum hat er dort sitzen müssen? Zum Teufel mit dir, Jack. Zum Teufel mit dir! Sie sah nicht, daß eine Baumwurzel ein Stück des Gehsteigs aufgewölbt hatte. Sah nicht, daß ein scharfkantiger Klinkerstein über alle anderen herausragte. Sie spürte einen jähen Schmerz im rechten Knöchel und sah in der Dunkelheit den Boden auf sich zukommen.

Susanna lag mit geschlossenen Augen und nach Atem ringend auf dem Gehsteig. Sie hatte das Gefühl, ein Pferd habe sie in den Bauch getreten. Sie versuchte ihre Augen zu öffnen, aber es gelang ihr nicht. Dann spürte sie, wie jemand sie an der Schulter rüttelte, und hörte ihren Namen. Sie öffnete die Augen und sah Jack neben sich knien.

»Susanna, hast du dich verletzt? Kannst du mich hören?«

Sie schloß wieder die Augen und murmelte: »Was zum Teufel machst du in Georgetown?«

»Wir sind bei Freunden zum Abendessen gewesen. Ich hab' nicht gewußt, daß ich dich vorher anrufen und um Erlaubnis fragen muß!«

»Das mußt du nicht. Es hat mich nur überrascht, sonst nichts.«

»Du erinnerst dich an Sharon, nicht wahr?«

Sie stand hinter Jack: niederschmetternd attraktiv in einem schwarzen Cocktailkleid und einem kurzen schwarzen Mantel, die ihre außergewöhnlich schönen Beine zur Geltung brachten. Sie war verbrecherisch mager. Ihr offener Mantel ließ einen vollen, runden Busen sehen. Sie war genau Jacks Typ: blondes Haar, blaue Augen, großer Busen, kein Gehirn.

»Ich könnte sagen, daß ich mich freue, dich zu sehen, Sharon«, sagte sie, »aber das wäre gelogen.«

»Wir fahren ohnehin in deine Richtung. Sollen wir dich mitnehmen?«

»Nein, danke. Lieber bleibe ich hier auf der Straße liegen.«

Jack ergriff ihre Hand, um ihr beim Aufstehen zu helfen. Carson stieß ein dumpfes Knurren aus.

»Schon gut, Carson. Er ist böse, aber harmlos.«

Sie rappelte sich auf.

»Da kommt ein Taxi. Mach dich nützlich, Jack, und halt es für mich an.«

Jack trat auf die Fahrbahn. Er winkte dem Taxifahrer, der bremste und am Randstein hielt. Susanna humpelte zum Wagen und stieg mit ihrem Hund hinten ein.

»Bis dann, Jack, Sharon.«

Susanna zog die Tür zu, und das Taxi fuhr an. Sie beugte sich nach vorne und umfaßte mit beiden Händen ihren schmerzenden Knöchel. Sie schluchzte leise. Carson leckte ihr die Hand. Gott, warum hat sie mich so sehen müssen? Warum gerade hier und heute?

Das Taxi hielt auf dem Volta Place am Pomander Walk. Susanna griff in die Brusttasche ihres Anoraks, holte einen Fünfer heraus und gab ihn dem Fahrer.

»Kommen Sie allein zurecht?« fragte er.

»Ja, es geht schon wieder, danke.«

Der Computer war noch eingeschaltet, als Mark Calahan das zweite Schlafzimmer betrat, das Susanna als Arbeitszimmer benutzte. Er setzte sich vor das Gerät, zog eine Diskette aus der Jackentasche und schob sie ins Diskettenlaufwerk. Inzwischen kannte er ihr System und wußte, unter welchem Dateinamen sie ihre Notizen und fertigen Arbeiten speicherte. Problemlos fand er den Artikel und übertrug ihn auf seine Diskette.

Da er schon einmal im Haus war, beschloß er, die Gelegenheit zu nutzen und sich umzusehen. Er hatte die Frau schon mehrmals beim Joggen beschattet und wußte, daß sie nie weniger als eine halbe Stunde lief. Er hatte also reichlich Zeit.

Auf der Schreibtischplatte neben der Tastatur lagen drei neue Notizhefte. Er schlug das erste auf. Die Seiten waren voller Notizen in Susanna Daytons schlecht lesbarer runder Linkshänderschrift. Calahan zog eine Mikrokamera aus der Jackentasche, knipste die Schreibtischlampe an und begann zu fotografieren.

Er war mit dem zweiten Notizheft halb fertig, als er hörte, daß unten ein Schlüssel in den Schließzylinder der Haustür gesteckt wurde. Er murmelte einen Fluch, knipste die Lampe aus und zog eine 9-mm-Pistole mit Schalldämpfer aus seinem Hosenbund.

Susannas rechter Knöchel tat verdammt weh. Sie machte die Haustür hinter sich zu und humpelte ins Wohnzimmer. Dort zog sie vorsichtig Schuh und Socke aus, um den Knöchel zu begutachten. Er war rot verfärbt und geschwollen. Sie humpelte in die Küche, füllte einen Plastikbeutel mit zerstoßenem Eis und nahm eine Flasche Bier aus dem Kühlschrank.

Die Schmerztabletten lagen oben im Bad im Medizinschrank. Am Geländer zog sie sich die Treppe hinauf und humpelte den Flur entlang ins Bad. Sie fand das Schmerzmittel und schluckte zwei Tabletten.

Im Spiegel sah sie hinter sich einen Mann stehen.

Susanna öffnete den Mund, um zu schreien. Eine

behandschuhte Hand bedeckte ihren Mund und erstickte ihre Schreie.

»Halt's Maul, sonst bring' ich dich um!« knurrte der Mann mit zusammengebissenen Zähnen.

Susanna versuchte ihn abzuschütteln. Sie verlagerte ihr Gewicht auf den verletzten Knöchel, hob ihren linken Fuß und ließ den Innenrist über sein Schienbein schrammen, genau wie sie es im Selbstverteidigungskurs gelernt hatte. Der Mann stöhnte schmerzlich auf und lockerte unwillkürlich seinen Griff. Sie drehte sich nach rechts und rammte dabei ihren rechten Ellbogen nach hinten. Der Schlag landete auf dem Backenknochen des Angreifers.

Sein Griff lockerte sich noch ein bißchen, und Susanna konnte sich losreißen.

Sie stolperte auf den Flur hinaus und in ihr Arbeitszimmer hinüber. Als sie nach dem Telefonhörer griff, sah sie, daß der Unbekannte sich an ihrem Computer und ihren Notizheften zu schaffen gemacht hatte.

Sie nahm den Hörer ab.

Der Mann erschien auf der Schwelle, bedrohte sie mit einer Pistole.

»Hände weg vom Telefon!«

»Wer sind Sie?«

»Legen Sie auf, dann passiert Ihnen nichts.«

Carson kam wild kläffend die Treppe herauf. Er duckte sich im Flur und knurrte den Eindringling zähnefletschend an. Der Mann hob gelassen seine Pistole und drückte zweimal ab. Die beiden Schüsse aus der Waffe mit Schalldämpfer waren praktisch nicht zu hören. Carson jaulte kurz auf, dann blieb er still liegen.

»Dreckskerl! Verdammter Dreckskerl! Wer zum Teufel sind Sie? Hat Elliott Sie geschickt? Reden Sie schon, verdammt noch mal! Hat Mitchell Elliott Sie geschickt?«

»Legen Sie den Hörer auf! Sofort!«

Sie sah nach unten und tippte die 9 und die 1 ein.

Der erste Schuß traf ihren Kopf, bevor sie die letzte Ziffer eingeben konnte. Sie fiel nach hinten, hielt weiter den Hörer umklammert, war weiter bei Bewußtsein. Sie sah auf. Der Mann stand über ihr und zielte erneut auf ihren Kopf.

»Nicht ins Gesicht«, flehte sie. »Bitte, bitte, schießen Sie nicht ins Gesicht.«

Seine vor Wut verzerrte Grimasse nahm für einen Augenblick menschlichere Züge an. Er senkte die Pistole etwas, so daß die Mündung auf ihre Brust gerichtet war. Susanna schloß die Augen. Die Waffe spuckte zweimal kurz. Sie sah einen grellen Lichtblitz und spürte für Sekundenbruchteile unerträgliche Schmerzen. Dann wurde es dunkel um sie.

Calahan bückte sich, nahm ihr den Telefonhörer aus der Hand und legte ihn auf. Die Tat war rasch, aber nicht völlig lautlos geschehen. Jetzt mußte er schnell arbeiten. Die Polizei würde die Bude auf den Kopf stellen. Entdeckte sie einen Hinweis darauf, daß Susanna Dayton überwacht worden war, bestand die Gefahr, daß man diesen Mord mit Elliott in Verbindung brachte.

Die Aufräumaktion dauerte weniger als fünf Minuten. Als Mark Calahan das Haus verließ, nahm er die Notizhefte, die beiden Abhörmikrofone aus den Zimmern, die Wanze aus dem Telefon, ihre Handtasche und ihren Laptop mit.

Er ging den Pomander Walk hinunter, überquerte den Volta Place und schickte das Überwachungsfahrzeug weg, bevor er sich in sein Auto setzte. Als er davonraste, tippte er Mitchell Elliotts Privatnummer in sein Mobiltelefon ein.

»Wir haben ein kleines Problem, fürchte ich, Mr. Elliott. Ich rufe Sie in zehn Minuten über eine sichere Verbindung an.«

Calahan trennte die Verbindung und warf das Mobiltelefon an die Windschutzscheibe.

»Scheiße, warum ist sie vorzeitig zurückgekommen? Verfluchte Schlampe!«

17

Brélès, Bretagne

Delaroche kam zu dem Schluß, er brauche eine Frau.

Zu dieser Schlußfolgerung gelangte er, nachdem er die CD-ROM zum zweitenmal gelesen hatte, diesmal am PC in seinem Haus auf den Klippen in Brélès. Drei der vier Zielpersonen waren bekannte Weiberhelden. Delaroche kannte ihre Gewohnheiten, wußte, wo sie aßen und tranken, und kannte ihre Jagdreviere. Trotzdem würde es nicht leicht sein, an diese Zielpersonen heranzukommen.

Eine Frau würde die Sache erleichtern.

Delaroche brauchte eine Frau.

Er hatte noch einen Tag in Brélès. Als er mit den Dossiers fertig war, machte er eine Radtour. Das Wetter war ideal: klar, für Dezember ziemlich warm, leichter Seewind. Er würde lange nicht mehr radfahren können, deshalb strengte er sich bewußt an. Er strampelte bis weit in die sanften, bewaldeten Hügel des Finistère hinein und fuhr dann wieder zum Atlantik hinunter. Nach einer Rast bei den Ruinen auf der Pointe de Saint Mathieu fuhr er die Küste entlang nach Norden und wieder nach Brélès zurück.

Der frühe Nachmittag war seinen Vorbereitungen gewidmet. Er reinigte und ölte seine besten Waffen – eine 9-mm-Beretta und die Glock – und prüfte mehrmals alle beweglichen Teile und die Schalldämpfer. Er hatte noch eine dritte Schußwaffe, die er in einem Klettbandhalfter am rechten Knöchel trug: eine kleinkalibrige Browning Automatic, die für die Handtasche einer Frau bestimmt war. Für den Fall, daß eine Schußwaffe unzweckmäßig war, hatte er ein Messer: ein stabiles Stilett mit zweischneidiger Klinge, die auf Knopfdruck aus dem Griff sprang.

Als nächstes legte er die falschen Pässe zurecht, mit denen er als Franzose, Italiener, Holländer, Schwede, Ägypter oder Amerikaner reisen konnte, und dachte über seine Finanzen nach. Er hatte zweihunderttausend Francs von seinem Pariser Galeristen bekommen und würde in Zürich eine halbe Million Dollar abheben. Das war mehr als reichlich, um diesen Auftrag zu finanzieren.

Delaroche verließ das Haus, als es noch hell war, und ging zu Fuß ins Dorf. Er kaufte Brot in der Boulangerie und Käse, Wurst und Leberpastete bei Mlle. Plauché. Didier und seine Freunde saßen weintrinkend im Café. Er machte Delaroche ein Zeichen, sich zu ihnen zu setzen, und Delaroche kam seiner Aufforderung ausnahmsweise einmal nach. Er gab sogar eine Runde aus und aß Brot und Oliven mit den Männern, bis die Sonne untergegangen war.

An diesem Abend nahm Delaroche ein frugales Mahl auf seiner Steinterrasse über dem Meer ein. Er hatte sich verpflichtet, in vier Wochen vier Männer zu ermorden. Nur ein Narr hätte diesen Auftrag angenommen. Er würde von Glück sagen können, wenn er ihn überlebte. Und selbst dann würde er vermutlich nie mehr nach Brélès zurückkehren können.

Vier Männer, vier Wochen. Das war der schwierigste Auftrag seines Lebens. Er hatte Morde immer leidenschaftslos betrachtet, aber jetzt fühlte er erstmals seit vielen Jahren eine gewisse Erregung in sich aufsteigen. Sie war dem Gefühl ähnlich, das er vor dreißig Jahren empfunden hatte – in der Nacht, in der er zum erstenmal gemordet hatte.

Er räumte den Tisch ab und spülte das Geschirr. In der folgenden Stunde arbeitete er sich systematisch durchs Haus und verbrannte alles, was darauf hinwies, daß er jemals existiert hatte.

Delaroche nahm den ersten Zug von Brest nach Paris und fuhr mittags nach Zürich weiter. Dort kam er eine Stunde vor Geschäftsschluß seiner Bank an. Er ließ seine Reisetasche und die Nylontasche mit dem Laptop in einem Schließfach im Bahnhof und wechselte einen Teil seines französischen Geldes in Schweizer Franken um.

Er schlenderte eine glitzernde Straße mit strahlend hellen Luxusgeschäften entlang. In einer Gucci-Boutique kaufte er einen schlichten schwarzen Aktenkoffer, den er bar bezahlte. Er erklärte der Verkäuferin, er brauche keine Tragetasche, und war im nächsten Augenblick mit dem neuen Aktenkoffer in der Hand schon wieder unterwegs.

Als er den schmucklosen Haupteingang seiner Bank erreichte, hatte leichter Schneefall eingesetzt. Der einzige Hinweis auf den Zweck dieses Gebäudes war ein kleines Messingschild neben der Tür. Delaroche drückte auf den Klingelknopf und wartete dann, während der Wachmann ihn durchs Objektiv der Videokamera über dem Eingang inspizierte.

Der Türöffner summte, und er betrat einen kleinen Vorraum. Delaroche nahm den Hörer des schwarzen Telefons ab und sagte, er habe einen Termin bei Herrn Becker.

Becker erschien im nächsten Augenblick: untadelig gekleidet, einen Kopf kleiner als Delaroche und mit einer Glatze, die im hellen Neonlicht der Deckenbeleuchtung glänzte.

Delaroche folgte ihm einen dezent beleuchteten, stillen Gang entlang, der mit beigem Teppichboden ausgelegt war. Becker führte ihn in einen gesicherten Raum und schloß hinter ihnen ab. Delaroche kämpfte gegen einen Anfall von Klaustrophobie. Becker öffnete einen kleinen Wandtresor und nahm das Geld heraus. Delaroche rauchte eine Zigarette, während Becker es ihm vorzählte.

Die ganze Transaktion dauerte keine zehn Minuten. Delaroche quittierte den Empfang des Geldes, und Becker half ihm, es ordentlich in den Aktenkoffer zu stapeln.

Im Empfangsraum warf Becker einen Blick auf die Straße und meinte: »Man kann nie vorsichtig genug sein, Monsieur Delaroche. Räuber gibt's überall.«

»Danke, Herr Becker, aber ich weiß mir zu helfen, denke ich. Angenehmen Abend noch.«

»Gleichfalls, Monsieur Delaroche.«

Delaroche wollte mit dem vielen Geld in der Tasche nicht unnötig lange laufen, deshalb nahm er ein Taxi zum Hauptbahnhof. Er holte seine Reisetasche aus dem Schließfach und kaufte sich eine Fahrkarte erster Klasse für den Nachtzug nach Amsterdam.

Früh am nächsten Morgen kam Delaroche auf der Amsterdamer Centraal Station an. Nach einer Nacht, in der er nur wenig und unruhig geschlafen hatte, ging er mit rotgeränderten Augen rasch durch den belebten Hauptbahnhof und trat auf den Bahnhofsplatz hinaus. Als erstes fielen ihm die abgestellten Fahrräder auf: Tausende von Fahrrädern in unzähligen Reihen.

Delaroche fuhr mit einem Taxi in das zentral gelegene Hotel Ambassade und trug sich dort als der spanische Geschäftsmann Señor Armiñana ein. Er verbrachte eine

Stunde am Telefon, wechselte für den Fall, daß jemand in der Vermittlung des Hotels mithörte, mehrmals seine Sprachen und gebrauchte den Tarnwortschatz des kriminellen Untergrunds. Danach schlief er ein bißchen, und kurz vor Mittag saß er am Fenster eines rauchigen Cafés unweit seines Hotels.

Die kleine Buchhandlung befand sich auf der anderen Seite des belebten Platzes. Sie stand in dem Ruf, etwas snobistisch zu sein, denn sie war auf klassische Literatur und Philosophie spezialisiert und weigerte sich, Bestseller oder Thriller zu führen. Der Hotelportier hatte erzählt, der Buchhändler habe einmal eine Kundin hinausgeworfen, die es gewagt habe, das neue Buch einer berühmten amerikanischen Autorin von Liebesromanen zu verlangen.

Das war die ideale Umgebung für Astrid. Er sah sie zweimal für einen Augenblick – als sie ein Buch aus der Auslage nahm und einen Kunden beriet, der sich ganz offensichtlich mehr für sie interessierte als für jedes Buch, das sie ihm hätte empfehlen können.

So wirkte Astrid auf Männer, schon immer.

Das war der Grund, weshalb Delaroche erst mal nach Amsterdam gefahren war.

Sie war in Kassel in der Nähe der deutsch-deutschen Grenze als Astrid Meyer zur Welt gekommen. Als ihr Vater 1967 die Familie sitzenließ, legte ihre Mutter seinen Namen ab und nahm ihren eigenen wieder an: Lisbeth Vogel.

Nach der Scheidung bezog Lisbeth in der Schweiz ein kleines Haus an einem Bergsee südöstlich von Bern. Dort lebte sie in vertrauter Umgebung. Spät im zweiten Weltkrieg, erst im Juli 1944, war ihre Familie aus Deutschland geflüchtet und hatte in einem nahe gelegenen Dorf

Zuflucht gefunden. Dort in den Schweizer Bergen, allein mit ihrer Mutter, begann Astrid Meyers lebenslängliche Faszination für ihren Großvater Kurt Vogel.

Vogel, ein starker Raucher, war 1949, zehn Jahre vor Astrids Geburt, an Lungenkrebs gestorben. Seine Frau Trude hatte zuletzt versucht, ihn aus den Bergen herauszubringen, aber Vogel, der die reine Gebirgsluft für ein Allheilmittel hielt, war nach Atem ringend zu Hause gestorben.

Trude Vogel wußte fast nichts über die Arbeit ihres Mannes im Krieg, aber was sie wußte, erzählte sie Lisbeth, die es Astrid weitererzählte. Er hatte 1935 eine vielversprechende Anwaltskarriere aufgegeben, um in die Abwehr, den deutschen militärischen Nachrichtendienst, einzutreten. Vogel war ein enger Vertrauter des Abwehrchefs Wilhelm Canaris gewesen, den die Nazis im April 1945 wegen Hochverrats hingerichtet hatten. Er hatte Trude jahrelang getäuscht, indem er sich als Canaris' Rechtsberater ausgegeben hatte. Als der Krieg schon verloren war, hatte er ihr die Wahrheit gestanden: Er hatte Agenten angeworben und zum Spionieren nach England geschickt.

Lisbeth erinnerte sich an eine dramatische Nacht.

Ihr Vater hatte die Familie nach Bayern evakuiert, weil sie in Berlin nicht mehr sicher war. Sie erinnerte sich, wie er spät abends angekommen war; sie erinnerte sich an seinen Blick ins Kinderzimmer, in dessen Tür er schwach beleuchtet gestanden hatte. Sie erinnerte sich an die leisen Stimmen ihrer Eltern in der Küche, an den Geruch des Abendessens. Und dann hörte sie Geschirr klirren, hörte ihre Mutter erschrocken tief Luft holen. Gemeinsam mit ihrer Zwillingsschwester Nicole kroch sie oben an die Treppe und sah hinunter. In der Küche saßen ihre Eltern und zwei Männer in schwarzen SS-Uniformen.

Den einen Mann kannten sie nicht; der andere war Heinrich Himmler, der nach Hitler mächtigste Mann des Dritten Reichs.

Lisbeth Vogel glaubte lange Zeit, ihr Vater sei ein Nazi, ein Mitarbeiter Himmlers und SS-Mann, ein Kriegsverbrecher gewesen, der lieber in den Schweizer Bergen gestorben war, als sich in seiner Heimat vor Gericht zu verantworten. Ihre Mutter, glaubte sie, sei insgeheim der gleichen Überzeugung. Nach dem Tod ihrer Mutter erzählte Lisbeth diese Geschichte Astrid, und Astrid wuchs in dem Glauben auf, ihr Großvater sei ein Nazi gewesen.

An einem Nachmittag im Oktober 1970 rief dann ein Mann bei ihnen an und fragte, ob er sie besuchen dürfe. Er hieß Werner Ulbricht und hatte während des Krieges gemeinsam mit Kurt Vogel bei der Abwehr gearbeitet. Er sagte, er kenne die Wahrheit über Vogels Tätigkeit. Lisbeth sagte, er solle kommen. Eine Stunde später stand er vor ihrer Tür: ausgezehrt, leichenblaß, schwer auf einen Stock gestützt, mit einer schwarzen Klappe über dem linken Auge.

Sie gingen eine Weile spazieren – Werner Ulbricht, Lisbeth und Astrid –, dann setzten sie sich ans grüne Seeufer und tranken Kaffee aus einer Thermosflasche. Obwohl die Luft schon herbstlich kühl war, war Ulbrichts Gesicht schweißnaß vor Anstrengung. Er ruhte sich einige Zeit aus, trank mit kleinen Schlucken seinen Kaffee und erzählte ihnen dann die wahre Geschichte.

Kurt Vogel war kein Nazi gewesen; er hatte die Nazis glühend gehaßt. Er war nur unter der Bedingung zur Abwehr gegangen, nicht in die NSDAP eintreten zu müssen, und Admiral Canaris hatte ihm diesen Wunsch nur allzugern erfüllt. Er war nie Canaris' Rechtsberater, sondern Agentenführer gewesen, und zwar ein verdammt guter – gewissenhaft, brillant, auf seine Art skrupellos. Gemeinsam mit seiner erfolgreichsten Agentin in England fand er das wichtigste Geheimnis des zweiten Weltkriegs heraus, das die Engländer durch großangelegte Täuschungsmanöver zu schützen versuchten: Ort und Zeitpunkt der Invasion. Im Februar 1944 entließ Hitler jedoch Canaris und unterstellte die Abwehr Himmler und der SS. Vogel behielt sein Geheimnis für sich und schloß sich den Verschwörern der »Schwarzen Kapelle« an. Nachdem das Attentat am 20. Juli 1944 mißglückt war, wurden viele Mitverschwörer verhaftet und hingerichtet. Kurt Vogel konnte in die Schweiz fliehen.

Lisbeth hatte feuchte Augen, als Ulbricht seine Erzählung beendete. Sie starrte auf die vom Wind leicht gekräuselte Oberfläche des Sees. »Wer war der zweite Offizier, der mit Himmler im Haus meiner Mutter gewesen ist?« fragte sie.

»Das war Walter Schellenberg, ein hoher SS-Führer. Er hat nach Canaris' Entlassung die Abwehr übernommen. Ihr Vater hat ihn über die Einzelheiten der alliierten Invasion getäuscht.«

»Die Frau, die seine Agentin gewesen ist...«, fragte Lisbeth stockend. »Hat er sie geliebt? Meine Mutter hat immer den Verdacht gehabt, er habe eine andere geliebt.«

»Das liegt alles schon lange zurück.«

»Sagen Sie mir die Wahrheit, Herr Ulbricht.«

»Ja, er hat sie geliebt.«

»Wie hat sie geheißen?«

»Anna Katharina von Steiner. Ihr Vater hat sie genötigt, Agentin zu werden. Sie ist nie aus England zurückgekommen.«

Seit diesem Nachmittag war Astrid fast zwanghaft von ihrem Großvater fasziniert. Ihr eigener Großvater, ein Mitstreiter von Admiral Canaris, ein tapferer Widerstandskämpfer, der versucht hatte, Deutschland von Hitler zu befreien! Auf dem Dachboden entdeckte sie einen Koffer mit seinen Sachen, die ihre Mutter aufgehoben hatte: juristische Fachbücher, ein paar uralte Fotos, einige Kleidungsstücke. Diese wenigen Andenken hütete sie wie einen kostbaren Schatz. Als sie alt genug war, imitierte sie sogar sein Aussehen: den Bürstenhaarschnitt, die runde Nickelbrille und die schmucklosen Leichenbestatteranzüge. Sie versuchte, sich die Agentin Anna Katharina von Steiner vorzustellen, die er geliebt hatte. In den Papieren ihres Großvaters konnte Astrid keinen Hinweis auf sie finden, deshalb machte sie sich ihr eigenes Bild von Anna: schön, tapfer, skrupellos, gewalttätig.

Mit achtzehn Jahren kehrte Astrid nach Deutschland zurück, um an der Münchner Universität zu studieren, und engagierte sich sofort in der linken Szene. Sie glaubte, in Deutschland herrschten noch immer die Nazis. Sie glaubte, die Amerikaner seien Besatzer. Sie glaubte, die Kapitalisten versklavten die Arbeiter. Sie stellte sich vor, was ihr Großvater, der große Kurt Vogel, getan hätte. Er hätte sich natürlich der Widerstandsbewegung angeschlossen.

Astrid Vogel brach 1979 ihr Studium ab und schloß sich der Rote-Armee-Fraktion an. Die Gruppe entschied, daß sie ihren richtigen Namen ablegen und einen Decknamen wählen müsse. Astrid entschied sich für Anna Steiner und verschwand in der Welt des Terrorismus.

Sie lebte in einem Hausboot auf der Prinsengracht. Um drei Uhr nachmittags kam sie aus der Buchhandlung, sperrte ihr im Radständer stehendes Fahrrad auf und schob es quer über den Platz davon.

Delaroche winkte den Kellner heran, um zu zahlen.

Sie ging zu Fuß, schob ihr Rad, hatte es offenbar nicht eilig. Delaroche folgte ihr unbemerkt. Astrid hatte sich in den Jahren, seit er sie zuletzt gesehen hatte, kaum verändert. Sie war groß und leicht schlaksig, mit langen, schönen Beinen und Händen, die unablässig auf der Suche nach einem Ruheplatz zu sein schienen. Ihr Gesicht schien aus einer anderen Zeit zu stammen: leuchtend heller Teint, hochstehende Backenknochen, lange, gerade Nase und blaugrüne Augen, deren Farbe an einen Bergsee erinnerte. Haarfarbe und Frisur hatte sie jeweils den Erfordernissen von Politik und Mode angepaßt, aber jetzt trug sie es wieder wie früher: lang, blond, von einer schlichten schwarzen Spange zusammengehalten.

Er folgte ihr nach Norden die Keizersgracht entlang. Astrid überquerte den Kanal auf der Reestraat und ging die Prinsengracht entlang nach Norden. Delaroche ging schneller, um zu ihr aufzuschließen. Als sie seine Schritte hörte, fuhr sie sichtlich erschrocken herum und griff in ihre Umhängetasche.

Delaroche legte ihr sanft eine Hand auf den Arm.

»Ich bin's, Astrid. Hab keine Angst.«

Die *Krista* war vierzehn Meter lang mit einem Steuerhaus achtern, einem schlanken Bug und einem frischen grünweißen Anstrich. Sie war neben einem behäbigen Schleppkahn vertäut, so daß Astrid und Delaroche übers Achterdeck der Nachbarn gehen mußten, um an Bord zu gelangen. Das Schiffsinnere war sauber, überraschend geräumig und dreigeteilt: Pantry, Salon und Schlafkabine im Bug. Die verblassende Helligkeit des Spätnachmittags fiel durch zwei Oberlichte und zwei Reihen Bullaugen in den Schiffswänden.

Delaroche saß im Salon und beobachtete Astrid, während sie in der Pantry Kaffee kochte. Sie sprachen holländisch, denn sie gab sich als eine geschiedene Rotterdamerin aus und wollte nicht, daß ihre Nachbarn sie deutsch reden hörten. Wie alle Amsterdamer lebte sie in ständiger Angst um ihr Fahrrad. Seit sie hier wohnte, waren ihr schon vier Räder gestohlen worden. Sie erzählte Delaroche, daß sie eines Tages auf einem Spaziergang an der Singelgracht einen Mann gesehen hatte, der mit gebrauchten Fahrrädern handelte. In seinen Beständen hatte sie eines ihrer geklauten Räder entdeckt. Sie hatte dem Mann erklärt, das sei ihr Fahrrad, und ihn gebeten, es ihr zurückzugeben. Das hatte er hohnlächelnd abgelehnt. Sie sah unter den Sattel und fand ihre Namensplakette, die sie dort angebracht hatte. Der Mann bezeichnete sie als Lügnerin. Sie griff nach der Lenkstange und sagte zu ihm, sie nehme sich ihr Eigentum jetzt wieder. Der Mann versuchte, sie daran zu hindern. Sie rammte ihm ihren Ellbogen unters Kinn, daß sein Adamsapfel zersplitterte, und brach ihm mit einem kräftigen Tritt den Unterkiefer. Dann fuhr sie vom lauten Beifall der Umstehenden begleitet in aller Ruhe davon, die Heldin aller Amsterdamer, die jemals das Opfer von Fahrraddieben geworden waren.

Astrid brachte den Kaffee in den Salon und setzte sich Delaroche gegenüber. Sie nahm die Spange aus ihrem Haar und ließ es über ihre Schultern fallen. Sie war eine hinreißend schöne Frau, die jedoch gelernt hatte, ihre Schönheit zu tarnen, um sich ihrer Umgebung anzupassen. Er genoß es einen Augenblick lang, sie nur anzusehen.

»Also was führt dich nach Amsterdam? Geschäft oder Vergnügen?«

»Du. Ich brauche deine Hilfe.«

Astrid schüttelte langsam den Kopf und zündete sich eine Zigarette an. Delaroche hatte vorausgesehen, daß sie sich wahrscheinlich weigern würde, für ihn zu arbeiten. Sie hatte schon oft gemordet und einen sehr hohen Preis dafür bezahlt – ein im Untergrund verbrachtes Leben auf der Flucht vor allen Geheimdiensten und westlichen Polizisten. Hier war sie dauerhafter etabliert als jemals zuvor, und nun verlangte Delaroche, sie solle das alles aufgeben.

»Ich bin längst nicht mehr im Spiel, Jean-Paul. Ich habe das Töten satt. Es macht mir keinen Spaß wie dir.«

»Mir macht es auch keinen Spaß. Ich tue es, weil ich dafür bezahlt werde und nichts anderes kann. Du bist früher mal sehr gut gewesen.«

»Ich hab's getan, weil ich an etwas geglaubt habe. Das macht einen Unterschied. Und sieh dir an, was es mir eingebracht hat«, sagte sie mit einer Geste, die ihre Umgebung umfaßte. »Natürlich könnte alles viel schlimmer sein. Ich könnte auch in Damaskus leben. Gott, das ist gräßlich gewesen!«

Delaroche wußte, daß sie zwei Jahre lang in Syrien versteckt gelebt hatte, von Assad und seinem Geheimdienst stillschweigend geduldet, und weitere zwei Jahre Gaddhafis Gast in Libyen gewesen war.

»Ich biete dir einen Ausweg, eine Chance für einen Neuanfang und so viel Geld, daß du für den Rest deines Lebens irgendwo ruhig und sorglos leben kannst. Willst du mehr hören?«

Sie drückte ihre Zigarette aus und zündete sich eine neue an. »Zum Teufel mit dir!«

Er stand auf und sagte: »Ich verstehe das als ein Ja.«

»Wie viele Leute sollen wir umbringen?«

»Ich bin in einer halben Stunde wieder da.«

Er ging ins Hotel zurück, packte seine Sachen und bezahlte das Zimmer. Nach einer halben Stunde kam er mit seiner kleinen Reisetasche und der Nylontasche mit seinem Laptop den Niedergang der *Krista* herunter. Dann saßen sie wieder im Salon: Delaroche über seinen Computer gebeugt, Astrid auf einer Ottomane. Delaroche ging die Zielpersonen der Reihe nach durch. Astrid saß mit untergeschlagenen Beinen still wie eine Statue, eine Hand unterm Kinn, in der anderen eine Zigarette. Sie sagte kein Wort, stellte auch keine Fragen, denn wie Delaroche besaß sie ein absolut zuverlässiges Gedächtnis.

»Wenn du mir hilfst, zahle ich dir eine Million Dollar«, sagte Delaroche nach der Einführung. »Und ich helfe dir, einen sicheren Ort zu finden, der etwas angenehmer als Damaskus ist.«

»Wer ist der Auftraggeber?«

»Das weiß ich nicht.«

Sie zog die Augenbrauen hoch »Das ist doch sonst nicht deine Art. Dann bekommst du bestimmt einen Haufen Geld.« Sie zog an ihrer Zigarette und blies eine dünne Rauchfahne gegen die Decke. »Lad mich zum Abendessen ein. Ich habe Hunger.«

Sie waren einst ein Liebespaar gewesen, als Delaroche die Rote-Armee-Fraktion vor vielen Jahren bei einem besonders schwierigen Anschlag unterstützt hatte. Nach dem Abendessen in einem kleinen französischen Restaurant mit Blick auf die Herengracht kehrten sie an Bord der *Krista* zurück. Delaroche streckte sich auf dem Bett aus. Astrid setzte sich neben ihn und zog sich wortlos aus.

Es war viele Monate her, daß sie mit einem Mann ins Bett gegangen war, und sie nahm ihn beim ersten Mal sehr schnell. Dann zündete sie Kerzen an, und sie rauchten und tranken Wein, während Regentropfen aufs Oberlicht über ihnen klatschten. Beim zweiten Mal liebte sie ihn sehr langsam, umschlang seinen Leib mit ihren langen Armen und Beinen und berührte ihn, als sei er aus kostbarem Kristall. Astrid war gern oben. Astrid war gern Herrin der Lage. Astrid traute niemandem, vor allem ihren Liebhabern nicht.

Sie lag endlos lange an ihn gepreßt, küßte ihn immer wieder, starrte in seine Augen. Dann richtete sie sich kniend auf, um ihn zu reiten, und schien Delaroche ab diesem Augenblick völlig zu vergessen. Sie spielte mit ihrem Haar, streichelte die aufgerichteten Spitzen ihrer kleinen Brüste. Dann schloß sie die Augen und ließ den Kopf zurücksinken. Sie bat ihn, in ihr zu kommen. Als er es tat, durchlief sie ein mehrfacher Schauer, und ihr schweißnasser Körper fiel nach vorn auf seine Brust.

Im nächsten Augenblick wälzte sie sich auf den Rükken und beobachtete die übers Oberlicht laufenden Regentropfen.

»Du mußt mir etwas versprechen, Jean-Paul Delaroche«, sagte sie. »Versprich mir, mich nicht umzubringen, wenn du mit mir fertig bist.«

»Ich verspreche dir, dich nicht umzubringen.«

Sie richtete sich auf einem Ellbogen auf, blickte ihm in die Augen und küßte ihn.

»Hast du Arbatow in letzter Zeit wiedergesehen?«

»Ja, vor ein paar Tagen in Roscoff.«

»Wie geht's ihm?« fragte sie.

»Wie immer«, sagte Delaroche.

18

WASHINGTON, D.C.

Elizabeth Osbourne wartete an der Ecke 34th Street / M Street, lief auf der Stelle und blies sich in der kalten Morgenluft in die Hände. Sie sah auf ihre Armbanduhr. Susanna hatte schon fünf Minuten Verspätung. Sie hatte viele Fehler, aber Unpünktlichkeit gehörte nicht dazu. Elizabeth trabte über die Straße zu einem Telefon und wählte Susannas Nummer. Ihr Anrufbeantworter meldete sich.

»Susanna, hier ist Elizabeth. Nimm bitte ab, wenn du daheim bist. Ich warte an der Ecke auf dich. Ich gebe dir noch fünf Minuten, dann muß ich los. Ich versuch's auch in der Redaktion.«

Sie wählte Susannas Nummer bei der *Post.* Eine Tonbandstimme forderte sie auf, eine Nachricht zu hinterlassen.

Elizabeth hängte wortlos ein.

Sie sah die 34th Street hinauf, aber von Susanna oder Carson war nichts zu sehen.

Dann wählte sie ihre eigene Nummer, um zu hören, ob Susanna auf ihrem Anrufbeantworter eine Nachricht hinterlassen hatte. Das Gerät meldete, ein Anruf sei eingegangen. Sie gab ihren Zugangscode ein, aber der Anrufer war nur Max mit der Mitteilung, ihr Lunchtermin sei abgesagt worden.

Verdammt, wo steckt sie bloß? fragte sie sich, als sie den Hörer einhängte.

Elizabeth dachte an Susannas Anruf vom Vorabend. Sie war im Begriff, eine sensationelle Story über Mitchell Elliott und Samuel Braxton zu veröffentlichen. Vielleicht hing sie am Telefon, um weiteres Material zu sammeln. Vielleicht sprach sie mit ihrem Redakteur.

Sie setzte sich in Bewegung, joggte die 34th Street hinauf. Am Volta Place bog sie nach rechts und dann wieder rechts auf den Pomander Walk ab. Sie lief die Stufen zu Susannas Haustür hinauf und klingelte Sturm.

Im Haus rührte sich nichts.

Sie hämmerte mit der Faust an die hölzerne Haustür. Aber die Tür wurde nicht geöffnet, und im Haus blieb es still. Carson war immer wachsam; er bellte meistens schon, bevor Elizabeth klingelte. Wäre der Hund drinnen gewesen, hätte er jetzt wie verrückt gekläfft.

Als sie sich abwandte, sah sie, daß bei Harry Scanlon Licht brannte. Sie ging hinüber und klingelte an seiner Haustür. Scanlon machte ihr im Bademantel auf.

»Entschuldigen Sie die Störung, Harry, aber Susanna und ich wollten zusammen laufen, und sie hat mich versetzt. Das ist sonst nicht ihre Art. Ich mache mir Sorgen um sie. Haben Sie noch ihren Schlüssel?«

»Ja. Warten Sie einen Moment.«

Scanlon verschwand im Haus und kam gleich darauf mit einem einzelnen Schlüssel wieder.

»Ich komme mit«, sagte er.

Sie gingen zu Susannas Haustür zurück. Scanlon steckte den Schlüssel ins Schloß und stieß die Tür auf.

»Susanna!« rief Elizabeth laut.

Keine Antwort.

Sie sah sich im Wohnzimmer und in der Küche um. Alles wirkte normal. Sie ging mit Scanlon die Treppe hinauf und rief dabei wieder nach Susanna.

Oben im Flur sah sie den Hund.

»O Gott! Susanna! Susanna!«

Sie stieg über den Hundekadaver und rannte die paar Schritte ins Arbeitszimmer.

Als sie die Tür öffnete, erstarrte sie.

Elizabeth saß mit einer Wolldecke um die Schultern auf den Treppenstufen vor Harry Scanlons Haustür. Ein halbes Dutzend Streifenwagen der Metropolitan Police mit eingeschalteten roten und blauen Blinkleuchten blokkierten den Volta Place. Das Fahrzeug der Spurensicherer war da, und die Techniker nahmen Susannas Haus bereits unter die Lupe. Sie hatte versucht, Michael anzurufen, ihn aber nicht erreicht. Sie hatte bei der Vermittlung eine Notfallmeldung und Harry Scanlons Nummer hinterlassen.

Verdammt, Michael, ich brauche dich! dachte sie.

Elizabeth zog die Wolldecke enger um sich, doch das Zittern wollte nicht aufhören. Sie schloß die Augen, aber vor ihrem inneren Auge sah sie Susannas zerschmetterten Leib leblos auf dem Fußboden liegen. Und sie sah das Blut. Gott, so viel Blut. Dann hörte sie, daß jemand sie ansprach. Sie öffnete die Augen und sah einen großen Afro-Amerikaner mit hellem Teint und auffallend grünen Augen vor sich stehen. Seine goldene Polizeiplakette trug er an der Brusttasche seines blauen Zweireihers.

»Mrs. Osbourne, Detective Richardson, Mordkommission. Sie haben die Leiche aufgefunden?«

»Ja, das stimmt.«

»Wann?«

»Ich glaube, es war etwa Viertel nach sieben.«

»Sie haben die Ermordete gekannt?«

Die Ermordete, dachte Elizabeth. Susanna war bereits ihres Namens beraubt worden. Sie war nur noch die Ermordete.

»Sie ist meine beste Freundin gewesen, Detective. Wir haben uns seit zwanzig Jahren gekannt. Heute morgen wollten wir zusammen laufen. Weil sie nicht gekommen ist, wollte ich wissen, was los ist. Ich habe mir vom Nachbarn den Schlüssel geben lassen und bin hineingegangen.«

»Ist Ihnen irgend etwas Ungewöhnliches aufgefallen?«

»Außer ihrer Leiche nichts.«

»Entschuldigung, Mrs. Osbourne. Wo hat sie gearbeitet?«

»Sie ist Reporterin bei der *Washington Post* gewesen.«

»Aha, deshalb ist mir ihr Name bekannt vorgekommen. Sie hat eine Zeitlang im Weißen Haus gearbeitet, stimmt's? Hat bei der Journalistenrunde im Fernsehen mitgemacht.«

Elizabeth nickte.

»Die Frage mag Ihnen seltsam vorkommen, Mrs. Osbourne, aber kennen Sie jemanden, der sie hat umbringen wollen?«

»Keine Menschenseele, Detective.«

»Irgendwelche ungewöhnlichen Umstände in ihrem Leben?«

»Nein.«

»Aufgebrachte Freunde? Verschmähte Liebhaber?«

Elizabeth schüttelte den Kopf.

»Ehemann?«

»Er ist wieder verheiratet.«

»In welchem Verhältnis standen sie zueinander?«

»Ich arbeite mit ihm zusammen, Detective. Er ist ein Partner in meiner Firma. Er ist ein Scheißkerl, aber kein Mörder.«

»Wir können keine Hand- oder Umhängetasche finden. Hat sie keine gehabt?«

»Doch, sie hat sie immer auf die Arbeitsplatte in der Küche gelegt.«

»Dort ist sie nicht.«

»Wer hat sie ermordet?«

»Das läßt sich unmöglich sagen. Jemand scheint in ihrem Haus gewesen zu sein, und sie muß ihn überrascht haben. Sie hat Sportkleidung getragen, aber ein Schuh war ausgezogen. Sieht so aus, als hätte sie sich den Knöchel verstaucht. Der Hund hat ein Halsband getragen.«

»Also ist sie erschossen worden.«

»Ein Haufen Leute in dieser Stadt würde lieber jemanden erschießen, als einen Zeugen leben zu lassen, der sie später identifizieren könnte«, sagte er nüchtern. Er legte ihr eine Hand auf die Schulter. »Das mit Ihrer Freundin tut mir wirklich leid, Mrs. Osbourne. Hier ist meine Karte. Sollte Ihnen noch etwas einfallen, rufen Sie mich bitte an.«

Elizabeth hörte das Telefon im Haus klingeln. Harry Scanlon kam mit rotgeweinten Augen an die Haustür. »Michael ist am Telefon«, sagte er.

Elizabeth stand auf und ging schwankend hinein. »Michael, du mußt schnell herkommen. Ich brauche dich!«

»Was ist passiert? Warum bist du bei Harry?«

»Susanna ist tot. Jemand hat sie in ihrem Haus erschossen. Ich habe sie gefunden. O Gott, Michael …« Ihre Stimme drohte zu versagen. »Bitte, komm schnell, Michael. Bitte, beeil dich!«

»Okay, bleib dort. Ich hole dich ab.«

»Nein, fahr nach Hause. Ich gehe lieber zu Fuß. Ich brauche frische Luft.«

Sie schaute aus dem Fenster und sah, daß Susannas Leiche in ein weißes Laken gehüllt auf einer Bahre aus dem Haus getragen wurde. Bis dahin hatte sie mühsam die Fassung bewahrt, aber das gab ihr den Rest.

»Elizabeth, bist du noch da? Elizabeth, sag was!«

»Sie wird gerade abtransportiert. O Gott, die arme Susanna! Ich stelle mir dauernd vor, was sie durchgemacht hat, bevor sie gestorben ist. Es ist entsetzlich, Michael.«

»Sieh zu, daß du dort wegkommst. Geh nach Hause. Glaub mir, dann fühlst du dich gleich etwas besser.«

»Beeil dich, ja?«

»Wird gemacht.«

Sie legte auf. Scanlon stand mit einer Diskette in der Hand vor ihr. »Nun, die braucht sie wohl nicht mehr.« Er machte eine Pause und hatte plötzlich Tränen in den Augen. »Gott, ich kann nicht glauben, daß ich das gesagt habe.«

»Was ist da drauf, Harry?«

Er erklärte Elizabeth ihr System – daß Susanna ihre Arbeit immer auf eine zweite Diskette überspielt und durch seinen Briefschlitz geworfen hatte. »In dieser Beziehung ist sie paranoid gewesen.«

»Ja, ich weiß. Als Studentin hat sie ihre Semesterarbeiten im Kühlschrank aufbewahrt, weil sie irgendwo gelesen hatte, Kühlschränke seien feuerfest.« Elizabeth lächelte bei der Erinnerung daran. »Gott, wie sie mir fehlen wird! Ich kann nicht glauben, daß das wirklich passiert ist.«

Scanlon legte die Diskette auf den Küchentisch.

»Ich hab' sie gefunden, als ich letzte Nacht heimgekommen bin. Sie muß sie eingeworfen haben, bevor sie losgelaufen ist. Komisch, ich hab' Susanna immer gewarnt, nachts zu joggen, und nun ist sie in ihrem eigenen Haus ermordet worden.«

Elizabeth erinnerte sich an Susannas Anruf vom Vorabend. Sie hatte den ganzen Tag an einer wichtigen Story gearbeitet. Was sie geschrieben hatte, befand sich vermutlich auf dieser Diskette.

»Kann ich sie haben?« fragte Elizabeth.

»Klar, aber Sie werden sie nicht lesen können.«

»Warum nicht?«

»Weil sie Verschlüsselungssoftware benutzt hat. Ich hab' Ihnen ja erzählt, daß sie in bezug auf ihre Arbeit paranoid gewesen ist.«

»Sie wissen das Kennwort nicht?«

»Nein, sie hat's mir nie gesagt. Ich hätte gewettet, daß sie's Ihnen gesagt hat.«

Elizabeth schüttelte den Kopf. »Was ist mit ihrem Redakteur bei der *Post?*«

»Niemals! Sie hat keinem Menschen getraut, ihren Kollegen schon gar nicht.«

»Geben Sie mir das Ding«, sagte Elizabeth. »Ich habe einen Freund, der etwas von solchen Sachen versteht.«

Elizabeth zeigte Michael die Diskette, als sie nebeneinander im Bett lagen. Michael zündete sich eine Zigarette an und betrachtete die Diskette von allen Seiten. Elizabeth legte den Kopf auf seinen flachen, gebräunten Bauch, fuhr mit einem Finger durch den dunklen Haarfleck in seiner Brustmitte. Sie hatte ein schlechtes Gewissen, weil sie ihn unter diesen Umständen geliebt hatte. Als er heimgekommen war, hatte sie seine Nähe gesucht. Sie hatte ihn festhalten und nie wieder aus den Augen lassen wollen. Sie war verängstigt, zu Tode geängstigt und fürchtete sich davor, ihn loszulassen.

Sie umarmte ihn, sie küßte seine Lippen, seine Augen, seine Nase. Sie zog ihn aus und liebte ihn langsam und sanft, als wolle sie diesen Akt endlos hinauszögern. Jetzt lag sie eng an ihn geschmiegt und beobachtete, wie der Regen in breiten Strömen an ihren Schlafzimmerfenstern hinunterlief.

»Harry sagt, daß sie verschlüsselt ist.«

»Das ist kein Problem. Wir müssen bloß das Kennwort rauskriegen.«

»Wie willst du das anstellen?«

»Die meisten Leute sind faul. Sie verwenden Geburtsdaten, Straßennamen, alle möglichen Wörter und Zahlen, die sie sich leicht merken können. Du weißt mehr über Susanna als sonst jemand.«

»Braucht man dafür spezielle Software?«

»Die habe ich auf meiner Festplatte.«

»Los, komm!«

Sie zogen ihre Bademäntel an und gingen in sein Arbeitszimmer. Michael setzte sich an den Schreibtisch. Elizabeth blieb mit den Händen auf seinen Schultern hinter ihm stehen.

»Geburtsdatum?«

»Siebzehnter November achtundfünfzig.«

Michael gab das Datum in Ziffern ein: 17. 11. 1958. Auf dem Bildschirm stand ZUGANG VERWEIGERT – UNKORREKTES KENNWORT.

»Geburtsdatum rückwärts«, schlug Michael vor.

Der Computer gab dieselbe Antwort.

»Adresse ... Adresse rückwärts ... Telefon privat ... Nummer rückwärts ... Telefon geschäftlich ... Nummer rückwärts ... Rufname ... Name rückwärts ... zweiter Vorname ... Name rückwärts ... Familienname ... Name rückwärts ...«

»Das kann ja ewig dauern«, meinte Elizabeth.

»Nicht ewig.«

»Hast du nicht gesagt, es sei ganz einfach?«

»Ich habe gesagt, das sei weiter kein großes Problem. Namen der Eltern?«

»Maria und Carmine.«

»Maria und Carmine?«

»Sie ist italienischer Abstammung.«

»Italienischer Abstammung gewesen.«

Michael arbeitete noch zwei Stunden lang gleichmäßig weiter. Elizabeth wußte weit mehr über Susannas Leben, als er für möglich gehalten hätte: ihre Jugendfreunde, ihre Liebhaber, ihre Heimatstadt, ihre Bankverbindung, ihre Lieblingsfilme, ihre liebsten Bücher. Das alles gab er vorwärts, rückwärts und seitwärts ein, aber nichts funktionierte.

»Wie hat ihr Hund gleich wieder geheißen?«

»Carson.«

»Wieso Carson?«

Elizabeth lächelte. »Weil sie an Schlaflosigkeit gelitten und die *Tonight Show* geliebt hat.«

Michael gab CARSON ein. Nichts. Er versuchte es mit JOHNNY.

Nichts. Er probierte DOC und ED aus. Nichts.

»Sie hatte die beiden letzten Shows aufgenommen. Die hat sie sich bestimmt hundertmal angesehen.«

»Wer ist in seiner letzten Show aufgetreten?«

»Nur Johnny. Er hat sich einfach mit seinem Publikum unterhalten.«

»Und in der vorletzten?«

»Bette Midler. Jesus, von Bette Midler ist sie geradezu besessen gewesen.«

Michael gab BETTE ein. Nichts. MIDLER. Nichts. Er gab beide Namen rückwärts ein. Nichts.

Er schlug mit der flachen Hand auf den Schreibtisch.

»Laß mich mal«, verlangte Elizabeth.

Sie beugte sich über Michaels Schulter, tippte THE ROSE und drückte auf die Eingabetaste. Der Computer zögerte einige Sekunden lang, dann erschien die letzte Story, die Susanna Dayton in ihrem Leben geschrieben hatte, auf dem Bildschirm.

19

Amsterdam

Das Hausboot auf der Prinsengracht hatte das Aussehen eines Gefechtsstands angenommen. Delaroche hatte mit dem Gedanken gespielt, nach Brélès zurückzukehren, aber wie in jedem Dorf wurde dort getratscht, und er wußte, daß die Anwesenheit einer großen blonden Frau bei Didier und seinen Kumpanen Aufmerksamkeit erregen würde. Außerdem herrschte auf der *Krista* eine entspannte, diskrete Atmosphäre, in der er die Anschläge in aller Ruhe planen konnte. An den Wänden des Salons hingen große Stadtpläne von London, Kairo und Washington. Er stand jeden Morgen früh auf und arbeitete, während Astrid noch schlief. Dann sprachen sie zwei Stunden seine Planung durch, bevor sie kurz vor zehn Uhr in die Buchhandlung fuhr.

Konnte er nachmittags das Gefühl, eingesperrt zu sein, nicht mehr ertragen, lieh er sich Astrids klappriges Zweitrad und fuhr durch die schmalen Straßen der mittleren und westlichen Kanalringe. Er fand ein Geschäft für Künstlerbedarf, kaufte sich einen kleinen Aquarellkasten und malte mehrere hübsche Aquarelle mit Brücken, Booten und spitzgiebligen Häusern an den Kanälen. Am vierten Tag brach eine Kaltfront von der Nordsee herein, und die Prinsengracht fror ganz zu. Danach war die *Krista* zwei Tage lang von dem fröhlichen Lärmen von Hunderten von Schlittschuhläufern erfüllt, die sich auf dem Eis vergnügten.

Er holte Astrid jeden Abend von der Arbeit ab und ging mit ihr in ein anderes Restaurant. Danach schlenderten sie die windigen Grachten entlang und tranken De-Koninck-Bier in den nach Cannabis duftenden Bars am Leidseplein. Sie liebte ihn in zwei aufeinanderfolgenden Nächten und kehrte ihm dann in den nächsten beiden den Rücken zu. Sie schlief unruhig, von Alpträumen geplagt. In der Nacht vor ihrer Abreise schreckte sie schweißgebadet hoch und griff nach der kleinen Browning, die sie immer auf dem Boden neben dem Bett liegen hatte. Sie hätte Delaroche vielleicht erschossen, hätte er ihr die Waffe nicht gewaltsam entwunden, bevor Astrid sie entsichern konnte. Sie liebte ihn mit verzweifelter Inbrunst und flehte ihn an, sie niemals zu verlassen.

Der Morgen brach kalt und grau an. Sie packten schweigend und sicherten die Türen der *Krista* mit Vorhängeschlössern.

Delaroche vernichtete seine Aquarelle. Astrid rief ihren Chef an und sagte, sie müsse wegen eines Notfalls in der Familie ein paar Tage freinehmen. Sie versprach, sich bald wieder zu melden.

Sie fuhren mit einem Taxi zur Centraal Station und nahmen den Frühzug nach Hoek van Holland. Dort fuhren sie mit einem Taxi zum Fährhafen und frühstückten ausgiebig in einem kleinen Café. Eine Stunde später gingen sie an Bord der Autofähre nach Harwich, das jenseits der Nordsee in England lag.

Bei gutem Wetter dauerte die Überfahrt sechs Stunden, bei Sturm acht und mehr. An diesem Tag heulte ein eisiger Wintersturm vom Nordmeer her. Astrid, die leicht seekrank wurde, verbrachte den größten Teil der Überfahrt auf der Toilette, mußte sich immer wieder übergeben und verfluchte Delaroches Namen. Delaroche blieb in der nach Gletschereis riechenden Luft auf dem Oberdeck und beobachtete, wie die vom Sturm herangetriebenen Wogen über den Bug der Fähre hereinbrachen.

Kurz bevor sie anlegten, veränderte Astrid ihr Aussehen. Sie steckte ihr blondes Haar mit Haarnadeln fest und setzte eine schulterlange schwarze Perücke auf. Delaroche trug eine Baseballmütze mit dem Werbeaufdruck einer amerikanischen Zigarettenmarke und trotz des Wetters seine Ray-Ban-Sonnenbrille.

Die Europäische Gemeinschaft erleichterte internationalen Terroristen das Leben sehr, denn von einem Mitgliedsstaat in einen anderen zu reisen war fast risikolos geworden. Astrid und Delaroche, die sich als unverheiratete Touristen ausgaben, reisten mit niederländischen Pässen in England ein, wo ihre Papiere von einem gelangweilten Paßbeamten nur flüchtig geprüft wurden. Aber Delaroche wußte, daß die britischen Sicherheitsbehörden alle Einreisenden routinemäßig mit Videokameras filmten. Er wußte, daß Astrid und er soeben die ersten Fußabdrücke hinterlassen hatten.

An der englischen Küste war bereits die Nacht hereingebrochen, als Astrid und Delaroche in Harwich den Zug bestiegen. Zwei Stunden später waren sie in London.

Als Basislager wählte Delaroche ein möbliertes Apartment in South Kensington. Er mietete es für eine Woche von einer Firma, die auf die Vermietung von Apartments für Touristen spezialisiert war. Er verzichtete auf den ihnen vertraglich zustehenden Service, denn er wollte auf keinen Fall, daß eine Putzfrau ihre Nase in seine Angelegenheiten steckte. Das bescheidene, aber nette Apartment bestand aus einer vollständig eingerichteten Küche, einem großen Wohnzimmer und einem separaten Schlafzimmer. Das Telefon funktionierte direkt, ohne Umweg über eine Vermittlung, und die großen Fenster führten auf eine Straße hinaus.

Astrid und Delaroche vergeudeten keine Zeit. Die Zielperson war ein vierundfünfzigjähriger MI6-Offizier namens Colin Yardley, der in der Sowjetunion, im Nahen Osten und zuletzt in Nordirland gearbeitet hatte, aber jetzt kaltgestellt war und an einem Schreibtisch in der Zentrale auf seine Pensionierung wartete. Yardley war ein typischer Geheimdienstler am Ende seiner Laufbahn – ausgebrannt, verbittert, geschieden. Er trank zuviel und umgab sich mit zu vielen Frauen. Die Personalabteilung hatte unmißverständlich verlangt, damit müsse endlich Schluß sein, aber Yardley hatte die Affen in der Personalabteilung aufgefordert, sich zu verpissen. Das stand alles in Delaroches Unterlagen. Yardley zu ermorden würde leicht sein. Die Herausforderung lag darin, ihn auf die richtige Weise zu liquidieren.

Trotz seiner langjährigen Außendiensterfahrung war Yardley faul und sorglos geworden, seit er wieder in London war. Er fuhr jeden Abend mit einem Taxi von der aus Glas und Stahlbeton erbauten MI6-Zentrale an der Themse zu einem Luxusrestaurant mit Bar am Sloane Square in der Nähe des Nationaltheaters. Dort machte er Jagd auf junge Frauen, die eine Vorliebe für gutaussehende Männer mit grauen Schläfen hatten, reiche Geschiedene aus dem West End und gelangweilte Hausfrauen auf der Suche nach einem anonymen Liebhaber für eine Nacht. Er erschien kurz nach sechs und nahm seinen Stammplatz an der Bar ein.

Astrid Vogel wartete dort auf ihn.

Sie war nicht mehr die Frau, die Delaroche vor zehn Tagen in einer Amsterdamer Buchhandlung gesehen hatte. Sie hatte den Nachmittag bei Harrods und in den glitzernden Boutiquen der Bond Street verbracht. Jetzt trug sie zu einem schwarzen Cocktailkleid schwarze Strümpfe, eine goldene Armbanduhr und eine exquisite zweireihige Perlenkette. Die schlichte schwarze Haarspange war aus ihrem blonden schulterlangen Haar verschwunden. Es war von einem redseligen italienischen Modefriseur, dessen Salon in einer Seitenstraße der Knightsbridge lag, geschnitten und leicht toupiert worden, so daß es ihr Gesicht wirkungsvoll umrahmte. Astrid verstand es, ihre natürliche Schönheit zu tarnen, aber sie wußte auch, wie sie nötigenfalls auf sich aufmerksam machen konnte.

Delaroche saß am Sloane Square auf einer Bank und tat so, als lese er die Zeitung, die er am Kiosk vor dem U-Bahnhof gekauft hatte. Er verfolgte die Vorgänge im Restaurant wie eine Pantomime. Astrid sitzt allein an der Bar, zwischen ihren langen, schlanken Fingern die unvermeidliche Zigarette. Yardley, groß, grauhaarig, distinguiert, fragt, ob der Platz neben ihr frei ist. Er bekommt unaufgefordert seinen gewohnten Drink serviert, und seine Miene zeigt, daß er glaubt, sie sei beeindruckt. Er macht dem Barkeeper ein Zeichen, ihr ein weiteres Glas Weißwein hinzustellen.

Astrid wendet sich ihm dankend zu, schlägt demonstrativ eines ihrer langen Beine übers andere, wobei ihr Kleid weit über den Oberschenkel hochrutscht. Sie ist ihm jetzt gleichgestellt. Die einsame Frau von dem Amsterdamer Hausboot existiert nicht mehr. Sie ist eine sehr selbstbewußte, kosmopolitische Niederländerin, deren Mann sie ein bißchen vernachlässigt, weil er immer nur ans Geldscheffeln denkt, und natürlich dürfen Sie mir Feuer geben, Schätzchen.

Nach einer Stunde steht sie auf und läßt sich von ihm

in den Mantel helfen. Sie verabschieden sich mit einem förmlichen Händedruck, den sie einen Augenblick zu lange ausdehnt. Er fragt, in welchem Hotel sie wohnt. Im Dorchester. Soll er ihr nicht ein Taxi bestellen? Danke, nicht nötig. Kann er sie wiedersehen, bevor sie aus London abreist? Kommen Sie morgen abend wieder her, Schätzchen, und wenn Sie viel Glück haben, bin ich auch hier.

Sie überquerte rasch den Platz, kam an Delaroche vorbei, der in seine Zeitungslektüre vertieft war, und ging die Sloane Street hinunter. Delaroche beobachtete, wie Yardley ein Taxi anhielt und wegfuhr. Er stand auf und schlenderte über den Platz zur Sloane Street, wo Astrid auf ihn wartete.

»Wie ist's gelaufen?«

»Er hätte mich am liebsten gleich in der Bar gevögelt.«

»Er hat angebissen.«

»Er hat mich auf einen Drink zu sich eingeladen. Ich habe ihm erklärt, mein Mann wäre bestimmt irritiert, wenn er mich nach seiner geschäftlichen Besprechung nicht im Hotel anträfe.«

»Gut. Er soll dich nicht für eine Nutte halten. Schließlich kann er nicht so dumm sein, wie er aussieht. Was ist mit morgen abend?«

»Ich habe angedeutet, daß ich sehr wahrscheinlich in der Bar sein werde.«

»Dann kommt er bestimmt.«

»Ich hoffe nur, ich muß ihn nicht küssen. Er hat einen grauenhaften Mundgeruch.«

»Das liegt allein bei dir.«

»Gott, hoffentlich versucht er's nicht. Wenn er's tut, bring' ich ihn eigenhändig um, das schwöre ich dir!«

Am nächsten Abend kam Yardley als erster. Delaroche, der ihn von seiner Bank auf dem Sloane Place beobachtete, mußte sich ein Lachen verbeißen, als der hochspezialisierte britische Geheimdienstoffizier immer wieder erwartungsvoll zum Eingang blickte. Nach einer halben Stunde fand Delaroche, Yardley habe lange genug auf seine Belohnung gewartet. Er nickte Astrid zu, die auf der anderen Seite des Platzes am Fenster einer Weinbar saß. Fünf Minuten später schritt sie durch die Eingangstür des Restaurants, praktisch in Colin Yardleys ausgebreitete Arme.

Sie neckte ihn. Sie spielte mit ihm. Sie hing an seinen Lippen. Sie fuhr sich mit einer Hand durchs Haar. Sie gestattete, daß er ihr zu viele Gläser Sancerre bestellte. Sie beugte sich etwas vor, damit er in ihre Bluse sehen und feststellen konnte, daß sie keinen Büstenhalter trug. Sie ließ die Kappe ihres teuren Bruno-Magli-Schuhs über die Innenseite seiner Wade gleiten. Sie versuchte mehrmals zu gehen – mein Mann wird wissen wollen, wo ich bin, Schätzchen –, aber er machte dem Barkeeper ein Zeichen, ihr ein weiteres Glas Sancerre zu bringen, und sie hatte einfach nicht die Kraft, sich von diesem schrecklich interessanten Mann loszureißen, und seien Sie ein Schatz und holen Sie mir eine neue Packung Zigaretten. Marlboro Light hundert, bitte.

Astrid, die Verführerin. Astrid, die Vernachlässigte. Astrid, das törichte, sexuell ausgehungerte holländische Flittchen, das zu allem bereit ist, um sich die Aufmerksamkeit eines ältlichen Engländers mit einem Anzug aus der Savile Row und einer teuren Adresse zu sichern. Delaroche bewunderte ihren Auftritt. Und er empfand noch etwas – einen Anflug von Zärtlichkeit. Er griff in seinen Mantel und tastete nach der Glock.

Die Sache lief plangemäß. Astrid beugte sich vor und flüsterte ihm etwas ins Ohr. Yardley zahlte und holte ihre Mäntel. Zwei Minuten später stiegen sie in ein Taxi.

Delaroche sah sie wegfahren. Er stand auf und folgte ihnen langsam über den Sloane Square und die King's Road entlang. Er machte sich keine Sorgen, als er das Taxi aus den Augen verlor; er wußte genau, wohin sie fuhren – zu Yardleys Haus am Wellington Square.

Geh mit ihm nach Hause, Astrid. Sag ihm, daß du's eilig hast. Sag ihm, daß dein Mann tobt, wenn du zu lange weg bist. Geh gleich mit ihm ins Schlafzimmer. Wegen der Haustür kannst du ganz unbesorgt sein. Mich hält keine Tür lange auf.

Delaroche bog von der King's Road auf den ruhigen Wellington Square ab. Der Lärm des abendlichen Berufsverkehrs wurde zu einem fernen Rauschen. Es begann zu nieseln. Delaroche ging mit hochgeklapptem Mantelkragen und tief in den Taschen vergrabenen Händen rasch über den Platz.

Yardleys Haus war dunkel, ideal. Das Haustürschloß war leicht zu knacken. Einige Sekunden später stand er bereits in der Diele. Oben im Schlafzimmer waren Stimmen zu hören. Astrid hatte gute Arbeit geleistet.

Als Delaroche die Schlafzimmertür öffnete, sah er Yardley bis auf Oberhemd und Socken entkleidet am Kopfende seines Betts sitzen und masturbieren, während Astrid ihm einen langsamen Strip vorführte. Einen Augenblick lang tat ihm der Mann aufrichtig leid. Er war kurz davor, einen höchst demütigenden Tod zu sterben.

Delaroche zog die Glock aus dem Hosenbund und trat über die Schwelle. Yardley starrte ihn entsetzt an. Astrid hörte zu tanzen auf und trat zur Seite. Delaroche nahm ihren Platz am Fußende des Betts ein. Dann riß er seinen

Arm hoch und schoß Colin Yardley dreimal rasch nacheinander ins Gesicht.

Die Leiche fiel vom Bett auf den Fußboden. Astrid trat vor, versetzte Yardleys Kopf mit der Kappe ihres eleganten Bruno-Magli-Schuhs einen Tritt und spuckte ihm ins Gesicht. Astrid die Revolutionärin.

Delaroche teilte dem Vermieter mit, er müsse seinen Londonurlaub wegen eines Notfalls in der Familie abbrechen. Bevor er auszog, schickte er seinen Auftraggebern übers Internet eine verschlüsselte Kurznachricht. Der Auftrag sei ausgeführt und er bitte um telegrafische Überweisung des vereinbarten Betrags auf das angegebene Bankkonto in Zürich. Sie fuhren mit dem Spätzug nach Dover und übernachteten in einem malerischen Bed & Breakfast am Meer. Am nächsten Morgen nahmen sie die erste Fähre nach Calais, wo sie einen Renault mieteten und die Kanalküste entlang nach Norden fuhren. Bei Einbruch der Dunkelheit waren sie wieder in Amsterdam: an Bord der *Krista* auf der stillen Prinsengracht.

Der tote Colin Yardley wurde am frühen Nachmittag entdeckt, als Astrid und Delaroche die französisch-belgische Grenze passierten. Der MI6-Wachdienst wurde alarmiert, weil Yardley unentschuldigt dem Dienst ferngeblieben und in seinem Haus am Wellington Square telefonisch nicht erreichbar war. Kurz nach eins brach ein MI6-Team die Haustür auf und entdeckte den Toten im Schlafzimmer im ersten Stock. Bei der Metropolitan Police ging die Anzeige jedoch erst um Viertel nach vier ein.

Die BBC meldete die Erschießung eines noch unidentifizierten Mannes in den Abendnachrichten. Bis ITN um zehn Uhr auf Sendung ging, hatte die Leiche einen Namen und einen Job: Colin Yardley, Beamter im mittleren Dienst des Außenministeriums. Noch während der Sendung ging bei der Nachrichtenredaktion ein Anruf ein. Der Anrufer erklärte, die Irish Republican Army habe Yardley ermordet, und nannte den speziellen Erkennungscode, um seine Authentizität zu beweisen.

Am nächsten Morgen hatten BBC-Reporter Colin Yardleys wahren Beruf herausgefunden: Offizier im Secret Intelligence Service oder MI6.

Jean-Paul Delaroche hörte die BBC-Nachrichten an Bord der *Krista*. Danach schaltete er das Radio aus und setzte sich wieder an seinen Computer, um den nächsten Mord zu planen.

Er rief seine Bank in Zürich an. Herr Becker bestätigte, daß an diesem Morgen eine Million Dollar telegrafisch auf sein Konto überwiesen worden seien. Delaroche wies ihn an, das Geld auf vier bahamische Konten weiterzuleiten – auf jedes eine Viertelmillion.

Mittags kam die Sonne heraus. Er lieh sich Astrids Fahrrad und verbrachte den Nachmittag malend am Ufer der Amstel, bis das Bild von Yardleys explodierendem Gesicht aus seinem Bewußtsein geschwunden war.

20

McLean, Virginia

»Ich verstehe nicht, warum Carter dich nach London schicken muß. Warum kann kein anderer hinfliegen?«

Elizabeth hatte Michael in der Zentrale abgeholt und brachte ihn jetzt zum Dulles Airport, zwanzig Meilen außerhalb der Hauptstadt am Westrand der weitläufigen Washingtoner Vororte in North Virginia. Es war sieben Uhr abends. Die Rush-hour war theoretisch vorbei, aber auf dem Capital Beltway herrschte noch immer starker Verkehr. Elizabeth neigte dazu, dicht aufzufahren, wenn sie nervös war. Deshalb fuhren sie kaum einen halben Meter hinter einem jagdgrünen Ford Explorer.

»Ich dachte, du hättest die Situation mit ihm besprochen, Michael. Ich dachte, er hätte zugestimmt, dich in New York arbeiten zu lassen. Ich dachte, er würde dich ein paar Wochen lang etwas weniger einspannen.«

Vielleicht hätte ich doch lieber mit einem Dienstwagen zum Flughafen fahren sollen, überlegte sich Michael. Er wollte sich auf keinen Fall mit seiner Frau streiten, bevor er über den Atlantik flog. Dabei war er weder abergläubisch noch ein ängstlicher Flieger, sondern nur realistisch.

»Es dauert nur einen Tag«, sagte er. »Hin und zurück, mit ein paar Besprechungen dazwischen.«

»Warum kann Carter keinen anderen schicken, wenn es nur eine Routinesache ist?«

Elizabeth hatte wenig Prozeßerfahrung – sie praktizierte als Anwältin im ruhigen Fahrwasser des Wirtschaftsrechts –, aber sie verstand sich auf Kreuzverhöre. Jetzt hupte sie wütend. Michael wußte, daß er soeben zu einem Zeugen der Gegenpartei erklärt worden war.

»Ein britischer Geheimdienstoffizier ist gestern abend in London ermordet worden«, sagte Michael ruhig. »Dieser Mord könnte mit einem Fall zusammenhängen, den ich seit langem bearbeite.«

»Davon habe ich heute morgen in der *Post* gelesen. Die IRA hat die Verantwortung für den Mord übernommen. Seit wann bist du für die IRA zuständig? Ich dachte, dein Sachgebiet sei arabischer Terrorismus.«

»Richtig, aber wir sehen mögliche Querverbindungen.«

Michael hoffte, sie werde es dabei bewenden lassen. Der Flug nach London war seine, nicht Carters Idee gewesen. Carter hatte die Sache von einem Londoner Mann bearbeiten lassen wollen, aber Michael hatte Carter überredet, ihn hinzuschicken.

»Übermorgen ist der Eingriff. Ich hoffe, du bist dabei.«

»Keine Angst, ich bin rechtzeitig zurück. Und sollte was dazwischenkommen, haben wir noch einen Trumpf im Ärmel. Auf Eis.«

Wegen seines Berufs und weil nicht auszuschließen war, daß Michael plötzlich dringend verreisen mußte, hatten die Ärzte im Cornell Hospital empfohlen, eine Portion seines Spermas tiefgekühlt aufzubewahren.

»Ich hätte dich gern zur emotionalen Unterstützung an meiner Seite, Michael«, sagte Elizabeth. »Müßte ein Führungsoffizier das nicht besonders gut verstehen? Zumindest könntest du übermorgen mit mir hingehen.«

»Ich bin da. Ich verspreche es.«

»Sei vorsichtig mit dem, was du versprichst, Michael.«

Sie fuhr vom Beltway auf die Zubringerstraße zum

Flughafen ab. Hier war weniger Verkehr. Elizabeth beschleunigte auf fünfundsechzig. Über der virginischen Landschaft hing ein von einer durchscheinenden Wolkendecke verschleierter Vollmond, Michael öffnete sein Fenster einen Spalt und zündete sich eine Zigarette an. Elizabeth fuhr aggressiv, wechselte die Spur, ohne zu blinken, fuhr sehr dicht auf und blinkte jeden an, der es wagte, auf der Überholspur unter siebzig zu fahren. Michael kannte den wahren Grund für ihre schlechte Laune. Er war nach London unterwegs, um einen terroristischen Anschlag zu untersuchen, und sie wußte, daß das bei ihm Erinnerungen an Sarahs Ermordung wecken würde. Ihr unbeugsamer Stolz ließ nicht zu, daß sie das laut aussprach, aber er las es in ihrer sorgenvollen Miene. Noch aufgebrachter wäre sie gewesen, wenn er ihr die Wahrheit gesagt hätte: Er vermutete, daß Sarah und dieser britische Geheimdienstoffizier von dem selben Killer ermordet worden waren.

»Ich habe Tom Logan Susannas Diskette gegeben«, sagte Elizabeth.

»Will er den Artikel bringen?«

»Er sagt, daß er's nicht kann, bevor er alle Einzelheiten überprüft hat. Er sagt, daß die Anschuldigungen zu gravierend sind, um ohne Prüfung durch ihre Anwälte veröffentlicht zu werden. Und da die Reporterin, die den Artikel geschrieben hat, jetzt tot ist, kann's keine genaue Überprüfung geben.«

»Und was hat er vor?«

»Logan hat seine besten Reporter auf diese Story angesetzt. Leider kann Susanna ihnen nicht mehr behilflich sein. Ihre Aufzeichnungen enthalten kaum Hinweise auf die Identität ihrer Quellen. Sie müssen also praktisch bei null anfangen.«

»Das kann verdammt lange dauern.«

»Susanna hat allein recherchiert und ein Vierteljahr dafür gebraucht.«

Sie erreichten den Dulles International Airport. Elizabeth hielt vor dem Abflugterminal am Randstein. Michael stieg aus, holte seinen Kleidersack aus dem Kofferraum und drückte den Deckel zu. Dann ging er nach vorn zur Fahrertür des Mercedes. Elizabeth hatte das Fenster heruntergelassen und streckte ihren Kopf heraus. Sie wartete auf einen Abschiedskuß.

»Paß gut auf dich auf, Michael.«

»Wird gemacht.«

Er wartete, bis ihr Wagen nicht mehr zu sehen war, dann ging er hinein.

Michael wachte auf, als das Flugzeug durch die Wolkendecke flog, um an einem grauen Morgen in Heathrow zu landen. Die London Station der CIA hatte angeboten, einen Wagen zu schicken, aber Michael wollte möglichst wenig mit ihr zu tun haben und nahm lieber ein Taxi. Er kurbelte sein Fenster herunter. Trotz des Dieselqualms fühlte sich die frische Luft auf seinem Gesicht gut an. London war acht Jahre lang sein Einsatzort gewesen; in dieser Zeit war er weit über hundertmal von Heathrow in die Londoner Innenstadt gefahren. Die trostlosen westlichen Vororte waren ihm vertrauter als Arlington oder Chevy Chase.

Er bezog ein Zimmer in einem Mittelklassehotel in Knightsbridge mit Blick auf den Hyde Park. Er bevorzugte dieses Hotel, weil hier zu jedem Schlafzimmer ein kleines Wohnzimmer gehörte. Er bestellte ein komplettes englisches Frühstück und aß mit wenig Appetit davon, bis es spät genug war, um Elizabeth anzurufen. Er weckte sie, und sie führten ein stockendes Zweiminutengespräch, bevor sie wieder einschlief.

Michael war müde; er legte sich hin und schlief bis zum frühen Nachmittag. Als er aufwachte, zog er seinen wetterfesten Jogginganzug an. Er hängte das Schild BITTE NICHT STÖREN an die Zimmertür und klemmte ein winziges Stück Papier zwischen Tür und Rahmen. Steckte es bei seiner Rückkehr noch dort, hatte vermutlich niemand den Raum betreten. War es nicht mehr da, war wahrscheinlich jemand drin gewesen.

Unter bleigrauen, regenschweren Wolken trabte er durch den Hyde Park. Nach zehn Minuten öffnete der Himmel seine Schleusen. Londoner, die im Wind mit ihren aufgespannten Schirmen kämpften, starrten ihn an, als sei er ein ausgebrochener Irrer, als er an ihnen vorbeilief. Nach einer Viertelstunde bekam er keine Luft mehr und mußte eine Weile langsam gehen. Obwohl er mäßig rauchte, hatte er es über Jahre hinweg geschafft, einigermaßen fit zu bleiben. Aber jetzt forderten die Zigaretten ihren Tribut. Und Elizabeth hatte recht – er war um die Taille herum etwas dicker geworden.

Er lief zum Hotel zurück. Als er die Zimmertür öffnete, fiel das kleine Stück Papier zu Boden. Er duschte, zog einen gedeckten Anzug an und fuhr mit einem Taxi zum Grosvenor Square, wo er dem Marineinfanteristen, der am Eingang Wache stant, seinen Ausweis zeigte. In Botschaften fühlte Michael sich stets unbehaglich, denn er hatte immer ohne offizielle Legende gearbeitet. In seiner Londoner Zeit war er nur in Notfällen in die Botschaft gekommen, und auch dann nur »schwarz«: auf der Ladefläche eines Kastenwagens, der direkt in die Tiefgarage fuhr. Am liebsten wäre er gar nicht hergekommen, aber die Doktrin der Zentrale erforderte einen Höflichkeitsbesuch beim jeweiligen Stationschef.

Der Londoner Stationschef war ein Mann namens Wheaton, ein überzeugter Anglophiler mit bleistiftdünnem Schnurrbart, einem Nadelstreifenanzug aus der Savile Row und der höchst irritierenden Angewohnheit, mit einem Golfball zu spielen, wenn er nicht wußte, was er sagen sollte. Wheaton war ein Mann der alten Schule: Princeton, Moskau, fünf Jahre Leiter der Rußlandabteilung, bevor er zum Ende seiner Laufbahn den begehrten Job in London ergattert hatte. Er sagte, er habe Michaels Vater gekannt, behauptete aber nicht, ihn gemocht zu haben. Außerdem machte er ihm klar, daß sie in dieser Sache keine Hilfe von der Zentrale brauchten. Michael versprach, ihn über seine Erkenntnisse auf dem laufenden zu halten. Wheaton erklärte Michael höflich, er solle so schnell wie möglich wieder aus London verschwinden.

Das Taxi setzte Michael am Eaton Place vor dem weißen Haus im georgianischen Stil ab. Helen und Graham Seymour lebten in einem hübschen Stadthaus, und Michael konnte sie von der Straße aus wie Schauspieler auf einer Bühne mit mehreren Ebenen sehen: Graham oben im Wohnzimmer, Helen im Basement in der Küche. Er ging die Treppe hinunter und klopfte an eine der kleinen Scheiben der Küchentür. Helen sah von ihrer Arbeit auf und lächelte strahlend. Sie machte ihm auf, küßte ihn auf die Wange und sagte: »Gott, Michael, ist das lange her!« Sie schenkte ihm ein Glas Sancerre ein und sagte: »Graham ist oben. Ihr könnt fachsimpeln, bis ich mit dem Abendessen fertig bin.«

Graham Seymour war mit dem Feuer im Gaskamin beschäftigt, als Michael den Raum betrat. Auf dem Parkettboden des Wohnzimmers lagen kostbare Orientteppiche, an den holzgetäfelten Wänden hingen exquisite Artefakte aus dem Nahen Osten. Graham stand auf, lächelte und streckte die Hand aus. Die beiden betrachteten sich, wie es nur Männer gleicher Größe und Statur können. Graham Seymour war gewissermaßen Michaels Negativ. Während Michael dunkelhaarig und grünäugig war, war Graham blond und grauäugig. Michael trug einen gedeckten Anzug; sein Freund war mit Khakihemd und -hose bekleidet.

Sie setzten sich und plauderten über die gute alte Zeit. Seymour, der als MI6-Offizier lange in Kairo gewesen war, hatte Cleopatra, eine miserable ägyptische Zigarettenmarke, lieben gelernt. Er bot ihm eine an, aber Michael lehnte ab und zündete sich lieber eine Marlboro Light an. Ihr Leben war ganz ähnlich verlaufen. Auch Grahams Vater war Geheimdienstmann gewesen, im Krieg bei dem MI5-Unternehmen »Double Cross«, danach fast fünfundzwanzig Jahre bei MI6.

Wie Michael war Graham seinem Vater von einem Posten zum anderen gefolgt und nach Abschluß seines Studiums in Cambridge zum Secret Intelligence Service gegangen. Die beiden Männer hatten oft zusammengearbeitet, Graham allerdings immer mit einer offiziellen Legende. Aus ihrer beruflichen Achtung hatte sich eine persönliche Freundschaft entwickelt. Tatsächlich standen Graham und Michael sich näher, als ihren jeweiligen Diensten recht gewesen wäre.

Kochgerüche aus der Küche fanden ihren Weg nach oben ins Wohnzimmer.

»Was gibt's heute?« fragte Michael vorsichtig.

»Paella«, sagte Graham und runzelte die Stirn. »»Vielleicht solltest du noch schnell in die Apotheke laufen, bevor sie zumacht.«

»Ich halt's schon aus.«

»Das sagst du jetzt, aber Helens Paella hast du noch nie probiert.«

»So schlimm?«

»Ich will dir die Überraschung nicht verderben. Vielleicht solltest du noch etwas Wein trinken.«

Graham ging nach unten in die Küche und kam wenig später mit zwei Gläsern Sancerre zurück.

»Erzähl mir von Colin Yardley.«

Graham verzog das Gesicht. »Vor ein paar Monaten ist etwas Merkwürdiges passiert. Ein libanesischer Waffenhändler namens Faruk Chalifa hat beschlossen, sich in Paris niederzulassen. Das haben wir erfahren und unseren französischen Freunden mitgeteilt. Sie haben Mr. Chalifa seitdem beobachtet.«

»Nett von den Franzosen.«

»Er verkauft Waffen an Leute, die wir nicht mögen.«

»Böser Mann!«

»Ein sehr böser Mann. Er eröffnet seinen Basar und empfängt Kunden. Die Franzosen fotografieren jeden, der kommt oder geht.«

»Verstehe.«

»Im September sucht ein Mann Mr. Chalifa auf. Die Franzosen können ihn nicht identifizieren, aber sie tippen auf einen Briten und schicken sein Foto daher uns.«

»Colin Yardley?«

»Persönlich«, bestätigte Graham. »Die Führungsetage hat ihn zu sich zitiert und wissen wollen, was er bei einem Kerl wie Chalifa zu suchen hat. Yardley hat sich eine dünne Geschichte ausgedacht – sein Schreibtischjob sei ihm zu langweilig, er sehne sich danach, wieder im Außendienst zu sein, und habe freiberuflich gearbeitet. Die Jungs sind darüber vorsichtig gesagt nicht glücklich gewesen. Yardley ist strengstens verwarnt worden.«

»Kann ich mir denken.«

»Rat mal, welche Waffe Faruk Chalifa in Massen zu verkaufen hat?«

»Unseren Unterlagen nach Fla-Raketen Stinger.«

Michael trank einen Schluck Wein. »Davon hat dein Dienst meinem Dienst vermutlich nichts mitgeteilt, stimmt's?«

Graham nickte. »Die Sache ist uns ein bißchen peinlich gewesen. Das verstehst du doch, Michael? Die Bosse wollten, daß der Fall verschwindet, deshalb haben sie ihn verschwinden lassen.«

Helen erschien oben an der Treppe.

»Das Essen ist fertig.«

»Wunderbar«, sagte Graham etwas zu begeistert. »Nun, dann muß der Videofilm eben noch warten, schätze ich.«

Helen Seymour kochte aufwendig, aber gräßlich. Sie fand, »englische Cuisine« sei ein Widerspruch in sich, und hatte sich auf die mediterrane Küche spezialisiert: italienische, griechische, spanische und nordafrikanische Gerichte. An diesem Abend tischte sie eine fürchterliche Paella aus rohem Fisch und verbrannten Shrimps auf, die so scharf gewürzt war, daß Michael der Schweiß ausbrach, während er einen Bissen nach dem anderen hinunterwürgte. Er aß seine erste Portion tapfer auf. Helen bestand darauf, ihm eine zweite zu geben. Graham unterdrückte ein Lachen, als seine Frau zwei große Löffel auf Michaels hingehaltenen Teller klatschte.

»Schmeckt köstlich, nicht wahr?« gurrte Helen. »Ich esse selbst noch ein bißchen davon, glaube ich.«

»Du hast dich wieder mal selbst übertroffen, Liebling«, sagte Graham. Er wußte schon lange, mit den einzigartigen exotischen Kochkünsten seiner Frau umzugehen: Er aß vorab auf dem Heimweg Sandwiches und Hamburger. Vor drei Jahren hatte er plötzlich seine Vorliebe für Brot entdeckt. Helen kaufte jeden Tag verschiedene neue Sorten, die Graham in solchen Mengen aß, daß er bereits einen Bauch hatte. Eine Zeitlang hatte Graham sich geweigert, Helen für ihre Gäste kochen zu lassen; sie hatten sie statt dessen in Restaurants ausgeführt. Jetzt fand er ein ähnliches Vergnügen darin, Freunde zum Dinner einzuladen, wie zum Tode Verurteilte in ihren letzten Stunden die Gesellschaft von Schicksalsgefährten tröstlich finden.

Graham tunkte einen Kanten grobes spanisches Brot in das Olivenöl auf seinem Teller und steckte ihn in den Mund. »Michael und ich müssen noch etwas arbeiten. Du hast wohl nichts dagegen, wenn wir den Kaffee oben trinken?«

»Natürlich nicht. Ich bringe euch in ein paar Minuten die Nachspeise.« Helen wandte sich mit strahlendem Lächeln an ihren Gast. »Freut mich wirklich, daß dir die Paella geschmeckt hat, Michael.«

»Ich kann mich nicht erinnern, wann ich zuletzt so gegessen habe.«

Graham verschluckte sich an seiner Brotkruste.

Michael kam aus der Toilette. »Alles okay, Kumpel?« fragte Graham besorgt. »Du bist etwas grün um die Kiemen.«

»Jesus, wie überstehst du das nur jeden Abend?«

»Soll ich dir jetzt einen Film vorführen?«

»Gerne.«

Sie setzten sich im Wohnzimmer aufs Sofa. Graham nahm die Fernbedienung vom Couchtisch. »Mr. Yardley hat ein weiteres Problem gehabt«, sagte er. »Er hat Frauen geliebt – viele Frauen.«

»Hat der Dienst auch davon gewußt?«

»Ja, die Personalabteilung hat ihn aufgefordert, sich gefälligst zurückzuhalten. Aber er hat bockig reagiert. Er sei ledig, er werde in ein paar Jahren pensioniert, und er habe vor, sich bis dahin zu amüsieren.«

»Gute Einstellung.«

»Der Dienst hat die Leiche gefunden. Wir sind vor der Polizei im Haus gewesen und haben es durchsucht. Wir haben entdeckt, daß der liebe Colin Yardley im Schlafzimmer eine versteckte Kamera installiert hatte, damit er seine Eroberungen filmen und später beliebig oft genießen konnte. Hat eine ziemliche Kollektion zusammengebracht, unser Yardley. Sie ist der große Hit bei den Leuten vom Nachtdienst, wenn sie gerade nichts anderes zu tun haben.«

Graham richtete die Fernbedienung auf den Videorekorder und schaltete ihn ein. Die Kamera war irgendwo über dem Kopfende des Betts montiert. Yardley saß halb entkleidet auf seinem Bett und masturbierte langsam, während eine große Frau einen aufreizenden Striptease vorführte. Sie knöpfte ihre Bluse auf, streichelte ihre Brüste und ließ ihre Hände unter dem Taillengummi ihrer Strumpfhose verschwinden.

Graham hielt den Videofilm an.

»Wer ist sie?« fragte Michael.

»Wir halten sie für Astrid Vogel.«

»Unseren Informationen nach lebt sie in Damaskus.«

»Nach unseren auch. Wir haben sogar angenommen, daß sie nichts mehr mit der RAF zu tun hat, was ihre Beteiligung an dieser Sache um so rätselhafter macht.« Graham drückte auf einen Knopf, und der Film lief weiter. »Jetzt kommt der beste Teil. Ich will das Ende nicht vorwegnehmen.«

Astrid Vogels Strip wurde noch aufregender. Sie hatte die Hände zwischen den Beinen, warf den Kopf zurück und heuchelte Ekstase. »Sie ist gut«, sagte Graham. »Verdammt gut.«

Helen brachte auf einem Tablett Kaffee und Apfelkuchen. »Oh, ist das nicht wunderbar? Ich lasse euch zehn

Minuten allein, und ihr rennt los und leiht euch einen Pornofilm.«

Sie stellte das Tablett auf den Couchtisch, ohne den Blick vom Bildschirm zu nehmen. »Wer ist die Person?«

»Eine ehemalige RAF-Killerin namens Astrid Vogel.«

Auf Yardleys Gesicht erschien schlagartig ein entsetzter Ausdruck.

Graham hielt den Film an. »Der nächste Teil ist ein bißchen grausig, Liebste. Vielleicht gehst du lieber raus.«

Helen setzte sich aufs Sofa.

»Wie du willst«, sagte er und ließ den Film weiterlaufen.

Eine dunkelgekleidete Gestalt, mit Baseballmütze und Sonnenbrille getarnt, betrat den Raum. Der Mann zog eine Pistole mit Schalldämpfer hinten aus dem Hosenbund und schoß Colin Yardley dreimal rasch nacheinander ins Gesicht. Die Leiche fiel vom Bett. Die Frau trat vor, versetzte dem Erschossenen einen Tritt gegen den Kopf und spuckte ihm ins Gesicht.

Graham hielt den Film an.

»Allmächtiger!« flüsterte Helen.

»Er ist's gewesen«, sagte Michael.

»Woher willst du das wissen? Sein Gesicht ist nie richtig zu sehen gewesen.«

»Ich muß sein Gesicht nicht sehen. Ich habe gesehen, wie er mit einer Waffe umgeht. Er ist's, Graham. Darauf wette ich meinen Kopf.«

»Ich weiß, daß ich das nicht zu sagen brauche, Michael, aber auch diesmal gelten die üblichen Regeln. Diese Informationen sind nur für dich persönlich bestimmt. Du darfst sie weder an deine Kollegen noch an andere Dienste weitergeben.«

»Ich unterschreibe sogar eine Verpflichtungserklärung, wenn es dich erleichtert.«

Michael schlug den Mantelkragen hoch und vergrub die Hände in den Taschen. Der Regen hatte aufgehört, und er hatte das Bedürfnis, zu Fuß ins Hotel zurückzugehen. Graham hatte vorgeschlagen, ihn die Hälfte des Weges zu begleiten. Er wußte aus Erfahrung, daß ein kurzer Spaziergang dazu beitrug, die schlimmen Nachwirkungen von Helens Kochkünsten zu minimieren. Die Freunde gingen durch die georgianischen Häuserschluchten von Belgravia, in denen das ferne Rauschen des Abendverkehrs auf der King's Road das einzige Geräusch war.

»Ich möchte mit Drosdow reden«, sagte Michael.

»Mit dem kannst du nicht reden. Drosdow ist für dich verboten. Außerdem sagt er, daß er nichts mehr zu erzählen hat und seine Tage in Frieden beschließen will.«

»Ich habe eine Theorie in bezug auf den Killer, der Yardley erschossen hat, und möchte ihn danach fragen.«

»Drosdow ist *unser* Überläufer. Wir haben euch alle Ergebnisse seiner Vernehmungen mitgeteilt. Versuchst du, selbst mit ihm zu reden, bekommst du ernstliche Probleme mit beiden Diensten.«

»Gut, dann rede ich eben inoffiziell mit ihm.«

»Wie stellst du dir das vor, Michael? Willst du ihm zufällig über den Weg laufen und sagen: ›Hey, Augenblick mal! Sind Sie nicht Iwan Drosdow, der ehemalige KGB-Killer? Haben Sie was dagegen, wenn ich Ihnen ein paar Fragen stelle?‹ Unsinn, Michael.«

»Ich hatte an eine etwas subtilere Methode gedacht.«

»Geht die Sache schief, leugne ich jegliche Beteiligung. Ich beschuldige dich sogar, ein russischer Spion zu sein.«

»Weniger hätte ich nicht erwartet.«

»Er lebt in den Cotswolds, in Aston Magna, einem kleinen Ort. Er trinkt jeden Morgen seinen Tee in einem Café in Moreton.«

»Das kenne ich gut«, sagte Michael.

»Er ist der mit den Corgies und dem knorrigen Spazierstock. Liest dort die Zeitungen. Sieht englischer aus als Prinz Philip. Du kannst ihn nicht verfehlen.«

Graham Seymour begleitete Michael bis zur Sloane Street, bevor er sich verabschiedete und zum Eaton Place zurückging. Michael hätte nach Norden zu seinem Hotel am Hyde Park gehen müssen, aber statt dessen ging er in Richtung Sloane Square nach Süden, sobald Graham außer Sichtweite war.

Er überquerte den Platz und schlenderte durch die ruhigen Seitenstraßen Chelseas, bis er das Themseufer erreichte. Die Luxuswohnungen am Chelsea Embankment waren hell erleuchtet. Flußnebel ließ die Straße feucht glänzen. Michael hatte sie für sich allein; bis auf einen kleinen Mann, der beide Hände tief in den Taschen seines zerschlissenen Trenchcoats vergraben hatte und hinkend an ihm vorbeihastete wie ein nicht mehr recht funktionierender Spielzeugsoldat, war kein Mensch mehr unterwegs.

Michael lehnte sich ans Geländer, starrte auf den Fluß, drehte dann den Kopf zur Seite und blickte zur Battersea Bridge hinüber, hinter der die hellerleuchtete Albert Bridge aufragte. Er glaubte zu sehen, wie Sarah durch Dunkelheit und Nebel auf ihn zukam, ihr pechschwarzes Haar zu einem Nackenknoten zusammengefaßt, ihr Rock um Wildlederstiefel wippend. Sie lächelte ihn an, als sei er der wichtigste Mensch der Welt, als habe sie den ganzen Tag nur an ihn gedacht. Mit dem gleichen Lächeln begrüßte sie ihn jedesmal, wenn er ihre Wohnung betrat. Oder wenn sie sich zu einem Drink in ihrer Weinbar oder zu einem Espresso in ihrem Stammcafé trafen.

Michael erinnerte sich an ihr letztes Zusammensein, als er am Nachmittag davor bei ihr vorbeigeschaut und sie in einem weißen Trikot auf dem Fußboden sitzend angetroffen hatte, wo sie ihren schlanken Körper über ihre langen nackten Beine beugte. Er wußte noch gut, wie sie sich ihm entgegengereckt, ihn geküßt und das Trikot von ihren Schultern gestreift hatte, damit er ihre Brüste umfassen konnte. Später im Bett gestand sie ihm, daß sie sich als Mittel gegen Langeweile bei ihren Dehnungsübungen vorstellte, mit ihm zu vögeln. Und daß sie danach immer schrecklich erregt war und das Problem allein lösen mußte, weil er arbeitete.

In diesem Augenblick verliebte er sich endgültig in sie. Er liebte sie ein letztes Mal. Sie lag mit geschlossenen Augen und passivem Gesichtsausdruck still auf dem Rükken, bis das körperliche Vergnügen zu stark wurde. Dann öffnete sie Augen und Mund, zog sein Gesicht zu ihrem herunter und küßte ihn, bis sie gemeinsam kamen. Dieses Bild von Sarah und ihr Anblick, wie sie im Lichtschein des Chelsea Embankment auf ihn zuschwebte, waren durch den Mann mit der Pistole zerstört worden.

Er erinnerte sich, wie ihr Gesicht explodiert war, erinnerte sich, wie Sarah vor seinen Augen zusammengebrochen war. Er erinnerte sich an den Killer: blasse Haut, kurzgeschnittenes Haar, schmale Nase. Er sah wieder, wie der Mann eine Pistole mit Schalldämpfer hinten aus dem Hosenbund zog, wie er den Arm hochriß, wie er, ohne auch nur einen Augenblick zu zögern, dreimal rasch nacheinander abdrückte.

Er lief zu ihr, obwohl er wußte, daß sie tot war. Manchmal wünschte er sich, er hätte den Killer verfolgt, obwohl er wußte, daß ihn das vermutlich das Leben gekostet hätte. Statt dessen kniete er neben ihr, hielt sie in seinen Armen und drückte ihren Kopf an seine Brust, um ihr zerstörtes Gesicht nicht sehen zu müssen.

Es begann zu regnen. Michael fuhr mit einem Taxi ins Hotel zurück. Er zog sich aus, ging ins Bett und rief Elizabeth an. Sie mußte etwas in seiner Stimme gehört haben, denn sie klang bedrückt, als sie gute Nacht sagte und auflegte. Michael durchflutete ein heißes Schuldbewußtsein, als habe er sie gerade betrogen.

21

London

Früh am nächsten Morgen bezahlte Michael sein Hotelzimmer und mietete sich bei der Hertz-Filiale nördlich des Marble Arch einen silbergrauen Rover Sedan. Gegen den morgendlichen Berufsverkehr fuhr er nach Westen. Bei leichtem Nieselregen war es noch dunkel. Michael schaltete das Radio ein und hörte die Sechsuhrnachrichten der BBC. Der Tag brach schmutziggrau an, als er in die sanften Hügel der Chilterns hinauffuhr. Die Hertz-Straßenkarte lag unaufgeschlagen auf dem Beifahrersitz. Michael brauchte sie nicht, denn er kannte die Strecke gut.

Sarahs Familie gehörte ein großes altes Landhaus in Chipping Campden in den Cotswolds. Kalksteinmauern, überwuchert von Clematis und Efeu, umgaben das Anwesen. In den Monaten ihrer gemeinsamen Zeit hatten sie mehrere Wochenenden dort verbracht. Auf dem Land hatte Sarah sich immer verändert. Statt der schwarzen Lederkluft ihres Soho-Clans trug sie ausgebleichte Jeans und Pullover im Winter und mädchenhafte Baumwollkleider im Sommer. Vormittags wanderten sie in der Umgebung des Dorfs über Weideflächen mit Schafherden und vielen Fasanen. Nachmittags liebten sie sich. An warmen Sommertagen liebten sie sich im Garten hinter den Mauern und Blütenranken. Sarah genoß das Gefühl, Michael in sich zu haben und die Sonne auf ihrer blassen Haut zu spüren. Insgeheim hoffte sie, dabei beobachtet zu werden. Alle Welt sollte wissen, wie es aussah, wenn sie sich liebten. Alle sollten eifersüchtig sein.

Sie tanzte, sie war Mannequin, sie las viele Bücher. Manchmal war sie Schauspielerin, manchmal Fotografin. Ihre politischen Ansichten waren wirr und so flexibel wie ihr langer Körper. Sie war Labourwählerin, sie war Kommunistin. Sie war eine Grüne, sie war Anarchistin. Überall in ihrem Zimmer in Soho lagen Kleidungsstücke und Trikots. Sie hörte Clash und die Stones. Sie hörte sich Aufnahmen von Meeresbrandung und Waldesrauschen oder gregorianische Gesänge an. Sie war Vegetarierin, der vom Geruch gegrillten Lammfleischs schlecht wurde. Da ihre Wohnung über einem libanesischen Schnellrestaurant lag, zündete sie Kerzen und Räucherstäbchen an, um die Küchendünste zu überdecken. Als sie Michael zum erstenmal mit in ihr Bett nahm, hatte er das unbehagliche Gefühl, es in einer katholischen Kirche zu treiben.

Sarah führte ihn in eine ihm unbekannte Welt ein. Sie nahm ihn auf seltsame Parties mit. Sie nahm ihn in experimentelle Theateraufführungen mit. Sie nahm ihn zu Ausstellungen und Lesungen mit. Sie wählte andere Kleidung für ihn aus. Sie konnte erst einschlafen, wenn sie sich geliebt hatten. Es machte ihr Spaß, ihre Körper im Kerzenschein zu betrachten. »Sieh uns nur an«, sagte sie dabei. »Ich bin so weiß, du so dunkel. Ich bin gut, du bist böse.«

Seine Arbeit interessierte sie nicht, und sie fragte nie danach. Der Gedanke, jemand könne weltweit unterwegs sein, um etwas zu verkaufen, war ihr völlig unverständlich. Sie fragte nur, wohin er fahre und wann er zurückkomme.

Adrian Carter war sein Führungsoffizier. Michael hätte ihm und der Personalabteilung sein Verhältnis mit

Sarah melden müssen. Aber sie hätten ihre Vergangenheit überprüft – ihre politischen Ansichten, ihre Arbeit, ihre Freunde, ihre Liebhaber – und womöglich Dinge ausgegraben, die Michael lieber nicht wissen wollte. Also hielt er Sarah vor der Agency und die Agency vor Sarah geheim. Er fürchtete, daß sie ihn verlassen würde, wenn er ihr die Wahrheit sagte. Er fürchtete, daß Sarah ihren Freunden von seiner Arbeit erzählen würde, was seine in London aufgebaute Tarnung gefährdet hätte. Er belog seinen Arbeitgeber und seine Geliebte. Er war zur selben Zeit glücklich und unglücklich.

Er war kurz vor Oxford. Seit etwa zwanzig Meilen folgte ihm ein weißer Ford-Lieferwagen in stets gleichem Abstand. Es war möglich, daß der Ford nur zufällig in dieselbe Richtung fuhr, aber Michael war eingebleut worden, nicht an Zufälle zu glauben. Er fuhr langsamer und ließ sich von anderen Wagen überholen.

Der Ford behielt seinen Abstand bei.

Vor ihm tauchte eine Raststätte auf. Er verließ die Autobahn und parkte vor dem Restaurant. Der Ford folgte ihm und fuhr zur Tankstelle. Der Fahrer stieg aus und prüfte den Reifendruck vorn rechts, während er den Rover im Auge behielt. Michael überlegte, wer ihn beschatten ließ. Wheaton von der London Station? Graham Seymours MI6?

Er ging ins Café, bestellte ein Schinken-Eier-Sandwich und einen Kaffee und ging auf die Toilette. Anschließend holte er seine Bestellung ab und ging nach draußen. Der Ford stand noch immer an der Tankstelle; der Fahrer war gerade dabei, den Reifendruck hinten links zu prüfen.

Michael betrat eine Telefonzelle und rief im Hotel an. Er erklärte der Rezeptionistin, er habe im Bad zwei wertvolle Manschettenknöpfe liegen lassen. Er gab eine falsche Adresse in Miami an, die sie pflichtbewußt mitschrieb, während er weiter den Ford beobachtete. Dann hängte er ein und stieg wieder in seinen Rover. Er startete, verließ die Raststätte und ordnete sich in den Verkehr auf der Autobahn ein. Während er sein Sandwich aß, sah er mehrmals in den Rückspiegel.

Der Ford hielt den gleichen Abstand wie zuvor.

Der Wagen folgte Michael bis nach Moreton-in-Marsh, einem für Gloucestershire großen Dorf an der Kreuzung der Fernstraßen A44 und A429. Er bog auf den Parkplatz einer Ladenzeile ab und stieg aus. Der Ford parkte fünfzig Meter weit entfernt. Das Café lag neben einem Fleischer, der erlegte Fasane an der Ladentür hängen hatte. Michael erinnerte sich an Sarah, die ihm mit einem Teller Reis mit Bohnen und gelbem Kürbis gegenübersaß und angewidert beobachtete, wie er das Fleisch von den Knochen eines gebratenen Cotswolds-Fasans riß. Er betrat das Café, bestellte bei dem molligen Mädchen hinter der Theke einen Kaffee und Kuchen und nahm Platz.

Michael kannte Iwan Drosdow von CIA-Fotos. Er war bis auf einen tonsurartigen grauen Haarkranz kahl und beugte seinen langen Oberkörper über einen Stapel Morgenzeitungen. Eine goldgeränderte Lesebrille saß tief unten auf seiner markanten Nase; die grauen Augen waren gegen den Rauch der zwischen seinen Lippen hängenden Zigarette zusammengekniffen. Er trug einen grauen Rollkragenpullover und eine grüne Wachsjacke mit Cordsamtkragen. Zwei identische Corgis putzten sich neben Gummistiefeln, an denen frischer Schlamm klebte.

Michael nahm seine Tasse und den Teller und setzte sich damit an den Nebentisch. Drosdow sah auf, lächelte flüchtig und vertiefte sich wieder in seine Zeitungen. Einige Minuten vergingen. während Michael seinen Kaffee trank und Drosdow die *Times* las und rauchte.

Ohne den Kopf zu heben, fragte Drosdow schließlich: »Wollen Sie irgendwann reden, oder wollen Sie nur dasitzen und meine Hunde ärgern?«

»Ich heiße Carl Blackburn«, sagte Michael überrascht, »und hätte Sie gern kurz gesprochen.«

»In Wirklichkeit heißen Sie Michael Osbourne und arbeiten im CIA-Zentrum für Terrorismusbekämpfung in Langley, Virgina. Sie sind im Außendienst gewesen, bis Ihre Geliebte in London ermordet worden ist und die Agency Sie abgezogen hat.«

Drosdow faltete die Zeitung sorgfältig zusammen und fütterte seine Hunde mit einem Rest Kuchen.

»Wenn Sie etwas mit mir besprechen möchten, sollten wir einen Spaziergang machen«, schlug er vor. »Aber belügen Sie mich nicht wieder, Mr. Osbourne. Das ist beleidigend, und ich vertrage Beleidigungen schlecht.«

»Wissen Sie, daß Sie beschattet werden, Mr. Osbourne?«

Sie waren auf einer Landstraße unterwegs, die nach Aston Magna führte, wo Drosdow sich nach dem Zusammenbruch der Sowjetunion niedergelassen hatte, da er nicht mehr fürchten mußte, von seinen ehemaligen KGB-Vorgesetzten liquidiert zu werden. Er war knapp einen Kopf größer als Michael und hielt sich wie viele großgewachsene Männer leicht gebückt, um kleiner zu wirken. Er ging mit auf dem Rücken gekreuzten Händen und hielt den Kopf gesenkt, als suche er einen verlorenen Wertgegenstand. Seine Hunde liefen einige Meter voraus, als wollten sie das Gelände erkunden. Michael, von Natur aus ein rascher Geher, hatte alle Mühe, mit Drosdows staksendem Gang Schritt zu halten. Er fragte sich, wie der Alte die Beschatter wahrgenommen hatte, ohne sich für seine Umgebung zu interessieren.

»Zwei Männer«, sagte Drosdow. »Weißer Ford-Lieferwagen.«

»Die sind mir kurz nach London aufgefallen.«

»Weiß jemand, daß Sie mich besuchen wollten?«

»Nein«, log Michael. »Ich bin nicht als Vertreter der CIA hier und habe die Briten nicht um Erlaubnis gefragt. Dieser Besuch ist rein privat.«

»Sie haben sich in eine ziemlich schwierige Lage gebracht, Mr. Osbourne. Tun Sie etwas, das mir nicht gefällt, brauche ich nur meinen Führungsoffizier beim MI6 anzurufen, und Sie werden verdammt große Schwierigkeiten bekommen.«

»Das weiß ich. Unter Kollegen bitte ich Sie natürlich um den Gefallen, das nicht zu tun.«

»Ihr Anliegen muß ziemlich wichtig sein.«

»Das ist es.«

»Ich vermute, daß diese Männer ein Richtmikrofon mit großer Reichweite haben. Vielleicht sollten wir irgendwo spazierengehen, wo sie uns nicht folgen können.«

Sie bogen auf einen Fußweg zwischen Weideflächen mit dürrem Wintergras ab. In der Ferne ragten Hügel bis zu niedrigen Wolken hinauf. Entlang des Zauns drängte sich blökend eine kleine Schafherde zusammen. Drosdow kraulte einigen Tieren im Vorbeigehen die dicke Kopfwolle. Nach dem nächtlichen Regen war der Weg so schlammig, daß Michaels italienische Wildlederslipper schon nach wenigen Metern ruiniert waren. Er blieb kurz stehen und sah sich um. Der weiße Kastenwagen fuhr nach Morton zurück.

»Ich glaube, wir können jetzt offen sprechen, Mr. Osbourne. Ihre Freunde haben offenbar aufgegeben.«

Zehn Minuten lang redete nur Michael. Er ging die Liste der Attentate und Terroranschläge durch. Der Staatssekretär in Sevilla. Der Polizeipräfekt in Paris. Der BMW-Direktor in Frankfurt. Der PLO-Kommandeur in Tunis. Der israelische Geschäftsmann in London. Drosdow hörte aufmerksam zu, nickte manchmal, grunzte zwischendurch halblaut. Die Hunde jagten über die Wiese und stöberten Fasane auf.

»Und was wollen Sie nun genau wissen?« fragte Drosdow, als Michael fertig war.

»Ich will wissen, ob der KGB diese Anschläge verübt hat.«

Drosdow pfiff nach seinen Hunden. Sie haben Anerkennung verdient, Mr. Osbourne. Oh, Sie haben nicht wenige übersehen, aber Sie haben einen ausgezeichneten Anfang gemacht.«

»Das sind also KGB-Aktionen gewesen?«

»Ganz recht.«

»Alle von demselben Mann ausgeführt?«

»Gewiß.«

»Wie heißt er?«

»Er hat keinen Namen gehabt, Mr. Osbourne. Lediglich einen Decknamen.«

»Welchen Decknamen?«

Drosdow zögerte. Er war übergelaufen, hatte seinen Dienst verraten. Aber die Preisgabe von Decknamen war mit dem Bruch des Schweigegelübdes der Mafia vergleichbar.

Schließlich sagte er: »Oktober, Mr. Osbourne. Sein Deckname ist Oktober gewesen.«

Als die Sonne kurz durch die Wolken lugte, wurde es sofort angenehm warm. Michael knöpfte seinen Mantel auf und zündete sich eine Zigarette an. Drosdow, der seinem Beispiel folgte, rauchte mit gerunzelter Stirn, als überlege er, womit er anfangen solle. Michael hatte viel Erfahrung im Umgang mit Agenten. Er wußte, wann man drängen mußte, wann es besser war, lieber den Mund zu halten und nur zuzuhören. Drosdow konnte er nicht unter Druck setzen; Drosdow würde nur freiwillig reden.

»Im Gegensatz zu der im Westen weitverbreiteten Ansicht sind wir keine guten Killer gewesen«, sagte Drosdow schließlich. »Oh, innerhalb der Sowjetunion haben wir höchst effizient gearbeitet. Aber außerhalb des Ostblocks, im Westen, haben wir bei ›nassen Angelegenheiten‹ ziemlich versagt. Nikolai Chochlow, einer unserer besten Killer, hat irgendwann Bedenken bekommen und ist übergelaufen. Wir haben versucht, ihn zu liquidieren, aber das ist schiefgegangen. Dann hat das Politbüro für längere Zeit auf Attentate als Mittel geheimdienstlicher Arbeit verzichtet.«

Drosdow ließ seine Kippe in den Schlamm fallen und trat sie mit dem Gummistiefel aus. »Ende der sechziger Jahre hat sich das geändert. Ein Blick in den Westen hat uns überall innere Konflikte gezeigt: die Iren, die Basken, die deutsche Baader-Meinhof-Gruppe, die Palästinenser. Und wir hatten auch eigene Geschäfte zu erledigen: Dissidenten, Überläufer, Sie verstehen. Wie Sie wissen, ist für Mordaufträge die Abteilung Fünf der Ersten Hauptverwaltung zuständig gewesen. Die Abteilung Fünf wollte einen hervorragend ausgebildeten Killer permanent im Westen stationieren, um kurzfristig Aufträge durchführen zu können. Die Wahl ist auf Oktober gefallen.«

»Wer ist er?« fragte Michael.

»Ich bin zur Abteilung Fünf gekommen, als er schon im Westen war. In seiner Akte hat nichts über seine wahre Identität gestanden. Natürlich hat's Gerüchte gegeben. Er soll der uneheliche Sohn eines sehr hohen KGB-Offiziers sein. Eines Generals, sogar des KGB-Chefs. Seine Mutter soll Jüdin gewesen sein. Aber kein einziges dieser Gerüchte hat sich beweisen lassen.

Jedenfalls hat der KGB frühzeitig begonnen, ihn systematisch auszubilden. 1968 ist er über die tschechisch-österreichische Grenze in den Westen geschleust worden. Wenig später war er in Paris, wo er als Flüchtling in einem katholischen Waisenhaus aufgenommen worden ist. Im Lauf der Jahre hat er sich eine hieb- und stichfeste französische Identität zugelegt. Französischer Schulabschluß, französischer Paß, alles. Er hat sogar seine Wehrpflicht in der französischen Armee abgeleistet.«

»Und dann hat er zu morden begonnen.«

»Wir haben ihn eingesetzt, um den Westen zu destabilisieren, um den westlichen Regierungen Schwierigkeiten zu machen. Er hat in beiden Lagern gemordet. Er hat Unruhe gestiftet. Die Flammen geschürt. Und er hat erstklassige Arbeit geleistet. Er ist stolz darauf gewesen, niemals versagt zu haben. Dabei hat er auf alle Hilfsmittel verzichtet, die wir ihm angeboten haben, Munition mit Blausäure oder Giftgas zum Beispiel. Er hat seine eigene, für ihn charakteristische Tötungsmethode entwickelt.«

»Drei Schüsse ins Gesicht.«

»Brutal, wirkungsvoll, dramatisch.«

Michael kannte die Wirkung dieser Methode; Drosdow brauchte sie ihm nicht näher zu schildern. »Hat er einen Führungsoffizier gehabt?« fragte er mit mühsam beherrschter Stimme.

»Ja, er wollte nur mit einem zusammenarbeiten, mit einem gewissen Michail Arbatow. Ich habe einmal versucht, Arbatow abzulösen, aber Oktober hat gedroht, den Neuen zu ermorden. Arbatow ist eine Art Familienersatz für ihn gewesen. Außer seinem Führungsoffizier hat er niemandem getraut – und auch Arbatow nicht wirklich.«

»In Paris ist neulich ein Michail Arbatow ermordet worden.«

»Ja, ich habe die Meldung gelesen. Die Polizei hat ihn als das Opfer eines Raubüberfalls bezeichnet. Er ist als ein in Paris lebender pensionierter russischer Diplomat beschrieben worden. Eines habe ich im Leben gelernt, Mr. Osbourne: Was in der Zeitung steht, darf man nicht alles glauben.«

»Wer hat Arbatow ermordet?«

»Natürlich Oktober.«

»Warum?«

»Das ist eine sehr gute Frage. Vielleicht hat Arbatow zuviel gewußt. Fühlt Oktober sich bedroht, mordet er. Nur darauf versteht er sich – und auf die Malerei. Er soll ein ziemlich begabter Künstler sein.«

»Er hat sich selbständig gemacht? Er ist freiberuflicher Killer geworden?«

»Der beste der Welt, sehr gefragt. Arbatow ist sein Agent gewesen. Gemeinsam sind die beiden ziemlich reich geworden. Wie ich höre, hat es viel Neid gegeben, weil Arbatow an Oktobers Talenten glänzend verdient hat. Arbatow hat viele Feinde, viele Neider gehabt – aber wenn ich seinen Mörder finden wollte, würde ich zuerst Oktober befragen.«

Die Sonne verschwand wieder, und am Himmel zogen schwarze Regenwolken auf. Sie kamen an einem aus Kalkstein erbauten großen Landsitz vorbei, der von weiten Rasenflächen umgeben war. Michael erzählte von Colin Yardley. Von seiner auf Videofilm festgehaltenen Ermordung. Von Astrid Vogel.

Drosdow schüttelte langsam den Kopf. »Ein Mann wie Yardley, der aus der Branche stammt, hätte eigentlich wissen müssen, wie gefährlich eine Kamera im Schlafzimmer sein kann. Das ist so ungefähr der einzige Aspekt des Altwerdens, der mich nicht stört, muß ich sagen. Nun habe ich endlich Ruhe vor fleischlichen Begierden. Ich habe meine Hunde, meine Bücher und meine Cotswold Hills.«

Michael lachte halblaut.

»Oktober hat einmal mit der Rote-Armee-Fraktion zusammengearbeitet. Dabei hat er Astrid Vogel kennengelernt. Sie war viele Jahre untergetaucht – in Tripolis, in Damaskus, im Shoufgebirge. Sie hat für ihren Idealismus teuer bezahlt. Irgend etwas hat sie veranlaßt, wieder aktiv zu werden. Ich denke, daß Geld dahintersteckt.«

»Warum hat Oktober Colin Yardley ermordet?«

»Vielleicht sollten Sie diese Frage anders stellen: Was hat Colin Yardley getan? Weswegen läßt ihn jemand von dem besten Berufskiller der Welt liquidieren?«

Er hat vielleicht bei einem Waffenhändler namens Faruk Chalifa eine Stinger gekauft und sie den Männern übergeben, die Flug 002 abgeschossen haben, dachte Michael.

Leichter Regen setzte ein, und es wurde spürbar kälter. Die beiden Hunde schwänzelten um Drosdows Gummistiefel herum, als wollten sie ihm zeigen, daß sie sich aufs Haus und ihren warmen Platz am Kamin freuten. Vor ihnen tauchte das Dorf Aston Magna auf: ein paar kleine Häuser an der Kreuzung zweier schmaler Straßen. »Ich würde Sie gerne nach Moreton zurückbringen«, sagte Drosdow, »aber die Briten lassen mich nicht fahren.«

»Danke, ich kann leicht zurückgehen.«

»Tut mir leid um Ihre Schuhe«, sagte der Alte und tippte mit seinem Spazierstock auf Michaels ruinierte Slipper. »Nicht gerade das richtige Schuhwerk für eine Winterwanderung über die Cotswolds.«

»Ein geringer Preis für Ihre Hilfe.«

Michael blieb stehen. Drosdow ging einige Schritte weiter, blieb dann ebenfalls stehen und drehte sich um. »Einen Mord haben Sie nicht erwähnt«, stellte er fest. »Die Ermordung Sarah Randolphs in London. Ich nehme an, daß sie nichts mit Ihrem gegenwärtigen Fall zu tun hat. Ich bewundere Ihre Professionalität, Mr. Osbourne.«

Michael sagte nichts, sondern wartete schweigend.

»Sie ist eine überzeugte Kommunistin, eine Revolutionärin gewesen«, sagte Drosdow. Er blickte mit ausgebreiteten Armen zum Himmel auf. »Herr, bewahre uns vor den Idealisten! Ihre Sarah ist eine Freundin aller Unterdrückten der Welt gewesen: der Iren, der Araber, der Basken. Außerdem hat sie bereitwillig für meinen Dienst gearbeitet. Wir haben Ihre wahre Identität gekannt. Wir haben gewußt, daß Sie Agenten in uns freundlich gesinnte Guerillabewegungen eingeschleust haben. Wir wollten mehr über Sie erfahren, deshalb haben wir Sarah Randolph auf Sie angesetzt.«

Michael wurde schwindlig. Sein Herz jagte. Er hatte das Gefühl, sein Hörvermögen zu verlieren. Drosdow schien sich von ihm zu entfernen, war nur noch ein schmaler Strich am Ende eines langen, schwarzen Tunnels. Michael versuchte, seine Gefühle wieder unter Kontrolle zu bekommen. Er hatte Angst, Drosdow werde seine Verwirrung bemerken und den Mund halten. Aber er wollte alles hören. Nach so vielen Jahren wollte er die ganze Wahrheit erfahren, auch wenn sie noch so schmerzlich war.

»Sarah Randolph hat einen verhängnisvollen Fehler gemacht«, sagte Drosdow. »Sie hat sich in ihr Opfer verliebt. Sie hat ihrem Führungsoffizier erklärt, sie wolle aussteigen. Sie hat damit gedroht, Ihnen alles zu erzählen. Sie hat damit gedroht, zur Polizei zu gehen und ein Geständnis abzulegen. Ihr Führungsoffizier ist zu dem

Schluß gekommen, daß eine derart labile Person den Auftrag nicht erledigen könne. Die Zentrale wollte sie beseitigen lassen, und ich mußte unserem Mann den Mordauftrag erteilen. Vielleicht sollte ich mich bei Ihnen entschuldigen, Mr. Osbourne, aber das ist keine persönliche, sondern eine rein dienstliche Sache gewesen. Das verstehen Sie, nicht wahr?«

Michael hatte Mühe, eine Zigarette aus der Packung zu ziehen und zwischen seine Lippen zu stecken. Seine Hände zitterten. Drosdow trat vor und gab ihm mit einem verbeulten silbernen Feuerzeug Feuer.

»Ich finde, Sie haben es verdient, die Wahrheit zu erfahren, Mr. Osbourne, deshalb habe ich Ihnen alles andere erzählt. Aber die Sache ist vorüber. Sie ist Teil der Vergangenheit, genau wie der kalte Krieg. Gehen Sie zu Ihrer Frau zurück und vergessen Sie Sarah Randolph. Sie ist nie real gewesen. Und was Sie auch tun, nehmen Sie sich in acht«, sagte er warnend. Er brachte seinen Mund dicht an Michaels Ohr heran. »Machen Sie bei der Verfolgung Oktobers nur einen einzigen Fehler, erledigt er Sie so schnell, daß Sie gar nicht mitbekommen, wie's passiert ist.«

Michael ging in strömendem Regen nach Moreton zurück. Als er das Dorf erreichte, war er bis auf die Haut durchnäßt und starr vor Kälte. Er blieb auf dem Parkplatz vor dem Rover stehen und tat so, als sei ihm beim Aufsperren der Schlüssel aus der Hand gefallen. Er ging in die Hocke und inspizierte rasch die Unterseite des Wagens. Als er nichts Ungewöhnliches entdeckte, stieg er ein und ließ den Motor an. Er stellte die Heizung auf volle Leistung, schloß die Augen und legte seine Stirn auf das Lenkrad.

Er wußte nicht, ob er sie jetzt hassen sollte, weil sie ihn

belogen hatte, oder noch mehr lieben sollte, weil sie hatte aussteigen wollen und diesen Versuch mit dem Leben bezahlt hatte. Vor seinem inneren Auge erschien wieder Sarah, die auf ihn zuschwebte, ihr Lächeln, ihr langer Rock über Wildlederstiefeln. Zartweiße Haut, im Kerzenschein golden leuchtend. Ihr Leib, der sich ihm entgegenwölbte. Ihr explodiertes Gesicht!

Er schlug mit der Faust aufs Armaturenbrett, gab Gas und fuhr so rasant an, daß die Räder auf dem nassen Asphalt durchdrehten. Der weiße Ford-Lieferwagen tauchte wieder auf und blieb hinter ihm, bis er den Rover am Flughafen Heathrow abgab.

Michael fuhr mit dem Bus zum Terminal 4 und eilte hinein. Die Schlange vor dem Ticketschalter der Trans-Atlantic Airlines war unzumutbar lang, deshalb suchte er sich eine Telefonzelle und rief Elizabeth im Büro an. Ihr Sekretär Max Lewis meldete sich und bat Michael, am Apparat zu bleiben, weil er Elizabeth aus einer Besprechung holen mußte. Michael überlegte, was er ihr erzählen sollte. Er beschloß, Sarah vorläufig nicht zu erwähnen. Die ganze Sache war zu kompliziert, zu emotional befrachtet, um am Telefon diskutiert zu werden.

Als Elizabeth sich meldete, sagte er: »Ich bin am Flughafen. Meine Maschine geht bald, und ich wollte dich nur anrufen, um dir zu sagen, daß ich dich liebe.«

»Alles in Ordnung, Michael? Du klingst irgendwie durcheinander.«

»Ich habe nur einen langen Vormittag hinter mir. Ich erzähle dir alles heute abend zu Hause. Wie geht's dir? Bist du bereit für morgen?«

»So bereit, wie man nur sein kann. Ich versuche allerdings, nicht dauernd daran zu denken. Ich stecke bis über beide Ohren in der Arbeit, und das hilft auch.«

Michael drehte sich um, um zu sehen, ob die Warteschlange inzwischen kürzer geworden war. Etwa hundert Menschen standen mit genervtem Gesichtsausdruck vor einem Schalter. Drei junge Männer betraten das Terminal. Alle drei trugen Baseballmützen; jeder der drei hatte eine schwarze Reisetasche in der Hand. Sie trugen Jeans und Turnschuhe, alle drei waren dunkelhaarig und hatten olivfarbene Gesichter.

Michael beobachtete sie. Er bekam nicht mehr richtig mit, was Elizabeth sagte. Die drei jungen Männer blieben stehen und stellten ihre Taschen ab. Sie hockten sich daneben und zogen die Reißverschlüsse auf.

»Augenblick mal, Elizabeth«, sagte Michael.

»Michael, was ist los?«

Er gab keine Antwort, sondern beobachtete weiter.

»Michael, red schon, verdammt noch mal! Was ist los?«

Die drei Männer griffen gleichzeitig unter die Schirme ihrer Baseballmützen und ließen ihre Gesichter hinter schwarzen Seidenmasken verschwinden.

»Runter! Hinwerfen! Alle runter!« brüllte Michael aus der Telefonzelle nach draußen.

Er ließ den Hörer fallen.

Die Männer richteten sich mit Handgranaten und Maschinenpistolen in den Händen auf.

»Vorsicht, Waffen!« brüllte Michael. »Runter! Runter!«

Die Attentäter warfen Handgranaten in die Menge und begannen zu schießen.

Michael rannte wild schreiend auf sie zu, bis die Druckwelle einer Detonation ihn umwarf.

In ihrem Büro in Washington schrie Elizabeth ins Telefon. Sie hörte Michaels Warnrufe, Explosionen und hämmernde Schüsse. Dann riß die Verbindung ab. »O Gott, Michael, Michael!«

Sie grapschte mit zitternden Händen nach der Fernbedienung und schaltete CNN ein. Irgendeine dämliche Reportage klärte darüber auf, wie gesund Avocados sind.

Sie lief wild auf und ab. Sie kaute an den Fingernägeln. Max saß bei ihr und hielt ihre Hand, während sie warteten. Nach zehn Minuten schickte sie ihn weg und tat etwas, das sie seit zwanzig Jahren nicht mehr getan hatte.

Sie schloß die Augen, faltete die Hände und betete.

22

London

Der Direktor telefonierte mit Mitchell Elliott über eine abhörsichere Verbindung aus seinem Arbeitszimmer im ersten Stock seines Hauses in St. John's Wood.

»Ich fürchte, Mr. Osbourne könnte ein Problem für uns werden, Mr. Elliott. Er hat gestern abend mit einem Mann vom Secret Intelligence Service ein interessantes Gespräch geführt, das wir von der Straße aus mit einem Richtmikrofon abgehört haben. Heute morgen hat er sich mit Iwan Drosdow getroffen, einem KGB-Überläufer, der früher die Aktivitäten unseres Killers beaufsichtigt hat.«

Am anderen Ende der Leitung seufzte Elliott schwer.

»Ich will nur sagen, daß er viel weiß und bestimmt noch mehr vermutet«, sagte der Direktor. »Ein sehr ernstzunehmender Gegner, unser Mr. Osbourne. Meiner Meinung nach wäre es ein großer Fehler, ihn zu unterschätzen.«

»Ich unterschätze ihn keineswegs, Direktor. Davon können Sie überzeugt sein.«

»Wie steht's drüben bei Ihnen?«

»Osbourne und seine Frau haben eine Diskette mit Susanna Daytons Notizen und ihrem fertigen Artikel. Sie haben es offenbar geschafft, ihr Kennwort zu knacken. Sie haben das ganze Material der Redaktion der *Washington Post* übergeben.«

»Eine unglückliche Entwicklung«, sagte der Direktor

leicht hüstelnd. »Ich habe den Eindruck, auch Mrs. Osbourne könnte uns ernstlich schaden.«

»Ich lasse sie überwachen.«

»Hoffentlich arbeiten Ihre Leute diesmal professioneller. Das letzte, was wir jetzt brauchen, ist, daß Susanna Daytons beste Freundin tot aufgefunden wird. Bei ihrem Mann sieht die Sache anders aus. Er hat sich im Lauf der Jahre zahlreiche Feinde gemacht. Es wäre vielleicht ein glücklicher Zufall, wenn einer von ihnen auftauchen und sich an ihm rächen würde.«

»Das läßt sich bestimmt arrangieren.«

»Die Gesellschaft billigt Ihr Vorhaben, Mr. Elliott.«

»Danke, Direktor.«

»Solange es nur um Wahlkampffinanzierung geht, dürften Sie den Sturm ertragen können. Es wird bestimmt eine Schlammschlacht geben. Vielleicht müssen Sie eine hohe Geldstrafe zahlen und peinliche Spekulationen in den Medien ertragen, aber Ihr Projekt wird überleben. Sollte Mr. Osbourne jedoch auch nur annähernd die Wahrheit entdecken ... Nun, die Folgen brauche ich Ihnen wohl nicht zu erläutern, Mr. Elliott.«

»Natürlich nicht, Direktor. Was ist mit dem Überläufer Iwan Drosdow? Stellt er ein Problem für uns dar?«

»Schwer zu beurteilen, aber ich bin nicht bereit, das zu riskieren. Um Mr. Drosdow kümmert sich in diesem Augenblick jemand.«

»Eine kluge Entscheidung.«

»Das finde ich auch. Guten Tag, Mr. Elliott.«

In Aston Magna saß Iwan Drosdow am Kaminfeuer und las in dem durch die Fenstertür einfallenden schwachen Licht, als er das Klopfen hörte. Seine Corgis sprangen aus ihrem Korb und rannten wild kläffend zur Haustür. Drosdow, der vom Sitzen etwas steife Beine hatte, folgte ihnen langsam. Als er die Tür öffnete, stand draußen ein junger Mann in einem blauen Overall mit einem Gesicht wie ein Ministrant.

»Sie wünschen?« fragte Drosdow.

Der Junge zog eine Pistole mit Schalldämpfer. »Sprechen Sie ein letztes Gebet.«

Drosdow richtete sich auf. »Ich bin Atheist«, antwortete er ruhig.

»Schade«, sagte der Junge.

Er hob die Waffe und schoß Drosdow zweimal ins Herz.

23

Flughafen Heathrow, London

Der Attentäter schoß wahllos in die Menge. Dann sah er Michael auf sich zustürmen, schwenkte seine MP und jagte einen Feuerstoß hinaus. Michael hechtete hinter den Kiosk einer Wechselstube, während neben ihm Geschosse als Querschläger vom Boden abprallten. Hinter dem kleinen Kiosk kauerten schon zwei Menschen: eine in panischer Angst schreiende Deutsche und ein französischer Geistlicher, der das Vaterunser murmelte.

Der Attentäter verlor das Interesse an Michael und schoß wieder auf die wehrlosen Fluggäste. Michael streckte den Kopf hinter dem Kiosk hervor. Der Überfall hatte noch keine fünfzehn Sekunden gedauert, die ihm jedoch wie eine Ewigkeit vorkamen. Der Boden des Terminals war mit Toten, Sterbenden und Verletzten bedeckt, während verängstigte Menschen sich vergeblich bemühten, hinter Koffern und Ticketschaltern Deckung zu finden.

Scheiße, wo bleibt der verdammte Sicherheitsdienst? dachte Michael.

Einer der Attentäter machte eine Pause, um nachzuladen. Er griff in seine Reisetasche, zog den Sicherungsstift einer weiteren Handgranate heraus und warf sie in hohem Bogen hinter den TransAtlantic-Schalter. Die Detonation ließ das ganze Gebäude erzittern. Zwei leblose Körper mit abgerissenen Gliedmaßen wirbelten durch die Luft. Die Halle stank nach Rauch und Blut.

Die Schreie der Opfer übertönten fast das Hämmern der Maschinenpistolen.

Michael wünschte sich, er hätte eine Schußwaffe. Er sah nach rechts. Vier Uniformierte einer britischen Sondereinheit zur Terrorismusbekämpfung gingen hinter einem Ticketschalter in Stellung. Zwei standen auf, zielten kurz und schossen. Der Kopf eines Attentäters explodierte in einem rosa Schauer aus Blut und Gehirnmasse. Die beiden Überlebenden erwiderten das Feuer und trafen einen der Polizeibeamten. Die Uniformierten konzentrierten das Feuer auf den nächsten Terroristen, der von Kugeln durchsiebt zusammenbrach.

Der letzte Attentäter wollte den Kampf aufgeben. Er bewegte sich wild weiterschießend rückwärts zum Ausgang. Er krachte durch die automatische Tür, so daß es um ihn herum Glasscherben regnete.

Michael sah den vierten Mann des Teams im Fluchtfahrzeug, einem schwarzen Audi, hinterm Steuer sitzen. Er sprang auf, verließ das Terminal durch einen Parallelausgang und rannte den Gehsteig entlang, wobei er über auf dem Boden liegende Reisende und Flughafenangestellte hinwegsprang.

Der Terrorist am Steuer ließ nervös den Motor aufheulen. Ein halbes Dutzend Sicherheitsbeamter rannte mit schußbereiten Waffen durchs Terminal. Michael spurtete mit ausgestreckten Händen weiter.

Der letzte Attentäter war zwanzig Meter von ihm entfernt und wollte gerade einsteigen. Der Fahrer hatte ihm die hintere Tür aufgestoßen. In dieser Sekunde blickte der Terrorist auf und sah Michael auf sich zustürmen. Er warf sich herum und wollte seine MP hochreißen.

Michael senkte eine Schulter und rannte den Attentäter über den Haufen.

Als er zu Boden ging, fiel ihm die MP aus den Händen.

Michael packte den Mann an der Gurgel und traf sein Gesicht mit zwei brutalen Boxhieben. Der erste zerschmetterte ihm das Nasenbein. Nach dem zweiten, der ihm den Backenknochen brach, blieb er bewußtlos liegen.

Der Terrorist am Steuer stieß die Fahrertür auf und stieg mit einer Pistole in der behandschuhten Hand aus. Michael griff nach der zu Boden gefallenen Maschinenpistole, riß sie hoch und schoß durch die Windschutzscheibe des Audis. Der Terrorist konnte noch zweimal abdrücken, ohne jemanden zu treffen, bevor er tot zusammenbrach.

Michael, dessen Herz jagte, sah einen dunklen Schatten und etwas, das eine Waffe sein konnte. Er drehte sich auf einem Knie herum und richtete die erbeutete Maschinenpistole auf einen britischen Sicherheitsbeamten.

»Weg mit der Waffe, ruhig und friedlich, Kumpel«, forderte der Polizeibeamte ihn gelassen auf. »Jetzt ist alles vorbei. Also weg mit der Waffe.«

Wheaton, der Londoner CIA-Chef, holte Michael mit seinem Dienstwagen vom Flughafen ab und brachte ihn in die Stadt zurück. Michael legte seinen Kopf ans Fenster und schloß die Augen. Er war eine Stunde lang von einem hohen Polizeibeamten und zwei Männern von MI5 verhört worden. Anfangs war er bei seiner Legende geblieben: ein amerikanischer Geschäftsmann, der nach einem Termin in London nach New York zurückfliegen wollte. Schließlich war jemand von der Botschaft gekommen. Michael hatte gebeten, Wheaton zu verständigen, und Wheaton hatte mit der Polizei und dem MI5 telefoniert und ihnen die Wahrheit erzählt.

Michael, der noch nie getötet hatte, war auf seine

Reaktion nicht gefaßt. Gleich nach dem Kampf hatte er einen wilden Überschwang, einen an Blutrausch grenzenden Nervenkitzel empfunden. Die Terroristen waren Verbrecher, die Unschuldige ermordet hatten; sie hatten einen gewaltsamen schmerzhaften Tod verdient. Michael war froh, daß er den einen umgelegt und dem anderen das Gesicht zerschlagen hatte. In seiner ganzen bisherigen Laufbahn als Terroristenjäger hatte er immer nur seinen Verstand und seine Kombinationsgabe als Waffen benutzt. Diesmal hatte er sich seiner Fäuste und einer Maschinenpistole bedient, und das war ein befriedigendes Gefühl.

Jetzt überwältigte ihn Erschöpfung. Sie lastete auf seiner Brust, preßte ihm den Kopf zusammen. Seine Hände zitterten nicht mehr; das Adrenalin hatte sich verflüchtigt. Ihm wurde immer wieder schwindlig. Er schloß die Augen, sah Blut spritzen und Köpfe explodieren, hörte Schreie und das Hämmern von Maschinenpistolen. Er sah den Fahrer des Fluchtwagens zurücktaumeln, spürte das Bocken der MP in seinen Händen. Er hatte einen Menschen getötet, einen schlechten Menschen, aber trotzdem einen Menschen. Jetzt fühlte er sich nicht mehr gut. Er fühlte sich schmutzig.

Michael rieb sich die rechte Hand. »Vielleicht sollten Sie das mal dem Arzt zeigen«, meinte Wheaton, als habe Michael über einen wiederholt auftretenden Tennisarm geklagt.

Michael ignorierte ihn. »Wie viele Opfer hat's gegeben?«

»Sechsunddreißig Tote, über fünfzig Verletzte, einige davon schwer. Die Briten rechnen damit, daß die Zahl der Toten sich noch erhöht.«

»Amerikaner?«

»Mindestens zwanzig Tote sind Amerikaner. Die meisten Leute vor dem Schalter wollten nach New York. Die übrigen Toten sind Engländer. Wir haben Ihre Frau schon benachrichtigt. Sie weiß, daß Ihnen nichts passiert ist.«

Michael dachte an das letzte Telefonat mit ihr. Gerade hatten sie noch miteinander geredet; im nächsten Augenblick hatte er den Hörer fallen lassen und losgebrüllt. Wieviel Elizabeth wohl mitbekommen hatte? Hatte sie alles gehört – die Detonationen, die Schüsse, die Schreie –, oder war die Verbindung barmherzigerweise abgerissen? Er stellte sich vor, wie sie in ihrem Büro saß und sich schreckliche Sorgen machte, und hatte ein schlechtes Gewissen. Er wollte dringend mit ihr reden, aber nicht vor Wheaton.

Sie fuhren auf der Cromwell Road nach Osten. »Die kläffende Medienmeute will Sie natürlich unbedingt interviewen«, sagte Wheaton. »Augenzeugen haben Reportern geschildert, daß ein Held im dunklen Anzug einen Terroristen erschossen und den anderen außer Gefecht gesetzt hat. Die Polizei behauptet, der Mann wolle aus Angst vor einem Racheakt des *Schwerts von Gaza* anonym bleiben. Das glauben die Medien bisher, aber kein Mensch weiß, wie viele Polizeibeamte die Wahrheit wissen. Wenn nur einer nicht dichthält, bekommen wir ein echtes Problem.«

»Hat das *Schwert von Gaza* schon die Verantwortung für diesen Anschlag übernommen?«

»Ihr Fax ist vor wenigen Minuten bei der *Times* eingegangen. Die Briten sind noch dabei, es zu analysieren, und wir haben es an die Zentrale weitergeleitet. Scheint authentisch zu sein. Müßte bald zur Veröffentlichung freigegeben werden.«

»Vergeltung für die Luftangriffe auf die Ausbildungslager?«

»Aber natürlich!«

Sie fuhren auf der Park Lane nach Mayfair zum Grosvenor Square. Die Limousine benutzte die Haupteinfahrt. Michael wünschte, sie wären durch die Tiefgarage hereingekommen, aber das spielte jetzt vermutlich keine große Rolle mehr. Er stieg aus dem Wagen. Er fühlte sich schwindlig, und sein linkes Knie tat verdammt weh. Er mußte es sich im Kampf verletzt haben, aber das Adrenalin hatte ihn bisher keinen Schmerz spüren lassen.

Die wachhabenden Marineinfanteristen salutierten zackig, als Michael von Wheaton gefolgt das Botschaftsgebäude betrat. Der Botschafter und seine engsten Mitarbeiter erwarteten ihn, das restliche Botschaftspersonal hatte sich hinter ihnen aufgestellt. Der Botschafter begann spontan zu applaudieren, und die anderen folgten seinem Beispiel. Michael hatte sein ganzes Berufsleben lang im Untergrund gearbeitet. Seine Auszeichnungen waren ihm unter Ausschluß der Öffentlichkeit verliehen worden. Von seinen beruflichen Erfolgen durfte er keinem Menschen erzählen, nicht einmal Elizabeth. Nun brandete der Applaus des Botschaftspersonals über ihn hinweg, und ein kalter Schauder lief ihm über den Rücken.

Der Botschafter trat vor und legte Michael eine Hand auf die Schulter. »Ich weiß, daß Ihnen jetzt vermutlich nicht nach Feiern zumute ist, aber Sie sollen wissen, wie stolz wir alle auf Sie sind.«

»Danke, Mr. Ambassador. Das bedeutet mir sehr viel.«

»Außer mir möchte noch jemand mit Ihnen sprechen. Kommen Sie bitte mit.«

Als Michael von Wheaton und dem Botschafter begleitet die Nachrichtenzentrale betrat, war auf dem großen Bildschirm das Wappen des amerikanischen Präsidenten zu sehen. Der Botschafter nahm einen Telefonhörer ab, murmelte ein paar Worte hinein und legte wieder auf. Kurz darauf verschwand das Wappen, und auf dem Bildschirm erschien James Beckwith, der zu einem weißen Hemd mit offenem Kragen eine Strickjacke trug und im Oval Office in einem Sessel am Kamin saß.

»Michael, mit Worten läßt sich nicht ausdrücken, wie dankbar und wie stolz wir sind«, begann der Präsident. »Stolz auf Sie! Sie haben Ihr Leben riskiert, um einen Terroristen zu überwältigen und einen weiteren zu erschießen. Ihr Eingreifen hat vermutlich zahlreichen Menschen das Leben gerettet und dieser Bande skrupelloser Feiglinge einen schweren Schlag versetzt. Ich werde darauf bestehen, daß Sie dafür mit dem höchstmöglichen Orden ausgezeichnet werden. Ich wünschte nur, ich könnte Ihnen diese Auszeichnung vor den Augen der gesamten Nation persönlich anheften, denn ich weiß, daß Ihr Land heute sehr stolz auf Sie wäre.«

Michael brachte ein Lächeln zustande. »Ich bin es gewöhnt, verdeckt zu arbeiten, Mr. President, und würde es gern dabei belassen, wenn's Ihnen recht ist.«

Beckwith lächelte zustimmend. »Ich habe mir gedacht, daß Sie das sagen würden. Außerdem sind Sie zu wertvoll, als daß wir Sie durch einen Fototermin enttarnen dürften.«

Die Kameraeinstellung veränderte sich und zeigte nun auch die übrigen Männer, die mit dem Präsidenten im Oval Office saßen: Stabschef Vandenberg, CIA-Direktor Clark, Sicherheitsberater Bristol. Ganz außen am Bildschirmrand saß ein kleiner Mann, der einen schlechtsitzenden Designeranzug trug, die Hände im Schoß gefaltet hatte und sein Gesicht als guter Spion von der Kamera wegdrehte. Michael wußte sofort, daß das Adrian Carter war.

»Entschuldigen Sie, Mr. President«, sagte Michael. »Könnte die Kamera etwas weiter nach links schwenken? Ich kann den kleinen Mann auf dem Sofa nicht richtig erkennen.«

Die Kamera schwenkte und zeigte nun Carters Gesicht. Wie üblich wirkte er schläfrig und leicht gelangweilt.

»Na, na, wie kommt so ein ungehobelter Bursche wie Adrian Carter denn ins Oval Office?« fragte Michael. »Nehmen Sie sich vor dem in acht, Mr. President. Er klaut Hotelhandtücher und Aschenbecher. An Ihrer Stelle würde ich ihn im Weißen Haus vom Secret Service überwachen lassen.«

»Er hat schon ein halbes Dutzend M&M-Packungen mit dem Präsidentenwappen eingesteckt«, sagte Beckwith sichtlich amüsiert.

Carter lächelte schließlich auch. »Wenn du anfängst, dich wie ein großer amerikanischer Held aufzuführen, wird mir übel. Vergiß nicht, daß ich dich schon lange kenne, Michael. Ich weiß genau, wo du deine Leichen vergraben hast. An deiner Stelle wäre ich etwas vorsichtiger.«

Als das Lachen verklungen war, ergriff Beckwith wieder das Wort: »Michael, wir müssen noch etwas anderes mit Ihnen besprechen. Adrian und Direktor Clark werden Sie jetzt über die Einzelheiten informieren.«

»Ich will nicht lange um den heißen Brei herumreden«, begann Clark. Der CIA-Direktor war ein Politiker, ein ehemaliger Senator aus New Hampshire, der stolz darauf war, wie der Mann von der Straße zu sprechen. Deshalb war ihm der Wortschatz der Geheimdienstarbeit immer ein Buch mit sieben Siegeln geblieben. Clark war groß und hager, hatte schwer zu bändigende graue Lokken und trug stets eine Fliege. Er hätte besser als Inhaber eines großzügig ausgestatteten Lehrstuhls nach Dartmouth als ins Chefbüro in Langley gepaßt.

»Es mag verrückt klingen, aber das *Schwert von Gaza* möchte sich mit uns treffen.« Clark räusperte sich. »Ich muß mich genauer ausdrücken, Michael. Das *Schwert von Gaza* will sich nicht mit uns treffen, es will sich ausdrücklich mit Ihnen treffen.«

»Wie hat es diesen Wunsch übermittelt?«

»Durch unsere Botschaft in Damaskus. Vor ungefähr einer Stunde.«

»Wieso mit mir?«

»Diese Leute scheinen genau zu wissen, wer Sie sind und was Sie tun. Sie wollen sich mit dem Mann treffen, der am meisten über ihre Gruppe weiß, und sie wissen offenbar, daß Sie das sind.«

»Wann soll das Treffen stattfinden?«

»Morgen früh auf der ersten Fähre von Dover nach Calais. Sie sollen mittschiffs auf dem Backborddeck warten, bis der Mann Sie anspricht. Keine Beobachter, keine Tonbandgeräte, keine Kameras. Sehen sie irgendwas, das ihnen nicht gefällt, ist das Treffen geplatzt.«

»Wen wollen sie hinschicken?«

»Mohammed Awad.«

»Awad ist der zweithöchste Mann in der Führungsspitze dieser Organisation. Daß er eine Fähre benutzen will, um mit einem CIA-Offizier zu sprechen, ist bemerkenswert.«

»Deshalb ist diese Sache vermutlich zu schön, um wahr zu sein«, warf Carter ein. Ein Kameraschwenk brachte ihn ins Bild. »Sie gefällt mir nicht. Sie verstößt gegen alle Regeln für solche Begegnungen. Wir kontrollieren den Treffpunkt. Wir legen die Bedingungen fest. Wir lassen uns nie auf Bedingungen der anderen Seite ein. Das müßtest du eigentlich am besten wissen.«

»Du bist also gegen diesen Treff?« fragte Michael.

»Hundertzehnprozentig.«

»Mich würde interessieren, was Sie davon halten, Michael«, sagte Beckwith.

»Adrian hat recht, Mr. President. Im allgemeinen lehnen wir Treffs mit bekannten Terroristen unter solchen Bedingungen ab. Die Doktrin der Agency schreibt vor, daß wir jeden Treff kontrollieren können müssen, Ort, Zeit und äußere Voraussetzungen. Nachdem ich es gesagt habe, glaube ich, daß wir ernsthaft daran denken sollten, die Vorschriften in diesem Fall über Bord zu werfen.«

»Was ist, wenn sie vorhaben, Sie zu ermorden?« fragte Clark besorgt.

»Wollten sie mich tatsächlich beseitigen, müßten sie dafür nicht eine Begegnung auf der Fähre von Dover nach Calais arrangieren. Sie bräuchten nur einen Killer nach Washington zu schicken, der mir vor der Zentrale auflauert, fürchte ich.«

»Da haben Sie recht«, sagte der CIA-Direktor.

»Ich glaube, daß sie wirklich mit uns reden wollen«, sagte Michael. »»Und ich glaube, daß wir schlecht beraten wären, uns nicht anzuhören, was sie zu sagen haben.«

»Da bin ich anderer Meinung, Michael«, widersprach Carter. »Diese Leute gehören zu den brutalsten Terroristen, die wir kennen. Das beweisen sie täglich durch ihre Taten. Mir ist's ehrlich gesagt scheißegal, was sie zu sagen haben.« Er sah zu Beckwith hinüber und murmelte: »Entschuldigen Sie diesen Ausdruck, Mr. President.«

»Ich habe Ihnen gesagt, daß er kein Umgang für feine Leute ist, Mr. President«, warf Michael ein.

Sicherheitsberater William Bristol wartete, bis sich alle wieder beruhigt hatten, bevor er sagte: »Ich denke, daß ich in diesem Fall auf Michaels Seite stehe, Mr. President. Gewiß, Mohammed Awad ist ein gefährlicher Terrorist, mit dem man sich nicht treffen sollte, nur weil er das gerne möchte. Aber ich wüßte offengestanden gern, was er zu sagen hat. Diese Begegnung kann sich auszahlen. Jedenfalls dürfte sie der CIA wertvolle Hinweise auf Zusammensetzung und Einstellung der Gruppe liefern. Und ich stimme Michael in einem weiteren Punkt zu – wollte das *Schwert von Gaza* ihn beseitigen, ließe sich das einfacher arrangieren.«

Der Präsident wandte sich an Vandenberg. »Was denken Sie, Paul?«

»Ich widerspreche Ihnen ungern, Bill, denn Außenpolitik ist Ihr Fachgebiet, nicht meines, aber ich glaube, daß wir durch ein Treffen mit einem Führer einer blutrünstigen Mörderbande nichts zu gewinnen haben. Adrian hat recht: Das *Schwert von Gaza* handelt, es redet nicht. Mehr ist dabei nicht zu bedenken. Ich möchte dem amerikanischen Volk jedenfalls nicht erklären müssen, warum wir zu diesem Zeitpunkt mit Mohammed Awad zusammengetroffen sind. Sie haben die jüngste Krise beispielhaft gemeistert, Mr. President, und die Wählerschaft hat Sie dafür belohnt. Ich möchte nicht, daß Ihre ganze Popularität sich in Luft auflöst, nur weil ein Terrorist wie Mohammed Awad gerade Lust auf ein Schwätzchen hat.«

Beckwith verfiel in langes, nachdenkliches Schweigen. Michael wußte, daß das kein gutes Zeichen war. Er hatte noch nie mit dem Präsidenten zu tun gehabt, aber er hatte Stories über Paul Vandenbergs Einfluß gehört. War Vandenberg gegen diese Begegnung, würde diese Begegnung wahrscheinlich nicht stattfinden.

Schließlich hob Beckwith den Kopf, sah in die Kamera und sprach mehr mit Michael als mit seinen Beratern. »Michael, falls Sie zu diesem Treffen bereit sind, würde mich interessieren, was Mohammed Awad zu sagen hat.

Ich weiß, daß es riskant ist, und ich weiß, daß Sie verheiratet sind.«

»Ich mach's«, sagte Michael einfach.

»Also gut«, sagte Beckwith. »Ich wünsche Ihnen alles Gute, und wir reden morgen miteinander.«

Dann wurde das Bild aus Washington schwarz.

24

London

Der Botschafter stellte Michael sein Büro zur Verfügung, damit er Elizabeth in Washington anrufen konnte. Er wählte ihre Privatnummer, aber dort meldete sich nur Max Lewis, ihr Sekretär. Max war erleichtert, seine Stimme zu hören, und teilte ihm mit, daß Elizabeth schon nach New York unterwegs und später im Apartment ihres Vaters in der Fifth Avenue zu erreichen sei. Michael war im ersten Augenblick verärgert – wie konnte sie ihr Büro verlassen, ohne vorher mit ihm telefoniert zu haben? –, aber dann kam er sich wie ein völliger Idiot vor. Sie war gegangen, weil morgen früh der Eingriff in der Klinik durchgeführt werden sollte.

Das hatte Michael im Tumult des Überfalls auf dem Flughafen völlig vergessen. Und er hatte zugestimmt, sich mitten auf dem Ärmelkanal mit Mohammed Awad zu treffen, wodurch seine Rückkehr nach New York sich um weitere zwei Tage verzögern würde. Elizabeth würde vor Wut kochen, und das mit Recht. Michael erklärte Max, er werde sie in New York anrufen, und legte auf.

Michael war erleichtert, daß Elizabeth nicht dagewesen war. Er hatte nicht die geringste Lust, ein Gespräch dieser Art über eine ständig überwachte Botschaftsleitung zu führen. Er ging in Wheatons Büro und traf ihn mit seinem Golfball spielend und einer Dunhill zwischen seinen blutlosen Lippen am Schreibtisch sitzend an.

»Meine Reisetasche ist wohl in Heathrow geblieben«,

sagte Michael. »Vor Ladenschluß muß ich noch ein paar Einkäufe machen. Dann fahre ich ins Hotel und versuche etwas zu schlafen.«

»Nein, das tun Sie nicht«, antwortete Wheaton sehr von oben herab. Ihm hatte von Anfang an nicht gefallen, daß Michael in seinem Gebiet operierte, und daß Michael jetzt der Star des Tages war, trug keineswegs dazu bei, ihn milder zu stimmen. »Carter will, daß wir Sie irgendwo hübsch und sicher unterbringen. Wir haben eine sichere Wohnung in der Nähe des Bahnhofs Paddington. Dort haben Sie's bestimmt gemütlich.«

Michael stöhnte innerlich. Sichere CIA-Wohnungen waren das geheimdienstliche Gegenstück zur Econo Lodge. Das Apartment in der Nähe des Bahnhofs Paddington kannte er, weil er dort schon mehrmals verängstigte Agenten untergebracht hatte. Er hatte nicht die geringste Lust, dort zu übernachten. Aber er wußte, daß das nicht zu ändern war. Er würde sich gegen Carters Wunsch mit Mohammed Awad treffen und wollte Adrian nicht noch mehr gegen sich aufbringen, indem er mekkerte, weil er dieses eine Mal in einer sicheren Wohnung übernachten sollte.

»Ich brauche trotzdem ein paar Sachen«, sagte Michael.

»Schreiben Sie eine Liste, dann schicke ich jemanden los.«

»Ich brauche frische Luft. Ich will etwas *tun*. Muß ich die nächsten zwölf Stunden, in einer sicheren Wohnung eingesperrt, bloß mit englischem Fernsehen verbringen, kriege ich einen Lagerkoller!«

Wheaton nahm sichtlich irritiert den Hörer seines internen Telefons ab und murmelte ein paar unverständliche Worte hinein. Wenig später standen zwei CIA-Offiziere in hellgrauen Anzügen in der Tür seines Dienstzimmers.

»Gentlemen, Mr. Osbourne möchte den Nachmittag bei Harrods verbringen. Sorgen Sie dafür, daß ihm nichts zustößt.«

»Warum geben Sie mir nicht gleich zwei Marineinfanteristen in Uniform mit?« fragte Michael. »Außerdem genügt mir Marks and Spencer völlig.«

Sie fuhren mit dem Taxi zur Oxford Street, ein CIA-Offizier neben Michael auf dem Rücksitz, der andere auf den Notsitz gequetscht. Bei Marks & Spencer kaufte Michael zwei Cordsamthosen, zwei Rollkragenpullover aus Baumwolle, einen grauen Wollpullover, einen dunkelgrünen Mantel, Unterwäsche und Socken. Seine Aufpasser schlenderten hinter ihm her und betrachteten die Pulloverstapel und Anzugständer wie zwei Kommunisten auf ihrer ersten Reise in den kapitalistischen Westen. In einer Drogerie erstand er Rasierzeug, Zahnbürste, Zahncreme und Deodorant. Er wollte sich Bewegung verschaffen, deshalb machte er auf der Oxford Street einen Schaufensterbummel wie ein gelangweilter Geschäftsmann, der Zeit totschlagen will, und achtete instinktiv darauf, ob er beschattet wurde. Aber er sah nur die beiden CIA-Offiziere, die ungefähr zwanzig Meter Abstand hielten.

Leichter Regen setzte ein. Die Abenddämmerung sank wie ein Schleier herab. Michael bahnte sich seinen Weg durch die Menschenmassen, die aus dem U-Bahnhof Tottenham Court Road kamen. Ein Spätherbstabend in London; Michael liebte diese Gerüche. Regen auf dem Asphalt. Dieselqualm. Schlechte Kochgerüche in den Restaurants der Charing Cross Road. Bier und Zigaretten in den Pubs. Michael erinnerte sich an solche Abende, an denen er in einem blauen Anzug und dem beigen Mantel eines Handelsvertreters sein Büro verlassen hatte und nach Soho gefahren war, um Sarah zu treffen. Im Café oder der Weinbar, von Tänzern, Schauspielern oder Schriftstellern umringt. In ihrer Welt war Michael ein Außenseiter – ein Symbol aller Konventionen, die sie verabscheuten –, aber Sarah konzentrierte sich auch in ihrer Gegenwart nur auf Michael. Sie scherte sich nicht um die Liebeskonventionen ihres Clans. Sie hielt seine Hand. Sie küßte ihn. Sie tauschte geflüsterte Intimitäten mit ihm aus, die sie sich laut zu wiederholen weigerte.

Während er die Shaftesbury Avenue überquerte, fragte Michael sich, wieviel davon echt und wieviel gespielt gewesen war. Hatte sie ihn jemals geliebt? Hatte sie ihm immer etwas vorgespielt? Warum hatte sie den Russen gesagt, sie wolle aussteigen? Er stellte sich Sarah in ihrer schrecklichen Wohnung vor, wie ihr schlanker Leib sich ihm im Kerzenschein entgegenwölbte, wie ihr langes Haar über ihre Brüste fiel. Er roch ihr Haar, ihren Atem, schmeckte Salz auf zartweißer Haut. Ihr Liebesakt war eine religiöse Erfahrung gewesen. War er völlig erlogen gewesen, war Sarah Randolph die beste Agentin, die er je gekannt hatte?

Er überlegte, ob sie je etwas Brauchbares erfahren hatte. Vielleicht hätte er sie doch der Personalüberwachung melden sollen. Sie hätte Sarahs Vergangenheit durchleuchtet, sie überwacht und die Treffs mit dem russischen Führungsoffizier beobachtet. Dann wäre das alles nicht passiert. Er fragte sich, ob er ihre Affäre nachträglich melden sollte, aber dann hätte er auch Drosdow erwähnen müssen, worauf die halbe Agency und der halbe MI6 seinen Skalp gefordert hätten. Und er überlegte, was er Elizabeth erzählen sollte. *Versprich mir, mich niemals zu belügen, Michael. Du darfst mir Dinge vorenthalten, mich aber nie belügen.* Ich wollte, ich könnte dir die Wahrheit sagen, dachte er, aber der Teufel soll mich holen, wenn ich sie weiß.

Am Leicester Square setzte Michael sich auf eine Bank und wartete auf seine Aufpasser. Mit einem Taxi fuhren sie zu der sicheren Wohnung in einem häßlichen weißen Gebäude mit Blick auf den Bahnhof Paddington. Sie war schlimmer, als Michael sie in Erinnerung hatte: fleckige Clubhausmöbel, staubige Vorhänge, Plastikgeschirr in einer Küche aus der Nachkriegszeit. Der muffige Geruch in den Zimmern erinnerte Michael an sein Studentenwohnheim in Dartmouth. Wheaton hatte dafür gesorgt, daß im Kühlschrank Aufschnitt, Käse und Bier von Sainsbury's lagen.

Michael duschte und zog seine neuen Sachen an. Als er dann ins Wohnzimmer kam, futterten seine Aufpasser belegte Brote und verfolgten auf dem flimmernden Bildschirm ein englisches Fußballspiel. Irgend etwas an dieser Szene deprimierte ihn zutiefst. Er mußte Elizabeth in New York anrufen, aber er wußte, daß sie sich streiten würden, und hatte keine Lust, die Agency mithören zu lassen.

»Ich gehe aus«, verkündete Michael.

»Wheaton sagt, daß Sie dableiben sollen«, sagte einer der Aufpasser, der den Mund voller Schinken, Cheddarkäse und französischem Weißbrot hatte.

»Was Wheaton sagt, ist mir scheißegal. Ich will nicht den ganzen Abend hier mit euch Clowns rumhocken.« Er machte eine Pause. »Also, wir können gemeinsam gehen, oder ich hänge euch in ungefähr fünf Minuten ab, und ihr müßt dann Wheaton anrufen und es ihm erzählen.«

Sie fuhren nach Belgravia und parkten am Eaton Place vor dem schmalen Stadthaus der Seymours. Die Aufpasser warteten in ihrem Dienstwagen. Die Straße glänzte im Regen und im Licht der elfenbeinweißen Fassaden der georgianischen Terrasse. Durch die Fenster sah Michael Helen in ihrer Küche, wo sie sich auf das kulinarische Desaster dieses Abends konzentrierte, während Graham Zeitung lesend oben im Wohnzimmer saß. Michael ging die regennasse Treppe hinunter und klopfte an die Küchentür.

Helen küßte ihn auf die Wange. »Was für eine wundervolle Überraschung!«

»Ich störe hoffentlich nicht?«

»Natürlich nicht. Ich mache eine Bouillabaisse.«

»Hast du einen Teller für mich übrig?« fragte Michael, der schon beim Gedanken daran Sodbrennen bekam.

»Aber natürlich, Schätzchen«, gurrte Helen. »Geh schon mal nach oben und trink einen Schluck mit Graham. Der Überfall in Heathrow hat ihn schrecklich aufgeregt. Gott, ist das eine gräßliche Sache gewesen!«

»Ich weiß«, sagte Michael. »Ich bin leider dabeigewesen.«

»Soll das ein Witz sein?« Helen betrachtete ihn genauer und sagte: »O nein, das ist kein Witz, nicht wahr, Michael? Du siehst schlimm aus, du Ärmster. Aber die Bouillabaisse hilft dir wieder auf die Beine.«

Als Michael das Wohnzimmer betrat, sah Graham auf und sagte: »Na, wenn das nicht der Held von Heathrow ist.« Er legte den *Evening Standard* weg, dessen Schlagzeile vermeldete: TERROR IN TERMINAL VIER!

Auf dem Couchtisch stand ein Teller mit Brie und grober Landleberpastete neben einem großen Brotlaib. Graham hatte schon die Hälfte davon verschlungen. Michael schnitt sich etwas Käse und eine Scheibe Brot ab und betrachtete zweifelnd die Leberpastete.

»Keine Angst, die habe ich am Sloane Square gekauft,

Kumpel. Sie hat schon gedroht, Leberpastete selbst zu machen. Als nächstes verlegt sie sich aufs Brotbacken, und dann bin ich erledigt.«

Im Hintergrund kamen leise die BBC-Nachrichten aus Grahams guter deutscher Stereoanlage. Er besaß das absolute Gehör und hätte vermutlich Konzertpianist werden können, wenn der Dienst ihn nicht gekapert hätte. Sein Talent war im Lauf der Zeit wie eine nicht mehr benutzte Fremdsprache verkümmert. Er klimperte ein-, zweimal in der Woche auf seinem Steinway-Flügel herum, während Helen sein Dinner ermordete, und hörte Musik, die andere machten. Michael bekam mit, wie ein Augenzeuge den Mann im dunklen Anzug beschrieb, der einen Terroristen erschossen und einen weiteren außer Gefecht gesetzt hatte.

»Ich muß Elizabeth anrufen, aber ich will nicht, daß die halbe Agency zuhört. Kann ich bei dir telefonieren?«

Graham deutete auf das Telefon im Wohnzimmer.

»Ich wäre gern ein bißchen ungestörter«, sagte Michael. »Was ich ihr erzählen muß, wird ihr nicht gefallen.«

»Das Schlafzimmer ist im Flur geradeaus.«

Michael setzte sich auf die Bettkante, nahm den Hörer ab und wählte. Elizabeth meldete sich nach dem ersten Klingeln. Sie war hörbar aufgeregt.

»O Gott, Michael, wo hast du gesteckt? Ich habe mir solche Sorgen gemacht!«

So hatte er das Gespräch nicht beginnen wollen. Er neigte instinktiv dazu, für alles die Agency verantwortlich zu machen, aber Elizabeth hatte längst die Geduld mit seinen Ausreden wegen der außergewöhnlichen Anforderungen seines Berufs verloren.

»Wheaton hat mir erzählt, daß er mit dir gesprochen hat. Bis ich an ein Telefon gekommen bin, warst du schon nach New York unterwegs. Außerdem wollte ich ein Telefon benutzen, das nicht abgehört wird.«

»Wo bist du jetzt?«

»Bei Helen und Graham.«

Elizabeth kannte die Seymours und mochte sie sehr. Als Graham vor zwei Jahren dienstlich in Washington gewesen war, hatten sie zu viert ein langes Wochenende in dem Haus auf Shelter Island verbracht. Helen hatte darauf bestanden, am Samstagabend zu kochen, und sie mit einem ungenießbaren Coq au vin fast vergiftet.

»Warum bist du nicht auf dem Rückflug? Der Eingriff ist morgen früh um zehn. Ich brauche dich, Michael.«

»Heute gibt's keine Flüge mehr. Ich schaff's einfach nicht, rechtzeitig zurückzukommen.«

»Michael, du arbeitest für den amerikanischen Geheimdienst. Diese Leute können dir ein Flugzeug besorgen. Und sie werden es tun, wenn du ihnen erklärst, worum es geht.«

»So einfach ist das nicht. Außerdem kostet das Zehntausende von Dollar. So viel geben sie nicht für mich aus.«

Elizabeth atmete geräuschvoll aus. Michael hörte das Klicken ihres billigen Wegwerffeuerzeugs; sie machte eine Pause, um sich eine weitere Benson & Hedges anzuzünden.

Sie wechselte abrupt das Thema. »Ich habe den ganzen Tag CNN gesehen«, sagte sie. »Die Reporter haben mit Augenzeugen gesprochen, die geschildert haben, wie ein Fluggast einen Terroristen kampfunfähig gemacht und einen zweiten mit der eigenen Waffe erschossen hat. Der Mann, den sie beschrieben haben, ist dir verdächtig ähnlich gewesen, Michael.«

»Was hat Wheaton dir genau erzählt?«

»Nein, nein, Michael. Ich gebe dir keine Gelegenheit, deine Aussage auf seine abzustimmen. Was ist passiert?«

Michael erzählte es ihr.

»Jesus! Konntest du nicht einfach in Deckung bleiben und das Ende abwarten, Michael? Du hast eine Show abziehen müssen! Den Helden spielen und dein Leben riskieren müssen!«

»Ich habe nicht den Helden gespielt, Elizabeth. Ich habe nur reagiert. Ich habe getan, wofür ich ausgebildet bin, und damit vermutlich ein paar Menschen das Leben gerettet.«

»Glückwunsch, Michael! Was soll ich jetzt tun?« Ihre Stimme bebte vor Erregung. »Aufstehen und klatschen, weil du mich beinahe zur Witwe gemacht hast?«

»Ich habe dich nicht beinahe zur Witwe gemacht.«

»Michael! Im Fernsehen hat ein Zeuge geschildert, daß einer der Terroristen auf deinen Kopf gezielt hat und daß es dir gelungen ist, ihn zu erschießen, bevor er dich erschießen konnte. Lüg mich nicht an, Michael!«

»Ganz so dramatisch ist's nicht gewesen.«

»Warum hast du ihn dann erschossen?«

»Weil ich keine andere Wahl hatte.« Michael zögerte. »Und weil er den Tod verdient hatte. Leute wie ihn verfolge ich seit zwanzig Jahren, aber ich habe nie Gelegenheit gehabt, sie in Aktion zu sehen. Heute habe ich sie selbst erlebt. Es ist schlimmer gewesen, als ich mir je hätte vorstellen können.«

Er versuchte nicht bewußt, ihr Mitgefühl zu wecken, aber seine Worte besänftigten ihren Zorn.

»Gott, es tut mir leid«, sagte Elizabeth. »Wie geht's dir überhaupt?«

»Mir fehlt weiter nichts. Ich habe mir beim Zuschlagen fast die Hand gebrochen und mich irgendwie am linken Knie verletzt; es tut höllisch weh. Aber ansonsten ist alles in Ordnung.«

»Geschieht dir recht«, sagte sie und fügte dann rasch

hinzu: »Aber trotzdem küsse ich dich überall, wenn wir uns morgen wiedersehen.«

Michael zögerte. Elizabeth, deren Radar mit voller Leistung arbeitete, fragte: »Du kommst doch morgen heim, nicht wahr, Michael?«

»Leider ist etwas dazwischengekommen. Ich muß noch einen Tag hierbleiben.«

»Etwas ist dazwischengekommen? Michael, da mußt du dir schon was Besseres einfallen lassen!«

»Das ist die Wahrheit. Ich würde dir gern sagen, worum es geht, aber das darf ich nicht.«

»Warum kann kein anderer diese Sache erledigen?«

»Weil ich der einzige bin, der das kann.« Michael zögerte. »Eines kann ich dir jedenfalls sagen – der Befehl ist direkt vom Präsidenten gekommen.«

»Von wem er kommt, ist mir scheißegal«, fauchte Elizabeth. »Du hast versprochen, rechtzeitig zurückzukommen. Du hast dein Versprechen nicht gehalten.«

»Elizabeth, darauf habe ich keinen Einfluß.«

»Bockmist! Du hast alles unter Kontrolle. Du tust nur, was dir paßt. Das hast du schon immer getan.«

»Nur ein zusätzlicher Tag, dann komme ich heim. Ich fliege gleich nach New York. Ich bin rechtzeitig zur Implantation da.«

»Ach, weißt du, Michael, ich möchte dich nicht belästigen. Warum hängst du nicht noch ein paar Tage in London an und gehst ins Theater oder sonstwas?«

»Das ist unfair, Elizabeth, und bringt uns nicht weiter.«

»Du hast absolut recht, Michael, daß es unfair ist!«

»Aber ich kann nichts daran ändern.«

»Was du auch tust, Michael, beeil dich nicht! Ich weiß gar nicht, ob ich dich im Augenblick sehen will.«

»Was soll das heißen?«

»Das weiß ich selbst noch nicht. Ich weiß nur, daß ich

wütend und verletzt und von dir enttäuscht bin. Und ich habe Angst und kann's nicht fassen, daß du mich so im Stich läßt.«

»Die Entscheidung liegt nicht bei mir, Elizabeth. Es ist mein Beruf. Ich habe keine andere Wahl.«

»Doch, die hättest du, Michael. Du könntest dich auch anders entscheiden. Das ängstigt mich am meisten.«

Sie schwieg einen Augenblick, so daß nur das leise Zischen der Satellitenverbindung zu hören war. Michael fiel nichts ein, was er noch hätte sagen können. Er wollte ihr sagen, daß er sie liebe, daß die Sache ihm leid tue, aber das kam ihm dumm vor.

Schließlich sagte Elizabeth: »Am Telefon in Heathrow, unmittelbar vor dem Überfall, hast du gesagt, du wolltest mir etwas erzählen.«

Michael dachte an die Augenblicke vor dem Terroranschlag in Heathrow zurück und erinnerte sich daran, daß er Elizabeth von seinen Erkenntnissen über Sarah hatte erzählen wollen. Aber jetzt wollte er die Situation auf keinen Fall dadurch verschlimmern, daß er Elizabeth erzählte, er habe wegen der Ermordung seiner früheren Geliebten ermittelt.

»Ich weiß nicht mehr, worüber wir geredet haben«, behauptete Michael.

»Mein Gott, du bist ein miserabler Lügner, Michael«, sagte Elizabeth seufzend. »Ich dachte, zur Ausbildung eines Spions gehört es, Leute zu täuschen.« Sie machte eine Pause und wartete, ob er etwas sagen würde, aber ihm fiel nichts mehr ein. »Alles Gute für morgen, Michael, was immer du tust. Ich liebe dich.«

Sie legte auf. Michael wählte rasch noch einmal, aber als die Verbindung zustande kam, war am anderen Ende nur das ärgerliche Tröten des Besetztzeichens zu hören. Elizabeth hatte offenbar den Hörer neben das Telefon gelegt. Er versuchte es noch mal, aber als er wieder nicht durchkam, legte er auf und ging nach unten, um Helens Abendessen durchzustehen.

»Vielleicht solltest du Carter bitten, einen anderen zu schicken«, sagte Graham.

Sie saßen im Garten an einem schmiedeeisernen Tisch und rauchten Grahams ägyptische Zigaretten. Der Regen hatte aufgehört, und der Mond erschien immer wieder zwischen Wolkenlücken.

»Wir können keinen anderen schicken. Sie haben ausdrücklich mich verlangt. Sie kennen mich. Geht ein anderer hin, geht alles den Bach runter.«

»Hast du schon mal dran gedacht, daß du geradewegs in eine Falle tappen könntest? Wir leben in gefährlichen Zeiten, Michael. Vielleicht möchte das *Schwert von Gaza* gern einen CIA-Mann umlegen – vor allem nach deinem heutigen Auftritt in Heathrow.«

»Mein Tod würde diesen Leuten nichts nützen. Du weißt so gut wie ich, daß sie nie unüberlegt morden. Sie töten nur, wenn sie glauben, dadurch ihre Sache zu fördern.«

»Elizabeth ist wohl nicht gerade begeistert von der neuen Situation?«

»Das ist sehr zurückhaltend ausgedrückt. Sie weiß nicht, was ich morgen tue, aber es gefällt ihr nicht.« Michael erzählte ihm alles. Obwohl die Art ihrer Arbeit oft professionelle Diskretion erforderte, hatten Graham und er kaum persönliche Geheimnisse voreinander.

»Hoffentlich weißt du, was du tust, Kumpel. Klingt ziemlich ernst, wenn du mich fragst.«

»Ich brauche im Augenblick keinen Eheberater. Ich weiß, daß ich Scheiße mache, aber ich will unbedingt hören, was Awad zu sagen hat.«

»Aus meiner Erfahrung mit diesen Dreckskerlen schließe ich, daß es nichts Brauchbares sein wird.«

»Er würde sich nicht selbst in Gefahr bringen, wenn er uns nichts zu erzählen hätte.«

»Warum schnappt ihr euch den Kerl nicht einfach und bringt ihn hinter Gitter? Oder legt ihn gleich um, was noch besser wäre.«

»Die Versuchung ist da, aber so arbeiten wir nicht. Außerdem würden sie dann noch brutaler zurückschlagen.«

»Viel brutaler als heute geht's nicht, mein Lieber.«

Aus Richtung Sloane Square war eine Sirene zu hören. Michael dachte reflexartig an Sarah.

»Hast du übrigens Freund Drosdow gefunden?« fragte Graham.

Michael nickte.

»Hat er dir was Brauchbares erzählt?«

»Er hat mir sogar ziemlich weitergeholfen. Er hat gewußt, wer ich bin. Und er hat mir erzählt, warum Sarah ermordet worden ist.«

Michael erzählte ihm die ganze Geschichte. Als er fertig war, sagte Graham: »Mein Gott, das tut mir leid, Michael. Ich weiß, wieviel sie dir bedeutet hat.«

Michael zündete sich eine neue Zigarette an. »Du hast keinem aus deinem Team erzählt, daß ich Drosdow besuchen wollte, stimmt's?«

»Soll das ein Witz sein? Sie würden mich abschießen, wenn sie das erführen. Wie kommst du darauf?«

»Weil zwei Kerle in einem weißen Ford-Lieferwagen die ganze Strecke hinter mir hergefahren sind und mich dann bis zum Flughafen begleitet haben.«

»Nicht unsere Leute. Vielleicht hat Wheaton dich überwachen lassen.«

»Daran habe ich auch schon gedacht.«

»Ein trickreicher Bursche, euer Wheaton. Die Gentlemen in der Führungsetage am Vauxhall Cross können den Tag, an dem er endlich nach Langley zurückkehrt, kaum noch erwarten, um eine Siegesfeier zu veranstalten.«

»Hat er den SIS von dem morgigen Treff mit Awad informiert?«

»Nicht daß ich wüßte, und ich stehe auf der Liste der Leute, die solche Dinge erfahren.«

»Und ich kann mich darauf verlassen, daß dein Team nichts davon erfährt, Graham?«

»Natürlich. Es gelten die üblichen Regeln, mein Lieber.« Graham warf seine Kippe unter den winterlich kahlen wilden Wein an der Hauswand. »Du bist nicht zufällig auf der Suche nach einem erfahrenen zweiten Mann für morgen?«

»Wie lange liegt dein letzter Einsatz zurück?«

»Eine ganze Weile, ähnlich lange wie bei dir. Aber manche Dinge verlernt man nie. Außerdem wäre ich an deiner Stelle froh, wenn mir jemand von jetzt ab den Rücken freihielte.«

25

WASHINGTON, D.C.

Paul Vandenberg schaltete die Fernseher in seinem Büro ein und registrierte die Aufmacher der Nachrichtensendungen aller drei Fernsehgesellschaften gleichzeitig. Jede widmete ihren gesamten ersten Nachrichtenblock dem Terroranschlag auf dem Flughafen Heathrow mit Live-Reportagen aus London, dem Weißen Haus und dem Nahen Osten sowie ausführlichen Hintergrundberichten über das *Schwert von Gaza*. Der Tonfall dieser Reportagen war im allgemeinen positiv, obwohl anonyme diplomatische Quellen in Europa sich erneut kritisch über die amerikanischen Luftangriffe äußerten.

Mit Kritik aus Europa konnte Vandenberg leben. Der Kongreß war mit an Bord – selbst einige der überzeugten Tauben unter den Demokraten, Andrew Sterling zum Beispiel, Beckwiths unterlegener Gegner, hatten sich hinter den Präsidenten gestellt –, und die *New York Times* und die *Washington Post* hatten seinem Kurs in Leitartikeln ihren Segen gegeben.

Trotzdem würden zwanzig amerikanische Zivilisten, die in Leichensäcken heimkehrten, die öffentliche Zustimmung zu Entscheidungen des Präsidenten zurückgehen lassen.

Vandenberg stand auf und mixte sich einen Wodka mit Tonic, den er in kleinen Schlucken trank, während er seinen Schreibtisch aufräumte und die wichtigsten Akten wegschloß.

Zehn nach sieben steckte seine Sekretärin den Kopf durch die Tür.

»Gute Nacht, Mr. Vandenberg.«

»Gute Nacht, Margaret.«

»Ich habe noch einen Anruf für Sie, Sir. Ein Detective Steve Richardson von der D.C. Metro Police.«

»Hat er gesagt, worum es geht?«

»Nein, Sir. Soll ich ihn fragen?«

»Nein, fahren Sie nach Hause, Margaret. Ich rede gleich mit ihm.«

Vandenberg stellte seine drei Fernseher leise, drückte auf die blinkende Leuchttaste seines Telefons und nahm den Hörer ab.

»Paul Vandenberg«, meldete er sich knapp, wobei er bewußt einen autoritären Tonfall in seine Stimme legte.

»Guten Abend, Mr. Vandenberg. Entschuldigen Sie die späte Störung, aber was ich mit Ihnen besprechen möchte, dauert nur ein paar Minuten.«

»Darf ich fragen, worum es dabei geht?«

»Um den Mord an der Reporterin Susanna Dayton, die bei der *Washington Post* gearbeitet hat. Haben Sie gewußt, daß sie ermordet worden ist, Mr. Vandenberg?«

»Aber natürlich. Ich habe noch am Abend vor ihrem Tod mit ihr telefoniert.«

»Nun, deswegen rufe ich auch an. Sehen Sie, ich ...«

»Sie wissen aus den Unterlagen der Telefongesellschaft, daß ich einer der letzten Menschen gewesen bin, mit denen sie telefoniert hat, und nun möchten Sie wissen, worüber wir gesprochen haben.«

»Sie sind so clever, wie man hört, Mr. Vandenberg.«

»Von wo aus rufen Sie an?« fragte Vandenberg.

»Von gegenüber, ich bin drüben im Lafayette Park.«

»Warum reden wir dann nicht persönlich miteinander?«

»Ich weiß, wie Sie aussehen. Ich habe Sie schon oft genug im Fernsehen gesehen.«

»Für irgendwas scheint das Fernsehen doch gut zu sein.«

Fünf Minuten später trat Vandenberg aus dem Nordwesttor des Weißen Hauses und überquerte die Fußgängerzone, die früher die Pennsylvania Avenue gewesen war. Seine Limousine parkte am Executive Drive innerhalb des Geländes. Mit Einbruch der Nacht hatte ein kalter Nieselregen eingesetzt. Vandenberg marschierte mit hochgeschlagenem Mantelkragen und weit ausholenden Armbewegungen zügig durch den Lafayette Park. Zwei Obdachlose bettelten ihn an, aber Vandenberg stürmte an ihnen vorbei, ohne sie zur Kenntnis zu nehmen. Detective Richardson stand von seiner Parkbank auf und kam ihm mit ausgestreckter Hand entgegen.

»Sie hat mich angerufen, um meinen Kommentar zu einer Story zu hören, an der sie gearbeitet hat«, sagte Vandenberg, der damit sofort die Initiative ergriff. »Das war ein ziemlich komplexer investigativer Artikel, und ich habe sie an die Pressestelle des Weißen Hauses verwiesen.«

»Können Sie sich an Einzelheiten der Story erinnern?«

Es gibt also keine Aufzeichnung unseres Gesprächs, dachte Vandenberg.

»Nicht wirklich. Irgend etwas über die Wahlkampffinanzierung des Präsidenten. Die Sache schien mir nicht wirklich wichtig, und ich hatte ehrlich gesagt keine große Lust, mich an einem Sonntagabend damit zu befassen. Deshalb habe ich sie nach unten weitergereicht.«

»Haben Sie die Pressesekretärin angerufen, um ihr von diesem Anruf zu erzählen?«

»Nein, das habe ich nicht getan.«

»Darf ich fragen, warum nicht?«

»Weil ich's nicht für nötig gehalten habe.«

»Kennen Sie einen Mann namens Mitchell Elliott?«

Kein Wunder, daß unsere Polizei nur etwa jeden fünfzigsten Mord aufklärt, dachte Vandenberg.

»Natürlich«, sagte Vandenberg. »Ich habe in seiner Firma Alatron Defense Systems gearbeitet, bevor ich in die Politik gegangen bin, und Mitchell Elliott gehört zu den engsten politischen Freunden des Präsidenten. Wir sehen uns ziemlich oft und telefonieren regelmäßig miteinander.«

»Wissen Sie, daß Susanna Dayton an dem bewußten Abend auch Mitchell Elliott angerufen hat? Übrigens unmittelbar nach dem Anruf bei Ihnen.«

»Ja, ich weiß, daß sie Mitchell Elliott angerufen hat.«

»Darf ich fragen, woher Sie das wissen?«

»Weil Mitchell Elliott und ich danach miteinander telefoniert haben.«

»Erinnern Sie sich, worüber Sie gesprochen haben?«

»Nicht wirklich. Es war nur ein sehr kurzes Gespräch. Wir haben die Vorwürfe in Ms. Daytons Artikel diskutiert und sie beide als unbegründeten Unsinn abgetan, der keinen Kommentar wert sei.«

»Sie haben mit Elliott, aber nicht mit der Pressesekretärin des Weißen Hauses gesprochen?«

»Ja, das stimmt.«

Richardson klappte sein Notizbuch zu, um das Ende der Befragung zu signalisieren.

»Haben Sie irgendeinen Verdacht, wer die Frau ermordet haben könnte?« fragte Vandenberg.

Richardson schüttelte den Kopf. »Vorläufig behandeln wir den Fall als Einbruch, der schiefgegangen ist. Tut mir leid, daß ich Sie belästigen mußte, Mr. Vandenberg, aber wir müssen alles nachprüfen. Das verstehen Sie doch?«

»Natürlich, Detective.«

Richardson gab ihm seine Karte.

»Sollte Ihnen noch etwas einfallen, zögern Sie bitte nicht, mich anzurufen.«

»Mir gefällt es nicht, in meinem Büro im Weißen Haus von der Washingtoner Polizei angerufen zu werden, Mitchell.«

Die beiden Männer gingen an ihrem üblichen Treffpunkt, Hains Point am Washington Channel, nebeneinander her. Mark Calahan folgte ihnen in einigem Abstand und achtete darauf, daß sie nicht beobachtet oder belauscht wurden.

»Die Washingtoner Polizei macht mich nicht besonders nervös, Paul«, sagte Elliott gelassen. »Ihren letzten Mörder hat sie 1950 verhaftet, glaube ich.«

»Ich will nur eines von Ihnen hören, Mitchell. Sagen Sie mir, daß Sie absolut nichts mit dem Tod dieser Journalistin zu tun haben.«

Sie blieben stehen. Mitchell Elliott wandte sich Vandenberg zu, ohne jedoch zu sprechen.

»Legen Sie Ihre Hand auf eine imaginäre Bibel, Mitchell«, verlangte Vandenberg, »und schwören Sie bei Gott, daß weder Calahan noch sonst einer Ihrer Schlägertypen Susanna Dayton ermordet hat.«

»Sie wissen, daß ich das nicht kann, Paul«, sagte Elliott gelassen.

»Schweinehund!« flüsterte Vandenberg. »Wie zum Teufel ist das passiert?«

»Wir haben sie überwacht – elektronisch und durch ständige Beschattung«, antwortete Elliott. »Wir sind in ihrem Haus gewesen, um zu kontrollieren, wie weit sie mit ihrem Artikel war, und dabei hat sie uns leider überrascht.«

»Sie hat Sie überrascht! Jesus, Mitchell! Wissen Sie, was Sie da sagen?«

»Ich weiß genau, was ich sage. Einer meiner Leute hat einen unglücklichen Mord verübt. Der Stabschef des Weißen Hauses ist jetzt der Begünstiger eines Verbrechens.«

»Sie Scheißkerl! Wie können Sie's wagen, den Präsidenten da hineinzuziehen?«

»Nicht so laut, Paul. Man weiß nie, wer zuhört. Und ich habe den Präsidenten in nichts hineingezogen, weil wir unmöglich mit dem Mord an Susanna Dayton in Verbindung gebracht werden können. Wenn Sie sich zusammenreißen und keine Dummheiten machen, passiert überhaupt nichts.«

Vandenberg funkelte Calahan an, der seinen Blick erwiderte, ohne auch nur zu blinzeln. Dann wandte er sich ab und ging weiter. Über den Fluß trieben leichte Regenschleier.

»Ich habe noch eine Frage, Mitchell.«

»Sie wollen wissen, wer dieses Verkehrsflugzeug *tatsächlich* abgeschossen hat, nicht wahr?«

Vandenberg sah Mitchell schweigend an.

»Halten Sie sich an die Regieanweisungen, und sagen Sie Ihren Text auf, Paul. Stellen Sie nicht allzu viele Fragen.«

»Mitchell! Ich will's jetzt wissen!«

Elliot wandte sich an Calahan. »Mark, Mr. Vandenberg fühlt sich im Augenblick nicht recht wohl. Bringen Sie ihn sicher zu seinem Wagen zurück. Gute Nacht, Paul. Wir sprechen uns bald wieder.«

Der Chauffeur steuerte Vandenbergs Limousine ums Tidal Basin. Jenseits des Wassers verschwamm das angestrahlte Jefferson Memorial im leichten Regen. Der

Wagen erreichte die Independence Avenue, fuhr rasch an dem turmhohen Washington Memorial vorbei und bog auf den Potomac Parkway ab. Vandenberg sah zum Lincoln Memorial auf.

Mein Gott, was habe ich getan? dachte er.

Er brauchte einen Drink. Er hatte sein Leben lang noch nie einen Drink *gebraucht,* aber jetzt hatte er einen bitter nötig. Er schloß kurz die Augen. Seine rechte Hand zitterte, deshalb bedeckte er sie mit der linken und starrte über den Fluß hinaus, der unter der Brücke vorbeiströmte.

26

London

Am nächsten Morgen stand Michael schon vor Tagesanbruch auf, ging unter die Dusche und zog sich in dem deprimierenden Schlafzimmer der sicheren Wohnung an. Hier war es still bis aufs Rauschen des einsetzenden Berufsverkehrs um den Bahnhof Paddington herum und die Stimmen von Wheatons Aufpassern im Schlafzimmer nebenan. Er trank Instantkaffee aus einem angestoßenen Becher, ignorierte aber einen Teller mit altbackenen Croissants. Meistens war Michael vor einem Treff die Ruhe selbst, aber heute war er angespannt und nervös wie damals als Anfänger beim ersten Einsatz nach seiner Ausbildung auf der »Farm«. Er rauchte selten vor Mittag, aber heute war er schon bei der zweiten Zigarette. Er hatte wenig geschlafen und sich in dem durchgelegenen Einzelbett herumgeworfen, weil ihn sein Streit mit Elizabeth beunruhigte. Ihre Ehe verlief im allgemeinen in ruhigen Bahnen; sie war frei von den ständigen Krächen und Spannungen, die so viele Ehen von CIA-Offizieren beeinträchtigten. Kleine Auseinandersetzungen beunruhigten sie zutiefst; einen Krach mit Drohungen wie letzte Nacht hatten sie noch nie gehabt.

Michael zog eine schußsichere Weste über seinen dünnen Rollkragenpullover und darüber einen grauen Pullover mit rundem Halsausschnitt. Er nahm den Telefonhörer ab und wählte zum letztenmal die Nummer des Apartments in der Fifth Avenue. Sie war noch immer besetzt. Er legte auf und ging nach unten, wo Wheaton ihn auf dem Rücksitz eines am Randstein parkenden Dienstwagens erwartete. Auf ihrer Fahrt zum Bahnhof Charing Cross leierte Wheaton die Regeln für den Ablauf des Treffs mit der Intensität eines Mannes herunter, der seine gesamte Dienstzeit an einem sicheren Schreibtisch verbracht hatte.

»Sollte Awad nicht kommen, dürfen Sie unter keinen Umständen mit jemandem sprechen«, sagte Wheaton. »Sie warten, bis das Schiff Calais erreicht, und wir holen Sie raus.«

»Ich springe nicht hinter feindlichen Linien ab«, sagte Michael. »Kommt Awad nicht, fahre ich einfach mit der nächsten Fähre nach England zurück.«

»Seien Sie wachsam«, sagte Wheaton, ohne auf Michaels letzte Bemerkung einzugehen. »Wir wollen auf keinen Fall, daß Sie an einen Rechtgläubigen des *Schwerts von Gaza* geraten, der einen hölzernen Schlüssel umhängen hat.«

Männer des *Schwerts von Gaza* – und viele andere islamische Terroristen – trugen bei Selbstmordeinsätzen im allgemeinen einen hölzernen Schlüssel unter ihrer Kleidung, weil sie glaubten, ihre Tat werde mit Märtyrertum und einem sicheren Platz im Paradies belohnt.

»Carter will nicht, daß Sie nackt hingehen«, sagte Wheaton.

Er ließ die Schlösser seines Aktenkoffers aufschnappen und nahm eine großkalibrige Browning Automatic mit fünfzehn Schuß im Magazin heraus: die Standardwaffe der Agency.

»Was soll ich damit tun?« fragte Michael. Wie die meisten Führungsoffiziere konnte er die Einsätze, bei denen er bewaffnet gewesen war, an den Fingern einer Hand abzählen. Als Führungsoffizier konnte man sich nur selten den Weg freischießen. Eine Waffe zur Selbstverteidigung zu ziehen war das endgültige Eingeständnis eines Mißerfolgs. Es bedeutete, daß der Betreffende verraten worden war oder schlampig gearbeitet hatte.

»Wir schicken Sie nicht auf diese Fähre, damit Sie ermordet oder als Geisel genommen werden«, antwortete Wheaton. »Merken Sie, daß Sie in eine Falle geraten, müssen Sie sich wehren. Dort draußen sind Sie auf sich allein gestellt.«

Michael schob das Magazin in den Griff und zog den Schlitten zurück, um die Pistole durchzuladen. Dann sicherte er sie und steckte sie unter seinem Pullover in den Hosenbund.

Wheaton setzte Michael am Bahnhof Charing Cross ab. Michael betrat das Bahnhofsgebäude und kaufte sich eine Fahrkarte erster Klasse nach Dover. Der Zug sollte in wenigen Minuten abfahren. Er besorgte sich noch die Morgenzeitungen und stieg ein. Er ging zur ersten Klasse durch und hielt nach einem Abteil Ausschau, in dem nur noch ein Sitzplatz frei war. Er fand bald eines. Vier Geschäftsleute, die auf ihren Laptops herumhackten, und eine gelangweilt wirkende junge Frau – langes Haar, dunkle Augen, blasser Teint –, die ihn vage an Sarah erinnerte.

Der Zug ratterte fast eine Stunde durch die südöstlichen Vororte Londons, bis er die sanften Weiten Kents erreichte. Michael holte sich im Speisewagen einen Kaffee und ein Schinken-Käse-Sandwich und ging wieder zurück ins Abteil. Die Geschäftsleute, in Hemdsärmeln und Hosenträgern, studierten ihre Bildschirme, als seien sie die Heilige Schrift. Die junge Frau sagte auf der ganzen Fahrt kein Wort. Sie rauchte eine Zigarette nach der anderen, bis das Abteil einer Gaskammer glich. Ihre attraktiven braunen Augen glitten unstet über die graugrüne Landschaft Kents hinweg; ihre Hand mit den langen Fingern ruhte suggestiv auf ihrem mit einem dicken Wollstrumpf bedeckten Oberschenkel.

Der Zug fuhr in Dover ein. Michael stand auf und trat in den Gang hinaus. Die junge Frau nahm ihre Umhängetasche aus der Gepäckablage und verließ ebenfalls das Abteil. Sie war groß, so groß wie Sarah, ohne jedoch ihre Grazie und raubtierhafte Geschmeidigkeit zu besitzen. Zu ihrem kurzen schwarzen Ledermantel trug sie schwarze Springerstiefel, deren Absatzeisen bei jedem Schritt klickten.

Michael lief rasch vom Bahnsteig zum Fährbahnhof hinüber. Er kaufte ein Ticket, ging an Bord der Fähre, betrat den großen Fahrgastraum auf dem Oberdeck und fand einen Fensterplatz auf der Backbordseite. Als er sich umsah, entdeckte er Graham Seymour, der in Jeans und einem grauen Sweatshirt mit Venice-Beach-Aufdruck und einem Gitarrenkasten neben sich in der Mitte des Fahrgastraums saß. Michael sah rasch wieder weg. Die junge Frau aus dem Zug kam herein, setzte sich hinter Michael und begann sofort wieder zu rauchen.

Michael las Zeitung, als die Fähre auslief. Dover verschwand hinter einer Regenwand. Michael sah alle paar Minuten zur Backbordreling hinüber, denn dort sollte Awad mittschiffs auftauchen. Einmal ging er zur Imbißtheke, weil ihm das Gelegenheit gab, alle Mitreisenden zu mustern, und kaufte trüben Tee in einem dünnen Pappbecher, den er an seinen Platz mitnahm. Er kannte niemanden außer Graham und der jungen Frau aus dem Zug, die in eine Pariser Modezeitschrift vertieft war.

Eine halbe Stunde verging. Der Regen hatte aufgehört, aber hier draußen auf dem Ärmelkanal frischte der Wind auf und trieb weißschäumende Wogen gegen den breiten Bug der Fähre. Die junge Frau stand auf, holte sich einen Kaffee und setzte sich dann neben Michael. Sie zündete sich eine neue Zigarette an und nippte eine Weile schweigend an ihrem Kaffee.

»Da ist er, an der Reling, der Mann im grauen Regenmantel«, sagte sie mit einem libanesischen Akzent in ihrem Englisch. »Gehen Sie langsam auf ihn zu. Sprechen Sie ihn bitte nur als Ibrahim an. Und versuchen Sie nicht wieder, den Helden zu spielen, Mr. Osbourne. Ich bin gut bewaffnet, und Ibrahim hat fünf Kilo Semtex am Körper.«

Michael erschien sein Gesicht vage vertraut, wie das eines Jugendfreunds, den man zwanzig Jahre später dicklich und mit beginnender Glatze wiedersieht. Er kannte das verschwommene Profil von rechts, das der MI5 bei einem von Awads Besuchen in London geknipst hatte. Die undeutliche Aufnahme von vorn, die der französische Geheimdienst bei einer Zwischenlandung Awads in Marseille gemacht hatte. Und das israelische Fahndungsfoto, das den jungen Awad zeigte: den Steinewerfer, den erfahrenen Hersteller von Molotowcocktails, den fast noch kindlichen Intifada-Kämpfer, der einen jüdischen Siedler aus Brooklyn fast mit einem Brocken seines geliebten Hebron erschlagen hatte. Das alte israelische Foto hatte nur beschränkten Wert, denn die Shin-Bet-Leute hatten ihn vorher erwischt und so zugerichtet, daß sein geschwollenes, mit blauen Flecken übersätes Gesicht fast unkenntlich war.

Michael und seine Zielperson standen lange nebeneinander an der Reling und starrten auf einen Punkt in den schäumenden Wassern des Ärmelkanals, wie ein streitendes Liebespaar, das sich nichts mehr zu sagen hat. Dann drehte Michael sich halb zur Seite und musterte Awad erneut. *Sprechen Sie ihn bitte nur als Ibrahim an.* Einen

Augenblick lang fragte er sich, ob dieser Mann wirklich Mohammed Awad war. Wheatons weitschweifige Ermahnungen hallten durch Michaels Kopf wie Lautsprecherdurchsagen auf einem Flughafen.

Der neben ihm Stehende wirkte wie Awads älterer, reicherer Bruder. Mit einem teuren grauen Mantel, unter dem er einen eleganten Zweireiher trug, war er wie ein Geschäftsmann angezogen. Sein Aussehen war durch plastische Chirurgie verändert, die das Arabische wegretuschiert und ein Wesen ungewisser Nationalität geschaffen hatte – einen Spanier, einen Italiener, einen Franzosen, vielleicht einen Griechen. Die markante Palästinensernase war verschwunden und durch die schmale, gerade Nase eines norditalienischen Aristokraten ersetzt. Die Backenknochen waren betont, die Stirnfalten geglättet, das Kinn energischer gestaltet und die rehbraunen Augen durch Kontaktlinsen in graugrüne verwandelt. Man hatte ihm die hinteren Backenzähne gezogen, um ihm das hohlwangige Aussehen eines Supermodels zu geben.

Mohammed Awads Lebenslauf las sich wie die Zusammenfassung vieler radikaler palästinensischer Lebensläufe. Michael kannte seine Biographie gut, denn er hatte sie in Langley mit Hilfe des israelischen und der Hälfte aller europäischen Geheimdienste zusammengestellt. Sein Großvater war 1948 aus seinen Oliven- und Orangenhainen am Rande Jerusalems ins jordanische Exil getrieben worden. Er war im Jahr darauf gestorben, an gebrochenem Herzen, wie die Awad-Legende behauptete, noch immer mit den Schlüsseln seines Hauses in Israel in der Tasche. Ein anderer Zweig des Awad-Clans war bei Dir Jassim massakriert worden. 1967 wurde die Familie erneut vertrieben, diesmal in die libanesischen Flüchtlingslager. Awads Vater arbeitete nie, sondern saß nur in den Lagern herum und erzählte, wie er als Junge mit seinem Vater in Oliven- und Orangenhainen gearbeitet hatte. Das verlorene Paradies.

In den achtziger Jahren schloß der junge Mohammed Awad sich den radikalen islamischen Freiheitskämpfern in Beirut und dem Südlibanon an. Er trat in die Hisbollah ein. Er trat in die Hamas ein. Seine Ausbildung erhielt er im Iran und in Syrien – Handfeuerwaffen, Guerillataktik, Spionageabwehr, Bombenherstellung. Als Arafat Rabin im Weißen Haus die Hand schüttelte, war Awad empört. Als Arafats Sicherheitskräfte auf Geheiß Israels die Hamas verfolgten, schwor Awad Rache. Mit fünfzig der besten Hamas-Kämpfer gründete er das *Schwert von Gaza,* die gefährlichste palästinensische Terrorgruppe seit dem Schwarzen September.

Böiger Wind strich übers Deck. Awad griff mit einer Hand in seinen Mantel. Michael fuhr zusammen, widerstand jedoch der Versuchung, seine Pistole zu ziehen. »Keine Aufregung, Mr. Osbourne«, sagte Awad. »Ich will nur eine Zigarette rauchen. Außerdem wären Sie längst tot, wenn ich Sie hätte umbringen wollen.«

Sein fließendes Englisch klang für ungeübte Ohren praktisch akzentfrei. Aus der Innentasche seines Mantels zog er eine Schachtel Dunhill. »Ich weiß, daß Sie Marlboro Light rauchen, aber vielleicht genügen auch diese, ja? Ihre Frau raucht Benson & Hedges, nicht wahr? Sie heißt Elizabeth Cannon Osbourne, arbeitet als Rechtsanwältin in einer der großen Washingtoner Anwaltsfirmen und wohnt mit Ihnen in der N Street in Georgetown. Sie sehen, Mr. Osbourne, wir haben unseren eigenen Nachrichten- und Sicherheitsdienst. Und wir erhalten natürlich viel Unterstützung von unseren Freunden in Damaskus und Teheran.«

Michael nahm eine Dunhill und kehrte dem Wind den Rücken zu, um sie sich anzuzünden. Als Awad die Hand hob, um sich seine Zigarette anzuzünden, sah Michael den Bombenauslöser in seiner rechten Hand.

»Sie haben demonstriert, was Sie beweisen wollten, Ibrahim«, sagte Michael.

»Ich weiß, daß das eine überflüssige Demonstration gewesen ist, aber ich wollte Ihnen zeigen, daß ich weder Ihnen noch Ihren Angehörigen schaden will. Sie sind nicht mein Feind, und ich habe weder die Zeit noch die Ressourcen, um Sie zu bekämpfen.«

»Warum tragen Sie dann das Semtex am Körper?«

»In diesem Geschäft sind Sicherheitsvorkehrungen manchmal unerläßlich.«

»Ich habe Sie nie für einen potentiellen Selbstmörder gehalten.«

Awad lächelte und blies Rauch aus seinen kunstvoll geformten Nüstern. »Ich habe immer geglaubt, Allah lebend mehr nützen zu können als tot. Außerdem haben wir keinen Mangel an Freiwilligen für Einsätze, bei denen der Märtyrertod winkt. Soviel ich weiß, haben Sie als Kind einige Zeit im Libanon gelebt. Sie kennen die Verhältnisse, unter denen unser Volk dahinvegetiert. Unterdrückung kann zum Wahnsinn führen, Mr. Osbourne. Manche unserer Jungs würden lieber sterben, als ihr Leben in Ketten zu verbringen.«

Michael blickte nach links und sah die junge Frau aus dem Zug, die rauchend an der Reling lehnte und unablässig die Fähre absuchte.

»Ich dachte, Ihrer Meinung nach sei der Platz einer Frau am heimischen Herd«, sagte Michael, der die junge Frau beobachtete.

»Bedauerlicherweise erfordert dieses Geschäft manchmal den Einsatz einer begabten Frau. In unserem Gespräch soll sie Odette heißen. Sie ist Palästinenserin und schießt hervorragend. Beim früheren westdeutschen

Geheimdienst hat es die Vorschrift gegeben, zuerst die Frauen außer Gefecht zu setzen. In Odettes Fall wäre das in der Tat ein sehr guter Ratschlag.«

»Nachdem wir uns jetzt alle kennen«, sagte Michael, »sollten wir zur Sache kommen. Worüber wollen Sie reden?«

»Der gestrige Angriff in Heathrow ist das Werk des *Schwerts von Gaza* gewesen. Wir betrachten ihn als Vergeltungsschlag für Ihre lächerlichen Luftangriffe auf unsere Freunde in Libyen, Syrien und Iran. Sie sind gestern der Held des Tages gewesen, Mr. Osbourne. Ihre Anwesenheit ist ein Zufall gewesen, das kann ich Ihnen versichern. Ehrlich gesagt wäre mir wohler, wenn Sie beide erschossen hätten. Männer in Haft machen mich immer etwas nervös.«

»Tatsächlich kommt seine Vernehmung gut voran«, behauptete Michael, der dieser Gelegenheit, mit Awad zu spielen, nicht widerstehen konnte. »Wie ich höre, sagt er sehr detailliert über Struktur und Taktik Ihrer Organisation aus.«

»Ein hübscher Versuch, Mr. Osbourne«, sagte Awad. »Unsere Organisation ist stark untergliedert, und er kann nicht viel Schaden anrichten.«

»Glauben Sie das ruhig weiter, Ibrahim. Vielleicht schlafen Sie dann nachts besser. Sie haben mich also um ein Gespräch gebeten, damit Sie die Verantwortung für den Terroranschlag in Heathrow übernehmen können?«

»Wir benutzen lieber den Ausdruck Militäreinsatz.«

»Die Ermordung unbewaffneter Zivilisten ist nichts Militärisches. Das ist schlicht und einfach Terrorismus.«

»Der Terrorist eines Mannes ist der Freiheitskämpfer eines anderen, aber wir wollen diese unsinnige Debatte jetzt nicht fortführen. Dafür reicht die Zeit nicht. Ihre Luftangriffe auf unsere Ausbildungslager sind *lächerlich* gewesen, weil es keine Rechtfertigung für sie gibt. Das *Schwert von Gaza* hat die Rakete, mit der Flug 002 abgeschossen worden ist, nicht abgefeuert.«

Das vermutete auch Michael, aber er dachte nicht daran, sich das vor Mohammed Awad anmerken zu lassen. »Hassan Mahmoud, einer Ihrer bewährtesten Kämpfer, ist tot in dem Boot, aus dem die Rakete abgeschossen wurde, gefunden worden«, sagte Michael mit leiser, aber emotionsgeladener Stimme. »Die Abschußvorrichtung hat neben der Leiche gelegen. In London ist ein authentisches Bekennerschreiben Ihrer Organisation eingegangen.«

Awads Gesichtsausdruck verhärtete sich. Er nahm einen langen Zug aus seiner Dunhill und warf dann seine Kippe über die Reling. Michael wandte sich einen Augenblick von ihm ab und sah eine von Nebelschwaden halb verdeckte Motorjacht die Fähre begleiten.

»Hassan Mahmoud war seit fast einem Jahr nicht mehr Mitglied des *Schwerts von Gaza*. Er ist ein Psychopath gewesen, der die Disziplin in unserer Organisation nicht akzeptieren wollte. Als wir entdeckt haben, daß er geplant hat, Arafat zu ermorden, haben wir ihn rausgeworfen. Er hat Glück gehabt, daß wir ihn nicht liquidiert haben. Im nachhinein betrachtet wäre es wohl besser gewesen.«

Awad zündete sich eine neue Zigarette an. »Mahmoud ist nach Kairo gegangen und hat sich den Muslimbrüdern, ägyptischen Fundamentalisten, angeschlossen.« Er griff wieder in seinen Mantel, zog diesmal einen Briefumschlag heraus und entnahm ihm drei Fotos, die er Michael gab. »Die haben wir von einem Freund im ägyptischen Geheimdienst. Dieser Mann hier ist Hassan Mahmoud. Überprüfen Sie die Fotos anhand Ihrer Unterlagen, werden Sie feststellen, daß der zweite Mann Erik

Stoltenberg ist. Ich bin sicher, daß Sie ihn dem Namen nach kennen.«

Natürlich kannte Michael ihn. Erik Stoltenberg kam aus dem DDR-Ministerium für Staatssicherheit, besser als die Stasi bekannt. Er hatte dort in der Abteilung XXII gearbeitet, die nationale Befreiungsbewegungen in aller Welt unterstützte. Stoltenberg hatte berüchtigte Terroristen wie Abu Nidal und Carlos und Gruppen wie die IRA und die baskische ETA betreut. Michael betrachtete die Fotos: Zwei Männer, die in Groppi's Café an einem verchromten Tisch saßen, der eine schwarzhaarig und dunkelhäutig, der andere blond und hellhäutig, beide trugen Sonnenbrillen.

Michael hielt Awad die Fotos wieder hin.

»Die können Sie behalten«, sagte Awad. »Geschenkt.«

»Sie beweisen nichts.«

»Wie Sie wahrscheinlich wissen, hat Erik Stoltenberg sich anderswo nach Arbeit umsehen müssen«, fuhr Awad fort, ohne auf Michaels Bemerkung einzugehen. »Nach dem Fall der Mauer war er zur Fahndung ausgeschrieben, weil er den Libyern 1986 bei ihrem Bombenanschlag auf die Westberliner Diskothek La Belle geholfen hatte. Seitdem lebt er im Ausland und nutzt seine alten Stasi-Kontakte, um Geld zu verdienen – Personenschutz, Waffenschmuggel und dergleichen. In letzter Zeit hat er einen Haufen Geld verdient, hat es aber nicht verstanden, diese Tatsache geheimzuhalten.«

Die Jacht war noch näher an die Fähre herangekommen. Michael starrte Awad an und sagte: »Mahmoud hat den Angriff ausgeführt, und Stoltenberg ist für die Logistik zuständig gewesen – die Stinger, die Boote, die Fluchtroute.« Er schwenkte die Fotos. »Das haben Sie alles nur erfunden, weil Sie Angst vor einem weiteren Vergeltungsschlag haben.«

Awad lächelte mit beträchtlichem Charme. »Nicht schlecht, Mr. Osbourne, aber Sie kennen das *Schwert von Gaza* besser als jeder andere. Sie wissen, daß wir keine Veranlassung haben, ein amerikanisches Verkehrsflugzeug abzuschießen, und Sie wissen, daß andere die Täter gewesen sind. Sie können Ihren Verdacht nur nicht beweisen. An Ihrer Stelle würde ich mich mal in der eigenen Umgebung umsehen.«

»Soll das heißen, Sie wissen, wer die Maschine abgeschossen hat?«

»Nein, ich rate Ihnen nur, sich ein paar einfache Fragen zu stellen. Wer hat am meisten davon profitiert? Wer hat Grund gehabt, so etwas anzuordnen, ohne seine wahre Identität preiszugeben? Die Hintermänner des Anschlags haben viel Geld und gewaltige Ressourcen. Ich schwöre Ihnen, daß wir's nicht gewesen sind. Verzichten die Vereinigten Staaten auf einen Vergeltungsschlag für Heathrow, ist die Sache für uns erledigt. Werden wir jedoch wieder angegriffen, müssen wir zurückschlagen. So läuft das Spiel eben.«

Die Jacht hatte sich der Backbordseite der Fähre bis auf fünfzig Meter genähert. Michael konnte zwei Männer auf der offenen Brücke und einen dritten Mann am Bug erkennen. Er blickte nach links, wo die junge Frau stand, und stellte verblüfft fest, daß ihre Augen erschrocken geweitet waren, während sie eine kleine Pistole aus ihrer Umhängetasche zog. Michael warf sich herum, blickte an Awad vorbei die Reling entlang und sah einen stämmigen, muskulösen Mann, der eine Sturmhaube über seinen Kopf gezogen hatte, mit schußbereitem Revolver auf sie zukommen.

Michael packte Awad an den Schultern und brüllte: »Runter! In Deckung!«

Zwei Geschosse durchschlugen Awads Oberkörper

und bohrten sich in Michaels schußsichere Weste. Awad brach zusammen. Michael griff in seinen Mantel nach der Browning, aber die Palästinenserin kam ihm zuvor. Sie stand mit gespreizten Beinen da, hielt ihre Pistole mit ausgestreckten Armen im Anschlag, drückte zweimal rasch nacheinander ab und holte den vermummten Attentäter von den Beinen.

Awad lag an Deck, hatte blutigen Schaum vor den Lippen und starrte zu Michael hoch. Er hob seine rechte Hand und zeigte ihm den Bombenauslöser. Michael hechtete durch die nächste Tür in den Fahrgastraum. Dort stand schon Graham Seymour mit schußbereiter Waffe.

»Allah akbar!« rief Awad, und seine detonierende Bombe ließ überall Glassplitter regnen. Einige Sekunden lang herrschte fast völlige Stille; dann begannen die Verletzten zu stöhnen und zu schreien.

Michael rappelte sich auf, rutschte auf Glasscherben aus und stürmte wieder an Deck. Die Wucht der Detonation hatte Awad zerfetzt. Odette, die junge Palästinenserin, lag mit einer stark blutenden Kopfwunde an Deck. Der vermummte Attentäter mußte ebenfalls eine schußsichere Weste getragen haben, denn er hatte es geschafft, von der Fähre zu springen; die Jacht hielt jetzt genau auf ihn zu. Ein Mann steuerte sie von der Brücke aus, die beiden anderen standen auf dem Achterdeck. Michael riß seine Browning hoch und eröffnete das Feuer auf die Jacht. Die beiden Männer schossen mit Schnellfeuergewehren zurück. Michael ging in Deckung.

Odette hatte sich hochgestemmt und lehnte mit dem Rücken an der Reling. Ihr Gesicht war ganz ruhig, während die Pistole in ihrer ausgestreckten Hand auf Michael zielte. Er wälzte sich zur Seite, als sie erstmals abdrückte. Der Schuß ging ins Deck, verfehlte ihn knapp. Während

Michael hilflos in Deckung zu kriechen versuchte, gab sie zwei weitere Schüsse ab. Plötzlich durchlief ein heftiges Zucken ihren Körper, und sie sackte nach vorn zusammen. Graham Seymour trat mit der Pistole in der Hand an Deck und kniete neben ihr nieder. Er sah zu Michael hinüber und schüttelte den Kopf.

Michael sprang auf und stürmte an die Reling. Die Jacht lag gestoppt in der hochgehenden See. Die beiden Männer achtern zogen den Attentäter an Bord. Michael hob die Pistole, aber aus dieser Entfernung konnte er unmöglich treffen; die Fähre war schon über hundert Meter weiter als die Jacht. Als der Attentäter sicher an Bord war, drehte sie ab und verschwand hinter einem Vorhang aus Nebel und Regen.

27

New York City

Die Abfertigung im Cornell Hospital hatte eine Fließbandqualität, die Elizabeth aus den Gerichten jeder x-beliebigen Großstadt kannte. Während Klinikpersonal in Kitteln und mit Gesichtsmasken vorbeihuschte, saß sie mit anderen Patientinnen auf einer verkratzten Holzbank vor dem Operationssaal. Die anderen vier Frauen hatten Ehemänner, die ihnen die Hand hielten; sie musterten Elizabeth, als wäre sie eine alte Jungfer, die beschlossen hatte, mit dem geborgten Sperma des Ehemanns ihrer besten Freundin ein Kind zu bekommen. Elizabeth stützte ihr Kinn absichtlich in die linke Hand, um ihren Ehering und ihren zweikarätigen Verlobungsring sehen zu lassen. Sie fragte sich, was die anderen Frauen dachten. Hatte ihr Mann sich verspätet? Lebte sie seit kurzem von ihm getrennt? War er zu beschäftigt, um sie zu diesem wichtigen Termin zu begleiten?

Elizabeth merkte, daß ihr Tränen in die Augen stiegen. Sie mußte ihre gesamte Selbstbeherrschung aufbringen, um nicht loszuheulen. Die Doppeltür des Behandlungsraums ging auf. Zwei Pfleger rollten eine narkotisierte Frau auf einer Krankentrage heraus. Eine andere wurde hineingerollt, um ihren Platz auf dem Tisch einzunehmen. Ihr Ehemann wurde in einen kleinen halbdunklen Raum mit Plastikbechern und *Playboy*-Heften geschickt.

An der Wand hing ein kleiner Fernseher, der tonlos auf CNN eingestellt war. Auf dem Bildschirm war eine in

Rauchwolken gehüllte Autofähre auf dem Ärmelkanal zu sehen. Nein, dachte Elizabeth, das ist unmöglich! Sie stand auf, trat ans Gerät und drehte den Ton lauter.

»... sieben Tote ... anscheinend das Werk einer als Schwert von Gaza *bekannten islamischen Terrorgruppe ... ihr zweiter Anschlag in zwei Tagen ... vermutlich für den verlustreichen gestrigen Terroranschlag auf dem Londoner Flughafen Heathrow verantwortlich ...«*

Mein Gott, das darf doch nicht wahr sein! dachte sie.

Sie ging an ihren Platz auf der Bank zurück und kramte Handy und Telefonbuch aus ihrer Umhängetasche. Michael hatte ihr eine Nummer gegeben, die sie nur im äußersten Notfall anrufen sollte. Sie blätterte hastig in dem kleinen Buch, fühlte dabei, wie die anderen Patientinnen sie anstarrten, und fand die Nummer.

Als sie wählte, stach ihr Zeigefinger fast gewalttätig auf die Zahlentasten herab. Sie ging ins Treppenhaus, um ungestört zu sein. Nach dem ersten Klingeln meldete sich eine Männerstimme, die ruhig fragte: »Was kann ich für Sie tun?«

»Mein Name ist Elizabeth Osbourne. Mein Mann ist Michael Osbourne.«

Sie hörte das Klappern einer Computertastatur.

»Woher haben Sie diese Nummer?« fragte die Stimme.

»Michael hat sie mir gegeben.«

»Was kann ich für Sie tun?«

»Ich möchte mit meinem Mann sprechen.«

»Geben Sie mir bitte Ihre Telefonnummer.«

Elizabeth gab die Nummer ihres Mobiltelefons an und hörte wieder das Klappern der Tastatur.

»Sie werden angerufen.«

Einer der Pfleger kam ins Treppenhaus und sagte: »Sie sind die nächste, Mrs. Osbourne. Sie müssen reinkommen.«

»Ich will wissen, ob er auf dieser Fähre im Ärmelkanal ist«, sagte Elizabeth ins Telefon.

»Sie werden angerufen«, wiederholte die Stimme aufreizend gefühllos. Es war, als spräche sie mit einer Maschine.

»Ich will eine Auskunft, verdammt noch mal! Ist er auf diesem Schiff?«

»Sie werden angerufen«, wiederholte der Mann.

»Tut mir leid, Mrs. Osbourne, aber Sie müssen jetzt wirklich reinkommen«, sagte der Pfleger.

»Soll das heißen, daß er auf dem Schiff ist?«

»Bitte legen Sie jetzt auf und halten Sie diese Leitung frei.«

Am anderen Ende wurde aufgelegt.

Eine Krankenschwester führte Elizabeth in den Umkleideraum und gab ihr ein steriles Hemd. Elizabeth hatte ihr Mobiltelefon noch in der Hand. »Das müssen Sie hierlassen«, sagte die Krankenschwester.

»Ausgeschlossen«, widersprach Elizabeth. »Ich erwarte einen sehr wichtigen Anruf.«

Die Krankenschwester musterte sie ungläubig. »Ich habe hier schon viele Karrierefrauen gesehen, Mrs. Osbourne, aber Sie schießen echt den Vogel ab. Sie sind zu einer Operation hier. Jetzt ist keine Zeit für geschäftliche Gespräche.«

»Ich erwarte keinen geschäftlichen Anruf. Es ist ein Notfall.«

»Das spielt keine Rolle. In drei Minuten schlafen Sie wie ein Baby.«

Elizabeth zog das Hemd an. *Klingel endlich. Verdammt, du sollst klingeln!*

Sie legte sich auf die Krankentrage, und die Schwester fuhr sie in den Operationssaal. Das OP-Team wartete schon. Ihr Arzt hatte seine Gesichtsmaske heruntergezogen und lächelte freundlich.

»Sie sehen etwas nervös aus, Elizabeth. Alles in Ordnung?«

»Mir geht's gut, Dr. Melman.«

»Gut, dann fangen wir am besten gleich an.«

Er nickte der Anästhesistin zu, und wenige Sekunden später fühlte Elizabeth sich in angenehmen Schlaf versinken.

28

Calais

Der Hafen schien von den roten und blauen Blinkleuchten der Polizei- und Rettungsfahrzeuge zu brennen, als die Autofähre sich der französischen Küste näherte. Michael stand zwischen dem Kapitän und einigen Offizieren auf der Brücke, rauchte eine Zigarette nach der anderen und beobachtete, wie die Küste näherkam. Ihm war abwechselnd eiskalt und schwülheiß. Er hatte starke Brustschmerzen, als habe er zwei heftige Schläge in die Rippen bekommen. Graham Seymour stand seinerseits von mehreren Besatzungsmitgliedern umringt auf der anderen Seite der Brücke. Sie standen vage unter Arrest. Michael hatte dem Kapitän erklärt, Graham und er seien britische und amerikanische Polizeibeamte, und jemand aus London werde in Calais am Hafen sein und alles aufklären. Der Kapitän war so skeptisch, wie Michael es an seiner Stelle auch gewesen wäre.

Michael schloß die Augen und erlebte alles noch einmal. Er sah die Ereignisse wie eine Filmreportage; er sah sich als Schauspieler auf einer Bühne. Er sah den Killer näherkommen und Odette mit wildem Blick nach ihrer Pistole greifen. Der Mann mit der Sturmhaube und dem Revolver hatte nicht dem *Schwert von Gaza* angehört, und Mohammed Awad war nicht die Zielperson gewesen. Dieser Anschlag hatte Michael gegolten; Awad hatte nur im Weg gestanden.

Er hielt seine Augen geschlossen und stellte sich die

Männer auf der Jacht vor. Ihre Gesichter wurden langsam deutlicher, als stelle er das Teleobjektiv einer Überwachungskamera auf sie ein. Er sah die beiden Männer, die vom Achterdeck aus auf ihn geschossen hatten. Er hatte das ärgerliche Gefühl, sie schon einmal flüchtig gesehen zu haben – in einem Lokal, auf einer Cocktailparty oder in einer Drogerie in der Oxford Street. Oder an einer Tankstelle in Oxfordshire, wo einer von ihnen den Luftdruck der Reifen eines weißen Ford-Lieferwagens geprüft hatte.

Die Fähre legte in Calais an. Michael und Graham wurden an den Kamerateams und aufgeregt schreienden Reportern vorbei in ein Büro der Hafenverwaltung eskortiert. Dort erwartete Wheaton sie mit knapp einem halben Dutzend CIA-Offizieren und Diplomaten. Sie waren aus London mit einem Hubschrauber herübergekommen, den die Royal Navy ihnen freundlicherweise zur Verfügung gestellt hatte.

»Wer zum Teufel ist das?« fragte Wheaton und meinte damit Graham, der zwar keinen Gitarrenkasten mehr trug, aber in Jeans und seinem Venice-Beach-Sweatshirt noch immer wie ein leicht überalterter Student aussah.

Seymour streckte ihm lächelnd die Hand hin. »Graham Seymour, SIS.«

»Graham wer und woher?« fragte Wheaton ungläubig.

»Sie haben richtig gehört«, sagte Michael. »Er ist mit mir befreundet. Wir sind zufällig mit demselben Schiff gefahren.«

»Schwachsinn!«

»Na ja, einen Versuch ist's wert gewesen, Michael«, meinte Graham.

»Los, reden Sie schon!«

»Fuck you«, sagte Michael ärgerlich und zog seinen Pullover hoch, um ihm die in seiner Kevlarweste steckenden Geschosse zu zeigen. »Warum fliegen wir nicht nach London und besprechen dort alles?« fragte er.

»Weil die Franzosen euch erst mal befragen wollen.«

»Großer Gott!« sagte Graham. »Mit den verdammten ›Fröschen‹ darf ich nicht reden.«

»Nun, da Sie gerade in einem französischen Hafen angelegt haben, werden Sie das wohl müssen.«

»Was erzählen wir ihnen?« fragte Michael.

»Die Wahrheit«, antwortete Wheaton. »»Und dann können wir nur beten, daß sie vernünftig genug sind, die Klappe zu halten.«

In New York lag Elizabeth schlafend im Aufwachraum, als ihr Mobiltelefon leise zirpte. Eine Krankenschwester griff nach dem Gerät und wollte es abschalten, als Elizabeth aufwachte und »nein, warten Sie!« sagte.

Sie drückte das Handy mit geschlossenen Augen an ihr Ohr und murmelte: »Hallo.«

»Elizabeth?« fragte eine Stimme. »Spreche ich mit Elizabeth Osbourne?«

»Ja«, krächzte sie von der Narkose heiser.

»Hier ist Adrian Carter.«

»Adrian, wo ist er?«

»Ihm geht's gut. Er ist auf dem Rückweg nach London.«

»Auf dem Rückweg? Wo ist er gewesen?«

Am anderen Ende herrschte Schweigen. Elizabeth war plötzlich hellwach.

»Verdammt, Adrian, ist er auf dieser Fähre gewesen?«

Carter zögerte kurz, dann antwortete er: »Ja, Elizabeth. Er hatte einen Auftrag auszuführen, aber dabei ist irgendwas schiefgegangen. Mehr erfahren wir erst, wenn er wieder in der Botschaft ist.«

»Ist er verletzt?«

»Ihm geht's gut.«
»Gott sei Dank!«
»Ich rufe Sie an, sobald ich mehr weiß.«

Der Hubschrauber setzte in der Abenddämmerung in East London auf einem Landeplatz an der Themse auf. Dort standen schon zwei Limousinen der Botschaft bereit. Wheaton und Michael fuhren mit der ersten, Wheatons Drohnen mit der zweiten. Als sie zur Vauxhall Bridge abbogen, kamen sie an dem häßlichen modernen Verwaltungsgebäude aus Glas und Stahl vorbei, in dem die MI6-Zentrale untergebracht war.

»In diesem Gebäude erwartet Ihren Freund Graham Seymour in wenigen Minuten ein unfreundlicher Empfang«, sagte Wheaton. »Ich habe den Generaldirektor aus Calais angerufen. Er ist natürlich stinksauer. Außerdem hat er mir eine Mitteilung gemacht, die aber warten muß, bis wir hinter verschlossenen Türen sind.«

Michael ignorierte die Bemerkung. Wheaton schien sich immer sehr über berufliche Mißgeschicke von Kollegen zu freuen. Er war in der Hauptabteilung Sowjetunion aufgestiegen, als Michaels Vater in Langley eine Führungsposition bekleidet hatte, und hatte in Istanbul und Rom gearbeitet. Dort hätte er KGB-Offiziere und sowjetische Diplomaten anwerben sollen, war aber so unfähig gewesen, daß er eine Serie vernichtender Beurteilungen kassiert hatte, darunter eine von Michaels Vater. Wheaton wurde nach Langley zurückgeholt, wo er seine Fähigkeiten in der hinterhältigen, intriganten Atmosphäre der Zentrale hatte ausspielen können. Michael wußte genau, daß Wheaton ihn wegen seines Vaters nicht ausstehen konnte, obwohl die damalige schlechte Beurteilung letzten Endes dazu beigetragen hatte, seine Karriere zu retten.

Sie erreichten die Botschaft am Grosvenor Square. Wheaton und Michael betraten sie nebeneinander, Wheatons Leute folgten ihnen. Michael hatte das merkwürdige Gefühl, unter Arrest zu stehen. Wheaton ging sofort in den abhörsicheren Telekonferenzraum. Carter und Monica Tyler erschienen auf dem Bildschirm, als Wheaton und Michael in den weichen schwarzen Ledersesseln Platz nahmen.

»Ich freue mich, daß es Ihnen gutgeht, Michael«, sagte Monica. »Sie haben ein paar bemerkenswert streßreiche Tage hinter sich. Wir haben viel zu besprechen, daher wollen wir mit der nächstliegenden Frage beginnen: Was ist schiefgelaufen?«

Michael berichtete zehn Minuten lang ausführlich, was sich auf der Fähre ereignet hatte: Awad, die Palästinenserin namens Odette, die Jacht und der Attentäter. Er schilderte, wie die Geschosse Awads Körper durchschlagen hatten und in seiner Weste steckengeblieben waren. Er beschrieb, wie Awads Sprengsatz detoniert war und die Männer auf der Jacht dem flüchtenden Attentäter Feuerschutz gegeben hatten. Zuletzt schilderte er, wie Odette ihn zu töten versucht hatte, bis sie selbst von Graham Seymour erschossen worden war.

»Was hat Graham Seymour, ein MI6-Offizier, eigentlich auf der Fähre zu suchen gehabt?«

Michael wußte, daß er mit Lügen nicht weitergekommen wäre. »Graham ist mein Freund. Wir kennen uns seit vielen Jahren. Ich wollte, daß jemand, zu dem ich Vertrauen habe, mir den Rücken freihält.«

»Das ist nebensächlich«, sagte Monica eingeübt ungeduldig. Sie hatte generell etwas gegen solche Einsätze und die CIA-Offiziere, die sie durchführten. Monica bevorzugte mit technischen Mitteln beschaffte Nachrichten, die sich eher wie ein Quartalsbericht aufbereiten ließen.

»Sie haben einen Mitarbeiter eines ausländischen Dienstes mitgenommen, ohne die Einwilligung Ihrer Vorgesetzten in der Zentrale einzuholen.«

»Er arbeitet für die Briten, nicht für die Iraner. Und wäre er nicht dagewesen, wäre ich jetzt tot.«

Monicas irritiertes Stirnrunzeln zeigte, daß sie nicht daran dachte, sich von emotionalen Argumenten beeinflussen zu lassen. »Wenn Sie so um Ihre Sicherheit besorgt gewesen sind«, sagte sie tonlos, »hätten Sie von uns Verstärkung anfordern sollen.«

»Ich wollte nicht mit einer Truppe anrücken, die Awad und sein Team schon aus einer Meile Entfernung erkannt hätten.« Aber das war nur ein Teil der Wahrheit; tatsächlich hatte er möglichst wenige Leute aus London und der Zentrale an diesem Unternehmen beteiligen wollen. Michael, der im Außendienst und in der Zentrale gearbeitet hatte, wußte nur allzugut, wie miserabel die Geheimhaltung in Langley war.

»Awad und sein Team haben Ihren guten Freund Graham Seymour aber offenbar entdeckt«, sagte Monica verächtlich.

»Wie kommen Sie darauf?« fragte Michael. Wheaton rutschte unbehaglich in seinem Sessel hin und her, und im viertausend Meilen entfernten Langley tat Carter das gleiche. Monica Tyler reagierte unwirsch auf Fragen von Mitarbeitern, selbst von relativ hohen CIA-Offizieren wie Michael. Die Überzeugung, mit der sie ihre Auffassungen vertrat, war ein bedauerliches Nebenprodukt ahnungsloser Unschuld.

»Weshalb hätte sonst einer ihrer Männer versucht, Sie zu erschießen? Und weshalb hätte Awad den Sprengsatz an seinem Körper gezündet?«

»Sie setzen voraus, daß der Attentäter dem *Schwert von Gaza* angehört hat. Ich glaube, daß das eine falsche Annahme ist. Der Mann hat keinen Versuch gemacht, Awads Leben zu schonen. Er hat versucht, mich zu erschießen, und Awad hat vor mir gestanden. Die junge Palästinenserin hat die ganze Zeit hinter mir gestanden. Hätten sie mich umbringen wollen, hätte sie mich in aller Ruhe erschießen können. Und als die Schießerei angefangen hat, hat sie zuerst auf den Attentäter geschossen, nicht auf mich.«

»Später aber auch auf Sie.«

»Richtig, aber erst nachdem Awad seine Bombe gezündet hatte. Ich glaube, daß sie den Attentäter für einen unserer Leute gehalten hat.«

»Haben Sie sein Gesicht gesehen?«

»Nein, er hatte eine Sturmhaube übers Gesicht gezogen.«

Monica lehnte sich zu Carter hinüber und flüsterte ihm etwas ins Ohr. Carter hob die Hände und bewegte sie über Kopf und Gesicht. Michael merkte, daß er Monica erklärte, was eine Sturmhaube war. Sie machte eine kurze Pause und betrachtete ihre Hände, bevor sie fragte: »Was hat Awad gesagt, bevor die Schießerei angefangen hat?«

Michael gab alle Einzelheiten ihres Gesprächs detailliert wieder. Er hatte gelernt, in seinem Gedächtnis große Informationsmengen zu speichern; früher im Außendienst war es ihm immer wieder gelungen, Treffs mit Agenten fast wörtlich wiederzugeben. Aus dieser Zeit stammte sein Spitzname »das menschliche Diktiergerät«, den Carter ihm gegeben hatte. Michael erzählte ihnen alles, was Awad gesagt hatte – über den Anschlag in Heathrow, über die Luftangriffe, über Hassan Mahmouds Ausschluß –, aber eine wichtige Einzelheit verschwieg er. Die Fotos, die Mahmoud mit Erik Stoltenberg in Kairo zeigten, erwähnte er nicht. Das war eine riskante Strategie, denn Carter konnte jemanden mit einem Richtmikrofon auf die Fähre geschickt haben, aber Michael wollte die Stoltenberg-Connection vorläufig für sich behalten.

»Glauben Sie, daß er die Wahrheit gesagt hat?« wollte Monica wissen.

»Ja, das glaube ich«, sagte Michael nüchtern. »Ich habe das Bekennerfax des *Schwerts von Gaza* schon immer skeptisch beurteilt. Daraus habe ich nie ein Geheimnis gemacht. Aber wer ist's dann gewesen? Und warum haben die wahren Schuldigen eine andere Organisation vorgeschoben?«

Und wer zum Teufel hat heute versucht, Mohammed Awad und mich auf der Fähre umzulegen?

Carter und Monica berieten sich einen Augenblick halblaut miteinander. Wheaton funkelte Michael wie ein Professor über seine halbe Lesebrille hinweg an, als habe Michael in einer mündlichen Prüfung gerade eine entscheidende Frage falsch beantwortet.

»Wir müssen noch etwas mit Ihnen besprechen, Michael«, sagte Monica und fügte dann nachdrücklich hinzu: »Es handelt sich um eine sehr ernste Sache.« Etwas an ihrem geschäftsmäßigen Tonfall machte Michael augenblicklich nervös.

»Heute früh hat ein britischer SIS-Offizier einen Überläufer namens Iwan Drosdow aufgesucht. Drosdow hatte anscheinend versäumt, seinen wöchentlichen Scheck abzuholen, was noch nie vorgekommen war, und der SIS hat sich Sorgen um ihn gemacht. Der Offizier ist bei ihm eingebrochen und hat ihn gefunden – erschossen. SIS und örtliche Polizei haben sofort die Ermittlungen aufgenommen. Drosdow ist gestern in einem lokalen Café mit einem Mann gesehen worden, auf den Ihre Personenbeschreibung paßt. Der SIS möchte wissen, ob Sie ihn gestern besucht haben. Und wir wüßten's ehrlich gesagt auch gern.«

»Sie wissen, daß die Antwort ›ja‹ lautet, weil Sie mich von der Abfahrt aus London bis zur Rückkehr nach Heathrow haben beschatten lassen.«

»Falls Sie überwacht worden sind, ist der Befehl dazu weder von mir noch von sonst jemandem in der Zentrale gekommen«, fauchte Monica.

»Wir sind's auch nicht gewesen«, sagte Wheaton.

»Was haben Sie sich eigentlich dabei gedacht, Drosdow ohne unsere Erlaubnis, auch ohne SIS-Genehmigung, zu besuchen?« fragte Monica scharf. »Und worüber haben Sie mit ihm gesprochen?«

»Das ist eine persönliche Angelegenheit gewesen«, antwortete Michael. Auf dem Bildschirm war zu sehen, wie Adrian Carter zur Decke blickte und geräuschvoll ausatmete. »Drosdow hat beim KGB in Abteilung Fünf der Ersten Hauptverwaltung gearbeitet, der Abteilung für ›nasse Angelegenheiten‹. Ich arbeite seit Monaten an etwas, das ich mit ihm besprechen wollte. Ich kann Ihnen versichern, daß er gesund und munter gewesen ist, als wir uns voneinander verabschiedet haben.«

»Ich freue mich, daß Sie das amüsant finden, Michael, denn wir sind anderer Auffassung«, sagte Monica. »Ich will, daß Sie morgen früh die erste Maschine nach Washington nehmen. Betrachten Sie sich bis zum Abschluß der Ermittlungen wegen Ihres Verhaltens in dieser Sache als vorläufig vom Dienst suspendiert.«

Der Bildschirm wurde dunkel. Wheaton streckte wortlos eine Hand aus. Michael griff unter seinen Pullover und übergab Wheaton die geladene Browning.

Wheaton wollte ihn für seine letzte Nacht in London wieder in der sicheren Wohnung unterbringen, aber

Michael forderte ihn unmißverständlich auf, sich zu verpissen, und quartierte sich wieder in dem kleinen Hotel an der Knightsbridge mit Blick über den Hyde Park ein. Als er am frühen Abend aus dem Hotel auf die regennasse Straße trat, entdeckte er sofort zwei von Wheatons Aufpassern, die in einem geparkten Rover dösten. Während er bei Harrods für Elizabeth einkaufte, sah er zwei weitere, und bei einem Spaziergang die Sloane Street hinunter sah er einen fünften Aufpasser zu Fuß.

Außerdem entdeckte er zwei Männer in einem Ford, diesmal in einem dunkelblauen.

Wer seid ihr? Wer hat euch angeheuert? Wenn nicht Wheaton, wer dann?

Beschatter abzuschütteln war nicht schwierig, auch Profis. Michael befand sich im Vorteil, denn er war wie sie auf »der Farm« ausgebildet worden und kannte ihre Taktik. Er war eine Stunde lang bei leichtem Regen kreuz und quer im Londoner West End unterwegs: zu Fuß, mit Bus, Taxi und U-Bahn, über Berkeley Square, Oxford Street, Bond Street und Leicester Square bis nach Soho hinein. Er fand sich vor Sarahs Wohnung wieder. Das libanesische Schnellrestaurant war vegetarisch geworden – ein Denkmal für Sarah. Bob Marleys Stimme dröhnte aus einem halboffenen Fenster mit schmuddeligen Vorhängen. Sarahs Fenster. Vermutlich auch Sarahs Vorhänge.

Sarah Randolph hat einen verhängnisvollen Fehler gemacht, hatte der alte Drosdow gesagt. *Sie hat sich in ihr Opfer verliebt.*

Sie war ein Schwindel gewesen, eine Mystifikation, die seine Feinde erschaffen hatten, in ihrer grenzenlosen Naivität eine tragische Heldin. Sie hatte ihn verraten, aber sie war nicht real. Er konnte sie nicht lieben, konnte sie aber auch nicht hassen. Sie tat ihm nur leid.

Wheatons Aufpasser hatte er schon lange abgehängt, deshalb fuhr er mit einem Taxi nach Belgravia. Geheimdienstleute schaffen sich wie Diebe einen versteckten Zugang zum eigenen Haus, um für den unvermeidlichen Tag gerüstet zu sein, an dem ihr lebenslänglicher Verrat sich rächt. Michael kannte Graham Seymours Methode: übers Nachbargrundstück und mit Hilfe einer für diesen Zweck bereitliegenden Strickleiter über die hohe weiße Gartenmauer. Auf diesem Weg gelangte er in der Dunkelheit auf Grahams Steinterrasse. Als Michael an die Terrassentür klopfte, machte Graham ihm mit einem von Helens Schweizer Küchenmessern bewaffnet auf. Während sie oben im Wohnzimmer miteinander sprachen, trocknete Michaels nasser Mantel am Gasfeuer, und aus Grahams teurer Stereoanlage dröhnte Rachmaninow, um ihr Gespräch zu überspielen.

Sie redeten fast eine Stunde miteinander. Sie redeten über die Ereignisse auf der Fähre. Sie redeten über Sarah. Über Colin Yardley, Astrid Vogel und den Mann im Dunkeln, der Yardley dreimal ins Gesicht geschossen hatte. Über die Männer auf der Jacht und in den Fords – dem weißen Lieferwagen und dem jetzigen blauen. Michael brauchte Geld. Helen war reich, sogar reicher als Elizabeth, und Graham hatte für alle Fälle immer ein paar tausend Pfund in seinem Wandsafe liegen. Reisepässe waren kein Problem. Im Lauf der Jahre hatte Michael seine Kontakte zu befreundeten Diensten genutzt, um sich eine Kollektion gefälschter Papiere zuzulegen. Er konnte als Franzose oder Spanier, als Deutscher oder Grieche reisen. Sogar als Israeli. Ruf Elizabeth an, sagte Michael. Ich werde ihr alles erklären, wenn ich zurückkomme. Aber sei am Telefon vorsichtig. Sag ihr nicht, wohin ich will und was ich vorhabe. Sag ihr, daß ich sie liebe. Sag ihr, sie soll gut auf sich aufpassen.

Sie aßen Penne puttanesca und Salat und tranken Rotwein. Helen und Graham Seymour sprachen über Michael, als sei er nicht da. Michael kam sich vor, als sehe er ein drittklassiges Fernsehdrama. Er verschlang zwei Teller von Helens Pasta.

Nach dem Abendessen verkündete Graham plötzlich, er wolle den neuen Film sehen, der im Kino am Leicester Square laufe. Helen stimmte begeistert zu. Sie räumten das Geschirr weg und verließen das Haus. Michael beobachtete aus dem dunklen Wohnzimmer, wie sie in Grahams BMW stiegen und wegfuhren. Irgendwo im Dunkel sprang der Motor eines Wagens an. Michael sah ihn mit Standlicht losfahren.

Er verließ das Haus durch die Terrassentür, durchquerte den Garten und überwand die Mauer mit der Strickleiter, die auf der anderen Seite zurückblieb. Auf der King's Road hielt Michael ein Taxi an und fuhr zur Victoria Station. Mit dem Geld aus Grahams Safe kaufte er eine Fahrkarte nach Rom. Der Zug ging in einer Stunde. Wenn Wheaton clever war, würde er alle Bahnhöfe und Flughäfen überwachen lassen.

In einem der Bahnhofsgeschäfte kaufte Michael sich einen wasserdichten Hut, den er tief in die Stirn zog. Dann verließ er die Bahnhofshalle und wartete bei Nacht und Regen im Freien. Fünf Minuten vor Abfahrt des Zuges betrat er das Gebäude wieder und ging rasch zum Bahnsteig hinaus. Er stieg ein und suchte ein leeres Abteil. Allein saß er im Halbdunkel, lauschte dem rhythmischen Klacken des Zuges, betrachtete sein Spiegelbild in der Fensterscheibe und dachte über alles nach. Als der Zug den Kanaltunnel verließ und in Richtung Paris durch Nordfrankreich raste, sank Michael in leichten, traumlosen Schlaf.

29

London

Der Direktor sah die 22-Uhr-Nachrichten von ITN, während sein Chauffeur den silbergrauen Jaguar durch die Straßen des West End steuerte. Er kam von einem unbefriedigenden Dinner mit zähem Lammrücken in seinem Supper Club in Mayfair, dessen andere Mitglieder ihn für einen erfolgreichen, international tätigen Investor hielten, was seine Arbeit bis zu einem gewissen Grad richtig beschrieb. Eine Handvoll Mitglieder vermutete, er hätte vor vielen Jahren eine Zeitlang für den Geheimdienst gearbeitet. Lediglich ein oder zwei Personen kannten die Wahrheit – daß er in Wirklichkeit der Generaldirektor, der legendäre C, des Secret Intelligence Service gewesen war.

Nur ein Glück, daß er in der guten alten Zeit beim Service gewesen war, als das Department offiziell überhaupt nicht existiert hatte und die Direktoren vernünftig genug gewesen waren, ihre Namen und Fotos aus der Presse herauszuhalten. Man stelle sich vor, der Chef des Geheimdiensts gewähre *The Guardian* ein Interview – Ketzerei, Wahnsinn! Der Direktor fand, Spione und Geheimdienste ließen sich durchaus mit Ratten und Kakerlaken vergleichen. Da war es besser, so zu tun, als existierten sie gar nicht. Das trug dazu bei, daß die freie Welt nachts besser schlief.

Der Anschlag auf die Fähre Dover–Calais beherrschte die Abendnachrichten. Der Direktor war wütend, obwohl aus seiner gelassenen Miene nichts als gelangweilte Insolenz sprach. Nach einem ganzen Leben im Schatten war seine Tarnung meisterlich. Er war an Schädel und Hüften schmal, hatte aschblondes, jetzt graues Haar und blasse Chirurgenhände, deren Finger immer eine brennende Zigarette in genau der Länge zu halten schienen, die für eine Zeitschriftenwerbung auf Hochglanzpapier richtig gewesen wäre. Seine Augenfarbe erinnerte an Meerwasser im Winter, sein Mund war schmal und grausam.

In seinem Haus in St. John's Wood lebte er allein mit einem Jungen, den die Gesellschaft ihm zu seinem persönlichen Schutz stellte, und einem hübschen Mädchen, das Büroarbeiten erledigte und sich um ihn kümmerte. Er war nie verheiratet gewesen, hatte keine Kinder, seine Herkunft war unbekannt. Die Bürowitzbolde im Service hatten immer behauptet, er sei als junger Mann in einem Schilfkorb am Themseufer gefunden worden – in einem Nadelstreifen-Anzug mit Guards-Krawatte und Maßschuhen.

Er schaltete den Fernseher aus, sah aus dem Fenster und beobachtete das draußen vorbeiziehende nächtliche London. Mißerfolg war ihm verhaßter als alles andere, mehr noch als Verrat. Verrat erforderte Intelligenz und Skrupellosigkeit, Mißerfolg nur Dummheit oder mangelnde Konzentration. Die Männer, denen er den Job auf der Fähre übertragen hatte, verfügten über alles Nötige, und sie hatten trotzdem versagt. Michael Osbourne war offensichtlich ein würdiger Gegner, ein Mann mit Talent, Intelligenz und Einfallsreichtum. Osbourne war gut; sein Mörder würde besser sein müssen.

Der Jaguar hielt vor seiner Villa. Sein Chauffeur, ein ehemaliger Angehöriger der Eliteeinheit Special Air Service, begleitete den Direktor zur Tür und blieb stehen, bis er im Haus war. Das Mädchen, eine karamelbraune jamaikanische Skulptur namens Daphne, erwartete ihn. Sie trug eine weiße Bluse, die bis zum Ansatz ihres vollen Busens aufgeknöpft war, und einen schwarzen Rock, der ihre nackten Oberschenkel nur halb bedeckte. Langes, braunes Haar mit von der Sonne aufgehellten Strähnen umspielte ihre Schultern.

»Mr. Elliott ruft aus Colorado an, Sir«, sagte sie. Obwohl der Direktor schon viele tausend Pfund für Sprachtherapie ausgegeben hatte, lag in ihrer Stimme noch immer die Spur eines westindischen Singsangs. In seiner Villa in Mayfair durften Namen genannt werden, denn sie wurde regelmäßig nach Wanzen abgesucht, und Fenster und Wände waren gegen Richtmikrofone gesichert.

Der Direktor ging in sein Arbeitszimmer und drückte auf die blinkende Taste seines schwarzen Telefons mit mehreren Amtsleitungen. Daphne betrat den Raum, füllte ein Whiskyglas zwei Zentimeter hoch mit dreißigjährigem Scotch und reichte es ihm. Sie blieb im Zimmer, während er telefonierte, denn er hatte keine Geheimnisse vor ihr.

»Was ist schiefgegangen?« fragte Elliott.

»Mr. Awad hatte jemanden zu seinem Schutz mitgebracht, und Mr. Osbourne ebenfalls. Außerdem ist er verdammt gut.«

»Nach allem, was er heute morgen auf der Fähre erfahren hat, muß er erst recht beseitigt werden.«

»Das ist mir klar, Mr. Elliott.«

»Wann soll der nächste Anschlag stattfinden?«

»So bald wie möglich«, sagte der Direktor und machte eine Pause, um an seinem Scotch zu nippen. »Aber ich möchte einen Austausch vornehmen. Osbourne ist ziemlich gut. Deshalb muß sein Gegner sehr gut sein. Ich möchte diesen Auftrag an Oktober vergeben.«

»Er ist sehr teuer.«

»Ein lebender Osbourne kann uns noch mehr kosten, Mr. Elliott. Ich denke, dies ist nicht der richtige Zeitpunkt, über ein bis zwei zusätzliche Millionen zu mekkern, nicht wahr?«

»Nein, Sie haben recht.«

»Ich arbeite ein detailliertes Dossier über Osbourne aus und schicke es Oktober als verschlüsselte E-Mail. Entschließt er sich dazu, den Auftrag anzunehmen, läuft der Countdown, und ich rechne damit, daß Mr. Osbourne binnen kurzem eliminiert sein wird.«

»Das hoffe ich«, sagte Elliott.

»Verlassen Sie sich darauf, Mr. Elliott. Gute Nacht.«

Der Direktor legte auf. Daphne stand hinter ihm und knetete sanft seine Schultern. »Haben Sie heute abend noch Arbeit für mich, Sir?« fragte sie.

»Nein, Daphne, ich erledige noch etwas Papierkram und gehe dann zu Bett.«

»Sehr wohl, Sir«, sagte sie und verließ den Raum.

Der Direktor arbeitete noch etwa zwanzig Minuten, trank den Scotch aus und sah sich im Satellitenfernsehen amerikanische Reportagen über die Explosion auf der Kanalfähre an. Dann schaltete er den Fernseher aus und ging nach oben in seine Schlafzimmersuite. Daphne lag mit aufgeknöpfter Bluse auf dem Bett, hatte die langen Beine übereinandergeschlagen und spielte mit einer Haarsträhne, die sie um ihren schlanken Zeigefinger gewickelt hatte.

Der Direktor entkleidete sich wortlos und zog einen seidenen Schlafrock an. Manche Reichen amüsierten sich mit Autos oder Pferden. Der Direktor hatte seine Daphne.

Sie hatte sich ebenfalls ausgezogen; ihre Kleider lagen neben ihr auf dem Bett. Sie streichelte sanft ihre Brustspitzen, ihren Bauch, ihre Schenkel. Daphne verstand sich darauf, zu reizen, sogar sich selbst. Der Direktor streckte sich neben ihr auf dem Bett aus und ließ einen Finger über ihre Kehle gleiten.

»Irgendwas, mein Herz?« fragte sie.

»Nein, mein Herz.«

Die Fähigkeit des Direktors, eine Frau zu lieben, war schwer beeinträchtigt, seiner Meinung nach eine Nebenwirkung eines Lebens voller Lügen und Verrat. Daphne griff unter seinen Schlafrock, nahm ihn in ihre langen Hände.

»Überhaupt nichts?«

»Leider nein, mein Herz.«

»Schade«, murmelte sie. »Soll ich?«

»Wenn du in Stimmung bist.«

»Sie *sind* ein Dummerchen, Sir. Wollen Sie mir dabei zur Hand gehen oder nur zusehen?«

»Nur zusehen«, sagte der Direktor und zündete sich eine Zigarette an.

Daphnes Hand glitt zwischen ihre Schenkel. Sie keuchte laut, warf den Kopf zurück und schloß die Augen. In den folgenden zehn Minuten nahm er sie auf die einzig mögliche Art – mit seinen Blicken –, war aber bald in Gedanken woanders. Er dachte an Michael Osbourne. An das fehlgeschlagene Attentat auf der Fähre. An den Mann, der sich Oktober nannte. Das würde ein interessantes Duell werden. Einer würde dabei umkommen. War es Osbourne, würde die Gesellschaft überleben, und Mitchell Elliott würde seine Milliarden verdienen. War es Oktober ... Den Direktor schauderte bei diesem Gedanken. Er hatte zu lange, zu schwer gearbeitet; zuviel stand auf dem Spiel, zuviel war bereits investiert worden, als daß ein Mißerfolg denkbar gewesen wäre.

Er schaute wieder Daphne an und stellte fest, daß ihre braunen Augen ihn fixierten. Sie hatte den offenen, freien Blick eines kleinen Kindes. »Sie sind für ein paar Minuten nicht dagewesen«, sagte sie.

Über sein Gesicht huschte ein überraschter Ausdruck; Daphne beraubte ihn seiner alten Verstellungskunst.

»Ich sehe dir trotzdem zu, weißt du. Ich will wissen, ob ich dich glücklich mache.«

»Sie machen mich sehr glücklich.«

»Ist alles in Ordnung, mein Herz?«

»Alles ist bestens.«

»Bestimmt?«

»Ja, ganz bestimmt.«

30

Kairo

»Mein Gott, diese Scheißstadt!«

Astrid Vogel stand in der Balkontür, die sie geöffnet hatte, um die Kühle der winterlichen Abenddämmerung einzulassen. Mr. Fahmy, der Hotelportier, hatte sie gewarnt, den kleinen Balkon mit dem rostigen Geländer zu betreten; Balkone brächen heutzutage manchmal einfach ab, so daß es bitte am besten sei, ihn nicht zu betreten. Sie waren seit zwei Tagen in diesem Hotel, und ihre Toilette war schon dreimal verstopft gewesen.

Dreimal war Mr. Fahmy erschienen, in Sakko und Krawatte, mit einer Rolle Klebeband und einem Bund Kupferdraht bewaffnet. Das Hotel habe keinen Handwerker, erklärte er. Alle guten Handwerker seien am Golf – in Kuwait, in Saudi-Arabien oder den Emiraten – und arbeiteten für die Ölscheichs. Das gleiche gelte für die Lehrer, die Anwälte und die Buchhalter. Die Akademiker und die Reichen seien geflüchtet. Kairo sei eine verfallende Fellachenstadt ohne Fachleute, die sie instandsetzen könnten. Dann ließ die Toilette sich wie auf ein Stichwort hin spülen, und er sagte traurig lächelnd: »Sie funktioniert wieder, *inschallah«,* obwohl er wußte, daß er am nächsten Tag mit seinem Reparatursatz aus Klebeband und Kupferdraht wiederkommen würde.

Der abendliche Gebetsruf erklang, zuerst ein einzelner Muezzin in weiter Ferne, dann noch einer und noch einer, bis tausend scheppernd verstärkte Stimmen gemeinsam riefen. Das Hotel stand neben einer Moschee, deren Minarett neben ihrem Fenster aufragte. Der bei Tagesanbruch aus den Lautsprechern dröhnende Gebetsruf hatte Astrid an diesem Morgen so erschreckt, daß sie nach ihrer Pistole gegriffen hatte und nackt auf den Balkon gelaufen war. Astrid war eine überzeugte Atheistin. Religion machte sie nervös. In Kairo war man überall von Religion umgeben. Sie umhüllte einen, umgab einen von allen Seiten. Es war unmöglich, ihr zu entkommen. Astrids Lösung bestand darin, ihren Unglauben demonstrativ zur Schau zu stellen. Als der Muezzin am frühen Abend wieder zum Gebet rief, ging sie mit Delaroche ins Bett und liebte ihn ekstatisch. Jetzt lauschte sie dem Gebetsruf wie eine Meeresbiologin den Paarungslauten von Grauwalen. Er schien ihr vage musikalisch, harmonisch, wie eine dieser schlichten Fugen, bei denen eine Violine die Melodie aufgreift, die eine andere zuvor gespielt hat. Kairos Kanon, dachte sie.

Der Gebetsruf verhallte, bis nur noch eine Stimme in der Luft hing, irgendwo im Südwesten, wo Giseh und die Pyramiden lagen, um dann ebenfalls zu verstummen. Astrid blieb mit verschränkten Armen an der Balkontür stehen, rauchte eine gräßliche einheimische Zigarette und trank eisgekühlten Champagner, weil dem Hotel das Tafelwasser ausgegangen war und das Leitungswasser Wasserbüffel umbringen konnte. Sie trug eine Galabija, ein Männergewand, die Ärmel hochgekrempelt und bis zum Nabel aufgeknöpft. Delaroche, der auf dem Bett lag, konnte durch das dünne Gewebe des weißen Gewands die schwachen Umrisse ihrer Mannequinfigur sehen. Sie hatte es nachmittags in einem Suk in der Nähe des Hotels gekauft und dabei so viel Aufsehen erregt, wie es nur eine einsachtzig große deutsche Blondine auf den von sexueller Unterdrückung geprägten Straßen Kairos konnte.

Delaroche hatte eine Zeitlang geglaubt, es sei ein Fehler gewesen, sie allein gehen zu lassen, aber jetzt im Winter waren viele tausend skandinavische Touristen in Kairo, und niemand würde sich an die hochgewachsene Deutsche erinnern, die sich im Suk ein Fellachengewand gekauft hatte. Außerdem war Delaroche selbst gern auf den belebten Straßen Kairos unterwegs. Dabei hatte er jedesmal das Gefühl, sich durch eine andere Stadt zu bewegen – mal durch einen Winkel von Paris, mal durch Gassen in Rom, mal durch einen Straßenblock im viktorianischen London –, alle mit Staub bedeckt und wie die Sphinx zerfallend. Am liebsten hätte er alles gemalt, aber dafür war jetzt keine Zeit.

Der Nachtwind roch nach der Libyschen Wüste. Dieser Geruch vermischte sich mit dem für Kairo typischen Gestank: Staub, verrottender Müll, Holzrauch, Eselmist, Urin, Abgase von einer Million Autos und Lastwagen, Giftschwaden der Zementwerke in Heluan. Aber er war kühl und trocken, wundervoll auf der nackten, feuchten Haut von Astrids Brüsten. Ihr Gesicht war staubig. Der Staub war überall, grau, fein wie bestes Mehl. Er fand seinen Weg in ihren Koffer, in ihre Bücher und Zeitschriften. Delaroche reinigte ständig die Beretta, die in einem Kairoer Bankschließfach für ihn hinterlegt worden war. »Der Staub«, stöhnte er, während er die Waffe mit einem ölgetränkten Lappen abwischte, »dieser gottverdammte Staub!«

Astrid ließ gern die Balkontür offen – das Klimagerät war defekt, und selbst Mr. Fahmys Kniffe konnten es nicht wieder zum Laufen bringen –, aber die Zimmermädchen verschlossen den Raum immer luftdicht wie einen Sarkophag. »Der Staub«, sagten sie dann erklärend, wobei sie augenrollend zu Astrids offener Balkontür hinübersahen. »Bitte, der Staub.«

Sie wagte sich auf den Balkon hinaus, ohne Mr. Fahmys Warnung zu beachten. Auf einer schmalen, verstopften Straße unter ihr schoben Männer Autos herum. In Kairo gab es eine Million Fahrzeuge, aber Astrid hatte noch kein einziges Parkhaus gesehen. Die Kairoer hatten sich eine überraschende Lösung einfallen lassen: Sie ließen ihre Autos einfach mitten auf der Straße stehen. Für eine Handvoll zerknüllter Piaster bewachten clevere Unternehmer ein Auto den ganzen Tag und schoben es herum, um Platz für andere zu machen. In der Innenstadt waren viele Seitenstraßen unpassierbar, weil sie in improvisierte Parkplätze umgewandelt worden waren.

Auf der anderen Straßenseite, neben der Moschee, wurde ein einsturzgefährdetes Bürogebäude geräumt. Anstatt die Möbel ordentlich abzutransportieren, warfen Arbeiter einfach alles aus den Fenstern. Zwanzig Soldaten, junge Fellachen aus den Dörfern, hockten vor dem baufälligen Gebäude an kleinen Kochfeuern.

»Weshalb wird das Haus von Soldaten bewacht, Jean-Paul?« fragte sie, während sie das Schauspiel verfolgte.

»Was?« brüllte Delaroche aus dem Zimmer.

Astrid wiederholte ihre Frage, diesmal lauter. Unterhaltung auf Kairoer Art. Wegen der ohrenbetäubenden Kakophonie des Straßenlärms wurden die meisten Gespräche schreiend geführt. Das machte es schwieriger, Erik Stoltenbergs Ermordung zu planen. Aus Sicherheitsgründen bestand Delaroche darauf, daß sie nur im Bett liegend, von Angesicht zu Angesicht, miteinander redeten, damit sie leise sprechen konnten, direkt ins Ohr des anderen.

»Die Soldaten sollen Passanten fernhalten, falls das Gebäude plötzlich einstürzt.«

»Aber wenn es plötzlich einstürzt, sind die Soldaten tot. Das ist Wahnsinn!«

»Nein, das ist Kairo.«

Ein von einem lahmenden Esel gezogener Karren kam die Straße entlang. Der Kutscher war ein kleiner Junge, blond, schmales Gesicht, schmutziges Gewand. Sein Karren war hoch mit Abfällen beladen. Die Soldaten neckten den Jungen und warfen dem Esel Brotkrusten hin. Astrid dachte einen Augenblick daran, ihre Pistole zu holen und einen der Soldaten zu erschießen. Dann rief sie: »Jean-Paul, komm mal schnell her!«

»Sabbalin«, sagte Delaroche, als er neben sie auf den Balkon trat.

»Was?«

»Sabbalin«, wiederholte er. »Das sind Müllkutscher. Kairo hat keine städtische Müllabfuhr. Abfälle sind immer auf die Straße geworfen oder verbrannt worden, um das Wasser in den öffentlichen Bädern zu erwärmen. In den dreißiger Jahren sind die koptischen Christen aus dem Süden nach Kairo gezogen. Einige sind Sabbalin geworden. Sie werden nicht dafür bezahlt, aber sie sortieren den Müll und verkaufen alles Brauchbare. Sie leben in einem Mülldorf im Dschebel Mokattam östlich von Kairo.«

»Großer Gott«, sagte sie leise.

»Wir müssen uns anziehen«, sagte Delaroche, aber Astrid blieb auf dem Balkon und beobachtete weiter den Jungen mit dem Müllkarren.

»Ich mag ihn nicht«, sagte sie, und Delaroche wußte im ersten Moment nicht, ob sie den Müllsammler oder Erik Stoltenberg meinte. »Er ist grausam und clever.«

»Halt dich genau an unseren Plan, dann klappt alles.«

»Laß nicht zu, daß er mir wehtut, Jean-Paul.«

Er sah sie an. Sie hatte ein Dutzend Morde verübt, war ihr Leben lang auf der Flucht gewesen und war manchmal trotzdem ängstlich wie ein kleines Mädchen. Er berührte ihr Gesicht, küßte sie zart auf die Stirn.

»Ich lasse nicht zu, daß irgendwer dir wehtut«, sagte er.

Ein großer Holzschreibtisch wippte auf einer Balkonbrüstung im zehnten Stock des einsturzgefährdeten Bürogebäudes. Er blieb noch einen Augenblick hängen wie ein Schiffsreisender, der sich an die Reling eines sinkenden Ozeanriesen klammert, dann stürzte er auf die Straße, wo er in hundert Stücke zersplitterte. Der Esel des Sabbalin ging durch. Die Soldaten stoben auseinander. Sie sahen nach oben, brüllten arabische Verwünschungen und drohten den Arbeitern auf dem Balkon mit den Fäusten.

»Kairo«, sagte Delaroche.

»Mein Gott«, sagte Astrid, »was für eine Scheißstadt!«

Der Hotelaufzug war ein altmodischer Lift in der Mittelachse der spiralförmigen Treppe. Er war wieder einmal außer Betrieb, deshalb mußten Astrid und Delaroche aus dem sechsten Stock zu Fuß hinuntergehen. Mr. Fahmy, der ewige Portier, zuckte entschuldigend mit den Schultern. »Morgen kommt der Monteur, *inschallah«,* sagte er.

»Inschallah«, wiederholte Delaroche mit perfektem Kairoer Akzent, was Mr. Fahmy mit einem förmlichen Nicken seines kahlen Kopfes erwiderte.

In der Hotelhalle war es still, der Speisesaal war leer bis auf zwei Kellner mit umgebundenen Schürzen, die schweigend gegen den Staub ankämpften. Delaroche fand ihn mit seinen langen Tischen, dem sehnigen Fleisch und dem warmen Weißwein deprimierend und vage russisch. Astrid hatte in eines der großen westlichen Hotels gehen wollen – ins InterCon oder ins berühmte Nile Hilton –, aber Delaroche hatte auf einer ruhigeren Unterkunft bestanden. Das Hotel Imperial war ein Haus, wie es Reiseführer Abenteuerlustigen empfahlen, die unbedingt »das wahre Kairo« kennenlernen wollten.

Delaroche hatte einen Motorroller gestohlen: einen kleinen dunkelblauen Roller, wie ihn junge Italiener benutzen, um durch Rom zu rasen. Er fühlte sich leicht schuldbewußt, denn er wußte, daß irgendein ägyptischer Jugendlicher drei Jobs angenommen und jahrelang gespart hatte, um sich den Roller kaufen zu können. Er setzte Astrid in ein Taxi und erklärte dem Fahrer in fließendem Arabisch, wohin er sie bringen solle. Dann fuhr Delaroche mit dem Motorroller voraus, und Astrids Taxi folgte ihm.

Zamalek ist eine Insel, lang und schmal, die der Nil wie ein Burggraben umgibt. Sie ist eine Enklave der Reichen Kairos: das Rückzugsgebiet der Aristokratie, der Neureichen und der westlichen Journalisten. Über der Uferpromenade ragen staubige Apartmentgebäude auf und starren mißbilligend über den Fluß ins lärmende Chaos der Innenstadt hinüber. Unter der Uferpromenade verläuft ein Kai, auf dem die aufgeklärte Jugend Zamaleks bis in die frühen Morgenstunden vögelt. Im Südteil der Insel hatte der Gesira Sporting Club, der Treffpunkt der britischen Elite, seine Kricketfelder und Tennisplätze. In den Läden und Boutiquen Zamaleks hört man das von Napoleon nach Kairo mitgebrachte Französisch. Die Inselbewohner kleiden sich westlich, essen in den Cafés und Restaurants der Insel westlich und tanzen in den Diskotheken nach westlicher Musik. Dies ist das andere Kairo.

Erik Stoltenberg wohnte im obersten, dem achten Stock eines Apartmentgebäudes mit Blick über den Fluß. Seine Nachbarn klagten über laute Parties und die Paarungslaute seiner ständigen Eroberungen. Er dinierte jeden Abend in einem der eleganten Restaurants der Insel und wechselte dann in den Nachtclub Break Point über, um dort bis spät nachts zu trinken und auf Frauenjagd zu gehen.

Das alles stand in Delaroches Dossier über ihn.

Das Break Point hatte einen Türsteher und die unvermeidliche Warteschlage wie ein New Yorker Club. Der Türsteher wählte wichtige Gäste und hübsche Mädchen aus, um sie bevorzugt einzulassen. Erik Stoltenberg fiel in die erste Kategorie, Astrid Vogel in die zweite. Delaroche, Single, attraktiv, Mitte Vierzig, mußte zehn Minuten warten. Er ging an die Bar und bestellte sich auf arabisch, das er mit Kairoer Akzent sprach, ein Stella. Im rauchigen Halbdunkel des Nachtclubs konnte er als Angehöriger der einheimischen Oberschicht durchgehen.

Er bezahlte sein Bier und drehte sich an der Theke um. Der Club war wie immer überfüllt: leichtbekleidete ägyptische Mädchen, die bereit waren, mit Fremden zu schlafen, Jungen, die ebenfalls dazu bereit waren, ein paar Luxusnutten und einige abenteuerlustige Touristen, die keinen weiteren Abend in der trostlosen Bar im Nile Hilton ertragen konnten. Ein hübsches Mädchen forderte Delaroche zum Tanz auf. Er lehnte höflich ab. Im nächsten Augenblick tauchte ihr Beschützer auf: ein Schlägertyp in Lederjacke und engem Hemd, das seine Gewichthebermuskeln unterstreichen sollte. Delaroche murmelte ihm etwas ins Ohr, das bewirkte, daß der Junge mit dem hübschen Mädchen sofort die Bar verließ.

Astrid tanzte mit Stoltenberg. Sie trug einen der schwarzen Röcke, die sie in London gekauft hatte, und einen hautengen schwarzen Pullover ohne Büstenhalter. Sie war jetzt Eva Tebbe, eine in Ostdeutschland geborene Touristin, die leicht sächselte. Astrid und Stoltenberg hatten sich am Abend zuvor kennengelernt, als sie mit Delaroche dagewesen war, der sich als Franzose aus ihrer Reisegruppe ausgegeben hatte. Stoltenberg hatte unaufhörlich mit ihr geflirtet. Sie war noch zwei Tage in Kairo, dann ging ihre Reise nach Luxor weiter. Stoltenberg hatte versucht, sie abzuschleppen, aber sie hatte traurig abgelehnt, weil sie fürchtete, der kleine Franzose könnte ihr eine Szene machen. Heute war sie allein hier, deshalb wollte Delaroche nicht tanzen und hielt sich im Halbdunkel der Bar auf.

Stoltenberg hatte einmal gut ausgesehen, aber Alkohol und reichliches Essen hatten ihn Fett ansetzen lassen. Er hatte ziemlich kurzes eisgraues Haar und eisblaue Augen. Er trug Schwarz – schwarze Jeans, schwarzer Rollkragenpullover, schwarze Lederjacke. Er berührte Astrid, während sie tanzte, und ihr Gesichtsausdruck zeigte, wie sehr ihr das gefiel. Nach drei Tänzen zogen sie sich an den immer für Stoltenberg reservierten Tisch zurück. Dort steckten sie die Köpfe zusammen.

Nach zehn Minuten standen sie auf und bahnten sich einen Weg über die Tanzfläche zum Ausgang. Stoltenberg hielt Astrids Hand. Ihr Blick glitt über Delaroche hinweg, ohne auf ihm zu verweilen.

Astrid, der Profi.

Aber Delaroche war nicht entgangen, daß sie Angst hatte.

Erik Stoltenbergs Geschäfte gingen offenbar gut. Er hatte einen großen schwarzen Mercedes mit Chauffeur. Er hielt Astrid die Tür auf, ging dann um den Wagen herum und stieg ebenfalls hinten ein. Die Limousine preschte durch die engen Straßen, bog auf die Uferpromenade ab und folgte dem Fluß nach Süden. Delaroche, der einen Sturzhelm trug und nur mit Standlicht fuhr, achtete auf ausreichend Abstand. Er nahm das Gas weg, als Stoltenbergs Apartmentgebäude am Nil vor ihnen auftauchte. Genau wie in London, sagte er sich. Geh mit ihm rein, sieh zu, daß du ihn ins Bett bekommst, laß möglichst die Tür offen. Kein Problem. Der Mercedes beschleunigte plötzlich und fuhr an dem Gebäude vorbei. Delaroche fluchte laut, dann gab er Gas und nahm die Verfolgung auf.

»Du heißt nicht Eva Tebbe«, stellte Stoltenberg fest, als der Wagen beschleunigte, »sondern Astrid Vogel. Du bist ein ehemaliges Mitglied der Rote-Armee-Fraktion.«

»Wie bitte? Ich heiße Eva Tebbe und bin aus Berlin. Bring mich sofort in den Club zurück, oder ich fange an zu schreien!«

»Ich habe dich schon nach den ersten fünf Minuten erkannt. Dein komischer sächsischer Dialekt ist nicht gut genug, um einen Profi zu täuschen.«

»Profi auf welchem Gebiet? Ich will sofort in den Club zurück!«

»Ich bin Stasi-Offizier gewesen, Schätzchen! In der für die RAF zuständigen Abteilung. Du bist zwar nie im Osten gewesen, aber viele deiner Genossen haben dort Unterschlupf gefunden. Wir haben Fotos und Dossiers von jedem RAF-Mitglied gehabt, auch von Astrid Vogel.«

»Ich heiße Eva Tebbe«, wiederholte sie gebetsmühlenartig. »Ich komme aus Berlin.«

»Ich habe mir von einem alten Kollegen dieses Foto faxen lassen. Du bist jetzt natürlich älter, trägst dein Haar anders, aber du bist es trotzdem.«

Er griff in seine Lederjacke, zog das Foto heraus und hielt es ihr unter die Nase. Astrid starrte angelegentlich aus dem Fenster. Sie hatten den Nil überquert und fuhren in Richtung Giseh.

»Sieh's dir an!« brüllte Stoltenberg. »Das bist du – sieh's dir an!«

»Das bin ich nicht. Bitte, ich weiß überhaupt nicht, wovon du redest.«

Ihre Stimme verlor allmählich an Glaubwürdigkeit, sie hörte es selbst. Auch Stoltenberg hörte es offenbar, denn sein Handrücken traf mit einem brutalen Schlag ihren Mund. Ihre Augen begannen zu tränen, und sie hatte Blutgeschmack auf den Lippen.

Sie sah das Bild an, ein altes westdeutsches Fahndungsfoto.

Sie war revolutionär mager und starrte in die Kamera, als wollte sie fragen: »Wie könnt ihr's wagen, mich zu knipsen?« Kurt Vogels Bürstenhaarschnitt; Kurt Vogels Nickelbrille. Sie hatte das Foto immer schrecklich gefunden, aber nachdem das Bundeskriminalamt es auf einem Fahndungsplakat verbreitet hatte, war sie zum Sexsymbol der radikalen Linken geworden.

Vor ihnen zeichneten die Pyramiden sich als Silhouetten vor dem Dunkelblau der Wüstennacht ab. Ein bleicher Dreiviertelmond stand tief am Horizont und leuchtete wie ein Scheinwerfer. Wo zum Teufel steckst du, Jean-Paul? fragte sie sich. Aber sie widerstand der Versuchung, sich umzudrehen und nach ihm Ausschau zu halten. Was hatte er gesagt? *Ich lasse nicht zu, daß irgendwer dir wehtut.* Unternimm lieber bald etwas, Liebster, dachte sie, sonst macht dieser Mann dich zum Lügner. Aus irgendeinem Grund hatte Stoltenberg bisher weder eine Leibesvisitation vorgenommen noch ihre Handtasche durchsucht. Ihre Pistole, eine kleinkalibrige Browning, lag in der Handtasche, aber sie wußte, daß sie auf dem Rücksitz keine Chance hatte, schnell genug an die Waffe zu kommen. Sie konnte nur abwarten und auf Zeit spielen und verzweifelt hoffen, daß Jean-Paul irgendwo dort draußen in der Dunkelheit war.

Die Pyramiden verschwanden, als der Wagen auf eine schmale, unbefestigte Straße abbog, die in die Wüste führte. »Wohin bringst du mich?« fragte Astrid. »Wenn du ficken willst, können wir's gleich hier machen. Dazu müssen wir nicht in die Wüste fahren und solche blöden Spiele spielen.«

Er schlug ihr wieder ins Gesicht und knurrte: »Halt's Maul!«

Der Mercedes rumpelte und schlingerte wild.

»Wer hat dich angeheuert?«

»Niemand hat mich angeheuert. Ich bin nicht die, für die du mich hältst. Ich will in mein Hotel zurück. Bitte, laß mich in Ruhe.«

Er schlug wieder zu, diesmal fester. »Antworte! Wer hat dich angeheuert?«

»Niemand. Bitte nicht!«

»Wer ist der Mann? Dein Partner, dieser Franzose?«

»Er ist nur ein komischer Kerl aus meiner Reisegruppe. Ein Niemand.«

»Hast du Colin Yardley in London erschossen?«

»Ich habe keinen Menschen erschossen.«

»Hast du Colin Yardley in London ermordet? Hat der Franzose ihn umgelegt?«

»Ich bin keine Mörderin. Ich arbeite für eine Zeitschrift in Berlin. Ich bin Graphikdesignerin. Ich heiße nicht Astrid Vogel, ich heiße Eva Tebbe. Bitte, laß diesen Wahnsinn! Wohin bringst du mich?«

»An einen Ort, wo niemand dich schreien hört und keiner deine Leiche findet.« Er griff wieder in seine Lederjacke und zog diesmal eine Pistole heraus. Er drückte ihr die Mündung an den Hals und riß sie an den Haaren. »So, jetzt noch mal von vorn«, sagte er. »Wer ist der Franzose? Wer hat dich angeheuert?«

»Ich heiße Eva Tebbe. Ich bin Graphikdesignerin, ich bin aus Berlin.«

Sie dachte an die früheren Indoktrinierungsvorträge bei der RAF. Haltet dicht, wenn ihr verhaftet werdet. Leistet Widerstand, beschimpft sie, aber haltet dicht. Sie werden mit euch spielen, euch psychologisch fertigmachen. Das tun die Bullen nämlich. Haltet trotzdem dicht. Jetzt mußte sie diese Verhaltensregeln befolgen, denn wenn sie Stoltenberg die Wahrheit sagte, würde er sie töten.

Er riß sie wieder an den Haaren und ließ sie dann los. Ihre Handtasche lag auf dem Sitz zwischen ihnen. Er öffnete sie und wühlte darin herum, bis er die Browning fand. Er hielt die Waffe als Beweis für ihren Verrat hoch und steckte sie in seine Lederjacke.

»Er ist verdammt nachlässig, dein Franzose, Astrid. Er hat dich in eine sehr gefährliche Lage gebracht. Er hat gewußt, daß ich bei der Stasi gearbeitet habe. Er hätte sich denken müssen, daß ich eine ehemalige Aktivistin der Rote-Armee-Fraktion wiedererkennen würde. Man muß schon ein eiskaltes Schwein sein, um eine Frau in diese Lage zu bringen.«

Der Mercedes hielt in einer Staubwolke auf dem Kamm eines Höhenzugs in der Wüste. Unter ihnen erstreckte Kairo sich wie ein riesiger Fächer: im Süden schmal, im Norden zum Nildelta hin breit. Tausend Minarette ragten in den Himmel. Sie fragte sich, welches ihres war. Sie wünschte sich in ihr gräßliches Hotelzimmer zurück, mit der Toilette, die nicht funktionierte, gegenüber dem Bürogebäude, das jeden Augenblick einstürzen konnte.

»Du liebst diesen Mann offenbar. Deshalb bist du bereit, für ihn zu leiden. Aber glaub mir, er erwidert deine Gefühle nicht. Sonst hätte er dich niemals auf mich angesetzt. Er nutzt dich bloß aus, genau wie's diese Schweine von der RAF gemacht haben.«

Stoltenberg erteilte dem Fahrer auf arabisch einen knappen Befehl, den Astrid nicht verstand. Der Fahrer öffnete die Tür und stieg aus. Stoltenberg setzte ihr erneut die Pistole an den Hals.

»Also gut«, sagte er. »Versuchen wir's noch mal.«

Delaroche stellte den Motor seines Rollers ab, sobald er die Bremslichter des Mercedes aufleuchten sah. Er ließ ihn noch ausrollen, schob ihn dann von der Straße und näherte sich dem Wagen zu Fuß. Aus der Ferne war das Rauschen Kairos zu hören. Er erstarrte, als eine Autotür geöffnet und wieder geschlossen wurde. Im Mercedes blieb es dabei dunkel; wie jeder erfahrene Geheimdienstmann hatte Stoltenberg die Innenbeleuchtung ausgeschaltet. Im Mondschein sah Delaroche den Fahrer, der mit schußbereiter Waffe die Umgebung des Wagens sicherte. Delaroche kauerte hinter einem zerklüfteten Felsblock und wartete, bis der Mann näherkam. Als der Fahrer auf etwa zehn Meter herangekommen war, stand Delaroche in der Dunkelheit auf und hob seine Beretta mit Schalldämpfer.

Stoltenberg schlug wieder zu und traf ihr Gesicht, ihren Hinterkopf, ihre Brüste. Astrid spürte, daß es ihm Spaß zu machen begann. Sie dachte angestrengt an etwas anderes, an irgend etwas anderes. Sie dachte an ihr Hausboot auf der Prinsengracht und die kleine Buchhandlung und wünschte sich verzweifelt, Jean-Paul Delaroche wäre niemals in ihr Leben getreten.

Die Fahrertür wurde geöffnet und wieder geschlossen. In der Dunkelheit konnte Astrid kaum die Silhouette des Mannes am Steuer erkennen. Trotzdem merkte sie, daß das nicht mehr ihr Fahrer war.

Stoltenberg drückte ihr wieder die Mündung seiner Pistole an den Hals. »Hast du draußen jemand gesehen?« fragte er auf arabisch.

Der Mann am Steuer schüttelte den Kopf.

»Jallah!«, sagte Stoltenberg. Auf geht's!

Delaroche fuhr blitzschnell herum und zielte mit der Beretta auf Stoltenbergs Gesicht.

Der Deutsche war zu erschrocken, um zu reagieren.

Delaroche schoß dreimal.

Blut und Gehirnmasse klatschten an die Heckscheibe.

Stoltenberg fiel gegen Astrid. Sie schrie auf, stieß ihn von sich weg, stürzte aus dem Wagen und rannte vom Blut des Deutschen bespritzt in die nächtliche Wüste.

Delaroche stieg aus und rannte hinter ihr her.

»Er hätte mich umbringen können, Jean-Paul.«

Sie lag im Hotel Imperial in ihrer Galabija auf dem Bett und rauchte im Dunkel eine Zigarette nach der anderen. Delaroche saß neben ihr und zerlegte seine Waffen. Ihr Haar war vom Duschen naß, und die durchs offene Fenster hereinkommende Brise ließ sie frösteln. Sie hatte Erik Stoltenbergs Blut und die Spuren ihrer wilden Flucht in die Wüste abgewaschen. Sie hatte sich mehrmals heftig übergeben müssen. Die Toilette war wieder verstopft, aber Mr. Fahmy, der sie als einziger reparieren konnte, hatte heute abend frei. *»Bokra, inschallah«,* sagte der Nachtportier. Morgen, so Gott will.

Delaroche dachte über ihre Feststellung nach; der Profi in ihm konnte ihr nicht widersprechen. Erik Stoltenberg hatte reichlich Zeit und Gelegenheit gehabt, sie umzubringen. Er hatte es nur deshalb nicht gleich getan, weil er weitere Informationen brauchte.

»Er hätte dich umbringen können«, gab Delaroche zu, »aber er hat's nicht getan, weil du dich mustergültig verhalten hast. Du hast auf Zeit gespielt, du hast nichts verraten. Du bist keine Sekunde allein gewesen. Ich bin die ganze Zeit hinter euch gewesen.«

»Hätte er mich umbringen wollen, hättest du ihn nicht daran hindern können.«

»Diese Arbeit ist nicht risikolos, Astrid. Das weißt du.«

Sie erinnerte sich an Stoltenbergs Worte. *Er ist verdammt nachlässig, dein Franzose. Er hat dich in eine sehr gefährliche Lage gebracht.*

»Ich weiß nicht, ob ich weitermachen kann, Jean-Paul.«

»Du hast den Auftrag übernommen. Du hast das Geld genommen. Du kannst nicht mehr aussteigen.«

»Ich will zurück nach Amsterdam, zurück auf mein Boot.«

»Du kannst nicht mehr zurück. Diese Tür ist jetzt für dich verschlossen.«

Sie zog die Bilanz ihrer Verletzungen: aufgeplatzte Unterlippe, Prellung auf dem linken Backenknochen, blaue Flecken wie Abdrücke einer Hand auf der rechten Brust. Sie war noch nie in einer Situation gewesen, in der sie sich so ausgeliefert gefühlt hatte, und das gefiel ihr nicht.

»Ich will nicht wie ein Tier in der Wüste verrecken, Jean-Paul.«

»Ich auch nicht«, sagte er. »Und ich lasse nicht zu, daß das einem von uns passiert.«

»Wohin gehst du, wenn dieser Auftrag ausgeführt ist?«

»Zurück nach Brélès, wenn ich kann. Sonst in die Karibik.«

»Und wohin gehe ich, wenn die Tür nach Amsterdam jetzt für mich verschlossen ist?«

Er schob seine Waffen weg und legte sich neben sie.

»Du kannst mit mir in die Karibik kommen.«

»Und was würde ich dort machen?«

»Was du willst, oder gar nichts.«

»Und was werde ich für dich sein? Deine Ehefrau?«

Delaroche schüttelte den Kopf. »Nein, nicht meine Ehefrau.«

»Wird es andere Frauen geben?«

Er schüttelte wieder den Kopf. »Nein, es wird keine anderen Frauen geben.«

»Ich will sein, was ich für dich sein soll, aber du darfst mich nicht durch andere Frauen demütigen.«

»Ich würde dich nie demütigen, Astrid.«

Er küßte sie zart auf ihre aufgeplatzte Unterlippe, um ihr nicht wehzutun. Er knöpfte ihre Galabija auf und küßte ihre Brüste und den häßlichen Abdruck von Stoltenbergs Hand. Er glitt über ihren Körper nach unten und schob die Galabija hoch. Das Entsetzen, das sie vor einigen Stunden empfunden hatte, verschmolz mit dem exquisiten Reiz dessen, was er zwischen ihren Schenkeln tat.

»Wo werden wir leben?« fragte sie leise.

»Am Meer«, antwortete er, dann machte er weiter.

»Machst du das am Meer mit mir, Jean-Paul?«

Sie spürte, wie er zwischen ihren Beinen nickte.

»Machst du das am Meer *oft* mit mir, Jean-Paul?«

Aber das war eine törichte Frage, auf die er keine Antwort gab. Sie ergriff seinen Kopf und drückte ihn fest an ihren Leib. Sie wollte ihm sagen, daß sie ihn liebte, aber sie wußte, daß so etwas nie laut ausgesprochen werden würde. Danach lag er leise atmend neben ihr.

»Kannst du nachts schlafen, Jean-Paul?«

»Manche Nächte sind besser als andere.«

»Siehst du sie vor dir?«

»Ich sehe sie für eine Weile, dann verschwinden sie.«

»Warum bringst du sie auf diese Weise um? Warum schießt du sie dreimal ins Gesicht?«

»Weil sie wissen sollen, daß ich existiere.«

Ihre Augen schlossen sich, und ihre Stimme klang bereits schläfrig.

»Bist du Satan, Jean-Paul?«

»Wie meinst du das?«

»Satan«, wiederholte sie. »Der Teufel. Vielleicht hinterläßt du dein Wahrzeichen auf ihren Gesichtern, weil du der Satan bist.«

»Die Leute, die ich umbringe, sind böse Menschen. Bringe ich sie nicht um, tut's ein anderer. Das ist nur ein Geschäft, nichts anderes.«

»Bei dir ist's mehr als ein Geschäft, Jean-Paul. Es ist...« Als sie zögerte, glaubte er einige Sekunden lang, sie sei schon eingeschlafen. »Es ist *Kunst,* Jean-Paul. Bei dir ist das Töten eine Kunst.«

»Schlaf jetzt, Astrid.«

»Bleib wach, bis ich eingeschlafen bin, Jean-Paul.«

»Gut, ich warte«, sagte er.

Sie schwieg einen Augenblick, dann fragte sie: »Was wird aus Arbatow, wenn du aufhörst?«

»Er wird wohl auch aufhören müssen«, sagte Delaroche. »Er ist sowieso schon ein alter Mann.«

»Bist du der Teufel, Jean-Paul?« murmelte Astrid, aber sie war eingeschlafen, bevor er antworten konnte.

Sie kramte sie im Morgengrauen aus ihrer Umhängetasche, die kleine Meldung aus *Le Monde* über den Raubmord an einem pensionierten russischen Diplomaten auf einer Pariser Straße. Delaroche schlief – oder stellte sich schlafend, das wußte man bei ihm nie.

Sie nahm den Zeitungsausriß auf Fahmys gefährlichen Balkon mit und las die Meldung im blassen Licht der Morgendämmerung nochmals durch. Vielleicht ist es Jean-Paul nicht gewesen, dachte sie. Vielleicht ist's wirklich ein Raubüberfall gewesen.

Unter ihr begann Kairo zu erwachen. Ein Sabbalin fuhr durch die Gasse, ein zerlumptes kleines Mädchen, das seinen Esel verschlafen mit einer Gerte antrieb. Der erste Muezzin ließ seinen Ruf ertönen. Tausend weitere fielen ein.

Sie hielt ein brennendes Streichholz an den Zeitungsausriß und schaute ihm nach, wie er auf die Gasse hinuntersegelte, auf einem Abfallhaufen liegenblieb und sich in graue Asche verwandelte.

31

Kairo

Die Taxifahrt vom Flughafen zum Hotel dauerte fast so lange wie der Flug von Rom nach Kairo. Es war ein heißer Novembertag, und der klapprige kleine Fiat hatte keine Klimaanlage. Michael lehnte sich zurück und versuchte sich zu entspannen. Er wußte, daß alles nur schlimmer wurde, wenn man sich aufregte. Kairo glich einem Knoten, der sich um so fester zuzog, je mehr man daran zerrte.

Der Fahrer hielt Michael für einen reichen Ägypter, der von einem Urlaub in Rom zurückkam, und plauderte darüber, wie schlimm alles geworden sei. Er trug das bescheidene Gewand und den struppigen Vollbart eines gläubigen Muslims. Alle nur denkbaren Verkehrsteilnehmer verstopften die Straße: Autos, Dieselqualmwolken ausstoßende Busse und Lastwagen, Eselskarren, Radfahrer und Fußgänger. Ein magerer kleiner Junge hielt Michael ein lebendes Huhn vors Gesicht und bot es ihm zum Kauf an. Der Fahrer vertrieb ihn laut schimpfend. Von einer riesigen Reklametafel am Straßenrand lächelte gütig der ägyptische Präsident herab. »Das Grinsen würde ihm schnell vergehen, wenn er so wie wir im Verkehr festsäße«, murmelte der Fahrer.

Michael hatte zwar nie in Kairo gelebt, hatte aber schon viel Zeit hier verbracht. Er war Führungsoffizier eines wichtigen Agenten im Muchabarat gewesen, dem allgegenwärtigen ägyptischen Geheimdienst. Der Agent wollte mit keinem Offizier der Cairo Station reden, weil er wußte, daß die US-Botschaft und die Räume der Agency scharf überwacht wurden; deshalb war Michael von Zeit zu Zeit als angeblicher Geschäftsmann nach Kairo gekommen, um seine Berichte selbst entgegenzunehmen.

Dieser Agent hatte wertvolle Erkenntnisse über die radikalen Islamisten in Ägypten geliefert, dem wichtigsten US-Verbündeten in der arabischen Welt. Manchmal flossen Informationen auch in Gegenrichtung. Als Michael von einem geplanten Attentat auf den ägyptischen Innenminister erfuhr, gab er die Information an seinen Agenten weiter. Die Tat wurde vereitelt, und mehrere Mitglieder der Muslimbrüder wurden verhaftet. Michaels Mann machte auf der Karriereleiter einen gewaltigen Sprung nach oben, der ihm Zugang zu noch besseren Informationen verschaffte.

Das Nile Hilton liegt am El-Tahrir-Platz mit Blick auf den Fluß. *Tahrir* heißt auf Arabisch Befreiung, und Michael hatte schon immer gefunden, es gebe weltweit keinen unpassender benannten Ort. Auf dem riesigen Platz staute sich täglich bis spät in die Nacht der Verkehr. Das Taxi war seit fünf Minuten keinen Zentimeter weitergekommen. Das Hupkonzert war unerträglich. Michael bezahlte und ging das letzte Stück zu Fuß.

Er bezog ein Zimmer, duschte, zog leichtere Kleidung an und verließ das Hotel. Der Muchabarat verfügte über einen der größten Abhördienste der Welt. Michael war sicher, daß das Telefon in seinem Zimmer abgehört wurde, obwohl er sich als italienischer Geschäftsmann ausgegeben hatte, der zu Besprechungen nach Kairo gekommen war. Er ging in den U-Bahnhof Midan el-Tahrir und fand eine freie Telefonzelle. Dort sprach er zwei Minuten lang halblaut und erhob seine Stimme nur einmal, um das Rattern einer einfahrenden U-Bahn zu übertönen.

Er hatte noch zwei Stunden Zeit, die er zweckmäßig verwenden würde. Er nahm die nächste U-Bahn, stieg an der ersten Haltestelle aus und fuhr wieder zurück. Er verließ den U-Bahnhof und ging ins Ägyptische Museum. Er ließ sich in einen auf Duftöle spezialisierten Touristenshop locken. Die jungen Verkäufer bewirteten ihn mit Tee und Zigaretten, während er alle möglichen Düfte beschnupperte. Michael revanchierte sich für ihre Gastfreundschaft, indem er ein Fläschchen Sandelholzöl kaufte, das er auf der Straße in den nächsten Abfallkorb warf. Er war clean, wurde nicht beschattet.

Er hielt ein Taxi an und stieg ein.

Kairo ist eine Stadt von verblaßter Eleganz. Früher gab es hier prächtige Filmtheater, eine Oper und von Mauern umgebene Villen, aus denen Kammermusik in warme Nächte hinausdrang. Davon ist wenig geblieben, und dieses wenige hat Ähnlichkeit mit Zeitungspapier, das zu lange in der Sonne gelegen hat. Viele Villen stehen leer, die Oper ist abgebrannt, und die Filmtheater stinken nach Urin. Das Restaurant Arabesque erinnert an das alte Kairo, ein wenig wie ein alter Mann, der Anzug und Krawatte trägt, während er den ganzen Tag kleine Arbeiten in Haus und Hof erledigt.

Es war drei Uhr, die stille Zeit zwischen Lunch und Dinner, und das Lokal war fast leer. Michael mußte sich tatsächlich anstrengen, um etwas von dem Verkehrslärm zu hören, so gut war die Schallisolierung des Restaurants. Jusuf Hafis saß an einem Ecktisch weit von den nächsten Gästen entfernt. Als Michael näherkam, sah er auf und ließ lächelnd zwei Reihen perlweißer Zähne aufblitzen. Er sah aus wie ein ägyptischer Filmstar: ein füllig gewordener Fünfziger mit dichtem grauen Haar, der jüngere Frauen anzieht und jüngere Männer aus dem Feld schlägt. Michael wußte, daß das ziemlich der Wahrheit entsprach. Mit dem Agentenlohn, den die CIA ihm zahlte, unterhielt er seine Geliebte und machte jedes Jahr im Sommer Urlaub in Frankreich.

Sie bestellten gekühlten Weißwein. Hafis war Mohammedaner, aber er fand, die strikte Einhaltung islamischer Gebote sei etwas für »die Verrückten und die Fellachen«. Sie stießen miteinander an und plauderten eine Stunde lang über die gute alte Zeit, während der Ober einen Teller nach dem anderen mit Hors d'œuvres auf libanesische Art servierte.

Schließlich kam Michael zur Sache. Er erzählte Hafis, er sei in einer persönlichen Angelegenheit in Kairo und hoffe, Hafis werde ihm aus Freundschaft und kollegialer Höflichkeit helfen. Unter keinen Umständen dürfe er über diese Sache mit seinem jetzigen Führungsoffizier sprechen. Für seine Hilfe werde Michael ihn aus der eigenen Tasche honorieren.

»Sie dürfen mich zum Essen und einem weiteren Glas dieses Weins einladen, aber Ihr Geld müssen Sie behalten.«

Michael machte dem Ober ein Zeichen, ihnen Wein nachzuschenken. Solange der Ober an ihrem Tisch war, schwärmte Hafis von einer Pizza, die er diesen Sommer in Cannes gegessen hatte. Der Muchabarat besoldete Zehntausende von Spitzeln; auch der Ober konnte einer sein. Als der Mann gegangen war, fragte Hafis: »Also, was kann ich für Sie tun, mein Freund?«

»Ich möchte mit einem Mann namens Erik Stoltenberg sprechen. Er ist ein ehemaliger Stasi-Offizier, der in Kairo lebt und freiberuflich Aufträge übernimmt.«

»Ja, den kenne ich.«

»Sie wissen, wo er zu finden ist?«

»Ja, das weiß ich zufällig.«

Hafis stellte das Weinglas ab und schob seinen Stuhl zurück.

Der Tote lag unter einem grauen Laken mit hundert anderen in einem ungekühlten Raum. Der Overall des Leichenwärters war von Blut und Körperflüssigkeiten fleckig. Hafis kniete neben dem Toten und schaute zu Michael hoch, um zu sehen, ob er bereit war. Als Michael nickte, zog Hafis das Laken zurück. Michael sah rasch weg und würgte einmal kurz, weil der Lunch im Arabesque nach oben drängte.

»Wo haben Sie ihn gefunden?« fragte Michael.

»Am Rand der Wüste, in der Nähe der Pyramiden.«

»Lassen Sie mich raten – drei Schüsse ins Gesicht?«

»Genau«, sagte Hafis und zündete sich eine Zigarette an, um den Gestank abzumildern. »Zuletzt ist er im Nachtclub Break Point in Zamalek gesehen worden.«

»Den kenne ich«, sagte Michael.

»Er hat dort mit einer Europäerin getanzt – groß, blond, vielleicht eine Deutsche.«

»Sie heißt Astrid Vogel. Sie ist ein ehemaliges Mitglied der Rote-Armee-Fraktion.«

»Hat sie ihn erschossen?«

»Nein, ich vermute, daß sie mit jemandem zusammenarbeitet. Sie haben Videoaufnahmen von allen, die auf dem internationalen Flughafen ankommen?«

Hafis machte ein Gesicht, das zeigte, daß ihn diese Frage leicht amüsierte.

»Kann ich sie mir mal ansehen?«

Hafis deckte den Toten wieder zu und sagte: »Kommen Sie, wir fahren gleich hin.«

Michael bekam einen Raum mit einem Videorekorder und einem Monitor zugewiesen. Zwei Männer kamen und gingen lautlos, brachten neue Videokassetten und trugen die durchgesehenen wieder weg. Sie brachten ihm Tee in Gläsern in reich verzierten Metallhaltern. Sie brachten ihm ägyptische Zigaretten, als er alle seine Marlboros geraucht hatte. Michael begann vierundzwanzig Stunden vor der Tat und arbeitete von dort aus rückwärts. Oktober arbeitete gewissenhaft. Oktober plante alles sorgfältig.

Er entdeckte sie irgendwann nach Mitternacht. Sie war groß, hielt sich sehr gerade und hatte ihr blondes Haar straff zurückgekämmt, was ihre lange Nase betonte. Ihre schlanken Hände schienen mit ihrem Reisepaß zu kämpfen, als sie ihn dem Beamten an der Paßkontrolle aushändigte.

Oktober erschien fünf Minuten später: klein, leichtfüßig wie ein Fechter. Der Schirm seiner tief in die Stirn gezogenen Baseballmütze verdeckte den größten Teil seines Gesichts, aber Michael erkannte ihn trotzdem. Er holte die beiden als Standbilder auf den Bildschirm und ließ Hafis rufen.

»Das sind die Mörder«, sagte Michael, als Hafis hereinkam. »Das ist Astrid Vogel, die Deutsche, mit der Stoltenberg in dem Nachtclub getanzt hat.«

Hafis deutete auf den Mann. »Und der da?«

Michael starrte das Bild an. »Wollte Gott, ich wüßte es.«

32

Amsterdam

Der Tag brach bitterkalt an, als Astrid und Delaroche das Hausboot auf der Prinsengracht betraten. Delaroche war zwanzig Minuten damit beschäftigt, das Boot sorgfältig zu inspizieren; er mußte sichergehen, daß niemand an Bord gewesen war. Er überprüfte seine Kontrollmarkierungen. Er durchwühlte alle Schränke und Schubladen. Er lief ruhelos übers eisige Deck. Auf Astrids Hilfe konnte er nicht zählen. Sie war glücklich, endlich wieder auf ihrer geliebten *Krista* zu sein, ließ sich angezogen aufs Bett fallen und beobachtete Delaroche aus den Augenwinkeln heraus, als sei er übergeschnappt.

Delaroche fühlte sich trotz der langen Reise hellwach und erholt. Gestern morgen waren sie von Kairo nach Madrid geflogen, nachdem Delaroche Mr. Fahmy im Hotel Imperial erklärt hatte, sie müßten ihren Aufenthalt abbrechen, weil Madame sehr krank sei. Mr. Fahmy fürchtete, die Toilette vertreibe sie, und bot ihnen die beste Suite des Hauses an, um sie zum Bleiben zu bewegen, aber Delaroche versicherte ihm, nicht die Toilette, sondern das Wasser zwinge sie zur vorzeitigen Abreise. Von Madrid aus waren sie mit dem Zug nach Amsterdam gefahren. Delaroche hatte die Reise wie ein Geschäftsmann am Laptop arbeitend verbracht, um den nächsten Mord zu planen. Neben ihm hatte Astrid unruhig geschlafen und im Traum immer wieder Stoltenberg gesehen.

Die Gracht war zugefroren, und die *Krista* war wieder vom fröhlichen Lärm der Schlittschuhläufer erfüllt. Astrid nahm Schlaftabletten und legte sich ein Kissen über den Kopf. Delaroche war zu überreizt, um schlafen zu können, deshalb setzte er sich vormittags, als die Sonne durch die Wolken brach, in einem dicken Pullover und mit fingerlosen Handschuhen aufs Vordeck, um zu malen. Das Licht war gut, das Motiv gefiel ihm – Schlittschuhläufer auf dem Kanal mit spitzgiebeligen Häusern als Hintergrund –, und als er fertig war, fand er, dies sei sein bestes in Amsterdam entstandenes Werk.

Er empfand ein seltsames Bedürfnis nach Astrids Lob, aber als er nach unten ging und sie zu wecken versuchte, murmelte sie nur, ihr Name sei Eva Tebbe, und sie sei eine Graphikdesignerin aus Berlin, und er solle sie bitte nicht wieder schlagen.

Am frühen Nachmittag ließ er sie allein und fuhr mit seinem über der Schulter hängenden Laptop auf ihrem Fahrrad durch Amsterdam. Er schloß das Rad vor einem Telefonzentrum in der Nähe des Rijksmuseums ab und ging hinein. Er setzte sich in eine Kabine, schloß seinen Computer an und tippte einige Augenblicke lang. Für ihn war eine E-Mail da. Als er sie öffnete, erschien auf dem Bildschirm nur unverständliches Buchstabengewirr. Nachdem er seinen Decknamen OKTOBER eingegeben hatte, erschien die Nachricht im Klartext:

GLÜCKWUNSCH ZUM ERFOLGREICHEN ABSCHLUSS IHRES AUFTRAGS IN KAIRO. IHR HONORAR IST TELEGRAFISCH AUF IHR NUMMERNKOTO ÜBERWIESEN WORDEN. WIR HABEN EINEN ZUSATZAUFTRAG FÜR SIE. ÜBERNEHMEN SIE IHN, ERHALTEN SIE 1,5 MILLIONEN DOLLAR, DIE HÄLFTE DAVON ALS VORAUSZAHLUNG. DRÜCKEN SIE DIE TASTE ENTER, UM DEN AUFTRAG ANZUNEHMEN. ZAHLUNG ERFOLGT AUTOMATISCH AUF IHR KONTO; EIN DOS-

SIER UND EINSATZANWEISUNGEN WERDEN AUF IHREN COMPUTER HERUNTERGELADEN. DIE DATEI IST NATÜRLICH VERSCHLÜSSELT, ABER IHR DECKNAME IST DAS KENNWORT. DRÜCKEN SIE DIE TASTE ESCAPE, FALLS SIE ABLEHNEN WOLLEN.

Delaroche starrte vor sich hin und dachte einen Augenblick nach. Mit diesem Honorar würde er mehr als genug Geld haben, um den Rest seines Lebens sicher und komfortabel zu verbringen. Aber er wußte, daß das nicht ohne Risiko abging. Die Aufträge würden schwieriger werden – Erik Stoltenberg war der Beweis dafür –, und nun sollte er einen zusätzlichen übernehmen. Er überlegte auch, ob Astrid weiter durchhalten würde; die Konfrontation mit Stoltenberg in Kairo hatte tiefe Spuren bei ihr hinterlassen. Andererseits wußte er, daß Astrids Leben jetzt untrennbar mit seinem verbunden war. Sie würde alles tun, was er von ihr verlangte.

Er drückte auf ENTER. Die Datei wurde über das Highspeed-Modem auf seinen Laptop heruntergeladen. Nach einem Blick in das Dossier schaltete er den Computer ab. Er kannte den Mann; er hatte ihm schon einmal gegenübergestanden.

Er packte den Laptop ein und rief seine Bank in Zürich an. Herr Becker meldete sich. Ja, auf seinem Konto waren zwei telegrafische Überweisungen eingegangen: eine erste über eine Million Dollar und soeben eine zweite über siebenhundertfünfzigtausend Dollar. Delaroche beauftragte ihn, das Geld auf seine bahamischen Konten zu überweisen.

Er verließ das Telefonzentrum und ging zum Fahrradständer. Ein Dieb war dabei, das Schloß zu knacken. Delaroche erklärte ihm höflich, das Fahrrad gehöre ihm. Der Dieb forderte ihn auf, sich zu verpissen. Delaroches

Tritt traf seine Niere. Als er mit dem Rad wegfuhr, wand der Dieb sich noch immer lautlos auf dem Pflaster.

Astrid schlief bis nach Sonnenuntergang. Nach einem Kaffee in einem Café in der Nähe der *Krista* machten sie bis zum Abendessen einen Spaziergang die Grachten entlang. Astrid atmete die kalte, saubere Amsterdamer Luft tief ein, als versuche sie, ihre Lungen von dem Rauch und Staub Kairos zu reinigen. Ihre Nerven waren von Schlaftabletten und Kaffee überreizt. Ein grauhaariger Mann rempelte sie im Vorbeigehen an. Astrid griff nach der Pistole in ihrer Umhängetasche, bevor Delaroche ihr begütigend eine Hand auf den Arm legte und ihr zuflüsterte, das habe nichts zu bedeuten, nur ein Unbekannter, der es eilig habe.

In dem Restaurant an der Herengracht, in das Delaroche sie schon am ersten Abend eingeladen hatte, aßen sie wie ein erschöpftes Liebespaar. Sie hatte in Kairo nichts mehr zu sich genommen, deshalb verschlang sie ihr eigenes Essen und den größten Teil von Delaroches Portion. Astrids vor Anspannung und Erschöpfung blasser Teint bekam vom Essen, dem Wein und der Nachtluft wieder Farbe. Erst beim Dessert erzählte er ihr von dem neuen Auftrag. Ihr Gesichtsausdruck ließ nur eine leichte Verärgerung erkennen, so als habe Delaroche ihr erzählt, er müsse an diesem Abend etwas länger im Büro bleiben.

»Du mußt nicht mitmachen«, sagte er.

»Ich will nicht ohne dich sein.«

Sie liebten sich unter dem Oberlicht der *Krista* zum Geschrei der Schlittschuhläufer auf der Prinsengracht. Danach gestand ihr Delaroche, daß er das Verkehrsflugzeug vor New York abgeschossen hatte, gemeinsam mit einem jungen Palästinenser, den er anschließend getötet hatte. Er erklärte ihr, seiner Überzeugung nach seien die

Männer, die sie liquidiert hatten, ebenfalls in diesen Anschlag verwickelt gewesen oder hätten jedenfalls seine wahren Hintergründe gekannt.

»Wer sind deine Auftraggeber?« fragte sie und berührte seine Lippen.

»Ehrenwort, ich weiß es nicht.«

»Du mußt wissen, daß sie dich beseitigen werden, Jean-Paul. Nach dem letzten Mord werden sie Jagd auf dich machen. Und auch auf mich.«

»Das ist mir klar.«

»Wohin gehen wir dann?«

»In unser Haus am Strand.«

»Sind wir dort sicher?«

»So sicher wie anderswo auf der Welt.«

Astrid zündete sich eine Zigarette an und blies eine schmale Rauchfahne gegen das Oberlicht. Delaroche zog seinen Laptop zu sich heran, schaltete ihn ein und tippte einen kurzen Befehl. Kurz darauf erschien das Foto eines dunkelhaarigen Mannes auf dem Bildschirm.

»Ich bin noch nie in Amerika gewesen. Und du?«

»Ich auch nicht.«

»Dein Englisch ist schrecklich.«

»Es ist gut genug. Außerdem spricht in Amerika kein Mensch mehr gutes Englisch.«

Sie betrachtete Michael Osbournes Foto.

»Warum muß dieser Mann sterben?«

»Wahrscheinlich weiß er zuviel.«

»Seine Frau ist schön.«

»Ja.«

»Schade.«

»Ja«, sagte Delaroche und schaltete den Laptop aus.

33

Shelter Island, New York

Michael erreichte die letzte Fähre an diesem Abend. Er stand kurz in der kalten Luft an der Reling, aber Wind und überkommende Gischt trieben ihn in den Buick zurück, den er auf dem JFK Airport gemietet hatte. Er hatte Adrian Carter vom Long Island Expressway aus angerufen und ihm mitgeteilt, er sei wieder im Lande. Carter hatte wissen wollen, wo zum Teufel er gewesen sei. Michael hatte geantwortet, er werde morgen nachmittag in die Zentrale kommen und alles erklären. Als Carter eine sofortige Erklärung verlangte, hatte Michael behauptet, die Verbindung sei schlecht, und aufgelegt.

Wogen brachen über den Bug der Fähre und klatschten an die Windschutzscheibe. Michael schaltete die Scheibenwischer ein. In der Ferne leuchteten die Lichter von Cannon Point. Vor seinem inneren Auge liefen Bilder von den Ereignissen der letzten Wochen wie ein Film ab: Flug 002, die Wahl, Heathrow, Drosdow, Mohammed Awad, Erik Stoltenberg, Astrid Vogel, Oktober. Sie glichen Bruchstücken einer Melodie, die er nicht vervollständigen konnte. Seiner Überzeugung nach hatte das *Schwert von Gaza* den Anschlag nicht verübt. Er hielt ihn für das Werk einer Einzelperson oder einer Gruppe, die nur den Namen der Terrororganisation benutzt hatte. Aber wer waren diese Leute? Oktober war ein Berufskiller; war er an dieser Sache beteiligt, mußten andere ihm den Auftrag erteilt haben. Das gleiche galt für Astrid

Vogel; die Rote-Armee-Fraktion hatte weder die Mittel noch ein Motiv für den Flugzeugabschuß. Michael nahm an, daß er die Wahrheit kannte oder zumindest einen Teil davon: Der Mann namens Oktober und Astrid Vogel hätten den Auftrag, das Team, das den Angriff durchgeführt hatte, zu liquidieren.

Die Autofähre legte auf Shelter Island an. Michael ließ den Motor des Buick an und fuhr an Land. Shelter Island Heights war menschenleer; die Läden und viktorianischen Landhäuser waren dunkel. Durch einen Tunnel aus blattlosen Bäumen fuhr er die Winthrop Road entlang und an Derring Harbor vorbei. Im Sommer war der Hafen voller Segelboote; jetzt war er leer bis auf die *Athena,* die an ihrer Boje vor Cannon Point in den schaumgekrönten Wellen auf und ab tanzte.

Michael wußte auch, daß das Attentat auf der Kanalfähre ihm, nicht Mohammed Awad gegolten hatte. Wer war der Mann mit der Sturmhaube gewesen? Oktober? Er hatte Oktober in Aktion gesehen, persönlich auf dem Chelsea Embankment und in einem Videofilm. Der Mann auf der Fähre hatte sich ganz anders bewegt. Michael mußte mit weiteren Mordanschlägen und der Möglichkeit rechnen, daß seine unbekannten Feinde Oktober, den besten Berufskiller der Welt, beauftragen würden, ihn zu beseitigen. Er würde Carter und Monica Tyler alles erzählen müssen; er brauchte ihren Schutz. Auch Elizabeth würde er alles erzählen, jedoch aus völlig anderen Gründen. Er liebte sie mehr als jeden anderen Menschen auf der Welt und wollte seine Ehe unbedingt retten.

Vor ihm tauchte Cannon Point auf. Michael hielt am Tor, ließ sein Fenster herunter und tippte den Zahlencode ein. Das Tor rollte zur Seite, und in dem kleinen Haus des Gärtners und Hausmeisters flammte Licht auf. Michael fuhr langsam die kiesbestreute Einfahrt entlang. Mehrere Weißschwanzhirsche, die auf den weiten Rasenflächen ästen, beäugten den vorbeifahrenden Wagen. Michael sah den Lichtstrahl einer Taschenlampe und hörte Hundegebell. Das war Charlie, der Hausmeister, der von kläffenden Jagdhunden begleitet auf ihn zukam.

Michael stellte den Motor ab und stieg aus. Im Haupthaus wurde Licht gemacht, dann ging die Tür auf. Elizabeth trat in einer alten Jacke ihres Vaters auf die Schwelle und blieb mit verschränkten Armen wartend stehen. Der Wind blies ihr die Haare übers Gesicht. Dann war sie plötzlich mit einigen raschen Schritten bei ihm und warf sich in seine Arme.

»Verlaß mich nie wieder, Michael.«

»Niemals«, sagte er. »Gott, es tut mir so leid.«

»Wir müssen miteinander reden. Ich will, daß du mir alles erzählst.«

»Ich erzähle dir alles, Elizabeth. Es gibt ein paar Dinge, die du unbedingt wissen mußt.«

Sie redeten stundenlang miteinander. Elizabeth saß auf dem Bett, hatte ihre Knie unters Kinn hochgezogen und spielte mit einer nicht angezündeten Benson & Hedges. Michael ging im Zimmer auf und ab, setzte sich zwischendurch neben sie auf die Bettkante oder starrte aus einem der Fenster auf den Sund hinaus.

Er hielt Wort und erzählte ihr alles. Er fühlte, wie seine Anspannung mit jedem Geheimnis, das er preisgab, mehr und mehr nachließ. Er wünschte sich, er hätte ihr nie etwas verschwiegen. Er hatte sich immer eingeredet, es geschehe zu ihrem Schutz, aber jetzt wurde ihm klar, daß das nur die halbe Wahrheit war. Er hatte so lange mit Lügen und Geheimnissen gelebt, daß er gar kein anderes Leben mehr kannte. Geheimhaltung glich einer Krankheit, einem schweren Leiden. Sein Vater hatte sich damit angesteckt, und seine Mutter hatte ihr Leben lang darunter gelitten. Diesen Fehler hätte Michael vermeiden müssen.

Sie schwieg lange, nachdem er ihr alles gesagt hatte. Schließlich fragte sie: »Was willst du von mir?«

»Verzeihung«, sagte er. »Verzeihung und Verständnis.«

»Die hast du, Michael.« Sie schob die Zigarette in die Packung zurück, dann fragte sie: »Was passiert morgen in Langley?«

»Wahrscheinlich legen sie mir eine geladene Fünfundvierziger hin.«

»Was soll das heißen?«

»Ich rechne damit, ernsthaft Schwierigkeiten zu bekommen. Vielleicht überlebe ich sie nicht.«

»Spiel nicht mit mir, Michael.«

»Für in Ungnade gefallene Spione gibt's nicht allzu viele Jobs.«

»Das Geld brauchen wir nicht. Du kannst erst mal ausspannen und dann für den Rest deines Lebens etwas Normales machen.« Sie sah die Wirkung ihrer Worte auf seinem Gesicht und fügte hastig hinzu: »Entschuldige, Michael, ich hab's nicht so gemeint.«

»Bevor ich dort ausscheide, möchte ich nur noch eines tun: Ich will herausfinden, wer hinter dem Abschuß von Flug 002 steckt. Ich will die Wahrheit wissen.«

»Und ihr werdet die Wahrheit erkennen, und die Wahrheit wird euch frei machen, was, Michael?«

»Oder so ähnlich.«

»Ist sie fort?«

»Wer ist fort?«

»Sarah. Ist sie fort?«

»Sie ist niemals dagewesen.«

»Das ist clever, Michael, aber du sollst auf meine Frage antworten.«

»Ich denke manchmal daran, was ihr zugestoßen ist. Aber ich liebe sie nicht mehr, Elizabeth, und wünsche mir nicht, sie läge an deiner Stelle neben mir.«

Eine Träne lief über ihre Wange. Elizabeth wischte sie fast unbeholfen weg und sagte: »Komm her, Michael. Komm ins Bett.«

Sie lag lange in seinen Armen und weinte. Er hielt sie fest, bis das Schluchzen aufhörte. Mit tränennassem Gesicht sah sie zu ihm auf und fragte: »Soll ich dir jetzt ein bißchen von dem erzählen, was ich heute erlebt habe, Darling?«

»Ich würde gern hören, was du erlebt hast.«

»Bei vier Eiern hat die Befruchtung geklappt. Sie sind heute morgen implantiert worden. Ich soll mich jetzt ein paar Tage schonen. Dann machen sie einen Test, um zu sehen, ob ich wirklich schwanger bin.«

Er legte seine Hand auf ihren Bauch. Sie küßte ihn und sagte: »Michael Osbourne, jetzt hast du das erste Mal seit Wochen wieder gelächelt.«

»Das ist die erste gute Nachricht, die ich seit Wochen gehört habe.«

Sie fuhr ihm mit einem Finger durchs Haar. »Werden sie weiter hinter dir her sein, Michael?«

»Das weiß ich nicht. Sobald ich ausgeschieden bin, kann ich ihnen nicht mehr gefährlich werden.«

»Kündigst du morgen? Für mich?«

»Ich glaube nicht, daß ich die Wahl habe.«

»Und die Wahrheit wird euch frei machen«, sagte sie.

»Amen.«

34

Zypern

Die kleine Gulfstream stand mit pfeifenden Triebwerken in der Dunkelheit auf einer abgelegenen Startbahn. Der Pilot Roger Stephens, ein im Falklandkrieg ausgezeichneter ehemaliger Offizier der Royal Navy, flog jetzt für die Transportabteilung der Gesellschaft für internationale Entwicklung und Zusammenarbeit. Während Stephens mechanisch seine Vorflugkontrollen durchführte, fehlte ihm eine entscheidend wichtige Information: der Flugplan. Die Passagiere, ein Mann und eine Frau, sollten ihn mitbringen, wenn sie an Bord kamen. Er rechnete jedoch mit einem Langstreckenflug; er hatte Anweisung erhalten, die Maschine mit vollen Tanks bereitzustellen.

Eine Viertelstunde später fuhr ein schwarzer Range Rover auf die Startbahn und raste ohne Licht auf die Gulfstream zu. Der Rover hielt neben dem Flugzeug, setzte zwei Personen ab und raste wieder davon. Stephens, der schon mehrmals für die Gesellschaft geflogen und dafür sehr gut entlohnt worden war, kannte die Regeln. Er durfte seine Passagiere weder ansehen noch mit ihnen sprechen. Das war Stephens gerade recht. Die Gesellschaft und die Leute, die sie beschäftigte, waren eine rauhe Bande, mit der er so wenig wie möglich zu tun haben wollte.

Die Passagiere kamen an Bord und nahmen ihre Plätze ein. In der Kabine stand ein schwarzer Matchsack für sie bereit, und der Kühlschrank war gut bestückt. Stephens hörte das Ratschen eines Reißverschlusses, das metallische Klicken, mit dem ein erfahrener Schütze den Schlitten einer Pistole zurückzog, den Knall eines Champagnerkorkens und eine halblaute Frauenstimme, die französisch mit deutschem Akzent sprach.

Im nächsten Augenblick kam der Mann ins Cockpit und blieb hinter Stephens stehen.

»Der Flugplan«, sagte er nur.

Er sprach englisch mit leichtem Akzent, den Stephens nicht einordnen konnte. Außer dem Flugplan wurde ihm eine Beretta mit Schalldämpfer unter die Nase gehalten.

Stephens griff nach dem Flugplan.

»Sie bleiben im Cockpit und sehen keinen von uns beiden an«, befahl Delaroche. »Sehen Sie uns an, erschieße ich Sie und lande die Maschine selbst. Haben Sie verstanden?«

Stephens spürte, wie ihm ein kalter Schauder über den Rücken lief, während er nickte. Delaroche verließ das Cockpit und nahm in der Kabine Platz. Stephens griff nach hinten, ohne sich umzusehen, und schloß die Verbindungstür.

Wenig später heulten die Triebwerke auf, und die Gulfstream hob in die Mittelmeernacht ab.

35

CIA-Zentrale, Langley, Virginia

Michael stellte sich jedesmal vor, wie Umweltschützer über Monica Tylers Büro hergezogen wären. Es lag im sechsten, im obersten Stock der Zentrale und war groß und hell mit Blick über die Bäume am Fluß. Monica hatte es strikt abgelehnt, ihren Schlupfwinkel mit staatlichem Mobiliar auszustatten, und statt dessen ihre eigenen Möbel aus ihrem New Yorker Büro mitgebracht: einen großen Schreibtisch aus Mahagoni, Aktenschränke aus Mahagoni, Bücherregale aus Mahagoni und einen Konferenztisch aus Mahagoni mit bequemen Lederstühlen. Überall standen kleine Kunstgegenstände aus Elfenbein und Silber, und kostbare Orientteppiche verdeckten den größten Teil des häßlichen graublauen Teppichbodens, mit dem das ganze Gebäude ausgelegt war.

Eine Wand war ausschließlich mit Fotos von Monica und berühmten Zeitgenossen geschmückt: Monica mit James Beckwith, Monica mit dem CIA-Direktor, Monica mit einem Filmstar, Monica mit Prinzessin Diana. In der notorisch kamerascheuen Welt der Geheimdienste war Monica das reinste Covergirl. Als Michael den Raum betrat, roch er frischen Kaffee, eine aromatische französische oder italienische Mischung, und hörte von irgendwoher beruhigende Orchesterklänge.

Adrian Carter, der als nächster kam, wirkte sehr verkatert. Er sog prüfend die Luft ein, roch den Kaffee und runzelte die Stirn. Monica kam zuletzt, wie üblich mit fünf Minuten Verspätung und in Begleitung von Tweedle Dee und Tweedle Dum, von denen jeder ein in Leder gebundenes Notizbuch an sich drückte.

Sie nahmen am Konferenztisch Platz: Monica an der Querseite, die Faktoten zu ihrer Rechten, Michael und Carter zu ihrer Linken. Eine Sekretärin brachte ein Tablett mit Kaffee, Zucker, Sahne und kleinem Gebäck. Monica eröffnete die Sitzung, indem sie mit der Spitze ihres schlanken goldenen Kugelschreibers auf die polierte Tischplatte klopfte.

»Wo ist McManus?« fragte Carter.

»Er hat wegen einer dringenden Sache ins Hoover Building fahren müssen«, sagte Monica ausdruckslos.

»Finden Sie nicht auch, daß der FBI-Vertreter an dieser Besprechung teilnehmen sollte?«

»Was das FBI erfahren muß, bekommt es rechtzeitig mitgeteilt«, wehrte sie ab. »Dieser Fall betrifft nur die Agency und wird entsprechend behandelt.«

Carter, der seinen Ärger nicht verbergen konnte, nagte am Knöchel seines linken Zeigefingers.

Monica richtete ihren Blick auf Michael und sagte: »Nach dem Vorfall auf der Kanalfähre sind Sie angewiesen worden, sofort zurückzukommen und sich in der Zentrale zu melden. Sie haben diesen Befehl ignoriert und sind statt dessen nach Kairo gereist. Warum?«

»Ich habe geglaubt, dort wertvolle Informationen in bezug auf laufende Ermittlungen erhalten zu können«, antwortete Michael. »Ich bin nicht dort gewesen, weil ich die Pyramiden sehen wollte.«

»Verschonen Sie mich mit Ihren Scherzen, Michael. Ihre Lage ist schon ernst genug. Was haben Sie in Kairo erfahren?«

Michael legte die drei Fotos, die Mohammed Awad ihm gegeben hatte, auf den Tisch und drehte sie so, daß

Monica sie sehen konnte. »Hier trifft Hassan Mahmoud, der Tote aus dem Boston Whaler, einige Wochen vor dem Abschuß der Verkehrsmaschine in Kairo mit einem Mann namens Erik Stoltenberg zusammen. Stoltenberg ist ein ehemaliger Stasi-Offizier. Er kommt aus der Abteilung, die Guerillagruppen und Befreiungsbewegungen in aller Welt unterstützt hat. Seit der Wende ist er freiberuflich tätig. Bevor Mohammed Awad auf der Fähre erschossen wurde, hat er mir gesagt, Mahmoud habe sich mit Stoltenberg zusammengetan.«

»Daß zwei Männer in einem Kairoer Kaffeehaus zusammensitzen, ist kein Beweis für eine Verschwörung, Michael.«

Michael beherrschte sich mühsam. Irgendwann während ihres Aufstiegs zur Spitze hatte Monica gelernt, einen Kontrahenten während seiner Ausführungen durch Giftpfeile oder kaum begründeten Widerspruch aus dem Gleichgewicht zu bringen.

»Ich war in Kairo, weil ich mit Stoltenberg reden wollte.«

»Warum habe Sie Ihre Informationen nicht an Carter weitergegeben, damit jemand von der Cairo Station den Fall bearbeiten konnte?«

»Weil ich ihn selbst bearbeiten wollte.«

»Das ist immerhin ehrlich. Bitte weiter.«

»Als ich in Kairo ankam, war Stoltenberg tot.« Er warf ein Foto von Stoltenbergs zerstörtem Gesicht auf den Tisch. Carter fuhr zusammen und sah weg. Monica zuckte mit keiner Wimper. «Er wurde mit drei Schüssen ins Gesicht getötet, genau wie Hassan Mahmoud, genau wie Colin Yardley.«

»Und genau wie Sarah Randolph.«

Michael betrachtete seine Hände, dann erwiderte er Monicas Blick.

»Ja«, sagte er. »Genau wie Sarah Randolph.«

»Und Sie glauben, daß alle diese Morde das Werk desselben Täters sind?«

»Ich bin mir meiner Sache ganz sicher. Er ist ein ehemaliger KGB-Killer mit dem Decknamen Oktober, der als Junge in den Westen geschleust worden und in Frankreich unter falschem Namen aufgewachsen ist. Jetzt ist er ein Berufskiller, der beste und teuerste Profikiller der Welt.«

»Und das haben Sie von Iwan Drosdow erfahren, als Sie ihn in Gloucestershire besucht haben?«

»Genau.«

»Ihre Theorie, Michael?«

»Daß Mohammed Awad die Wahrheit gesagt hat: Das *Schwert von Gaza* hat die Verkehrsmaschine nicht abgeschossen. Der Abschuß ist das Werk einer Einzelperson oder Gruppe gewesen, die dem *Schwert von Gaza* die Schuld in die Schuhe geschoben hat. Und jetzt hat diese Einzelperson oder Gruppe Oktober beauftragt, das Team zu liquidieren, das den Anschlag durchgeführt hat.« Michael machte eine kurze Pause, dann sagte er: »Und ich glaube, daß er irgendwann auch mich aufs Korn nehmen wird.«

»Würden Sie uns das bitte erklären?«

»Ich glaube, daß sie schon einmal versucht haben, mich zu ermorden, auf der Fähre während meines Gesprächs mit Awad. Dieser Versuch ist fehlgeschlagen. Ich glaube, sie werden es nochmals versuchen, und ich glaube, daß sie Oktober damit beauftragen werden.«

Es entstand eine lange Pause. Jedes Gespräch mit Monica war durch längeres Schweigen gekennzeichnet, als erhalte sie ihre Stichworte von einem Souffleur in den Kulissen.

»Wer sind ›sie‹, Michael? Welche sie? Wo sie? Wie sie?«

»Das weiß ich nicht. Irgend jemand hat das Flugzeug

abgeschossen, und zwar aus sehr guten Gründen. Sehen Sie sich an, was seitdem passiert ist. Der Friedensprozeß im Nahen Osten ist zum Stillstand gekommen; das Wettrüsten in dieser Region geht schneller als je zuvor weiter.«

Und ein angeschlagener Präsident hat erstaunlich aufgeholt und ist wiedergewählt worden, dachte Michael, und unser Land ist dabei, ein sündhaft teures Raketenabwehrsystem anzuschaffen.

»Großer Gott, Michael! Sie wollen da doch nicht etwa eine Verbindung herstellen?«

»Ich behaupte nicht, alle Antworten zu kennen. Ich schlage nur vor, die Möglichkeit, daß andere hinter dem Anschlag stecken könnten, ernsthaft in Betracht zu ziehen und unsere Ermittlungen entsprechend auszuweiten.«

Endlich ergriff Adrian Carter das Wort. »Als Michael zum erstenmal mit seinem Verdacht zu mir gekommen ist, habe ich nichts davon gehalten, aber jetzt glaube ich, daß ich mich geirrt habe. Ich denke, die Agency sollte tun, was Michael vorschlägt.«

Monica zögerte einen Augenblick und nippte an ihrem Kaffee. »Ich stimme widerstrebend zu, Michael, aber die Ermittlungen werden ohne Sie stattfinden, fürchte ich«, sagte sie und gönnte sich einen größeren Schluck von ihrem Kaffee. »Sie haben potentiell wertvolle Informationen gesammelt, aber Ihre Mittel und Methoden sind unentschuldbar und bei einem Mitarbeiter der Agency mit Ihrer Erfahrung ehrlich gesagt unpassend. Mir bleibt leider nichts anderes übrig, als Sie bis zum Abschluß des Disziplinarverfahrens vom Dienst zu suspendieren. Tut mir leid, Michael, aber Sie haben mir keine andere Wahl gelassen.«

Michael sagte nichts. Er hatte diese Entscheidung erwartet, aber trotzdem durchlief ihn eine Schockwelle, als Monica sie aussprach.

»Was Ihre Besorgnis um Ihre persönliche Sicherheit betrifft, können Sie sicher sein, daß die Agency alle notwendigen Schritte unternehmen wird, um Sie und Ihre Angehörigen zu schützen.«

»Danke, Monica«, sagte Michael und bereute es sofort, weil er wußte, daß Monica Tylers Zusicherungen so dauerhaft waren wie ein auf Wasser geschriebenes Sonett.

Mitchell Elliott war auf dem Nachhauseweg. Er hatte einen sehr langen Tag hinter sich, den er größtenteils auf dem Capitol Hill verbracht hatte, um mit Abgeordneten und Senatoren zu reden. Aus langjähriger Erfahrung mit Politikern wußte Elliott, daß jede Euphorie in Washington rasch verflog. Von Präsidenten gegebene Versprechen starben oft einen schleichenden Tod in den Ausschüssen. Es würde noch viele Monate dauern, bevor im Kongreß über das Raketenabwehr-Programm abgestimmt wurde. Bis dahin würde die Tragödie von Flug 002 nur noch eine weit zurückliegende Erinnerung sein und Beckwith als nicht noch einmal wählbarer Präsident an Einfluß verloren haben.

Elliott mußte dafür sorgen, daß das Programm nicht in den Ausschüssen hängenblieb. Er hatte Millionen von Dollar auf dem Capitol Hill verteilt; die Hälfte aller Abgeordneten und Senatoren waren ihm zu Dank verpflichtet. Trotzdem hatte Elliott keinen Zweifel daran, daß er alles würde aufbieten müssen, was ihm an Einfluß und Einfallsreichtum zur Verfügung stand, um seinem Projekt zum Erfolg zu verhelfen.

Die Limousine hielt am Randstein. Mark Calahan stieg aus und öffnete die Tür. Elliott betrat seine Villa und ging nach oben in die Bibliothek. Er schenkte sich einen Scotch ein, den er ins Schlafzimmer mitnahm. Dann öffnete sich die Tür zum Bad, und eine Frau, die einen Bademantel trug, kam mit vom Duschen feuchtem Haar herein. Sie trat auf Elliott zu und küßte ihn auf die Stirn.

Er sah auf und sagte: »Hallo, Monica, Darling, erzähl mir, was du heute alles gemacht hast.«

»Er unterschätzt mich«, sagte sie neben ihm im Bett liegend. »Er behandelt mich wie eine Idiotin. Er denkt, er sei klüger als ich, und ich kann Leute nicht ausstehen, die sich für klüger halten.«

»Er soll dich ruhig unterschätzen«, sagte Elliott. »Das ist ein tödlicher Fehler – in diesem Fall buchstäblich.«

»Ich habe die Ermittlungen heute wiederaufnehmen müssen, Mitchell. Mir ist nichts anderes übriggeblieben. Osbourne hat's geschafft, ziemlich viel von deinem kleinen Spiel aufzudecken.«

»Er hat nur die Oberfläche angekratzt, Monica. Das weißt du so gut wie ich. Er wird nie das ganze Bild sehen. Er ist in einem Spiegelkabinett gefangen.«

»Er kennt die Identität eurer Killer und glaubt zu wissen, weshalb sie morden.«

»Er weiß nicht, wer hinter ihnen steht, und er wird es niemals wissen.«

»Ich habe sie weltweit zur Fahndung ausschreiben müssen, Mitchell. Ich hatte keine andere Wahl.«

»Wer kontrolliert die Verteilung in Langley?«

»Alles wird nur mir vorgelegt«, antwortete sie. »Theoretisch bekommt außer mir niemand das Material zu sehen. Und ich habe McManus mit einem Auftrag weggeschickt, so daß das FBI völlig im dunkeln tappt.«

»Und Michael Osbourne weiß dann nicht mal, wie's ihn erwischt hat. Gut gemacht, Monica. Du hast dir gerade einen hübschen Bonus verdient.«

»Ich hatte eigentlich an etwas anderes gedacht.«

Dezember

36

Nordkanada

Die Gulfstream unterflog die kanadische Radarüberwachung über der Davisstraße und landete auf einer einsamen, von Fackeln beleuchteten Straße an der Ostküste der Hudsonbai. Astrid und Delaroche gingen langsam die Treppe hinunter: Delaroche mit dem schwarzen Matchsack über der Schulter, Astrid mit beiden Händen vor dem Gesicht, um es vor der grausamen arktischen Kälte zu schützen. Stephens ließ die Triebwerke weiterlaufen. Sobald seine Passagiere sich weit genug von der Maschine entfernt hatten, schob er die Leistungshebel nach vorn und zog die Gulfstream in den klaren kanadischen Morgen hoch.

Auf dem Randstreifen neben der Straße stand ein schwarzer Range Rover mit der nötigen Ausrüstung – Schneeschuhe, Rucksäcke, Parkas und getrocknete Lebensmittel – und einem Umschlag mit detaillierten Reiseanweisungen für sie bereit. Sie stiegen ein und schlossen die Türen, um vor der beißenden Kälte geschützt zu sein. Delaroche drehte den Zündschlüssel nach rechts. Der Anlasser wimmerte, bemühte sich, den Motor in Gang zu setzen, und verstummte. Delaroche beschlich ein ungutes Gefühl. Die Gulfstream war fort. Sie waren hier ganz allein. Sprang der Motor des Geländewagens nicht an, würden sie nicht lange überleben. Er drehte den Schlüssel erneut nach rechts. Diesmal sprang der Motor an. Astrid, die sich für einen Augenblick in eine typische Deutsche verwandelte, sagte: »Gott sei Dank!« – »Ich dachte, du seist eine gute kommunistische Atheistin«, meinte Delaroche spöttisch.

»Halt die Klappe und stell die Heizung an!«

Er tat, was sie verlangte. Dann riß er den Umschlag auf und versuchte, die Anweisungen zu lesen, aber das ging nicht. Er zog eine Lesebrille aus der Innentasche seiner Jacke und setzte sie auf.

»Ich habe dich noch nie mit Brille gesehen.«

»Ich trage sie nicht gern vor anderen Leuten, aber manchmal geht's nicht anders.«

»So siehst du wie ein Professor, nicht wie ein Berufskiller aus.«

»Das ist der Zweck der Übung, mein Herz.«

»Wie kannst du Leute so gut töten, wenn du sie nicht gut siehst?«

»Weil ich sie nicht lese, sondern erschieße.«

»Bitte, Jean-Paul, fahr endlich los. Ich erfriere noch!«

»Ich muß das Ziel kennen, bevor ich losfahre.«

»Liest du immer erst die Gebrauchsanweisung?«

Er sah sie irritiert an, als finde er ihre Frage anstößig.

»Natürlich machst du das. Deshalb bist du bei allem, was du tust, so verdammt gut. Jean-Paul Delaroche, der methodische Mann.«

»Wir haben alle unsere Schwächen«, sagte er, indem er die Anweisungen weglegte. »Ich mache mich auch nicht über deine lustig.«

Er legte den ersten Gang ein und fuhr an.

»Wohin fahren wir?« fragte Astrid.

»Nach Vermont.«

»Ist das in der Nähe unseres Hauses am Strand?«

»Nicht ganz.«

»Scheiße«, sagte sie und schloß die Augen. »Weck mich, wenn wir da sind.«

37

Washington, D.C.

Der erste Tag von Michaels Exil war gräßlich. Als der Wecker ihn bei Tagesanbruch weckte, ging er unter die Dusche und drehte das Wasser auf, bevor ihm klar wurde, daß er nirgends hin mußte. Er ging in die Küche hinunter, machte Kaffee und Toast für Elizabeth und brachte ihr das Frühstück ans Bett. Sie frühstückte im Bett und las die *Post.* Eine halbe Stunde später trat Elizabeth mit zwei Aktenkoffern und zwei Handys aus der Haustür. Michael stand am Wohnzimmerfenster und winkte wie ein Idiot, als sie mit ihrem silbernen Mercedes davonfuhr. Um das Bild zu vervollständigen, brauchte er nur noch Pfeife und Strickjacke.

Michael las die Zeitung. Er versuchte ein Buch zu lesen, konnte sich aber nicht auf die Seiten konzentrieren. Er wollte die Zeit nutzen, indem er alle Türschlösser des Hauses überprüfte und die Batterien der Alarmanlage auswechselte. Das dauerte insgesamt zwanzig Minuten. Maria, das peruanische Hausmädchen, kam um zehn und trieb ihn mit heulendem Staubsauger und giftiger Möbelpolitur von einem Raum zum anderen. »Draußen ist herrliches Wetter, Señor Miguel!« schrie sie auf spanisch, um das Heulen ihres Staubsaugers zu übertönen. Mit ihm sprach Maria nur in ihrer Muttersprache. »Sie sollten etwas unternehmen, statt den ganzen Tag im Haus zu hocken.«

Michael begriff, daß sein eigenes Hausmädchen ihm

soeben die Tür gewiesen hatte. Er ging hinauf, zog Jogginganzug und Laufschuhe an und kam wieder nach unten. Maria drückte ihm einen Zettel in die Hand, auf dem sie aufgeschrieben hatte, welche Putzmittel er einkaufen sollte. Er steckte die Liste ein und trat aus der Haustür auf die N Street hinaus.

Für Anfang Dezember war es ziemlich warm, und dies war einer der Tage, die Michael immer glauben ließen, nirgends auf der Welt könne es schöner sein als in Georgetown. Der Himmel war klar, die milde, nur leicht bewegte Luft duftete nach Holzrauch. Die N Street war mit einem Teppich aus roten und gelben Herbstblättern bedeckt, die unter Michaels Füßen raschelten, als er locker über den Gehsteig trabte. Er sah automatisch in alle geparkten Autos, um festzustellen, ob jemand darinsaß. An der ersten Ecke parkte der Lieferwagen einer Firma für Einbauküchen aus Virginia. Michael merkte sich den Namen und das Kennzeichen; er würde später dort anrufen, um sich zu vergewissern, daß die Firma wirklich existierte.

Er lief den Hügel zur M Street hinunter und überquerte die Key Bridge. Der Wind pfiff über die Brücke und zeichnete Wellenmuster ins stille Wasser des Flusses. Man hätte glauben können, zwei verschiedene Flüsse vor sich zu haben. Rechts von Michael erstreckte sich ein Wildfluß nach Norden in die Ferne. Links von ihm lag das Hafengebiet Washingtons: der Komplex am Harbor Place, das Watergate und dahinter das Kennedy Center. Auf dem zu Virginia gehörenden Flußufer sah er sich um, ob er beschattet wurde. Ein hagerer Mann mit einer Baseballmütze aus Georgetown war etwa hundert Meter hinter ihm.

Michael senkte den Kopf und rannte schneller, an Roosevelt Island vorbei, durchs Gras den George Washington Parkway entlang. Er lief auf die Memorial

Bridge und sah über die Schulter zurück. Der Mann mit der Baseballmütze aus Georgetown war noch immer da. Michael blieb stehen, machte Dehnungsübungen und behielt dabei den Fußweg unter der Brücke im Auge. Der Mann mit der Mütze joggte den Potomac entlang nach Süden weiter. Michael setzte sich wieder in Bewegung.

In den folgenden zwanzig Minuten sah Michael sechs Männer mit Baseballmützen und drei Männer, die Oktober hätten sein können. Er war nervös, das wußte er. Er rannte nach Georgetown zurück und kaufte sich im Booeymongers, einem bei Studenten beliebten Sandwichshop, einen Kaffee und trank ihn, während er die N Street entlang zu seinem Haus zurückschlenderte. Er duschte, zog sich um und verließ wieder das Haus. Aus dem Auto rief er Elizabeth im Büro an.

»Ich fahre nach Langley«, sagte er. »Ich muß dort noch ein bißchen aufräumen.« Am anderen Ende herrschte sekundenlang Schweigen, bis Michael ihr hastig versicherte: »Keine Angst, Elizabeth, ich möchte diesen Nachmittag um nichts in der Welt versäumen.«

»Danke, Michael.«

»Okay, dann sehen wir uns in ein paar Stunden.«

Michael überquerte die Key Bridge nochmals und bog auf den George Washington Parkway ab. Er war diese Strecke schon Tausende von Malen gefahren, aber als er jetzt nach Langley fuhr, um seinen Schreibtisch auszuräumen, sah er alles wie beim ersten Mal. Er sah riesige Pappeln, die der Herbst in Brand gesteckt zu haben schien, zahlreiche Wasserläufe, die von den felsigen Hügeln Virginias herabflossen, und steile Klippen über dem Potomac.

Der Wachmann am Haupteingang gab Michaels Ausweisnummer ein, runzelte die Stirn und nickte ihm zu, er könne passieren. Michael fühlte sich wie ein Aussätziger, als er durch grell beleuchtete Korridore zum Zentrum für Terrorismusbekämpfung ging. Niemand sprach mit ihm; niemand sah ihn auch nur an. Nachrichtendienste sind nichts anderes als hochorganisierte Cliquen. Zieht ein Mitglied sich eine Infektionskrankheit zu, meiden es die anderen, um sich nicht anzustecken.

In der »Baracke« war es still, als Michael hereinkam und zu seinem Schreibtisch ging. Er verbrachte eine Stunde damit, den Inhalt seiner Schreibtischschubladen zu sortieren und private Dinge von dienstlichen Unterlagen zu trennen. Noch vor einer Woche war er wegen seines mutigen Eingreifens in Heathrow gefeiert worden. Jetzt kam er sich wie ein Kicker vor, dem eben das spielentscheidende Feldtor mißlungen ist. Gelegentlich trat jemand zu ihm, legte ihm eine Hand auf die Schulter und entfernte sich rasch wieder. Aber niemand redete mit ihm.

Als Michael gehen wollte, steckte Adrian Carter seinen Kopf herein und machte ihm ein Zeichen, in sein Büro zu kommen. Dort überreichte er Michael eine in Geschenkpapier verpackte Schachtel.

»Ich dachte, ich sei bis zum Ende des Disziplinarverfahrens nur vom Dienst suspendiert«, sagte Michael, als er Carters Geschenk entgegennahm.

»Richtig, aber das wollte ich dir sowieso geben«, antwortete Carter, dessen Blick mit hängenden Lidern mürrischer denn je wirkte. »Mach's lieber erst zu Hause auf. Einige Leute hier würden es vielleicht nicht so witzig finden.«

Michael schüttelte ihm die Hand. »Danke für alles, Adrian. Wir sehen uns bestimmt mal wieder.«

»Ja«, sagte Carter. »Paß gut auf dich auf, Michael.«

Michael verließ das Gebäude und ging über den Parkplatz zu seinem Wagen. Er legte Carters Geschenk in den Kofferraum und setzte sich ans Steuer. Als er durchs Tor fuhr, fragte er sich, ob er jemals zurückkommen würde.

Michael war mit Elizabeth im Georgetown University Medical Center verabredet. Er überließ seinen Jaguar dem Parkwächter und fuhr mit dem Aufzug in die Arztpraxis hinauf. Als er das Wartezimmer betrat, war Elizabeth nirgends zu sehen. Einen Augenblick lang fürchtete er schon, ihren Termin verpaßt zu haben, aber dann kam sie mit ihren Aktenkoffern herein und küßte ihn auf die Wange.

Eine Krankenschwester führte sie in den Behandlungsraum und legte ein steriles Hemd auf den Untersuchungstisch. Elizabeth knöpfte Rock und Bluse auf. Als sie den Kopf hob, sah sie, daß Michael sie anstarrte.

»Mach die Augen zu.«

»Eigentlich habe ich daran gedacht, die Tür abzusperren.«

»Bestie!«

»Danke.«

Elizabeth zog das Hemd an und setzte sich auf den Untersuchungstisch. Michael spielte an den Knöpfen des Geräts zur Ultraschalldiagnose herum.

»Läßt du das bitte?«

»Entschuldige, ich bin ein bißchen nervös.«

Der Arzt kam herein. Er erinnerte Michael an Carter: leicht verschlafen, etwas unordentlich, mit permanent gelangweilter Miene. Während er Elizabeths Krankenblatt las, runzelte er die Stirn, als könne er sich nicht zwischen Mahi-Mahi und dem gegrillten Lachs entscheiden.

»Ihr HCG-Wert sieht sehr gut aus«, sagte er dann. »Er ist sogar ziemlich hoch. Das wollen wir uns mal mit Ultraschall ansehen.«

Er streifte das Hemd hoch und bestrich Elizabeths Bauch mit einem Gleitmittel. Dann drückte er den Schallkopf des Geräts auf ihre Haut und bewegte ihn hin und her.

»Da haben wir's!« sagte er und lächelte zum erstenmal. »Das, meine Damen und Herren, ist eine sehr hübsche Eihaut.«

Elizabeth strahlte. Sie griff nach Michaels Hand und drückte sie.

Der Arzt bewegte den Schallkopf weiter. »Und hier haben wir eine zweite sehr hübsche Eihaut«, stellte er fest.

»O Gott!« sagte Michael.

Der Arzt stellte das Gerät ab. »Ziehen Sie sich bitte an und kommen Sie in mein Büro. Wir müssen einiges besprechen. Und noch etwas: Glückwunsch!«

»Wenigstens brauchen wir uns kein größeres Haus zu kaufen«, sagte Michael, als er hinter Elizabeth ins Schlafzimmer hinaufging. »Mir ist ein Stadthaus mit sechs Schlafzimmern in Georgetown schon immer viel zu groß für zwei vorgekommen.«

»Michael, hör auf, so zu reden. Ich bin vierzig. In meinem Alter ist eine Schwangerschaft ziemlich risikoreich. Da kann noch viel schiefgehen.« Sie streckte sich auf dem Bett aus. »Ich habe Hunger.«

Michael legte sich neben sie und sagte: »Ich muß immer wieder daran denken, wie du mit Gleitmittel eingerieben ausgesehen hast.«

Sie küßte ihn. »Hände weg! Du hast gehört, was der Arzt gesagt hat. Ich soll ein paar Tage liegen und mich schonen. Jetzt ist das gefährlichste Stadium.«

Er küßte sie ebenfalls. »Ja, ich weiß.«

»Geh runter und mach mir ein Sandwich.«

Michael stand auf und ging in die Küche hinunter. Er

machte Elizabeth ein Sandwich mit Truthahn und Emmentaler, schenkte ein Glas Orangensaft ein, stellte alles auf ein Tablett und trug es nach oben.

»Daran könnte ich mich gewöhnen.« Sie biß von ihrem Sandwich ab. »Wie war's in Langley?«

»Ich bin offenbar zum Unberührbaren erklärt worden.«

»So schlimm?«

»Schlimmer.«

»Von wem hast du das?« fragte Elizabeth und zeigte auf die Schachtel in Geschenkpapier.

»Von Carter.«

»Willst du's nicht aufmachen?«

»Ich denke, ich kann ohne eine weitere Cross-Schreibgarnitur überleben.«

»Gib her«, sagte sie und riß das Geschenkpapier auf. Eine rechteckige Schachtel kam zum Vorschein, in der ein Stapel Dokumente lag, die alle mit »Streng geheim« gestempelt waren.

»Michael, ich glaube, die solltest du dir ansehen«, sagte Elizabeth.

Sie hielt die Papiere Michael hin, der sie rasch durchblätterte.

»Was ist das, Michael?«

Er sah sie an. »Das ist die CIA-Akte eines KGB-Killers mit dem Decknamen Oktober.«

38

Amerikanisch-kanadische Grenze

Delaroche wartete aufs erste Tageslicht. Er hatte südlich von Montreal, weitab von der Straße, ein gutes Versteck in den Wäldern gefunden, das nur etwa drei Meilen von der Grenze entfernt war. Astrid, die neben ihm auf der Ladefläche des Range Rover schlief, hatte sich unter einer schweren Wolldecke zusammengerollt. Sie hatte Delaroche gebeten, von Zeit zu Zeit den Motor laufen zu lassen, damit es im Wagen warm blieb, aber das hatte er abgelehnt, weil das Geräusch sie verraten konnte. Er berührte ihre Hände. Sie waren eiskalt.

Um halb sieben stand er auf, goß Kaffee aus einer Thermoskanne in einen Becher und bereitete eine große Schale Haferflocken mit Milch zu. Astrid gesellte sich zehn Minuten später mit Daunenjacke und Fleecemütze vermummt zu ihm. »Gib mir einen Schluck Kaffee«, sagte sie, griff nach der Schale und aß die restlichen Haferflocken auf.

Delaroche verstaute ihre Vorräte in zwei kleinen Rucksäcken, gab den leichteren Astrid und behielt den anderen selbst. Die Beretta steckte er vorn in seinen Hosenbund. Bevor sie aufbrachen, kontrollierte er rasch den Geländewagen, um sich zu vergewissern, daß sie nichts zurückgelassen hatten, was einen Hinweis auf ihre Identität hätte geben können. Den Range Rover würden sie hier stehen lassen; hinter der Grenze sollte ein anderer für sie bereitstehen.

Sie marschierten eine Stunde lang durch die Hügel über dem Lake Champlain. Sie hätten die Grenze überschreiten können, indem sie dem Ufer des zugefrorenen Sees folgten, aber diese Route erschien Delaroche zu ungeschützt. Obwohl in dem Range Rover zwei Paar Schneeschuhe gelegen hatten, hielt Delaroche es für besser, Bergstiefel zu tragen, weil nicht besonders viel Schnee lag. Astrid hatte Mühe, ihm bergauf, bergab und durch dichten Wald zu folgen. Schon unter idealen Voraussetzungen bewegte sie sich schlaksig und leicht unbeholfen; ihr langer Körper war für die Strapazen einer winterlichen Bergwanderung total ungeeignet. Einmal rutschte sie einen Eishang hinunter und blieb unten mit den Füßen gegen einen Baum gestemmt auf dem Rükken liegen.

Delaroche wußte nicht genau, wo Kanada aufhörte und die Vereinigten Staaten begannen. Hier gab es keine Grenzmarkierung, keinen Zaun, keine sichtbare elektronische Überwachung. Seine Auftraggeber hatten diese Stelle gut ausgesucht. Delaroche erinnerte sich an eine Nacht vor vielen Jahren, in der er als Junge gemeinsam mit zwei KGB-Agenten die tschechoslowakisch-österreichische Grenze überschritten hatte. Er erinnerte sich an die warme Nacht, die Suchscheinwerfer, den Stacheldraht und den schweren Mistgestank in der Luft. Und er erinnerte sich daran, wie er die Pistole gehoben und seine beiden Begleiter erschossen hatte. Selbst jetzt, wo er durch einen eisigen Morgen in Vermont wanderte, schloß er kurz die Augen, als er an seine ersten Morde dachte.

Er hatte auf Befehl Wladimirs gehandelt. Wladimir als seinen Führungsoffizier zu bezeichnen wäre untertrieben gewesen. Wladimir war seine Welt. Wladimir war sein ein und alles – sein Lehrer, sein Beichtvater, sein Peiniger, sein Vater. Er lehrte ihn lesen und schreiben. Er lehrte ihn Geschichte und Sprachen. Und er lehrte ihn morden. Als es Zeit wurde, in den Westen zu gehen, übergab Wladimir ihn Arbatow, wie ein Vater ein Kind einem Verwandten anvertraut. Wladimirs letzter Befehl war der Auftrag, seine Begleiter zu liquidieren. Daraus zog Delaroche eine sehr wichtige Lehre: Traue keinem Menschen, vor allem keinem KGB-Offizier. Als er älter war, erkannte er, daß Wladimir genau das hatte erreichen wollen.

Das Gelände wurde einfacher, sobald sie von den Hügeln herabkamen. Delaroche, der mit Karte und Kompaß arbeitete, führte sie zum Rand des Dorfs Highgate Springs, zwei Meilen südlich der Grenze. Der zweite Range Rover stand in einem Kiefernwäldchen neben einem verschneiten Maisfeld für sie bereit. Diesmal sprang der Motor beim ersten Startversuch an.

Delaroche fuhr vorsichtig die schmale vereiste Landstraße entlang. Astrid, die nach dem Marsch erschöpft war, versank sofort in tiefen, traumlosen Schlaf. Vierzig Minuten später erreichte Delaroche die Interstate 95 und fuhr nach Süden weiter.

39

Washington, D.C.

»Warum hat Adrian dich in bezug auf Oktober belogen?«

In Michaels Ohren klang Elizabeths Frage eigenartig. Fast wie die eines Kind, das zum erstenmal fragt, wo die Babys herkommen. Ihre neue Offenheit war noch ungewohnt, und ihm war nicht recht wohl, wenn er mit seiner Frau freimütig über dienstliche Angelegenheiten sprach. Andererseits machte es auch Spaß. Wäre Elizabeth nicht Anwältin geworden, hätte sie mit ihrem analytischen Verstand und ihrer verschlossenen Art eine gute Geheimdienstlerin abgegeben.

»Alle Geheimdienste arbeiten nach dem Prinzip, daß jeder nur erfährt, *was er wissen muß*. Man könnte sagen, daß ich von Oktobers Existenz nichts wissen mußte und deshalb nie darüber informiert worden bin.«

»Aber er hat Sarah vor deinen Augen ermordet, Michael! Wenn irgend jemand hätte sehen dürfen, was die Agency über ihn wußte, dann doch du!«

»Ein gutes Argument, aber Geheimdienstoffizieren werden aus verschiedensten Gründen ständig irgendwelche Informationen vorenthalten.«

»Die Sowjetunion existiert seit über einem Jahrzehnt nicht mehr. Wie kommt's dann, daß Oktobers Akte noch immer streng geheim ist?«

»In der Welt der Geheimdienste geben wir unsere Toten nur widerstrebend auf. Nichts hat ein Nachrichtendienst lieber als einen schönen Stapel wertloser Geheimnisse.«

»Vielleicht wollte jemand das Material geheimhalten.«

»An diese Möglichkeit habe ich auch schon gedacht.«

Michael hielt vor dem Redaktionsgebäude der *Washington Post* in der 15th Street. Tom Logan hatte Elizabeth um ein Gespräch gebeten. Michael hatte eigentlich im Auto warten wollen, aber jetzt fragte er: »Stört's dich, wenn ich mitkomme?«

»Keineswegs, aber wir müssen uns beeilen. Wir sind schon spät dran.«

»Wo sollst du dich mit ihm treffen?«

»In seinem Büro. Warum?«

»Ich bin bloß nicht scharf auf geschlossene Räume, das ist alles.«

»Michael, wir sind nicht in Ost-Berlin. Laß den Unsinn!«

Aber Michael hielt bereits den Hörer seines Autotelefons in der Hand. »Welche Nebenstelle hat er?«

»Fünf-sechs acht-vier.«

Das Telefon klingelte, und Logans Sekretärin meldete sich. »Michael Osbourne. Kann ich bitte Mr. Logan sprechen?«

Logan kam an den Apparat. »Hallo, Mike.«

»Elizabeth und ich sind unten. Spricht was dagegen, daß wir uns anderswo treffen?«

»Natürlich nicht.«

»Fifteenth Street, silbergrauer Jaguar.«

»Ich bin in fünf Minuten unten.«

Michael legte den Hörer wieder in die Halterung. Elizabeth fragte: »Wo ist das Problem?«

»Kennst du das Gefühl, das man hat, wenn man von jemandem beobachtet wird?«

»Klar.«

»Das habe ich jetzt. Ich kann den Kerl nicht entdecken, aber ich weiß, daß er da ist.« Michael sah kurz in den Rückspiegel. »Dafür habe ich einen guten Instinkt«, sagte er geistesabwesend. »Und auf meinen Instinkt kann ich mich immer verlassen.«

Fünf Minuten später trat Logan aus dem Portal. Er war groß und hatte eine Stirnglatze; der Wind zerzauste seine spärlichen langen grauen Haare. Er trug keinen Mantel, sondern hatte nur einen roten Schal um seinen mageren Hals geschlungen und die Hände tief in den Taschen seiner grauen Flanellhose vergraben. Michael beugte sich über die Sitzlehne und öffnete ihm die hintere Tür. Logan stieg ein und sagte: »Gott, ich liebe das Wetter in dieser Stadt. Gestern zwanzig Grad, heute fünf.«

Michael trat das Gaspedal durch, und der Jaguar schoß vom Randstein in den dichten Innenstadtverkehr Washingtons hinaus. Logan schnallte sich an und umklammerte mit einer Hand die Armstütze.

»Was machen Sie beruflich, Mike?«

»Ich verkaufe ausländischen Großkunden Computer.«

»Ah, klingt interessant.«

Michael bog an der M Street links ab und raste weiter bis zur New Hampshire Avenue. Mit quietschenden Reifen fegte er um den Dupont Circle und beschleunigte auf der Massachusetts Avenue in Richtung Westen. Er schlängelte sich gekonnt durch den dichten Verkehr und schaute mehr in seinen Rückspiegel als auf die Fahrbahn vor ihm.

Logan hatte inzwischen fast die Armlehne von der hinteren Tür gerissen. »Ich habe vorhin den Namen Ihrer Firma nicht mitbekommen, Mike.«

»Weil ich ihn nicht gesagt habe. Und mir ist Michael lieber, Tom.«

Elizabeth drehte sich um und sah längere Zeit nach hinten.

»Irgendwer?« fragte sie.

»Falls jemand dagewesen ist, haben wir ihn abgehängt.«

Er fuhr langsamer, schwamm im Verkehrsstrom mit. Logan ließ die Armlehne los und atmete auf.

»Computerverkäufer, daß ich nicht lache!« sagte er.

Henry Rodriguez hatte an diesem Tag den Auftrag, Elizabeth Osbourne zu beschatten, aber er brach die Verfolgung auf der M Street ab. Als ehemaliger CIA-Offizier im Außendienst konnte Michael Osbourne selbst eine raffinierte Überwachung erkennen. Einen Mann, der unzulänglich als Ausfahrer eines Chinarestaurants getarnt war, hätte er nach wenigen Minuten erkannt. Er hielt am Randstein und rief Mark Calahan in der Einsatzzentrale in Kalorama an.

»Er hat eindeutig versucht, einen Verfolger abzuschütteln«, berichtete Rodriguez. »Wäre ich drangeblieben, hätte er mich erkannt.«

»Gute Entscheidung. Fahr nach Georgetown. Warte dort, bis sie wieder aufkreuzen.«

Calahan ging in die Bibliothek, um Mitchell Elliott die Entwicklung zu melden.

»Logan braucht offenbar Hilfe«, sagte Elliott. »Warum sollte er sich sonst jetzt mit ihr treffen?«

»Sie kann uns ernstlich schaden. Vielleicht sollten wir die Zügel etwas straffer anziehen.«

»Richtig«, stimmte Elliott zu. »Ich glaube, es wird Zeit, daß Henry wieder arbeitet.«

»Ihm wird's nicht gefallen, daß er wieder Putzmann spielen soll. Er hat das Gefühl, von uns wegen seiner hispanischen Abstammung diskriminiert zu werden.«

»Paßt ihm das nicht, soll er eine Beschwerde bei der EEOC einreichen. Ich bezahle ihn gut dafür, daß er alles macht, was ich verlange.«

Calahan grinste. »Ja, Sir, Mr. Elliott.«

Michael fand eine Parklücke in der East Capitol Street. Er holte für Tom Logan eine alte Windjacke aus dem Kofferraum, und sie gingen unter dem kalten schiefergrauen Himmel durch den Lincoln Park.

»Wieviel von Susannas Originalmaterial haben Sie gelesen?« fragte Logan.

»Genug, um im Bilde zu sein«, antwortete Elizabeth.

»Lassen Sie mich rekapitulieren«, sagte Logan. »Anfang der achtziger Jahre wollte Beckwith aus der Politik aussteigen. Genauer gesagt, Anne Beckwith wollte aussteigen. Sie wollte ihren Mann in seinen Beruf zurücklotsen, in dem er klotzig verdienen konnte, bevor er zu alt war. Beide hatten etwas Geld geerbt, aber nicht genug, um luxuriös leben zu können. Anne hat eine Vorliebe für schöne Dinge. Sie wollte mehr, als ein Senator sich von seinen Diäten leisten kann. Er war zweimal Senator gewesen, und sie hat ihm erklärt, er müsse sich für sie oder die Politik entscheiden.«

Zwei Jogger, beide mit Hunden, die ihnen an langen Leinen vorausheehelten, überholten sie. Logan wartete wie ein erfahrener Geheimdienstler, bis sie außer Hörweite waren, bevor er weitersprach.

»Beckwith ist vieles, aber vor allem ist er seiner Anne treu ergeben und wollte sie unter keinen Umständen verlieren. Andererseits hat die Politik ihm Spaß gemacht, und er hatte keine besondere Lust, wieder als Anwalt zu arbeiten. Er hat seine Berater und Geldgeber eines Abends in San Francisco zusammengerufen, um ihnen die Hiobsbotschaft mitzuteilen. Mitchell Elliott hat natürlich fast der Schlag getroffen: Er hatte im Lauf der Jahre viel Zeit und Geld in James Beckwith investiert und wollte diese Investition jetzt nicht den Bach runtergehen sehen. Er hat am nächsten Morgen Anne Beckwith angerufen und um ein Gespräch unter vier Augen gebeten. An diesem Abend beim Dinner hat Anne alles zurückgenommen und ihren Mann darin bestärkt, als Gouverneur zu kandidieren. Er hat die Wahl natürlich gewonnen, und der Rest ist, wie man so sagt, Geschichte.«

»Was ist damals zwischen Anne Beckwith und Mitchell Elliott besprochen worden?« fragte Michael.

»Elliott hat Anne versichert, daß sie ausgesorgt hätten, wenn ihr Mann in der Politik bliebe. Die erste Stufe war ganz einfach, und die Summe, um die es dabei ging, war im Vergleich zu später lächerlich. Elliott hat seine einflußreichen Geschäftsfreunde veranlaßt, Anne in über ein Dutzend Aufsichtsräte zu berufen. Sie hat Geld für ihre Beratertätigkeit bekommen, obwohl sie nichts von Wirtschaft verstand. Außerdem hat sie sehr klug investiert – mit Elliotts Hilfe, vermuten wir – und an der Börse hohe Gewinne erzielt.

Innerhalb von drei Jahren hatte Anne eine gutgefüllte Kriegskasse, über eine Million Dollar. Dieses Geld hat sie fast ganz in ein riesiges Stück damals wertlosen Wüstengeländes südlich von San Diego gesteckt. Zwei Jahre später hat ein Bauträger erklärt, er plane auf Annes Grundstück den Bau einer Neubausiedlung mit großen Wohnblocks, Einfamilienhäusern und einer Einkaufspassage. Damit war ihr wertloser Grundbesitz plötzlich eine Menge Geld wert.«

»Das alles hat Elliott arrangiert?« fragte Elizabeth.

»Vermutlich, aber das können wir nicht beweisen und deshalb auch nicht schreiben. Elliott hat bei der Umsetzung dieser raffinierten Pläne Unterstützung gebraucht. Er hatte mit Beckwith Großes vor und mußte unbedingt vermeiden, ihn auch nur in die Nähe eines Skandals zu bringen. Er brauchte jemanden, der Washington kannte und wußte, wie die gesetzlichen Bestimmungen über die Wahlkampffinanzierung zu umgehen sind. Deshalb hat Elliott sich mit einem einflußreichen Washingtoner Anwalt zusammengetan.«

»Samuel Braxton«, stellte Elizabeth fest.

»Richtig«, sagte Logan. »Und nach jahrelangem Warten haben Elliotts Investitionen sich dieses Jahr endlich rentiert. Das Programm zum Bau eines Raketenabwehrsystems hatte im Kongreß praktisch keine Chance mehr. Aber vierundzwanzig Stunden nach dem Abschuß von Flug 002 ist Elliott im Weißen Haus mit Beckwith zusammengetroffen. Susanna hat beobachtet, wie er hingefahren ist. Und sie hat Elliott an diesem Abend mit Vandenberg gesehen. Am nächsten Abend wendet Beckwith sich im Fernsehen an die Nation, kündigt Vergeltungsschläge gegen das *Schwert von Gaza* an und will nun den Bau eines nationalen Raketenabwehrsystems vorantreiben. Der Kongreß ist plötzlich Feuer und Flamme dafür. Andrew Sterling kämpft mit dem Rücken zur Wand, weil er sich mehrfach öffentlich dagegen ausgesprochen hat. Beckwith gewinnt die schon verloren geglaubte Wahl, und Elliotts Alatron Defense Systems kann damit rechnen, mehrere Milliarden Dollar zu verdienen.«

»Warum haben Sie Susannas Story dann nicht gebracht?« fragte Michael.

»Wie ich Ihrer Frau schon geschildert habe, sprechen wir bei solchen Artikeln vor Veröffentlichung alle Tatsachen, Zitate und Informationen mit dem Autor durch. In diesem Fall ist die Journalistin tot, und wir mußten neu recherchieren, wobei wir Susannas Material als Straßenkarte benutzt haben. Wir haben es fast komplett, aber ein wichtiger Teil fehlt. Susanna hatte sich irgendwie Unterlagen über Finanz- und Immobiliengeschäfte verschafft. Wir vermuten, daß sie eine Quelle bei Braxton, Allworth & Kettlemen hatte, über die sie an das Material kam. Leider haben wir nicht feststellen können, wer der Informant gewesen ist. Wir haben versucht, einen eigenen Informanten in der Firma zu finden, aber das ist uns nicht gelungen.«

Logan fröstelte und band sich seinen roten Schal fester um den Hals. »Elizabeth, Sie können diese Frage natürlich so beantworten, wie Sie's für richtig halten, aber ich muß sie stellen. Sind Sie Susannas Informantin gewesen?«

»Nein«, sagte Elizabeth. »Susanna hat mich gefragt, aber ich habe abgelehnt. Ich habe ihr erklärt, das sei ein Verstoß gegen die Standesregeln, und falls jemals bekannt würde, daß ich ihr Unterlagen zugespielt habe, würde ich meine Anwaltszulassung verlieren.«

Logan zögerte einen Augenblick, bevor er fragte: »Würden Sie's jetzt tun?«

»Nein.«

»Elizabeth, Samuel Braxton ist ein unehrlicher Anwalt, ein Krimineller, der jetzt zur Belohnung Außenminister werden soll. Ich weiß nicht, wie Sie dazu stehen, aber mich bringt das auf, und als Journalist möchte ich etwas dagegen tun. Aber das kann ich nicht ohne Ihre Hilfe. Falls Sie Bedenken wegen Ihrer eigenen Sicherheit haben, kann ich Ihnen versprechen, daß wir nichts tun werden, was Sie irgendwie gefährden könnte. Sie können mir vertrauen, Elizabeth.«

»Tom, ich habe den größten Teil meines Lebens in Washington verbracht und hier vor allem eines gelernt: In dieser Stadt kann man keinem Menschen trauen.«

Logan blieb stehen und wandte sich an Michael. »Sie sind kein im Ausland tätiger Computerverkäufer. Sie sind CIA-Offizier und arbeiten im Zentrum für Terrorismusbekämpfung. Sie sind der Held des Terroranschlags in Heathrow und ›zufällig‹ auf dieser Kanalfähre gewesen, auf der ein Sprengsatz detoniert ist. Sie werden's nicht glauben, Michael, aber selbst Leute aus Ihrer Firma reden gern mit Journalisten. Wir haben diese Informationen nicht gebracht, weil wir Sie nicht gefährden wollten.«

Logan wandte sich an Elizabeth. »Ich tue nichts, was Ihnen schaden könnte. Sie können mir vertrauen, Elizabeth.«

40

Bethesda, Maryland

Delaroche wurde erstmals nervös, als er die Interstate 95 verließ und auf den Capital Beltway fuhr. Er kannte einige der schwierigsten Straßen Europas – die kurvenreichen Landstraßen Italiens und Frankreichs, die gefährlichen Bergstrecken der Alpen und der Pyrenäen –, aber keine von ihnen hatte ihn auf das wahnwitzige Chaos des abendlichen Berufsverkehrs in Washington vorbereitet.

Die Fahrt von Vermont nach Süden war problemlos gewesen. Bis auf einen kurzen Schneeschauer nördlich von New York und gefrierenden Nieselregen auf der New Jersey Turnpike war das Wetter gut gewesen. Die Temperatur war gestiegen, je weiter sie nach Süden kamen, und ab Philadelphia hatte der Regen aufgehört. Jetzt fürchtete Delaroche am meisten die anderen Fahrer. Autos rasten mit fünfundachtzig Meilen an ihm vorbei – dreißig Meilen schneller als erlaubt –, und der Lastwagen hinter ihm klebte fast an seiner Stoßstange.

Delaroche war bewußt, wie leicht man unter diesen Umständen in einen Unfall verwickelt werden konnte. Die Folgen wären katastrophal gewesen. Da er Ausländer war, würde die Polizei seinen Paß sehen wollen. War der Beamte halbwegs auf Draht, mußte er merken, daß in Delaroches Paß kein Besuchervisum war. Er würde festgehalten und von Beamten der Einwanderungsbehörde und FBI-Agenten verhört werden. Seine Identität würde zerbröckeln, und er würde verhaftet werden, alles wegen irgendeines Idioten, der es eilig hatte heimzukommen.

Die Autos vor ihm bremsten plötzlich. Der Verkehr kam zum Stehen. Delaroche fand im Autoradio einen Sender, der nur Nachrichten brachte, und hörte die Verkehrsmeldungen. Irgendwo vor ihnen war ein Sattelschlepper umgestürzt. Der Stau war mehrere Meilen lang.

Delaroche dachte an sein Haus in Brélès. Er dachte an die See, die gegen die Felsen brandete, und sein italienisches Rennrad, mit dem er auf wenig befahrenen Landstraßen in den sanft gewellten Hügeln des Hochlands des Finistère unterwegs war. Er mußte einen Wachtraum gehabt haben, denn der Fahrer hinter ihm hupte laut und fuchtelte mit den Armen. Er wechselte plötzlich die Spur, setzte sich neben Delaroche und machte eine vulgäre Handbewegung.

»Hast du was dagegen, wenn ich meine Pistole aus dem Rucksack hole und ihn abknalle?« fragte Astrid.

Sie näherten sich der Unfallstelle. Ein Verkehrspolizist aus Maryland stand auf der Fahrbahn und leitete den Verkehr um den umgestürzten Sattelschlepper herum. Beim Anblick eines Polizeibeamten verkrampfte Delaroche sich unwillkürlich. Die Feuerwehr- und Rettungswagen verschwanden hinter ihnen, und der Verkehr begann wieder zu rollen. Delaroche nahm die Ausfahrt Wisconsin Avenue und fuhr nach Süden weiter.

Sie fuhren durchs Zentrum von Bethesda, vorbei an den exklusiven Geschäften der Mazza Galleria und den gewaltigen Türmen der National Cathedral. Die Wisconsin Avenue fiel nach Georgetown hinunter ab. Einkaufende hasteten durch die kalte Abendluft, und die Bars und Restaurants begannen sich zu füllen. Sie bogen an der M Street links ab, fuhren einige Blocks weiter und erreichten das Hotel Four Seasons.

Astrid und Delaroche lehnten es ab, sich von einem Pagen beim Transport ihres Gepäcks helfen zu lassen, und fuhren in ihr Zimmer hinauf. Sie schlossen die Tür hinter sich und fielen von zwei langen Autofahrten und dem Marsch über die Grenze erschöpft aufs Bett.

Delaroche war nach zwei Stunden wieder wach, bestellte beim Zimmerservice Kaffee und setzte sich vor seinen Laptop. Er öffnete Michael Osbournes Dossier und begann seinen Tod zu planen.

41

Washington, D.C.

Elizabeth rief Max Lewis am Spätnachmittag im Büro an.

»Wie geht's dir?« fragte er mit Papieren raschelnd. Es war nach fünf, und er war im Begriff, nach Hause zu fahren.

»Mir geht's gut, aber der Arzt sagt, daß ich noch ungefähr eine Woche lang möglichst viel liegen soll. Deswegen rufe ich auch an. Könntest du mir heute auf dem Nachhauseweg ein paar Unterlagen vorbeibringen?«

»Kein Problem. Was brauchst du?«

»Die Akte McGregor. Sie liegt auf meinem Schreibtisch.«

»Sie ist wieder in der Registratur. Ich habe mir erlaubt, heute deinen Schreibtisch aufzuräumen. Ich weiß ehrlich nicht, wie du daran arbeiten kannst, Elizabeth. Außerdem habe ich alle deine Zigaretten weggeworfen.«

»Sei unbesorgt, ich habe das Rauchen aufgegeben. Ebenfalls gestrichen ist der Chardonnay in der Badewanne nach der Arbeit.«

»Braves Mädchen«, sagte er. »Ich bin in einer Viertelstunde bei dir. Brauchst du sonst noch was? Soll ich was aus der Reinigung abholen? Im Sutton Place etwas für dich einkaufen? Befiehl, meine Königin.«

»Bring mir einfach nur die Akte McGregor. Ich belohne dich mit Speis und Trank.«

»In diesem Fall bin ich in fünf Minuten da.«

»Ich bin oben im Schlafzimmer, nimm also am besten deinen Schlüssel.«

»Ja, meine Königin.«

Max legte auf. Michael, der in einem Sessel neben dem Bett saß, hatte das über ein schnurloses Telefon geführte Gespräch mitgehört. Er nickte Elizabeth zu und sagte: »Perfekt.«

Max brauchte über eine halbe Stunde, um sich von der Kanzlei in der Connecticut Avenue nach Georgetown durchzukämpfen. Er steckte seinen Schlüssel ins Schloß, sperrte auf und betrat die geräumige Diele.

»Elizabeth, ich bin's!« rief er.

»Hallo, Max, komm rauf. Im Kühlschrank steht Wein. Bring ein Glas und den Korkenzieher mit.«

Er tat wie geheißen und ging ins Schlafzimmer hinauf. Elizabeth saß von Notizblöcken und Schriftsätzen umgeben auf ihrem Bett. »Meine Güte«, sagte er. »Vielleicht sollte ich besser hier als im Büro arbeiten.«

»Das wäre vielleicht keine schlechte Idee.«

Max legte die Akte McGregor auf den Nachttisch und begann automatisch, etwas Ordnung in das Durcheinander zu bringen. Michael kam herein, und Max sagte: »Hallo, Michael, wie geht's?«

Als Michael schwieg, erkundigte Max sich: »Irgendwas nicht in Ordnung?«

Elizabeth berührte seinen Arm. »Max, wir müssen miteinander reden.«

»Susanna hat mich gefragt, nachdem du abgelehnt hattest«, erzählte Max. Er saß in einem Sessel neben Elizabeths Bett, die Füße lässig auf einem Fußschemel. Michael hatte den Wein aufgemacht, und Max hatte die Flasche inzwischen halb geleert. Der anfängliche Schreck war verflogen, er war jetzt entspannt und sprach ganz offen. »Sie hat mich um Hilfe gebeten. Ich habe eine Nacht darüber geschlafen und dann zugesagt.«

»Max, wenn du erwischt worden wärst, hätten sie dir fristlos gekündigt und dich wahrscheinlich angezeigt. Anwaltsfirmen verstehen keinen Spaß, wenn's um Verletzung des Anwaltsgeheimnisses geht. Das verschreckt die Mandanten und macht es verdammt schwierig, neue zu gewinnen.«

»Ich bin bereit gewesen, das zu riskieren. In meiner Lage, Elizabeth, neigt man nicht dazu, die Dinge sehr langfristig zu sehen.«

»Ich will mir kein Urteil anmaßen, Max, aber damit hättest du erst zu mir kommen müssen«, sagte Elizabeth. »Ich habe dich eingestellt. Du arbeitest für mich. Die Firma hätte mir zu Recht schwere Vorwürfe gemacht.«

»Und was hättest du gesagt?«

»Ich hätte dir verboten, es zu tun.«

»Deshalb habe ich dich nicht gefragt.«

»Warum, Max? Warum hast du's auf Braxton abgesehen?«

Max starrte Elizabeth an, als finde er ihre Frage anstößig. »Warum? Weil Braxton ein mieses kleines Arschloch ist, das demnächst Außenminister wird. Ich wundere mich, daß du überhaupt fragst, Elizabeth. Ich habe gehört, wie er mit dir bei Kanzleibesprechungen umspringt, und ich weiß, wie er über dich redet, wenn du nicht dabei bist.«

Er zögerte kurz, sah Michael an und fragte: »Darf ich eine von dir schnorren?« Michael gab ihm die Zigaretten und sein Feuerzeug. Max rauchte schweigend ein paar Züge und trank noch einen Schluck Wein.

»Aber es geht auch um mich persönlich«, sagte er schließlich. »Irgend jemand hat Braxton gesteckt, daß ich HIV-positiv bin. Er hat hinter deinem Rücken versucht, mich noch vor seinem Ausscheiden aus der Firma rauszuschmeißen. Ich wollte ihm seine letzten Wochen in der Firma so schwer wie möglich machen, und Susanna hat mir Gelegenheit dazu gegeben.«

»Wie bist du an die Papiere rangekommen?« fragte Michael.

»Ich habe einen Archivschlüssel geklaut und mir einen Nachschlüssel machen lassen. Dann bin ich eines Abends länger im Büro geblieben, habe die Schriftstücke aus dem Archiv geholt und bin damit zu Susanna gefahren. Ich hatte es unter einer Bedingung getan: Sie durfte nichts fotokopieren. Ich bin die ganze Nacht bei ihr gewesen, während sie gearbeitet hat, und am nächsten Morgen früh ins Büro gefahren, um die Akten zurückzustellen. Eigentlich war überhaupt nichts dabei.«

»Hast du den Schlüssel noch?« fragte Elizabeth.

»Ja, ich habe daran gedacht, ihn von der Memorial Bridge zu werfen, aber dann habe ich ihn doch behalten.«

»Gut.«

»Wieso?«

»Weil wir heute nacht diese Unterlagen noch einmal brauchen.«

42

WASHINGTON, D.C.

Offiziell war das Weiße Haus »gedeckelt«, was bedeutete, daß die Pressestelle heute voraussichtlich nichts mehr mitteilen würde und der Präsident und die First Lady nicht die Absicht hatten, noch auszugehen. Aber um acht Uhr an diesem Abend rollte eine einzelne schwarze Limousine aus dem Südtor des Weißen Hauses und ordnete sich in den abendlichen Verkehr der Hauptstadt ein.

Anne Beckwith saß allein auf dem Rücksitz. Es war keine gepanzerte Präsidentenlimousine, und es gab keine Begleitfahrzeuge, keine Polizeieskorte, nur einen Fahrer des Weißen Hauses und einen einzelnen Secret-Service-Agenten vorn auf dem Beifahrersitz. Auf diese Weise flüchtete Anne schon seit Jahren mindestens einmal in der Woche aus dem Weißen Haus. Sie genoß es, die Festung Weißes Haus zu verlassen und in die reale Welt hinauszukommen, wie sie gern sagte. Für Anne war die reale Welt nicht allzuweit vom Amtssitz des Präsidenten entfernt. Im allgemeinen fuhr sie nur eine kurze Strecke zu den Enklaven der Reichen in Georgetown, Kalorama oder Spring Valley, um bei alten Freunden oder wichtigen politischen Verbündeten einen Drink zu nehmen und mit ihnen zu essen.

Die Limousine fuhr die Connecticut Avenue nach Norden und bog im Dupont Circle westlich auf die Massachusetts Avenue ab. Wenig später erreichte sie die California Street und wurde dort vor einer der Luxusvillen langsamer. Das Garagentor öffnete sich, und die schwarze Limousine verschwand lautlos von der Straße.

Der Secret-Service-Agent wartete, bis das Garagentor sich wieder geschlossen hatte, bevor er ausstieg. Er ging um den Wagen herum und hielt der First Lady die Autotür auf. Der Gastgeber erwartete sie, als sie ausstieg. Sie küßte ihn auf die Wange und sagte: »Hallo, Mitchell, freut mich, Sie zu sehen.«

Anne Beckwith war nicht gekommen, um diesen Abend bei angenehmer Konversation und gutem Essen zu verbringen. Es war ein geschäftlicher Besuch. Sie ließ sich ein Glas Wein geben, ignorierte jedoch den Teller mit Käse- und Pastetenhäppchen, den einer von Elliotts Drohnen auf den Couchtisch zwischen ihnen stellte.

»Ich möchte wissen, ob die Situation unter Kontrolle ist, Mitchell«, sagte sie kalt. »Und falls sie das nicht ist, möchte ich wissen, was Sie zu tun gedenken, um sie unter Kontrolle zu bekommen.«

»Wäre Susanna Dayton noch am Leben und hätte diesen Artikel veröffentlicht, hätte er uns sehr schaden können. Ihre bedauerliche Ermordung hat uns eine kurze Atempause verschafft, aber ich glaube nicht, daß die Gefahr schon vorüber ist.«

»Bedauerliche Ermordung«, wiederholte Anne verächtlich. »Warum hat die *Post* die Story nicht gebracht?«

»Weil sie versuchen, sämtliche Behauptungen noch mal zu überprüfen, was ihnen bislang noch nicht gelungen ist.«

»Wird es ihnen gelingen?«

»Nicht, wenn ich's verhindern kann.«

Anne Beckwith zündete sich eine Zigarette an und blies mit nervös angespannten Lippen eine dünne Rauchfahne gegen die Decke.

»Was tun Sie, um es zu verhindern?«

»Ich halte es für wenig ratsam, Sie über alles genau zu informieren, Anne.«

»Reden Sie keinen Scheiß, Mitchell. Sagen Sie mir einfach, was ich wissen will.«

»Wir glauben, daß Susanna Daytons beste Freundin jetzt mit der *Post* zusammenarbeitet, eine Anwältin namens Elizabeth Osbourne«.

»Ist das nicht Douglas Cannons Tochter?«

»Richtig«, bestätigte Elliott.

»Cannon haßt Jim, seit sie beide im Senat gewesen sind. Sie haben gemeinsam im Streitkräfteausschuß gesessen. Cannon war Vorsitzender, Jim der ranghöchste Republikaner. Gegen Ende der Legislaturperiode haben sie kaum noch miteinander gesprochen.«

Anne trank ihren Wein aus und fragte: »Wollen Sie mir kein zweites Glas anbieten, Mitchell? Kalifornischer, stimmt's? Gott, wir machen wunderbaren Wein.«

Elliott schenkte ihr nach.

»Mitchell, wir kennen uns schon sehr lange«, sagte Anne. »Jim und ich haben Ihnen viel zu verdanken. Sie sind über Jahre hinweg sehr großzügig zu uns gewesen. Aber ich werde nicht zulassen, daß Jim durch diese Sache irgendwie besudelt wird. Sein letzter Wahlkampf liegt hinter ihm. Er hat nichts mehr zu verlieren, außer seinem Platz in den Geschichtsbüchern.«

»Das verstehe ich, Anne.«

»Das glaube ich nicht, Mitchell. Dringt diese Sache an die Öffentlichkeit, werde ich mit allen mir zu Gebote stehenden Mitteln dafür sorgen, daß Sie die Folgen tragen. Ich werde nicht zulassen, daß Jim unter dieser Geschichte zu leiden hat, und Sie sind mir dann scheißegal. Habe ich mich deutlich ausgedrückt?«

Elliott trank seinen Scotch aus. Es gefiel ihm nicht, sich

von Anne Beckwith belehren lassen zu müssen. Wären Annes Geldgier, Annes Unsicherheiten nicht gewesen, hätte Elliott niemals seine besonderen finanziellen Beziehungen zu James Beckwith aufbauen können. Anne entschied alles, selbst wenn es sich um Bestechungsgelder handelte. Er starrte sie sekundenlang eisig an, dann nickte er und sagte: »Ja, Anne, Sie haben sich sehr klar ausgedrückt.«

»Sollte die Bombe hochgehen, wird Jim sie überleben. Aber Ihr kleines Raketenprojekt geht den Bach runter. Nichts davon wird verwirklicht werden, oder der Auftrag wird an ein weniger umstrittenes Unternehmen gehen. Dann sind Sie erledigt, Mitchell.«

»Ich weiß, was auf dem Spiel steht.«

»Gut.« Anne stand auf und griff nach ihrem Mantel. Mitchell Elliott blieb sitzen. »Eine Frage noch, Mitchell: Haben die Leute, die Susanna Dayton ermordet haben, auch die Verkehrsmaschine abgeschossen?«

Elliott starrte sie verblüfft an. »Wie bitte?«

»Sie haben auf meine Frage mit einer Gegenfrage geantwortet. Das ist ein schlechtes Zeichen, Mitchell. Gute Nacht, mein Lieber. Oh, bitte stehen Sie meinetwegen nicht auf. Ich bin nur die First Lady. Ich finde selbst hinaus.«

Elizabeth zog sich wie eine vielbeschäftigte Washingtoner Anwältin an, die abends noch einmal in ihr Büro fährt, um zu arbeiten: Jeans, City-Cowboystiefel, ein bequemer beiger Baumwollpullover. Max Lewis wohnte in der Nähe des Dupont Circle, und seine Arbeitskleidung spiegelte die Modetrends dieses Viertels wider: schwarze Jeans, schwarze Wildlederslipper, schwarzer Rollkragenpullover, dunkelgraues Sakko. Die Kanzlei Braxton, Allworth & Kettlemen befand sich in dem Eckgebäude an der Connecticut Avenue und K Street. Michael wartete im Auto. Elizabeth und Max betraten die Eingangshalle, trugen sich beim Wachmann ein und fuhren mit dem Aufzug in den zehnten Stock hinauf.

Elizabeths Büro lag am Nordrand der Etage mit Blick auf die Connecticut Avenue. Samuel Braxton hatte das größte Büro der Firma, eine Ecksuite mit prachtvoller Aussicht auf das Weiße Haus und das Washington Monument. Elizabeth schloß ihr Büro auf, machte Licht und ging hinein. Sie redeten in der üblichen Lautstärke miteinander, weil alles völlig normal wirken sollte. Max legte einen Stapel Papier in den Fotokopierer ein und stellte die Kaffeemaschine an. Irgendwo im Hintergrund hörte Elizabeth das Brummen von Staubsaugern in den anderen Räumen.

Sie nahm die Schlüssel mit und ging den Korridor entlang zu Braxtons Büro. Sie klopfte einmal leicht an, bekam keine Antwort und sperrte die Tür mit dem Nachschlüssel auf. Nachdem sie die Tür hinter sich geschlossen hatte, nahm sie eine kleine Taschenlampe aus ihrer Umhängetasche und knipste sie an.

Sie stand im Vorzimmer, in dem die beiden Sekretärinnen Braxtons arbeiteten. Das durch eine massive Tür gesicherte Archiv befand sich an der Rückwand dieses Raums. Max hatte ihr beschrieben, wo die Akten Elliott und Beckwith zu finden waren, links oben an der Rückwand. Elizabeth holte sich die niedrige Bibliotheksleiter, stieg hinauf und sah die einzelnen Ordner durch.

Elizabeth ging die ganze obere Reihe durch, ohne etwas zu finden. Sie fing noch einmal von vorn an, zwang sich dazu, langsam zu suchen, und fand wieder nichts. Auch eine Reihe tiefer wurde sie nicht fündig. Sie fluchte leise vor sich hin. Braxton hatte die Akten ausgelagert.

Elizabeth stieg von der Leiter und ging zur Tür. In diesem Augenblick hörte sie draußen im Vorzimmer Geräusche, ein Schlüssel, der ins Schloß gesteckt wurde, das Klicken des Lichtschalters, das Klirren des Putzwagens. Als nächstes hörte sie, wie ein Schlüssel in das Türschloß unmittelbar vor ihr gesteckt wurde. Das Schloß schnappte auf, und die Tür öffnete sich.

Elizabeth betrachtete den vor ihr stehenden Mann sorgfältig und wußte sofort, daß mit ihm etwas nicht stimmte. Die Putzkolonne bestand fast nur aus kleinen, dunkelhäutigen Mittelamerikanern, die fast kein Englisch sprachen. Dieser Mann war ungefähr einsachtzig und hellhäutig. Sein dunkles Haar war unverkennbar von einem teuren Friseur geschnitten und gestylt worden. Sein Overall war fleckenlos neu, seine Fingernägel waren sauber. Aber vor allem fiel Elizabeth der Ring an seiner linken Hand auf. Er trug das Wappen der Army Special Forces, der Green Berets.

»Kann ich etwas für Sie tun?« fragte Elizabeth. Sie hielt es für klüger, in die Offensive zu gehen.

»Hab' hier ein Geräusch gehört«, sagte der Mann in stark akzentgefärbtem Englisch. Elizabeth wußte, daß er log, denn sie war so leise wie möglich gewesen.

»Warum haben Sie dann nicht den Wachmann gerufen?« fauchte sie.

Der Mann zuckte mit den Schultern. »Wollte erst mal selbst nachsehen. Sie wissen schon, Dieb fangen, großer Held sein, Belohnung oder so was kriegen.«

Sie sah demonstrativ auf das Namensschild an seinem Overall.

»Sind Sie Amerikaner, Carlos?«

Er schüttelte den Kopf. »Bin aus Ecuador.«

»Woher haben Sie diesen Ring?«

»Pfandleiher in Adams Morgan. *Muy bonito,* nicht wahr?«

»Wirklich sehr hübsch, Carlos. Entschuldigen Sie mich jetzt bitte.«

Sie ging an ihm vorbei ins Vorzimmer.

»Gefunden, was Sie gesucht haben?« fragte er hinter ihr.

»Ich habe nur etwas zurückgebracht.«

»Okay. Gute Nacht, *Señora.*«

»Vielleicht hat er die Wahrheit gesagt«, meinte Michael. »Vielleicht ist er wirklich Carlos aus Ecuador und hat den Ring bei einem Pfandleiher in Adams Morgan gekauft.«

»Niemals!« sagte Elizabeth.

Max war mit ihnen in ein Restaurant am Dupont Circle gegangen, The Childe Harold. Dort verkehrten vor allem Journalisten und junge Leute, die auf dem Capitol Hill arbeiteten. Sie saßen in der Kellerbar an einem Ecktisch. Elizabeth verzehrte sich nach einer Zigarette und kaute zur Ablenkung an ihren Nägeln.

»Ich habe ihn noch nie gesehen«, sagte Max. »Aber das hat nicht viel zu bedeuten. In diesem Job kommen und gehen die Leute.«

»Du hast den Kerl noch nie gesehen, Max, weil er weder ein Putzmann noch Carlos aus Ecuador ist. Ich weiß, was ich gesehen habe.« Sie wandte sich an Michael. »Erinnerst du dich, was du mir von diesem Gefühl erzählt hast, wenn du beobachtet wirst? Nun, genau dieses Gefühl habe ich jetzt, Michael.«

»Sie ist nicht blöd«, sagte Henry Rodriguez. »Sie ist eine erfolgreiche Anwältin. Ich hab' versucht, mich rauszureden. Hab' meinen besten Freddie Prince aus *Chico and the Man* gespielt, aber irgendwie hat sie was gemerkt.«

»Warum hast du auch diesen verdammten Ring getragen?« fragte Calahan.

»Ich hab' ihn vergessen. Erschieß mich dafür.«

»Bring mich nicht auf solche Ideen. Wo sind sie jetzt?«

»Im Childe Harold. Twentieth Street, nördlich des Dupont Circle.«

»Wo bist du?«

»In der Telefonzelle auf der anderen Seite der Connecticut Avenue. Näher kann ich nicht ran.«

»Bleib dort. In zehn Minuten wirst du abgelöst.«

Calahan legte auf und sah zu Elliott hinüber. »Wir haben ein weiteres kleines Problem, Sir.«

43

Washington, D.C.

Am nächsten Morgen saß Delaroche auf einer Bank am Dupont Circle und beobachtete ein paar Radkuriere, die ihren Morgenkaffee tranken. Er fand sie vage amüsant – wie sie lachten, Witze rissen und sich gegenseitig mit Dingen bewarfen –, aber er beobachtete sie nicht nur, um sich die Zeit zu vertreiben. Er merkte sich genau, wie sie angezogen waren, was für Rucksäcke sie trugen, wie sie sich ohne ihre Räder bewegten. Kurz nach neun Uhr erhielten die Kuriere über Funk ihre ersten Aufträge, bestiegen widerwillig ihre Räder und fuhren zur Arbeit.

Delaroche wartete, bis der letzte abgefahren war. Dann ging er zu einer Telefonzelle und blätterte in den Gelben Seiten. Er fand rasch, was er suchte. Er verließ die Telefonzelle, hielt ein Taxi an und nannte dem Fahrer die Adresse.

Das Taxi brachte Delaroche auf der M Street nach Georgetown und setzte ihn an der Auffahrt zur Key Bridge ab. Er betrat den Laden. Ein Verkäufer fragte, ob er ihm behilflich sein könne, aber Delaroche schüttelte den Kopf. Er begann mit der Kleidung. Er suchte das auffälligste Hemd und die bunteste Hose aus, die er finden konnte. Danach wählte er Schuhe, Socken, Helm und Rucksack aus. Er nahm alles in den vorderen Teil des Ladens mit und trug es zur Kasse.

»Sonst noch was?« fragte der Verkäufer.

Delaroche zeigte wortlos auf das teuerste Mountain

Bike im Laden. Der Verkäufer hob es aus dem Ständer und schob es zur Servicetheke.

»Was machen Sie damit?« fragte Delaroche ruhig. Er war sich peinlich bewußt, daß er mit starkem Akzent sprach.

»Wir müssen das Fahrrad durchchecken, Sir. Das dauert ungefähr eine Stunde.«

»Pumpen Sie nur die Reifen auf, und dann geben Sie's mir.«

»Wie Sie wollen. Barzahlung oder Karte, Sir?«

Delaroche zählte bereits die Hundert-Dollar-Scheine ab.

Die folgende Stunde erledigte Delaroche seine Einkäufe auf der Wisconsin Avenue in Georgetown. Bei einem Juwelier ließ er sich die Ohrläppchen durchstechen und zwei Ohrringe einsetzen. Außerdem kaufte er mehrere auffällige goldene Halsketten. In einem Textilgeschäft erstand er ein Piratenkopftuch, in einem Elektronikladen einen Walkman.

In der Toilettenkabine zog er sich um, band sich das Tuch um den Kopf und schmückte sich mit den goldenen Halsketten. Den Walkman befestigte er am Gürtel und hängte den Kopfhörer um den Hals. Seine Straßenkleidung und die Beretta mit Schalldämpfer stopfte er in den Rucksack, dann musterte er sich im Spiegel. Irgend etwas fehlte noch. Er setzte seine Ray-Ban-Sonnenbrille auf, mit der er den Mann in Paris ermordet hatte, und betrachtete sich erneut. Jetzt stimmte alles.

Er ging wieder hinaus. Ein Mann mit Lederjacke war gerade dabei, sein Fahrrad zu klauen.

»Hey, du Schweinebacke«, sagte Delaroche, indem er den Jargon der Radkuriere vom Dupont Circle imitierte. »Pfoten weg von meinem Bike, verstanden?«

»Hey, bleib cool. Ich hab's mir bloß angesehen«, sagte der Mann und wich rasch zurück. »Frieden und Liebe und all der Scheiß.«

Delaroche schwang sich aufs Rad und strampelte in Richtung Michael Osbournes Haus davon.

Während Delaroche auf laubbedeckten Straßen durch den Westen von Georgetown fuhr, ging er seinen Plan nochmals durch. Die Ermordung Michael Osbournes würde schwierig werden. Osbourne war ein verheirateter Mann ohne wirkliche Laster, der sich auf kein sexuelles Abenteuer mit Astrid einlassen würde. Als Geheimdienstmann hatte er viele gefährliche Situationen überstanden; rein instinktiv würde er immer auf der Hut sein.

Delaroche hatte überlegt, ob er als Fahrradkurier bei Osbourne klingeln und ihn erschießen sollte, wenn er die Haustür öffnete. Aber dabei hätte er riskiert, von Osbourne, der ihn schon einmal auf dem Chelsea Embankment gesehen hatte, erschossen zu werden. Er hatte mit dem Gedanken gespielt, unbemerkt in sein Haus einzudringen, aber eine Luxusvilla in einer Stadt mit einer Kriminalitätsrate wie Washington war bestimmt mit einer Alarmanlage gesichert. Schließlich hatte Delaroche entschieden, ihn überraschend irgendwo im Freien zu erschießen, und deshalb war er jetzt als Radkurier getarnt.

Die N Street stellte Delaroche vor das erste große Problem. Dort gab es weder Läden, Cafés noch Telefonzellen – keine Möglichkeit, irgendwo unauffällig zu warten –, nur große alte Klinkerhäuser, die sehr dicht an den Gehsteig gebaut waren.

Delaroche stand an der Ecke 33rd und N Street vor einer Villa mit großer Säulenvorhalle und überlegte. Ihm blieb nur eine Möglichkeit: Er mußte immer wieder durch die N Street fahren und darauf hoffen, daß Osbourne irgendwann sein Haus betrat oder verließ. Das war für Delaroche ungewohnt – er zog es vor, Ort und Zeit eines Mordanschlags exakt zu bestimmen, aber diesmal hatte er keine andere Wahl.

Er schwang sich auf sein Rad, fuhr zur 35th Street, kehrte um und fuhr zur 33rd Street zurück, wobei er Osbournes Haus ständig im Auge behielt.

Nach zwanzigminütigem Auf und Ab verließ ein Mann in einem grau-weißen Jogginganzug das Haus. Delaroche sah sich sein Gesicht gut an. Es war dasselbe Gesicht wie auf dem Foto in dem Dossier. Es war dasselbe Gesicht, das er in jener Nacht auf dem Chelsea Embankment gesehen hatte. Dieser Mann war Michael Osbourne.

Osbourne beugte sich nach vorn und dehnte die Muskeln auf der Rückseite seiner Beine. Dann lehnte er sich an einen Laternenpfahl und streckte seine Wadenmuskeln. Delaroche, der Osbourne zwei Straßenblocks entfernt beobachtete, sah seinen Blick über die in der N Street geparkten Wagen gleiten.

Dann richtete Osbourne sich auf und lief locker los. Er bog an der 34th Street links und auf der M Street rechts ab, bevor er über die Key Bridge nach Virginia hinüberlief. Delaroche wählte Astrids Nummer im Four Seasons und telefonierte mit ihr, während er Osbourne in gleichmäßigem Abstand folgte.

Michael lief am anderen Ufer des Potomac den Mount Vernon Trail entlang nach Süden. Seine steifen Muskeln schmerzten, und das kalte Dezemberwetter war nicht gerade gut für sie, aber er steigerte sein Tempo und machte längere Schritte, bis er nach einigen Minuten spürte, daß er zu schwitzen begann.

Es war schön, einmal aus dem Haus zu kommen. Vorhin hatte Carter angerufen und erzählt, daß Monica Tyler die Personalabteilung offiziell mit einer Untersuchung seines Verhaltens beauftragt habe. Elizabeth hatte endlich dem Drängen ihres Arztes nachgegeben und arbeitete zu Hause. Ihr Schlafzimmer war in ein Anwaltsbüro verwandelt worden, inklusive Max Lewis.

Die Wolkendecke riß auf, und eine warme Wintersonne beschien die Ufer des Flusses. Vor ihm begann eine hölzerne Fußgängerbrücke, die mehrere hundert Meter weit über mit Schilf bewachsenes Marschland führte.

Michael steigerte sein Tempo und hörte seine Schritte über die Querbohlen der Brücke poltern. An diesem Werktag hatte er die Fußgängerbrücke für sich allein. Er spielte ein Spiel mit sich selbst, indem er ein imaginäres Rennen lief. Er legte einen Spurt ein, schwang seine Arme, riß seine Knie hoch. Als er um eine Ecke bog, sah er das Ende der Brücke etwa zweihundert Meter vor sich liegen.

Michael zwang sich dazu, noch schneller zu rennen. Seine Arme brannten, seine Beine waren bleischwer, und er keuchte von der kalten Luft und zu vielen Zigaretten. Er erreichte das Ende der Fußgängerbrücke und kam stolpernd zum Stehen. Er drehte sich um, weil er sehen wollte, wie weit er zuletzt gespurtet war.

Dabei sah er den Mann, der mit einem Mountain Bike auf ihn zufuhr.

44

WASHINGTON, D.C.

Astrid Vogel rief unten an, damit der Parkwächter den Range Rover vorfuhr. Sie verließ das Zimmer und nahm den Lift in die Hotelhalle hinunter. Sie trug eine Umhängetasche, in der eine Beretta mit Schalldämpfer steckte. Der Range Rover stand unter der Markise vor dem Hoteleingang. Astrid gab dem Parkwächter den Abholschein und einen Fünfer Trinkgeld. Sie stieg ein und fuhr davon.

Fünf Minuten später fuhr sie einige Straßenblocks entfernt auf der N Street rückwärts in eine Parklücke. Sie stellte den Motor ab, zündete sich eine Zigarette an und wartete auf Delaroches Anruf.

Michael richtete sich kerzengerade auf, während Adrenalin durch seine Adern strömte. Plötzlich schmerzten seine Arme und Beine nicht mehr, und sein Atem ging kurz und stoßweise. Er beobachtete scharf den auf einem Mountain Bike näherkommenden Mann. Er trug einen Fahrradhelm und eine Sonnenbrille. Michael starrte auf den Rest seines Gesichts. Dieses Gesicht hatte er schon mehrmals gesehen – in Colin Yardleys Schlafzimmer, auf dem Flughafen Kairo, auf dem Chelsea Embankment. Dieser Mann war Oktober.

Der Killer griff in eine vor seinem Lenker festgeschnallte Nylontasche. Michael wußte, daß er nach seiner Waffe griff. Es hatte keinen Sinn wegzulaufen; Oktober würde ihn mühelos einholen und erschießen. Blieb er stehen, war das Ende ebenso unvermeidlich.

Er spurtete auf Oktober zu.

Diese Reaktion verblüffte den Killer. Er war noch zwanzig Meter von ihm entfernt, aber die beiden Männer kamen sich rasch näher. Oktober wühlte verzweifelt in der Nylontasche. Schließlich bekam er seine Waffe zu fassen, riß sie aus der Tasche und versuchte, auf Michael zu zielen.

Michael erreichte Oktober, als die Beretta zweimal dumpf »plop!« machte. Er senkte seine Schulter und rammte sie gegen Oktobers Brust. Durch den Aufprall wurde Oktober aus dem Sattel geworfen; er landete krachend auf den Holzbohlen der Fußgängerbrücke. Michael schaffte es, auf den Beinen zu bleiben. Als er sich umdrehte, sah er Oktober auf dem Rücken liegen, noch immer die Pistole in der Hand.

Michael hatte zwei Möglichkeiten: Er konnte sich auf Oktober stürzen und versuchen, ihn zu entwaffnen, oder weglaufen und Hilfe holen. Oktober war ein skrupelloser Killer, der mit allen Tricks kämpfte. Michael hatte zwar auf der Farm eine Nahkampfausbildung erhalten, aber er war intelligent genug, um zu wissen, daß er jemandem wie Oktober nicht gewachsen war. Außerdem hielt der Mann eine Pistole in der Hand und trug vermutlich eine zweite am Körper versteckt.

Michael machte kehrt, lief die Brücke entlang und sprang dann übers Geländer ins Schilf am Flußufer. Er stapfte durch den Schlamm, hastete die von nassem Herbstlaub glitschige Böschung hinauf und verschwand zwischen den Bäumen.

Delaroche setzte sich auf und fand mühsam die Orientierung wieder. Der Sturz hatte ihn atemlos gemacht, aber er war im wesentlichen unverletzt geblieben. Er steckte die Beretta in seinen Hosenbund und zog das Trikot darüber. Als er sich bückte, um sein Mountain Bike aufzuheben, kamen zwei Männer in Army-Sweatshirts um die Ecke. Im ersten Augenblick überlegte er, ob er sie erschießen solle; dann fiel ihm ein, daß in der Nähe das Pentagon lag und die Soldaten nur ganz harmlos in der Mittagspause joggten.

»Alles in Ordnung?« fragte ihn einer der beiden.

»Ein Rohling hat versucht, mich zu berauben«, sagte Delaroche mit bewußt französischem Akzent. »Als ich dem Mann erklärt habe, daß ich nichts Wertvolles bei mir habe, hat er mich vom Rad gestoßen.«

»Vielleicht sollten Sie doch lieber zum Arzt gehen«, sagte der andere.

»Nein, nein, nur ein paar blaue Flecken, nichts Ernstes. Ich fahre zur Polizei und erstatte Anzeige.«

»Okay, passen Sie gut auf sich auf.«

»Danke fürs Stehenbleiben, Gentlemen.«

Delaroche wartete, bis die Soldaten außer Sicht waren. Dann griff er nach der Lenkstange und stellte sein Mountain Bike wieder auf. Er war wütend und aufgeregt. Er hatte noch nie ein Attentat verpatzt und ärgerte sich, weil er nicht besser reagiert hatte. Osbourne war ein noch stärkerer Gegner, als er gedacht hatte. Seine Reaktion hatte Mut und Urteilsfähigkeit bewiesen. Sein Entschluß, lieber zu flüchten als zu kämpfen, bewies Intelligenz, denn Delaroche hätte ihn bestimmt getötet.

Deshalb war Delaroche aufgeregt. Die meisten seiner Opfer wußten gar nicht, wie ihnen geschah. Er tauchte unerwartet auf und mordete ohne Vorwarnung. Meistens war seine Arbeit wenig anspruchsvoll. Aber bei Osbourne war das jetzt anders. Delaroche hatte das Überraschungsmoment nicht mehr auf seiner Seite. Osbourne wußte von seiner Existenz und würde Delaroche nicht mehr an sich heranlassen. Delaroche würde Osbourne zu sich locken müssen.

Delaroche erinnerte sich an die Nacht auf dem Chelsea Embankment. Er erinnerte sich daran, wie er Sarah Randolph dreimal ins Gesicht geschossen und auf dem Rückzug Michael Osbournes verzweifelte Schreie gehört hatte. Ein Mann, der auf solche Art eine Frau verloren hatte, würde fast alles tun, um eine Wiederholung zu verhindern.

Delaroche stieg wieder auf und fuhr los. Unterwegs gab er eine Kurzwahlnummer ein. Astrid meldete sich nach dem ersten Klingeln. Delaroche gab ihr ruhig seine Anweisungen, während er über die Brücke nach Georgetown hinüberradelte.

Michael erreichte den George Washington Parkway. In der Mittagszeit war der Verkehr nur schwach. Er überquerte die Straße und rannte hügelaufwärts weiter. Vor ihm standen die aus Glas und Stahl erbauten modernen Bürogebäude des Arlingtoner Stadtteils Rosslyn. Michael fand vor einem Lebensmittelgeschäft eine Telefonzelle und wählte rasch seine eigene Nummer.

Max Lewis meldete sich.

»Gib mir Elizabeth, schnell!«

Sekunden später fragte sie: »Michael, was ist passiert?«

»Sie sind da«, sagte Michael nach Atem ringend. »Oktober hat eben versucht, mich auf dem Mount Vernon Trail zu erschießen. Hör mir jetzt bitte gut zu und tu genau, was ich sage.«

45

Washington, D.C.

Elizabeth stürmte in Michaels Arbeitszimmer und riß die Tür des Einbauschranks auf. Der Aktenkoffer lag im obersten Fach, ein brauner, rechteckiger Kasten, der so häßlich war, daß ihn nur der Technische Dienst der Agency entworfen haben konnte. Sie zog Michaels Bürostuhl heran, stieg darauf und holte den Aktenkoffer herunter.

Max war im Schlafzimmer. Elizabeth setzte sich aufs Bett, zog ihre Cowboystiefel an, ging an den Kleiderschrank und schlüpfte in eine halblange Lederjacke. Aus irgendeinem Grund betrachtete sie ihr Gesicht im Spiegel und fuhr mit einer Hand durch ihr ungekämmtes Haar.

Max starrte sie an und sagte: »Verdammt noch mal, Elizabeth! Was geht hier eigentlich vor?«

Elizabeth zwang sich zur Ruhe. »Ich kann dir jetzt nicht alles erklären, Max, aber vorhin hat ein Mann versucht, Michael beim Joggen zu ermorden. Michael glaubt, daß er jetzt hierher unterwegs ist, und will, daß wir sofort verschwinden.«

Max zeigte auf den braunen Aktenkoffer. »Und was ist das?«

»Ein sogenannter Jib«, sagte sie. »Wie er funktioniert, erkläre ich dir später. Aber im Augenblick brauche ich deine Hilfe.«

»Für dich tue ich alles, Elizabeth. Das weißt du.«

»Hör mir jetzt gut zu, Max«, sagte sie und nahm seine

Hand. »Wir gehen jetzt ganz ruhig und gelassen aus dem Haus und steigen in meinen Wagen.«

Zwei Minuten nach ihrem Telefongespräch mit Delaroche sah Astrid Vogel, wie die Haustür der Osbournes aufging und zwei Personen in die Dezembersonne traten. Die Frau war Elizabeth Osbourne – Astrid erkannte sie von dem Foto in Delaroches Dossier –, und ihr Begleiter war ein mittelgroßer schlanker Weißer. Die Frau trug einen braunen Aktenkoffer, der Mann nichts. Sie stiegen in einen silbergrauen Mercedes der E-Klasse – die Frau auf der Beifahrerseite, der Mann setzte sich hinters Steuer – und fuhren los.

Astrid überlegte. Delaroche hatte gesagt, sie solle hier auf ihn warten; sie würden zusammen ins Haus eindringen und die Frau als Geisel nehmen. Aber das ging nicht, wenn die Frau weg war. Sie beschloß, den beiden zu folgen und Delaroche telefonisch auf dem laufenden zu halten.

Astrid startete den Range Rover und folgte dem Mercedes. Sie tippte Delaroches Kurzwahlnummer ein und informierte ihn über die neueste Entwicklung.

»Er ist hier!« brüllte Michael ins Telefon.

»Wer ist hier?« fragte Adrian Carter.

»Oktober ist hier. Er hat eben versucht, mich auf dem Mount Vernon Trail zu ermorden.«

»Weißt du das bestimmt?«

»Adrian, was soll diese Scheißfrage? Natürlich weiß ich das bestimmt!«

»Wo bist du?«

»Rosslyn.«

»Sag mir deinen Standort. Ich schicke ein Team hin, das dich abholt.«

Michael sah sich nach einem Straßenschild um und gab Carter seinen Standort an.

»Wo ist Elizabeth? Ich lasse sie auch abholen.«

»Sie ist nicht mehr zu Hause. Ich habe sie angerufen und ihr gesagt, sie müsse sofort das Haus verlassen.«

»Warum das denn?«

»Weil Oktober und Astrid Vogel in dieser Sache zusammenarbeiten. Sie ist wahrscheinlich auch hier. Wäre Elizabeth noch im Haus, wäre die Vogel rein und hätte sie sich geschnappt. Davon bin ich überzeugt.«

»Was hast du vor?«

Michael sagte es ihm.

»O Gott! Wer ist der Fahrer?«

»Ihr Sekretär. Ein junger Mann namens Max Lewis.«

»Verdammt noch mal, Michael! Weißt du, was Oktober mit ihm macht, wenn er das merkt?«

»Halt die Klappe, Adrian. Sorg einfach dafür, daß ich bald abgeholt werde.«

Elizabeth klappte die Sonnenblende herunter und sah in den Schminkspiegel. Der schwarze Range Rover mit einer Frau am Steuer war hinter ihnen; sie telefonierte.

»Vor wem flüchten wir eigentlich?« fragte Max.

»Das würdest du mir nicht glauben.«

»Inzwischen glaube ich fast alles.«

»Sie heißt Astrid Vogel und ist eine Terroristin der Rote-Armee-Fraktion.«

»Jesus!«

»Bieg links ab und fahr normal weiter.«

Max bog nach links auf die M Street ab. An der 31st Street sprang die Ampel von Grün auf Gelb, als er noch fünfzehn Meter von der Kreuzung entfernt war.

»Fahr weiter!« sagte Elizabeth.

Max trat das Gaspedal durch. Sie rasten von wütendem

Gehupe begleitet über die Kreuzung. Elizabeth sah in ihrem Spiegel, daß der Range Rover noch immer da war.

»Scheiße!«

»Was soll ich jetzt machen?«

»Fahr einfach weiter.«

An der 28th Street blieb Max nichts anderes übrig, als an einer roten Ampel zu halten. Der schwarze Range Rover hielt genau hinter ihnen. Elizabeth beobachtete die Fahrerin in ihrem Schminkspiegel, während Max sie im Rückspiegel im Auge behielt.

»Was glaubst du, mit wem sie telefoniert?«

»Mit ihrem Partner.«

»Ist ihr Partner auch bei der Roten-Armee-Fraktion?«

»Nein, der ist ein ehemaliger KGB-Killer mit dem Decknamen Oktober.«

Die Ampel wurde grün. Max fuhr mit quietschenden Reifen los.

»Elizabeth, wenn ich mal wieder bei dir zu Hause arbeiten soll, würde ich gern dankend ablehnen, wenn du nichts dagegen hast.«

»Halt die Klappe und fahr!«

»Wohin?«

»Innenstadt.«

Max fuhr auf der L Street nach Osten; der Range Rover blieb dicht hinter ihnen. Elizabeth spielte mit dem Griff des Aktenkoffers. Sie erinnerte sich daran, was Michael gesagt hatte. *Steig aus und leg den Schalter um. Achte darauf, daß die richtige Kofferseite oben ist. Geh ganz ruhig weg. Auf keinen Fall rennen!* Der Verkehr wurde dichter, je weiter sie in die Innenstadt kamen.

»Weißt du sicher, daß das Ding funktioniert?« fragte Max.

»Woher zum Teufel soll ich das wissen?«

»Vielleicht hat's zu lange im Schrank gelegen. Sieh doch mal nach, ob ein Verfallsdatum draufsteht.«

Elizabeth sah ihn an. Max lächelte.

»Keine Angst, es klappt bestimmt«, sagte er.

An der Connecticut Avenue bog er rechts ab. Der Verkehr war dicht: Autos rasten die breite Straße entlang, und große Lastwagen parkten vor exklusiven Geschäften in der zweiten Reihe. Ein halbes Dutzend Autos und Lieferwagen schob sich zwischen sie und Astrid Vogel.

»Hier versuchen wir's«, entschied Elizabeth. »Bieg rechts in die K Street ab. Nimm die Busspur.«

»Verstanden«, sagte Max.

Er trat das Gaspedal durch und riß das Lenkrad nach rechts.

»Gerade sind sie rechts auf die K Street abgebogen«, meldete Astrid Delaroche. »Verdammt, ich seh' sie nicht mehr!«

Sie bog ebenfalls ab und beobachtete, wie der Mercedes sich in den dichten Verkehr auf der K Street einfädelte.

»Ich hab' sie. Sie fahren auf der K Street nach Westen. Und wo bist du?«

»Twenty-third Street, Richtung Süden. Wir sind nicht mehr weit auseinander.«

Astrid folgte dem Mercedes nach Westen über die 20th Street, dann über die 21st Street.

»Bin schon fast da, Jean-Paul. Wo bist du?«

»M Street. Warte an der Twenty-third auf mich.«

Sie fuhr über die 23rd Street und hielt an der Nordwestecke. Der Mercedes vergrößerte seinen Vorsprung. Sie blickte auf der 23rd Street nach Norden und sah Delaroches Beine wie Kolben arbeiten, als er in hohem Tempo angerast kam. Er lehnte sein Rad an einen Laternenmast und stieg in den Range Rover.

»Los!«

Elizabeth lehnte sich auf dem Rücksitz des Taxis zurück, das sie zu einer Filiale des Autovermieters Hertz bringen würde.

Michaels »Jib« hatte genauso funktioniert, wie er gesagt hatte. Max hielt am Randstein; Elizabeth stieg aus und legte den Schalter um. Die Gummipuppe füllte sich rasch und wirkte erstaunlich lebensecht. Max gab wieder Gas, und Elizabeth betrat die Eingangshalle. Sie war versucht, hinaufzufahren und sich in ihrem Büro zu verstekken, aber dann dachte sie an den Putzmann mit dem teuren Haarschnitt und dem Special-Forces-Ring und wußte, daß ihr Büro nicht sicher war. Sie wartete hinter dem Glas, bis der Range Rover vorbeigerast war, trat dann auf die Straße und hielt ein Taxi an.

Das Taxi setzte sie vor der Hertz-Filiale ab. Sie ging rasch hinein und trat an den Schalter. Fünf Minuten später stieg sie in einen grauen Mercury Sable und ordnete sich in den Innenstadtverkehr ein.

Sie fuhr westwärts durch Washington, durchquerte Georgetown und erreichte die Reservoir Road. Diese Straße führte zur Canal Road hinunter, auf der sie den C&O Canal entlang nach Norden fuhr. Nach zehn Meilen erreichte sie den Beltway und folgte den Schildern nach Norden, nach Baltimore.

Ihre Umhängetasche lag neben ihr auf dem Beifahrersitz. Sie zog ihr Handy heraus und wählte den Mercedes an. Nach dem fünften Klingeln teilte ihr eine Tonbandstimme mit, daß der Teilnehmer, den sie anzurufen versuche, »im Augenblick nicht erreichbar« sei.

Max Lewis fuhr über die Key Bridge und dann auf dem George Washington Parkway nach Norden. Den Range Rover hatte er irgendwo in Georgetown abgehängt. Er musterte die Gestalt auf dem Beifahrersitz: ein großer, ziemlich attraktiver schwarzhaariger Mann ohne Bart. Eigentlich sah er Michael Osbourne recht ähnlich. Max schaute in den Rückspiegel. Der Range Rover war nirgends zu sehen. Einen verrückten Augenblick lang machte ihm die Sache richtig Spaß.

Elizabeth hatte gesagt, er solle zum Haupttor der CIA fahren. Dort würde ihn jemand abholen und mit reinnehmen. Er gab Gas, und die Tachonadel kletterte auf fünfundsiebzig Meilen. Der Mercedes schwebte mühelos über die sanften Hügel und weiten Kurven des Parkway. Herbstlaub flatterte von den Bäumen, und unter ihm glitzerte der Potomac in der strahlenden Dezembersonne.

Max sah wieder zu der Gummipuppe hinüber. »Hören Sie, Mr. Jib«, sagte er, »da wir einige Zeit miteinander verbringen werden, sollten wir vielleicht die Gelegenheit nutzen, etwas mehr übereinander zu erfahren. Ich heiße Max und bin schwul. Das stört Sie hoffentlich nicht.«

Ein Blick in den Rückspiegel zeigte ihm das blaue Blinklicht eines Virginia State Trooper. Er sah auf seinen Tacho und stellte fest, daß er fast achtzig fuhr.

»Oh, Scheiße«, sagte Max, trat leicht auf die Bremse und fuhr auf einen Aussichtsplatz über dem Fluß.

Der Polizist stieg aus und setzte seine Mütze auf. Max ließ sein Fenster herunter. »Sie sind weit über siebzig gefahren, Sir, wahrscheinlich knapp achtzig. Darf ich bitte Ihren Führerschein sehen?« Dann bemerkte er die Gummipuppe auf dem Beifahrersitz. »Was ist das?«

»Das ist eine sehr lange Geschichte, Officer.«

»Ihren Führerschein, bitte.«

Max klopfte die Brusttaschen seiner Jacke ab. Sie hatten das Haus so rasch verlassen, daß er seinen Aktenkoffer und seine Brieftasche vergessen hatte. »Tut mir leid, Officer«, sagte er, »aber den habe ich nicht bei mir.«

»Bitte den Motor abstellen und aussteigen«, verlangte der Trooper in eintönig leierndem Tonfall. In diesem Augenblick wurde er jedoch durch einen schwarzen Range Rover abgelenkt, der hinter ihnen hielt.

»Officer, Sie werden mich für verrückt halten«, sagte Max, »aber hören Sie mir jetzt lieber gut zu.«

Delaroche stieg aus und kam auf den Trooper zu. Astrid stieg ebenfalls aus, trat vor den Mercedes. Der Polizeibeamte öffnete den Schnappverschluß seines Halfters und griff nach seinem Revolver. »Zurück in den Wagen, Sir, sofort!«

Delaroche zog bereits die Beretta aus dem Hosenbund. Er riß den Arm hoch und drückte zweimal ab. Der erste Schuß traf den Trooper in die Schulter, warf ihn herum. Der zweite traf seinen Hinterkopf und ließ ihn auf dem Bankett zusammenbrechen.

Astrid stand vor dem Mercedes und hielt ihre Pistole mit ausgestreckten Händen umklammert. Sie sah erst den Mann am Steuer, dann die Puppe auf dem Beifahrersitz, auf dem Elizabeth Osbourne hätte sitzen sollen. Heißer Zorn stieg in ihr auf. Sie hatte sich mit einem uralten Trick reinlegen lassen.

Der Motor des Mercedes sprang an, und die Feststellbremse wurde gelöst. Astrid feuerte ruhig und überlegt drei Schüsse durch die Windschutzscheibe. Das Glas zersplitterte und verfärbte sich sofort blutrot. Der Ermordete fiel nach vorn aufs Lenkrad, und der schrille Ton der Autohupe erfüllte die Luft.

Michael ging nervös Wache haltend in Adrian Carters Büro auf und ab und rauchte eine Zigarette nach der anderen. Carter puttete mit Golfbällen, um seine Nerven zu beruhigen. Eines von Monica Tylers Faktoten wartete vor Carters Büro wie ein Schuljunge, der zur Strafe auf den Flur geschickt worden ist. Michael schloß die Tür, damit er unbelauscht mit Carter reden konnte.

»Warum habe ich die Akte Oktober nie zu sehen bekommen?«

»Weil der Zugang eingeschränkt war«, sagte Carter tonlos und hochkonzentriert mit gesenktem Kopf. Er schlug den Ball, verfehlte das Ziel aber um fünfzehn Zentimeter. »Scheiße«, murmelte er. »Zu verkrampft.«

»Warum ist der Zugang eingeschränkt gewesen?«

»Dies ist ein Geheimdienst, Michael, nicht der Lesesaal der Stadtbücherei. Wie du weißt, erfährt bei uns jeder nur das, was er wissen muß. In der Zeit, in der Oktober ein aktiver KGB-Agent gewesen ist, hast du wahrscheinlich nicht wissen müssen, daß er existiert.«

Carter schlug seinen nächsten Ball. Diesmal traf er das Ziel.

»Warum sind unsere Informationen über Oktober so restriktiv gehandhabt worden?« fragte Michael.

»Um die Identität der Quelle zu schützen, nehme ich an. Das ist meistens so.«

»Verdammt, Sarah Randolph ist vor meinen Augen erschossen worden! Warum hat mir niemand in diesem Scheißladen die Akte gezeigt und mir geholfen, den Kerl zu erledigen?«

»Weil das die vernünftige Lösung gewesen wäre. Aber Vernunft und Geheimdienstarbeit sind selten vereinbar. Das müßtest du doch inzwischen wissen.«

»Wie bist du an das Zeug rangekommen?«

»Vor einigen Jahren hat es Hinweise darauf gegeben,

daß Oktober jetzt freiberuflich arbeitet«, antwortete Carter. »Die Akte ist abgestaubt und einem sehr beschränkten Kreis zugänglich gemacht worden.«

»Du hast sie sehen dürfen?«

Carter nickte.

»Verdammt noch mal, Adrian! Während ich versucht habe, das Puzzle aus vagen Hinweisen und Vermutungen zusammenzusetzen, hast du die ganze Zeit alles gewußt. Warum hast du mir nichts erzählt?«

Carter machte ein Gesicht, das wohl besagen sollte, die Geheimdienstarbeit erfordere es, manchmal auch Freunde zu belügen. »Das sind die Vorschriften, nach denen wir leben, Michael. Sie schützen Menschen, die ihr Leben riskieren, indem sie ihr Land verraten. Sie schützen Leute wie dich, die unter falschem Namen im Ausland arbeiten.«

»Warum hast du jetzt gegen die Vorschriften verstoßen und mir die Akte gegeben?«

»Weil die Vorschrift in diesem Fall beschissen ist. Sie ist unsinnig.«

»Wer hat angeordnet, daß der Zugang zur Akte Oktober weiter beschränkt bleibt?«

Carter wies mit dem Daumen auf das Faktotum vor seiner Tür und flüsterte: »Monica Tyler.«

Elizabeth rief endlich an, und die Vermittlung für Notfälle stellte das Gespräch in Carters Büro durch.

»Wie ist's gelaufen? Bei dir alles in Ordnung?«

»Mir geht's gut«, sagte sie. »Ich habe alles so gemacht, wie du's gesagt hast. Dein Koffer hat tadellos funktioniert. Die Puppe sieht dir sogar ein bißchen ähnlich. Ich rufe vom Auto aus an. Ich halte mich genau an deine Anweisungen.«

Michael grinste zutiefst erleichtert.

»Gott sei Dank!« sagte er.

»Hast du schon von Max gehört?«

»Nein, noch nicht. Er müßte jeden Augenblick kommen.«

Carters Sekretärin steckte ihren Kopf zur Tür herein und sagte, eben sei ein weiterer Anruf gekommen. Carter ging ins Vorzimmer und nahm ihn an ihrem Apparat entgegen. »Elizabeth, ich bin stolz auf dich«, sagte Michael. »Ich liebe dich so sehr.«

»Ich liebe dich auch, Michael.« Nach kurzer Pause fragte sie: »Ist dieser Alptraum bald vorbei?«

»Noch nicht, aber bald. Fahr erst mal weiter. Wir überlegen uns, wie und wann wir dich abholen lassen.«

»Ich liebe dich, Michael«, wiederholte sie, dann war die Verbindung unterbrochen.

Carter kam in sein Büro zurück. Er war leichenblaß. Michael legte den Hörer auf und fragte: »Was ist passiert?«

»Max Lewis und ein Verkehrspolizist sind soeben auf dem George Washington Parkway erschossen worden.«

46

WASHINGTON, D.C.

Delaroche fuhr über die Key Bridge nach Georgetown zurück. Er rauschte die M Street entlang und hielt in der Einfahrt des Hotels Four Seasons. Während Astrid ins Hotel ging, um ihr Gepäck zu holen, wartete er in dem Range Rover. So hatte er einen Augenblick Zeit, sich zu sammeln und den nächsten Schritt zu planen.

Am einfachsten wäre es gewesen, das Unternehmen abzubrechen – ein Anruf, damit sie hier herausgeholt wurden und das Land verlassen konnten, bevor sie verhaftet wurden. Delaroche war sich ziemlich sicher, daß es keine Zeugen für den Doppelmord auf dem Parkway gab; der Vorfall hatte nur Sekunden gedauert, und sie waren weitergefahren, bevor ein anderes Auto am Tatort vorbeigekommen war. Aber er hatte bereits versucht, Michael Osbourne zu ermorden, der jetzt natürlich gewarnt war. Das bewies der Trick mit der Gummipuppe, mit der seine Frau sie getäuscht hatte. Die Durchführung seines Auftrags, Osbourne zu beseitigen, würde jetzt sehr schwierig werden.

Trotzdem wollte Delaroche aus zwei Gründen weitermachen. Der erste war das Geld. Liquidierte er Osbourne nicht, verlor er eineinhalb Millionen Dollar. Er wollte mit Astrid bis an sein Lebensende ohne Geld- und Sicherheitsprobleme leben. Dafür brauchte er viel Geld; Geld für den Kauf einer Villa mit großem Grundstück und modernster Alarmanlage; Geld für Bestechungszahlungen an die örtliche Polizei, damit kein westlicher Geheimdienst sie entdecken würde. Außerdem wollte er nicht mehr so eingeschränkt leben. In Brélès hatte er jahrelang wie ein Mönch gelebt und nie Geld ausgegeben, um kein Aufsehen zu erregen. Noch schlimmer war seine Zeit beim KGB gewesen; Arbatow hatte ihn mit dem wenigen Geld, das er in Paris mit seiner Malerei verdient hatte, ein erbärmliches Leben fristen lassen.

Der zweite, noch wichtigere Grund war sein Stolz. Osbourne war auf der Fußgängerbrücke am Fluß Sieger geblieben, hatte ihn auf seinem eigenen Spezialgebiet geschlagen. Delaroche hatte noch keinen Auftrag verpatzt und wollte seine Laufbahn nicht mit einem Mißerfolg beenden. Morden war sein Beruf, für den er von Kindheit an ausgebildet worden war, und ein Mißerfolg war inakzeptabel. Osbourne hatte sich als erste Zielperson erfolgreich zur Wehr gesetzt, und Delaroche hatte gepatzt. Er reagierte wie ein Amateur nach dem ersten Einsatz: Er war beschämt, ärgerte sich über sich selbst und wollte eine zweite Chance.

Ihm fiel etwas ein, was in Osbournes Dossier stand. Elizabeth Osbournes Vater, einem US-Senator, gehörte ein Landhaus auf einer einsamen Insel im Staat New York. Hätte ich Angst, sagte er sich, würde ich irgendwohin flüchten, wo ich mich sicher fühle. An irgendeinen weit entfernten Ort, an dem die Behörden mir die Illusion von Sicherheit vermitteln können. Ich würde Washington so schnell wie möglich verlassen und mich auf eine einsame Insel zurückziehen.

Astrid kam aus dem Hotel. Als sie einstieg, startete Delaroche und fuhr los. Er suchte einen Parkplatz unter der auf Stelzen verlaufenden Stadtautobahn am Fluß, hielt schließlich an und schaltete seinen Laptop ein.

In Osbournes Dossier fand er die Adresse des Landhauses. Ja, dachte er, selbst der Name paßt. Sie werden hinfahren, weil sie glauben, dort sicher zu sein.

Er schloß das Dossier und klickte seine Festplatte an, auf der er digitale Straßenkarten fast aller Staaten der Welt gespeichert hatte. Als er seinen Standort und den Zielort eingab, lieferte die Software ihm rasch die kürzeste Route: Washington Beltway, Interstate 95, Verrazano Bridge und Long Island Espressway.

Er ließ den Motor des Range Rover wieder an.

»Wohin fahren wir?« fragte Astrid.

Er tippte auf den Bildschirm des Laptops.

Sie las den Zielort: *Shelter Island.*

Er griff nach dem Mobiltelefon, wählte die Nummer, die er von seinen Auftraggebern hatte, und telefonierte halblaut, während er aus Washington hinausfuhr.

Der Hubschrauber landete auf dem Flughafen Atlantic City. Elizabeth hatte die I-95 nach Norden genommen und war dann in Richtung Küste weitergefahren. Zwei Männer des Flughafen-Sicherheitsdienstes erwarteten sie, als sie bei Hertz vorfuhr, um den Leihwagen zurückzugeben. Sie begleiteten Elizabeth ins Abfertigungsgebäude, wo sie in einem kleinen Büroraum zehn Minuten warten mußte.

Als die Rotoren des Hubschraubers zum Stillstand gekommen waren, brachte ein Kleinbus des Sicherheitsdienstes Elizabeth aufs Vorfeld hinaus. Es regnete stark. Bei dem Gedanken, in einer Nacht wie dieser mit einem Hubschrauber zu fliegen, war ihr mulmig. Aber sie wollte heim. Sie wollte sich sicher fühlen. Sie wollte von vertrauten Gerüchen, von Erinnerungen an ihre Kindheit umgeben sein. Sie wollte für einige Zeit so tun, als habe sich das alles nicht ereignet.

Kalter Regen schlug ihr ins Gesicht, als die Schiebetür

geöffnet wurde. Sie stieg aus und lief zu dem Hubschrauber hinüber. Die Tür ging auf, und sie sah Michael vor sich stehen. Sie warf sich in seine Arme und drückte sich an ihn. Sie küßte ihn und flüsterte: »Ich lasse dich nie mehr aus den Augen.«

Michael hielt sie schweigend umarmt. Schließlich fragte sie: »Wo ist Max? Ist er in Sicherheit?«

Er drückte sie noch fester an sich. Sie las etwas in seinem Schweigen, löste sich aus seiner Umarmung und starrte ihn entsetzt an. »Warum sagst du nichts? Wo ist Max?«

Aber sie kannte die Antwort bereits; er brauchte die Worte nicht auszusprechen.

»Oh, nein!« schrie sie und hämmerte mit beiden Fäusten an seine Brust. »Nicht schon wieder! Gott, nein! Nicht schon wieder!«

»Unser Mann scheint in Washington einiges angerichtet zu haben«, sagte der Direktor.

»Er hat's nicht geschafft, Osbourne zu ermorden, dafür aber Mrs. Osbournes Sekretär und einen Virginia State Trooper erschossen«, sagte Mitchell Elliott. »Vielleicht ist sein Ruf als bester Berufskiller der Welt unverdient.«

»Osbourne ist ein starker Gegner. Wir haben immer gewußt, daß es schwierig sein würde, ihn zu beseitigen.«

»Wo ist unser Mann jetzt?«

»Auf der Fahrt nach Norden. Er vermutet, daß Osbourne und seine Frau unterwegs zu Senator Cannons Landhaus auf Shelter Island sind.«

»Nun, damit hat er völlig recht.«

»Ihre Quelle in Langley bestätigt das?«

»Ja.«

»Sehr gut«, sagte der Direktor.» Also ist ein baldiges

Ende dieser unseligen Geschichte zu erwarten. Oktober beendet, was er angefangen hat. Ein paar Leute stehen bereit, um ihn dort abzuholen. Sobald er fertig ist, meldet er sich bei mir, und ich lasse ihn abholen.«

»Oktober hat in Washington einen weiteren Auftrag.«

»Ja, ich weiß, aber er ist jetzt natürlich nicht imstande, ihn auszuführen. Wollen Sie diese Zielperson eliminieren lassen, werden wir wohl oder übel einen anderen Mann anheuern müssen.«

»Ich glaube, das wäre ratsam. Ich kann Unerledigtes nicht ausstehen.«

»Ganz Ihrer Meinung.«

»Und Oktober?«

»Oktober wird unmittelbar nach seiner Abholung liquidiert. Sie sehen, Mr. Elliott, ich kann Unerledigtes noch weniger ausstehen als Sie.«

»Sehr gut, Direktor.«

»Guten Abend, Mr. Elliott.«

Mitchell Elliott legte den Hörer auf und lächelte Monica Tyler zu. Sie brachte ihren Drink mit ans Bett und schlüpfte neben ihm unter die Decke. »Morgen früh ist alles vorbei«, sagte er. »Osbourne ist beseitigt, und du bist reicher, als du dir je hättest träumen lassen.«

Sie küßte ihn. »Gut, dann bin ich reich, Mitchell, aber werde ich meinen Reichtum auch genießen können?«

Elliott machte das Licht aus.

»Ich bin froh, daß mein Vater nicht hier ist und das sehen muß«, sagte Elizabeth, als der Hubschrauber auf dem Rasen von Cannon Point aufsetzte. »Er versucht hier draußen immer, den alten Insulaner zu spielen. Er würde niemals mit einem Hubschrauber auf seinem Rasen landen.«

»Es ist Winter«, stellte Michael fest. »Kein Mensch erfährt, daß wir hier sind.«

Elizabeth schüttelte den Kopf. »Wenn hier jemand ein Stück Wild anfährt, berichtet unser Lokalblatt darüber. Glaub mir, das erfährt die ganze Insel.«

Adrian Carter sagte: »Ich sorge dafür, daß nichts in der Zeitung steht.«

Die Rotoren des Hubschraubers kamen zum Stillstand. Die Tür ging auf, und die drei stiegen aus. Charlie, der Gärtner und Hausmeister, kam mit einer Taschenlampe in der Hand und den Golden Retrievern hinter sich aus seinem kleinen Haus. Stürmischer Seewind fuhr durch die kahlen Bäume. Über ihnen flog laut schreiend ein Fischadler auf. Fünfzig Meter vor dem Strand tanzte die *Athena* an ihrer Boje in dem vom Wind aufgewühlten Wasser der Bucht auf und ab.

»Wo ist der Senator?« fragte Carter, als sie auf dem Kiesweg zum Haupthaus standen.

»In London«, antwortete Michael. »Er nimmt an einer von der London School of Economics veranstalteten Podiumsdiskussion über Nordirland teil.«

»Um so besser. Einer weniger, um den wir uns Sorgen machen müssen.«

»Ich möchte nicht, daß das Haus in eine Festung verwandelt wird«, sagte Elizabeth.

»Das habe ich auch nicht vor. Nur zwei Leute bleiben heute nacht als Wache hier. Morgen früh werden sie von zwei Männern der New York Station abgelöst. Die Shelter Island Police hat es übernommen, die Nord- und Südfähren zu überwachen. Sie hat gute Personenbeschreibungen von Oktober und Astrid Vogel. Sie weiß, daß die beiden im Zusammenhang mit einem Doppelmord in Virginia gesucht werden, aber sonst nichts.«

»So soll's auch bleiben«, sagte Elizabeth. »Ich will unter

keinen Umständen, daß die Einheimischen glauben, wir hätten Terroristen nach Shelter Island gebracht.«

»Das erfährt niemand«, versicherte Carter ihr. »Dafür sorge ich. Geht jetzt rein, versucht zu schlafen. Du rufst mich morgen in Langley an, Michael. Und macht euch keine Sorgen – Oktober ist längst über alle Berge.«

Carter schüttelte Michael die Hand und küßte Elizabeth auf die Wange. »Das mit Max tut mir sehr leid«, sagte er. »Ich wollte, wir hätten etwas für ihn tun können.«

»Ich weiß, Adrian.«

Elizabeth wandte sich ab und ging ins Haus. Carter sah mit gerunzelter Stirn zu Michael hinüber und fragte: »Gibt's hier Waffen?«

Michael schüttelte den Kopf. »Cannon haßt Schußwaffen.«

Carter gab ihm eine großkalibrige Browning und ein halbes Dutzend Magazine mit je fünfzehn Patronen. Dann stieg er wieder in den Hubschrauber. Eine halbe Minute später hob die Maschine von Cannon Point ab, kurvte weg und verschwand über der Bucht.

»Carter hat dir eine Pistole gegeben, nicht wahr?« fragte Elizabeth, als Michael ins Schlafzimmer kam. Sie stand vor einem offenen Schrank und zog ein Flanellnachthemd heraus. Das Zimmer war dunkel bis auf die kleine Leselampe auf einem der Nachttische. Michael zeigte ihr die Browning. Er ließ das Magazin im Griff einrasten und betätigte die Sicherung, die leise klickte. »Ich hasse dieses Geräusch!« sagte Elizabeth beim Ausziehen.

Sie zog sich das Nachthemd über und kroch unter die Decke. Michael stand am Fenster, rauchte eine Zigarette und sah auf die Bucht hinaus. Regentropfen klatschten an die Scheibe. Einer der Wachposten inspizierte die Schutzmauer am Strand im Licht seiner Taschenlampe.

Elizabeth legte beide Hände auf ihren Unterleib. Ob mit den Babys alles in Ordnung war? Hör dich bloß reden, Elizabeth! Du nennst sie schon Babys, obwohl sie erst Zellansammlungen sind. Der Arzt hatte ihr empfohlen, sich nicht anzustrengen, möglichst viel zu liegen. Das hatte sie heute keineswegs getan. Sie war vor Terroristen geflüchtet, hatte stundenlang am Steuer gesessen und war an Bord eines Hubschraubers bei Sturm durch starke Turbulenzen geflogen. Sie drückte die Hände auf ihren Unterleib und dachte: Bitte, lieber Gott, laß es ihnen gutgehen.

Sie sah zu Michael hinüber, der stramm wie eine Schildwache am Fenster stand.

»Ich glaube, du wünschst dir tatsächlich, daß er's noch mal versucht.«

»Nachdem er Max ...«

»Er hat heute auch dich zu ermorden versucht, Michael.«

»Das habe ich nicht vergessen.«

»Und Sarah?« fragte sie.

Er gab keine Antwort.

»Es ist völlig normal, an Rache zu denken, Michael. Aber Rache zu *nehmen* ist etwas ganz anderes. Das ist gefährlich. Und in diesem Fall lebensgefährlich. Ich hoffe für uns alle, daß er weit weg ist.«

»Das widerspräche seinem Charakter. Das widerspräche seiner Ausbildung.«

»Was widerspräche seinem Charakter, seiner Ausbildung?«

»Aufzugeben. Wegzulaufen. Ich habe seine Akte gelesen. Ich weiß wahrscheinlich mehr über ihn als er selbst.«

»Du vermutest, daß er hier ist, Michael?«

»Ich weiß, daß er hier ist. Ich weiß nur nicht, wo.«

47

North Haven, Long Island

Delaroche stieg aus dem Range Rover und starrte über den schmalen Kanal nach Shelter Island hinüber. Es war kurz vor Mitternacht. Die Fahrt von Washington hatte acht Stunden gedauert, weil Delaroche nie schneller als zulässig gefahren war. Er schlug seinen Jackenkragen gegen den vom Sturm gepeitschten kalten Regen hoch. Eine Fähre mit nur zwei Autos an Deck pflügte auf ihn zu; sie kämpfte gegen die starke Strömung, die durch den Shelter-Island-Sund zum offenen Wasser der Gardiner's Bay flutete. Vor der kleinen Fährstation stand ein beiger Geländewagen der hiesigen Polizei. Möglicherweise machte der Polizeibeamte nur seine Runde oder war auf einen Kaffee vorbeigekommen. Aber das bezweifelte Delaroche. Er nahm an, daß der Hafen überwacht wurde, weil Michael und Elizabeth Osbourne auf der Insel waren.

Er ging zu dem Range Rover zurück, stieg ein und fuhr von der Anlegestelle weg. Unterwegs mußte er zweimal kleinen Rudeln von Weißschwanzhirschen ausweichen. Er bog auf einen unbefestigten Weg ab, der in ein Wäldchen führte. Dort, wo niemand sie sehen konnte, setzte er seine Lesebrille auf und entfaltete die große Long-Island-Karte, die er unterwegs an einer Tankstelle gekauft hatte. Astrid sah ihm dabei über die Schulter. North Haven war eine kleine Landzunge, die in den Shelter-Island-Sund hinausragte. Im Südosten lag der historische Walfanghafen Sag Harbor.

»Die Polizei überwacht die Häfen«, sagte Delaroche. »Das bedeutet, daß die Osbournes vermutlich auf der Insel sind. Die Fähre verkehrt nur bis ein Uhr morgens. Danach fährt die Polizei weg, weil sie glaubt, daß wir nicht versucht haben, auf die Insel zu gelangen.«

»Und wie kommen wir auf die Insel, wenn keine Fähre mehr verkehrt?«

Delaroche tippte auf Sag Harbor. »Hier liegen Boote an den Kais und im Hafen. Wir stehlen eines und setzen über, sobald der Fährbetrieb eingestellt ist.«

»Aber das Wetter ist schrecklich!« protestierte Astrid. »Es ist viel zu gefährlich, mit einem Boot rauszufahren.«

»So schlimm ist das Wetter nicht.« Delaroche nahm seine Lesebrille ab und steckte sie wieder in seine Brusttasche. »In Brélès würden sie das als einen schönen Morgen bezeichnen und zum Fischen rausfahren.«

Delaroche parkte in Sag Harbor am Bootshafen. Er stieg aus, Astrid blieb im Auto zurück. Die Stadt wirkte verschlafen, alle Geschäfte und Restaurants am Hafen waren geschlossen. Nach fünf Minuten hatte Delaroche gefunden, was er suchte, einen acht Meter langen Boston Whaler mit einem starken Johnson-Außenbordmotor. Er ging rasch zum Wagen zurück und packte zusammen, was sie brauchen würden: die Mobiltelefone, die Berettas, die wasserdichte Kleidung. Er schloß den Range Rover ab und steckte die Schlüssel ein.

Sie gingen den Kai entlang und auf einen glitschigen Steg hinaus. Delaroche kletterte in den Whaler und half dann Astrid an Deck. Das Boot hatte einen kleinen Steuerstand und vorn und achtern mehrere Sitzreihen. Delaroche schloß die Zündung kurz und ließ den Außenbordmotor an.

Er kletterte auf den Steg, machte die Leinen los, sprang

wieder ins Boot, legte ab und stieß rückwärts ins Fahrwasser hinaus. Das Boot pochte unter seinen Füßen, als er mit kleiner Fahrt durch den Hafen lief. Nach zehn Minuten erreichten sie die Gewässer der Gardiner's Bay.

Fünf Minuten später fürchtete Delaroche, Astrid habe recht gehabt. In der Bai heulte der Sturm mit vierzig Knoten aus Nordwesten. Die Temperatur fiel auf wenige Grad über Null, aber Sturm und Regen ließen sie weit niedriger erscheinen. Das Cockpit des Whalers war offen, so daß Astrid und Delaroche schnell völlig durchnäßt waren. Obwohl er Handschuhe trug, konnte er mit seinen vor Kälte starren Händen kaum noch steuern. Astrid klammerte sich an seinen Arm und verbarg ihr Gesicht an seiner Schulter.

Die Nacht war stockfinster, kein Mond, keine Sterne, nichts, wonach er hätte navigieren können. Delaroche ließ seine eigenen Positionslichter ausgeschaltet, um nicht entdeckt zu werden. Bis zu eineinhalb Meter hohe Wellen brandeten gegen den Whaler und warfen das kleine Boot, das nicht viel Tiefgang hatte, wild hin und her. Astrid wandte sich zweimal ab, um sich auf dem Achterdeck zu übergeben.

Delaroche lief bis auf zweihundert Meter an die Küste heran und steuerte genau nach Norden. Backbords war schemenhaft bewaldetes Land zu erkennen. Aus der Karte wußte Delaroche, daß dort das riesige Naturschutzgebiet Mashomack Preserve lag. Als er bei Nichols Point fast auf Grund gelaufen wäre, hielt er etwas mehr nach Steuerbord, um von der Küste wegzukommen. Kurze Zeit später erkannte er Reel Point, eine schmale Landzunge an der Einfahrt zu Coecles Harbor. Er wußte, daß er seinem Ziel näherkam.

Sie umrundeten Ram Head und gingen auf Nordwestkurs in Richtung Cornelius Point. Der Seegang wurde höher und verringerte ihre Fahrt auf Fußgängertempo. Mit jeder Woge, die unter dem Whaler hindurchlief, richtete sein Bug sich steil auf, um dann ins nächste Wellental zu klatschen. Einmal verlor Astrid den Halt und fiel nach vorn gegen das Instrumentenbrett. Als sie sich aufrichtete, hatte sie eine blutende Wunde an der Stirn.

Backbords konnte Delaroche Cornelius Point ausmachen: vorgelagerte Felsen, die schemenhaften Umrisse eines großen Ferienhauses. Er umrundete die Landspitze und steuerte etwas weiter nach Backbord. Steuerbords waren die in Gischt und Regen verschwimmenden Lichter von Greenport zu sehen. Kurze Zeit später passierten sie Hay Beach Point. Delaroche ging auf Südwestkurs und folgte dem Strand einige hundert Meter weit. Dann drehte er scharf nach Backbord ein, nahm etwas Gas weg und hielt auf die Küste zu.

Cannon Point lag ungefähr einen halben Kilometer von ihrer Landestelle entfernt. Delaroche wußte, daß sie den Strand lautlos erreichen würden, weil der Sturm alle Geräusche davontragen würde. Er stellte den Motor ab und kippte ihn, damit die Schraube aus dem Wasser kam. Einige Sekunden später lief der Whaler nur wenige Meter vom Strand entfernt auf Grund.

Delaroche sprang ins knietiefe eisige Wasser und watete an Land. Er schob seinen Jackenärmel zurück und schaute auf die Uhr: kurz vor zwei. Sie waren etwa neunzig Minuten auf dem Wasser gewesen, aber als er die Bugleine an einem umgestürzten Baum festmachte, hatte er das Gefühl, die halbe Nacht hinter dem Steuerrad gestanden zu haben. Er watete zurück, holte seinen Rucksack und half Astrid an Land. Am Strand zog er den Rucksackreißverschluß auf, holte die Berettas mit Schalldämpfer heraus und hielt ihr eine davon hin.

Der Regen prasselte auf sie herab, während Delaroche sich orientierte. Der Strand führte direkt nach Cannon Point. Er war felsig und schmal, an manchen Stellen kaum eineinhalb Meter breit. Jenseits der Hochwassermarke erhob sich eine sechs bis sieben Meter hohe Steilklippe, die mit Büschen und Strandhafer bewachsen war.

Delaroche lud die Pistole durch. Astrid folgte seinem Beispiel. Dann nahm er sie an der Hand und führte sie den Strand entlang nach Cannon Point.

Matt Cooper und Scott Jacobs waren beide seit fast zwanzig Jahren beim CIA-Sicherheitsdienst. Ihr Dienstwagen parkte hinter dem Haupttor des Landsitzes an der Shore Road. Die beiden wechselten sich ab und machten alle halbe Stunde einen Rundgang um das gesamte Gelände. Um zwei Uhr morgens war Matt Cooper an der Reihe.

Astrid und Delaroche lagen auf der Klippe über dem Strand im Schutz des dichten Dornengestrüpps. Delaroche studierte die Gebäude und ihre Lage zueinander: das große Haupthaus in Strandnähe, zwei Gästehäuser, eine separate Garage für drei Fahrzeuge. Im Haupthaus und in einem der kleineren Häuser brannte Licht. Er vermutete die Osbournes im Haupthaus und ihre Bewacher oder einen Hausmeister in dem kleineren Haus. Sein Blick glitt über das eingezäunte Gelände, die weiten Rasenflächen unter hohen Bäumen und einen Kiesweg, der von den Gebäuden zur Einfahrt hinunterführte. Gleich hinter dem Haupttor erkannte Delaroche die schemenhaften Umrisse einer geparkten Limousine.

Der Sicherheitsbeamte tauchte kurz nach zwei Uhr auf. In der rechten Hand trug er eine starke Taschenlampe, deren Strahl er im Gehen übers Gelände gleiten ließ. Als er näherkam, packte Delaroche Astrid fest am Arm und legte einen Finger auf seine Lippen. Sie nickte wortlos. Der Lichtstrahl glitt über ihre Köpfe hinweg und beleuchtete dann die Schutzmauer und den darunterliegenden Strand.

Delaroche stand plötzlich auf, wobei das Gebüsch raschelte. Der Lichtstrahl irrte sekundenlang hektisch umher, bevor er ihn erfaßte. Delaroches Beretta war schußbereit erhoben. Er nahm die Lampe als Zielpunkt, zielte aber etwas weiter rechts, um die Tatsache zu kompensieren, daß der Wachmann sie in der rechten Hand trug.

Er schoß dreimal rasch nacheinander.

Der CIA-Mann brach auf dem aufgeweichten Rasen zusammen.

Delaroche schlich zu dem Zusammengebrochenen und kniete neben ihm nieder. Die Schüsse hatten ihn in die Brust getroffen. Delaroche tastete nach seiner Halsschlagader, fand keinen Puls und winkte Astrid heran. Sie gingen am östlichen Rand des Geländes entlang und hielten sich unter den Bäumen, bis sie noch etwa dreißig Meter von der geparkten Limousine entfernt waren. Delaroche sah den zweiten Mann am Steuer sitzen. Er sah bestimmt nicht viel, da der Regen in Sturzbächen über die Scheiben lief. Er würde leicht zu ermorden sein. Die Herausforderung lag darin, ihn lautlos zu töten. Delaroche überquerte den Rasen, ging hinter dem Wagen herum und näherte sich ihm von rechts.

Cooper hatte sich schon viel zu lange nicht mehr gemeldet. Normalerweise gab jeder Mann, der Streife ging, über Funk regelmäßig seinen Standort durch. Cooper hatte sich vom westlichen Gästehaus und von der Rückseite des Hauptgebäudes gemeldet, aber seit er in Richtung Strand weitergegangen war, hatte Jacobs nichts mehr von ihm gehört.

Jacobs hob erneut sein Handfunkgerät an die Lippen und rief Cooper, erhielt aber auch diesmal keine Antwort. Er wollte gerade aussteigen und sich auf die Suche begeben, als er hörte, wie die Beifahrertür geöffnet wurde. Er drehte sich um und fragte: »Wo zum Teufel hast du gesteckt?«

Dann sah er den Kopf: kurzgeschnittenes Haar, sehr blasser Teint, zwei gepiercte Ohren. Jacobs versuchte nicht einmal, seinen Revolver zu ziehen, sondern flüsterte nur: »Oh, Jesus Christus.«

Delaroche hob die Beretta und schoß ihn dreimal ins Gesicht.

Dann griff er über den Sitz und nahm dem Toten das Funkgerät aus der Hand.

Astrid blieb unter den Bäumen. Delaroche richtete sich auf und schloß leise die Autotür. Sie gingen denselben Weg zurück und nutzten wieder die Deckung der Bäume. Delaroche zog das halbleere Magazin aus dem Griff seiner Beretta und ersetzte es durch ein volles.

Das Haupthaus hatte zwei Eingänge: die Haustür, die auf die Einfahrt hinausführte, und die Tür der großen Veranda mit Blick übers Wasser. Delaroche hatte vor, den Hintereingang zu benutzen.

Sie kamen hinter dem kleinen Haus vorbei, in dem Licht brannte. Delaroche überlegte, ob er die Bewohner erschießen sollte. Aber da es auf dem Gelände bisher keine Aktivitäten gab, ihre Anwesenheit offenbar noch nicht entdeckt worden war, nahm er Astrid bei der Hand und zog sie weiter.

Ein Hund begann zu bellen, dann ein zweiter. Delaroche fuhr herum und sah zwei große Golden Retriever auf sie zustürmen. Er lud seine Beretta durch und zielte auf den vorderen der heranstürmenden Hunde.

Das Hundegebell weckte Michael. Er riß die Augen auf und war schlagartig hellwach. Er hörte erst den einen Hund, dann den zweiten. Plötzlich verstummten beide. Er setzte sich im Bett auf. Auf dem Nachttisch lagen die Browning und ein Handfunkgerät neben dem Telefon. Er griff hastig nach dem Funkgerät und sagte: »Hier ist Osbourne. Hört mich jemand?«

Elizabeth bewegte sich.

»Hier Osbourne. Hört mich jemand? Ich habe die Hunde bellen gehört.«

Das Funkgerät knackte, und eine Stimme antwortete: »Mit den Hunden ist alles in Ordnung, Sir. Kein Problem.«

Osbourne legte das Funkgerät weg, nahm den Telefonhörer ab und wählte Charlies Nummer. Er ließ es fünfmal klingeln, bevor er den Hörer auf die Gabel knallte.

Elizabeth setzte sich im Bett auf.

Osbourne tippte rasch die Notfallnummer der Einsatzzentrale in Langley ein.

Eine ruhige Stimme meldete sich.

»Hier ist Osbourne. Das Sicherheitsteam auf Shelter Island meldet sich nicht mehr. Alarmieren Sie die Polizei; sie soll sofort ein paar Leute herschicken! Schnell!«

Als er auflegte, fragte Elizabeth: »Was ist passiert, Michael?«

»Er ist hier«, sagte Osbourne. »Er hat die beiden Beamten ermordet und das Funkgerät genommen. Ich habe gerade mit dem Scheißkerl gesprochen. Zieh dir was Warmes an, Elizabeth. Und beeil dich!«

Charlie Gibbons war über seit zwanzig Jahren der Gärtner und Hausmeister von Cannon Point. Er war auf Shelter Island geboren und aufgewachsen und konnte seine Vorfahren bis zu den Walfängern zurückverfolgen, die vor dreihundert Jahren von Greenport aus in See gestochen waren. Er lebte nur neunzig Meilen von New York entfernt, war aber erst einmal dort gewesen.

Charlie hörte das Telefon in seinem Haus klingeln, als er im Bademantel über den Rasen ging, die Taschenlampe in der einen, die Schrotflinte in der anderen Hand. Im nächsten Augenblick entdeckte er die Hunde und lief schwerfällig auf sie zu. Er kniete neben dem ersten nieder und sah, daß sein rotgoldenes Fell blutüberströmt war. Im Licht der Taschenlampe stellte er fest, daß der zweite Hund ebenfalls erschossen worden war.

Er richtete sich auf und ließ den Lichtstrahl in Richtung Strand über den Rasen gleiten. Als er ihn einige Sekunden hin und her bewegte, fiel ihm etwas Hellblaues auf. Die Sicherheitsbeamten hatten Regenjacken in dieser Farbe getragen. Er trabte zu der liegenden Gestalt, kniete bei ihr nieder und stellte fest, daß es Matt Cooper war. Der Mann war eindeutig tot.

Er mußte Michael und Elizabeth wecken. Er mußte die Shelter Island Police anrufen. Er mußte sofort Hilfe holen. Er stand auf, um ins Haus zurückzulaufen.

Eine große blonde Frau mit einer Waffe in den Händen trat hinter einem Baum hervor. Er sah Mündungsfeuer, hörte aber keinen Schuß. Die Geschosse durchschlugen seine Brust.

Er spürte unerträgliche Schmerzen, sah einen grellweißen Lichtblitz.

Dann wurde es dunkel um ihn.

48

McLean, Virginia

»Das Sicherheitsteam meldet sich nicht mehr«, berichtete der Wachhabende. »Osbourne glaubt, daß Oktober auf dem Grundstück ist.«

Adrian Carter setzte sich im Bett auf. »Scheiße!«

»Wir haben die Polizei alarmiert und ein weiteres Team in Marsch gesetzt.«

»Dann muß es sich aber verdammt beeilen.«

»Ja, Sir.«

»Ich bin ihn zehn Minuten in der Zentrale.«

»Ja, Sir.«

»Okay, verbinden Sie mich jetzt mit Monica Tyler.«

»Augenblick, Sir.«

Michael hatte angezogen geschlafen. Elizabeth zog eine graue Jogginghose und einen beigen Wollpullover an. Michael schlüpfte in seine Schuhe und nahm die Pistole, das mit einem Telefon kombinierte Funkgerät und die Fernbedienung für die Alarmanlage mit. Die Anlage war eingeschaltet. Falls Oktober ins Haus einzudringen versuchte, würde Alarm ausgelöst werden. Eine Zahl auf dem Display würde anzeigen, welche Tür oder welches Fenster der Eindringling geöffnet hatte.

Michael knipste das Licht im Schlafzimmer aus und führte Elizabeth in den dunklen Flur. Sie gingen die Treppe zur Eingangshalle hinunter. Auch dort brannte Licht. Michael schaltete rasch die Lampe aus.

Die Kellertür war hinter der Küche. Michael nahm Elizabeth an der Hand und führte sie durch die Dunkelheit weiter. Er öffnete die Tür und stieg mit ihr in den Keller hinunter.

Astrid und Delaroche kauerten im Regen neben der Verandatür. Delaroche bearbeitete das primitive Schloß mit seinem Taschenmesser. Nach wenigen Sekunden hatte er es geknackt. Zwischen gepolsterten Rattanmöbeln und niedrigen Couchtischen schlichen sie über die Veranda zu einer der beiden Fenstertüren. Delaroche drückte die Klinke herunter. Die Tür war abgesperrt. Er bückte sich und schob seinen elektrischen Dietrich ins Schlüsselloch. Das Schloß öffnete sich klickend. Delaroche stieß die Tür auf, und sie betraten lautlos das Haus.

Das Haus hatte drei Ausgänge: die Haustür, die Verandatür und eine kleine Kellertür auf der Nordseite. Michael und Elizabeth tasteten sich durch den dunklen Keller, bis sie die Tür erreichten.

Das Gerät in seiner Hand piepste warnend. Michael stellte rasch den Ton leise. Oktober war durch eine der beiden Fenstertüren ins Wohnzimmer eingedrungen.

Sekunden später piepste das Gerät erneut, dann ein drittes Mal. Zwei Bewegungsmelder hatten angesprochen, einer im Wohnzimmer, einer im Eßzimmer. Diese Detektoren erfaßten ganz unterschiedliche Bereiche. Falls Oktober sich nicht sehr schnell durchs Haus bewegte, war es unwahrscheinlich, daß er beide ausgelöst hatte. Das Haus war dunkel und ihm unbekannt. Michael schloß daraus, daß Astrid Vogel ebenfalls im Haus war. Er wandte sich an Elizabeth und sagte: »Geh ins Gästehaus und warte dort, bis die Polizei kommt.«

»Michael, ich will dich nicht ...«

»Keine Diskussionen!« knurrte Michael. »Wenn du überleben willst, mußt du tun, was ich dir sage.«

Elizabeth nickte.

»Die Polizei müßte in ein paar Minuten da sein. Sobald du sie siehst, läufst du zu ihr. Er hat's auf mich abgesehen, nicht auf dich. Hast du verstanden?«

Sie nickte wieder.

»Gut«, sagte Michael.

Er tippte den Code ein, der die Alarmanlage ausschaltete, und öffnete die Kellertür. Elizabeth küßte ihn auf die Wange und lief ein paar Stufen hinauf. Dann blieb sie stehen und sah sich nach allen Seiten um. Es war stockfinster; Elizabeth konnte kaum die Umrisse des Gästehauses am Wasser erkennen.

Sie rannte über den Rasen, wobei der Wind ihr den Regen ins Gesicht peitschte, und erreichte das Gästehaus.

Astrid Vogel, die im Wohnzimmer stand, fiel etwas auf, das über den Rasen zum Gästehaus lief – ein heller Pullover, den Bewegungen nach eine Frau.

»Jean-Paul«, flüsterte sie und deutete auf den Rasen hinaus. »Die Frau!«

»Die schnappst du dir«, sagte Delaroche ebenso leise. Er legte ihr eine Hand auf den Arm. »Lebend. Tot nützt sie uns nichts. Beeil dich. Wir haben nicht mehr viel Zeit.«

Astrid verließ leise das Wohnzimmer, überquerte die Veranda und rannte über den Rasen.

Michael schloß die Kellertür und aktivierte die Alarmanlage wieder. In einer Steckdose fand er eine der aufladbaren Taschenlampen, die der Senator wegen der auf Shelter Island häufigen Stromausfälle überall im Haus verteilt hatte. Er schaltete sie ein und ließ den Lichtstrahl über die Wände gleiten, bis er den Sicherungskasten entdeckt hatte. Der Hauptschalter war deutlich bezeichnet. Er legte ihn um und machte damit das gesamte Haus stromlos. Die Alarmanlage wurde mit Batterien betrieben. Michael stellte den Warnton ganz ab.

Er folgte dem Lichtstrahl die Treppe hinauf und ging in die Küche. An der Wand neben dem Telefon war eine Sprechanlage zum Tor angebracht. Diese Anlage funktionierte mit Telefonstrom, und das Elektrotor hatte eine unabhängige Stromversorgung. Er drückte eine Taste und lief schnell ins Wohnzimmer, von wo er die Einfahrt sehen konnte. Draußen, am Ende des Grundstücks, öffnete sich lautlos das Tor.

Das Gästehaus war der reinste Eiskeller. Elizabeth wußte gar nicht mehr, wann hier das letzte Mal jemand übernachtet hatte. Der auf den niedrigsten Wert eingestellte Thermostat sollte nur verhindern, daß die Wasserrohre bei strengem Frost platzten. Der Sturm pfiff über das Schindeldach und rüttelte an den Fenstern. Etwas kratzte an der Hauswand. Elizabeth stieß einen leisen Schrei aus, bis ihr klar wurde, daß das nur die Zweige der alten Eiche waren, in der sie als Kind so oft herumgeklettert war.

Eigentlich war dies kein richtiges Gästehaus; die Familie Cannon nannte es Elizabeths Cottage. Das Häuschen war klein und gemütlich eingerichtet. Die Fußböden waren aus hellem Hartholz, und im Wohnzimmer standen rustikale Sitzmöbel vor dem Panoramafenster mit Blick auf den Sund. Die Küche war winzig, nur ein Ausguß, ein kleiner Kühlschrank und eine Doppelkochplatte, das Schlafzimmer einfach möbliert. War das Haupthaus mit Mitarbeitern des Senators oder irgendeiner ausländischen Delegation überfüllt gewesen, hatte Elizabeth sich hier zwischen ihren Schätzen versteckt. Sie hatte das Häuschen geliebt, es immer instandgehalten und viele Sommernächte darin verbracht. Auf seiner Toilette hatte sie ihren ersten Joint geraucht und im Schlafzimmer ihre Jungfräulichkeit verloren.

Könnte ich mir einen Sterbeort aussuchen, wäre es dieser, sagte sie sich.

Sie hauchte sich in die Hände und schlang beide Arme eng um ihren Oberkörper, um sich zu wärmen.

Dann berührte sie instinktiv ihren Unterleib.

Ist mit den Babys alles in Ordnung? fragte sie sich wieder.

Gott, laß ihnen nichts zugestoßen sein.

Sie trat ans andere Fenster und blickte hinaus. Eine große Frau mit einer Waffe in der Hand rannte aufs Haus zu. Elizabeth wich vom Fenster zurück und wäre beinahe über einen Sessel gefallen.

»Er hat's auf mich abgesehen, nicht auf dich.«

Sie wußte, daß Michael gelogen hatte. Diese Leute würden sie dazu benutzen, um an Michael heranzukommen, aber sie würden sie ebenfalls umbringen. Genau wie sie Max umgebracht hatten. Genau wie sie Susanna umgebracht hatten.

Elizabeth hörte Stiefel die Holzstufen heraufpoltern. Sie hörte ein metallisches Klicken, als Astrid Vogel den Türknopf zu drehen versuchte. Sie hörte einen lauten Schlag, als Astrid Vogel die Tür einzutreten versuchte, und wendete ihre gesamte Selbstbeherrschung auf, um nicht laut zu schreien. Sie flüchtete ins Schlafzimmer und machte die Tür hinter sich zu. Sie hörte drei, vier dumpfe Schläge und das Krachen zersplitternden Holzes. Astrid Vogel schoß das Türschloß auf. Beim nächsten Fußtritt flog die Haustür auf und knallte an die Wand.

»Er hat's auf mich abgesehen, nicht auf dich.«

Und du bist ein Lügner, Michael Osbourne, dachte

Elizabeth. Diese Leute sind unbarmherzig und sadistisch. Mit ihnen kann man nicht vernünftig reden und ganz bestimmt nicht verhandeln.

Sie wich in die hinterste Ecke zurück, ohne die Tür aus den Augen zu lassen. Gott, wie oft war sie schon in diesem Raum gewesen? An herrlichen Sommermorgen. An kühlen Herbstnachmittagen. Die Bücher in den Regalen gehörten ihr ebenso wie die Sachen im Kleiderschrank. Wie der abgetretene Orientteppich am Fußende ihres Betts. Sie erinnerte sich an den Nachmittag, an dem sie ihn mit ihrer Mutter auf einer Auktion in Bridgehampton ersteigert hatte.

Ich darf mich nicht von ihr gefangennehmen lassen, sagte sie sich. Sonst bringen sie uns beide um.

Sie hörte die Frau durchs Haus gehen, hörte ihre Stiefel auf den Hartholzböden. Sie hörte das Rauschen des Windes in den Bäumen, hörte das Kreischen der Möwen. Sie trat vor und verriegelte das Türschloß von innen.

Versteck dich im Einbauschrank, dachte sie. Darin sucht sie dich bestimmt nicht.

Sei nicht blöd, Elizabeth. Laß dir was einfallen!

Dann hörte sie die Frau rufen: »Ich weiß, daß Sie dort drin sind, Mrs. Osbourne. Ich will Ihnen nichts tun. Kommen Sie einfach raus!«

Eine rauchige, seltsam angenehme Stimme, die mit deutschem Akzent sprach.

Hör nicht auf sie!

Sie öffnete die Tür des Einbauschranks und schlüpfte hinein. Aber sie ließ die Schranktür halb offen, weil ihr der Gedanke, in einem dunklen, engen Raum eingeschlossen zu sein, unerträglich war. Endlich hörte sie weit entferntes Sirenengeheul, das der Wind herantrug. Sie fragte sich, wo die Polizei sein mochte … Winthrop Road, Manhanset Road, wenn sie von der Inselmitte kam. Jedenfalls würde Elizabeth tot sein, bevor sie hier eintraf.

Elizabeth wich von der Schranktür zurück. Etwas bohrte sich in ihr Schulterblatt – die Spitze eines im Regal liegenden Pfeils. Sie tastete die Rückwand des Schranks ab, denn sie wußte, daß er irgendwo stehen mußte: der Sportbogen, den sie von ihrem Vater zum zwölften Geburtstag geschenkt bekommen hatte. Er hing an einem Haken neben einem alten Satz Golfschläger.

Die Frau rüttelte an der Schlafzimmertür und entdeckte, daß sie abgesperrt war.

Jetzt weiß sie, daß ich hier bin, dachte Elizabeth.

Panik durchflutete sie. Sie zwang sich dazu, gleichmäßig zu atmen.

Vorsichtig tastete sie die Schrankrückwand ab, bis ihre Hände einen harten, kalten Gegenstand berührten.

Dann griff sie nach oben und fand den Pfeil, der sich in ihre Schulter gebohrt hatte.

Die Frau trat gegen die Tür, aber sie gab nicht nach.

Elizabeth nahm den Bogen herab. Er hatte die Standardlänge von fünfeinhalb Fuß. Der Pfeil war aus Aluminium und am Ende mit Federn besetzt. Sie nahm ihn zwischen Zeige- und Mittelfinger der rechten Hand und tastete mit dem Daumen nach der Kerbe hinter den Federn. Das hatte sie schon so oft getan, daß sie es auch im Dunkeln und mit zitternden Händen konnte.

Die Frau trat erneut gegen die Tür, die auch diesmal nicht nachgab.

Elizabeth legte den Pfeil auf die Sehne und ließ ihn auf ihrer linken Hand ruhen, die den Bogen umklammerte. Sie zog ihn halb zurück und holte dann tief Luft.

Kannst du wirklich? fragte sie sich.

Sie hatte noch nie ein Lebewesen getötet, hatte nie daran gedacht, auf die Jagd zu gehen. Das hätte ihr Vater ohnehin nicht zugelassen. Er hatte einmal einen ihrer Freunde erwischt, wie er mit Pfeil und Bogen einem Weißschwanzhirsch auflauerte, und dem jungen Mann für den Rest des Sommers das Haus verboten.

Die Frau trat erneut gegen die Tür. Diesmal gab das Schloß nach, und die Tür flog krachend auf.

Elizabeths Körper erstarrte. Sie fühlte sich wie aus Stein gehauen. Sie zwang sich dazu, gleichmäßig zu atmen. Tu's für Michael, dachte sie. Tu's für deine ungeborenen Kinder.

Sie zog den Pfeil weit zurück und öffnete die Schranktür mit dem Fuß. Astrid Vogel, die ihre Pistole mit beiden Händen fast in Gesichtshöhe hielt, stand im Türrahmen. Sie drehte sich nach dem plötzlichen Geräusch um und brachte die Waffe mit ausgestreckten Händen in Schußposition.

Elizabeth ließ den Pfeil los.

Der Pfeil traf Astrid unter dem Kehlkopf, ließ sie zurücktaumeln und nagelte sie an die offene Tür. Elizabeth schrie gellend auf. Astrid riß die Augen weit auf und öffnete die Lippen wie zu einem lautlosen Schrei.

Irgendwie gelang es ihr, die Pistole nicht zu verlieren. Sie hob die Waffe und begann zu schießen. Elizabeth warf sich in den Einbauschrank. Schüsse zersplitterten die Tür, das Schlafzimmerfenster klirrte, und Putz rieselte von den Wänden. Sie sank zu Boden und blieb zusammengerollt liegen.

Dann hörten die Schüsse auf. Die einzigen Geräusche waren das Brausen des Windes und das Klicken, mit dem Astrid Vogel trotz leergeschossener Pistole weiterzuschießen versuchte. Elizabeth rappelte sich auf, zog einen weiteren Pfeil aus dem Regal und trat aus dem Einbauschrank.

Astrid wühlte in ihrer Jackentasche. Aus ihrer Halswunde kam stoßweise Blut. Sie schaffte es, ein volles Magazin aus der Tasche zu ziehen.

»Nein, bitte nicht«, sagte Elizabeth. »Ich will nicht noch mal schießen müssen.«

Astrid starrte erst sie, dann den in ihrer Kehle steckenden Pfeil an. Das Magazin glitt ihr aus den Fingern; dann fiel ihre Pistole polternd zu Boden. Sie holte keuchend zweimal tief Luft. In ihrem Hals gurgelte Blut.

Zuletzt wurde ihr Blick starr.

Elizabeth sank auf die Knie und mußte sich heftig übergeben.

Unten im Keller hörte Michael Oktobers Schritte über sich, der das dunkle Wohnzimmer absuchte. Michael wußte, daß Oktober methodisch und sorgfältig vorging. Er würde das Haus Zimmer für Zimmer durchsuchen, bis er ihn gefunden hatte. Er würde Oktober nochmals überlisten müssen – wie auf der Fußgängerbrücke am Potomac. Oktober bewegte sich in einem fremden Haus, auf unbekanntem Gebiet. Michael hätte sich selbst mit geschlossenen Augen in den Räumen zurechtfinden können. Diesen Vorteil würde er nutzen müssen.

Oktober war aus dem Wohnzimmer auf den Flur getreten. »Ich habe Ihre Frau, Mr. Osbourne!« rief er laut. »Wenn Sie unbewaffnet und mit erhobenen Händen rauskommen, passiert ihr nichts. Zwingen Sie mich dazu, Sie wie ein Tier zu jagen, erschieße ich auch sie.«

Michael sagte nichts, sondern horchte nur auf das Geräusch von Oktobers Schritten im Erdgeschoß des Hauses.

Nach kurzer Pause sagte Oktober laut: »Auch ich erinnere mich an jene Nacht in London, Mr. Osbourne. Ich weiß noch, wie ihre Schreie über die Straße am Fluß hallten. Sie ist eine Schönheit gewesen. Sie müssen sie sehr geliebt haben. Wirklich schade, daß sie sterben mußte. Sie ist die erste und einzige Frau gewesen, die ich ermordet habe, aber ich werde nicht zögern, Ihre Frau zu erschießen, wenn Sie mit diesem Unsinn weitermachen. Geben Sie auf, sonst stirbt sie mit Ihnen.«

Michael spürte, wie er zornig wurde. Allein die Stimme dieses Mannes zu hören erfüllte ihn mit Wut. Er bemühte sich, sie zu unterdrücken; er wußte, daß das genau die Reaktion war, die Oktober hervorrufen wollte. Wenn er die Beherrschung verlor, wenn er emotional statt rational handelte, würde er sterben. Außerdem wußte er, daß Oktober nicht die Absicht hatte, Elizabeth am Leben zu lassen.

»Es muß sehr schmerzlich gewesen sein, die Geliebte auf diese Weise zu verlieren – vor Ihren eigenen Augen niedergeschossen«, fuhr Oktober fort. »Wie ich gehört habe, sind Sie danach aus dem Außendienst abgezogen und in die Zentrale versetzt worden. Die Sache hat Sie fast umgebracht. Und jetzt stellen Sie sich mal vor, wie Ihnen zumute sein wird, wenn ich eine weitere Ihrer Frauen erschieße. Glauben Sie mir, danach werden Sie nicht weiterleben wollen. Ergeben Sie sich also lieber gleich, Mr. Osbourne. Machen Sie's uns beiden leichter.«

Michael hörte einen Schrei aus dem Gästehaus – Elizabeths Schrei.

»Klingt so, als würde es draußen interessant, Mr. Osbourne. Am besten rufen Sie Ihre Frau im Gästehaus an. Erklären Sie ihr, daß ihr nichts geschieht, wenn sie sich ergibt. Darauf gebe ich Ihnen mein Wort.«

Michael durchquerte den Raum, drückte auf die Sprechtaste des Haustelefons und sagte ganz ruhig: »Ihr Wort bedeutet mir nichts, Nikolai Michailowitsch.«

»Wie haben Sie mich genannt?« brüllte Oktober nach kurzem Zögern zurück.

»Ich habe Sie Nikolai Michailowitsch genannt. Das ist Ihr richtiger Name, oder haben die wundervollen Leute beim KGB Ihnen das nie gesagt? Nikolai Michailowitsch Woronstow. Ihr Vater war General Michail Woronstow, der Direktor der Ersten Hauptverwaltung im KGB. Sie sind sein unehelicher Sohn. Ihre Mutter ist seine Geliebte gewesen. Sobald Sie alt genug waren, hat Ihr Vater Sie dem KGB zur Ausbildung übergeben. Ihre Mutter ist im Archipel Gulag verschwunden. Wollen Sie noch mehr hören, Nikolai Michailowitsch?«

Michael ließ die Sprechtaste los und wartete auf Oktobers Reaktion. Er hörte ein Krachen, als eine Tür aufgestoßen wurde, das Klirren einer zersplitternden Porzellanlampe und den dumpfen Knall eines Schusses aus einer Pistole mit Schalldämpfer. Er hatte Oktobers wunden Punkt getroffen.

»Ihr Lehrer ist ein Mann gewesen, den Sie nur als Wladimir gekannt haben. Sie haben ihn wie einen Vater behandelt. Er ist praktisch Ihr Vater gewesen. Mit sechzehn Jahren sind Sie über die Tschechoslowakei in den Westen eingeschleust worden. Sie hatten den Auftrag, Ihre beiden Begleiter zu erschießen. Einer davon ist eine Frau gewesen, was beweist, daß Sie nicht nur ein Mörder, sondern auch ein Lügner sind. Sie sind im Westen untergetaucht. Zehn Jahre später, als Sie ein erwachsener Mann waren, haben Sie zu morden angefangen. Wenn Sie möchten, kann ich Ihnen Ihre Opfer einzeln nennen, Nikolai Michailowitsch.«

Michael hörte ein Fenster zersplittern, weitere Schüsse trafen eine Wand. Er hörte, wie ein leeres Magazin zu Boden fiel und ein neues in den Griff von Oktobers Pistole gerammt wurde. In der Ferne hörte er Sirenengeheul, und aus dem Gästehaus drang ein weiterer Schrei herüber.

Er drückte wieder auf die Sprechtaste und fragte: »Wer ist Ihr Auftraggeber?«

Weitere Schüsse in den Räumen über ihm.

»Verdammt noch mal, wer ist Ihr Auftraggeber? Ich will eine Antwort!«

»Ich weiß nicht, wer mich engagiert hat!«

»Sie lügen! Ihr Leben ist eine einzige Lüge!«

»Maul halten!«

»Sie sitzen hier in der Falle. Von dieser Insel kommen Sie nicht mehr lebend runter.«

»Sie auch nicht, und Ihre Frau auch nicht.«

»Astrid ist schon lange fort. Ich frage mich, wodurch sie aufgehalten worden ist.«

»Rufen Sie im Gästehaus an. Sagen Sie Ihrer Frau, daß sie sich ergeben soll.«

Michael nahm den Hörer des normalen Telefons ab. Ein Knacken verriet ihm, daß Oktober von einer Nebenstelle im Erdgeschoß mithörte. Das Telefon klingelte, und Elizabeth meldete sich völlig aufgelöst und außer Atem.

»Michael! Mein Gott, sie ist tot. Ich hab' sie umgebracht – mit einem Pfeil erschossen. O Gott, Michael, ich will nicht hier mit ihr allein sein. Michael, das ist zu schrecklich! Bitte, ich will nicht hier bei ihr bleiben.«

»Lauf zum Steg runter. Fahr mit dem Dingi zur *Alexandra* hinaus. Bleib dort, bis die Polizei kommt.«

»Michael, was hast du ...«

»Tu einfach, was ich sage. Fahr zur *Alexandra* hinaus! Los, beeil dich!«

Elizabeth legte den Hörer auf und trat ans Fenster. Michael und sie kannten sich seit über zehn Jahren. Er hatte ihren Vater schon auf unzähligen Segeltörns begleitet. Er wußte genau, daß sein Boot nicht *Alexandra,* sondern *Athena* hieß. Natürlich konnte er aus Nervosität einen Fehler gemacht haben, aber das bezweifelte sie. Er hatte absichtlich einen falschen Namen gesagt. Dafür mußte es einen Grund geben. Er wollte, daß sie im Gästehaus blieb, aber Oktober sollte denken, sie sei zum Boot unterwegs.

Sie beobachtete das Haupthaus durchs Fenster. Sie hörte die Sirenen näherkommen. Sie wollte hier raus. Sie wollte eine Zigarette, um den schrecklichen Geruch von Astrid Vogels Blut nicht länger in der Nase haben zu müssen. Sie wollte, daß dieser Alptraum endlich zu Ende ging. Wenige Sekunden später sah sie die Verandatür auffliegen und den Mann, der sich Oktober nannte, über den Rasen zum Bootssteg rennen.

Delaroche hetzte durch die Nacht. Der Sturm rauschte in den Bäumen und hätte ihn beinahe umgeweht. Fünfzig Meter vom Strand entfernt tanzte das Segelboot auf den Wellen.

Er hatte Michael Osbournes Stimme im Ohr, distanziert und metallisch, wie eine Bahnhofsdurchsage.

»Ich habe Sie Nikolai Michailowitsch genannt. Das ist Ihr richtiger Name!«

Delaroche fluchte. Wieso weiß er das?

Der KGB hatte ihm ein Versprechen gegeben: Niemand würde jemals von seiner Existenz im Westen erfahren. Außer einer Handvoll Leuten im Geheimdienst würde niemand die Wahrheit kennen. Seine Existenz würde so geheim sein, daß er selbst das Paar, das ihn nach Österreich begleitet hatte, töten mußte. Hatte der KGB ihn belogen? Hatte ihn jemand verraten? Wladimir? Oder Arbatow? Oder der Überläufer Drosdow? Hatte Drosdow die Wahrheit in den Tiefen des Moskauer Archivs entdeckt und an seine neuen Herren im Westen verkauft?

Delaroche schwor sich, Drosdow zu töten, sollte er Shelter Island lebend verlassen.

Die Erkenntnis, daß die CIA ein Dossier über ihn hatte, verursachte ihm physische Übelkeit. Hatten sie auch ein Foto von ihm? Gewöhnlich war es Delaroche, der mit Dossiers arbeitete, der sich die dunklen Seiten seiner Opfer vornahm, bis er die Schwächen fand, mit denen er sie besiegen konnte. Jetzt hatten seine Gegner ein Dossier seines Lebens zusammengestellt, und Osbourne benutzte es gegen ihn.

»Ich habe Sie Nikolai Michailowitsch genannt.«

Vor seinem inneren Auge liefen noch einmal die Morde ab. Er versuchte die Bilder abzuschütteln, aber die Gesichter erschienen immer wieder, eines nach dem anderen, zuerst pulsierend und lebendig, dann zerrissen von drei Einschüssen. Hassan Mahmoud, der Palästinenserjunge. Colin Yardley und Erik Stoltenberg. Sarah Randolph …

Er hörte Michael Osbournes Schreie, die auf dem Chelsea Embankment widerhallten.

»Das ist Ihr richtiger Name.«

Manchmal hatte Delaroche einen Traum, und dieser Traum spielte sich nun in seiner Vorstellung ab. Die Männer, die er ermordet hatte, würden ihm bewaffnet gegenüberstehen; er würde nach seiner Glock oder Beretta greifen, aber nur seine Pinsel finden. Er würde nach Waffen hinter sich greifen und nur seine Palette finden. »Wir wissen, wer du bist«, würden sie sagen und anfangen zu lachen. Und Delaroche würde aufwachen und sich die Hände vors Gesicht halten, und die Kugeln würden seine Handflächen durchschlagen und sich in seine Augen bohren, und er würde sich im Bett aufsetzen und sich versichern, daß es nur ein Traum war, nur ein blöder, beschissener Traum.

Delaroche stürmte über den abfallenden Rasen, seine Füße flogen über den nassen, federnden Boden, bis der Alptraum seines eigenen Todes unter dem klatschenden Geräusch seiner Schritte auf dem hölzernen Steg zerstob. Er hörte das Dingi gegen die Holzpfähle schlagen, aber der Außenbordmotor war stumm. Ein paar Sekunden später erreichte er das Ende des Stegs und schaute hinunter, die Pistole in die Dunkelheit gerichtet.

Das Dingi war leer.

»Weg mit der Pistole!« Michael mußte schreien, um den Sturm zu übertönen. »Legen Sie sich auf den Bauch – aber ganz langsam!«

Michael stand am Anfang des Bootsstegs, Oktober gut fünfzehn Meter von ihm entfernt am äußersten Ende. Sein linker Arm hing gerade herab; sein rechter Arm war angewinkelt, so daß er seine Beretta fast vor dem Gesicht hatte. Er bewegte sich nicht. Dem Sirenengeheul nach war die Polizei jetzt auf der Shore Road. Sie mußte jeden Augenblick eintreffen.

»Weg mit der Pistole!« wiederholte Michael. »Das Spiel ist aus! Tun Sie, was ich sage!«

Oktober ließ den rechten Arm sinken, bis er ebenfalls gerade herabhing. Der erste Streifenwagen erreichte das Tor an der Straße. Michael hörte, wie die Tür des Gästehauses geöffnet wurde. Er drehte den Kopf kurz zur Seite und sah Elizabeths beigen Pullover durch die Dunkelheit huschen.

»Bleib, wo du bist, Elizabeth!« rief er ihr zu.

Oktober ging in die Hocke und riß den rechten Arm hoch. Michael gab mehrere Schüsse ab, die jedoch alle über Oktobers Kopf hinweggingen. Der Killer schoß dreimal ins Dunkel. Einer der Schüsse fand sein Ziel und traf Michael in die rechte Brust.

Die Browning fiel ihm aus der Hand, polterte auf den Steg. Michael fiel auf den Rücken. Sein rechter Arm wurde gefühllos; dann spürte er einen starken, brennenden Schmerz in der Brust.

Der Regen klatschte ihm ins Gesicht. Über ihm bewegten sich Äste im Wind, und Michael hielt sie in seiner Benommenheit für Riesenhände, die sich in seinen Körper krallten. Er war kurz davor, das Bewußtsein zu verlieren. Er sah Sarah am Chelsea Embankment auf sich zukommen, sah ihren langen Rock um die Wildlederstiefel wippen. Er sah ihr zerstörtes Gesicht. Er hörte Elizabeths Stimme, die aus weiter Ferne zu kommen schien und unverständliche Worte rief. Schließlich drang sie durch den Nebel seines Schocks.

»Michael! Er kommt! Gott, Michael, bitte! Michael!«

Als Michael den Kopf hob, sah er Oktober langsam auf sich zukommen. Seine Browning lag ungefähr einen Meter von ihm entfernt auf den Planken. Michael versuchte nach ihr zu greifen, aber sein Arm gehorchte ihm nicht. Er wälzte sich auf seine rechte Seite und tastete mit der linken Hand nach der Waffe. Unter seinen Fingern spürte er das kalte Metall, den vom Regen nassen Griff. Er bekam die Browning zu fassen, steckte seinen Zeigefinger durch den Abzugsbügel und schoß.

Delaroche sah das Mündungsfeuer. Während die ersten Schüsse an ihm vorbeigingen, hob er seine Beretta und zielte damit auf den Liegenden. Er trat einen Schritt näher an ihn heran. Er wollte Osbourne ins Gesicht schießen. Er wollte Astrids Tod rächen. Er wollte sein Zeichen hinterlassen.

Osbourne drückte erneut ab. Ein Geschoß durchschlug Delaroches rechte Hand und zerschmetterte den Knochen. Die Beretta fiel ihm aus der Hand und klatschte ins schäumende Wasser unter dem Bootssteg. Der Schmerz war unglaublich. Er senkte den Kopf und sah Knochensplitter aus seinem Handrücken ragen.

Er wollte Osbourne mit seiner unverletzten Hand umbringen – ihm das Genick brechen oder die Luftröhre zerquetschen –, aber Osbourne hatte noch seine Waffe, und die Polizei war bereits auf dem Gelände. Er drehte sich um, rannte den Steg entlang und sprang in das Dingi.

Er mußte viermal an der Anreißleine ziehen, bis der kleine Außenbordmotor ansprang. Dann machte er die Leine los und steuerte das kleine Boot in den Shelter-Island-Sund hinaus.

Cannon Point leuchtete von roten und blauen Blinklichtern. Sirenengeheul erfüllte die Luft. Aber Delaroche hörte nur eines: Elizabeth Osbournes Stimme, als sie ihren Mann anflehte, nicht zu sterben.

49

London

»Wird er überleben?« fragte der Direktor am Telefon im Schlafzimmer seiner Villa in St. John's Wood.

»Sein Zustand hat sich heute abend stabilisiert«, berichtete Mitchell Elliott. »Mittags sind noch einmal innere Blutungen aufgetreten, so daß noch einmal operiert werden mußte. Leider sieht's so aus, als würde er überleben.«

»Wo ist er jetzt?«

»Offiziell ist sein Aufenthaltsort geheim. Meine Quelle in Langley bestätigt, daß Osbourne auf der Intensivstation im Stonybrook Hospital auf Long Island liegt.«

»Ihnen ist hoffentlich klar, daß wir jetzt nichts gegen Osbourne unternehmen dürfen. Zumindest vorläufig nicht.«

»Ja, das ist mir klar, Direktor.«

»Er hat zwei Mordanschläge überlebt. Unter keinen Umständen darf es einen dritten geben.«

»Natürlich nicht, Direktor.«

»Wirklich ein sehr starker Gegner, unser Mr. Osbourne. Ich bewundere ihn sehr, muß ich sagen. Insgeheim wünsche ich mir, ich könnte ihn überreden, für mich zu arbeiten.«

»Er ist ein Pfadfinder, Direktor, und Pfadfinder passen nicht in unsere Organisation.«

»Wahrscheinlich haben Sie recht.«

»Wie steht's mit Oktober?« fragte Elliott.

»Der ist von dem Abholteam ziemlich grob empfangen worden, fürchte ich.«

»Und was ist mit unseren Zahlungen?«

»Das Geld ist leider verschwunden. Er hat es sofort nach Eingang immer auf andere Konten überwiesen.«

»Das ist bedauerlich.«

»Gewiß, aber einem Mann wie Ihnen wird das bißchen Kleingeld doch kein Kopfzerbrechen bereiten.«

»Natürlich nicht, Direktor.«

»In Washington ist noch ein Auftrag unerledigt.«

»Ich habe bereits alles Nötige veranlaßt.«

»Ausgezeichnet. Aber achten Sie auf geschickte Ausführung. Es steht sehr viel auf dem Spiel.«

»Er wird sehr geschickt ausgeführt.«

»Mr. Elliott, ich brauche Sie nicht daran zu erinnern, daß Ihre oberste Pflicht im Augenblick darin besteht, die Gesellschaft unter allen Umständen zu schützen. Sie dürfen nichts tun, was die Gesellschaft irgendwie gefährden könnte. Ich weiß, daß ich mich in diesem Punkt voll auf Sie verlassen kann.«

»Selbstverständlich, Direktor.«

»Ausgezeichnet. Es ist mir ein Vergnügen gewesen, mit Ihnen zusammenzuarbeiten. Hoffentlich ist nicht alles vergebens gewesen. Sie werden wohl Ihr ganzes Geschick aufwenden müssen, damit Sie den Auftrag für den Bau des Raketenabwehrsystems behalten.«

»Ich bin zuversichtlich, dieses Ziel zu erreichen.«

»Wunderbar. Gute Nacht, Mr. Elliott.«

»Gute Nacht, Direktor.«

Der Direktor legte den Hörer auf.

»Sie sind ein sehr guter Lügner«, sagte Daphne.

Sie ließ das Seidenneglige von ihren Schultern gleiten und schlüpfte zu ihm ins Bett.

»Das muß man in diesem Beruf leider sein.«

Sie küßte ihn und preßte dabei ihre Brüste an seinen Leib. Dann griff sie zwischen seine Beine und nahm ihn in ihre Hände. »Irgendwas, mein Herz?« flüsterte sie.

Er küßte sie und sagte: »Vielleicht, wenn du dir ein bißchen mehr Mühe gibst, Liebste.«

50

Washington, D.C.

Paul Vandenberg parkte am Ohio Drive mit Aussicht auf den Washington Channel. Wie Elliott verlangt hatte, war er allein und mit seinem Privatwagen gekommen. Ihr Treffen war für zehn Uhr angesetzt, aber Elliott verspätete sich untypischerweise. Ein anderes Auto hielt hinter ihm: ein riesiger schwarzer Geländewagen, dessen getönte Scheiben im harten Beat des Gangsta-Rap vibrierten. Eine Viertelstunde später fuhr der Geländewagen weiter. Fünf Minuten später hielt eine schwarze Limousine neben ihm, und das hintere rechte Seitenfenster wurde heruntergelassen.

Auf dem Rücksitz saß Mark Calahan, Elliotts persönlicher Assistent.

»Mr. Elliott bedauert sehr, aber das Gespräch muß an einem anderen Ort stattfinden«, sagte Calahan. »Kommen Sie bitte mit, dann bringe ich Sie nach der Besprechung zu Ihrem Wagen zurück.«

Vandenberg stieg aus und setzte sich neben Calahan in die schwarze Limousine. Sie waren ungefähr zehn Minuten lang unterwegs. Calahan sagte die ganze Zeit kein Wort. Das gehörte zu den Regeln, auf deren Einhaltung Elliott bestand: keine Konversation zwischen Mitarbeitern und Kunden. Die Limousine hielt schließlich auf einem Parkplatz oberhalb von Roosevelt Island.

»Mr. Elliott erwartet Sie auf der Insel, Sir«, sagte Calahan höflich. »Ich bringe Sie zu ihm.«

Die beiden Männer stiegen aus.

Henry Rodriguez, der Fahrer, wartete am Steuer.

Nach zwei Minuten hörte Rodriguez den Knall eines einzelnen Schusses.

Die Leiche wurde am nächsten Morgen kurz nach sieben Uhr von einem Jogger aufgefunden. Sie lag neben einer Marmorbank am Theodore Roosevelt Memorial, was die Medien passend fanden, weil Paul Vandenberg TR immer bewundert hatte. Er hatte sich den Pistolenlauf offenbar in den Mund gesteckt. Ein großer Teil seines Hinterkopfs war weggeschossen. Die Kugel hatte sich in den Stamm eines fast zwanzig Meter entfernten Baums gebohrt.

Vandenbergs Abschiedsbrief wurde in der Innentasche seines Wintermantels gefunden. Er wies alle Eigenschaften eines von Paul Vandenberg verfaßten guten Memos auf: knapp, präzise, streng sachlich. Er habe sich das Leben genommen, hieß es darin, weil er erfahren habe, daß die *Washington Post* einen vernichtenden Bericht über seine jahrelang geübten Methoden zur Beschaffung von Wahlkampfgeldern für James Beckwith vorbereite. Vandenberg bekannte sich schuldig. Beckwith und Mitchell Elliott traf keine Schuld – er hatte alles geplant und ausgeführt. Er habe Selbstmord verübt, hieß es in dem Abschiedsbrief, weil er den Tod durch einen Pistolenschuß dem Tod durch eine Rufmordkampagne vorziehe.

Am späten Nachmittag, rechtzeitig vor den Abendnachrichten, trat Präsident Beckwith im Presseraum des Weißen Hauses sichtlich erschüttert vor die Medienvertreter. Er äußerte tiefe Betroffenheit und Trauer über den Tod seines engsten Mitarbeiters. Dann gab er bekannt, das Justizministerium werde sofort mit einer umfassenden Untersuchung aller Kapitalbeschaffungsmaßnahmen Vandenbergs im Zusammenhang mit seinen Präsidentenwahlkämpfen beginnen. Beckwith verließ den Presseraum, ohne Fragen zu beantworten, und verbrachte mit Anne einen ruhigen Abend im Wohntrakt des Weißen Hauses.

Am folgenden Morgen widmete die *Post* einen großen Teil ihrer Titelseite dem mutmaßlichen Selbstmord Paul Vandenbergs. In diesem Zusammenhang brachte sie auch einen längeren Bericht über die finanziellen Beziehungen zwischen James Beckwith und Mitchell Elliott. Der Artikel zweifelte die Behauptung in Vandenbergs Abschiedsbrief an, er allein sei für die vielen finanziellen Transaktionen verantwortlich, durch die das Ehepaar Beckwith im Lauf der Jahre reich geworden sei. Eine Mitschuld angelastet wurde auch Samuel Braxton, Mitchell Elliotts Washingtoner Anwalt, der Beckwiths Außenminister werden sollte.

Unter dem Bericht standen die Namen von zwei Autoren: Tom Logan und Susanna Dayton.

Januar

51

Shelter Island, New York

Manche Nächte waren besser als andere. In manchen Nächten sah Elizabeth im Traum alles wieder, wachte schreiend auf und versuchte sich imaginäre Blutflecken von den Händen zu wischen. In manchen Nächten schrak Michael auf, weil er geträumt hatte, Oktober habe ihn nicht einmal in die Brust, sondern dreimal ins Gesicht geschossen. Das Gästehaus wurde komplett renoviert, aber Elizabeth betrat es nie wieder. Manchmal saß Michael am Ende des Bootsstegs und starrte ins Wasser. Manchmal verging eine Stunde, bevor er wieder aus seiner Trance erwachte. Manchmal beobachtete Elizabeth ihn vom Rasen aus und fragte sich, was ihn beschäftigte.

Was nach seiner Verletzung passiert war, wußte Michael nur aus den Zeitungen und dem Fernsehen, aber wie jeder echte Geheimdienstmann betrachtete er die Medien ohnehin nur als störendes Hintergrundgeräusch. Der neue Hausmeister fuhr jeden Morgen zum Drugstore in Shelter Island Heights, holte drei Zeitungen – *New York Times, Wall Street Journal, Newsday* – und legte sie auf Michaels Nachttisch. Am Neujahrstag fühlte Michael sich kräftig genug, um wenigstens mitzufahren. Er saß schweigend auf dem Beifahrersitz seines Jaguars und starrte aufs Wasser oder die winterkahlen Bäume. Michaels Interesse ließ im Lauf des Monats Januar nach, und am Tag der Amtseinführung des Präsidenten hatte er ganz aufgehört, die Zeitungen zu lesen.

Beckwith hatte den Sturm erfolgreich überstanden. Das wurde vor allem seiner Frau zugeschrieben. Nach Paul Vandenbergs Tod war Anne zur wichtigsten Beraterin des Präsidenten geworden. *Newsweek* setzte ihr Bild in der Weihnachtswoche auf die Titelseite. In einem ausführlichen Artikel wurde ihr politisches Gespür hoch gelobt; Anne würde eine entscheidende Rolle im Hintergrund spielen müssen, wenn Beckwiths zweite Amtszeit ein Erfolg werden sollte. Die Fernsehjournalisten waren sich darüber einig, daß Anne hinter der Forderung des Präsidenten nach einer umfassenden Änderung der Wahlkampffinanzierung steckte. Mit dem Eifer eines Neubekehrten forderte Beckwith das Verbot verdeckter Parteispenden und schlug vor, die Fernsehgesellschaften sollten Kandidaten kostenlos Sendezeit zur Verfügung stellen. Am Tag seiner Amtseinführung gaben sechzig Prozent aller Amerikaner in Umfragen an, mit seiner Politik zufrieden zu sein.

Zwei von Beckwiths engsten Freunden und Förderern erging es weniger gut. Samuel Braxton war gezwungen, seine Bewerbung um das Amt des Außenministers zurückzuziehen. Er bestritt zwar, sich jemals unkorrekt verhalten zu haben, sagte aber, er wolle die amerikanische Außenpolitik nicht durch einen langen, der Sache nicht dienlichen Kampf um die Bestätigung seiner Nominierung lähmen. Medienberichten zufolge war es Anne gewesen, die Braxton von der Klippe gestoßen hatte.

Die Firma Alatron Defense Systems gab den Auftrag zum Bau eines nationalen Raketenabwehrsystems freiwillig zurück, nachdem Andrew Sterling, Beckwiths unterlegener Konkurrent, als Vorsitzender des Streitkräfteausschusses im Senat »hochnotpeinliche Ermittlungen« gegen Mitchell Elliott angekündigt hatte. Der Auftrag ging an einen anderen Rüstungskonzern in Kalifornien, und Sterling stimmte dieser Lösung widerstrebend zu.

Zwei Tage vor der Amtseinführung Beckwiths gaben FBI und United States Park Police das Ergebnis ihrer Ermittlungen wegen des Todes von Paul Vandenberg, Stabschef des Weißen Hauses, bekannt. Die Ermittler hatten nichts entdeckt, was auf Fremdeinwirkung hingewiesen hätte, Paul Vandenberg hatte sich wohl selbst entleibt. Die Ermittlungen wegen des Mordes an Max Lewis und dem Verkehrspolizisten Dale Preston führten zu keiner Verhaftung. In Washington stellte das Metropolitan Police Department seine Ermittlungen im Mordfall Susanna Dayton stillschweigend ein. Der Fall wurde nicht abgeschlossen, aber die Kriminalbeamten hatten keine brauchbare Spur entdeckt.

Elizabeth verbrachte lange Wochenenden auf der Insel. Sie arbeitete nur drei Tage in der Woche im New Yorker Büro von Braxton, Allworth & Kettlemen, reduzierte ihr Arbeitspensum langsam und verhandelte mit verschiedenen Anwaltsfirmen. Wegen ihrer Fähigkeiten und ihrer politischen Verbindungen gab es keinen Mangel an potentiellen Arbeitgebern. Die altehrwürdige New Yorker Kanzlei Titan, Webster & Leech bot ihr das beste Gehalt und vor allem die größte Flexibilität. Elizabeth nahm ihr Angebot an und faxte Samuel Braxton noch am selben Nachmittag ihre Kündigung.

Michaels Genesung machte raschere Fortschritte, als die Ärzte erwartet hatten. In der ersten Januarwoche schneite es, und es war bitter kalt. Aber in der folgenden Woche wurde es wieder warm, und die Ärzte rieten ihm zu leichter Bewegung an der frischen Luft.

An den ersten beiden Tagen machte er nur Spaziergänge auf Cannon Point, bei denen er den rechten Arm in einer Schlinge trug; Oktobers Kugel hatte ihm das Schlüsselbein zertrümmert und sein Schulterblatt durchschlagen. Am dritten Tag ging er auf der Shore Road spazieren, wobei ihm zwei von Adrian Carter abgestellte Sicherheitsbeamte in einigem Abstand folgten. Nach einer Woche ging er morgens bis ins Dorf und machte nachmittags lange Spaziergänge an den Felsstränden von Ram Island.

Abends schrieb er in Douglas Cannons Bibliothek mit Blick auf Dering Harbor. Nach drei Tagen zeigte er den ersten Entwurf seinem Schwiegervater. Cannon korrigierte ihn mit Rotstift, verbesserte Michaels steife Bürokratensprache und feilte an der Logik seiner Argumente und Schlußfolgerungen. Als Michael fertig war, schickte er die endgültige Fassung mit einem Kurierdienst an Adrian Carter in Langley.

»Ich finde nichts unerträglicher als Washington am Tag der Amtseinführung eines Präsidenten«, sagte Carter am folgenden Abend. »Ich könnte eine Prise Meeresluft und einen Schluck von Cannons Wein vertragen. Ist's dir recht, wenn ich euch für ein paar Tage besuche?«

»Wie lange muß ich diese Schlägertypen noch aushalten?« fragte Michael, als er am folgenden Nachmittag im Gardiner's Bay Country Club auf einem Golfwagen über die sechste Bahn holperte. Zwei CIA-Beamte in Patagonia-Parkas fuhren mit einem Golfwagen hinter ihnen her und murmelten zwischendurch immer wieder in ihre Handfunkgeräte.

»Scheiße, ich bin außerhalb«, sagte Carter, als er rukkend neben seinem Ball hielt und vom Wagen kletterte. Er zog ein Neunereisen aus der Golftasche und machte sich für den 125-Meter-Schlag zum Grün bereit.

»Willst du meine Frage nicht beantworten?« fragte Michael irritiert.

»Mein Gott, Michael, doch nicht jetzt! Warte, bis ich den Ball gespielt habe.«

Carter schlug den Ball. Er landete im linken Sandbunker.

»Verdammt noch mal!«

»Nicht gleich überkochen, Tiger. Hier draußen hat's keine drei Grad über null.«

Carter setzte sich ans Steuer und fuhr zum Grün weiter.

»Diese *Schlägertypen,* wie du sie nennst, sind hier, um dich und deine Angehörigen zu schützen, Michael, und sie bleiben hier, bis ich der Überzeugung bin, daß dein Leben nicht mehr in Gefahr ist.«

»Im Augenblick ist mein Leben in Gefahr, weil ich mitten im Winter auf einem offenen Golfwagen herumfahre.«

»Ich bringe dich nach dem neunten Loch zurück und spiele die Runde allein fertig.«

»Du bist wahnsinnig!«

»Du solltest auch mit Golf anfangen.«

»Mein Leben ist schon so frustrierend genug. Außerdem kann ich von Glück sagen, wenn ich mit diesem Arm jemals wieder ein Bier heben kann.«

»Wie geht's Elizabeth?«

»Den Umständen entsprechend. Einen Menschen getötet zu haben ist belastend, auch wenn's Notwehr gewesen ist. Daß es dir gelungen ist, diese Geschichte aus den Medien herauszuhalten, hat ihr sehr geholfen. Dafür kann ich dir gar nicht genug danken.«

»Sie ist ein Juwel«, stellte Carter fest. »Ich habe schon immer gesagt, daß du der größte Glückspilz bist, den ich kenne.«

Carters Ball rollte am Loch vorbei, so daß er aus drei Meter Entfernung hätte putten müssen, um einzulochen. »Scheiße«, sagte er. »Für Golf ist's heute echt zu kalt. Komm, wir verbringen den Nachmittag lieber am Kamin und trinken uns einen an.«

»Hast du meine Ausarbeitung gelesen?« fragte Michael, als Carter einen italienischen Merlot entkorkte und zwei Gläser vollschenkte.

»Ja, ich habe sie gelesen«, antwortete Carter. »Ich hatte die Wahl zwischen zwei Möglichkeiten: in den Reißwolf damit oder nach oben weitergeben.«

»Wofür hast du dich entschieden?«

»Ich habe die Feiglingsroute gewählt und deine Ausarbeitung kommentarlos nach oben weitergegeben.«

»Du bist ein Scheißkerl.«

»Das ist ein alter Bürokratentrick. So schützt man seine Flanke.«

»Oder seinen Arsch.«

»Das ist das gleiche«, sagte Carter gelassen. »Du solltest dir ein Beispiel an mir nehmen. Dein Arsch hängt meistens ungeschützt im Wind.«

»Ich bin Außendienstler, Adrian. Die taugen nicht für den Innendienst. Das hast du immer selbst gesagt.«

»Das stimmt auch.«

»Wie kommt es dann, daß du ein so hervorragender Bürokrat geworden bist?«

»Ich wollte ein vernünftiges Leben führen, und das konnte ich nicht, solange ich unterwegs war und ständig überlegen mußte, welchen Decknamen ich diese Woche habe.«

»Wem hast du mein Papier gegeben?«
»Monica Tyler, versteht sich.«
»Laß mich raten – sie hat es eingestampft.«
»In einer New Yorker Minute.«
»Von ihr habe ich nichts anderes erwartet.«
»Warum hast du überhaupt alles aufgeschrieben?«
»Weil ich glaube, daß es wahr ist.«
»Du glaubst im Ernst, daß Mitchell Elliott mit Hilfe eines verbrecherischen Geheimbunds eine Maschine hat abschießen lassen, um sein Raketenabwehrsystem bauen zu können?«
»Ja, das glaube ich«, sagte Michael nickend.
»Das gehört in die Kategorie Anschuldigungen, die viel zu gefährlich sind, um ohne hieb- und stichfeste Beweise vorgebracht werden zu dürfen. Monica hat das sofort erkannt, und ich habe ihr zustimmen müssen. Ich begreife offen gesagt nicht, warum jemand mit deiner Erfahrung da nicht selbst drauf kommt.«
Elizabeth klopfte an und kam herein. Der Senator hatte sie dazu überredet, an diesem Nachmittag ein paar Stunden mit ihm zu segeln. Ihr Gesicht war von der Kälte gerötet. Sie stellte sich an den Kamin und wärmte ihre Rückseite am Feuer.
»Ich dachte, du solltest dich schonen«, sagte Carter.
»Dad hat die *Athena* ganz allein gesegelt«, antwortete sie. »Ich habe nur Kräutertee getrunken und mich bemüht, nicht zu erfrieren.«
»Sonst alles in Ordnung?« fragte Carter.
»Alles bestens. Den Babys geht's ausgezeichnet.«
»Gott, das ist wunderbar«, sagte er mit breitem Lächeln auf seinem sonst eher mürrischen Gesicht.
»Worüber redet ihr?«
»Geschäft«, antwortete Carter.
»Um Himmels willen, dann gehe ich lieber.«

»Bleib!« forderte Michael sie auf.

»Michael, das sind auch Dinge, die ...«

»Sie kann sie jetzt hören, oder sie kann sie später im Bett hören. Such's dir aus, Adrian.«

»Bleib«, sagte er. »Außerdem ist es nett, etwas Hübsches ansehen zu können. Mach dich nützlich, Michael, und schenk mir Wein nach. Elizabeth?«

»Nicht für mich, danke. Ich muß für eine Weile auf Alkohol und Zigaretten verzichten.«

Carter trank einen Schluck Wein, dann sagte er: »Vorgestern haben wir einen Bericht des französischen Geheimdienstes erhalten. Unsere französischen Kollegen glauben, Oktobers Tarnexistenz entdeckt zu haben. Er hat unter dem Namen Jean-Paul Delaroche an der bretonischen Küste gelebt. In einem Dorf namens Brélès.«

»Jesus, dort sind wir schon mal gewesen, Michael!«

»Er hat zurückgezogen in einem kleinen Haus auf den Klippen gewohnt. Anscheinend ist er auch ein begabter Maler gewesen. Die Franzosen halten diese Sache so geheim, wie es nur die Franzosen können. Wir fahnden weltweit nach ihm, aber bisher ist er noch nirgends aufgetaucht. Außerdem haben wir aus verschiedenen Quellen erfahren, daß er tatsächlich tot sein soll.«

»Tot? Wie das?«

»Sein oder seine Auftraggeber sind anscheinend unzufrieden gewesen, weil er's nicht geschafft hat, dich umzubringen.«

»Ich hoffe nur, daß sie ihn vorher gefoltert haben«, sagte Elizabeth.

Michael starrte aus dem Fenster auf die mit weißschäumenden Wogen bedeckte Bucht hinaus.

»Woran denkst du, Michael?« fragte Elizabeth.

»Ich würde nur gern die Leiche sehen, das ist alles.«

»Das möchten wir alle«, sagte Carter. »Aber so funktioniert die Sache leider meistens nicht.«

Er trank seinen Wein aus und hielt das Glas hin, um sich nachschenken zu lassen. Elizabeth entkorkte eine weitere Flasche. Der Senator kam mit rotem Gesicht und vom Wind zerzausten Haaren herein. »Wie ich sehe, habt ihr den Weinkeller geplündert«, sagte er. »Schenkt mir bitte ein großes Glas ein.«

»Ich habe einen weiteren Punkt zu besprechen, bevor wir zu betrunken sind«, fuhr Carter fort.

»Wenn's sein muß«, sagte Michael.

»Monica hat meinem Vorschlag zugestimmt, das gegen dich eingeleitete Disziplinarverfahren einzustellen. Nach allem, was ihr beiden durchgemacht habt, hält sie es zum jetzigen Zeitpunkt für unangemessen.«

»Oh, ist das nicht nett von Monica?«

»Laß gut sein, Michael, es ist ihr Ernst. Sie findet, diese Sache sei aus dem Ruder gelaufen. Sie möchte, daß wir sie hinter uns lassen und einen Neuanfang machen.«

Michael sah zu Elizabeth hinüber, dann wandte er sich wieder an Carter. »Sag ihr, daß ich danke, *nein* danke gesagt habe.«

»Du *willst,* daß das Disziplinarverfahren weitergeht?«

»Nein, ich *will* raus«, antwortete Michael. »Ich habe beschlossen, die Agency zu verlassen.«

»Meinst du das ernst?«

»Todernst«, sagte Michael. »Sorry, schlechte Wortwahl. Okay, jetzt können wir uns betrinken.«

Elizabeth durchquerte den Raum, beugte sich über Michael und küßte ihn. »Bist du dir deiner Sache sicher, Michael? Du tust es nicht nur für mich?«

»Ich bin mir meiner Sache noch nie so sicher gewesen. Und ich tu's nicht für dich. Ich tu's für uns.« Er legte seine Hand auf ihren Bauch. »Und für sie.«

Sie küßte ihn nochmals. »Danke, Michael! Ich liebe dich. Das weißt du hoffentlich.«

»Das weiß ich«, sagte er. »O ja, das weiß ich.«

Carter sah auf seine Uhr, dann sagte er: »Scheiße!«

»Was?« fragten Michael und Elizabeth im Chor.

»Wir haben Beckwiths Ansprache verpaßt.«

Und sie brachen alle in Gelächter aus.

Epilog

Mykonos, Griechenland

Die Villa wollte niemand haben. Sie klebte auf einem Felsen über dem Meer, war dort dem unaufhörlichen Wind ausgesetzt. Stavros, der Immobilienmakler, glaubte schon nicht mehr, sie jemals verkaufen zu können. Daher vermietete er sie jedes Jahr an denselben Clan junger englischer Börsenmakler, die jeden August für drei Besäufniswochen die Insel unsicher machten.

Der Franzose mit der verletzten Hand verbrachte nur fünf Minuten in dem Haus. Er ließ sich das Wohnzimmer und die Schlafzimmer zeigen und begutachtete die Aussicht von der Steinterrasse. Etwas genauer inspizierte er die Küche, die ihm ein Stirnrunzeln abnötigte.

»Ich habe Handwerker für alle Arbeiten an der Hand, falls Sie renovieren wollen«, sagte Stavros.

»Danke, nicht nötig«, wehrte der Franzose ab. »Das mache ich selbst.«

»Aber Ihre Hand ...«, Stavros nickte zu dem dicken Verband hinunter.

»Das ist nichts weiter«, sagte der Franzose. »Ein kleiner Unfall beim Kochen. Das ist bald verheilt.«

Stavros runzelte die Stirn, als finde er die Geschichte nicht überzeugend. »Die Villa ist ein beliebtes Ferienhaus«, fuhr er fort. »Falls Sie Mykonos in der Hochsaison verlassen wollen, kann ich sie bestimmt gut für Sie vermieten, vor allem, wenn sie renoviert ist.«

»Die Villa ist nicht mehr zu vermieten.«

»Wie Sie wünschen. Wann möchten Sie ...«

»Morgen«, sagte der Franzose knapp. »Geben Sie mir Ihre Kontonummer, dann lasse ich Ihnen den Kaufpreis heute nachmittag telegrafisch überweisen.«

»Aber, Monsieur, Sie sind kein Grieche. Für Ausländer ist es nicht einfach, Grundbesitz zu erwerben. Da sind Anträge auszufüllen, Formalitäten zu erledigen. Das alles dauert seine Zeit.«

»Kümmern Sie sich darum, Stavros. Aber ich ziehe morgen früh hier ein.«

Er verbrachte den Rest des Winters im Haus. Als seine Hand wiederhergestellt war, begann er die Villa zu renovieren. Kristos, der Besitzer des kleinen Baumarkts, erbot sich, gute Arbeitskräfte für ihn zu suchen, aber der Franzose lehnte höflich ab. Er richtete die Küche neu ein und belegte die Arbeitsplatte mit Kacheln. Er strich alle Zimmer. Er ließ die Einrichtung – gräßliche moderne Stücke – abfahren und möblierte alles rustikal griechisch. Als es im März wärmer wurde, begann er mit der Außenrenovierung. Er besserte den Verputz aus und strich das ganze Haus blendend weiß. Er ersetzte zerbrochene Dachziegel und gesprungene Steinplatten auf der Terrasse. Mitte April war die Villa, die niemand hatte haben wollen, das schönste Haus im Dorf.

Das italienische Rennrad traf in derselben Woche ein. Damit fuhr er jeden Morgen die kurvenreiche Küstenstraße entlang und über steile Bergstrecken im Inselinneren. Als die Tage länger wurden, verbrachte er mehr und mehr Zeit im Dorf. Auf dem Markt wählte er sorgfältig Oliven, Gemüse und Lamm aus. Jede Woche aß er mehrmals in der Taverne zu Mittag, immer mit einem Buch als Schutz vor Annäherungsversuchen. Manchmal kaufte er von den Jungen am Strand gekochten Seebarsch und verzehrte den Fisch allein in einer Grotte, vor der graue Seehunde spielten. Er wagte sich in den Weinladen. Anfangs trank er nur französische und italienische Weine, aber nach einiger Zeit freundete er sich mit preiswerten einheimischen Gewächsen an. Empfahl der Verkäufer ihm bessere Jahrgänge, schüttelte der Franzose den Kopf und gab die Flasche zurück. Die Renovierung, sagte er zur Erklärung, habe seine Finanzen sehr beansprucht.

Anfangs waren seine Griechischkenntnisse sehr begrenzt, ein paar kurze Sätze, ein vager, unbestimmbarer Akzent. Aber schon nach zwei Monaten konnte er seine Einkäufe in passablem Griechisch mit dem Akzent eines Inselbewohners erledigen.

Einige Frauen aus dem Dorf machten ihm dezente Avancen, aber er ließ sich mit keiner von ihnen ein. Er hatte nur einmal Besuch: von einem Engländer, dessen Augenfarbe an Meerwasser im Winter erinnerte, und einer Mulattengöttin, die nackt sonnenbadete. Der Brite und die Göttin blieben drei Tage lang. Jeden Abend dinierten sie auf der Terrasse bis spät in die Nacht hinein.

Im Mai begann er zu malen. Anfangs konnte er den Pinsel wegen seiner vernarbten rechten Hand immer nur für ein paar Minuten halten. Als das Narbengewebe sich allmählich dehnte und nachgiebiger wurde, schaffte er es, wieder stundenlang zu arbeiten. Viele Wochen lang malte er nur Motive aus der Umgebung der Villa – den Blick aufs Meer, dichtgedrängte weiße Häuser, die Blumen auf den Hügeln, die alten Männer, die bei Wein und Oliven in der Taverne saßen. Seine Villa reflektierte das wechselnde Farbenspiel der Tageszeiten: in der Morgendämmerung ein zartes Pastellrosa, in der Abenddämmerung ein gedämpftes Sienabraun, mit dem er wochenlang geduldig experimentieren mußte, bis er es auf seiner Palette gemischt hatte.

Im August begann er die Frau zu malen.

Sie war blond, hatte strahlend blaue Augen und einen blaß leuchtenden Teint. Seine Putzfrau erzählte, er arbeite ohne Modell, nur nach ein paar Bleistiftskizzen. »Ganz klar«, erklärte sie den anderen Frauen des Dorfs, »der Franzose malt sie aus dem Gedächtnis.«

Das Gemälde war groß, ungefähr einsachtzig mal einszwanzig. Die Frau trug nur eine aufgeknöpfte weiße Bluse, die vom Sienabraun der untergehenden Sonne getönt war. Ihr schlanker Körper war auf einen kleinen Holzstuhl drapiert, auf dem sie umgekehrt saß. Eine Hand ruhte unter ihrem Kinn, in der anderen hielt sie etwas, das wie eine Pistole aussah, obwohl doch niemand eine so schöne Frau mit einer Waffe in der Hand malen würde, wie die Putzfrau sagte. Nicht einmal ein einsiedlerischer Franzose.

Im Oktober war das Porträt fertig.

Er fand dafür einen schlichten Rahmen und hängte es an die Wand mit Blick aufs Meer.

Danksagungen

Die in diesem Roman geschilderten Ereignisse sind ebenso wie die Personen gänzlich ein Produkt der Phantasie des Verfassers. Trotzdem verdanke ich mehreren Frauen und Männern, die den dargestellten Personen ähnlich sind, höchst wertvolle Anregungen, ohne die dieses Buch nicht entstanden wäre. Der Sachverstand ist ausschließlich ihrer; die Fehler, Vereinfachungen und dichterischen Freiheiten habe ausschließlich ich zu verantworten.

Mehrere aktive und ehemalige Angehörige amerikanischer Geheimdienste haben mir einen flüchtigen Blick hinter den Vorhang in ihre Welt gestattet, und ich möchte ihnen meinen Dank dafür ausdrücken, vor allem den Profis im CIA-Zentrum für Terrorismusbekämpfung in Langley, Virginia, die geduldig viele meiner Fragen beantwortet und zugleich ein paar Bruchstücke ihres Lebens mit mir geteilt haben.

Erlebnisberichte über die Arbeit im Weißen Haus gibt es viele, aber mehrere Mitarbeiter verschiedener Präsidenten haben mir geholfen, die Lücken durch ihre persönlichen Erinnerungen zu schließen. Manche Berichte haben mit dazu beigetragen, dieses Buch zu gestalten, andere habe ich nur zur Kenntnis genommen, aber ich bin allen diesen Informanten zu Dank verpflichtet.

In meinem ursprünglichen Beruf habe ich den Vorzug genossen, mit Brooks Jackson zusammenzuarbeiten, der für CNN über das Zusammenspiel von Geld und Politik berichtet und einer der besten Reporter Washingtons ist. Seine Einsichten sind mir unendlich wertvoll gewesen, obgleich nichts, was in einem Roman steht, jemals dem Esprit und der Sachkenntnis, die seine Arbeit prägen, Genüge tun könnte.

James Hackett und John Pike haben mir geholfen, den Rubik-Würfel eines Nationalen Raketenabwehrsystems zu enträtseln, und zugleich leidenschaftlich dafür und dagegen plädiert. Natürlich geht die in diesem Buch erschreckende Übersimplifizierung eines Raketenabwehrsystems nicht auf ihr, sondern auf mein Konto.

Außerdem möchte ich Dr. Zev Rosenwaks und Wally Padillo vom Center for Reproductive Medicine and Infertility im New York Hospital-Cornell Medical Center meinen tiefempfundenen Dank aussprechen. Ebenso Chris Plante, der mir geholfen hat, Fla-Raketen des Typs Stinger besser zu verstehen.

Drei liebe Freunde, Tom Kelly, Martha Rogers und Greg Craig, haben mir im Lauf der Jahre Einblicke ins Washingtoner Anwaltsleben verschafft, ohne jemals zu ahnen, daß ich dabei war, Material für ein Buch zu sammeln. Ich danke ihnen für diese Einblicke und, noch wichtiger, für ihre Freundschaft.

Wie immer verdanke ich Ion Trewin, dem Geschäftsführer von Weidenfeld & Nicolson in London, und auch seiner Assistentin Rachel Leyshon unbezahlbare Ratschläge.

Mein ganz besonderer Dank gilt dem Team von International Creative Management: Heather Shroeder, Alicia Gordon, Tricia Davey, Jack Horner, Sloane Harris und natürlich Esther Newberg.

Und zuletzt den begabten und pflichtbewußten Mitarbeitern des Verlags Random House: Adam Rothberg,

Jake Klisivitch, Sybil Pinkus, Leona Nevler und Linda Gray sowie besonders meinen Lektoren Brian DeFiore und Ann Godoff. Es gibt keine besseren.

Daniel Silva

Double Cross – Falsches Spiel

Roman. Aus dem Amerikanischen von Reiner Pfleiderer. 568 Seiten. SP 2816

Operation Mulberry: so lautete das Kodewort für die alliierte Invasion in der Normandie und war das bestgehütete Geheimnis des Zweiten Weltkriegs. Als der englische Geheimdienst meint, alle deutschen Spione enttarnt und umgedreht zu haben, setzt die deutsche Abwehr ihre attraktivste Geheimwaffe ein: Catherine Blake, Top-Agentin, eiskalt und brillant. Mit atemberaubender Präzision geht sie auf die Jagd nach den alliierten Plänen. Auf der Gegenseite wurde, von Churchill persönlich, der Geschichtsprofessor und geniale Analytiker Alfred Vicary eingesetzt – ihr absolut ebenbürtiger Gegenspieler, der in letzter Minute entdeckt, daß es ein zweites deutsches Spionagenetz gibt. Catherine Blake ist in seiner nächsten Nähe … Daniel Silva verdichtet den teuflischen Wettlauf mit der Zeit, als das Schicksal Europas auf des Messers Schneide steht, zu einem rasanten Thriller.

Dean Fuller

Tod in Paris

Roman. Aus dem Amerikanischen von Inge Leipold. 435 Seiten. SP 2744

Alex Grismolet ist ein Lebenskünstler: Er wohnt mit seinem Mündel auf einem Hausboot mitten in Paris, in seiner Freizeit spielt er Tuba. Grismolet ist Chefinspektor der Sûreté, seine Methoden sind alles andere als alltäglich. In seinem kauzigen Assistenten Varnas hat er einen kenntnisreichen Helfer. Als in der Abenddämmerung eines kalten Novembertages im Parc Monceau die Leiche des betagten, angesehenen Diplomaten und Geschäftsmannes Andrew Wilson gefunden wird, weisen die Spuren zunächst auf einen Raubmord hin. Schnell wird ein junger Araber verdächtigt, aber Grismolet und Varnas bleiben skeptisch: Die geheimnisvolle Mordwaffe und der Freundeskreis des Toten führen das Duo zum Motiv der Tat. – Dean Fuller versteht sich auf präzise Charakter- und Milieubeschreibungen und verfügt über das nötige Maß an Humor, so daß die Lektüre immer ein spannendes Vergnügen bleibt.

Joseph R. Garber

Der Schacht

Roman. Aus dem Amerikanischen von Sonja Hauser und Christian Spiel. 367 Seiten. SP 2476

Eine perfekt inszenierte, wahnwitzige Verfolgungsjagd in einem Büro-Tower in Manhattan. Selten war die Einsamkeit eines Menschen, der gnadenlos in die Enge getrieben wird, so hautnah zu spüren.

»Die Jagd durch Fahrstuhlschächte und Treppenhäuser hat Joseph R. Garber so aufregend inszeniert, daß man am verblüffenden Schluß ganz atemlos ankommt.«
Bild am Sonntag

»Garber hat es glänzend verstanden, die atemberaubende Menschenjagd durch Fahrstuhlschächte und Treppenhäuser in eine dichte, treibende Sprache umzusetzen... Dem Leser wird hier wahrlich keine Atempause gegönnt, er vermag sich darum auch der Dramatik kaum zu entziehen.«
Genral-Anzeiger

Im Auge des Wolfes

Roman. Aus dem Amerikanischen von Sonja Hauser. 350 Seiten. SP 2872

Jack Taft, frischgebackener Vizedirektor der Logistikabteilung bei einem großen amerikanischen Unternehmen, erhält den Auftrag, nach Singapur zu reisen, wo er die Führungsetage der asiatischen Niederlassungen auf Vordermann bringen soll. Doch kaum ist er im Hotel angekommen – mit fürchterlichem Jet-lag, den er mit einem Brandy und einer starken Schlaftablette in den Griff zu bekommen versucht –, wird er in eine blutige Schießerei verwickelt. Von dem verhängnisvollen Tabletten-Alkohol-Cocktail noch völlig benebelt, kann er mit Mühe entkommen, hinterläßt aber eine Spur der Verwüstung. Er ahnt nicht, daß die Männer Zivilbeamte der Singapurer Polizei waren, die einen Haftbefehl wegen Drogenschmuggels gegen ihn in der Tasche haben. Außerdem sind die Handlanger des Singapurer Verbrecherfürsten Poh hinter ihm her ...

SERIE PIPER

Sarah Paretsky

Blood Shot
Ein Vic-Warshawski-Kriminalroman. Aus dem Amerikanischen von Anette Grube. 352 Seiten. SP 5589

Brandstifter
Ein Vic-Warshawski-Kriminalroman. Aus dem Amerikanischen von Dietlind Kaiser. 410 Seiten. SP 5625

Deadlock
Ein Vic-Warshawski-Kriminalroman. Aus dem Amerikanischen von Katja Münch. 246 Seiten. SP 5512

Eine für alle
Ein Vic-Warshawski-Kriminalroman. Aus dem Amerikanischen von Dietlind Kaiser. 438 Seiten. SP 5685

Engel im Schacht
Ein Vic-Warshawski-Kriminalroman. Aus dem Amerikanischen von Sonja Hauser. 476 Seiten. SP 5653

Fromme Wünsche
Ein Vic-Warshawski-Krimalroman. Aus dem Amerikanischen von Katja Münch. 227 Seiten. SP 5517

Geisterland
Roman. Aus dem Amerikanischen von Sonja Hauser. 512 Seiten. SP 2988

Schadenersatz
Ein Vic-Warshawski-Kriminalroman. Aus dem Amerikanischen von Uta Münch. 272 Seiten. SP 5507

Tödliche Therapie
Ein Vic-Warshawski-Kriminalroman. Aus dem Amerikanischen von Annette Grube. 255 Seiten. SP 5535

Windy City Blues
Vic-Warshawski-Kriminalgeschichten. Aus dem Amerikanischen von Sonja Hauser, Renate Kunze und Vera Mansfeldt. 287 Seiten. SP 5650

Hände hoch, Kleiner?
14 exklusive Kriminalgeschichten. Herausgegeben von Sara Paretsky. Übersetzt von Sonja Hauser, Sylvia List und Michael Hofmann. 278 Seiten. SP 5651

Hamlets Dilemma
12 exklusive Kriminalgeschichten. Herausgegeben von Sara Paretsky. Übersetzt von Sonja Hauser und Michael Hofmann. 249 Seiten. SP 5652

Sister in Crime
Kriminalstories. Herausgegeben von Sara Paretsky. 246 Seiten. SP 5602

Vic Warshawskis starke Schwestern
Kriminalstories. Herausgegeben von Sarrah Paretsky. 238 Seiten. SP 5601

Jan Guillou

Coq Rouge

Ein Coq-Rouge-Thriller. Aus dem Schwedischen von Hans-Joachim Maass. 440 Seiten. SP 5578

»Clever mischt Guillou verbürgtes Insiderwissen und realistische Fiktion, und so ist ›Coq Rouge‹ … zu einer kompakten Agentenreportage geworden, die es mit den Romanen eines John Le Carré aufnehmen kann.«
Stern

Über jeden Verdacht erhaben

Ein Coq-Rouge-Thriller. Aus dem Schwedischen von Hans-Joachim Maass. 575 Seiten. SP 3210

»Glaubhaft geschilderte, zerrissene Charaktere, glänzende Dialoge, dazu die Bereitschaft, die erzählerischen Tabus des Genres immer wieder effektvoll aufzubrechen: Alles ist noch einmal drin.«
Der Tagesspiegel

Im Interesse der Nation

Ein Coq-Rouge-Thriller. Aus dem Schwedischen von Hans-Joachim Maass. 482 Seiten. SP 5634

»Was die Action-Romane von Guillou so faszinierend macht, ist die Mischung aus Sciencefiction und Insiderwissen.«
Abendzeitung

Feind des Feindes

Ein Coq-Rouge-Thriller. Aus dem Schwedischen von Hans-Joachim Maass. 436 Seiten. SP 5632

Ein hochbrisanter Thriller voller packender Action und mit überraschenden Wendungen.

Der ehrenwerte Mörder

Ein Coq-Rouge-Thriller. Aus dem Schwedischen von Hans-Joachim Maass. 480 Seiten. SP 5644

Unternehmen Vendetta

Ein Coq-Rouge-Thriller. Aus dem Schwedischen von Hans-Joachim Maass. 560 Seiten. SP 5654

Niemandsland

Ein Coq-Rouge-Thriller. Aus dem Schwedischen von Hans-Joachim Maass. 512 Seiten. SP 5656

Der einzige Sieg

Ein Coq-Rouge-Thriller. Aus dem Schwedischen von Hans-Joachim Maass. 600 Seiten. SP 5682

Im Namen Ihrer Majestät

Ein Coq-Rouge-Thriller. Aus dem Schwedischen von Hans-Joachim Maass. 576 Seiten. SP 2932

SERIE PIPER

Carlo Lucarelli

Freie Hand für De Luca

Kriminalroman. Aus dem Italienischen von Susanne Bergius. Mit einem Nachwort von Katrin Schaffner. 116 Seiten. SP 5693

Eine norditalienische Stadt im April 1945, kurz vor dem Einmarsch der Alliierten. Wenige Stunden vor dem endgültigen Zusammenbruch wird Kommissar De Luca mit der Lösung eines Mordfalls beauftragt. Doch irgend etwas an der Sache ist faul, denn die faschistischen Machthaber lassen ihm bei der Ermittlung erstaunlicherweise freie Hand. Der Ermordete Vittorio Rehinard war ein Lebemann und Frauenheld – und so sind auch alle Verdächtigen weiblich. Vor dem historischen Hintergrund des letzten Aufbäumens des italienischen Faschismus in der Republik von Salò entfaltet Carlo Lucarelli das Szenario eines raffiniert abgestimmten kriminalistischen Ränkespiels.

»Die Geschichte ist mit Tempo und spannungsvoll erzählt, die fiebrige Atmosphäre beim Zusammenbruch des faschistischen Italien wird auf suggestive Weise deutlich.«
Kölner Stadt-Anzeiger

Sebastiano Vassalli

Der Schwan

Roman. Aus dem Italienischen von Ragni Maria Gschwend. 253 Seiten. SP 2509

Sebastiano Vasalli führt den Leser in seinem literarischen Kriminalroman zurück in die Zeiten der Anfänge der Mafia: Am 1. Februar 1893 wird im Zug nach Palermo der hochangesehene Bankdirektor Marchese Notarbartolo erstochen aufgefunden. Diese Bluttat gilt allgemein als der erste politische Mord der sizilianischen Mafia. Notarbartolo war im Begriff gewesen, in Palermo illegale Machenschaften der Bank zu enthüllen, in die der Ministerpräsident Crispi verwickelt war. Erst Jahre später fällt der Verdacht auf Raffaele Palizzolo, genannt »Il Cigno«, »der Schwan«, Parlamentarier und Möchtegern-Poet, dessen schillernde Persönlichkeit tiefe Einblicke in die Psyche eines Mafioso gewährt.

»Ein in all seiner szenischen Geballtheit spannendes, aufklärendes und auch Nichtitaliener aufstörendes Erzählwerk.«
Neue Zürcher Zeitung

SERIE PIPER

John Burdett

Die letzten Tage von Hongkong

Roman. Aus dem Englischen von Sonja Hauser. 487 Seiten. SP 2632

Endzeit-Atmosphäre in Hongkong – eine explosive Mischung aus Gier und Macht, Geld und Sex. Nur noch wenige Wochen, bis die boomende britische Kronkolonie an das chinesische Mutterland zurückfällt. In dieser Zeit des Machtwechsels werden drei Menschen bestialisch ermordet. Für Chefinspektor Chan, Sohn eines Iren und einer Chinesin, wird der Fall zu einer gefährlichen Gratwanderung, denn die Drahtzieher dieses Verbrechens sind offensichtlich auf höchster Ebene zu suchen. Chan stößt auf ein Geflecht aus italoamerikanischen Mafiosi, chinesischen Triaden und kommunistischen Militärs.

»Mit leichter Hand und kühnem Schwung verwebt Burdett das Fiktive und die realen Reibungen, die das Zusammenleben der Kulturen in der boomenden Metropole prägen, zu einem dichten Thriller.«
Süddeutsche Zeitung

Eine private Affäre

Roman. Aus dem Englischen von Sonja Hauser. 356 Seiten. SP 2946

Der ehrgeizige James Knight hat es geschafft: Als brillanter Jurist steht er kurz vor seiner ehrenvollen Berufung zum Kronanwalt und vertritt die vornehmsten Bürger Londons. Doch eines Abends möchte ihn die Polizei in einer delikaten Mordsache sprechen: Der Kleinkriminelle Oliver Thirst ist ermordet worden, einer der ersten Klienten des aufstrebenden Anwalts. Fasziniert von dessen Cleverness hatte Knight sich damals mit ihm eingelassen und sogar seine Freundin Daisy an ihn verloren. Kein Wunder, daß James Knight und die ebenso reizvolle wie undurchschaubare Daisy die Hauptverdächtigen sind... Nach seinem Bestseller »Die letzten Tage von Hongkong« führt John Burdett uns hier in die abgründige Welt der Londoner High Society, wo nur eins zählt: der gesellschaftliche Erfolg. Der Roman ist eine subtile Parabel auf das englische Klassensystem und zugleich die spannende Geschichte einer fatalen Dreiecksbeziehung.

Thomas Perry

Die Hüterin der Spuren

Roman. Aus dem Amerikanischen von Fritz R. Glunk. 319 Seiten. SP 5683

Jane Whitefield ist eine Spezialistin in ihrem Beruf. Sie läßt Menschen verschwinden, indem sie ihnen neue Identitäten verschafft. Ein Grund dafür ist ihre Abstammung. Jane ist Halbindianerin und versteht sich darauf, Spuren zu verwischen und Finten zu legen, bis ein Mensch wie unauffindbar ist. Als eines Tages ein John Felker ihre Dienste erbittet, ein Buchhalter, der eine Menge gestohlenes Geld für sich abgezweigt hat, nimmt sie den Auftrag an. Sie schließt ihn auch erfolgreich ab. Doch dieser Auftrag hat Folgen: Zwei Tote im dichten Netz der falschen Fährten und dunklen Geheimnisse! Jane beginnt zu begreifen, daß sie selbst in die Irre geführt worden ist, und bietet alles auf, die rätselhaften Vorgänge aufzuklären.

Der Tanz der Kriegerin

Roman. Aus dem Amerikanischen von Fritz R. Glunk. 357 Seiten. SP 5686

Ein achtjähriger Knirps stürzt in den Gerichtssaal, wo er gerade für tot erklärt werden soll: »Ich bin Timothy Phillips!« Da Timmy Erbe eines Millionenvermögens ist, begibt er sich in höchste Lebensgefahr, denn irgend jemand ist hinter ihm und seinem Geld her. Jane Whitefield ist schon länger diskret in der Umgebung Timmys und hat diese höchst gefährliche Aktion geplant.

Die Jagd der Schattenfrau

Roman. Aus dem Amerikanischen von Fritz R. Glunk. 443 Seiten. SP 5687

Pete Hatcher verschwindet spurlos während einer glanzvollen Magic-Show in Las Vegas. Inszeniert hat dies Jane Whitefield, die Halbindianerin, eine Meisterin raffinierter Verwirr- und Vesteckspiele. Doch sie ahnt nicht, daß die Killer, die Pete auf den Fersen waren, nun sie selbst im Visier haben …